रवीन्द्रनाथ ठाकुर

जन्म : 7 मई, 1861, जोड़ासाँको ठाकुरबाड़ी, कलकत्ता (पश्चिम बंगाल)।

शिक्षा : स्कूल की पढ़ाई सेंट जेवियर स्कूल में हुई। लन्दन कॉलेज विश्वविद्यालय, इंग्लैंड में कानून का अध्ययन किया लेकिन 1880 में बिना डिग्री हासिल किए ही वापस आ गए। 1883 में मृणालिनी के साथ विवाह हुआ। 1901 में प्रकृति के सान्निध्य में शान्तिनिकेतन की स्थापना की।

विश्वविख्यात कवि, साहित्यकार, दार्शनिक और भारतीय साहित्य के एकमात्र नोबल पुरस्कार विजेता गुरुदेव रवीन्द्रनाथ ठाकुर बांग्ला साहित्य के माध्यम से भारतीय सांस्कृतिक चेतना में नए प्राण फूँकनेवाले युगद्रष्टा थे। ऐसे एकमात्र कवि जिनकी दो रचनाएँ दो देशों का राष्ट्रगान बनींभारत का राष्ट्रगान 'जन गण मन' और बांग्लादेश का राष्ट्रीय गान 'आमार सोनार बांग्ला'।

लगभग 50 काव्य-संग्रहों, जिनमें तीन हजार से ज्यादा कविताएँ संकलित हैं; लगभग 42 कहानियों एवं कई महत्त्वपूर्ण नाटकों व उपन्यासों के सृजन का इन्हें श्रेय प्राप्त है। *पोस्टमास्टर, खाता, त्याग, छुट्टी* और *काबुलीवाला* इनकी महत्त्वपूर्ण कहानियाँ हैं तो *वाल्मीकि प्रतिभा, कालेर यात्रा, राजा ओ रानी, विसर्जन, मुक्तधारा* और *राष्ट्रकरबी* प्रमुख नाटक। *गोरा, घरे-बाइरे, योगायोग* आदि इनके प्रमुख उपन्यास हैं।

निधन : 7 अगस्त, 1941

आधार-सामग्री-स्रोत

गोरा

रवीन्द्रनाथ ठाकुर

रचनावली : षष्ठ खंड (पुनर्मुद्रित संस्करण : ज्येष्ठ 1393 : 1908 शक.)
विश्व भारती ग्रन्थ विभाग, 6 आचार्य जगदीश बसु रोड, कोलकाता-17

गोरा

रवीन्द्रनाथ ठाकुर

अनुवाद

देवराज

राजकमल पेपरबैक्स

पहला पुस्तकालय संस्करण
राजकमल प्रकाशन प्राइवेट लिमिटेड द्वारा
2012 में प्रकाशित

राजकमल पेपरबैक्स में
पहला संस्करण : 2013
सातवाँ संस्करण : 2026

राजकमल पेपरबैक्स : उत्कृष्ट साहित्य के जनसुलभ संस्करण

राजकमल प्रकाशन प्रा.लि.
1-बी, नेताजी सुभाष मार्ग, दरियागंज
नई दिल्ली-110 002
द्वारा प्रकाशित

शाखाएँ : अशोक राजपथ, साइंस कॉलेज के सामने, पटना-800 006
पहली मंजिल, दरबारी बिल्डिंग, महात्मा गांधी मार्ग, प्रयागराज-211 001
1, अनमोल सोराबजी संतुक लेन, धोबी तलाव, मरीन लाइंस, मुम्बई-400 002

वेबसाइट : www.rajkamalprakashan.com
ई-मेल : info@rajkamalprakashan.com

बी.के. ऑफसेट
नवीन शाहदरा, दिल्ली-110 032
द्वारा मुद्रित

मूल्य : ₹399

GORA
Novel by Ravindranath Thakur
Translated by Devraj

ISBN : 978-81-267-2512-0

'गोरा' उपन्यास की पाण्डुलिपि का नमूना

অপরূপ রসাবিষ্ট বিনয় আপনার নিপুণ ভাষায় অতি সূক্ষ্ম অথচ গভীর ভাবে হৃদয়ঙ্গম করিয়া বর্ণনা করিতে লাগিল। জীবনের এ কি অপূর্ব অভিজ্ঞতা! বিনয় যে অনির্বচনীয় অনুভূতিকে হৃদয় পূর্ণ করিয়া পাইয়াছে এ কি সকলে পায়! ইহাকে গ্রহণ করিবার শক্তি কি সকলের আছে? সংসারে সাধারণত স্ত্রীপুরুষের যে মিলন দেখা যায়, বিনয় কহিল, তাহার মধ্যে এই উচ্চতম সুরটি তো বাজিতে শুনা যায় না। বিনয় গোরাকে বারবার করিয়া কহিল, অন্য সকলের সঙ্গে সে যেন তাহাদের তুলনা না করে। বিনয়ের মনে হইতেছে ঠিক এমনটি আর কখনো ঘটিয়াছে কি না সন্দেহ। এমন যদি সাধারণ ঘটিতে পারিত, তবে মানুষের এই হাওয়াতেই যেমন সমস্ত বন নবনব পুষ্পপল্লবে পুলকিত হইয়া উঠে সমস্ত সমাজ তেমনি প্রাণের হিল্লোলে চারিদিকে চঞ্চল হইয়া উঠিত। তাহা হইলে লোকে এমন করিয়া খাইয়া দাইয়া ঘুমাইয়া দিব্য তেলচিক্কণ হইয়া কাটাইতে পারিত না। তাহা হইলে যাহার মধ্যে যত সৌন্দর্য যত শক্তি আছে স্বভাবতই নানা বর্ণে নানা আকারে দিকে দিকে উন্মীলিত হইয়া উঠিত। এ যে সোনার কাঠি — ইহার স্পর্শকে উপেক্ষা করিয়া অসাড় হইয়া কে পড়িয়া থাকিতে পারে! ইহাতে সামান্য লোককেও যে অসামান্য করিয়া তোলে! সেই

आभार : योगेन्द्रनाथ गुप्त

श्रावण माह के प्रातःकाल में मेघों के छँट जाने से कोलकाता का आकाश निर्मल धूप से भर गया है। मार्ग में यान-वाहन को विराम नहीं, फेरी वाले लगातार आवाज लगाते चले जा रहे हैं, ऑफिस, कॉलेज, अदालत जाने वालों के लिए घर-घर में मछली-तरकारी की टोकरियाँ आ चुकी हैं और रसोईघरों में से चूल्हा जलाने का धुआँ उठ रहा है—किन्तु ऐसे में भी, यह जो इतना विशाल कामकाजी कठिन हृदय शहर कोलकाता है, इसके शत-शत मार्गों और वीथियों के भीतर स्वर्ण आलोक-धारा मानो आज एक अपूर्व यौवन प्रवाह को बहाए लिए जा रही है।

ऐसे ही दिन, कोई काम न होने के कारण विनयभूषण, फुर्सत में अपने घर के दु-मंजिले के बरामदे में अकेला खड़ा रास्ते पर लोगों की आवाजाही देख रहा था। काफी दिन हुए, कॉलेज की पढ़ाई पूरी हो गई, संसारी जीवन में प्रवेश किया नहीं, विनय की ऐसी अवस्था है। सभा-समितियों के संचालन और समाचारपत्रों में लिखने में मन लगाना चाहा था—किन्तु उस सबमें भी उसका मन रम नहीं पाया। अन्ततः आज सुबह क्या करे, यह न सोच पाने के कारण उसका मन चंचल हो रहा था। पड़ोस के घर की छत पर दो-तीन कौवे कुछ लेकर काँव-काँव मचा रहे थे और उसके बरामदे के एक कोने में घोंसला बनाने में जुटे चिड़ा-चिड़ी दम्पति किचिमिचि शब्द करते हुए एक-दूसरे को उत्साह दे रहे थे—वह सारी अव्यक्त काकली विनय के मन के एक कोने में धुँधला-सा भावावेग जगा रही थी।

निकट ही, झिंगोला पहने एक बाउल[1] दुकान के सामने खड़ा होकर गाने लगा—

---

1. बाउल : वह रहस्यवादी साधक, जो बाह्य सांसारिक विषयों के प्रति पूर्णतः उदासीन होकर ईश्वर के प्रेम में बावला, दीवाना या पागल के समान हो जाता है। बंगाल में भक्त-साधकों की एक ऐसी परम्परा जन्मी, जिससे जुड़े साधक ईश्वर के प्रेम में पूरी तरह डूबे हुए, जाति-संप्रदाय के बन्धन को न मानने वाले, स्वाधीनतापूर्वक यहाँ-वहाँ घूम-घूमकर प्रतीकात्मक रहस्यवादी गान गाने वाले होते थे। ये ही बाउल कहलाए। इनके द्वारा रचित (मुख्यतः मौखिक) तथा गाई जाने वाली रचनाओं को बाउल-गान कहा गया। बंगाल में बाउल-परम्परा अभी भी जीवित है।

खाँचार भितर अचिन पाखी कमने आसे जाय,
धरते पारले मनोबेड़ि दितेम पाखिर पाय[1]

विनय का मन हुआ, बाउल को बुलाकर इस अजाने पाखी का गान लिख ले, किन्तु जैसे भोर में ठंडा-ठंडा लगने पर भी देह पर कपड़ा खींचने का उत्साह नहीं होता, वैसे ही आलस्य-भाव के चलते बाउल को बुलाना नहीं हुआ, गान भी नहीं लिखा जा सका, केवल इस अजाने पाखी का सुर मन में गुन-गुन करने लगा।

तभी, ठीक उसके घर के सामने ही एक भाड़ा-गाड़ी से एक बग्घी आ टकराई और भाड़ा-गाड़ी का एक पहिया तोड़कर, उधर आँख तक उठाए बिना तेजी से चली गई। भाड़ा-गाड़ी पूरी तरह उल्टी तो नहीं हुई, एक ओर को झुक गई।

विनय ने झपटते हुए रास्ते में आकर देखा, एक सत्रह-अठारह साल की लड़की गाड़ी से उतर गई है और एक बूढ़े सज्जन उसी गाड़ी के भीतर से उतरने की कोशिश कर रहे हैं।

विनय ने उन्हें सहारा देकर उतारा और उनका चेहरा विवर्ण हुआ देख पूछा, "आपको लगी तो नहीं?"

उन्होंने, "ना, कुछ नहीं हुआ," कहकर हँसने की चेष्टा की, लेकिन वह हँसी तत्क्षण बिला गई, वे मूर्छित हो गिरने को हुए। विनय ने उन्हें सँभाल लिया और व्याकुल लड़की से बोला, "यहीं, सामने ही मेरा घर है, भीतर चलिए।"

वृद्ध को बिछोने पर लिटाना होने के बाद लड़की ने चारों ओर ध्यान से देखा, कमरे में पानी की सुराही थी। जल्दी से उस सुराही से गिलास में पानी उड़ेलकर वृद्ध के चेहरे पर छींटे मारकर हवा करने लगी और विनय से बोली, "किसी डाक्टर को नहीं बुलाया जा सकता?"

डाक्टर घर के पास ही थे, विनय ने उन्हें बुलाने नौकर भेज दिया।

कमरे में एक ओर टेबिल पर एक आइना, तेल की शीशी और केश सँवारने का सामान था। उस लड़की के पीछे खड़ा विनय आइने की ओर दृष्टि पड़ते ही स्तब्ध रह गया।

विनय ने बचपन से ही कोलकाता वाले घर में रहकर पढ़ना-लिखना किया है। संसार के साथ उसका जितना कुछ परिचय है, वह सारा ही पुस्तकों के माध्यम से है। रिश्ते के बाहर की भद्रवर्गीय स्त्रियों के साथ उसका कभी कोई परिचय हुआ ही नहीं।

आइने की ओर दृष्टि गड़ाकर देखा, जिस चेहरे की छाया पड़ रही है, वह चेहरा कितना सुन्दर है! उसके नेत्रों में इतनी बहुदर्शिता नहीं थी कि चेहरे की एक-एक रेखा को अलग-अलग देख सकें। केवल, उद्विग्न-स्नेह में झुके उस तरुण चेहरे की

---

1. अनजाना पाखी पिंजरे में कैसे आता-जाता
पकड़ पाता, पाखी-पग में मन-बेड़ी पहनाता

कोमलता-मण्डित दीप्ति विनय के नेत्रों को सृष्टि के किसी सद्यःप्रकाशित नव्य विस्मय की भाँति छू गई।

कुछ देर बाद वृद्ध ने धीरे-धीरे आँखें खोलीं और "माँ" पुकारते हुए दीर्घ निःश्वास छोड़ा। तब लड़की ने दोनों आँखों में आँसू भरकर वृद्ध के चेहरे के निकट मुँह झुकाकर आर्द्र-स्वर में पूछा, "पिताजी, आपको कहाँ लगी है?"

"यह मैं कहाँ आ गया हूँ" कहते हुए वृद्ध द्वारा उठकर बैठने की कोशिश करते ही विनय ने सामने आकर कहा, "उठिए मत, थोड़ा विश्राम कीजिए, डाक्टर आ रहा है।"

तब उन्हें सारी बात याद आई और उन्होंने कहा, "सिर में यहाँ थोड़ी दुखन महसूस हो रही है, लेकिन गंभीर कुछ नहीं है।"

उसी समय जूता मच्-मच् करते डाक्टर आ पहुँचे : वे भी बोले, "कुछ भी विशेष नहीं है।" डाक्टर के, थोड़े-से गरम दूध में जरा-सी ब्राण्डी पिलाने का निर्देश देकर जाते ही वृद्ध अत्यन्त संकुचित और व्याकुल हो उठे। उनकी बेटी ने उनके मन का भाव समझकर कहा, "पिताजी, परेशान क्यों हो रहे हैं? डाक्टर की विजिट और दवाई का पैसा घर से भिजवा देंगे।"

कहते हुए उसने विनय के चेहरे की ओर देखा।

कितनी विस्मयकारी आँखें थीं वे! वे आँखें बड़ी हैं या छोटी, काली हैं या भूरी, यह बहस मन में उठती ही नहीं—पहली ही नजर में लगता है, इस दृष्टि में एक असंदिग्ध प्रभाव है। उसमें संकोच नहीं, दुविधा नहीं, वह एक दृढ़-शक्ति से पूर्ण है।

विनय ने कहने की चेष्टा की, "विजिट बहुत सामान्य है, उसके लिए—वो आप लोग—वो मैं—"

लड़की के उसकी ओर देखते रहने के कारण वह अपनी बात ठीक से पूरी ही नहीं कर पाया। किन्तु विजिट का पैसा उसे लेना ही पड़ेगा, इस विषय में कोई संशय नहीं रहा।

वृद्ध बोले, "देखिए, मेरे लिए ब्राण्डी की आवश्यकता नहीं है—"

बेटी ने उन्हें टोकते हुए कहा, "क्यों पिताजी, डाक्टर बाबू जो कह गए हैं!"

वृद्ध ने कहा, "डाक्टर ऐसा कहते रहते हैं, वह उनका एक कु-संस्कार है। मेरी जो कुछ दुर्बलता है, थोड़ा-सा गरम दूध पीते ही चली जाएगी।"

दूध पीकर ताकत आने पर वृद्ध विनय से बोले, "अब हम लोग चलें। आपको बहुत कष्ट दिया।"

लड़की ने विनय की ओर देखकर कहा, "एक गाड़ी—"

वृद्ध सकुचाते हुए बोले, "उन्हें और क्यों परेशान करना? हमारा घर तो निकट ही है, इतना तो पैदल ही चला जाऊँगा।"

लड़की ने कहा, "नहीं पिताजी, ऐसा नहीं हो सकता।"

वृद्ध ने इस पर कुछ नहीं कहा और विनय अपने आप ही जाकर गाड़ी बुला लाया। गाड़ी में बैठने के पहले वृद्ध ने उससे पूछा, "आपका नाम क्या है?"

विनय–"मेरा नाम विनयभूषण चट्टोपाध्याय है।"

वृद्ध बोले, "मेरा नाम परेशचन्द्र भट्टाचार्य है। पास ही 78 नंबर वाले घर में रहता हूँ। अगर कभी फुरसत निकालकर हमारे यहाँ आएँ, तो बड़ी खुशी होगी।"

लड़की ने विनय की ओर दोनों आँखें उठाकर बिना कुछ कहे इस अनुरोध का समर्थन किया। विनय उसी समय उसी गाड़ी में बैठकर उनके घर जाने को तैयार था, किन्तु वह शिष्टाचार के ठीक अनुकूल होगा या नहीं, यह न सोच पाने के कारण खड़ा रहा। गाड़ी चलने के समय लड़की ने विनय को छोटा-सा नमस्कार किया। इस नमस्कार के लिए विनय एकदम तैयार नहीं था, इसलिए हतबुद्धि हो जाने से वह प्रति-नमस्कार नहीं कर पाया। इतनी-सी गलती के लिए वह घर में आकर अपने को बार-बार धिक्कारने लगा। विनय ने इन लोगों के आने से लेकर विदा होने तक के बीच के अपने व्यवहार की समीक्षा करके देखा; लगा कि उसके व्यवहार से आद्यन्त असभ्यता ही प्रकट हुई। कौन-कौन समय क्या करना उचित था, क्या बोलना उचित था, इसे लेकर वह मन-ही-मन वृथा आन्दोलित होता रहा। कमरे में आकर देखा, लड़की ने जिस रुमाल से अपने पिता का चेहरा पोंछा था, वह बिछोने पर ही पड़ा है... उसे तुरन्त उठा लिया। उसके मन में बाउल के सुर में वह गान गूँजने लगा–।

खाँचार भितर अचिन पाखी कमने आसे जाय।

दिन चढ़ने लगा, वर्षा की धूप प्रखर हो उठी, गाड़ियों का रेला ऑफिसों की दिशा में वेग से बढ़ने लगा, विनय अपने किसी भी दैनन्दिन कार्य में मन नहीं लगा पाया। ऐसे अपूर्व आनन्द के साथ ऐसी निविड़ वेदना उसने अपनी आयु में कभी नहीं भोगी थी। उसका यह छोटा-सा घर और चारों ओर का कुत्सित कोलकाता मायापुरी के समान हो गए; जिस राज्य में असंभव संभव हो जाता है, असाध्य सिद्ध हो जाता है और अपरूप रूपवान होकर दिखाई देने लगता है, विनय मानो उसी नियमविहीन राज्य में विचरण कर रहा है। इस वर्षाकालीन प्रभात की धूप की दीप्त आभा उसके मस्तिष्क में प्रविष्ट हो गई, उसके रक्त में प्रवाहित होने लगी, एक ज्योतिर्मय यवनिका के समान उसके अन्तःकरण के सामने फैलकर दैनन्दिन जीवन की सारी तुच्छता को पूरी तरह ओट में कर दिया। विनय की इच्छा हुई कि अपनी परिपूर्णता को आश्चर्यजनक रूप में प्रकट कर डाले, किन्तु इसका कोई उपाय न पाकर उसका चित्त पीड़ित होने लगा। उसने अति-साधारण लोगों की भाँति ही अपना परिचय दिया–उसका घर बहुत छोटा है, सामान नितान्त अस्त-व्यस्त, बिछोना साफ-सुथरा नहीं, किसी-किसी दिन अपने कमरे में पुष्प-गुच्छ सजाकर रखता है, लेकिन ऐसा दुर्भाग्य–उस दिन उसके कमरे में फूल की एक पंखुड़ी तक न थी। सभी कहते हैं,

विनय सभा में जैसी सुन्दर वक्तृता दे पाता है, वह भविष्य में एक बड़ा वक्ता बन जाएगा, किन्तु उस दिन उसने एक बात भी ऐसी नहीं कही, जिससे उसकी बुद्धि का थोड़ा भी प्रमाण मिलता। वह सोचने लगा, 'अगर ऐसा हो पाता कि जब बड़ी गाड़ी उनकी गाड़ी से टकराने वाली थी, तो मैं बिजली की गति से रास्ते के बीच में आकर अति अनायास उन दोनों बेकाबू घोड़ों की लगाम पकड़कर रोक लेता!' अपने उस काल्पनिक पराक्रम की छवि मन में जगते ही वह दर्पण में अपना चेहरा निहारे बिना नहीं रह सका।

ऐसे ही समय देखा, सात-आठ बरस का एक लड़का रास्ते में खड़ा उसके घर का नंबर देख रहा है। विनय ऊपर से ही बोला, "अरे यही, यही घर तो है।" उसके मन में इस विषय में कोई संदेह नहीं हुआ कि लड़का उसी के घर का नंबर खोज रहा था। विनय चटिजूता[1] चट्-चट् करते हुए तेजी से सीढ़ियों से नीचे उतर आया—अत्यन्त आग्रह के साथ लड़के को कमरे में लाकर उसके मुँह की ओर देखने लगा।

वह बोला, "मुझे दीदी ने भेजा है।"

यह कहकर विनयभूषण के हाथ में एक पत्र दिया।

विनय ने चिट्ठी लेकर पहले लिफाफे के ऊपर देखा, लड़कियों की साफ-सुथरी लिखावट में अँगरेजी अक्षरों में उसका नाम लिखा है। भीतर चिट्ठी-पत्री कुछ भी नहीं, केवल कुछ रुपए हैं।

लड़का जाने को तैयार हुआ, लेकिन विनय ने उसे किसी भी तरह जाने नहीं दिया। गलबाँही करके उसे दुमंजिले वाले कमरे में ले गया।

लड़के का रंग उसकी दीदी की अपेक्षा काला है, किन्तु मुखाकृति थोड़ा मेल खाती है। उसे देखकर विनय के मन में बहुत स्नेह और आनन्द उत्पन्न हुआ।

लड़का बहुत बुद्धिमान है। उसने कमरे में घुसकर दीवार पर एक चित्र को देखते ही पूछा, "यह किसका चित्र है?"

विनय ने कहा, "यह मेरे एक मित्र का चित्र है।"

लड़के ने पूछा, "मित्र का चित्र? आपका मित्र कौन है?"

विनय ने हँसते हुए कहा, "तुम उन्हें नहीं पहचानोगे। मेरे मित्र गौरमोहन, उन्हें गोरा बुलाते हैं। हम लोग बचपन से साथ पढ़े हैं।"

"अब भी पढ़ते हैं?"

"नहीं, अब और नहीं पढ़ते।"

"आपकी साऽऽरी पढ़ाई पूरी हो गई?"

विनय इस छोटे लड़के के सामने भी गर्व करने का लोभ संवरित न कर पाने के चलते बोला, "हाँ, सारी पढ़ाई पूरी हो गई।"

---

1. चटिजूता : एड़ियों की ओर से खुला जूता।

लड़के ने विस्मित होते हुए हल्का-सा निश्वास छोड़ा। शायद वह सोच रहा था, इतनी विद्या वह भी कितने दिन में पूरी कर पाएगा!

विनय—तुम्हारा नाम क्या है?

"मेरा नाम श्रीसतीशचन्द्र मुखोपाध्याय है।"

विनय ने चौंकते हुए कहा, "मुखोपाध्याय?"

इसके बाद धीरे-धीरे करके परिचय पाता गया। परेश बाबू इनके पिता नहीं हैं—उन्होंने इन दोनों भाई-बहन को बचपन से पाला है। लड़के की दीदी का नाम पहले राधारानी था—परेश बाबू की पत्नी ने उसे बदलकर सुचरिता नाम रख दिया।

देखते-देखते विनय के साथ सतीश की खूब दोस्ती हो गई। जब सतीश घर लौटने को तैयार हुआ, तो विनय बोला, "तुम अकेले जा पाओगे?"

सतीश ने गर्व से कहा, "मैं तो अकेला जाता हूँ।"

विनय ने कहा, "अरे, मैं तुम्हें पहुँचा देता हूँ।"

अपने साहस के प्रति विनय के इस संदेह को देखकर सतीश असंतुष्ट होकर बोला, "क्यों, मैं तो अकेला ही जा सकता हूँ।" यह बोलकर वह अपने अकेले आने-जाने के अनेक विस्मयकारी दृष्टान्तों का उल्लेख करने लगा। किन्तु फिर भी विनय उसके साथ उसके घर के दरवाजे तक क्यों गया, बालक उसका सही कारण नहीं समझ पाया।

सतीश ने पूछा, "आप भीतर नहीं आएँगे?"

विनय ने पूरे मन का दमन करते हुए कहा, "और किसी दिन आऊँगा।"

घर लौटकर विनय शिरोनाम लिखे उसी लिफाफे को पॉकेट से निकालकर बहुत देर देखता रहा—एक तरह से उसे हर अक्षर की बनावट याद हो गई—उसके बाद उस लिफाफे को रुपयों सहित बक्से में सँभालकर रख दिया। ये थोड़े-से रुपये किसी आड़े-वक्त खर्च करेगा, ऐसी संभावना नहीं रही।

2

वर्षा-काल की संध्या में आकाश का अंधकार जैसे भीगने से भारी हो गया है। वर्णहीन, वैचित्र्यहीन मेघों के निःशब्द शासन में कोलकाता नगर किसी भीमकाय निरानन्द कुत्ते की भाँति पूँछ के नीचे मुँह घुसाए कुण्डली मारे चुपचाप पड़ा है। कल संध्या से ही टिप्-टिप् बारिश पड़ती रही; उस बारिश ने रास्ते की मिट्टी को कीचड़ तो बना डाला, लेकिन कीचड़ को धोकर बहा ले जाने लायक बल का प्रदर्शन नहीं किया। आज शाम चार बजे से बारिश थमी हुई है, पर बादलों के लक्षण अच्छे नहीं हैं। इस तरह की आसन्न वर्षा की आशंका में शाम को, जब निर्जन घर में मन नहीं

टिकता और बाहर भी उसे आराम नहीं मिलता, ऐसे ही समय दो व्यक्ति एक तिमंजिले घर की भीगी छत पर बेंत के दो मोढ़ों पर बैठे हैं।

जब ये दोनों मित्र छोटे थे, स्कूल से लौटकर इसी छत पर पड़म-पकड़ी खेला करते थे; परीक्षा के पूर्व दोनों जोर-जोर से पाठ दोहराते हुए पागलों की भाँति इसी छत पर जल्दी-जल्दी चक्कर काटते थे; ग्रीष्म-काल में कॉलेज से लौटने के बाद रात को इसी छत पर भोजन करते थे; कितने ही दिन तर्क-वितर्क करते-करते रात के दो बज जाते थे और सुबह जब धूप उनके मुँह पर पड़ती, तो चौंकते हुए उठकर देखते कि दोनों जने वहीं चटाई पर सो गए थे। कॉलेज पास करके जब और कोई परीक्षा शेष न रही, तो जिस हिन्दू हितैषी सभा का इसी छत पर प्रति मास अधिवेशन होता आ रहा था, इन दोनों मित्रों में से एक उसका सभापति हो गया और दूसरा सेक्रेटरी।

जो सभापति था, उसका नाम गौरमोहन है; मित्र-सम्बन्धी उसे गोरा बुलाते हैं। अपने चतुर्दिक लोगों में उसका विकास सबसे भिन्न रूप में हुआ है। उसके कॉलेज के अध्यापक उसे रजतगिरि पुकारते थे। उसकी देह का रंग तीखा गोरा है—हल्दी की आभा ने उसे तनिक भी स्निग्धता प्रदान नहीं की है। कद लगभग छः फुट, चौड़ा हाड़, दोनों मुट्ठियाँ जैसे बाघ के बड़े-बड़े पंजे—स्वर ऐसा गुरु-गंभीर कि हठात् सुनाई पड़ जाए, तो चौंक जाना पड़ता है कि कौन है! उसके चेहरे का गठन अप्रत्याशित रूप से विशाल और अतिरिक्त रूप से मजबूत है; जबड़े और ठोड़ी की हड्डियाँ जैसे दुर्ग-द्वार की मजबूत अर्गला के समान; कहा जा सकता है, नेत्रों के ऊपर भ्रू-रेखा नहीं है और वहाँ का ललाट कानों की ओर चौड़ा हो गया है। अधरोष्ठ पतला और दबा हुआ; उसके ऊपर खाण्डे-सी झुकी नासिका। नेत्र छोटे, किन्तु तीक्ष्ण; उसकी दृष्टि मानो शर-फलक की भाँति अति-दूर अदृश्य दिशा में लक्ष्य निश्चित किए हुए है, परन्तु निमिष भर में लौटकर विद्युत के समान निकट की वस्तु पर भी आघात कर सकती है। देखने में, गौर को सही रूप में सौन्दर्यवान नहीं कहा जा सकता, लेकिन उसे देखे बिना रहने का भी उपाय नहीं, वह सबके बीच आँखों में पड़ ही जाएगा।

और उसका मित्र विनय, साधारण शिक्षित बंगाली भद्र-लोक की भाँति विनम्र, किन्तु दीप्तिवान; स्वभावगत सौकुमार्य और बुद्धि की प्रखरता ने मिलकर उसकी मुखश्री को वैशिष्ट्य प्रदान कर दिया है। कॉलेज में वह लगातार उच्च अंक और छात्रवृत्ति प्राप्त करता आया है; गोरा किसी भी तरह उसकी बराबरी नहीं कर पाता था। पाठ्य-विषयों के प्रति गोरा का वैसा आकर्षण ही नहीं था; वह विनय की भाँति न तो जल्दी समझ पाता था और न याद रख पाता था। विनय ही उसका वाहन बन कर कॉलेज की कई परीक्षाओं में उसे अपने पीछे खींचते हुए पार करा लाया है।

गोरा कह रहा था, ''सुनो। अविनाश जो ब्राह्म लोगों की निन्दा कर रहा था, उससे यह समझ में आता है कि आदमी पर्याप्त स्वस्थ-स्वाभाविक अवस्था में है।

इसमें तुम इतने भड़क क्यों पड़े?"

विनय—कैसा आश्चर्य है! मैं यह भी नहीं सोच सकता था कि उस विषय में कोई सवाल भी खड़ा हो सकता है!

गोरा—यदि ऐसा है, तो तुम्हारे मन में दोष उत्पन्न हो गया है। एक दल के लोग समाज के बन्धन तोड़कर प्रत्येक विषय में उल्टा चलेंगे और समाज के लोग बिना विचलित हुए उनको अच्छा समझेंगे, यह स्वभाव का नियम नहीं है। समाज के लोग उनकी भूल को समझ ही जाएँगे, वे जो सीधे रूप में करेंगे, इनकी आँखों में वह टेढ़े रूप में पड़ेगा ही, उनकी अच्छाई, इनके सामने बुराई बनकर खड़ी होगी ही, यही होना उचित है। मनमाने ढंग से समाज को तोड़-फोड़कर निकल जाने का जितना दंड होता है, यह भी उसी में से एक है।

विनय—जो स्वाभाविक है, वही भला है, ऐसा मैं नहीं कह सकता।

गोरा ने थोड़ा आवेश में आते हुए कहा, "मुझे भला बनने से कोई लेना-देना नहीं है। यदि संसार में दो-चार भले लोग हों, तो रहने दो, किन्तु बाकी सभी स्वाभाविक हों। अन्यथा न काम चलेगा, न प्राण बचेंगे। जिनकी ब्राह्म बनकर बहादुरी दिखाने में रुचि है, अब्राह्म-लोग उनके सभी कामों को अनुचित समझकर निन्दा करेंगे, इतना-सा दुख उन्हें सहना ही पड़ेगा। वे सीना चौड़ा करके चलेंगे और उनका विरोधी पक्ष वाह-वा करते हुए उनके पीछे-पीछे भी घूमेगा, दुनिया में ऐसा नहीं होता, अगर होता भी, तो संसार को सुविधा नहीं होती।"

विनय—मैं दल की निन्दा की बात नहीं कहता—व्यक्तिगत—

गोरा—दल की निन्दा में किसकी निन्दा होती है! वह तो मतामत की बात है। व्यक्तिगत निन्दा की ही तो आवश्यकता है। अच्छा साधु-पुरुष, तुम निन्दा नहीं करते थे?

विनय—करता था। खूब करता था—लेकिन उसके लिए मैं लज्जित हूँ।

गोरा अपने दाएँ हाथ की मुट्ठी को कठोर बनाते हुए बोला, "नहीं विनय, यह नहीं चलेगा, एकदम नहीं।"

विनय कुछ देर चुप रहा, उसके बाद बोला, "क्यों क्या हुआ? तुम्हें किसका डर है?"

गोरा—"मैं स्पष्ट देख पा रहा हूँ, तुम अपने को दुर्बल बनाए डाल रहे हो।"

विनय ने थोड़ा उत्तेजित होते हुए कहा, "दुर्बल! तुम्हें पता है, मैं चाहूँ, तो अभी उनके घर जा सकता हूँ—उन्होंने मुझे निमन्त्रित किया था—लेकिन मैं गया नहीं।"

गोरा—परन्तु यह जो तुम गए नहीं, इस बात को तनिक भी भुला नहीं पा रहे हो। दिन-रात केवल सोच रहे हो, गया नहीं, गया नहीं, मैं उनके घर गया नहीं—इससे तो चले जाना ही अच्छा था।

विनय—तो क्या जाने को ही कह रहे हो?

गोरा अपनी जंघा पर हाथ मारते हुए बोला, "नहीं, मैंने जाने के लिए नहीं कहा। मैं तुम्हें लिखकर देता हूँ, तुम जिस दिन जाओगे, उस दिन एकदम पूरी तरह जाओगे। उसके दूसरे दिन से ही उनके घर भोजन करना शुरू कर दोगे और ब्राह्म-समाज की पंजिका में नाम लिखवाकर पूर्णतः दिग्विजयी प्रचारक बन जाओगे।"

विनय—क्या बोल रहे हो! उसके बाद?

गोरा—और उसके बाद! मरने से बड़ी तो कोई गाली नहीं। तुम ब्राह्मण-पुत्र होकर गो-भागाड़[1] में जाकर मरोगे, तुम्हारा कोई आचार-विचार नहीं रहेगा, कम्पास टूटे नाविक की भाँति तुम्हारा पूर्व-पश्चिम का दिशा-ज्ञान लुप्त हो जाएगा—तब लगेगा कि जहाज को बन्दरगाह पर लगाना ही कु-संस्कार है, संकीर्णता है—केवल अपने आप बहते चले जाना ही वास्तव में जहाज चलाना है। लेकिन यह सब बात लेकर डाँट-डपट करने में मेरा धैर्य जवाब दे जाता है—मैं कह रहा हूँ, तुम जाओ। अधःपतन के मुँह की ओर कदम बढ़ाने के बाद खड़े होकर हम लोगों को क्यों केवल डर-डर में रख छोड़ा है?

विनय हँस पड़ा, बोला, "डाक्टर के आशा छोड़ देते ही रोगी हमेशा मर जाता हो, ऐसा नहीं है। मैं तो अन्त-काल का कोई लक्षण नहीं समझ पा रहा हूँ।"

गोरा—नहीं समझ पा रहे हो?

विनय—नहीं।

गोरा—नाड़ी छूटने-छूटने को नहीं हो रही है?

विनय—नहीं, पूरे जोर से चल रही है।

गोरा—नहीं लग रहा, अगर सुन्दर हाथ परोसे, तो म्लेच्छ का अन्न ही देवता का भोग हो जाता है?

विनय अत्यन्त कुण्ठित हो गया, बोला, "गोरा बस, अब चुप हो जाओ।"

गोरा—क्यों, इसमें तो मान-मर्यादा की कोई बात नहीं है। सुन्दर हाथ असूर्यपश्य भी नहीं है। जिसका पुरुष के साथ शेक-हैण्ड चलता है, उसी पवित्र कर-पल्लव का उल्लेख तक तुम्हें जब सहन नहीं हुआ, तदा नाशंसे मरणाय संजय।

विनय—देखो गोरा, मैं स्त्री-जाति के प्रति श्रद्धा रखता हूँ—हमारे शास्त्रों में भी...

गोरा—स्त्री-जाति के प्रति जिस रूप में श्रद्धा रख रहे हो, उसके लिए शास्त्रों की दुहाई मत दो। उसे श्रद्धा नहीं कहा जाता, जो कहा जाता है, यदि मुँह पर ले आऊँ, तो मारने दौड़ोगे।

विनय—यह तुम सीनाजोरी करके बोल रहे हो।

गोरा—शास्त्रों में स्त्रियों को कहा जाता है, 'पूजाहो गृहदीप्तयः।' वे पूजने योग्य

---

1. गो-भागाड़ : मृत पशुओं को फेंकने का स्थान, जिसे कौरवी-भाषा में 'हड़बाड़ा' कहते हैं।

हैं, क्योंकि घर को प्रकाशित करती हैं। पुरुष के हृदय को प्रकाशित करने वाली के रूप में विलायती विधान में उन्हें जो मान दिया जाता है, उसे पूजा न कहना ही अच्छा है।

विनय–किसी-किसी स्थल पर विकृति दिखाई दे जाने के कारण क्या एक गंभीर भाव पर इस तरह कटाक्ष करना उचित है?

गोरा अधीर होकर बोला, "विनु, जब तुम्हारी विचार-बुद्धि चली गई है, तो तुम अब मेरी बात मान ही लो। मैं कह रहा हूँ, विलायती शास्त्रों में स्त्री-जाति के सम्बन्ध में जो सारी अत्युक्ति है, उसका आन्तरिक रहस्य है, वासना। स्त्री-जाति की पूजा का स्थान हुआ, जगज्जननी का गृह, सती-लक्ष्मी गृहिणी का आसन। वहाँ से हटाकर उनका जो स्तवन किया जाता है, उसके भीतर अपमान छिपा है। तुम्हारा मन जिस कारण पतंग की भाँति परेश बाबू के घर के चारों ओर घूम रहा है, उसे अँगरेजी में कहा जाता है, 'लव'–लेकिन अँगरेजों की नकल, इस 'लव' व्यापार की उपासना संसार में एक चरम-पुरुषार्थ के रूप में करनी होगी, ऐसा बंदरपना कहीं तुम्हें न पकड़ बैठे!"

विनय अभी-अभी चाबुक खाए घोड़े-सा उछलकर उठा, बोला, "आः गोरा, छोड़ो, बहुत हो गया।"

गोरा–कहाँ बहुत हो गया! कुछ भी नहीं हुआ! हमने स्त्री और पुरुष को उनके अपने-अपने स्थान पर सहज-स्वाभाविक रूप में देखना न सीखने के चलते ही कितने सारे कवित्त जमा कर डाले हैं।

विनय ने कहा, "अच्छा, मान लेता हूँ, स्त्री-पुरुष के सम्बन्ध जिस सीमा में रहने पर सहज-स्वाभाविक हो सकते थे, हमने अपनी प्रवृत्ति की झोंक में उसका उल्लंघन कर डाला और उसे झूठा बना दिया, लेकिन इसका अपराध क्या केवल विदेशियों के ही सिर है? इस सम्बन्ध में यदि विदेशियों की कविता झूठी है, तो कामिनी-कांचन-त्याग लेकर हम लोग हमेशा जो अतिरिक्त दिखावा करते रहते हैं, वह भी तो मिथ्या है। मनुष्य की प्रकृति जिस प्रभाव में आसानी से आत्म-विस्मृत हो जाती है, उसके हाथ से मनुष्य को बचाने के लिए कोई प्रेम के सौन्दर्य-अंश को ही कविता द्वारा उज्ज्वल बनाकर उसके अपकृष्ट अंश को हीन बना देता है और कोई उस अपकृष्ट अंश को विराट बनाकर कामिनी-कांचन-त्याग का विधान प्रस्तुत करता है; वे दोनों, मात्र दो भिन्न प्रकृति के मनुष्यों की भिन्न रूप वाली प्रणालियाँ हैं। यदि एक की ही निन्दा करते हो, तो दूसरी पर रियायत करने से नहीं चलेगा।"

गोरा–नहीं, मैंने तुम्हें गलत समझा था। तुम्हारी दशा वैसी नहीं बिगड़ी है। अब, जब तुम्हारे मस्तिष्क में फिलासफी क्रीड़ा कर रही है, तो तुम निडर होकर लव कर सकते हो, पर समय रहते अपने को सँभाल लेना–हितैषी-मित्रों का यही अनुरोध है।

विनय ने व्याकुल होते हुए कहा, "ओः, तुम क्या पगला गए हो? फिर मेरे लिए लव! तब भी मुझे यह बात स्वीकार करनी ही पड़ेगी कि मैंने जितना परेश बाबू लोगों को देखा है तथा उनके सम्बन्ध में जो सुना है, उससे उन लोगों के प्रति मेरी पर्याप्त श्रद्धा हो गई है। प्रतीत होता है, उसी कारण उनके घर की आन्तरिक जीवन-यात्रा के स्वरूप को जानने का आकर्षण भी मुझमें हो गया था।"

गोरा—उत्तम बात है। उस आकर्षण को सँभाल कर ही चलना होगा। शायद, उनके सम्बन्ध में प्राणि-वृत्तान्त का अध्याय अनाविष्कृत ही रह गया है। विशेषकर, वे ठहरे शिकारी-प्राणी, उनके आन्तरिक-व्यापार को जानने की चेष्टा में अन्ततः इतनी दूर तक भीतर जा सकते हो कि तुम्हारी चुटिया तक देखने का उपाय नहीं बचेगा।

विनय—देखो, तुममें एक दोष है। तुम समझते हो, ईश्वर ने सारी शक्ति केवल तुम्हें प्रदान कर रखी है और हम सारे-के-सारे दुर्बल प्राणी हैं।

इस बात ने गोरा को जैसे नई स्फूर्ति दे दी; उसी उत्साह के आवेग में विनय की पीठ पर एक धौल जमाते हुए बोला, "सही कह रहे हो—मुझमें यही दोष है—भारी दोष।"

विनय—ओः, उसके अतिरिक्त भी तुम्हारा एक और भयंकर दोष है। दूसरे का मेरुदंड कितनी चोट सहन कर सकता है, उसके वजन का भान तुम्हें एकदम ही नहीं है।

उसी समय, गोरा के सौतेले बड़े भाई, महिम ने अपने हृष्ट-पुष्ट शरीर के साथ हाँफते-हाँफते ऊपर आकर पुकारा, "गोरा!"

गोरा तुरन्त मोढ़ा छोड़कर उठ खड़ा हुआ, बोला, "जी, क्या बात है!"

महिम—देखने आया था कि वर्षा के जलधर गरजते हुए हमारी छत पर उतर आए हैं या नहीं! आज क्या माजरा है? लगता है, इतनी देर में अँगरेजों को भारत-समुद्र[1] का आधा रास्ता पार करा दिया है? अँगरेजों का तो कोई विशेष नुकसान नहीं देख रहा हूँ, किन्तु सिर-दर्द में जो बड़ी बहू नीचे वाले कमरे में पड़ी है, सिंहनाद से उसे ही कष्ट हो रहा है।

यह बोल कर महिम नीचे चले गए।

गोरा लज्जा में डूबा खड़ा रह गया—लज्जा के साथ-साथ भीतर एक क्रोध भी सुलगने लगा, वह अपने पर था या किसी अन्य पर, ठीक-ठीक नहीं कहा जा सकता। कुछ देर बाद उसने धीरे-धीरे मानो, अपने आपसे ही कहा, सभी विषयों में, जितनी आवश्यकता है, मैं उससे बहुत अधिक जोर डाल देता हूँ, दूसरे पक्ष के लिए वह कितना असह्य है, उसका मुझे ठीक ध्यान नहीं रहता।

विनय ने गौर के निकट आकर स्नेहपूर्वक उसका हाथ पकड़ लिया।

---

1. भारत-समुद्र : हिन्द महासागर।

3

गोरा और विनय छत से नीचे जाने को तैयार हो ही रहे थे कि तभी गोरा की माँ ऊपर आ पहुँचीं। विनय ने उनकी चरण-धूलि लेकर प्रणाम किया।

गोरा की माँ, आनंदमयी को देखकर नहीं लगता कि वे गोरा की माँ हैं। वे पतली-छरहरी, गठीली हैं, केश यदि थोड़े-बहुत पक भी गए होंगे, तो बाहर से दिखाई नहीं देते; हठात् देखने पर लगता है, उनकी आयु चालीस से भी कम होगी। मुखाकृति अत्यन्त सुकुमार, नासिका, अधरोष्ठ, चिबुक और ललाट की रेखाएँ न जाने किसने जतन से उकेरी हैं; शरीर कहीं से भी थुल-थुल नहीं है। चेहरे पर सर्वदा निर्मल और तेजस्वी बुद्धि की आभा झलकती रहती है। वर्ण–श्याम, गोरा के रंग के साथ उसका कोई साम्य संभव नहीं। उन्हें देखने भर से ही एक बात सबकी आँखों में पड़ जाती है–वे साड़ी के साथ शमीज[1] पहनती हैं। हम जिस काल की बात कर रहे हैं, उन दिनों स्त्रियों की नई पीढ़ी में तो ब्लाउज या शमीज का प्रचलन प्रारंभ हो रहा था, किन्तु प्रौढ़, गृहिणियाँ उसे पूरी तरह ख़ीस्तानी कहकर अग्राह्य मानती थीं। आनंदमयी के पति, कृष्णदयाल बाबू कमिसेरिएट[2] में काम करते थे, आनंदमयी कम उम्र से ही उनके साथ पश्चिम[3] में रही थीं, इसलिए उनके मन में यह संस्कार जगह नहीं बना पाया था कि शरीर को अच्छी तरह ढकने वाले वस्त्र धारण करना लज्जा या परिहास का कारण है। घर-द्वार की साफ-सफाई, धोना-पोंछना, राँधना-पकाना, सिलाई, गिनती, हिसाब, कपड़े झाड़ना, उन्हें धूप में डालना, आत्मीय-स्वजनों, पास-पड़ोसियों के कुशल-समाचार लेना करके भी उनका समय जैसे बीतना ही नहीं चाहता। शरीर अस्वस्थ होने पर वे उसे तनिक भी आराम देना नहीं चाहतीं–कहती हैं, "अस्वस्थ होने से तो मेरा कुछ बिगड़ेगा नहीं, पर काम नहीं कर पाऊँगी, तो बचूँगी कैसे?"

गोरा की माँ ने ऊपर आकर कहा, "जब भी गोरा का गला नीचे सुनाई पड़ता है, समझ जाती हूँ कि बिनु आया है। कितने दिन से घर एकदम चुपचाप था–बेटा, बता तो क्या हुआ? आया क्यों नहीं, बीमार-टीमार तो नहीं पड़ गया था?"

विनय ने सकुचाते हुए उत्तर दिया, "ना, माँ, बीमार–यह जो बारिश-बादल!"

गोरा बोला, "यह खूब रही! इसके बाद जब बारिश-बादल चले जएँगे, तो विनय कहेंगे, धूप पड़ रही है! देवताओं पर दोष मढ़ देने से देवता कोई प्रतिवाद करने तो आएँगे नहीं–मन का असली रहस्य तो अंतर्यामी ही जानते हैं।"

विनय ने कहा, "गोरा, तुम क्या ऊलजुलूल बक रहे हो!"

---

1. शमीज : घूमदार पेटीकोट और ब्लाउज को एक साथ जोड़कर बनाया गया परिधान, जिसे पहनकर बंगाल की स्त्रियाँ ऊपर से साड़ी बाँधती थीं।
2. कमिसेरिएट : अँगरेजी शासन की इकाई (कमिश्नरी)
3. पश्चिम : भारत का पश्चिमी अंचल।

आनंदमयी बोलीं, "यह तो सही है बेटा, इस तरह नहीं बोलते। आदमी का मन कभी अच्छा रहता है, कभी खराब, हमेशा क्या एक-सा रहता है! उसे लेकर बातें बनाने से झंझट खड़ा होता है। तो आ बिनु, मेरे कमरे में आ, तेरे लिए भोजन तैयार किया है।"

गोरा ने जोर से सिर हिलाते हुए कहा, "नहीं माँ, वह नहीं होगा, मैं तुम्हारे कमरे में विनय को नहीं खाने दूँगा।"

आनंदमयी–इस्स, वही तो, क्यों बेटा, तुझे तो मैं कभी खाने को नहीं कहती– इधर तेरे पिता भी भयंकर शुद्धाचारी हो गए हैं–स्वयं का पका न होने पर खाते ही नहीं। बिनु मेरा अच्छा बेटा है, उसमें तेरी तरह कट्टरता नहीं है, तू ही उसे बलपूर्वक रोके रखना चाहता है।

गोरा–वह तो ठीक है, मैं उसे बलपूर्वक ही रोककर रखूँगा। तुम्हारी उस ख्रिस्तान दासी, लछमिया को विदा किए बिना, तुम्हारे कमरे में भोजन नहीं होगा।

आनंदमयी–ओरे गोरा, तू ऐसी बात मुँह पर मत ला। तूने उसके हाथ से हमेशा खाया है–उसने तुझे छुटपन से बड़ा किया है। कुछ दिन पहले तक उसके हाथ की चटनी न होने पर तुझे खाना नहीं रुचता था। बचपन में जब तुझे माता निकली थी, तो लछमिया ने जिस तरह सेवा करके तुझे बचाया था, वह मैं कभी नहीं भूल सकती।

गोरा–उसे पेनशन दे दो, जमीन खरीद दो, घर खरीद दो, जो चाहो कर दो, किन्तु माँ, उसे रखने से नहीं चलेगा।

आनंदमयी–गोरा, तू समझता है, टके देने भर से सब ऋण चुक जाता है। वह न जमीन चाहती है, न घर, अगर वह तुझे नहीं देख पाएगी, तो मर जाएगी।

गोरा–तब तुम्हारी इच्छा, उसे रखो। किन्तु, विनु तुम्हारे कमरे में नहीं खा पाएगा। जो विधान है, उसे मानना ही पड़ेगा उससे रंचमात्र इधर-उधर नहीं हुआ जा सकता। माँ तुम इतने बड़े अध्यापक के वंश की बेटी हो, तुम्हीं आचार का पालन करके नहीं चलतीं, किन्तु यह–

आनंदमयी–अरे बेटा, तुम्हारी माँ पहले आचार का पालन करके ही चलती थी, उसी कारण बहुत आँसू बहाने पड़े हैं–तब तुम थे कहाँ? रोजाना शिव की पिण्डी बनाकर पूजा करने बैठती थी और तुम्हारे पिता आकर उसे उठाकर फेंक देते थे। तब अपरिचित ब्राह्मण के भी हाथ का भात खाते हुए मुझे घिन आती थी। उन दिनों रेलगाड़ी बहुत दूर तक नहीं जाती थी–मैंने कितने दिन घोड़ागाड़ी, डाकगाड़ी और पालकी पर उपवास करके काटे हैं। तुम्हारे पिता क्या आसानी से मेरा आचार भंग कर पाए थे? अपनी पत्नी को लेकर सब जगह घूमने के चलते ही उनके साहब उनकी वाहवाही करते थे, उनका वेतन भी बढ़ गया था–उसी वजह से उन्हें बहुत दिन तक एक ही जगह टिकाए रखते थे–प्रायः बदली नहीं करना चाहते थे। अब वृद्धावस्था में तो वे नौकरी छोड़ ढेर-ढेर रुपया लेकर हठात् पल्टी मार खूब शुद्ध आचरण वाले बन

गए हैं, किन्तु मैं ऐसा नहीं कर सकती। मेरी सात पुश्त के संस्कार एक-एक कर निर्मूल किए गए थे—वे क्या पलक झपकते ही लौट आएँगे?

गोरा—अच्छा, अपने पुरखों की बात छोड़ दो—वे तो कोई आपत्ति करने आ नहीं रहे हैं। किन्तु हमारी खातिर तुम्हें कुछ बातें मानकर चलना ही होगा। भले ही शास्त्रों का मान न रखो, स्नेह का मान तो रखना होगा।

आनंदमयी—ओ रे, मुझे इतना क्या समझा रहा है! मैं ही जानती हूँ मेरे मन पर क्या गुजरती है? यदि मेरे कारण मेरे पति और पुत्र पर पग-पग पर बंधन ही लगते जाएँ, तो मुझे कैसे सुख मिलेगा। किन्तु क्या तुझे भान है कि मैंने तुझे गोद में लेकर ही अपने आचार को बहाया था? छोटे बालक को छाती से चिपटाते ही समझ में आ जाता है कि पृथ्वी पर कोई भी जाति लेकर नहीं जन्मता। जिस दिन यह बात समझी, उसी दिन यह भी पक्के तौर पर समझ गई कि मैं यदि ख्रिस्तान या छोटी जात मान कर किसी से घृणा करूँगी, तो ईश्वर मुझसे तुझे भी छीन लेंगे। तू मेरी गोद भरकर मेरे घर को रौशन करता रह, मैं पृथिवी की सभी जातियों के हाथ का पानी पीऊँगी।

आज आनंदमयी की बातें सुनकर विनय के मन में हठात् एक धुँधले संशय का आभास दिखाई दिया। उसने एक बार आनंदमयी के और एक बार गोरा के चेहरे की ओर ताका, किन्तु तभी मन ने सारे तर्क-जाल को परे सरका दिया।

गोरा बोला, "माँ, तुम्हारी युक्ति पूरी तरह समझ में नहीं आई। जो विचारपूर्वक शास्त्र मानकर चलते हैं, उनके घर में भी तो बच्चे सकुशल रहते हैं, और यह बुद्धि तुम्हें किसने दी कि ईश्वर तुम्हारे लिए किसी विशेष विधान की रचना करेंगे?"

आनंदमयी—जिन्होंने तुझे दिया, बुद्धि भी उन्होंने ही दी। बोल, इसमें मैं क्या करूँ? मेरा तो इसमें कोई हाथ नहीं। किन्तु ओ रे भोले, मैं समझ नहीं पा रही कि तेरा पागलपन देखकर हँसूँ या रोऊँ! छोड़, ये सब बातें जाने दे। तो विनय मेरे कमरे में नहीं खाएगा?

गोरा—अवसर मिले, तो वह इसी क्षण दौड़ पड़ेगा, वह सोलह आने लोभी है। किन्तु माँ, मैं जाने नहीं दूँगा। वह ब्राह्मण-पुत्र है, दो मिठाई देकर उसे यह सत्य भुलवा देने से नहीं चलेगा। उसे भारी त्याग करना होगा, अपना स्वभाव सँभालना होगा, तभी वह अपने ज़न्म के गौरव को बचा पाएगा। माँ, तुम लेकिन गुस्सा मत करो। मैं तुम्हारे पैरों पड़ता हूँ।

आनंदमयी—मैं भला गुस्सा करूँगी! तू बोल क्या रहा है! मैं तुझे कहे दे रही हूँ, तू जो कर रहा है, अपने होश में नहीं कर रहा है। मेरे मन में यही कष्ट रह गया कि मैंने तेरा पालन-पोषण तो अवश्य किया, पर—जो भी हो, तू जिसे धर्म कहता घूम रहा है, वह मेरे यहाँ नहीं चलेगा —शायद, तू मेरे कमरे में मेरे हाथ से न खाए—लेकिन तुझे दो-बेला देख तो सकूँगी, वही मेरे लिए पर्याप्त है। विनय, तुम इस तरह मुँह छोटा न करो बेटा—तुम्हारा हृदय कोमल है, सोच रहे हो, मुझे दुख हुआ—पर नहीं बेटा। किसी

और दिन निमन्त्रण देकर खूब अच्छे ब्राह्मण के हाथों तुम्हें भोजन करा दूँगी—उसके लिए क्या सोचना। किन्तु बेटा, सबसे कहे देती हूँ, मैं लछमिया के हाथ का पानी पीऊँगी।

गोरा की माँ नीचे चली गई। विनय कुछ क्षण चुपचाप खड़ा रहा, उसके बाद धीरे-धीरे बोला, ''गोरा, लगता है यह कुछ ज्यादती ही हो रही है।''

गोरा—ज्यादती किसकी है?

विनय—तुम्हारी।

गोरा—रत्ती-भर ज्यादती नहीं। जहाँ जिसकी सीमा है, मैं वहीं तक उसे बनाए रखते हुए चलना चाहता हूँ। किसी भी बहाने से सुई की नोक के बराबर तक भूमि छोड़ना प्रारंभ कर देने से अंत में कुछ भी शेष नहीं रहता।

विनय—लेकिन माँ!

गोरा—मैं जानता हूँ, माँ किसे कहते हैं। मुझे क्या यह बात याद दिलानी पड़ेगी! कितने लोगों की माएँ मेरी माँ जैसी हैं! किन्तु यदि आचार का पालन करना छोड़ दूँ, तो एक दिन शायद माँ को भी नहीं मानूँगा। देखो विनय, तुमसे एक बात कहता हूँ, याद रखना—हृदय अति उत्तम होता है, पर सबसे उत्तम नहीं।

विनय थोड़ी देर बाद कुछ संकोच के साथ बोला, ''देखो, गोरा, माँ की बातें सुन कर आज मेरे मन के भीतर पता नहीं कैसी हलचल हो रही है। मुझे अहसास हो रहा है कि माँ के मन में कोई बात है, जिसे वे हम लोगों को समझा नहीं पा रही हैं, इसी कारण कष्ट पा रही हैं।''

गोरा ने अधीर होकर कहा, ''ओह विनय, कल्पना की ऐसी क्रीड़ा मत करो—उसमें मात्र समय नष्ट होता है और कोई परिणाम नहीं निकलता।''

विनय—तुम संसार की किसी वस्तु को कभी गहराई से नहीं देखते, उसी से जो तुम्हारी दृष्टि में नहीं पड़ती, उसे ही तुम कल्पना कहकर उड़ा देना चाहते हो। लेकिन मैं तुम्हें बता रहा हूँ, मैंने कितनी बार देखा है, माँ ने किसी कारण एक भावना पाल रखी है—पता नहीं क्या है। वे कुछ ठीक से मेल नहीं बैठा पा रही हैं—इसीलिए उनके घर-गृहस्थी के कामों में भी एक दुख छिपा है। गोरा, तुम उनकी बातों को थोड़ा ध्यान से सुनो।

गोरा—जितना ध्यान से सुना जा सकता है, उतना मैं सुनता हूँ—उससे अधिक सुनने की चेष्टा करने पर गलत सुनने की आशंका है, इसलिए वैसा नहीं करता।

4

विचारधारा के हिसाब से एक बात जिस रूप में सुनी जाती है, मनुष्य पर प्रयोग के समय सर्वदा संपूर्णतः उसका वही निश्चित तात्पर्य नहीं रहता—विशेषकर विनय के

संदर्भ में तो नहीं ही, उसकी हृदय-वृत्ति अत्यन्त प्रबल है। तर्क के प्रभाव में वह किसी विचारधारा को खूब ऊँची आवाज में मान लेता है, किन्तु व्यवहार के समय मनुष्य को उससे अधिक महत्त्व दिए बिना नहीं रह पाता। यहाँ तक कि, गोरा द्वारा प्रचारित जो सारी विचारधाराएँ विनय ने ग्रहण की हैं, उनमें से कितनी विचारधारा होने के कारण और कितनी गोरा के प्रति अपने एकनिष्ठ प्रेम के आकर्षण के कारण, इसका निर्णय कठिन है।

वर्षा की संध्या में, जब वह गोरा के घर से निकलकर, अपने घर लौटते समय रास्ते में कीचड़ से बचते हुए धीरे-धीरे चल रहा था, तो विचारधारा और मनुष्य ने उसके मन में द्वन्द्व खड़ा कर दिया था।

विनय ने गोरा के मुख से सुनी इस विचारधारा को अति सहजता से ही ग्रहण कर लिया था कि यदि समाज आजकल के नाना प्रकार के प्रकट और गोपन आघातों से आत्म-रक्षा करना चाहता है, तो उसे खाने-छूने आदि से जुड़े सभी विषयों में विशेष सतर्क होना होगा। इस विचारधारा को लेकर विरोधी लोगों के साथ उसने तीखे तर्क भी किए हैं; कहा है, जब शत्रु ने दुर्ग पर चारों ओर से आक्रमण कर दिया है, तो इस दुर्ग के समस्त मार्ग-वीथि, द्वार-गवाक्ष, यहाँ तक कि प्रत्येक छिद्र तक को बन्द करके, यदि प्राण देकर भी इसकी रक्षा करूँ, तो उसे उदारता का अभाव नहीं कहा जा सकता।

लेकिन आज गोरा ने आनंदमयी के कमरे में उसके खाने का जो निषेध कर दिया, उसका आघात उसे भीतर ही भीतर वेदना देने लगा।

विनय के पिता नहीं थे, माँ को भी उसने अल्पायु में ही खो दिया था; चाचा रहते हैं गाँव में और वह पढ़ाई-लिखाई के चलते बचपन से ही कोलकाता वाले घर में अकेला ही बड़ा हुआ है। गोरा के साथ मैत्री के सूत्र में बँधने पर विनय ने जिस दिन आनंदमयी को जाना, उस दिन से माँ के रूप में ही जाना है। कितने ही दिन उसने उनके कमरे में जाकर छीन-झपट करके, उत्पात मचाकर खाया है; कितने दिन यह शिकायत करके आनंदमयी पर बनावटी गुस्सा दिखाया है कि वे खाने-पीने की चीजों के बँटवारे में गोरा के प्रति पक्षपात करती हैं। विनय यह सब भी जानता है कि दो-चार दिन उसके अपने पास न आने-भर से ही आनंदमयी कितनी व्याकुल हो जाती थीं और कितने ही दिन, उसे अपने पास बिठाकर खिलाने की प्रत्याशा में उन लोगों की सभा के भंग होने की उत्कंठापूर्वक प्रतीक्षा करती बैठी रहती थीं। वही विनय आज सामाजिक घृणा के कारण आनंदमयी के कमरे में जाकर खा नहीं पाएगा, क्या इसे आनंदमयी सह सकती हैं, या फिर क्या विनय ही इसे सह पाएगा!

''इसके बाद से माँ मुझे अच्छे ब्राह्मण के हाथों भोजन करा देंगी, अपने हाथों और कभी नहीं खिलाएँगी''—यह बात माँ ने चेहरे को हँसी भरा बनाते हुए कही, किन्तु थी

यह मर्मान्तक बात। विनय इस बात के कारण अपने मन में बार-बार उठा-पटक करते-करते घर पहुँचा।

सूने कमरे में अंधकार छाया है, कागज और पुस्तकें चारों ओर अस्त-व्यस्त बिखरी पड़ी हैं, विनय ने दियासलाई जलाकर तेल का काँच वाला लैंप जलाया–लैंप पर नौकर के हाथ की उँगलियों के नाना भाँति के चिह्न अंकित हैं, लिखने वाली टेबुल पर सफेद कपड़े का जो मेजपोश है, उस पर जगह-जगह स्याही और तेल के दाग हैं, इस कमरे में उसके प्राण मानो, छटपटाने लगे। उसकी छाती को लोगों के संग और स्नेह के अभाव ने आज जैसे कसकर जकड़ लिया। देश का उद्धार, समाज की रक्षा आदि जो समस्त कर्त्तव्य हैं, वह इनमें से किसी को भी स्पष्ट और सत्य रूप में अपने सामने नहीं ला पाया–इनकी अपेक्षा ढेर बड़ा सत्य वह अजाना पाखी है, जो एक दिन सावन के उज्ज्वल सुन्दर प्रभात में पिंजरे के पास आया, फिर पिंजरे के पास से चला गया। किन्तु उस अजाने पाखी वाली बात को विनय किसी भी तरह अपने मन में जगह नहीं देगा, किसी भी तरह नहीं। इसी कारण मन को थामने के लिए, आनंदमयी के जिस कमरे से गोरा ने उसे लौटा दिया था, उसी की छवि मन में आँकने लगा।

पच्चीकारी किया साफ-सुथरा उजला फर्श झक्-झक्कर रहा है, एक किनारे तख्तपोश पर धवल राजहंस के पंखों-सा निर्मल-कोमल बिछोना बिछा है, बिछोने के पास ही एक छोटे स्टूल पर अरण्डी के तेल की बत्ती इतनी देर में जलाई गई है; माँ निश्चय ही उस बत्ती के निकट झुकी हुई नाना रंग के धागों से काँथा पर शिल्पकारी कर रही हैं, लछमिया नीचे फर्श पर बैठ अपने विकृत उच्चारण वाली बाङ्ला में निरंतर बक-बक कर रही है, माँ उसके अधिकांश पर कान नहीं दे रही हैं। माँ मन में जब कोई कष्ट पाती हैं, तो शिल्पकारी लेकर बैठ जाती हैं–उनके उसी कर्मरत दृढ़ीभूत चेहरे की छवि की ओर विनय ने अपनी दृष्टि बांध ली; वह मन ही मन बोला, इस चेहरे की स्नेह-दीप्ति मेरे मन के समस्त विक्षेप से मेरी रक्षा करे। यही मुख मेरी मातृभूमि का प्रतिमा स्वरूप हो जाए, मुझे कर्तव्य की ओर प्रेरित करे एवं कर्तव्य-पथ पर दृढ़ रखे। उसने उन्हें एक बार मन-ही-मन माँ पुकारा और बोला, "तुम्हारा अन्न मेरे लिए अमृत नहीं है, यह बात मैं किसी भी शास्त्र के प्रमाण से स्वीकार नहीं करूँगा।"

निस्तब्ध कमरे में बड़ी घड़ी टिक्-टिक् करके चलती रही; विनय को वहाँ ठहर पाना असह्य हो गया। रौशनी में एक छिपकली ने दीवार पर कीड़ा पकड़ रखा है–कुछ देर उसकी ओर ताकते-ताकते विनय उठ पड़ा तथा एक छाता लेकर बाहर आ गया।

क्या करेगा, यह मन में साफ नहीं था। लगता है, लौटकर आनंदमयी के पास जाएगा, ऐसा ही कुछ उसके मन का अभिप्राय था। किन्तु पता नहीं कब, उसके मन में आया कि आज रविवार है, आज ब्राह्म-सभा में केशवबाबू का भाषण सुनने जाए।

जैसे ही यह बात मन में आई, विनय ने सारी दुविधा झटककर तेज-कदमों से चलना शुरू कर दिया। भाषण सुनने का कोई बहुत अधिक समय नहीं बचा है, यह जानते हुए भी वह अपने संकल्प से विचलित नहीं हुआ।

निर्धारित स्थान पर पहुँचकर देखा, उपासक लोग बाहर आ रहे हैं। वह छाता लगाए रास्ते के किनारे खड़ा हो गया—उसी समय परेश बाबू मन्दिर से शांत-प्रसन्न मुख बाहर निकले। उनके चार-पाँच परिजन उनके साथ थे—उनके बीच विनय ने मार्ग-दीप के प्रकाश में क्षण भर के लिए केवल एक तरुण-मुख को देखा—उसके पश्चात गाड़ी के पहियों की आवाज हुई और यह दृश्य अंधकार के महा-समुद्र में एक बुलबुले की भाँति विलीन हो गया।

विनय ने अँगरेजी नावेल काफी पढ़े हैं, पर उसके बंगाली भद्र-परिवार के संस्कार भला कहाँ जाएँगे? इस तरह से मन में तय करके किसी स्त्री को देखने की चेष्टा करना उस स्त्री के लिए असम्मानजनक और उसके अपने लिए गर्हित है, यह बात किसी भी तर्क से उसके मन से दूर नहीं जा पाती। इसी कारण विनय के मन में हर्ष के साथ-साथ घोर ग्लानि भी उभरने लगी। सोचने लगा, "मेरा पतन हो रहा है"। यद्यपि वह गोरा के साथ बहस कर आया है, फिर भी जहाँ सामाजिक अधिकार नहीं, वहाँ किसी स्त्री को प्रेम की दृष्टि से देखने पर उसके चिर-जीवन के संस्कारों में व्याघात होने लगा।

उस दिन विनय का गोरा के घर जाना नहीं हुआ। मन में बहुत सारी बातों से उलझते-सुलझते घर लौट आया। दूसरे दिन अपराह्न घर से बाहर निकल घूमते-घूमते अंत में जब गोरा के घर आ पहुँचा, तो वर्षा का लम्बा दिन समाप्त होकर संध्या का झुटपुटा गहरा गया था। गोरा तभी लैंप जलाकर लिखने बैठा था।

गोरा ने कागज से आँखें नहीं हटाईं, बोला, "क्या रे विनय, हवा कौन-सी दिशा से बह रही है?"

विनय ने इस बात पर कान न देते हुए कहा, "गोरा, तुमसे एक बात पूछूँ! भारतवर्ष तुम्हारे लिए बहुत सत्य है? खूब स्पष्ट? तुम तो उसे अहर्निश मन में बसाए रखते हो, किन्तु किस रूप में?"

गोरा ने लिखना छोड़, तीक्ष्ण दृष्टि से कुछ देर विनय के मुख की ओर ताका, उसके बाद कलम रख कर कुर्सी से पीठ टिकाकर कहा, "जहाज का कप्तान समुद्र में उतरते ही जैसे आहार-विहार में, काम में, विश्राम में समुद्र पार के बन्दरगाह को ध्यान में रखता है, अपने भारतवर्ष को मैंने उसी प्रकार मन में बसा लिया है।"

विनय—तुम्हारा वह भारतवर्ष है कहाँ?

गोरा ने छाती पर हाथ रख कहा, "मेरा यहाँ का क़म्पास रात-दिन जिस ओर सुई घुमाता है, वहीं, तुम्हारे मार्शमैन साहब की 'हिस्ट्री ऑफ इण्डिया' में नहीं।"

विनय—तुम्हारी सुई जिस दिशा में है, उधर कुछ है क्या?

गोरा ने उत्तेजित होते हुए कहा, "है, नहीं तो क्या—मैं रास्ता भूल सकता हूँ, डूब कर मर सकता हूँ, किन्तु मेरी उस लक्ष्मी का बन्दरगाह है। वही मेरा पूर्णरूप भारतवर्ष है—धन से पूर्ण, ज्ञान से पूर्ण, धर्म से पूर्ण—वह भारतवर्ष कहीं भी नहीं है! है केवल चतुर्दिक् का यह झूठ! यह तुम्हारा कोलकाता शहर, यह ऑफिस, यह अदालत, ये कुछेक पूरे-पूरे ईंट-पत्थर और लकड़ी के भुरभुरे ढेर! छिः।"

इतना कहकर गोरा कुछ क्षण तक विनय के मुख की ओर एकटक ताकता रहा। विनय कोई उत्तर न देकर सोचने लगा। गोरा ने कहा, "यही, जहाँ हम पढ़ाई-लिखाई कर रहे हैं, नौकरी के उम्मीदवार बने घूम रहे हैं, दस से पाँच तक भूतों की तरह खट कर पता नहीं क्या कर रहे हैं, इसका कोई ठिकाना नहीं, इसी जादूगर के मिथ्या भारतवर्ष को सच ठहरा कर हम पच्चीस करोड़ लोग मिथ्या मान को मान, मिथ्या कर्म को कर्म समझ कर अहर्निश विभ्रान्त बने घूम रहे हैं—इस मरीचिका के भीतर क्या हम किसी भी चेष्टा से जीवन पा सकेंगे! उसी कारण हम प्रतिदिन सूख-सूख कर मर रहे हैं। एक है सत्य भारतवर्ष—परिपूर्ण भारतवर्ष, उसमें स्थित हुए बिना न तो हम बुद्धि के लिए वास्तविक प्राण-रस खींच पाएँगे और न हृदय के लिए। इसी से कहता हूँ, और सब कुछ भूल कर किताबी विद्या, खिताबी माया, नीचवृत्ति-प्रलोभन, सबको बलपूर्वक परे फेंक कर उसी बन्दरगाह की दिशा में जहाज को तैराना होगा—इसमें डूबना पड़ा तो डूब जाऊँगा, मरना पड़ा तो मर जाऊँगा। स्वेच्छा से भारतवर्ष की सत्य-मूर्ति को, पूर्ण मूर्ति को मैं किसी भी दिन भूल नहीं पाता।"

विनय—ये सारी आवेश की बातें नहीं हैं? तुम सच कह रहे हो?

गोरा ने मेघ की भाँति गरजते हुए कहा, "सच ही कह रहा हूँ।"

विनय—और जो तुम्हारी तरह देख नहीं पा रहे?

गोरा मुट्ठी बाँधते हुए बोला, "उन्हें दिखा देना होगा। हमारा यही तो कार्य है। सत्य की छवि साफ-साफ न देख पाकर लोग किसी उप-छाया के समक्ष आत्म-समर्पण कर देंगे। भारतवर्ष की सर्वांगीण मूर्ति सबके समक्ष उपस्थित कर दो—ऐसा होते ही लोग पागल हो जाएँगे। तब क्या द्वार-द्वार चंदा देने के लिए अनुनय करते घूमना पड़ेगा? प्राण देने के लिए ठेलमठेल मच जाएगी।"

विनय—या तो मुझे संसार के दूसरे दस लोगों की तरह बहते चले जाने दो, अन्यथा मुझे भी वह मूर्ति दिखाओ।

गोरा—साधना करो। यदि मन में विश्वास है, तो कठोर साधना में ही सुख पाओगे। हमारे शौकिया पैट्रियाट में सत्य का तनिक भी विश्वास नहीं है, इसीलिए वे अपने या दूसरे किसी के भी समक्ष बलपूर्वक दावा नहीं कर पाते। यदि स्वयं कुबेर भी अनुनयपूर्वक उन्हें वर देने आ जाएँ, तो लगता है वे साहस करके लाट साहब के चपरासी के, सोने-चाँदी का पानी चढ़े, तमगे से अधिक कुछ न माँग पाएँ। उनमें

विश्वास नहीं, इसलिए भरोसा नहीं।

विनय–गोरा, सबका स्वभाव समान नहीं होता। तुमने अपना विश्वास अपने भीतर से ही पाया है, अपने आधार को अपने बल पर खड़ा रख सकते हो, इसलिए दूसरों की अवस्था ठीक से नहीं समझ पाते। मेरा कहना है, जो हो, तुम मुझे एक काम में लगा दो–मुझे रात-दिन खटाते रहो–अन्यथा जितने समय तुम्हारे निकट रहता हूँ, लगता है, जैसे कुछ क्या पा लिया है, इसके बाद दूर जाने पर ऐसा कुछ हाथ में नहीं पाता, जिसे जकड़कर रह सकूँ।

गोरा–काम की बात कहते हो? अभी हमारा एकमात्र काम है, जो कुछ स्वदेश का है, उसके प्रति संकोचहीन संशयहीन संपूर्ण श्रद्धा प्रकट करके देश के अविश्वासियों के मन में उसी श्रद्धा का संचार करना। देश के संबंध में लज्जा कर-करके हमने अपने मन को दासत्व के विष से दुर्बल बना डाला है। जब हममें से प्रत्येक अपने दृष्टांत से उसका प्रतिकार करेगा, तब हमें अपना कार्य-क्षेत्र मिल जाएगा। इस समय जो भी काम करना चाहेंगे, वह केवल इतिहास की स्कूली किताबें लेकर दूसरों के काम की नकल हो जाएगा। उस झूठे कार्य में क्या हम कभी सच्ची भावना से अपने मन-प्राण लगा पाएँगे? उससे केवल अपने को हीन ही बनाएँगे।

उसी समय महिम ने हाथ में हुक्का लिए अलस भाव से धीरे-धीरे कमरे में प्रवेश किया। महिम का यह, ऑफिस से लौट जलपान निबटा कर, एक पान मुँह में और कोई छयेक पान डिबिया में रख, रास्ते के किनारे बैठ तम्बाकू के कश खींचने का समय है। और कुछ देर बाद मुहल्ले के यार-दोस्त एक-एक कर जुटेंगे, तब मुख्य द्वार के पास वाले कमरे में ताश के पत्तों से जुआ खेलने वाली सभा बैठेगी।

महिम के कमरे में आते ही गोरा कुर्सी छोड़कर खड़ा हो गया। महिम ने हुक्के का कश खींचते-खींचते कहा, "भारत के उद्धार में व्यस्त हो, इस समय भाई का उद्धार करो।"

गोरा महिम के मुँह की ओर देखता रहा। महिम बोले, "हमारे ऑफिस में जो नया बड़ा साहब हुआ है–शिकारी कुत्ते सा चेहरा है–वह भारी पाजी है। बाबुओं को बोलता है, बैबून–किसी की माँ मर जाने पर भी छुट्टी देना नहीं चाहता, कहता है, झूठ है–कोई बंगाली कर्मचारी ऐसा नहीं, जो किसी महीने पूरा वेतन पाने वाला हो, जुर्माने-जुर्माने में ही पूरा वेतन शतछिद्री बना डालता है। समाचारपत्र में उसके विरोध में एक चिट्ठी छपी थी, वह बेटा समझ रहा है कि यह मेरा ही काम है। वैसे, निहायत झूठ भी नहीं समझ रहा है। अब समाचारपत्र में ही अपने नाम से उसका एक कड़ा प्रतिवाद लिखे बिना टिकने नहीं देगा। तुम लोग तो युनिवर्सिटी-सागर के मंथन से निकले दो रत्न हो–यह चिट्ठी थोड़ी अच्छी तरह लिखनी होगी। उसमें प्रयोग करना होगा, even-handed justice, never failing generosity, kind courteousness

इत्यादि इत्यादि।''

गोरा चुप रहा। विनय हँसते हुए बोला, ''भैया, इतनी सारी झूठी बातें एक ही साँस में चला देंगे?''

महिम—शठे शाठ्यं समाचरेत्। अनेक दिन उनका संसर्ग किया है, मेरे लिए कुछ भी अविदित नहीं है। वे जिन झूठी बातों का व्यवहार कर सकते हैं, वह तारीफ के काबिल है। आवश्यकता पड़े तो उनके लिए कोई सीमा नहीं। यदि एक झूठ बोल दे, तो और सब शृगाल की भाँति उसी एक स्वर में हुक्का-हुआ करने लगते हैं, हम लोगों की तरह एक आदमी दूसरे को पकड़वा कर वाहवाही लूटना नहीं चाहता। इतना निश्चित जान लो, यदि पकड़े न जाओ, तो उन्हें ठगने में पाप नहीं।

कहते हुए महिम हाः हाः हाः करके खींच-खींच कर हँसने लगे—विनय भी बिना हँसे नहीं रह पाया।

महिम ने कहा, ''तुम लोग उनके मुँह पर सच बात कह कर उन्हें लज्जित करना चाहते हो। ऐसी बुद्धि भगवान ने तुम्हें न दी होती, तो देश की ऐसी दशा क्यों होती? इतना तो समझना होगा कि जिसके पास दैहिक-बल होता है, बहादुरी दिखा उसकी चोरी पकड़वा देने पर, वह लज्जा से सिर नीचा नहीं कर लेता। वह उल्टे अपनी सेंधकटी[1] उठाए परम साधु की भाँति हुंकारते हुए मारने आता है। सच है कि नहीं, बोलो?''

विनय—सच तो है।

महिम—उसकी अपेक्षा, मिथ्या बातों की घानी से बिन पैसे जो तेल निकलता है, उसी में से एकाध छटाँक से उसके पैरों में मालिश करके कहो, ''साधु जी, बाबा परमहंस, दया करके जरा झोली झाड़ दीजिए, उसकी धूल पाकर भी मेरा उद्धार हो जाएगा, तब शायद तुम्हारे ही घर के माल का छोटा-सा अंश तुम्हारे ही घर लौटकर आ सकता है, इसी के साथ शान्ति-भंग की आशका भी नहीं रहेगी। यदि समझो, तो इसे ही कहा जाता है पैट्रियोटिज्म। किन्तु मेरा भाई नाराज हो रहा है। वो हिंदू होने के बाद से मुझे भैया कह कर खूब मानता है, उसके सामने आज मेरी बातें ठीक बड़े भैया की तरह नहीं हुईं। लेकिन भाई, करूँ क्या, झूठ बात के सामने सच बात तो कहनी होगी। विनय, पर वो चिट्ठी चाहता हूँ। रुको, मैंने नोट तैयार किया है, ले आता हूँ।

कह कर महिम तम्बाकू का कश खींचते-खींचते बाहर चले गए। गोरा विनय से बोला, ''बिनु, तुम भैया के कमरे में जाकर उन्हें रोको। मैं लिखना समाप्त कर लूँ।''

---

1. सेंधकटी : सेंध लगाने का सब्बल जैसा औजार।

5

"अजी सुनते हो? मैं तुम्हारे पूजा-घर में नहीं घुस रही, डर की कोई बात नहीं। पूजापाठ शेष होने पर जरा उस कमरे में आना—तुमसे बात करनी है। जानती हूँ, जब दो नए संन्यासी आ पहुँचे हैं, तो तुम कुछ समय तक दिखाई नहीं दोगे, इसलिए कहने आई थी। भूल मत जाना, एक बार आना।"

इतना कहकर आनंदमयी घर-गृहस्थी के कामों में लौट गई।

कृष्णदयाल बाबू श्याम वर्ण के दोहरी कद-काठी के आदमी हैं, अधिक लम्बे नहीं हैं। चेहरे पर बड़ी-बड़ी दो आँखें सबसे अधिक दिखती हैं, शेष लगभग पूरा चेहरा दाढ़ी-मूँछ के खिचड़ी बालों से ढका है। वे हमेशा गेरुए रेशमी वस्त्र पहने रहते हैं, हाथ में पीतल का कमण्डल, पैरों में खड़ाऊँ। सिर पर सामने की ओर से टकले होने शुरू हो गए हैं—बचे हुए लंबे-लंबे केश गाँठ लगा कर सिर पर चूड़ा बना कर बँधे हैं।

पश्चिम में रहते समय इन्होंने एक दिन पल्टन के गोरों के साथ मद्य-मांस खाकर अपना सारा आचरण भ्रष्ट कर डाला था। उसके बाद वे देशी; पुजारी, पुरोहित, वैष्णव संन्यासी आदि श्रेणी के लोगों का जबर्दस्ती अपमान करने में ही पौरुष समझते थे, किन्तु अब ऐसा कुछ नहीं, जिसे महत्त्व न देते हों। कोई नया संन्यासी देखते ही उसके पास नूतन साधना मार्ग की शिक्षा लेने बैठ जाते हैं। मुक्ति के निगूढ़ पथ और योग की निगूढ़ प्रणाली के लिए इनके लोभ की सीमा नहीं। कृष्णदयाल कुछ दिन से तांत्रिक-साधना के अभ्यास की शिक्षा ले रहे थे कि एक बौद्ध-पुरोहित का पता चलते ही संप्रति उनका मन चंचल हो उठा है।

इनकी पहली पत्नी जब एक पुत्र को जन्म देकर मरी, तो इनकी आयु तेईस वर्ष थी। माता की मृत्यु का कारण मान, गुस्सा होकर, पुत्र को अपनी ससुराल में रख कृष्णदयाल वैराग्य की प्रबल झोंक में एकदम पश्चिम चले गए एवं छः महीने के भीतर ही काशीवासी सार्वभौम महाशय की पितृहीना पौत्री, आनंदमयी से विवाह कर लिया।

पश्चिम में कृष्णदयाल ने नौकरी का जुगाड़ कर लिया तथा नाना उपाय करके प्रभु-वर्ग में प्रतिष्ठा अर्जित कर ली। इसी बीच सार्वभौम की मृत्यु हो गई; अन्य कोई अभिभावक न रहने के कारण पत्नी को अपने ही पास लाकर रखना पड़ा।

उन्हीं दिनों जब 'सिपाही म्यूटिनी' शुरू हुई, तो इन्होंने कौशलपूर्वक एक-दो उच्च पदस्थ अंगरेजों की रक्षा करके यश और जागीर लाभ कमाया। म्यूटिनी के कुछ समय पश्चात ही काम छोड़ दिया तथा नवजात गोरा को लेकर कुछ दिन काशी में काटे। गोरा की आयु पाँचेक बरस हुई, तो कृष्णदयाल कोलकाता आकर अपने बड़े पुत्र महिम को उसके मामा के घर से अपने पास ले आए और उसका पालन-पोषण किया।

अब महिम पिता के हितैषियों के अनुग्रह से सरकारी खजाने में ठाठ के साथ काम कर रहा है।

गोरा लड़कपन से ही अपने मुहल्ले और स्कूल के लड़कों की सरदारी करने लगा था। अध्यापकों का जीना हराम कर डालना ही उसका मुख्य काम और मनोरंजन का साधन था। थोड़ा बड़ा होते ही वह, छात्रों के क्लब में "स्वाधीनताहीनताय के बाँचिते चाय हे'[1] एवं "बिंशति कोटि मानबेर बास'[2] का बार-बार पाठ करके और अंगरेजी में भाषण देकर छोटे विद्रोहियों का दलपति हो गया। अंत में जब गोरा ने छात्र-सभा के अण्डे को भेद कर वयस्कों की सभा में अपनी काकली का विस्तार करना आरम्भ किया, तो कृष्णदयाल बाबू को यह अत्यन्त कौतुक का विषय प्रतीत हुआ।

देखते-देखते बाहर के लोगों में गोरा की प्रतिष्ठा बढ़ गई, किन्तु घर में किसी के द्वारा भी उसे अधिक प्रोत्साहन नहीं मिला। महिम तब नौकरी करता था—उसने कभी 'पैट्रियट-ताऊ' और कभी 'हरीश मुखर्जी दि सेकेण्ड' कहकर तरह-तरह से गोरा को दबाने की चेष्टा की थी। तब बीच-बीच में प्रायः ही भैया के साथ गोरा की हाथापाई की नौबत आ जाती थी। आनंदमयी गोरा के अंगरेज-विद्वेष से मन-ही-मन अत्यन्त उद्विग्नता अनुभव करती थीं। उसे नाना प्रकार से शांत करने की चेष्टा करती थीं, किन्तु कोई फल नहीं निकलता था। गोरा रास्ते में किसी बहाने अंगरेजों के साथ मारामारी कर पाकर जीवन धन्य समझता था।

इधर, केशव बाबू की वक्तृता पर मुग्ध होकर गोरा ब्राह्म-समाज की ओर विशेष रूप से आकृष्ट हुआ; दूसरी ओर उसी समय कृष्णदयाल घोरतर आचारनिष्ठ बन गए। इतने कि गोरा के अपने कमरे में जाने मात्र से वे अति व्याकुल हो उठते थे। उन्होंने दो-तीन कमरे घेर कर, अपना अलग महल बना लिया। आडंबरपूर्वक उसी महल के द्वार पर 'साधानाश्रम' लिखा काष्ठ-फलक लटका दिया।

पिता के इस कर्मकाण्ड के प्रति गोरा का मन विद्रोही हो उठा। उसने कहा, "मैं ये सारी मूढ़ता सहन नहीं कर सकता, यह मेरी आँखों के लिए शूल है।" इसी के चलते गोरा ने अपने पिता के साथ सारे संपर्क तोड़ पूरी तरह घर छोड़कर जाने की तैयारी कर ली थी—वो तो, आनंदमयी ने उसे किसी प्रकार रोक लिया।

पिता के पास ब्राह्मण-पण्डितों का जो जमावड़ा होने लगा था, गोरा उनमें से जिसे पाता, उसी के साथ तर्क प्रारंभ कर देता। उसे तर्क भी नहीं, प्रायः घूँसेबाजी ही कहना चाहिए। उनमें से अनेक पण्डित अति सामान्य और अपरिमित अर्थलोभी थे, वे गोरा पर पार नहीं पा पाते थे, उससे बाघ की भाँति भय खाते थे। इनमें से केवल हरचन्द्र विद्यावागीश के प्रति गोरा में श्रद्धा जन्मी।

---

1. रे, कौन चाहता जीना बिना स्वाधीनता (रवीन्द्रनाथ की प्रसिद्ध कविता)
2. बीस कोटि मानवों का वास (रवीन्द्रनाथ का प्रसिद्ध गीत)

कृष्णदयाल ने वेदांत-चर्चा के निमित्त विद्यावागीश की नियुक्ति की थी। गोरा ने उद्धत भाव से लड़ाई करके पहली बार में ही देख लिया कि उनके साथ लड़ाई नहीं चल पाएगी। वे केवल पण्डित ही हों, ऐसा नहीं, उनके मत का औदार्य अति आश्चर्यजनक था। संस्कृत पढ़कर इस प्रकार की तीक्ष्ण और प्रशस्त बुद्धि भी हो सकती है, गोरा वैसी कल्पना ही नहीं कर पाता था। विद्यावागीश के चरित्र में क्षमा और शान्ति से पूर्ण एक ऐसा अविचलित धैर्य और गंभीरता थी कि उनके सामने स्वयं को संयत न करना गोरा के लिए पूरी तरह असंभव था। गोरा ने हरचन्द्र के पास वेदांत दर्शन पढ़ना आरंभ कर दिया। वह कोई भी काम आधा-अधूरा नहीं कर पाता, इसलिए दर्शन के विमर्श में पूरी तरह डूब गया।

घटनाक्रम में, उन्हीं दिनों एक अंगरेज मिशनरी ने किसी समाचारपत्र में हिन्दू शास्त्रों और समाज पर आक्रमण करके देश के लोगों को तर्क-युद्ध के लिए ललकारा। गोरा एकदम आग-बबूला हो उठा। यद्यपि अवसर पाते ही वह स्वयं शास्त्र और लोकाचार की निंदा करके, जितनी तरह से कर पाता, विरोधी मत वाले लोगों को पीड़ा पहुँचाता तब भी हिन्दू समाज के प्रति एक विदेशी व्यक्ति की अवज्ञा ने उसे जैसे अंकुश से घायल कर डाला।

गोरा ने समाचारपत्र में लड़ाई शुरू कर दी। दूसरे पक्ष ने हिन्दू समाज पर जितने दोष मढ़े थे, गोरा ने उनमें से एक को भी और जरा-सा भी स्वीकार नहीं किया। दोनों पक्षों द्वारा अनेक उत्तर-प्रत्युत्तर दिए जाने के बाद संपादक ने कहा, "हम और अधिक चिट्ठियाँ नहीं छापेंगे।"

किन्तु अब गोरा को जिद चढ़ गई। वह 'हिन्दुइज्म' शीर्षक से अंगरेजी में एक पुस्तक लिखने लगा—उसके लिए अपने सामर्थ्यानुसार समस्त युक्तियाँ और शास्त्र छान कर हिन्दू धर्म एवं समाज के अनिंद्य श्रेष्ठत्व के प्रमाण संग्रहीत करने में जुट गया।

मिशनरी के साथ झगड़ा करके गोरा ने धीरे-धीरे अपनी वकालत के सामने स्वयं ही हार मान ली। गोरा बोला, "हमारे अपने देश को विदेशियों की अदालत में अभियुक्त की भाँति खड़ा करके हम लोग विदेशियों के कानून के अन्तर्गत न्याय करने ही नहीं देंगे। विलायत के आदर्श के साथ सूक्ष्म रूप में मिलाकर न हम लज्जित होंगे और न गौरव का अनुभव करेंगे। जिस देश में जन्मा हूँ, उस देश के आचार, विश्वास, शास्त्र और समाज के लिए दूसरों के और अपने सामने तनिक भी हीन बनकर नहीं रहूँगा। देश का जितना कुछ है, उस सबको बल के साथ और गर्वपूर्वक शिरोधार्य करके अपमान से देश की तथा अपनी रक्षा करूँगा।"

इसके बाद गोरा ने गंगा-स्नान, संध्या-वंदन, पूजापाठ शुरू कर दिया, शिखा रख ली, खाने-छूने में विचार मान कर चलने लगा। अब वह प्रतिदिन प्रातः माता-पिता की चरण-धूलि लेने लगा, जिस महिम को कभी अँगरेजी में 'काड' और 'स्नब' कहने

से नहीं चूकता था, उसे देखते ही उठ कर खड़ा हो प्रणाम करने लगा; इस हठात् भक्ति को लेकर महिम उसे, जो मुँह में आता, वही कहता, किन्तु गोरा कोई जवाब न देता।

गोरा ने अपने भाषण और आचरण से समाज के एक वर्ग के लोगों में जागरण ला दिया। वे जैसे एक दुविधा के पंजे बच गए; मुक्त होकर बोल उठे, "हम अच्छे हैं कि बुरे, सभ्य हैं कि असभ्य, इसके लिए किसी के प्रति जवाबदेह नहीं होना चाहते– हम बस, सोलह आना अनुभव करना चाहते हैं कि हम, हम ही हैं।" लेकिन ऐसा नहीं लगा कि कृष्णदयाल गोरा में हुए इस नवीन परिवर्तन से प्रसन्न हुए हों। यहाँ तक कि उन्होंने एक दिन गोरा को बुला कर कहा, "देखो बेटा, हिन्दू शास्त्र बड़े गंभीर विषय हैं। ऋषि जिस धर्म की स्थापना कर गए हैं, उसे गहराई से समझना ऐसे-वैसे लोगों का काम नहीं। मेरे विचार से बिना समझे उससे छेड़-छाड़ न करना ही अच्छा है। तुम बच्चे हो, बराबर अंगरेजी पढ़ कर बड़े हुए हो, तुम जो ब्राह्म-समाज की ओर झुके थे, वह तुमने अपने अधिकार के अनुकूल ही कार्य किया था। मैंने उसमें जरा भी गुस्सा नहीं किया, बल्कि खुश ही हुआ था। मगर अब तुम जिस मार्ग पर चले हो, यह कुछ अच्छा नहीं लग रहा है। यह तुम्हारा मार्ग ही नहीं है।"

गोरा बोला, "आप क्या कह रहे हैं पिताजी? मैं तो हिन्दू हूँ। हिन्दू धर्म के गूढ़ मर्म को आज नहीं समझ रहा, तो कल समझूँगा–यदि कभी भी न समझा, तो भी इसी मार्ग पर चलना होगा। हिन्दू-समाज के साथ पूर्व-जन्म का संबंध नहीं तोड़ पाया; तभी तो इस जन्म में ब्राह्मण के घर पैदा हुआ हूँ, इसी तरह जन्म-जन्मान्तर में हिन्दू धर्म और समाज के भीतर रहते हुए ही अन्त में इसके चरम शिखर को प्राप्त कर लूँगा। यदि कभी भूलवश अन्य मार्ग की ओर थोड़ा-सा भी झुका, तो पुनः दुगुनी शक्ति से लौटना ही होगा।"

कृष्णदयाल ने सिर हिलाते-हिलाते कहा, "लेकिन बेटा, हिन्दू कह देने भर से ही तो हिन्दू नहीं हुआ जा सकता। मुसलमान होना आसान है, ख्रिस्तान भी ऐसा-वैसा कोई भी हो सकता है, किन्तु हिन्दू! रहने दो! वह बड़ा कठिन है।"

गोरा–वह तो ठीक है। लेकिन जब मैं हिन्दू होकर जन्मा हूँ, तो सिंह द्वार तो पार कर आया हूँ। अब ठीक तरह साधना करके ही धीरे-धीरे आगे बढ़ पाऊँगा।

कृष्णदयाल–बेटा, तर्क से तुम्हें ठीक तरह नहीं समझा पाऊँगा। तुम जो कह रहे हो, वह भी सत्य है। जिसका जो कर्म-फल है, निर्दिष्ट धर्म है, उसे एक दिन घूम-फिर कर उसी धर्म के मार्ग पर आना होगा–कोई रोक नहीं सकेगा। भगवान की इच्छा। हम क्या कर सकते हैं! हम तो निमित्त हैं।

कर्मफल एवं भगवान की इच्छा, सोऽहंवाद एवं भक्ति तत्व, कृष्णदयाल सभी को संपूर्णतः समान भाव से ग्रहण करते हैं–परस्पर किसी प्रकार के समन्वय का प्रयोजन है, उसे तनिक भी अनुभव नहीं करते।

6

कृष्णदयाल आज पूजा-पाठ और स्नानाहार से निवृत्त होकर बहुत दिन बाद आनंदमयी के कक्ष में, फर्श पर अपने कम्बल का आसन बिछाए, सतर्कतापूर्वक मानो हर तरह के सभी सम्बन्धों से असंपृक्त सीधी पीठ किए बैठे हैं।

आनंदमयी बोलीं, "सुनो जी, तुम तो तपस्या कर रहे हो, घर-गृहस्थी के विषय में कुछ सोचते नहीं, किन्तु मैं गोरा को लेकर हमेशा डरी-डरी रहती हूँ।"

कृष्णदयाल—क्यों, डर किसका?

आनंदमयी—वह मैं ठीक-ठीक नहीं बता सकती। किन्तु मुझे लगता है, गोरा ने आजकल यह जो हिन्दुआनी शुरू कर दी है, वह उसे कभी रास नहीं आएगी, उसकी यही चाल रही, तो अंत में पता नहीं कौन-सी विपत्ति आ पड़ेगी। मैंने तो तुम्हें उसी समय कहा था, उसका यज्ञोपवीत मत कराओ। तुम तो कुछ मानने को तैयार ही नहीं हुए; कह दिया, कंधे पर एक गुच्छी सूत लटका लेने भर से किसी का कुछ आता-जाता नहीं। किन्तु वह केवल सूत ही तो नहीं है, अब उसे रोकोगे कहाँ-कहाँ?

कृष्णदयाल—वाह! लगता है, सारा मेरा ही दोष है! और तुमने शुरू से ही जो भूल की थी! तुम जो उसे किसी भी तरह छोड़ने को तैयार नहीं हुईं! तब मैं भी अड़ियल था—धरम-करम कोई किसी का ज्ञान तो था नहीं। आज होता, तो क्या ऐसा काम कर पाता!

आनंदमयी—किन्तु चाहे जो कहो, मैं किसी भी तरह नहीं मान सकती कि मैंने कोई अधर्म किया था। तुम्हें तो याद होगा, बेटा होने के लिए मैंने क्या कुछ नहीं किया—जिसने जो कहा, वही सुना—तुम्हें तो पता ही है, कितने ताबीज, कितने मंत्र लिए थे। एक दिन सपने में देखा कि चंगेरी भर फूल लेकर भगवान की पूजा करने बैठी हूँ—अचानक देखती हूँ, चंगेरी में फूल नहीं हैं, फूलों की भाँति धवल एक छोटा बालक है; अहा, वह क्या देखा था, क्या कहूँ, मेरी दोनों आँखों से आँसू झरने लगे—उसे झट से उठा कर गोद में लेती कि नींद खुल गई। उसके दस दिन पूरे होने से पहले ही तो गोरा मिल गया था—वह हमारे भगवान का दान था—वह क्या और किसी का था, जो मैं किसी को लौटा देती! लगता है, पिछले जन्म में उसे गर्भ में धारण करके बहुत कष्ट भोगा था, इसीलिए अब वह मुझे माँ पुकारने आया है। देखूँ जरा, सोचकर देखो, वह कहाँ से किस तरह आया था। उन दिनों चारों ओर मारामारी-काटाकाटी मची थी, सब अपने प्राणों के भय से मरे जा रहे थे—उसी समय आधी रात को जब वह मेम हमारे घर आकर छिपी, तुम तो मारे डर के उसे घर में रुकने ही नहीं देना चाहते थे—मैंने तुम्हें ठग कर उसे गो-शाला में छिपा दिया। उसी रात पुत्र को जन्म देकर वह तो मर गई। उसी, माँ-बाप मर चुके बालक को अगर मैं न बचाती, तो क्या वह बचता? तुम्हारा क्या! तुम तो उसे पादरी को दे देना चाहते थे। क्यों! मैं उसे

पादरी को क्यों दे देती! पादरी उसका माँ-बाप था या उसने उसके प्राण बचाए थे? इतना करके जिस बेटे को पाया, वह क्या गर्भजाए से कम है! तुम जो भी कहो, जिन्होंने यह बेटा मुझे दिया है, यदि वे स्वयं उसे न लें, तो मैं प्राण जाने पर भी उसे और किसी को नहीं लेने दूँगी।

कृष्णदयाल–वो तो जानता हूँ। तो अपने गोरा को लेकर तुम रहो, मैंने तो कभी उसमें कोई परेशानी खड़ी की नहीं। किन्तु पुत्र के रूप में परिचय देने के बाद, उसका यज्ञोपवीत न कराने से तो समाज मानेगा नहीं। इसीलिए उपनयन का कार्य करना पड़ा। अब केवल दो ही बातें सोचने की हैं। न्याय के अनुसार मेरी समस्त धन-संपदा महिम की ही प्राप्य है–इसीलिए–

आनंदमयी–कौन तुम्हारी धन-संपत्ति में हिस्सा लेना चाहता है! तुमने जितना धन इकट्ठा किया है, वह सारा महिम को दे जाना–गोरा उसमें से एक पैसा भी नहीं लेगा। वह पुरुष है, पढ़ना-लिखना जानता है, अपने परिश्रम से उपार्जन करके खाएगा–वह भला दूसरे के धन में हिस्सा क्यों बँटाएगा! वह बना रहे, यही मेरे लिए काफी है–मुझे और संपत्ति की जरूरत नहीं।

कृष्णदयाल–नहीं, उसे पूरी तरह वंचित नहीं करूँगा, जागीर उसे दे दूँगा–आने वाले कल उसका मुनाफा वर्ष में हजार रुपए हो सकता है। अब सोचने का विषय है, उसके विवाह वाली बात। पहले जो किया, सो किया–किन्तु अब तो हिन्दू धर्म के अनुसार उसका विवाह ब्राह्मण के घर में नहीं करा पाऊँगा–इसमें तुम नाराज हो जाओ या और जो भी करो।

आनंदमयी–हाय-हाय, तुम समझते हो, तुम्हारी तरह पृथिवी पर गंगाजल और गोबर छिड़कते हुए घूमने वाली न होने के कारण मुझे धर्म का ज्ञान नहीं। ब्राह्मण के परिवार में उसका विवाह करूँगी ही क्यों, और गुस्सा ही किस कारण करूँगी?

कृष्णदयाल–क्या कह रही हो! तुम तो ब्राह्मण की कन्या हो।

आनंदमयी–वो होने दो ना ब्राह्मण की कन्या! बह्मनई करना तो मैंने छोड़ ही दिया। इसी कारण तो महिम के विवाह के समय मेरे आचरण को ख्रिस्तानी कह कर कुटुम्ब वालों ने टंटा खड़ा करना चाहा था–इसीलिए जानबूझ कर मैंने दूरी बनाए रखी, बात ही नहीं की। पूरी दुनिया के लोग मुझे ख्रिस्तान बोलते हैं, और भी कितनी बातें कहते हैं–अगर उन सारी बातों को मन में रख कर मैं कहूँ, क्या ख्रिस्तान लोग मनुष्य नहीं होते! यदि तुम लोग इतने ही ऊँच-जात और भगवान के इतने ही प्रिय हो, तो वे कभी पठानों के, कभी मुगलों के और कभी ख्रिस्तानों के पैरों में तुम्हारा सिर क्यों कुचलवाते हैं?

कृष्णदयाल–वे सब बहुत बातें हैं, तुम स्त्री हो, उन सबको नहीं समझोगी। किन्तु एक समाज तो है–वह तो समझो, तुम्हें उसको मान कर चलना ही उचित है।

आनंदमयी–यह समझना मेरा काम नहीं। मैं केवल इतना समझती हूँ कि जब

गोरा को मैंने बेटे के रूप में पाला है, तो आचार-विचार खण्डित करने पर समाज रहे ना रहे, धर्म नहीं रहेगा। मैंने बस, उसी धर्म के भय से कभी कुछ छिपाया नहीं–मैंने जो कुछ नहीं माना, उसे सभी को जना दिया, और सबकी घृणा उठाए चुपचाप पड़ी रही। केवल एक ही बात छुपाई, उसी के कारण डर-डर कर मरी जा रही हूँ कि ईश्वर कब क्या करें। देखो, मेरे मन में आता है कि गोरा को सारी बात बता दूँ, उसके बाद भाग्य में जो है, वही होगा।

कृष्णदयाल बेचैन होकर बोले, "ना ना, मेरे जीते-जी किसी भी तरह ऐसा नहीं हो सकता। गोरा को तो जानती ही हो। यह बात सुन कर वह क्या कर बैठेगा, कुछ नहीं कहा जा सकता। उसके बाद समाज में हलचल मच जाएगी। केवल उतना ही क्या? इस विषय में गवर्नमेण्ट क्या करेगी, यह भी नहीं कहा जा सकता। यदि गोरा का बाप लड़ाई में मारा गया था, उसकी माँ भी मर गई है, यह तो पता ही है, किन्तु सारा हंगामा बीत जाने के बाद मजिस्ट्रेट को खबर देना उचित था। अब इसे लेकर यदि कोई बखेड़ा खड़ा हो जाए, तो मेरी साधना-भजन सब कुछ मिट्टी में मिल जाएगा, और क्या विपत्ति आ पड़ेगी, कहा नहीं जा सकता।"

आनंदमयी निरुत्तर बैठी रहीं। कुछ क्षण बाद कृष्णदयाल ने फिर कहा, "मैंने मन-ही-मन गोरा के विवाह के संबंध में विचार किया है। परेश भट्टाचार्य मेरे साथ पढ़ता था। वह स्कूल इन्स्पेक्टर के काम से पेन्शन लेकर अब कोलकाता आकर रहने लगा है। वह घोर ब्राह्म है। सुना है, उसके घर में कई लड़कियाँ भी हैं। यदि गोरा को उसके घर में भिड़ा दिया जाए, तो आना-जाना करते-करते परेश की कोई लड़की उसे पसंद भी आ सकती है। उसके बाद प्रजापतिर निर्बन्ध।"[1]

आनंदमयी–क्या कहते हो! गोरा ब्राह्म के घर आना-जाना करेगा? उस दिन उसका और नहीं।

कहना पूरा होते-होते स्वयं गोरा ने अपने मेघमन्द्र स्वर में 'माँ' पुकारते हुए कमरे में प्रवेश किया। कृष्णदयाल को यहाँ बैठा देख उसे थोड़ा आश्चर्य हुआ। आनंदमयी जल्दी से उठ, गोरा के निकट जाकर दोनों आँखों से स्नेह बरसाते हुए बोलीं, "क्या है बेटा, क्या चाहिए?"

"ना, कोई खास बात नहीं, अभी रहने दो।" कह कर गोरा लौटने को हुआ।

कृष्णदयाल बोले, "थोड़ा बैठो, एक बात है। मेरे एक ब्राह्म-मित्र आजकल कोलकाता आए हुए हैं, वे हेदोतला में रहते हैं।"

गोरा–क्या परेश बाबू?

कृष्णदयाल–तुम उन्हें कैसे जानते हो?

गोरा–विनय उनके घर के पास ही रहता है, उससे ही उनके बारे में सुना।

---

1. विधाता रचित विवाह-बन्धन।

कृष्णदयाल—मैं चाहता हूँ, तुम उन लोगों की खैर-खबर ले आओ।

गोरा ने अपने मन में कुछ विचार किया, उसके बाद हठात् बोला, "अच्छा, मैं कल ही जाता हूँ।"

आनंदमयी थोड़ी आश्चर्यचकित हुईं।

गोरा कुछ सोच कर फिर बोला, "नहीं, कल तो मेरा जाना होगा नहीं।"

कृष्णदयाल—क्यों?

गोरा—कल मुझे त्रिवेणी जाना है।

कृष्णदयाल ने आश्चर्य में पड़ते हुए कहा, "त्रिवेणी!"

गोरा—कल सूर्य-ग्रहण का स्नान है।

आनंदमयी-गोरा तूने तो अवाक् कर डाला! स्नान करना चाहता है, तो कोलकाता की गंगा है। त्रिवेणी न होने से तेरा स्नान ही नहीं होगा—तूने तो देश के सभी लोगों को पीछे छोड़ दिया।

गोरा उसका कोई उत्तर दिए बिना ही चला गया।

गोरा ने त्रिवेणी-स्नान का जो संकल्प किया है, उसका कारण यही है कि वहाँ अनेक तीर्थयात्री एकत्र होंगे। गोरा उसी जन-साधारण के साथ एकाकार होकर अपने को देश के वृहत्-प्रवाह में समर्पित करना और देश के हृदय के आन्दोलन को अपने हृदय में अनुभव करना चाहता है। गोरा जहाँ भी, थोड़ा-सा भी अवसर पाता है, वहीं अपने समस्त संकोच एवं पूर्व संस्कारों का बलपूर्वक परित्याग करके देश के साधारण लोगों के साथ समान भूमि पर खड़ा होकर पूरे मन से कहना चाहता है, "मैं तुम्हारा हूँ, तुम मेरे हो।"

7

विनय ने भोर में उठ कर देखा, आकाश रात में ही स्वच्छ हो गया है। प्रातः का प्रकाश दुधमुँहे बालक की हँसी की भाँति निर्मल होकर खिल गया है। दो-एक धवल मेघ गगन में नितान्त निष्प्रयोजन बहते घूम रहे हैं।

बरामदे में खड़ा होकर जब वह एक और निर्मल प्रभात की स्मृति में पुलकित हो रहा था, तभी देखा कि परेश बाबू एक हाथ में छड़ी और दूसरे में सतीश का हाथ थामे धीरे-धीरे चले आ रहे हैं। सतीश बरामदे में विनय को देखते ही ताली बजाते हुए 'विनय बाबू' कहकर चीत्कार करने लगा। परेश ने भी गर्दन उठा कर विनय को देख लिया। विनय जब तक जल्दी-जल्दी उतर कर नीचे आया, सतीश को लेकर परेश उसके घर में पहुँच गए।

सतीश विनय का हाथ पकड़कर बोला, "विनय बाबू, आपने उस दिन कहा था, हमारे घर आएँगे, किन्तु आए तो नहीं?"

विनय स्नेपूर्वक सतीश की पीठ पर धौल जमाते हुए हँसने लगा। परेश ने सावधानी से अपनी छड़ी टेबुल से टिका कर खड़ी कर दी, फिर कुर्सी पर बैठ गए और बोले, "उस दिन आप न होते, तो हमें भारी मुश्किल होती। बड़ा उपकार किया।"

विनय ने असहज होते हुए कहा, "क्या कह रहे हैं, किया ही क्या था।"

सतीश ने उससे अचानक पूछा, "अच्छा विनय बाबू, आपके पास कुत्ता नहीं है?"

विनय ने हँस कर कहा, "कुत्ता? नहीं, कुत्ता नहीं है।"

सतीश ने जिज्ञासा की, "क्यों, कुत्ता क्यों नहीं रखते?"

विनय बोला, "कुत्ते की बात कभी मन में आई ही नहीं।"

परेश ने कहा, "सुना है, सतीश उस दिन आपके यहाँ आया था, लगता है, काफी परेशान करके गया। वह इतना बोलता है कि उसकी–दीदी ने उसे बख्तियार खिलजी नाम दे दिया है।"

विनय बोला, "मैं भी खूब बक-बक कर सकता हूँ, इसीलिए हम दोनों में काफी दोस्ती हो गई है। क्या कहते हो सतीश बाबू!"

सतीश ने इस बात का कोई उत्तर नहीं दिया, किन्तु उसके नए नामकरण को लेकर विनय के सामने उसके बड़प्पन में कहीं कमी आ जाए, इस कारण वह बेचैन हो उठा। बोला, "ठीक तो है, अच्छा ही तो है। बख्तियार खिलजी अच्छा ही तो। अच्छा विनय बाबू, बख्तियार खिलजी ने तो लड़ाई की थी? उसने तो बंगाल जीत लिया था?"

विनय ने हँसकर कहा, "पहले वह लड़ाई करता था, अब लड़ाई की जरूरत नहीं पड़ती, अब वह केवल भाषण देता है। और बंगाल भी जीत लेता है।"

इसी तरह बहुत देर बातें हुई। परेश ने सबसे कम बातें कीं–वे बस, शांत-प्रसन्न मुख बीच-बीच में हँसते रहे तथा एक-दो बातों से योग देते रहे। विदा लेते समय कुर्सी से उठते हुए बोले, "हम लोगों का अठहत्तर नंबर वाला घर यहाँ से जाकर सीधा दाएँ हाथ पर–"

सतीश बोला, "वे हमारा घर जानते हैं। उस दिन वे मेरे साथ एकदम हमारे दरवाजे तक गए थे।"

इस बात से लज्जा अनुभव करने का कोई प्रयोजन नहीं था, फिर भी विनय मन ही मन लज्जित हो उठा। जैसे कि उसकी कोई बात पकड़ ली गई हो।

वृद्ध ने कहा, "तब तो आप हमारा घर जानते हैं। तो यदि कभी आपका–"

विनय–वह और कहना नहीं पड़ेगा। जब भी–

परेश–हम लोगों का तो एक ही मुहल्ला है–केवल कोलकाता होने के कारण ही अब तक परिचय नहीं हो पाया।

विनय ने परेश को रास्ते तक पहुँचा दिया। वह कुछ देर तक द्वार के पास खड़ा

रहा। परेश छड़ी लेकर धीरे-धीरे चले—और सतीश लगातार बक-बक करते उनके साथ-साथ चलता रहा।

विनय मन-ही-मन कहने लगा, परेश बाबू जैसा वृद्ध नहीं देखा, चरण-धूलि लेने की इच्छा करती है। और सतीश कैसा अद्भुत लड़का है। कुशलपूर्वक रहा, तो यह एक लायक आदमी बनेगा—जैसी बुद्धि, वैसी ही सरलता।

ये वृद्ध एवं बालक चाहे जितने अच्छे हों, इतने अल्पकालीन परिचय में उनके प्रति इतने परिमाण में भक्ति और स्नेह का स्फुरण सामान्यतः संभव नहीं हो सकता था। किन्तु विनय का मन ऐसी दशा में था कि वह अधिक परिचय की अपेक्षा नहीं रखता।

इसके बाद विनय मन-ही-मन सोचने लगा—परेश बाबू के घर जाना ही होगा, अन्यथा शिष्टता की रक्षा नहीं हो पाएगी।

किन्तु गोरा के मुख से उन लोगों के दल का भारतवर्ष चेताने लगा, तुम्हारा वहाँ आना-जाना उचित नहीं होगा। खबरदार!

विनय ने पग-पग पर उन लोगों के दल के भारतवर्ष के अनेक निषेध माने हैं। अनेक बार दुविधा में भी पड़ा, फिर भी माने। आज उसके मन में एक विद्रोह दिखाई दिया। उसके मन में होने लगा, जैसे भारतवर्ष केवल निषेध की ही मूर्ति हो।

नौकर ने आकर सूचना दी, भोजन तैयार है—पर तब तक विनय का स्नान तक नहीं हुआ था। बारह बज गए हैं। हठात् विनय ने जोर से सिर झटक कर कहा, "मुझे नहीं खाना, तुम लोग जाओ।"

कह कर छाता गर्दन से अटकाए रास्ते पर निकल आया—एक चादर तक कंधे पर नहीं ली।

सीधा गोरा के घर पर आ उपस्थित हुआ। विनय को पता था, एम्हर्स्ट स्ट्रीट पर एक भवन किराये पर लेकर हिन्दू हितैषी का ऑफिस बनाया गया है, गोरा प्रतिदिन दोपहर को ऑफिस जाकर, संपूर्ण बंगाल में उसके दल का जो सदस्य जहाँ है, सभी को पत्र लिख कर जगाए रखता है। यहीं उसके भक्त उसके मुख से उपदेश सुनने आते हैं और उसका सहयोग करके अपने को धन्य समझते हैं।

उस दिन भी गोरा उसी ऑफिस के काम से गया था। विनय लगभग दौड़ते हुए अंतःपुर में आनंदमयी के कमरे में आ पहुँचा। आनंदमयी उस समय भोजन करने बैठी थीं एवं लछमिया उनके निकट बैठी उन्हें पंखा झल रही थी।

आनंदमयी ने आश्चर्य में भर कर कहा, "क्या रे विनय, तुझे क्या हुआ?"

विनय उनके सम्मुख बैठ कर बोला, "माँ, बड़ी भूख लगी है, मुझे खाना दो।"

आनंदमयी ने बेचैन होकर कहा, "यह तो मुश्किल में डाल दिया। बाह्मन-ठाकुर तो चला गया—तुम लोग जो फिर—"

विनय बोला, "मैं क्या बाह्मन-ठाकुर का बनाया खाने आया हूँ! तब मेरे घर के

बाह्मन ने क्या दोष किया है? मैं तुम्हारी थाली का प्रसाद खाऊँगा माँ। लछमिया, मुझे एक गिलास जल लाकर दे तो!"

लछमिया के जल लाकर देते ही विनय ने ढक् ढक् करके पी लिया। तब आनंदमयी एक थाली मँगवा कर, स्नेहपूर्वक सँभाल-सँभाल कर मिलाते हुए अपनी थाली का भात उस थाली में देने लगीं और विनय बहुत दिन के भूखे की भाँति वही खाने लगा।

आनंदमयी के मन की एक वेदना आज दूर हो गई। उनके चेहरे पर प्रसन्नता देख कर जैसे विनय की छाती से भी एक बोझ उतर गया। आनंदमयी तकिए का गिलाफ सिलने बैठ गईं; केवड़े का कत्था तैयार करने के लिए पास वाले कमरे में एकत्र करके रखे गए केवड़े के फूलों की सुगंध आने लगी, विनय आनंदमयी के पैरों के निकट ऊँचे उठे हाथ पर सिर टिकाए अधलेटे की भाँति पड़ गया और दुनिया का सबकुछ भूल कर एकदम उन्हीं पहले के दिनों की तरह आनंद में बक-बक करने लगा।

8

इस एक बाँध के ढहते ही विनय की हृदय की नूतन बाढ़ मानो, और उद्दाम हो उठी। आनंदमयी के घर से निकल कर रास्ते पर आते ही जैसे वह एकदम उड़ते हुए चलने लगा; उसके पैर जैसे जमीन पर पड़ ही नहीं रहे थे; उसकी इच्छा होने लगी कि जिस बात को लेकर वह कई दिन से संकोच-पीड़ित हो रहा है, आज मुँह उठा कर सबके सामने उसकी घोषणा कर दे।

विनय जिस क्षण 78 नंबर वाले दरवाजे के सामने पहुँचा, तभी विपरीत दिशा से परेश भी वहाँ आ उपस्थित हुए।

"आइए आइए, विनय बाबू, बहुत खुशी हुई" कह कर परेश ने विनय को अपनी रास्ते के किनारे वाली बैठक में ले जाकर बैठाया। एक छोटी टेबिल, उसके एक ओर पीठ वाली बैंच, दूसरी ओर एक लकड़ी और बेंत की कुर्सी; दीवार पर एक ओर जीसू ख्रिस्त का रंग से बनाया चित्र तथा दूसरी ओर केशव बाबू का फोटोग्राफ। टेबिल पर तह किए दो-चार दिन के अखबार, उनके ऊपर सीसे का पेपरवेट। कोने में एक छोटी अलमारी, उसके ऊपर के खाने में थियोडर पार्कर की किताबें पंक्तिबद्ध सजी रखी दिखाई दे रही हैं। अलमारी के ऊपर कपड़े से ढका एक ग्लोब है।

विनय बैठ गया; उसकी छाती के भीतर का हृत-पिण्ड विचलित हो उठा; सोचने लगा, यदि उसकी पीठ की ओर वाले खुले दरवाजे से कोई कमरे में आ जाए!

परेश बोले, "सुचरिता सोमवार को मेरे एक मित्र की बेटी को पढ़ाने जाती है, वहाँ एक लड़का सतीश का समवयसी है, सो सतीश भी उसके साथ गया है। मैं उन

लोगों को पहुँचा कर आ रहा हूँ। थोड़ी और देर हो जाती, तो आपके साथ भेंट ही नहीं हो पाती।"

खबर सुनकर विनय ने अपने मन में एक ही समय आशा के भंग होने की हूल और राहत महसूस की। परेश के साथ उसकी बातचीत अति सहज हो आई।

परेश ने आज बातें करते-करते विनय के बारे में धीरे-धीरे सबकुछ जान लिया। विनय के माँ-बाप नहीं हैं, चाची को लेकर चाचा गाँव में रहते हुए काम-धाम देखते हैं। उसके दो चचेरे भाई उसी के साथ एक घर में रह कर पढ़ाई-लिखाई करते थे–उनमें से बड़ा तो वकील होकर अपने जिला-कोर्ट में वकालत करता है, छोटा कोलकाता में रहते समय ही हैजे से मर गया था, चाचा की इच्छा थी कि विनय डिपुटी-मजिस्ट्रेटी के लिए कोशिश करे, किन्तु विनय कोई चेष्टा न करके नाना प्रकार के व्यर्थ के कामों में लगा है।

इस तरह कोई एक घंटा बीत गया। बिना प्रयोजन के और अधिक देर बैठना अभद्रता होगी, इसलिए विनय उठ पड़ा; बोला, "दोस्त सतीश के साथ मेरी भेंट नहीं हुई, अफसोस है, उसे बताइए कि मैं आया था।"

परेश बाबू ने कहा, "और थोड़ा बैठते, तो उनके साथ भेंट हो जाती। उनके लौटने में और अधिक देरी नहीं है।"

इतनी-सी बात पर निर्भर करके फिर से बैठ जाने में विनय को शर्म महसूस हुई। थोड़ी और जबर्दस्ती की जाती, तो वह बैठ सकता था–लेकिन परेश अधिक बातें करने वाले या जबर्दस्ती करने वाले व्यक्ति नहीं हैं, इसलिए विदा लेनी पड़ी। परेश बोले, "आप कभी-कभी आएँ, तो प्रसन्नता होगी।"

विनय को बाहर आकर घर की ओर लौटने की कोई आवश्यकता अनुभव नहीं हुई। वहाँ कोई काम नहीं है। विनय अखबार में लिखता है–सभी उसके अंगरेजी लेखों की खूब तारीफ करते हैं, किन्तु पिछले कई दिन से लिखने बैठने पर सामग्री दिमाग में आती ही नहीं। टेबिल के सामने अधिक देर बैठना ही कठिन है–मन छटपटाने लगता है। इसीलिए विनय आज अकारण ही उल्टी दिशा में चल पड़ा।

दो कदम चलते ही एक बालक के स्वर में चिल्लाने की आवाज सुनाई पड़ी, "विनय बाबू, विनय बाबू।"

मुँह उठा कर देखा, एक भाड़ा-गाड़ी के दरवाजे से झुका सतीश उसे पुकार रहा है। गाड़ी के भीतर आसन पर थोड़ी साड़ी और जरा-सी सफेद ब्लाउज की आस्तीन, जितनी भी दिखाई दी, उससे यह समझने में कोई संदेह नहीं रहा कि आरोही कौन है!

बंगाली भद्रता के संस्कार के अनुसार गाड़ी की ओर दृष्टि को जाने से रोकना विनय के लिए कठिन हो गया। इसी बीच वहीं गाड़ी से उतर, सतीश ने आकर उसका हाथ पकड़ लिया; बोला, "चलिए हमारे घर।"

विनय ने कहा, "मैं तुम लोगों के घर से ही तो अभी आ रहा हूँ।"

सतीश–वाह, हम लोग जो नहीं थे, फिर से चलिए।

विनय सतीश की जोर-जबर्दस्ती को अनदेखा नहीं कर सका। बंदी को लिए घर में प्रवेश करते ही सतीश ने उच्च स्वर में कहा, "पिताजी, विनय बाबू को ले आया हूँ।"

वृद्ध कमरे से बाहर आकर थोड़ा हँसते हुए बोले, "ताकतवर हाथों में पड़ गए हैं, जल्दी नहीं छूट पाएँगे। सतीश, अपनी दीदी को बुला दे।"

विनय कमरे में आकर बैठ गया, उसका हृदय तेजी से उठने-गिरने लगा। परेश ने कहा, "लगता है, हाँफ रहे हैं। सतीश बहुत दुष्ट लड़का है।"

सतीश ने जब अपनी दीदी को लेकर कमरे में प्रवेश किया, तो विनय ने पहले एक मृदु सुगंध अनुभव की–उसके बाद सुना, परेश बाबू कह रहे थे, "राधे, विनय बाबू आए हैं, इन्हें तो तुम जानती ही हो।"

विनय ने विस्मित की भाँति आँखें उठा कर देखा, सुचरिता उन्हें नमस्कार करके सामने वाली कुर्सी पर बैठ गई–इस बार विनय प्रति-नमस्कार करना नहीं भूला।

सुचरिता बोली, "वे रास्ते में जा रहे थे। उन्हें देखने मात्र से सतीश को और रोका नहीं जा सका, वह गाड़ी से उतर कर उन्हें खींच लाया। आप शायद किसी काम से जा रहे थे–आपको कोई असुविधा तो नहीं हुई?"

सुचरिता विनय को संबोधित करके कोई बात कहेगी, विनय ने ऐसी प्रत्याशा नहीं की थी। वह कुण्ठित और असहज होते हुए बोला, "ना, मुझे कोई काम नहीं था, कोई असुविधा भी नहीं हुई।"

सतीश ने सुचरिता का कपड़ा पकड़ कर खींचते हुए कहा, "दीदी, चाबी दो ना! हम लोगों का वो ऑर्गन लाकर विनय बाबू को दिखाऊँ।"

सुचरिता हँसते हुए कहने लगी, "लो, शुरू हो गया! जिसके साथ बख्तियार की दोस्ती हुई, उसकी खैर नहीं–ऑर्गन तो उसको सुनना ही पड़ेगा, और भी अनेक दुख उसके भाग्य में होंगे। विनय बाबू आपका यह दोस्त छोटा है, किन्तु इसकी दोस्ती की विपत्तियाँ बहुत अधिक हैं–पता नहीं, सह पाएँगे या नहीं!"

विनय किसी भी तरह नहीं समझ पाया कि सुचरिता की इस प्रकार की खुलेपन से भरी बातचीत में क्या करके बहुत सहजता के साथ योगदान करे! न शरमाने की दृढ़-प्रतिज्ञा करके भी किसी प्रकार एक टूटा-फूटा जवाब दिया, "ना, कुछ नहीं–आप वो–मैं–मुझे भी काफी अच्छा ही लगता है।"

सतीश ने अपनी दीदी से चाबी झटक कर ऑर्गन लाकर उपस्थित कर दिया। काँच के चौकोर आवरण में तरंगित समुद्र के समान नीले रंग से रंगे कपड़े पर एक खिलौना जहाज है। सतीश के चाबी भरते ही ऑर्गन के सुर-ताल पर जहाज डोलने लगा, सतीश एक बार जहाज की ओर तथा एक बार विनय के चेहरे की ओर देखते हुए मन की चंचलता को रोक नहीं पाया।

इस तरह, सतीश के बीच में रहने से, धीरे-धीरे विनय का संकोच चला गया, कभी-कभी आँखें उठा कर सुचरिता के साथ बातें करना भी उसके लिए असंभव नहीं रहा।

उसी बीच सतीश अचानक प्रसंग से हट कर बोला, "एक दिन अपने मित्र को हमारे यहाँ नहीं लाएँगे?"

इससे विनय के मित्र के बारे में प्रश्न उठ गए। परेश बाबू नए-नए कोलकाता आए थे, वे गोरा के संबंध में कुछ नहीं जानते थे। विनय अपने मित्र की बातें करते-करते उत्साहित हो उठा। गोरा की प्रतिभा कितनी असाधारण है, उसका हृदय कितना प्रशस्त है, उसकी शक्ति कितनी अटल है, वह सब बताने में विनय जैसे अपनी बातें शेष ही नहीं कर पा रहा था। गोरा एक दिन संपूर्ण भारतवर्ष के मस्तक पर मध्याह्न के सूर्य की भाँति चमकेगा, विनय बोला, "इसमें मुझे रंचमात्र संदेह नहीं।"

कहते-कहते मानो, विनय के चेहरे पर एक आभा दिखाई दी, उसका सारा संकोच पूरी तरह चला गया। यहाँ तक कि गोरा की विचारधारा को लेकर परेश बाबू के साथ एक-दो बार वाद-प्रतिवाद भी हुआ। विनय ने कहा, "गोरा जो हिन्दू-समाज की संपूर्णता को निस्संकोच भाव से ग्रहण कर पा रहा है, उसी कारण वह भारतवर्ष को एक शिखर से देख रहा है। उसे भारतवर्ष के छोटे-बड़े सभी एक महान ऐक्य में, एक विराट संगीत में मिल कर संपूर्ण बने दिख रहे हैं। हममें से किसी के लिए भी इस रूप में देखना संभव न होने के कारण हम भारतवर्ष को टुकड़े-टुकड़े कर विदेशी आदर्शों के साथ तुलना करके उसके प्रति केवल अन्याय कर रहे हैं।"

सुचरिता बोली, "क्या आप कहते हैं कि जाति-भेद अच्छा है?"

कहा इस तरह से, मानो उस संबंध में कोई तर्क नहीं चल पाएगा।

विनय ने उत्तर दिया, "जाति-भेद न अच्छा है, न बुरा। अर्थात् कहीं अच्छा भी है और कहीं बुरा भी। यदि आप जानना चाहें कि क्या हाथ अच्छी वस्तु है! मैं कहूँगा, संपूर्ण शरीर के साथ मिला कर देखना ठीक होगा। यदि पूछें, क्या उड़ने के लिए अच्छा है? मेरा उत्तर होगा, नहीं। उसी प्रकार डैना भी पकड़ने के काम के लिए अच्छा नहीं।"

सुचरिता उत्तेजित होते हुए बोली, "मैं वह सब नहीं समझ पाती। मैं पूछती हूँ, क्या आप जाति-भेद को मानते हैं?"

और किसी के साथ बहस होती, तो विनय दावे के साथ बोलता, "हाँ, मानता हूँ।" आज उसका उस तरह दावा करके बोलना बाधित हो गया; यह क्या उसकी भीरुता थी अथवा 'जाति-भेद मानता हूँ' कहने से बात जितनी दूर पहुँच सकती है, आज उसके मन ने उतनी दूर तक जाना स्वीकार नहीं किया, निश्चयपूर्वक नहीं कहा जा सकता। परेश ने, यह सोच कर कि कहीं यह बहस बहुत आगे न बढ़ जाए, वहीं रोकते हुए कहा, "राधे, अपनी माँ तथा और सभी को बुला लाओ—इनके साथ परिचय करा दूँ।"

सुचरिता के कमरे से बाहर जाते समय सतीश उसके साथ बक-बक करते हुए उछलते-उछलते चला गया।

कुछ देर बाद सुचरिता कमरे में आकर बोली, "पिताजी, माँ आप लोगों को ऊपर वाले बरामदे में आने के लिए कह रही हैं।"

9

ऊपर गाड़ी वाले बरामदे की छत पर एक टेबिल पर सफेद कपड़ा बिछा है, टेबिल के चारों तरफ कुर्सियाँ सजी हैं। रेलिंग के बाहर वाली कॉर्निस पर छोटे-छोटे गमलों में सुन्दर पत्तों और फूलों के पौधे लगे हैं। छत से, रास्ते के किनारे खड़े शिरीष तथा कृष्णचूड़ा के वृक्षों के वर्षा के जल से धुले पत्तों की स्निग्ध चमक दिखाई पड़ रही है।

सूर्य अभी अस्त नहीं हुआ है; पश्चिम के आकाश से म्लान धूप बरामदे के एक सिरे पर सीधी पड़ रही है।

छत पर उस समय कोई नहीं था। थोड़ी देर बाद ही सतीश सफेद-काले रोएँ वाले एक कुत्ते को साथ लिए वहाँ आ धमका। उसका नाम खुदे था। उस कुत्ते के पास जितने कौशल थे, वे सब सतीश ने विनय को दिखा दिए। उसने एक पैर उठा कर सलाम किया, सिर जमीन से छुआ कर प्रणाम किया, एक टुकड़ा बिस्कुट दिखाते ही पूँछ पर बैठ दोनों पैर जोड़ कर भीख माँगी। यह सब करके खुदे को जो ख्याति मिली, उसे आत्मसात करके सतीश ने गर्व अनुभव किया—इस यश-लाभ के प्रति खुदे में लेशमात्र उत्साह नहीं था, वस्तुतः यश की अपेक्षा बिस्कुट को वह अधिक बड़ा सत्य मानता था।

किसी एक कमरे से बीच-बीच में लड़कियों के गले की खिल्-खिल् हँसी और परिहास का कंठ-स्वर तथा उसके साथ एक पुरुष का गला भी सुनाई पड़ रहा था। इस असीमित हास-परिहास के शब्द विनय के मन में अपूर्व माधुर्य के साथ-साथ, मानो एक ईर्ष्या की वेदना भी खींच लाए। कमरे के भीतर लड़कियों के गले की आनंदमयी काकली आयु के इस पड़ाव तक इस रूप में उसने कभी नहीं सुनी। आनंद की यह माधुरी उसके इतने निकट फूट पड़ रही है, फिर भी वह उससे उतना दूर है! सतीश उसके कानों के निकट क्या कुछ बोल रहा था, विनय उसे मन से सुन भी नहीं पाया।

परेश बाबू की पत्नी अपनी तीन पुत्रियों को साथ लिए छत पर आ गईं—एक युवक भी साथ आया, वह उनका दूर का रिश्तेदार था।

परेश बाबू की पत्नी का नाम वरदासुन्दरी है। उनकी आयु कम नहीं है, किन्तु देखते ही समझ में आ जाता है कि विशेष प्रयत्नपूर्वक शृंगार करके आई हैं। प्रौढ़ावस्था तक ग्रामीण स्त्री की भाँति जीवन काटने के बाद हठात् एक समय से

आधुनिक-काल के संग समान गति से चलने के लिए बेचैन हो उठी हैं, इसीलिए उनकी सिल्क की साड़ी कुछ अधिक खस्-खस् और ऊँची एड़ी के जूते कुछ ज्यादा खट्-खट् करते हैं। पृथिवी पर कौन वस्तु ब्राह्म और कौन अब्राह्म है, इसके भेदाभेद को लेकर वे हमेशा ही अत्यन्त सतर्क रहती हैं। इसी के चलते राधारानी का नाम बदल कर उन्होंने सुचरिता रख दिया है। उनके दूर के किसी एक श्वसुर ने बहुत दिन पश्चात परदेस के अपने कार्य-स्थल से लौट कर उन लोगों को जमाईषष्ठी[1] भेजी थी। परेश बाबू काम के सिलसिले में घर पर नहीं थे। वरदासुन्दरी ने इस जमाईषष्ठी का सारा बायना लौटा दिया। उन्होंने इस पूरे रिवाज को कुसंस्कार और मूर्तिपूजा का अंग माना। लड़कियों के पैरों में मौजे पहनने तथा टोपी पहन कर बाहर निकलने को वे इस रूप में देखती हैं, जैसे कि वह भी ब्राह्म-समाज के धर्म-मत का एक अंग हो। किसी ब्राह्म-परिवार को, जमीन पर आसन बिछा कर भोजन करते देख उन्होंने आशंका प्रकट की थी कि आजकल ब्राह्म-समाज मूर्तिपूजा की ओर लौट रहा है।

उनकी बड़ी बेटी का नाम लावण्य है। वह मोटी, हँसमुख, लोगों का साथ और गपशप पसंद करने वाली है। चेहरा गोल, दोनों आँखें बड़ी-बड़ी, कांतिमय श्याम वर्ण। पहनने-ओढ़ने के मामले में वह स्वभाव से ही जरा ढीली है, पर इस संबंध में उसे माँ के शासन में चलना पड़ता है। ऊँची एड़ी के जूते पहनना उसे सुविधाजनक नहीं लगता, तब भी पहनने के अलावा कोई उपाय नहीं। सायंकाल शृंगार करते समय माँ अपने हाथ से उसके चेहरे पर पाउडर और दोनों गालों पर रंग लगा देती हैं। थोड़ी मोटी होने के कारण, वरदासुन्दरी उसके कपड़े इतने तंग सिलवाती हैं कि लावण्य जब सज-धज कर बाहर निकलती है, तो लगता है जैसे उसे जूट की बोरी की तरह मशीन से दबा-दबा कर कस कर बाँध दिया गया है।

मँझली बेटी का नाम ललिता है। उसे बड़ी बेटी के ठीक उलट कहना होगा। अपनी दीदी की अपेक्षा लंबे कद की है, पतली-दुबली, रंग और थोड़ा काला, ज्यादा बातचीत नहीं करती, अपने अनुसार चलती है, मन में आए तो कटु-कठोर बातें सुना सकती है। वरदासुन्दरी उससे मन ही मन भय खाती हैं, उसे आसानी से क्षुब्ध करने का साहस नहीं करतीं।

छोटी है लीला, उम्र होगी कोई दसेक बरस। वह भाग-दौड़ मचाने और शैतानी करने में पक्की है। सतीश के साथ हमेशा ही उसकी धक्का-मुक्की, मारामारी चलती है। विशेषकर खुदे नामधारी कुत्ते के स्वत्वाधिकार को लेकर दोनों के बीच आज तक कोई समझौता नहीं हो पाया। कुत्ते का अपना मत लिया जाता, तो लगता है, वह दोनों में से किसी को भी अपना स्वामी नहीं चुनता फिर भी शायद दोनों में से सतीश को

1. जमाईषष्ठी–ज्येष्ठ माह की शुक्लपक्ष की षष्ठी तिथि को जामाता को निमन्त्रित करके भोजन कराने एवं वस्त्र-फल-मिष्ठान्न आदि भेंट करने वाला त्योहार। इस भेंट-सामग्री को भी जमाईषष्ठी कहा जाता है।

वह थोड़ा-सा पसंद करता है। कारण, लीला के प्यार के आवेग को रोक पाना इस छोटे से जन्तु के लिए सहज नहीं था। बालिका के प्यार की अपेक्षा बालक का शासन उसके लिए अपेक्षाकृत सुसह्य था।

वरदासुन्दरी के आते ही विनय ने उठ खड़ा होकर उन्हें झुक कर प्रणाम किया। परेश बाबू ने बताया, ''इन्हीं के घर में हम उस दिन–''

वरदा बोलीं, ''ओः! बड़ा उपकार किया–हमारा आभार ग्रहण कीजिए।''

सुन कर विनय ऐसा संकोच में पड़ा कि ठीक से उत्तर भी नहीं दे पाया।

लड़कियों के साथ जो युवक आया था, उससे भी विनय की बातचीत हुई। उसका नाम सुधीर है। वह कॉलेज में बी.ए. में अध्ययनरत है। चेहरा प्रियदर्शन, रंग गोरा, आँखों पर चश्मा, मसें भीग आई हैं। अत्यन्त चंचल मुद्रा–पल भर स्थिर बैठना नहीं चाहता, कुछ न कुछ करने के लिए बेचैन। हमेशा ही लड़कियों के साथ ठट्ठा करके, तंग करके, उन्हें परेशान किए रखता है। लड़कियाँ उसकी भर्त्सना तो करती हैं, लेकिन सुधीर के बिना उनका चलता भी किसी तरह नहीं। सर्कस दिखाना हो, जूलोजिकल गार्डन ले जाना हो, पसंद की कोई चीज खरीद कर लानी हो, सुधीर हमेशा प्रस्तुत। लड़कियों के साथ सुधीर का संकोचहीन अपनत्व का भाव विनय को अत्यन्त नवीन एवं विस्मयकर प्रतीत हुआ। पहले तो उसने मन-ही-मन ऐसे व्यवहार की निंदा की, फिर निंदा में जैसे थोड़ा ईर्ष्या का भाव भी मिलने लगा।

वरदासुन्दरी बोलीं, ''लगता है, जैसे समाज में आपको एक-दो बार देखा है!''

विनय के मन में हुआ, मानो उसका कोई अपराध पकड़ लिया गया हो। उसने अनावश्यक लज्जा प्रकट करते हुए कहा, ''हाँ, मैं कभी-कभी केशव बाबू के भाषण सुनने जाता हूँ।''

वरदासुन्दरी ने जिज्ञासा की, ''आप, शायद कॉलेज में पढ़ते हैं?''

विनय ने कहा, ''नहीं, अब और कॉलेज में नहीं पढ़ता।''

वरदा बोलीं, ''कॉलेज में आप कहाँ तक पढ़े हैं?''

विनय ने बताया, ''एम.ए. पास किया है।''

सुनकर, इस बालकोचित चेहरे वाले युवक के प्रति वरदासुन्दरी को श्रद्धा हुई। उन्होंने निश्वास छोड़ते हुए कहा, ''यदि हमारा मनु होता, तो वह भी अब तक एम.ए. पास करके निकल चुका होता।''

वरदा का पहला बच्चा, मनोरंजन नौ बरस की आयु में चल बसा था। किसी युवक को कोई बड़ा काम करते, कोई ऊँची परीक्षा पास करते या बड़ा पद पाते, अच्छी पुस्तक लिखते, या कोई अच्छा काम करते सुनती हैं, तो वरदा के मन में तुरंत आता है कि यदि मनु जिन्दा रहता, तो उसके द्वारा भी ठीक वही सब काम होते। जो भी हो, जब वह रहा ही नहीं, तो अब जन-समाज में अपनी तीन बेटियों के गुणों का प्रचार करना वरदासुन्दरी के विशेष कर्तव्यों में से एक था। उनकी बेटियाँ खूब

पढ़-लिख रही हैं, वरदा ने इस बात से विनय को विशेष रूप से अवगत कराया, मेम ने उनकी बेटियों की बुद्धि और गुणशीलता के संबंध में कब क्या कहा था, वह भी विनय से छिपा नहीं रहा। जब लैफ्टीनेन्ट गवर्नर और उनकी पत्नी लकड़कियों के स्कूल में पुरस्कार-वितरण हेतु आए थे, तब उन्हें पुष्प-स्तवक भेंट करने के लिए स्कूल की समस्त लड़कियों में से लावण्य को ही विशेष रूप से चुना गया था एवं गवर्नर की पत्नी ने लावण्य से जो एक उत्साहजनक मधुर वाक्य बोला था, विनय ने वह भी सुन लिया।

अंत में वरदा ने लावण्य से कहा, "जिस कढ़ाई के लिए तुमने प्राइज पाया था, उसे ले तो आओ बेटी!"

पशमीने का सिला हुआ तोते का एक पुतला इस घर के मित्रों-सम्बन्धियों में विख्यात हो उठा था। इसे लावण्य ने बहुत दिन पहले मेम के सहयोग से बनाया था, यह भी नहीं कि इसके निर्माण में लावण्य की अपनी दक्षता कोई बहुत अधिक रही हो--किन्तु यह निश्चित है कि सभी नए परिचितों को इसे दिखाया ही जाएगा। परेश पहले-पहले आपत्ति करते थे, किन्तु पूरी तरह निष्फल जान कर अब और आपत्ति नहीं जताते। पशमीने के इस तोते के रचना-नैपुण्य पर जब विनय अपनी आँखें फाड़ रहा था, तभी नौकर ने आकर एक चिट्ठी परेश के हाथ में थमाई।

चिट्ठी पढ़ते ही परेश प्रफुल्ल हो उठे। बोले, "बाबू को ऊपर लिवा ला।"

वरदा ने पूछा, "कौन है?"

परेश ने कहा, "मेरे बाल-संखा कृष्णदयाल ने अपने बेटे को हम लोगों के साथ परिचय करने के लिए भेजा है।"

अकस्मात विनय के हृदय की धड़कन तेज हो उठी और उसका मुख मलिन पड़ गया। इसके दूसरे ही क्षण वह हाथों की मुट्ठियाँ भींच कर थोड़ा मजबूती से बैठ गया, मानो किसी विरोधी पक्ष के विरुद्ध अपने को दृढ़ रखने के लिए तैयार हुआ हो। गोरा इस परिवार के लोगों को असम्मान की दृष्टि से देखेगा और सोचेगा, इस बात ने विनय को जैसे पहले से ही थोड़ा उत्तेजित कर दिया।

10

खुंचे[1] पर जलपान और चाय का सामान सजा कर, उसे नौकर को थमा कर सुचरिता छत पर आ बैठी, उसी समय दरबान के साथ गोरा ने भी प्रवेश किया। सुदीर्घ--शुभ्रकाय गोरा की रूपाकृति एवं सजधज को देख कर सभी विस्मित हो उठे।

---

1. खुंचा : वर्तमान-काल की 'चाय-ट्रे' जैसा एक पात्र, जो सामान्यतः लकड़ी का बना होता था। धनी और जमींदार वर्ग के लोगों के घरों में इसे चाँदी का भी बनवाया जाता था।

गोरा के मस्तक पर गंगा की मिट्टी का तिलक, गाढ़े की धोती पर तनी वाला कुरता और मोटी चादर, पैरों में सूण्ड खड़े कटकी जूते। वह जैसे वर्तमान के विरुद्ध एक मूर्तिमान विद्रोह की भाँति आ उपस्थित हुआ। विनय ने उसकी ऐसी साज-सज्जा पहले कभी नहीं देखी थी।

आज गोरा के मन में विरोध की एक आग विशेष रूप से धधक रही थी। उसका कारण भी घटा था।

ग्रहण-स्नान के लिए यात्रियों को लेकर किसी स्टीमर-कंपनी का एक जहाज कल भोर में त्रिवेणी रवाना हुआ था। मार्ग में बीच-बीच में किसी-किसी स्टेशन से बहुत-सी स्त्री-यात्री अपने साथ एक-दो पुरुष अभिभावकों को लेकर जहाज पर चढ़ती जा रही थीं। बाद में कहीं जगह न मिले, इसलिए उनमें भारी धक्कामुक्की मची थी। उनमें से कोई-कोई पैरों में कीचड़ लिपटी होने से जहाज पर चढ़ने वाले तख्ते पर मची खींचतान में फिसल कर अस्त-व्यस्त कपड़ों में नदी में गिर रही थीं; कुछ को खलासी भी धक्का देकर गिरा देते थे; कुछ स्वयं तो चढ़ गई थीं, किन्तु उनके साथ वाले नहीं चढ़ पाए थे, अतः वे परेशान हो रही थीं—बीच-बीच में आने वाली बारिश की बौछारों ने उन्हें भिगो डाला था, जहाज पर उनके बैठने की जगह कीचड़ से भर गई थी। उनके मुख पर और आँखों में भयातुर व्याकुलता, उत्सुकता और करुणा का भाव था, वे निर्बल थीं, ऊपर से इतनी क्षुद्र कि जहाज के नाविक से लेकर मालिक तक कोई भी उनकी अनुनय-विनय पर जरा सी भी सहायता नहीं करेगा, यह निश्चित रूप से जानने के कारण उनके हाव-भाव में एक कातर आशंका प्रकट हो रही थी। गोरा उस हालत में यात्रियों की यथासाध्य सहायता कर रहा था। ऊपर फर्स्ट क्लास के डेक पर एक अँगरेज और एक आधुनिक शैली का बंगाली बाबू जहाज की रेलिंग पकड़े परस्पर हास-परिहास करते हुए चुरुट मुँह में दबाए तमाशा देख रहे थे। बीच-बीच में किसी यात्री की अचानक हुई विशेष दुर्गति को देख अंगरेज हँस पड़ता था और बंगाली भी उसमें उसका सहयोग करता था।

दो-तीन स्टेशन इसी तरह पार होते-होते गोरा के लिए असह्य हो उठा। वह ऊपर चढ़ कर घोर गर्जना करते हुए बोला, ''धिक्कार है तुम लोगों को! लज्जा नहीं आती!''

अंगरेज ने कठोर दृष्टि से गोरा का आपादमस्तक निरीक्षण किया। बंगाली ने उत्तर दिया, ''लज्जा! देश के इन सब पशुवत् मूढ़ों के लिए ही लज्जा!''

गोरा मुँह लाल करते हुए बोला, ''मूढ़ से बड़ा पशु है—जिसके पास हृदय नहीं।''

बंगाली ने गुस्से में कहा, ''यह तुम्हारी जगह नहीं है—यह फर्स्ट क्लास है।''

गोरा बोला, ''नहीं, तुम्हारे साथ मेरी जगह नहीं—मेरी जगह इन यात्रियों के साथ है। किन्तु मैं कहे जा रहा हूँ, मुझे अपने इस क्लास में आने के लिए मजबूर मत करना।''

कहकर गोरा धड़-धड़ करते हुए नीचे उतर गया। उसके बाद अंगरेज आराम-कुर्सी

के हत्थों पर दोनों पैर चढ़ा कर नॉवल पढ़ने में डूब गया। उसके बंगाली सहयात्री ने फिर से उसके साथ बातचीत करने की एक-दो बार चेष्टा की, किन्तु वह जमी नहीं। यह सिद्ध करने के लिए कि वह देश के साधारण लोगों में से नहीं है, उसने खानसामा को बुलाकर पूछा, मुर्गी की कोई डिश खाने को मिलेगी या नहीं। खानसामा ने बताया, ''नहीं, केवल डबलरोटी, मक्खन, चाय है।''

यह सुनकर बंगाली ने अँगरेज को सुनाते हुए अँगरेजी में कहा, ''Creature Comforts संबंधी जहाज का सारा इंतजाम एकदम बेकार है।''

अंगरेज ने कोई प्रतिक्रिया नहीं की। उसका समाचारपत्र टेबिल से नीचे गिर गया था। बाबू ने कुर्सी से उठ कर अखबार उठा दिया, लेकिन थैंक्स से वंचित ही रहा।

चंदननगर पहुँचकर उतरते समय, साहब ने गोरा के सामने जाकर सहसा टोप थोड़ा उतारते हुए कहा, ''मैं अपने व्यवहार के लिए लज्जित हूँ—आशा है, मुझे क्षमा कर दोगे।'' कहकर वह तेजी से चला गया।

किन्तु शिक्षित बंगाली, साधारण लोगों की दुर्गति देख, विदेशी को बुला लाकर अपने श्रेष्ठताभिमान में हँस पाते हैं, इससे उत्पन्न आक्रोश गोरा को दग्ध करने लगा। देश के जन-साधारण ने अपने को इस तरह प्रत्येक प्रकार के अपमान और दुर्व्यवहार के अधीन कर लिया है कि जब उन्हें पशु की भाँति लांछित किया जाता है, तो वे भी उसे स्वीकार करते हैं और सबके सामने स्वाभाविक तथा संगत समझते हैं, इसके मूल में जो एक देशव्यापी गहरा अज्ञान है, उसके कारण गोरा की छाती विदीर्ण होने लगी; किन्तु सबसे अधिक पीड़ित वह इस बात से हुआ कि देश के चिरंतन अपमान और दुर्गति को शिक्षित लोग अपने पर नहीं लेते—बल्कि अपने को निर्ममतापूर्वक अलग करके अकुण्ठ-भाव से गौरव का अनुभव कर पाते हैं। तभी आज गोरा, शिक्षित लोगों के पुस्तकीय-ज्ञान और नकल करने के संस्कार को पूरी तरह उपेक्षित करने के उद्देश्य से मस्तक पर गंगा की मिट्टी का तिलक लगा कर और एक नया विचित्र कटकी-जूता खरीद कर पहन, छाती फुलाए ब्राह्म-घर में आ खड़ा हुआ।

विनय मन-ही-मन इस बात को समझ गया कि गोरा की आज की सज्जा, युद्ध का बाना है। गोरा पता नहीं क्या कर बैठे, यह सोच कर विनय के मन में थोड़ा भय, थोड़ा संकोच और थोड़ा विरोध का भाव जाग उठा।

वरदासुन्दरी जब विनय से बातें कर रही थीं, तो सतीश लाचारी में छत के एक कोने में टीन का लट्टू नचा कर अपने मनोविनोद में लगा था। गोरा को देखते ही उसका लट्टू नचाना बंद हो गया; वह धीरे-धीरे विनय के पास खड़ा होकर गोरा को एकटक देखने लगा। उसने विनय के कान में पूछा, ''क्या यही आपके मित्र हैं?

विनय बोला, ''हाँ।''

छत पर आकर गोरा ने क्षणांश के लिए विनय के चेहरे पर देखा, और जैसे उसे देख ही नहीं पाया। वह परेश को नमस्कार करके निःसंकोच एक कुर्सी को टेबिल से

कुछ दूर खींच कर बैठ गया। यहाँ, किसी जगह लड़कियाँ भी बैठी हैं, इसे लक्ष्य करना उसने अशिष्टता माना।

वरदासुन्दरी इस असभ्य के पास से लड़कियों को ले जाने का मन बना ही रही थीं कि परेश ने उन्हें बताया, "इनका नाम गौरमोहन है, मेरे मित्र कृष्णदयाल के पुत्र हैं।"

तब गोरा ने उनकी ओर घूम कर नमस्कार किया। यद्यपि सुचरिता ने विनय के साथ बातचीत में गोरा के बारे में पहले ही सुन लिया था, फिर भी वह नहीं समझ पाई कि यह अभ्यागत ही विनय का मित्र है। पहली बार देखते ही गोरा के प्रति उसके मन में एक आक्रोश ने जन्म ले लिया। अंगरेजी पढ़े किसी व्यक्ति में पुरातन हिन्दू चाल-चलन देख कर सहन कर पाए, सुचरिता के न ऐसे संस्कार थे और न ऐसी सहिष्णुता थी।

परेश ने गोरा से अपने बाल्य-बंधु कृष्णदयाल के समाचार लिए। उसके बाद अपने छात्र-जीवन की बातों की चर्चा करते हुए बोले, "उन दिनों कॉलेज में हम दोनों की एक ही जोड़ी थी—दोनों ही मस्त, काला पहाड़[1]—कुछ मानते ही नहीं थे—होटल में खाना एक करणीय-कर्म समझते थे। दोनों लोग कितने ही दिन संध्या के समय गोलदिघी में बैठ मुसलमान की दुकान का कबाब खाते, उसके बाद आधी रात तक इसे लेकर विचार-विमर्श करते कि हम लोग किस तरह हिन्दू-समाज का सुधार करेंगे।"

वरदासुन्दरी ने जिज्ञासा की, "अब वे क्या करते हैं?"

गोरा ने बताया, "अब वे हिन्दू-आचारों का पालन करते हैं।"

वरदा बोलीं, "लज्जा नहीं आती?"—क्रोध में उनका सर्वांग जल रहा था।

गोरा ने ईशत् हँसी के साथ कहा, "लज्जा करना दुर्बल स्वभाव का लक्षण है। किसी-किसी को तो अपने बाप का परिचय देने में भी लाज आती है।"

वरदा-पहले वे ब्राह्म नहीं थे?"

गोरा—मैं भी तो एक समय ब्राह्म था।

वरदा—अब आप साकारोपासना में विश्वास करते हैं?

गोरा—आकार के प्रति बिना कारण अश्रद्धा रखूँ, मेरे मन में ऐसे कुसंस्कार नहीं हैं। आकार को गाली देने भर से ही क्या वह छोटा हो जाता है? आकार के रहस्य को कौन भेद पाया है?

परेश बाबू ने शांत स्वर में कहा, "आकार तो स्वरूप विशिष्ट है।"

गोरा बोला, "स्वरूप न हो, तो प्रकटीकरण नहीं होता। अनन्त ने अपने को प्रकट

---

1. कालापहाड़ : एक मुसलमान सेनापति, जिसे देव-मूर्तियाँ खण्ड़ित करने के लिए जाना जाता है। यह पहले हिन्दू ही था। कालापहाड़ का प्रतीकार्थ है—वह व्यक्ति, जो प्रचलित रूढ़ियों को नष्ट करना चाहता है।

करने के लिए ही स्वरूप का सहारा लिया है—नहीं तो उनकी अभिव्यक्ति कहाँ? जिसका प्रकटीकरण नहीं, उसकी संपूर्णता नहीं। वाक्य में जैसे भाव, आकार में वैसे ही निराकार परिपूर्ण होता है।''

वरदा ने सिर हिलाते हुए कहा, ''आपका कहना है, निराकार की अपेक्षा साकार संपूर्ण है?''

गोरा—मैं न भी कहूँ, तो उससे कुछ आता-जाता नहीं। संसार में आकार मेरे कहने पर निर्भर नहीं करता। निराकार ही यदि यथार्थ में परिपूर्णतायुक्त होता, तो साकार कहीं भी स्थान नहीं पाता।

सुचरिता की तीव्र इच्छा होने लगी कि कोई इस उद्धत युवक को बहस में पूरी तरह परास्त करके अपमानित कर दे। विनय को चुपचाप बैठ कर गोरा की बातें सुनते देख उसे मन-ही-मन क्रोध आया। गोरा इतनी जबर्दस्ती के साथ बात कह रहा था कि उस जबर्दस्ती को दबाने के लिए सुचरिता के मन में भी मानो जोर पैदा होने लगा।

उसी समय नौकर केतली में चाय के लिए गरम पानी ले आया। सुचरिता उठ कर चाय तैयार करने में लग गई। विनय बीच-बीच में भौंचक की तरह सुचरिता के चेहरे की ओर देख रहा था। यद्यपि उपासना के मुद्दे पर गोरा के साथ विनय के मत का विशेष पार्थक्य नहीं था, तब भी गोरा इस ब्राह्म परिवार में अनाहूत आकर विरोधी मत को इस प्रकार बिना किसी संकोच के प्रकट करता जा रहा था कि वह विनय को पीड़ा देने लगा। गोरा के इस प्रकार के युद्धोद्धत आचरण के साथ तुलना करने पर वृद्ध परेश के आत्मसमाहित प्रशान्त भाव और सब प्रकार के तर्क-वितर्क के परे एक गहरे आत्मतोष ने विनय के हृदय को उनके प्रति भक्ति से परिपूर्ण कर दिया। वह मन-ही-मन कहने लगा, मतामत कुछ नहीं—अंतःकरण में पूर्णतया दृढ़ता और आत्मतोष ही सबसे दुर्लभ है। बातों में, कौन-सी सत्य है, कौन-सी मिथ्या, इसे लेकर कितना ही तर्क-वितर्क क्यों न किया जाए, प्राप्ति में जो सत्य है, वही वास्तविक है। परेश इस बातचीत के दौरान कभी-कभी आँखें मूँद कर अपने अंतःकरण में पैठ जाते थे—वही उनका स्वभाव था—उनकी उस क्षण की अंतर्निविष्ट शांत मुखश्री को विनय निर्निमेष देख रहा था। गोरा इस वृद्ध के प्रति सम्मान अनुभव करके अपनी वाणी को जो संयत नहीं कर रहा था, विनय को इससे बड़ा आघात पहुँच रहा था।

सुचरिता ने कई प्याले चाय तैयार करके परेश की ओर देखा। उसके मन में दुविधा हो रही थी कि किसे चाय के लिए अनुरोध करे और किसे नहीं! वरदासुन्दरी ने गोरा की ओर देख कर झटके से कहा, ''लगता है, आप तो यह सब पिएँगे नहीं?''

गोरा ने कहा, ''नहीं।''

वरदा—क्यों? जात चली जाएगी?

गोरा ने उत्तर दिया, ''हाँ।''

वरदा—आप जात को मानते हैं!

गोरा–जात क्या मेरी अपनी बनाई हुई है, जो मानूँगा नहीं? जब समाज को मानता हूँ, तो जात को भी मानता हूँ।

वरदा–क्या हर बात में समाज को मानना ही होगा?

गोरा–न मानना समाज को तोड़ डालना होता है।

वरदा–तोड़ डालने में दोष क्या है?

गोरा–जिस डाल पर सब मिल कर बैठे हैं, उस डाल को काट डालने में ही क्या दोष है?

सुचरिता मन-ही-मन अत्यधिक कुढ़ते हुए बोली, "माँ, बेकार बहस का क्या लाभ? वे हम लोगों का छुआ नहीं खाएँगे।"

गोरा ने अपनी तीक्ष्ण-दृष्टि सुचरिता के चेहरे पर टिकाई। सुचरिता ने विनय की ओर देख कर थोड़े संशय के साथ कहा, "क्या आप–"

विनय कभी चाय नहीं पीता। काफी दिन से मुसलमान की बनाई पावरोटी-बिस्कुट खाना भी छोड़ चुका है, पर आज उसका न खाना नहीं चलेगा। उसने न चाहते हुए भी चेहरा उठाते हुए कहा, "हाँ, अवश्य पीऊँगा।" कह कर गोरा के मुख की ओर देखा। गोरा के होंठों पर जरा-सी कठोर हँसी दिखाई दी। विनय को चाय कड़वी और बेस्वाद लगी, लेकिन उसने पीना नहीं छोड़ा।

वरदासुन्दरी ने मन-ही-मन कहा, "अहा, ये विनय कितना अच्छा लड़का है!"

उन्होंने गोरा की ओर से पूरी तरह मुँह घुमा कर विनय पर ध्यान केन्द्रित किया। यह देख कर परेश अपनी कुर्सी धीरे-धीरे गोरा के पास खींच कर उसके साथ कोमल स्वर में वार्तालाप करने लगे।

उसी समय सड़क पर मूँगफली वाले को, गरम भुनी मूँगफली की हाँक लगाते हुए जाते सुन कर लीला ताली पीटने लगी; बोली, "सुधीर दा, मूँगफली वाले को बुलाओ।"

सतीश छत की रेलिंग पकड़ कर मूँगफली वाले को पुकारने लगा।

तभी एक और सज्जन आ उपस्थित हुए। सभी उन्हें पानू बाबू संबोधित करके बातचीत करने लगे, किन्तु उनका असली नाम है, हारानचन्द्र नाग। समुदाय में विद्वान और बुद्धिमान के रूप में इनकी विशेष ख्याति है। यद्यपि कोई भी पक्ष साफ-साफ कुछ नहीं कहता, फिर भी एक तरह की संभावना हवा में थी कि सुचरिता का विवाह इन्हीं के साथ होगा। इसमें किसी को संदेह नहीं था कि पानू बाबू का हृदय सुचरिता के प्रति आकृष्ट है और उसी को लेकर लड़कियाँ सुचरिता को कभी भी ठट्टा करने से नहीं छोड़ती थीं।

पानू बाबू स्कूल में मास्टरी करते हैं। वरदासुन्दरी उन्हें निरा स्कूल मास्टर समझ कर उनका कोई अधिक आदर नहीं करतीं। वे सोचती थीं, यह अच्छा ही हुआ कि पानू बाबू ने उनकी किसी लड़की के प्रति आसक्ति दिखाने का साहस नहीं किया।

उनके भावी जामाता सरकारी अधिकारी के लक्ष्य-भेद की अति कठिन प्रतिज्ञा में आबद्ध थे।

सुचरिता द्वारा हारान की ओर एक प्याला चाय बढ़ाते ही लावण्य दूर से ही उसकी ओर देख कर थोड़ा मुँह बिचका कर हँसी। वह हँसी विनय से छुपी न रह सकी। बहुत कम समय में ही एक-दो विषयों में विनय की नजर बड़ी पैनी और सतर्क हो गई है—अन्यथा दर्शन-नैपुण्य में पहले वह प्रसिद्ध नहीं था।

हारान और सुधीर इस घर की लड़कियों से बहुत दिन से परिचित हैं और इस परिवार के इतिहास के साथ इस कदर जुड़ गए हैं कि उसकी लड़कियों के बीच परस्पर संकेत का विषय बन गए हैं, यह विनय के हृदय में विधाता के अन्याय के रूप में चुभने लगा।

इधर सुचरिता का हृदय हारान के आने से जैसे थोड़ा आशान्वित हो उठा। जैसे भी हो, गोरा के दुस्साहस को कोई कुचल डाले, तो उसका गुस्सा शांत हो। अन्य समय वह हारान की तार्किकता पर कई बार खीझी है, लेकिन आज इस तर्क-वीर को देख कर उसने खुशी-खुशी उसके लिए चाय और पावरोटी की रसद का इंतजाम भी कर दिया।

परेश ने कहा, "पानू बाबू ये हमारे—"

हारान बोले, "उन्हें अच्छी तरह जानता हूँ। कभी वे हमारे ब्राह्म-समाज के बड़े उत्साही सदस्य थे।"

इतना कह हारान ने गोरा के साथ बातचीत की कोई चेष्टा न करके चाय के प्याले पर ध्यान केन्द्रित कर लिया।

उन दिनों एक-दो बंगाली ही सिविल सर्विस परीक्षा पास करके लौटे थे। सुधीर ने उन्हीं में से एक के स्वागत की कहानी प्रारंभ की। हारान ने कहा, "परीक्षाएँ बंगाली जितनी भी पास कर लें, किन्तु बंगालियों के द्वारा कोई काम नहीं होगा।"

कोई बंगाली मजिस्ट्रेट या जज, डिस्ट्रिक्ट की जिम्मेदारी सँभाल कर कभी काम नहीं चला पाएगा, इसे साबित करने के लिए हारान बंगालियों के चरित्र के नाना दोषों और दुर्बलताओं की व्याख्या करने लगे।

देखते ही देखते गोरा का चेहरा लाल हो उठा—उसने अपने सिंह-गर्जन को यथासाध्य संयत करते हुए कहा, "यदि सचमुच आपका यही मत हो, तो आप आराम से टेबिल पर बैठे-बैठे कौन-सी लज्जा में पावरोटी चबा रहे हैं।"

हारान ने विस्मित-भाव से भौंहें चढ़ा कर कहा, "क्या करने के लिए बोले?"

गोरा—"या तो बंगाली-चरित्र का कलंक मिटाइए, या फिर गले में रस्सी का फंदा डाल कर मर जाइए। हमारी जाति के द्वारा कभी कुछ नहीं होगा, यह क्या इतनी आसानी से बोलने की बात है? आपके गले में रोटी नहीं अटक गई?"

हारान—सच बात न कहूँ?

गोरा—गुस्सा मत कीजिए, यदि आप यथार्थ में इस बात को सच मानते, तो इस

तरह आराम से इतने दर्प के साथ नहीं कह पाते। इस बात को मिथ्या समझते हैं, इसीलिए यह आपके मुँह से निकली। हारान बाबू, झूठ बोलना पाप है, झूठी निंदा और भी पाप है, और स्व-जाति की झूठी निंदा के समान पाप तो कम ही होंगे।

हारान क्रोध में अधीर हो गए। गोरा बोला, ''आप क्या अकेले ही संपूर्ण स्व-जाति से बड़े हैं? गुस्सा आप करेंगे–और अपने पितृ-पितामह के होकर हम लोग सब सहन करेंगे!''

इसके बाद तो हारान के लिए हार स्वीकार करना और भी कठिन हो गया। वे आवाज और ऊँची करके बंगालियों की निंदा में जुट गए। बंगाली समाज की नाना प्रकार की प्रथाओं का उल्लेख करते हुए कहा, ''इस सबके रहते बंगालियों से कोई आशा नहीं।''

गोरा ने कहा, ''आप जिन्हें कुप्रथा कह रहे हैं, वह केवल अँगरेजी किताबें रट कर कह रहे हैं, स्वयं उस संबंध में कुछ नहीं जानते। जब आप ठीक इसी प्रकार अंगरेजों की कुप्रथाओं की अवज्ञा कर पाएँगे, तब इस संबंध में बात कहिएगा।''

परेश ने इस प्रसंग को रोकने की चेष्टा की, किन्तु क्रुद्ध हारान नहीं माने। सूर्य अस्त हो गया; मेघों के भीतर से निकली एक अपरूप आरक्त आभा से संपूर्ण आकाश लावण्यमय हो उठा; समग्र तर्क-वितर्क के कोलाहल को अतिक्रमित करके विनय के प्राणों में एक स्वर गूँजने लगा। परेश अपनी सांध्यकालीन उपासना में मन लगाने के लिए छत से उठ कर बगीचे के कोने में एक चंपा वृक्ष के नीचे पक्के चबूतरे पर बैठ गए।

वरदासुन्दरी का मन जैसे गोरा के प्रति विमुख हो गया था, वैसे ही हारान भी उनका प्रिय नहीं था। इन दोनों की बहस जब उनके लिए एकदम असह्य हो उठी, तो उन्होंने विनय से कहा, ''आइए विनय बाबू, हम लोग कमरे में चलें।''

वरदासुन्दरी के इस स्नेहपूर्ण पक्षपात को स्वीकार करके विनय को मजबूरन छत छोड़ कर कमरे में जाना ही पड़ा। वरदा ने अपनी बेटियों को बुला लिया। बहस की हालत देख कर सतीश पहले ही थोड़ी-सी मूँगफलियाँ लेकर खुदे के साथ अंतर्ध्यान हो गया था।

वरदासुन्दरी विनय को अपनी पुत्रियों के गुण-कौशल का परिचय देने लगीं। लावण्य से बोलीं, ''अपनी वो कॉपी लाकर विनय बाबू को दिखाओ ना!''

लावण्य को घर आए नए परिचितों को वह कॉपी दिखाने की आदत पड़ गई थी। इतनी कि, इसके लिए वह मन-ही-मन प्रतीक्षा करती रहती थी। आज बहस उठ खड़ी होने पर वह दुखी हो गई थी।

विनय ने कॉपी खोल कर देखी, उसमें कवि मूर और लाङफैलो की अँगरेजी कविताएँ लिखी थीं। हस्त-लिपि में सावधानी और सुलेख प्रकट हो रहे थे। कविताओं के शीर्षक और आरंभ के अक्षर रोमन शैली में लिखे गए थे।

इस लिखे हुए को देखकर विनय के मन में अकृत्रिम विस्मय उत्पन्न हुआ। उन दिनों मूर की कविता कॉपी में उतार पाना लड़कियों के लिए कम बहादुरी की बात नहीं थी। विनय के मन को पर्याप्त अभिभूत होता हुआ देख वरदासुन्दरी ने अपनी मझली बेटी को संबोधित करके कहा, ''ललिता, मेरी अच्छी बिटिया, तुम्हारी वो कविता–''

ललिता कठोर होते हुए बोली, ''नहीं माँ, मुझसे नहीं होगा, वह मुझे अच्छी तरह याद नहीं।'' कह कर वह दूर खिड़की के पास खड़ी होकर रास्ते पर देखने लगी।

वरदासुन्दरी ने विनय को समझा दिया, याद सारी ही है, किन्तु ललिता बहुत छिपाती है, विद्या बाहर निकालना नहीं चाहती। इतना कह, ललिता की आश्चर्यकर विद्या-बुद्धि के परिचयस्वरूप एक-दो घटनाओं का वर्णन करके बोलीं, ''ललिता बचपन से ही ऐसी है, रोना आने पर भी लड़की आँखों से आँसू गिराना नहीं चाहती थी।'' इस संबंध में पिता के साथ उसके सादृश्य की चर्चा करने लगीं।

अब लीला की बारी थी। उससे अनुरोध करते ही; वह पहले कुछ देर तक खिल-खिल करके हँसी, उसके बाद बटन दबाए ऑर्गन के समान अर्थ न समझते हुए 'Twinkle twinkle Little Star' कविता गड्-गड् एक ही साँस में सुना गई।

इस बार संगीत-विद्या के परिचय का समय आया जान कर ललिता कमरे से बाहर हो गई।

बाहर छत पर बहस तब तक दुर्दमनीय हो उठी थी। हारान क्रोध में तर्क छोड़ कर गालियाँ देने की तैयारी कर रहे थे। हारान की असहिष्णुता से लज्जित और परेशान होकर सुचरिता गोरा के पक्ष में चली गई थी। हारान के लिए यह जरा-सा भी सान्त्वनाजनक अथवा शान्तिकर नहीं हुआ।

आकाश में अंधकार और श्रावण के मेघ घने हो घिर आए, फेरीवाला रास्ते पर बेला के फूलों की माला की हाँक लगाते हुए चला गया। सामने वाले रास्ते पर कृष्णचूड़ा के घने पत्तों में जुगनू चमकने लगे। पड़ोस के घर की बावड़ी के जल पर एक निविड़ कालिमा छा गई।

संध्योपासना समाप्त करके परेश बाबू छत पर आ गए। उन्हें देखते ही गोरा और हारान दोनों ही लज्जित होकर चुप हो गए। गोरा उठ खड़ा हुआ, बोला, ''रात हो गई है, अब मैं चलता हूँ।''

विनय भी कमरे से विदा लेकर छत पर आता दिखाई दिया। परेश ने गोरा से कहा, ''देखो, जब भी तुम्हारा मन करे, यहाँ आ जाओ। कृष्णदयाल मेरे भाई की तरह थे। अब उनके साथ मेरे विचार नहीं मिलते, मिलना-जुलना भी नहीं होता, चिट्ठी-पत्री भी बन्द है, किन्तु बाल्य-काल का बंधुत्व रक्त में मिलकर बना रहता है। कृष्णदयाल के नाते तुम्हारे साथ मेरा संबंध अति निकट का है। ईश्वर तुम्हारा मंगल करें।''

परेश के स्नेहयुक्त शान्त कंठ-स्वर से जैसे गोरा की तर्क-वितर्क की इतनी देर

की पीड़ा का शमन हो गया। आने के समय गोरा ने परेश को कोई बड़ा आदर नहीं दिया था। जाने के समय वास्तविक भक्ति के साथ उन्हें प्रणाम करके गया। सुचरिता के साथ गोरा ने कोई विदाई-संभाषण नहीं किया। सुचरिता सामने है, इस बात को भी अपने किसी व्यवहार से स्वीकार करना उसने अशिष्टता माना। विनय ने परेश को विनत-भाव से प्रणाम करने के बाद सुचरिता की ओर घूम कर उसे नमस्कार किया और शरमाते हुए तुरन्त गोरा के पीछे-पीछे बाहर निकल आया।

हारान इस विदाई-संभाषण-व्यापार को नजरंदाज करके कमरे में जाकर टेबिल पर रखी एक 'ब्राह्मसंगीत' पुस्तक के पन्ने पलटने लगे।

विनय और गोरा के जाते ही हारान ने तेजी से छत पर आकर परेश से कहा, ''देखिए, सभी के साथ लड़कियों के परिचित करा देने को मैं अच्छा नहीं समझता।''

सुचरिता अन्दर ही अन्दर अत्यन्त क्रुद्ध हो गई थी, इसलिए वह धैर्य नहीं रख पाई; बोली, ''पिताजी यदि इस नियम को मानते, तो आपके साथ भी हम लोगों का परिचय नहीं हो पाता।''

हारान ने कहा, ''बातचीत-परिचय अपने समाज तक ही सीमित रहना अच्छा होता है।''

परेश ने हँस कर कहा, ''आप पारिवारिक अंतःपुर को और थोड़ा फैला कर सामाजिक अंतःपुर बनाना चाहते हैं। किन्तु मुझे लगता है, नाना मतों के भद्र लोगों के साथ लड़कियों का मिलना उचित है, अन्यथा उनकी बुद्धि को जबर्दस्ती दबा कर रखना हो जाएगा। इसमें भय अथवा लज्जा का तो कोई कारण नहीं देखता।''

हारान—मैंने यह नहीं कहा कि भिन्न मत के लोगों के साथ लड़कियाँ मिलें-जुलेंगी नहीं, लेकिन लड़कियों के साथ कैसा व्यवहार किया जाता है, वैसी शिष्टता ये नहीं जानते।

परेश—नहीं नहीं, क्या कह रहे हैं! जिसे आप शिष्टता का अभाव कह रहे हैं, वह एक संकोच भर है—लड़कियों के साथ मेलजोल न रखने से वह जाता नहीं।''

सुचरिता ने धृष्टता के साथ कहा, ''देखिए पानू बाबू, आज की बहस में मैं अपने समाज के व्यक्ति के व्यवहार से ही लज्जित हुई हूँ।''

इसी बीच लीला दौड़ती हुई आई और 'दीदी' 'दीदी' कहते हुए सुचरिता का हाथ पकड़ कर उसे कमरे में खींच ले गई।

11

उस दिन हारान की विशेष इच्छा थी कि गोरा को बहस में नीचा दिखा कर सुचरिता के सम्मुख अपनी विजय-पताका फहराए, शुरू में सुचरिता ने भी वैसी ही आशा की

थी, किन्तु दैवयोग से ठीक उसके विपरीत घटा। धार्मिक विश्वास और सामाजिक विचारधारा के क्षेत्र में सुचरिता के साथ गोरा का कोई मेल नहीं था, लेकिन स्वदेश के प्रति ममत्व तथा स्व-जाति की वेदना उसके लिए स्वाभाविक थी। यद्यपि देश को लेकर वह हमेशा चर्चा नहीं करती, किन्तु गोरा उस दिन स्व-जाति की निंदा पर जब अकस्मात वज्रनाद कर उठा, तो सुचरिता के संपूर्ण मन में उसके अनुकूल प्रतिध्वनि गूँजने लगी। इतने बलपूर्वक और इतने दृढ़ विश्वास के साथ किसी ने उसके सामने देश के संबंध में बातें नहीं की थीं। साधारणतः हमारे देश के लोग स्व-जाति और स्वदेश की चर्चा करते समय कुछ न कुछ उपदेश दे डालते हैं, उस पर गंभीरतापूर्वक सत्य-भाव के साथ विश्वास नहीं करते; यही कारण है कि मुँह से कवित्वपूर्ण ढंग से बातें करते समय देश के संबंध में चाहे जो कहें, पर देश पर उनका भरोसा नहीं होता; उधर गोरा अपने देश के समस्त दुख-दुर्गति-दुर्बलता को भेद कर एक महत् सत्य को प्रत्यक्षवत् देख पाता है–इसी कारण देश के दारिद्र्य को तनिक भी अस्वीकार न करके भी उसने देश के प्रति एक शक्तिशाली श्रद्धा स्थापित कर ली थी। देश की अन्तर्निहित शक्ति के प्रति उसका ऐसा अविचलित विश्वास था कि उसके निकट आने पर, उसकी दुविधाहीन देशभक्ति की वाणी सुन कर संशयी को हार माननी पड़ती थी। गोरा की इसी अक्षुण्ण भक्ति के समक्ष हारान के अवज्ञापूर्ण तर्क मानो, सुचरिता को प्रति-क्षण अपमान के समान पीड़ा देने लगे थे। वह बीच-बीच में संकोच त्याग कर उच्छ्वसित हृदय से प्रतिवाद किए बिना नहीं रह सकी।

उसके पश्चात जब गोरा और विनय की पीठ पीछे हारान क्षुद्र ईर्ष्या के वशीभूत उन पर असभ्यता की बुराई का आरोप लगा रहा था, तब भी सुचरिता को इस अन्याय और क्षुद्रता के विरुद्ध गोरा के पक्ष में खड़ा होना पड़ा।

ऐसा नहीं कि गोरा के विरुद्ध सुचरिता के मन का विद्रोह पूरी तरह शान्त हो गया हो। गोरा की एक प्रकार की जबर्दस्ती की उद्धत हिन्दुआनी उसे अभी भी मन-ही-मन आघात पहुँचा रही थी। वह एक प्रकार से समझ पा रही थी कि इस हिन्दुआनी में एक प्रतिकूलता का भाव है–यह सहज-प्रशान्त नहीं है, यह अपने भक्ति-विश्वास के भीतर भी पर्याप्त नहीं है, यह अन्य पर आघात करने के लिए सर्वदा ही उग्र भाव के साथ तैयार रहती है।

उस दिन संध्या को हर बात में, सभी कामों में, भोजन के समय, लीला को कहानी सुनाने के समय, सुचरिता के मन की गहराई में न जाने किस बात की वेदना लगातार केवल पीड़ा देती रही–वह किसी भी तरह उसे दूर नहीं कर पाई। काँटा कहाँ है, यह जान पाने पर, उसे निकाल फेंका जा सकता है। उस दिन मन के काँटे को खोज कर बाहर करने के लिए सुचरिता रात को गाड़ी-बरामदे की छत पर अकेले बैठी रही।

उसने अपने मन के अकारण ताप को जैसे रात्रि के स्निग्ध अंधकार से पोंछ कर

फेंकने की चेष्टा की—किन्तु कोई फल नहीं हुआ। अपनी छाती के बोझ को हल्का करने के लिए उसने रोना चाहा, लेकिन रुलाई भी नहीं फूटी।

एक अपरिचित युवा मस्तक पर तिलक लगा कर आया, अथवा उसे बहस में परास्त करके उसके अहंकार को झुकाया नहीं जा सका, सुचरिता इसी कारण इतनी देर से पीड़ा अनुभव कर रही है, इससे अद्‌भुत हास्यकर कुछ भी नहीं हो सकता। इस कारण को पूरी तरह असंभव जान कर उसने मन से विदा कर दिया। तब असली कारण याद आया और याद आते ही उसे भारी लज्जा महसूस हुई। सुचरिता आज तीन-चार घंटे उस युवक के सम्मुख बैठी रही थी और बीच-बीच में उसका पक्ष लेकर बहस में सहयोग भी कर रही थी, इसके बावजूद उसने एक बार भी जैसे उसे लक्ष्य तक नहीं किया—जाते समय भी मानो, वह उसे देख तक नहीं पाया। इसमें कोई संदेह नहीं कि इस संपूर्ण उपेक्षा ने ही सुचरिता को गंभीर रूप से बींध डाला है। बाहर की लड़कियों के साथ मेलजोल के अभ्यास से जो एक लिहाज पैदा हो जाता है, विनय के व्यवहार से जिस लिहाज का परिचय मिलता है—उस लिहाज में एक सलज्ज नम्रता है। गोरा के आचरण में उसका चिह्न तक भी नहीं था। उसकी उस कठोर एवं प्रबल उदासीनता को सहन करना अथवा उसे अवज्ञा के साथ उड़ा देना सुचरिता के लिए आज इस प्रकार क्यों असंभव हो उठा? इतनी बड़ी उपेक्षा के सम्मुख भी उसने अपने को न रोक कर बहस में सहयोग किया, अपनी इस प्रगल्भता के लिए जैसे वह मरी जा रही थी। हारान के अन्यायपूर्ण तर्क से एक बार जब सुचरिता अत्यन्त उत्तेजित हो उठी थी, तब गोरा ने उसके मुख की ओर देखा था, उस दृष्टि में लेशमात्र संकोच नहीं था—किन्तु उस दृष्टि के भीतर क्या था, वह समझना भी कठिन है। तब क्या उसने मन-ही-मन कहा था—यह लड़की कितनी निर्लज्ज है, इसका अहंकार भी कम नहीं है, तभी तो बिन बुलाए पुरुषों की बहस में शामिल होने आ गई है। अगर उसके मन में यही है, तो उससे क्या आता-जाता है? कोई फर्क नहीं पड़ता, फिर भी सुचरिता बहुत अधिक पीड़ा अनुभव करने लगी। इस सबको भूल जाने की, पोंछ कर फेंक देने की उसने भरसक चेष्टा की, लेकिन किसी भी तरह नहीं कर पाई। गोरा पर क्रोध आने लगा—गोरा को उसने कुसंस्काराच्छन्न उद्धत युवक मान कर पूरे मन से अवज्ञा करनी चाही, पर उस विपुलकाय वज्र-कंठ पुरुष की उसी निःसंकोच-दृष्टि की स्मृति के सामने सुचरिता मन-ही-मन अत्यन्त छोटी पड़ गई—किसी भी तरह अपने गौरव को खड़ा नहीं रख पाई।

सुचरिता को सभी की दृष्टि में विशेष रूप से आने और महत्त्व पाने की आदत पड़ गई थी। ऐसा नहीं कि यहाँ भी वह मन-ही-मन महत्त्व ही चाहती थी, फिर आज गोरा से मिली उपेक्षा उसके लिए इतनी असह्य क्यों हो गई है? सुचरिता बहुत सोचने के बाद अंत में इस निष्कर्ष पर पहुँची कि उसने जो गोरा को विशेष रूप से मानाहत करने की इच्छा पाली थी, वही अविचलित अनवधान रूप में हृदय पर आघात कर रही है।

इस प्रकार मन में खींचतान करते-करते रात बढ़ने लगी। घर के सभी लोग बत्ती बढ़ा कर सोने चले गए। सदर दरवाजा बन्द होने की आवाज हुई—समझ में आ गया कि राँधना-खाना निबटा कर महाराज सोने जाने की तैयारी कर रहा है। इसी समय ललिता रात के कपड़े पहने छत पर आई। सुचरिता से कोई बात न करके उसके पास से निकल छत के एक कोने में रेलिङ् पकड़ कर खड़ी हो गई। सुचरिता मन-मन में हँसी, समझ गई कि ललिता उससे रूठी है। वह एकदम ही भूल गई थी कि आज उसकी ललिता के पास सोने की बात थी। किन्तु, 'भूल गई थी' कहने भर से ललिता के समक्ष अपराध धुल नहीं जाता—कारण, भूल जाना ही सबसे भारी अपराध है। और, वह ऐसी लड़की है नहीं, जो समय पर वचन की याद दिला दे। इतनी देर वह मन कड़ा करके बिस्तर पर पड़ी थी—समय जितना बीत रहा था, उतना ही उसका अभिमान बढ़ता जा रहा था। अन्त में जब नितान्त असह्य हो गया, तो वह बिछोने से उठ कर बिना कुछ कहे केवल यह जताने आई थी कि "मैं अभी भी जगी हूँ।"

सुचरिता ने कुर्सी छोड़ धीरे-धीरे ललिता के पास आकर उसके गले में बाँहें डाल लीं—बोली, "ललिता, मेरी प्यारी सखी, गुस्सा मत करो।"

ललिता ने उसके हाथ हटा कर कहा, "ना, गुस्सा क्यों करूँगी? तुम बैठो ना!"

सुचरिता उसे हाथ से खींच कर बोली, "चलो भाई, सोने चलें।"

ललिता कोई उत्तर न देकर चुप खड़ी रही। अन्त में सुचरिता उसे जबर्दस्ती खींचते हुए सोने वाले कमरे में ले गई।

ललिता रुँधे गले से बोली, "तुमने इतनी देर क्यों की? पता है, ग्यारह बज गए हैं। मैंने घड़ी के सारे घंटे सुने हैं। अभी ही तो तुम सो जाओगी।"

सुचरिता ने ललिता को छाती के पास खींचते हुए कहा, "भाई, आज मुझसे अन्याय हो गया।"

जैसे ही अपराध स्वीकार किया गया, ललिता का गुस्सा और नहीं रहा। एकदम नरम पड़ते हुए बोली, "इतनी देर तक अकेली बैठ किसके बारे में सोच रही थी दीदी? पानू बाबू के बारे में?"

उसे तर्जनी से मारते हुए सुचरिता ने कहा, "दुर!"

ललिता पानू बाबू को सहन नहीं कर पाती थी। यहाँ तक कि उन्हें लेकर अपनी अन्य बहनों की भाँति सुचरिता के साथ ठट्ठा करना भी उसके लिए असाध्य था। यह बात याद आ जाने पर उसे गुस्सा चढ़ जाता था कि पानू बाबू सुचरिता से विवाह करने की इच्छा कर रहे हैं।

थोड़ी देर चुप रह कर ललिता ने बात उठाई, "अच्छा दीदी, विनय बाबू किन्तु अच्छे आदमी हैं। हैं ना?

सुचरिता के मन के भाव को ताड़ने का उद्देश्य इस प्रश्न में नहीं था, यह नहीं कहा जा सकता।

सुचरिता बोली, "हाँ, विनय बाबू अच्छे ही तो हैं–बहुत अच्छे आदमी।"

ललिता ने जिस सुर की आशा की थी, वह पूरी तरह बजा नहीं। उसने फिर से कहा, "किन्तु जो भी कहो दीदी, गौरमोहन बाबू मुझे एकदम अच्छे नहीं लगे। कैसा भूरा-भूरा लाल रंग, भाव-शून्य कठोर चेहरा, संसार में जैसे किसी को मानते ही नहीं। तुम्हें कैसे लगे?"

सुचरिता ने कहा, "बहुत भारी किस्म के हिन्दुआनी।"

ललिता बोली, "ना, ना, हमारे मौसा जी भी तो खूब हिन्दुआनी हैं, लेकिन वे एक और तरह के हैं। ये जो हैं–ठीक से बोल नहीं पा रही, किस तरह के हैं।"

सुचरिता ने हँसते हुए कहा, "किस तरह के ही तो हैं।" कहते-कहते गोरा की उसी उन्नत ललाट पर तिलक लगी मूर्ति को मन में लाकर सुचरिता क्रोध करने लगी। क्रोध करने का कारण यही, कि तिलक के माध्यम से गोरा ने बड़े-बड़े अक्षरों में लिख रखा था, "मैं तुम लोगों से भिन्न हूँ"। यदि सुचरिता उसी पार्थक्य के प्रचण्ड अभिमान को धूल-धूसरित कर पाती, तो उसके क्रोध की ज्वाला मिटती।

बातें बन्द हो गईं, एक-एक कर दोनों सो गईं। दो बजे रात को सुचरिता जगी, तो देखा, बाहर झम् झम् बारिश पड़ रही थी, बीच-बीच में उनकी मच्छरदानी को भेद कर तड़ित् का प्रकाश चमक उठता था, कमरे के कोने में रखा दीपक बुझ गया था। रात्रि के उस निस्तब्ध अंधकार में, लगातार होने वाली वर्षा की ध्वनि से, सुचरिता के मन में एक वेदना अनुभव होने लगी। उसने इधर-उधर करवट बदल कर सोने की बहुत चेष्टा की–पास ही ललिता को गहरी नींद में सोते देख उसे ईर्ष्या हुई, किन्तु किसी भी तरह नींद नहीं आई। परेशान हो, बिछोना छोड़ कर वह बाहर आ गई। खुले दरवाजे के पास खड़ी होकर सामने छत की ओर देखती रही। कभी-कभी हवा के झोंकों के साथ बारिश के थपेडे शरीर पर लगने लगे। घूम-फिर कर आज संध्या-काल की सारी घटनाएँ पूरी बारीकी के साथ उसके मन में उदित होने लगीं। सूर्यास्त की आभा से रंजित गाड़ी-बरामदे के ऊपर गोरा का वही उद्दीप्त चेहरा साफ छवि-चित्र के समान उसकी स्मृति में जाग उठा और बहस की वे सारी बातें याद आ गईं जिन्हें उस समय कानों से सुन कर भूल गई थी। कानों में बजने लगा, "आप लोग जिन्हें अशिक्षित कहते हैं, मैं उन्हीं के दल में हूँ, आप लोग जिसे कुसंस्कार कहते हैं, मेरा वही संस्कार है। जब तक न आप लोग देश को प्यार करेंगे और आकर देश के लोगों के साथ एक स्थान पर खड़े हो पाएँगे, तब तक मैं आप लोगों के मुँह से देश की निंदा का एक अक्षर तक सहन नहीं कर पाऊँगा।" इसके उत्तर में पानू बाबू ने कहा, "ऐसा करने पर देश का सुधार होगा कैसे?" गोरा गरज उठा, बोला, "सुधार! सुधार बहुत बाद की बात है। सुधार से कहीं बड़ी बात है, प्रेम, श्रद्धा। पहले हम एक हों, सुधार भीतर से अपने आप हो जाएगा। आप लोग अलग होकर देश को खण्ड-खण्ड करना चाहते हैं–आप लोग कहते हैं, देश में कुसंस्कार है, अतएव हम

लोग सुसंस्कारी-दल अलग होकर रहेंगे। मैं कहता हूँ, मैं किसी से श्रेष्ठ होकर किसी से अलग नहीं होऊँगा, यही मेरी सबसे बड़ी आकांक्षा है—इसके बाद एक हो जाने पर कौन संस्कार रहेगा, कौन संस्कार जाएगा, वह मेरा देश ही जाने एवं देश के जो विधाता हैं, वे जानें।'' पानू बाबू ने कहा, ''ऐसी प्रथाएँ, और संस्कार हैं, जो देश को एक नहीं होने देते।'' गोरा बोला, ''यदि यही मानते हैं कि पहले समस्त प्रथाओं और संस्कारों को एक-एक कर उखाड़ फेंकेंगे, उसके बाद देश एक होगा, तो, यह तो समुद्र को उलीच कर उसके पार होने की चेष्टा करना होगा। अवज्ञा और अहंकार दूर करके, नम्र होकर, प्रेमपूर्वक अपने को सबके अन्तर्मन के साथ कर लीजिए, उस प्रेम के सामने सहस्रों त्रुटियाँ और अपूर्णताएँ सहज ही हार मान लेंगी। सभी देशों के सकल समाजों में त्रुटि और अपूर्णता है, किन्तु देश के लोग जब तक स्वजाति-प्रेम के आकर्षण में एक रहते हैं, तब तक उसका विष काट कर चल पाते हैं। सड़न का कारण हवा के भीतर होता है। बचे रह कर उसे काट कर चलते हैं, मरते ही सड़न उठने लगती है। मैं आपसे कहता हूँ, यदि आप सुधार करने आए हैं, तो हम सहन नहीं करेंगे, वो आप लोग ही हों अथवा मिशनरी हों।'' पानू बाबू बोले, ''क्यों नहीं करेंगे?'' गोरा ने कहा, ''करेंगे नहीं, इसका कारण है। माँ-बाप द्वारा सुधार सहन किया जाता है, किन्तु पहरेदारों द्वारा सुधार, सुधार से बहुत अधिक अपमान होता है; वह सुधार सहन करने से मनुष्यत्व नष्ट हो जाता है। पहले आत्मीय बनिए, उसके बाद सुधार होगा—अन्यथा आपके मुँह से निकली अच्छी बात से भी हम लोगों का अनिष्ट होगा।'' इस प्रकार प्रारम्भ से अन्त तक की सारी बातें एक-एक कर सुचरिता के मन में उठने लगीं और इसी के साथ एक अनिर्देश्य वेदना भी केवल पीड़ा देती रही। सुचरिता थक कर बिछोने पर लौट आई, उसने हथेली से आँखें दबा कर समस्त भावना को परे धकेल कर सोने की चेष्टा की, लेकिन उसका चेहरा और कान झाँय-झाँय करने लगे तथा वह सारी बातचीत छोटे-छोटे टुकड़ों में उसके मन में आना-जाना करती रही।

12

विनय और गोरा परेश के घर से निकल कर रास्ते में आए, तो विनय बोला, ''गोरा, जरा धीरे-धीरे चलो भाई—तुम्हारे दोनों पैर हम लोगों से बहुत लम्बे हैं—उनकी चाल थोड़ी कम न करने पर तुम्हारे साथ चलने में हम लोग हाँफते लगते हैं।''

गोरा ने कहा, ''मैं अकेले ही जाना चाहता हूँ, मेरे पास सोचने के लिए आज बहुत सारी बातें हैं।''

कह कर वह अपनी स्वाभाविक तेज चाल से चला गया।

विनय के मन को चोट पहुँची। उसने आज गोरा के विरुद्ध विद्रोह करके उसका अनुशासन भंग किया है। इसके लिए गोरा का तिरस्कार भोग लेता, तो उसे संतोष हो जाता। थोड़ा अंधड़ चल जाने पर उन लोगों की चिर मैत्री के आकाश में भरी उमस छँट जाती और उसे चैन मिल जाता।

इसके अलावा एक और बात विनय को मथने लगी थी। गोरा ने आज अचानक पहली बार परेश के घर आते ही विनय को वहाँ मित्र-भाव के साथ बैठे देख पक्के तौर पर सोच लिया होगा कि विनय इस घर में हमेशा आना-जाना करता है। निश्चय ही, आना-जाना करना कोई अपराध है, ऐसा नहीं है, गोरा जो भी कहे, परेश बाबू के सुशिक्षित परिवार के साथ अन्तरंग-परिचय का सुयोग पाने को विनय एक लाभ के रूप में मान रहा है, इन लोगों के साथ मेलजोल में यदि गोरा कोई दोष देखता है, तो यह उसका कट्टरपना है, किन्तु पहले की बातचीत के आधार पर गोरा जानता था कि परेश बाबू के घर विनय आना-जाना नहीं करता, आज अचानक उसे लग सकता है कि वह बात सच नहीं थी। खासकर, वरदासुन्दरी उसे विशेष रूप से बुला कर कमरे में ले गईं, वहाँ उनकी पुत्रियों के साथ उसकी बातचीत होने लगी—यह गोरा की तीक्ष्ण-दृष्टि से छिपा नहीं रह सकता। लड़कियों के साथ इस तरह घुलने-मिलने और वरदासुन्दरी की आत्मीयता से विनय मन-ही-मन एक गौरव तथा आनन्द अनुभव कर रहा था—किन्तु इसी के साथ इस परिवार में गोरा के साथ उसके स्नेह का पार्थक्य उसे भीतर-ही-भीतर कष्ट पहुँचा रहा था। आज तक इन दोनों सहपाठियों की एकान्त-मैत्री के बीच कोई भी रोड़ा बन कर खड़ा नहीं हुआ। केवल एक बार गोरा के ब्राह्म-सामाजिक उत्साह ने दोनों के बंधुत्व को क्षणिक आच्छादित किया था—किन्तु पहले ही बता दिया गया है कि विनय के लिए मत कोई बहुत बड़ी चीज नहीं है—मत को लेकर वह चाहे कितना ही लड़ाई-झगड़ा क्यों न करें, उसके लिए बड़ा सच मनुष्य ही है। किन्तु इस बार उन लोगों के बंधुत्व के बीच मनुष्य की ही आड़ पड़ने की तैयारी हो रही है, इसी से उसे डर लग रहा है। परेश के परिवार के साथ संबंध को विनय मूल्यवान समझ रहा है, कारण, अपने जीवन में ठीक इस तरह के आनन्द का आस्वाद उसने कभी नहीं पाया—लेकिन गोरा का बंधुत्व भी विनय के जीवन का अंगीभूत है, उस बंधुत्व से विरहित जीवन की कल्पना वह नहीं कर पाता।

अब तक विनय ने किसी भी व्यक्ति को गोरा के समान अपने हृदय के निकट नहीं आने दिया। आज तक वह केवल पुस्तकें पढ़ता रहा तथा गोरा के साथ बहस करता रहा, झगड़ा करता रहा, और गोरा को ही प्यार भी करता रहा; संसार में और किसी को थोड़ा-सा भी महत्त्व देने की गुंजाइश ही नहीं हुई। गोरा के भी भक्त-संप्रदाय का अभाव नहीं, किन्तु मित्र विनय को छोड़ और कोई नहीं था। गोरा की प्रकृति में एक निस्संगता का भाव है—इस ओर वह सामान्य लोगों के साथ मिलने की अवज्ञा नहीं करता—उस ओर तरह-तरह के लोगों के साथ घनिष्ठता उसके लिए एकदम

असंभव है। अधिकांश लोग उसके साथ एक दूरत्व अनुभव किए बिना नहीं रह पाते।

आज विनय समझ पाया कि उसका हृदय परेश बाबू के परिजनों की ओर गहरे रूप में आकृष्ट होता जा रहा है। यद्यपि परिचय अधिक दिन का नहीं है। इस कारण वह मानो, गोरा के प्रति एक अपराध-बोध की लज्जा अनुभव करने लगा।

यही जो, वरदासुन्दरी आज विनय को अपनी बेटियों की अंगरेजी हस्तलिपि और शिल्प-कार्य दिखा कर तथा कविता-पाठ सुनवा कर मातृ-गर्व प्रकट कर रही थीं, गोरा के लिए वह कितना अवज्ञाजनक है, विनय मन-ही-मन इसकी स्पष्ट कल्पना कर रहा था। वास्तव में ही इसमें पर्याप्त हास्यकर-व्यापार था; और वरदासुन्दरी की बेटियों ने जो जरामरा अंगरेजी सीख ली है, अंगरेज मेमों से तारीफ पा ली है, एवं लैफ्टीनेंट की बीवी का क्षण भर का सान्निध्य-लाभ प्राप्त कर लिया है, इसके गर्व में एक हिसाब से थोड़ी दीनता भी थी। लेकिन यह सब जान-समझ कर भी विनय इस व्यापार को गोरा के आदर्श के अनुसार घृणा नहीं कर पाता। यह सब उसे काफी अच्छा ही लग रहा था। लावण्य सी लड़की–इसमें कोई संदेह नहीं कि लड़की देखने में दिव्य रूप से सुन्दर है–अपने हस्त-लेख में मूर की कविता विनय को दिखा कर जो बड़ा गर्व अनुभव कर रही थी, उससे विनय के भी गर्व की तृप्ति हो रही थी। वरदासुन्दरी के भीतर इस युग का रंग पूरी तरह नहीं समाया था, तब भी वे अतिरिक्त उदग्र-भाव से वर्तमानकालीयता के दिखावे के लिए बेचैन रहती थीं–ऐसा नहीं कि इस असामंजस्य की असंगति विनय की पकड़ में नहीं आई, फिर भी वरदासुन्दरी विनय को बहुत अच्छी लगी थीं; उनके अहंकार और असहिष्णुता की निष्कपटता में विनय ने आनन्द अनुभव किया था। लड़कियों ने अपनी हँसी की आवाज से कमरे का वातावरण प्रीतिकर बना रखा है, चाय तैयार करके परोसती रही हैं, अपने हस्त-शिल्प से कमरे की दीवार सजा रखी है, और इसी के साथ अंगरेजी कविता पढ़ कर उसका आनंद उठा रही हैं, यह चाहे जितना साधारण हो, लेकिन विनय इस पर मुग्ध हो गया। विनय ने ऐसा आनन्द अपने मानव-संगति-विरल जीवन में और कभी नहीं पाया था। इन लड़कियों के पहनावे, हँसी की बातों, कामकाज आदि की कितनी मधुर छवियाँ वह मन-ही-मन आँकने लगा, इसकी कोई गिनती नहीं। जो लड़का यह नहीं जान पाया था कि मात्र किताबें पढ़ते और सिद्धान्त को लेकर बहस करते-करते कब उसने यौवन में पदार्पण कर लिया, उसके लिए परेश के इस साधारण घर के भीतर एक नए और आश्चर्य भरे जगत् ने प्रकाश पाया।

गोरा जो विनय का साथ छोड़ कर नाराज होकर चला गया, उस नाराजी को विनय अनुचित नहीं मान सका। दोनों मित्रों के बहुत दिनों के संबंधों में इतने समय बाद सचमुच का एक व्याघात आ उपस्थित हुआ।

बरसाती रात के स्तब्ध अंधकार को कंपायमान करते हुए बीच-बीच में मेघ गरजने लगे। विनय को अपने मन पर एक भारी बोझ महसूस होने लगा। उसे लगा,

उसका जीवन हमेशा से जिस पथ पर बहा चला आ रहा था, आज उसे छोड़ कर उसने एक नया पथ ग्रहण कर लिया है। इसी अंधकार में गोरा कहाँ गया और वह कहाँ जा रहा है!

विच्छेद के मुहाने पर प्रेम का वेग बढ़ जाता है। विनय के हृदय में गोरा के प्रति प्रेम कितना व्यापक और कितना प्रबल है, इसे विनय ने आज, उसी प्रेम को आघात लगने के दिन अनुभव किया।

घर लौटने पर रात्रि के अंधकार और कमरे की निर्जनता में विनय को अत्यन्त गहन रिक्तता अनुभव होने लगी। गोरा के घर जाने के लिए वह एक बार बाहर आया; किन्तु उसे आशा नहीं बँध सकी कि आज गोरा के साथ उसके हृदय का मेल हो पाएगा; इसीलिए वह लौट आया और थक कर बिछोने पर लेट गया।

दूसरे दिन सुबह उठा, तो उसका मन हल्का हो चुका था। रात को उसने कल्पना में अपनी वेदना को अनावश्यक रूप से बहुत अधिक बढ़ा लिया था–सुबह, गोरा के साथ बंधुत्व और परेश के परिवार के साथ परिचय उसे एकान्तिक रूप से परस्पर विरोधी प्रतीत नहीं हुए। ऐसा क्या भारी झमेला था, कह कर विनय को कल रात की मनस्पीड़ा पर आज हँसी आई।

कंधे पर एक चादर डाल कर विनय तेज कदमों से गोरा के घर आ पहुँचा। गोरा उस समय अपने नीचे वाले कमरे में बैठा अखबार पढ़ रहा था। गोरा ने विनय को तभी देख लिया था, जब वह रास्ते में ही था–लेकिन आज विनय के आने पर उसकी दृष्टि अखबार से नहीं उठी। विनय ने आते ही बिना कुछ कहे गोरा के हाथ से फस् करके अखबार छीन लिया।

गोरा बोला, "लगता है, तुमने गलती कर दी है–मैं गौरमोहन हूँ–कुसंस्कारों में लिपटा एक हिन्दू।"

विनय ने कहा, "भूल शायद तुम्हीं कर बैठे हो। मैं हूँ श्रीयुत विनय–उसी गौरमोहन का कुसंस्काराच्छन्न मित्र।"

गोरा–किन्तु गौरमोहन इतना बेहया है कि अपने कुसंस्कारों के कारण कभी भी किसी के सामने लज्जा अनुभव नहीं करता।

विनय–विनय भी ठीक वैसा ही है। फिर भी वह अपने संस्कारों के चलते, भाग कर दूसरे पर आक्रमण करने नहीं जाता।

देखते-देखते दोनों मित्रों में जोरदार बहस उठ खड़ी हुई। मुहल्ले के लोग समझ गए कि आज गोरा और विनय का आमना-सामना हो गया है।

गोरा ने कहा, "तुम परेश बाबू के घर आना-जाना करते हो, उस दिन मेरे सामने इस बात को अस्वीकार करने की क्या जरूरत थी?"

विनय–किसी आवश्यकता के वशीभूत अस्वीकार नहीं किया था–आना-जाना नहीं करता, इसीलिए अस्वीकार किया था। इतने दिन बाद कल पहली बार उनके घर

में कदम रखा था।

गोरा—मुझे संदेह है, तुम अभिमन्यु की भाँति प्रवेश का मार्ग भर जानते हो—बाहर आने का रास्ता नहीं जानते।

विनय—वह हो सकता है—शायद यही मेरी जन्मजात प्रकृति है। मैं जिसे श्रद्धा या प्रेम करता हूँ, उसका परित्याग नहीं कर पाता। मेरा यह स्वभावगत परिचय तुम भी प्राप्त कर चुके हो।

गोरा—तब तो, अब से वहाँ आना-जाना चलता रहेगा?

विनय—यह क्या बात हुई कि अकेले मेरा ही चलता रहेगा? तुम्हारे पास भी तो चलने की शक्ति है, तुम जड़-पदार्थ तो नहीं हो।

गोरा—मैं तो जाता हूँ और आता हूँ, किन्तु तुम्हारे लक्षण—देख रहा हूँ, तुम एकदम जाने के लिए ही दाखिल हुए हो। गरम चाय कैसी लगी?

विनय—थोड़ी कड़वी लग रही थी।

गोरा—तब?

विनय—न पीना उससे भी अधिक कड़वा लगता।

गोरा—क्या सामाजिकता का पालन केवल शिष्टाचार का पालन होता है।

विनय—सब समय नहीं। किन्तु देखो गोरा, जहाँ समाज के साथ हृदय के मेल में बाधा हो, वहाँ मेरे लिए—

गोरा अधीर हो उठा, विनय को बात समाप्त नहीं करने दी। उसने गरजते हुए कहा, "हृदय! तुम समाज को छोटा करके तुच्छ रूप में देखते हो, इसीलिए बात-बात में तुम्हारे हृदय के मेल में बाधा आती है। किन्तु समाज को चोट पहुँचाने पर उसकी वेदना कितनी दूर तक जाती है, यदि अनुभव करते, तो अपनी यह हृदय वाली बात उठाते तुम्हें लज्जा आती। परेश बाबू की लड़कियों के मन को जरा-सी चोट पहुँचाते तुम्हें भारी कष्ट होता है—किन्तु मुझे कष्ट होता है, जब इतने जरा-से के लिए सारे देश को आसानी से चोट पहुँचा पाते हो।"

विनय बोला, "भाई गोरा, तब सच बात कहता हूँ। यदि एक प्याला चाय पी लेना, सारे देश को चोट पहुँचाना हुआ, तो उस चोट से देश का उपकार ही होगा। उससे बच कर चलना देश को अत्यन्त दुर्बल, बाबू बनाकर कर रख देना होगा।"

गोरा—ओ महाशय, ये सारी युक्तियाँ मैं जानता हूँ—मत समझो कि मैं निरा नासमझ हूँ। लेकिन ये सब अभी की बातें नहीं हैं। जब रोगी बालक दवाई खाना नहीं चाहता, तो शरीर स्वस्थ होते हुए भी माँ स्वयं दवाई खाकर उसे जताना चाहती है कि तुम्हारी-मेरी एक ही दशा है—यह युक्ति की बात नहीं है, यह प्रेम की बात है। यह प्रेम न रहे, तो चाहे कितनी ही युक्तियाँ क्यों न रहें, बालक के साथ माँ का संबंध नष्ट हो जाता है। वैसा होने पर काम भी बिगड़ जाता है। मैं भी चाय के प्याले के लिए

बहस नहीं कर रहा हूँ—किन्तु मैं देश के साथ अलगाव सहन नहीं कर पाता—चाय न पीना उससे बहुत अधिक आसान है, परेश बाबू की बेटी के मन को दुख पहुँचाना उससे बहुत छोटी बात है। वर्तमान अवस्था में संपूर्ण देश के साथ एकात्म-भाव से मिल जाना ही हम लोगों का सबसे प्रधान कार्य है—जब मिलन हो जाएगा, तो चाय पियोगे या नहीं पियोगे, इस बहस का निर्णय दो शब्दों में हो जाएगा।

विनय—तब तो देख रहा हूँ, मेरे चाय के दूसरे प्याले में बहुत विलम्ब है।

गोरा—नहीं, अधिक विलम्ब की आवश्यकता नहीं। किन्तु विनय, केवल मुझे ही क्यों? हिन्दू-समाज की अनेक अप्रिय बातों के साथ-साथ मुझे भी छोड़ने का समय आ गया है। अन्यथा परेश बाबू की लड़कियों के हृदय को आघात पहुँचेगा।

उसी समय अविनाश ने कमरे में प्रवेश किया। वह गोरा का शिष्य है। वह जो कुछ गोरा के मुख से सुनता है, उसे ही अपनी बुद्धि के द्वारा संक्षिप्त तथा अपनी भाषा के द्वारा बिगाड़ कर चारों ओर कहता फिरता है। जो गोरा की बातें तनिक नहीं समझ पाते, वे अविनाश की बातें काफी समझ जाते हैं और उसकी प्रशंसा करते हैं।

विनय के प्रति अविनाश का अत्यधिक ईर्ष्या का भाव है। इसलिए वह सुयोग पाते ही निर्बोध की भाँति विनय के साथ बहस करने की चेष्टा करता है। विनय उसकी मूढ़ता पर बहुत अधिक खीझ उठता है—तब गोरा अविनाश की बहस को अपने हाथ में लेकर विनय के साथ युद्ध में प्रवृत्त होता है। अविनाश को लगता है, जैसे उसी की दलीलें गोरा के मुख से निकल रही हैं।

अविनाश के आ धमकने से विनय को गोरा के साथ मेल-मिलाप की कोशिश में अड़चन लगी। तब वह उठ कर ऊपर चला गया। आनंदमयी अपने भण्डारघर के सामने वाले बरामदे में बैठी सब्जी काट रही थीं।

आनंदमयी बोलीं, "बहुत देर से तुम लोगों के गले की आवाज सुन रही हूँ। इतने सवेरे? नाश्ता करके तो निकले हो?"

और कोई दिन होता, तो विनय कहता, नहीं, नहीं किया—एवं आनंदमयी के सम्मुख बैठ जम कर खाता। लेकिन आज बोला, "नहीं माँ, नहीं करूँगा—करके ही निकला हूँ।"

विनय ने आज गोरा के प्रति अपराध बढ़ाना नहीं चाहा। परेश बाबू के साथ उसके मेलजोल के कारण गोरा ने उसे अभी तक क्षमा नहीं किया, उसे जैसे थोड़ा परे धकेल कर रख रहा है, यह अनुभव करके उसके मन के भीतर क्लेश हो रहा था, वह पॉकेट से चाकू निकाल कर आलू छीलने बैठ गया।

पन्द्रह मिनट के बाद नीचे आकर देखा, गोरा अविनाश को लेकर बाहर निकल गया है। विनय बहुत देर तक गोरा के कमरे में चुप बैठा रहा। उसके बाद अखबार हाथ में उठा कर बेमन से विज्ञापन देखने लगा। उसके बाद दीर्घ निःश्वास छोड़ते हुए बाहर निकल कर चला गया।

13

विनय का मन दोपहर को गोरा के घर जाने के लिए फिर व्याकुल हो उठा। वह अपने को गोरा के समक्ष झुकाने में कभी संकोच अनुभव नहीं करता। किन्तु अपना अभिमान न भी रहे, पर मित्रता के अभिमान को भी तो बचाना कठिन है। विनय अपने को परेश बाबू के समक्ष समर्पित करके गोरा के प्रति अपनी इतने दिन की निष्ठा में मानो थोड़ा छोटा हो जाने के कारण, अपराध तो अवश्य अनुभव कर रहा है, किन्तु उसे केवल इतनी आशा थी कि गोरा इसके लिए उसका परिहास और भर्त्सना करेगा, यह नहीं सोचा था कि उसे इस तरह अपने से दूर धकेल कर रखने की चेष्टा करेगा। घर से थोड़ी दूर तक बाहर जाकर विनय फिर लौट आया, मित्र से कहीं अपमानित न हो जाए, इसी भय के कारण गोरा के घर नहीं जा पाया।

विनय दोपहर के भोजन के बाद गोरा को एक चिट्ठी लिखने के विचार से कागज-कलम लेकर बैठ गया, बैठ कर बिना किसी बात के कलम पर ठूठल होने का आरोप लगा कर एक चाकू लेकर बहुत सँभाल कर धीरे-धीरे उसका सुधार करने में लगा था कि उसी समय नीचे से 'विनय' की पुकार आई। विनय कलम फेंक कर तुरन्त नीचे जाकर बोला, ''महिम भैया, आइए, ऊपर आइए।''

महिम ऊपर कमरे में आकर विनय की चारपाई पर एकदम चतुष्क होकर बैठ गए और कमरे के साजो-सामान का बड़े ध्यान से निरीक्षण करने के बाद बोले, ''देखो विनय, ऐसा नहीं कि मैं तुम्हारा घर नहीं पहचानता—कभी-कभी यह इच्छा भी करती है कि तुम्हारी कुशल-क्षेम पूछ जाऊँ, लेकिन मैं जानता हूँ, तुम लोग आजकल के अच्छे लड़के हो, तुम्हारे यहाँ तंबाकू का सुयोग मिलेगा नहीं, इसीलिए विशेष प्रयोजन न हो तो—''

विनय को हड़बड़ाते देख महिम ने कहा, ''तुम सोच रहे हो, अभी ही बाजार से हुक्का खरीद कर मुझे तंबाकू पिलाओगे, वैसी चेष्टा मत करो। तंबाकू न पिलाने के लिए क्षमा कर सकता हूँ, किन्तु नए हुक्के पर अनाड़ी हाथों का सजा तंबाकू मुझे सहन नहीं होगा।''

इतना कह, महिम बिछोने से एक पंखा उठा कर हवा करते-करते बोले, ''आज रविवार की दिन की सारी नींद हराम करके तुम्हारे यहाँ आया हूँ, इसका एक कारण है। तुम्हें मेरा एक उपकार करना ही होगा।''

विनय ने जिज्ञासा की, ''क्या उपकार!'' महिम ने कहा, ''पहले वचन दो, तब कहूँगा।''

विनय—यदि मेरे द्वारा संभव होगा, तभी तो?

महिम—केवल तुम्हारे द्वारा ही संभव है। और कुछ नहीं, तुम्हारे एक बार 'हाँ' कहते ही हो जाएगा।

विनय—मुझे इस तरह क्यों बोल रहे हैं? आप तो जानते हैं, मैं आपके घर का ही आदमी हूँ—यह हो ही नहीं सकता कि संभव होने पर आपका हित-साधन न करूँ।

महिम ने पॉकेट से पान का एक दोना बाहर करके उससे दो पान विनय को दिए, शेष तीन अपने मुँह में रखे और चबाते-चबाते बोले, "मेरी शशिमुखी को तो तुम जानते ही हो। देखने-सुनने में कोई बहुत बुरी नहीं है, अर्थात् अपने बाप की तरह नहीं है। वयस प्रायः दस के आस-पास हो चली है, अब उसे वर के हाथ सौंपने का समय हो गया है। किस अभागे के हाथ पड़ जाएगी, इसी चिन्ता में मुझे तो रात में नींद नहीं आती।"

विनय बोला, "परेशान क्यों हो रहे हैं—अभी तो समय है।"

महिम—अगर तुम्हारी भी बेटी होती, तो समझते कि क्यों परेशान हो रहा हूँ। बरस गुजरते ही आयु अपने आप बढ़ जाती है, किन्तु वर तो अपने आप नहीं आ जाता। इसलिए दिन जितने जा रहे हैं, मन उतना ही परेशान हो रहा है। अब, अगर तुम थोड़ा आश्वासन दो, तो कुछ दिन सबर भी कर सकता हूँ।

विनय—मेरी तो ज्यादा लोगों के साथ जान-पहचान नहीं—कहा जा सकता है कि कोलकाता में आप लोगों के घर को छोड़ कर और किसी घर को नहीं जानता—तब भी मैं खोज कर देखूँगा।

महिम—शशिमुखी का शील-स्वभाव तो जानते हो!

विनय—जानता क्यों नहीं! उसे छोटी-सी अवस्था से देखता आ रहा हूँ—बहुत अच्छी लड़की है।

महिम—तब और अधिक दूर खोज करने की क्या जरूरत है बेटा? वह लड़की तुम्हारे हाथों में ही सौंपूँगा।

विनय ने हकबकाते हुए कहा, "क्या कह रहे हैं?"

महिम—क्यों, अनुचित क्या कह रहा हूँ! अवश्य ही, कुल तुम्हारा हम लोगों से बहुत बड़ा है—लेकिन विनय, अगर तुम लोग इतना पढ़ने-लिखने के बाद भी कुल मानोगे, तो बना क्या!

विनय—ना ना, कुल की बात नहीं हो रही है, किन्तु आयु जो—

महिम—क्या कहते हो! शशि की आयु कम क्या है! हिन्दू घर की लड़की मेम साहेब नहीं होती—समाज को अनदेखा करके तो नहीं चला जाता।

महिम आसानी से छोड़ देने वाले आदमी नहीं—विनय को उन्होंने परेशान कर डाला। अन्त में विनय ने कहा, "मुझे सोचने के लिए थोड़ा समय दीजिए।"

महिम—मैं आज रात को ही तो दिन ठहरा नहीं रहा हूँ।

विनय—तब भी घर के लोगों का—

महिम—हाँ, वो तो है ही। उन लोगों की राय तो लेनी ही होगी। जब तुम्हारे चाचा जी जीवित हैं, तो उनकी असहमति होने पर तो कुछ भी नहीं हो सकता।

इतना कह कर पॉकेट से पान का दूसरा दोना खतम करके महिम ऐसा प्रदर्शित करते हुए चले गए कि जैसे बात लगभग पक्की हो गई है।

कुछ दिन पूर्व आनंदमयी ने एक बार शशिमुखी के साथ विनय के विवाह का प्रस्ताव उड़ते-उड़ते किया था। किन्तु विनय ने उस ओर कान भी नहीं दिए। आज भी ऐसा नहीं कि प्रस्ताव कोई बहुत संगत लगा हो, तो भी बात ने जैसे दिल में थोड़ी जगह बनाई। विनय के मन में हुआ कि यह विवाह हो जाने पर रिश्तेदारी के नाते गोरा उसे कभी दूर नहीं कर पाएगा। विवाह-अनुष्ठान को हृदयावेग के साथ जोड़ने को अंगरेजियाना मान कर वह आज तक परिहास करता आया है, इसीलिए शशिमुखी से विवाह उसे असंभव नहीं लगा। महिम के इस प्रस्ताव के संबंध में गोरा के साथ परामर्श का जो एक अवसर जुट गया था, आपाततः वह उसी कारण प्रसन्न हुआ। विनय की इच्छा हुई कि गोरा इसे लेकर उससे थोड़ी अनुनय-विनय करे। आसानी से सहमति न देने के कारण महिम गोरा द्वारा उससे अनुरोध करवाने की चेष्टा करेगा, इसमें विनय को संदेह नहीं था।

यह सब विचार करने पर विनय के मन का अवसाद कट गया। वह उसी समय गोरा के घर जाने के लिए तैयार होकर चादर कंधे पर डाल बाहर आ गया। थोड़ी दूर ही गया था कि पीछे से सुना, ''विनय बाबू''। पीछे मुड़ कर देखा, सतीश उसे पुकार रहा था।

सतीश को साथ लेकर विनय फिर से घर आ गया। सतीश ने पॉकेट से रूमाल की पोटली बाहर निकालते हुए कहा, ''बताइए तो जरा इसमें क्या है।''

विनय ने ''मुर्दे की खोपड़ी,'' ''कुत्ते का पिल्ला'' आदि नाना असंभव वस्तुओं के नाम बता कर सतीश की भर्त्सना झेली। इसके बाद सतीश ने अपना रूमाल खोल कर पाँच काले-काले फल निकाल कर पूछा, ''बताइए तो ये क्या हैं!''

विनय ने, जो मुँह में आया, कह दिया। अन्त में पराजय स्वीकार कर लेने पर सतीश ने बताया, रंगून में उसके एक मामा हैं, उन्होंने वहाँ के फल उसकी माँ को भेज दिए हैं—माँ ने उन्हीं में से पाँच विनय बाबू को उपहार में भेजे हैं।

ब्रह्म देश के मैंगोस्टिन फल उन दिनों कोलकाता में सुलभ नहीं थे—इसलिए विनय ने फलों को हिला-डुला कर, दबा-दुबू कर कहा, ''सतीश बाबू, ये फल खाऊँगा कैसे?''

सतीश ने विनय की इस अज्ञानता पर हँसते हुए कहा, ''देखिए, बुक मार कर मत खाइए—चाकू से काट कर खाए जाते हैं।''

सतीश आज कुछ देर पहले स्वयं इस फल को दाँतों से काट कर खाने की निष्फल चेष्टा करके परिवारी-जानों के सामने हास्यास्पद बन चुका था—इसीलिए विनय की अनभिज्ञता पर विज्ञ-जन की भाँति हँस कर उसके मन की वेदना दूर हो गई।

इसके पश्चात दो असमवयसी मित्रों के बीच थोड़ी देर हँसी की बातें होने के बाद सतीश ने कहा, "विनय बाबू, माँ ने कहा था कि यदि आपके पास समय हो, तो आपको हमारे घर आना होगा–आज लीला का जन्म-दिन है।"

विनय बोला, "आज तो भाई, मुझे समय मिलेगा नहीं, आज मैं और एक जगह जा रहा हूँ।"

सतीश–कहाँ जा रहे हैं?

विनय–अपने दोस्त के घर।

सतीश–आपके वही दोस्त?

विनय–हाँ।

'दोस्त के घर जा सकते हैं, पर हमारे घर नहीं जाएँगे,' सतीश इसकी तुक नहीं समझ पाया–विशेषकर विनय का वह मित्र सतीश को अच्छा नहीं लगता; वह जैसे स्कूल के हेडमास्टर से भी कड़ा आदमी है, उसे ऑर्गन सुना कर कोई उसकी प्रशंसा पा लेगा, वह ऐसा व्यक्ति नहीं–ऐसे आदमी के पास जाने की विनय को थोड़ी-सी भी जरूरत महसूस हुई होगी, यह सतीश को एकदम अच्छा नहीं लगा। उसने कहा, "नहीं विनय बाबू, आप हमारे घर चलिए।"

'निमन्त्रित होने के बावजूद परेश बाबू के घर न जाकर गोरा के पास जाएगा,' विनय ने मन-ही-मन इस बात को बड़े दर्प के साथ कहा था। आज वह आहत मित्र के अभिमान को दलित नहीं होने देगा, उसने निश्चय कर लिया था कि गोरा की मित्रता के गौरव को ही वह सबसे ऊपर रखेगा।

किन्तु उसे हार मानने में अधिक देर नहीं लगी। दुविधा करते-करते, मन में आपत्ति करते-करते अन्त में वह बालक का हाथ पकड़े उसी अठहत्तर नम्बर वाले घर के रास्ते पर चल पड़ा। बरमा से आए दुर्लभ फलों का एक हिस्सा, याद से विनय को भेजने में जिस आत्मीयता ने प्रकाश पाया था, उसका आदर न करना विनय के लिए असंभव था।

विनय ने परेश बाबू के घर के निकट पहुँच कर देखा, पानू बाबू और कई अपरिचित लोग परेश बाबू के घर से बाहर आ रहे थे। लीला के जन्म-दिन के उपलक्ष्य में वे दोपहर के भोजन पर आमन्त्रित थे। पानू बाबू इस तरह चले गए कि जैसे विनय को देख ही न पाए हों।

घर में प्रवेश करते ही विनय ने खूब सारी हँसी के स्वर और भाग-दौड़ की आवाज सुन ली। सुधीर ने लावण्य की चाबी चुरा ली है; इतना ही नहीं, दराज में लावण्य की कॉपी है और उस कॉपी में कवियशः प्रार्थिनी के उपहास की सामग्री है, यह डकैत उसका ही लोगों के सामने भंडाफोड़ करने की धमकी दे रहा है–जब इसी को लेकर दोनों पक्षों में युद्ध चल रहा था, तभी विनय ने रंग-भूमि में प्रवेश किया।

उसे देखते ही लावण्य का दल क्षण भर में अन्तर्ध्यान हो गया। सतीश उन लोगों के हँसी-ठट्ठे में शामिल होने के लिए उनके पीछे दौड़ गया। थोड़ी देर बाद सुचरिता ने कमरे में आकर कहा, "माँ ने आपको जरा बैठने के लिए कहा है, वे अभी आ रही हैं। पिताजी अनाथ बाबू के घर गए हैं, उन्हें भी आने में देर नहीं लगेगी।"

विनय का संकोच तोड़ने के लिए सुचरिता ने गोरा की बात उठा दी। हँसते हुए कहा, "लगता है, वे हमारे यहाँ और कभी नहीं आएँगे।"

विनय ने पूछा, "क्यों?"

सुचरिता बोली, "हमारा पुरुषों के सामने निकलना देख कर वे निश्चय ही आश्चर्य में पड़ गए हैं। लगता है, लड़कियों को घर के कामों के अलावा और कहीं देख कर वे उनका सम्मान नहीं कर पाते।"

विनय इसका उत्तर देने में कुछ उलझन में पड़ गया। बात का प्रतिवाद कर पाता, तो खुश होता, किन्तु झूठ कैसे बोले? विनय ने कहा, "गोरा का विचार यही है कि लड़कियों का घर के कामों में पूरा ध्यान न देने पर उनकी कर्तव्य की एकाग्रता नष्ट होती है।"

सुचरिता बोली, "फिर तो स्त्री-पुरुष मिल कर घर-बाहर को बाँट लेते, तो अच्छा रहता। पुरुषों को घर में घुसने देने से शायद उनके बाहर के काम भली प्रकार सम्पन्न नहीं होते। आप भी क्या अपने मित्र जैसे ही विचार रखते हैं?"

विनय नारी-जाति के संबंध में अब तक गोरा जैसे ही विचार प्रकट करता आया था। इस संबंध में उसने समाचार पत्र में भी लिखा था। किन्तु वे ही विनय के विचार हैं, इस समय उसने अपने मुँह से नहीं कहना चाहा। वह बोला, "देखिए, वास्तव में इस पूरे विषय में हम लोग आदत के गुलाम हैं। इसीलिए लड़कियों को बाहर निकलते देख मन में खटका होता है—अनुचित या अकरणीय होने के कारण खराब लगता है, वह हम केवल जबर्दस्ती प्रमाणित करने की कोशिश करते हैं। यहाँ तर्क केवल बहाना भर है, असली संस्कार ही है।"

सुचरिता ने कहा, "लगता है, आपके मित्र के मन में संस्कार बहुत मजबूत हैं।"

विनय—ऊपर से देखने पर हठात् ऐसा ही लगता है, किन्तु आप एक बात याद रखिए, वे जो हमारे देश के संस्कारों को कस कर पकड़े हुए हैं, उसका कारण यह नहीं कि वे उन्हीं संस्कारों को श्रेष्ठ मानते हैं। हम लोग देश के प्रति अंध-अश्रद्धा के वशीभूत, देश की समस्त प्रथाओं की अवज्ञा किए बैठे थे, वे इस विनाशकारी कार्य को रोकने के लिए खड़े हैं। वे कहते हैं, पहले हम लोगों को श्रद्धा से, प्रीति से देश को समग्रतः पाना होगा, जानना होगा, तत्पश्चात स्वयं ही स्वास्थ्य के स्वाभाविक नियमों के अनुरूप भीतर से सुधार का कार्य चलेगा।

सुचरिता ने कहा, "अपने आप ही होता, तो इतने दिन तक क्यों नहीं हुआ?"

विनय—नहीं हुआ, इसका कारण है, इसके पूर्व देश के रूप में अपने संपूर्ण देश

को, जाति के रूप में अपनी संपूर्ण जाति को एकात्म-भाव से नहीं देख पाए। उस समय हम लोगों ने यदि स्व-जाति के प्रति अश्रद्धा नहीं रखी, तो श्रद्धा भी नहीं रखी–अर्थात् उसकी ओर ध्यान ही नहीं दिया गया–इसी कारण उसकी शक्ति नहीं जागी। एक समय रोगी पर ध्यान न देकर उसे बिना चिकित्सा, बिना पथ्य के छोड़ दिया गया था–अब उसे डाक्टर के यहाँ ले तो आया गया है, किन्तु डाक्टर उसके प्रति इतनी अवज्ञा रखता है कि उसका एक-एक अंग-प्रत्यंग काट कर फेंक देने को छोड़ कर और किसी दीर्घ सुश्रूषा-साध्य चिकित्सा के संबंध में धैर्य के साथ विचार नहीं करता। ऐसे समय, मेरे मित्र डाक्टर कहते हैं कि हमारे इस परम आत्मीय को चिकित्सा का आघात पूरी तरह नष्ट करके फेंक देगा, यह मैं सहन नहीं कर सकता। अभी मैं इस उच्छेदन-कार्य को एकदम बंद कर दूँगा और पहले अनुकूल पथ्य द्वारा उसकी अपनी भीतरी जीवनी-शक्ति को जगाऊँगा, उसके पश्चात उच्छेदन करने पर भी रोगी सहन कर पाएगा, हो सकता है, वह उच्छेदन किए बिना ही ठीक हो जाए। गोरा का कहना है, वर्तमान अवस्था में हमारे देश के लिए गहरी श्रद्धा ही सबसे बड़ा पथ्य है–श्रद्धा के अभाव के कारण ही हम लोग देश को समग्र-भाव में जान नहीं पाते–जान न पाने के कारण, उसके लिए जो व्यवस्था करते हैं, वही अव्यवस्था हो जाती है। देश को प्रेम किए बिना, उसे अच्छी तरह जानने का धैर्य नहीं रहता, उसे न जानने की दशा में उसका भला करना चाहने पर भी उसका भला नहीं हो पाता।

सुचरिता ने एक-एक कर उकसाते हुए गोरा संबंधी चर्चा को विराम नहीं लगने दिया। विनय को भी अपनी ओर से गोरा के पक्ष में जो कुछ बोलना था, खूब अच्छी तरह बोलता रहा। ऐसी युक्तिपूर्ण बातें, इस प्रकार के दृष्टांत देकर, इस तरह सँवार कर मानो उसने और कभी नहीं कही थीं; गोरा भी अपना निजी मत इतने परिष्कृत रूप में इतने साफ ढंग से प्रकट कर पाता या नहीं, संदेह है, अपनी बुद्धि और अभिव्यक्ति-क्षमता की अपूर्व उत्तेजना से विनय के मन में एक आनंद उत्पन्न होने लगा एवं उस आनंद से उसका मुख तेजस्वी हो उठा। विनय बोला, "देखिए, शास्त्र कहता है, आत्मानं विद्धि–अपने आपको जानो। अन्यथा किसी प्रकार मुक्ति नहीं। मैं आपसे कहता हूँ, मेरा मित्र गोरा, भारतवर्ष के उसी आत्म-बोध के प्रकाश-स्वरूप आविर्भूत हुआ है। उसे मैं साधारण व्यक्ति नहीं मान पाता। हम सभी का मन जब तुच्छ आकर्षण में बँध कर नए के प्रलोभन में बाहर की ओर भटक गया है, तब यही अकेला व्यक्ति है, जो संपूर्ण विक्षिप्तता के बीच अटल खड़ा सिंह-गर्जना में उसी पुरातन मंत्र का उच्चारण कर रहा है–आत्मानं विद्धि।"

यह चर्चा और बहुत देर चल सकती थी–सुचरिता भी व्यग्र होकर सुन रही थी–किन्तु अचानक पास के एक कमरे में सतीश ने चिल्ला कर आवृत्ति आरंभ कर दी–

"बोलो ना कातर स्वरे ना करि बिचार
जीवन स्वप्नसम मायार संसार।"[1]

बेचारा सतीश घर के अतिथि-आगन्तुकों के समक्ष अपनी विद्या प्रकट करने का कोई अवसर नहीं पाता। लीला तक अंगरेजी कविता सुना कर सभा को गरमा देती है, पर वरदासुन्दरी सतीश को बुलाती ही नहीं। लीला के साथ हर विषय में सतीश की खूब होड़ाहोड़ी है। किसी भी तरह लीला के दर्प को चूर-चूर करना सतीश के जीवन का प्रधान सुख है। कल विनय के सामने लीला की परीक्षा हो चुकी। तब अनाहूत सतीश उसे पछाड कर ऊपर उठने की कोई कोशिश नहीं कर सका। कोशिश करता भी, तो वरदासुन्दरी उसे तत्काल दबा देतीं; इसीलिए आज वह पास वाले कमरे में जैसे अपने आपसे उच्च स्वर में काव्य-चर्चा में लग गया। सुन कर सुचरिता हँसी नहीं रोक पाई।

इसी समय लीला ने अपनी मुक्त वेणी डुलाते हुए कमरे में प्रवेश करके सुचरिता की गर्दन से लिपट कर उसके कान में कुछ कहा। तत्काल सतीश दौड़ते हुए उसके पीछे आकर बोला, "अच्छा लीला, जरा बताओ तो 'मनोयोग' माने क्या?"

लीला ने कहा, "नहीं बताऊँगी।"

सतीश–"इस्स! बताऊँगी नहीं! कहो ना, जानती नहीं।"

विनय ने सतीश को अपने पास खींचते हुए कहा, "देखूँ जरा, तुम बताओ, मनोयोग माने क्या?"

सतीश गर्व से सिर उठाते हुए बोला, "मनोयोग माने, मनोनिवेश।"

सुचरिता ने पूछा, "मनोनिवेश कहने से क्या समझ में आता है?"

अपनों के अलावा अपने को और कौन ऐसी विपदा में धकेल सकता है! सतीश, मानो सवाल सुन ही न पाया हो, ऐसा दिखाते हुए उछलते-उछलते कमरे से बाहर चला गया।

विनय यह तय करके आया था कि परेश बाबू के घर से जल्दी विदा लेकर आज गोरा के पास अवश्य जाएगा। विशेषकर गोरा की बात करते-करते उसके मन में गोरा के पास जाने का उत्साह भी प्रबल हो उठा था। इसीलिए घड़ी में चार बजते सुन कर वह तुरन्त कुर्सी से उठ पड़ा।

सुचरिता ने कहा, "आप अभी जाएँगे? माँ तो आपके लिए खानपान की व्यवस्था कर रही हैं; थोड़ा बाद में जाने से नहीं चलेगा?"

विनय के लिए यह प्रश्न नहीं था, हुकुम था। वह तुरन्त बैठ गया। रंगीन रेशमी कपड़ों में सजी-धजी लावण्य ने कमरे में आकर कहा, "दीदी, खाना तैयार है, माँ छत पर आने के लिए कह रही हैं।"

---

1. कातर स्वर में बोलो मत बिना विचार
स्वप्न-सम जीवन माया का संसार

छत पर आकर विनय को खाने में लग जाना पड़ा। वरदासुन्दरी अपने सब बच्चों के जीवनवृत का बखान करने लगीं। ललिता, सुचरिता को कमरे में खींच ले गई। लावण्य एक कुर्सी पर गर्दन झुकाए लोहे की दो सलाइयों पर बिनाई के काम में लग गई। उसे कभी किसी ने कह दिया था कि बिनाई करते समय उसकी कोमल उँगलियों की क्रीड़ा बहुत सुन्दर दिखती है, तभी से लोगों के सामने उसे बिना प्रयोजन के बिनाई की आदत पड़ गई थी।

परेश आ गए। संध्या हो आई। आज रविवार को उपासना-मन्दिर में जाने का कार्यक्रम है। वरदासुन्दरी ने विनय से कहा, "यदि आपत्ति न हो, तो हमारे साथ समाज में चलेंगे?"

इसके बाद कोई उज्र-आपत्ति चलती नहीं। सब लोग दो गाड़ियों में बँट कर उपासनालय गए। लौटते समय जब गाड़ी में बैठ रहे थे, अचानक सुचरिता चौंकते हुए बोली, "वो, गौरमोहन बाबू जा रहे हैं।"

इसमें किसी को संदेह नहीं था कि गोरा ने इस दल को देख लिया है, फिर भी वह ऐसा दर्शाते हुए तेजी से चला गया कि जैसे देख ही न पाया हो। गोरा की इस उद्धत अशिष्टता की वजह से विनय ने लज्जित होकर परेश बाबू के सामने सिर झुका लिया। वह मन-ही-मन यह भी साफ समझ गया कि विनय को इस दल में देख कर ही गोरा तेजी से मुँह फेर कर चला गया है। उसके मन में अब तक आनंद का जो एक दीया जल रहा था, वह एकदम बुझ गया। सुचरिता विनय के मन के भाव और उसके कारण को तत्क्षण समझ गई, विनय जैसे मित्र के प्रति गोरा के इस अन्याय और ब्राह्मों के प्रति उसकी अनौचित्यपूर्ण अवज्ञा के लिए उसे फिर से गोरा पर क्रोध आया—उसने मन-ही-मन इच्छा की, किसी भी तरह गोरा का पराभव हो।

14

गोरा दोपहर को भोजन करने बैठा, तो आनंदमयी ने आहिस्ता-आहिस्ता बात उठाई, "आज सुबह विनय आया था। तुमसे भेंट नहीं हुई?"

गोरा ने थाली से बिना मुँह उठाए कहा, "हाँ, हुई थी।"

आनंदमयी काफी देर चुप बैठी रहीं—उसके बाद बोलीं, "उसे ठहरने को कहा था, किन्तु वह कैसा अन्यमनस्क होकर चला गया!"

गोरा ने कोई उत्तर नहीं दिया। आनंदमयी बोलीं, "उसके मन में कोई कष्ट हुआ है, गोरा! मैंने उसे ऐसा कभी नहीं देखा। मेरा मन बहुत दुखी हो रहा है। गोरा चुपचाप खाता रहा। आनंदमयी उसे अत्यन्त स्नेह करती हैं, इसीलिए मन-ही-मन उससे थोड़ा

भय खाती हैं। वह जब तक स्वयं उनके सामने अपना मन नहीं खोलता, तब तक वे किसी बात को लेकर उस पर दबाव नहीं डालतीं। कोई दूसरा दिन होता, तो वे यहीं चुप हो जातीं, किन्तु आज विनय के लिए उनका मन बहुत दुखी हो रहा था, इसीलिए बोलीं, ''देखो गोरा, एक बात कहती हूँ, गुस्सा मत करना। भगवान ने अनेक मनुष्यों की सृष्टि की है, किन्तु सबके लिए केवल एक ही मार्ग निर्धारित नहीं किया है। विनय तुम्हें अपने प्राणों के समान चाहता है, तभी तुम्हारा सब कुछ सहन करता है–लेकिन उसे तुम्हारे मार्ग पर ही चलना होगा, ऐसी जबर्दस्ती करना सुख की बात नहीं होगी।''

गोरा बोला, ''माँ, थोड़ा और दूध ला दो।''

बात यहीं खतम हो गई। भोजन के उपरान्त आनंदमयी अपने तख्तपोश पर चुपचाप बैठ कर सिलाई करने लगीं। लछमिया घर के किसी विशेष भृत्य के दुर्व्यवहार की बात में आनंदमयी को खींचने की वृथा चेष्टा करके फर्श पर लेटकर सोने लगी।

गोरा ने चिट्ठी-पत्री लिखने में काफी समय गुजार दिया। विनय आज सुबह अच्छी तरह देख गया है कि गोरा उस पर गुस्सा है, इसीलिए वह, यह सोच कर कि ऐसा नहीं हो सकता कि विनय इस गुस्से को दूर करने के लिए न आए, सारे कामों के बीच विनय के पैरों की आहट सुनने के लिए कान लगाए रहा।

समय काफी हो गया–विनय नहीं आया। गोरा लिखना छोड़ कर उठने का विचार कर ही रहा था कि उसी समय महिम कमरे में आ गए। आते ही कुर्सी पर बैठ कर बोले, ''शशिमुखी के ब्याह के विषय में क्या सोच रहे हो गोरा?''

इस विषय में गोरा ने एक दिन भी नहीं सोचा था, अतः उसे अपराधी की भाँति चुप रह जाना पड़ा।

विवाह के बाजार में वर का दाम कितना अधिक है और घर की आर्थिक-अवस्था कितनी अभावग्रस्त है, इसकी चर्चा करने के बाद गोरा से कोई उपाय सोचने को कहा। गोरा को जब सोच कर भी किनारा नहीं मिला, तो उसे चिन्ता के संकट से उबारने के लिए उन्होंने विनय की बात उठाई। इतना घुमा-फिरा कर बात करने की कोई आवश्यकता नहीं थी, पर महिम मुँह से गोरा को चाहे जो कह दें, मन-ही-मन भय खाते थे।

गोरा ने कभी सपने में भी नहीं सोचा था कि इस प्रसंग में विनय की बात उठ सकती है। विशेषकर इसीलिए भी कि गोरा और विनय ने तय किया था कि विवाह न करके देश के काम के लिए जीवन न्योछावर करेंगे। इसी कारण गोरा ने कहा, ''विनय क्यों विवाह करेगा?''

महिम बोले, ''लगता है, यही तुम लोगों की हिन्दुआनी है। हजार चुटिया रखो और तिलक लगाओ, फिर भी साहबियाना हाड़ फोड़ कर फूटता है। शास्त्र के अनुसार

विवाह ब्राह्मण के लड़के का एक संस्कार है, यह जानते हो?"

महिम आजकल के लड़कों की तरह आचार-विचार का उल्लंघन नहीं करते और शास्त्रों को भी नहीं मानते। होटल में खाना खाकर बहादुरी दिखाने को वे दिखावा मानते हैं, फिर गोरा की तरह हमेशा श्रुति-स्मृति को लेकर आलोड़न-विलोड़न करने को भी स्वाभाविक मनुष्य का लक्षण नहीं समझते। किन्तु यस्मिन् देषे यदाचारः—गोरा के सामने उन्हें शास्त्र की दुहाई देनी पड़ी।

यह प्रस्ताव यदि दो दिन पहले आता, तो गोरा बिल्कुल कान न देता। आज उसे लगा कि मुद्दा एकदम उपेक्षा योग्य नहीं है। अन्ततः इस प्रस्ताव के बहाने उसे इसी समय विनय के घर जाने का अवसर मिल गया।

अन्त में गोरा ने कहा, "अच्छा, विनय का विचार क्या है, जान कर देखता हूँ।"

महिम ने कहा, "वह और नहीं जानना होगा। वह तुम्हारी बात एकदम नहीं टाल पाएगा। वो सब ठीक हो गया है। तुम्हारे कहते ही हो जाएगा।"

उसी शाम गोरा विनय के घर आ पहुँचा। आँधी की तरह उसके कमरे में घुस कर देखा, वहाँ कोई नहीं है। नौकर को आवाज लगा कर पूछा, तो उसने बताया, "बाबू अठहत्तर नंबर वाले घर गए हैं।" सुन कर गोरा का मन परेशान हो उठा। आज पूरे दिन जिसके लिए गोरा के मन में शान्ति नहीं थी, वही विनय आजकल गोरा की बात याद रखने का अवकाश तक नहीं पाता। गोरा चाहे गुस्सा करे या दुखी हो, विनय की शान्ति और सान्त्वना में कोई बाधा नहीं पड़ेगी।

परेश बाबू के परिवार के विरुद्ध, ब्राह्म-समाज के विरुद्ध गोरा का अन्तःकरण पूरी तरह विषाक्त हो गया। वह मन में एक प्रचण्ड-विद्रोह लिए परेश बाबू के घर की ओर झपटा। उसकी इच्छा थी कि वहाँ सारी ऐसी बातें करेगा, जिसे सुन कर वह ब्राह्म-परिवार गुस्से में जल-भुन जाएगा और विनय भी बेचैन हो जाएगा।

परेश बाबू के घर पहुँच कर सुना, उनमें से कोई भी घर पर नहीं है, सभी उपासना-मन्दिर गए हैं। क्षण भर को संशय हुआ, शायद विनय न गया हो—संभव है, वह इस समय गोरा के घर गया हो।

रुक नहीं पाया। गोरा अपनी स्वाभाविक तूफानी चाल से मन्दिर की ओर गया। द्वार के निकट पहुँचते ही देखा, विनय वरदासुन्दरी के पीछे उनकी गाड़ी पर सवार हो रहा है—निर्लज्ज की भाँति रास्ते के बीचोंबीच पराए परिवार की लड़कियों के साथ एक गाड़ी में बैठ रहा है! मूढ़! इसी तरह अपने को नागपाश में बँधवाया जाता है। इतनी जल्दी! इतनी आसानी से! तब मैत्री की और मर्यादा नहीं। गोरा आँधी की तरह ही तेजी से चला गया—और विनय गाड़ी के अँधेरे में रास्ते की ओर ताकते हुए चुप बैठा रहा।

वरदासुन्दरी ने सोचा, आचार्य के उपदेश उसके मन में अपना काम कर रहे हैं—इसीलिए उन्होंने कोई बात नहीं की।

15

गोरा रात को घर लौट कर अँधेरी छत पर घूमने लगा।

उसे अपने ऊपर गुस्सा आया। उसने रविवार क्यों इस तरह वृथा गँवा दिया। व्यक्ति विशेष के प्रेम में अन्य सभी कामों को नष्ट करने के लिए तो गोरा इस पृथिवी पर आया नहीं। विनय जिस मार्ग पर चल रहा है, उसे उससे खींच रखने की चेष्टा करना, केवल समय नष्ट करना और अपने मन को पीड़ित करना होगा। अतः जीवन के यात्रा-पथ में विनय को अब से अनुपस्थित कर देना होगा। जीवन में गोरा का केवल एक ही मित्र है, वह उसी को त्याग कर अपने कर्तव्य को यथार्थ में परिणत करेगा। इतना कह कर गोरा ने बलपूर्वक हाथ घुमा कर विनय के संसर्ग को अपने चारों ओर से जैसे परे हटा दिया।

ऐसे ही समय महिम छत पर आकर हाँफने लगे—बोले, "जब आदमी के डैने नहीं हैं, तो फिर इन तिमंजिला मकानों का निर्माण क्यों? धरती का प्राणी होकर आकाश-वास करने की चेष्टा आकाशविहारी देवताओं को सहन नहीं होती। विनय के पास गए थे?"

गोरा ने इसका साफ-साफ उत्तर न देकर कहा, "विनय के संग शशिमुखी का ब्याह नहीं हो पाएगा।"

महिम—क्यों, विनय की सम्मति नहीं है क्या?

गोरा—मेरी सम्मति नहीं है।

महिम ने हाथ उल्टा कर कहा, "बहुत अच्छा! यह फिर एक नया झंझट देख रहा हूँ। तुम्हारी सम्मति नहीं है। सुनूँ तो, कारण क्या है?"

गोरा—मैं अच्छी तरह समझ गया हूँ, विनय को हमारे समाज में पकड़ कर रखना कठिन होगा। उसके साथ हमारे घर की लड़की का विवाह नहीं हो सकता।

महिम—बड़ी-बड़ी हिन्दुआनी देखीं, लेकिन ऐसी और कहीं भी नहीं देखी। काशी भाट-पाड़ा पीछे छोड़ दिया। देख रहा हूँ, तुम तो भविष्य देख कर विधान देते हो। किसी दिन कह दोगे, सपने में देखा है, ख़िस्तान हो गया है, गोबर खाकर जाति में लौटना पड़ेगा।

बहुत बकझक करने के बाद महिम ने कहा, "लड़की को किसी मूर्ख के हाथ तो सौंप नहीं सकता। जो लड़का पढ़ा-लिखा है, जिसके पास बुद्धि-शुद्धि है, वह कभी-कभी शास्त्र का उल्लंघन करके चलेगा ही। इसके लिए उसके साथ बहस करो, उसे गालियाँ दो—किन्तु उसका विवाह रोक कर बीच में मेरी लड़की को दंड क्यों देते हो। तुम लोगों के सारे ही विचार उल्टे हैं।"

महिम नीचे आकर आनंदमयी से बोले, "माँ, अपने गोरा को तुम रोको।"

आनंदमयी ने उद्विग्न होते हुए पूछा, "हुआ क्या?"

महिम–शशिमुखी के साथ विनय का विवाह मैं एक तरह से पक्का कर आया था। गोरा को भी राजी कर लिया था, इसी बीच उसे साफ पता चल गया कि विनय पर्याप्त रूप में हिन्दू नहीं है–मनु-पाराशर के साथ उसके विचारों का थोड़ा-बहुत भेद हो जाता है। इसलिए गोरा अड़ गया है–तुम तो जानती ही हो, वह जब अड़ता है, तो कैसे अड़ जाता है। कलियुग के जनक यदि प्रण कर लेते कि टेढ़े गोरा को सीधा करने पर ही सीता दूँगा, तो मैं शर्त लगा कर कह सकता हूँ, श्रीरामचन्द्र हार मान लेते। मनु-पाराशर के बाद वह दुनिया में एकमात्र तुम्हें मानता है। अब यदि तुम्हीं कोई उपाय करो, तो लड़की का उद्धार हो। ऐसा वर ढूँढ़े नहीं मिलेगा।

इतना कह कर, अभी गोरा से छत पर जो बातचीत हुई थी, महिम ने सारी खोल कर बयान कर दी। विनय के साथ गोरा का विरोध गहरा गया है, यह जान कर आनंदमयी का मन अत्यन्त बेचैन हो उठा।

आनंदमयी ने ऊपर आकर देखा, गोरा छत पर घूमना बन्द करके कमरे में एक कुर्सी पर बैठ, दूसरी पर पैर चढ़ाए किताब पढ़ रहा है। आनंदमयी एक कुर्सी खींच कर उसके निकट बैठ गईं। गोरा ने सामने वाली कुर्सी से पैर खींच कर सीधा बैठते हुए आनंदमयी के मुँह की ओर देखा।

आनंदमयी बोलीं, "बेटा गोरा, मेरी एक बात रख ले–विनय के साथ झगड़ मत कर। मेरे लिए तुम दोनों, दो भाई हो–तुम लोगों का अलगाव मैं सह नहीं पाऊँगी।"

गोरा ने कहा, "मित्र यदि बंधन काटना चाहता है, तो मैं उसके पीछे भाग कर समय नष्ट नहीं कर सकता।"

आनंदमयी ने कहा, "बेटा, मैं नहीं जानती, तुम लोगों के बीच क्या हुआ है। किन्तु यदि इस बात पर विश्वास करते हो कि विनय तुम्हारा बंधन काटना चाहता है, तो तुम्हारे बंधुत्व का जोर कहाँ गया?"

गोरा–माँ, मैं सीधा चलना पसंद करता हूँ, जो दोनों ओर बना कर रखना चाहते हैं, मेरे साथ उनकी नहीं निभेगी। जिसकी आदत दो नावों में पैर रखने की है, उसे मेरी नाव से पैर हटा लेना होगा–इसमें चाहे मुझे कष्ट हो या उसे परेशानी हो।

आनंदमयी–बताओ तो क्या हुआ। वह ब्राह्मों के घर आना-जाना करता है, यही उसका अपराध है?

गोरा–वो, बहुत सारी बातें हैं माँ!

आनंदमयी–होने दे बहुत सारी बातें–लेकिन मैं एक बात कहती हूँ गोरा, हर विषय में तुम्हारी इतनी जिद है कि तुम जिसे पकड़ लेते हो, उसे कोई छुड़ा नहीं सकता, किन्तु विनय के संदर्भ में तुम इतने अलग क्यों हो? तुम्हारा अविनाश अगर दल छोड़ना चाहता, तो क्या तुम उसे आसानी से छोड़ देते? तुम्हारा मित्र होने भर से ही क्या वह तुम्हारे लिए सबसे हीन है?

गोरा चुप होकर सोचने लगा। आनंदमयी की इस बात से वह अपने मन को

स्पष्ट देख पाया। अब तक वह सोच रहा था कि अपने कर्त्तव्य के लिए मित्र को छोड़ने जा रहा है, अब साफ समझा कि ठीक उसका उल्टा है। अपने बंधुत्व के अभिमान को चोट पहुँचने की वजह से वह विनय के बंधुत्व को चरम दंड देने के लिए तैयार हो गया है। वह मन से जानता है कि विनय को बाँधे रखने के लिए बंधुत्व ही पर्याप्त है—अन्य कोई चेष्टा प्रेम का अपमान है।

आनंदमयी जब समझ गईं कि उनकी बात का गोरा पर थोड़ा असर हुआ है, तो वे और कुछ न कह कर धीरे-धीरे वहाँ से उठने का उपक्रम करने लगीं। गोरा ने अचानक तेजी से उठ कर आलने[1] से चादर लेकर कंधे पर डाल ली।

आनंदमयी ने पूछा, "कहाँ जा रहे हो गोरा?"

गोरा ने उत्तर दिया, "मैं विनय के घर जा रहा हूँ।"

आनंदमयी—खाना तैयार है, खाकर जाओ।

गोरा—मैं विनय को पकड़ कर लाता हूँ, वह भी यहीं खाएगा।

आनंदमयी कुछ और न कह कर नीचे जाने लगीं। सीढ़ियों पर पैरों की आहट सुन कर अचानक रुक गईं, बोलीं, "वो तो, विनय आ रहा है।"

कहते-कहते विनय आ पहुँचा। आनंदमयी की आँखें छलछला आईं। वे ममता के साथ विनय के शरीर पर हाथ फेरते हुए बोलीं, "विनय, बेटा, तुम खाकर तो नहीं आए?"

विनय बोला, "नहीं, माँ!"

आनंदमयी—तुम्हें यहीं भोजन करना होगा।

विनय ने एक बार गोरा के चेहरे की ओर देखा। गोरा बोला, "विनय बहुत दिन जिएगा, तुम्हारे यहाँ ही जा रहा था।"

आनंदमयी का मन हल्का हो गया—वे जल्दी से नीचे चली गईं।

दोनों मित्र कमरे में आकर बैठे, तो गोरा ने जैसे-तैसे एक बात शुरू की—बोला, "पता है, हमारे लड़कों के लिए एक बड़ा योग्य जिमनास्टिक-मास्टर मिल गया है। बहुत अच्छा सिखाता है।"

मन में छिपी असली बात छेड़ने का साहस अभी भी किसी ने नहीं किया।

दोनों लोग जब खाने बैठे, तो आनंदमयी उनकी बातचीत से समझ गईं कि अभी भी दोनों खिंचे-खिंचे हैं। पर्दा उठा नहीं है। उन्होंने कहा, "विनय, रात बहुत हो गई है, तुम आज यहीं सो जाओ। मैं तुम्हारे घर खबर भेजे दे रही हूँ।"

विनय ने क्षण भर गोरा की ओर देख कर कहा, "भुक्त्वा राजवदाचरेत्। खाकर

---

1. आलना : लकड़ी का बना एक ऐसा उपादान, जो कपड़े टाँगने के काम आता है। यह दो स्तंभों को एक भारी आधार पर खड़ा करके बनाया जाता है। दोनों स्तंभों के ऊपर झोंपड़ी या छत का आभास देते हुए तीन डंडे लम्बाई में इस प्रकार लगे रहते हैं कि उन पर कपड़े आसानी से टाँगे या लटकाए जा सकें। स्तंभों के बीच में भी एक या दो डंडे लगे रहते हैं।

रास्ते में घूमने का विधान नहीं है। इसलिए यहीं सोया जाएगा।"

भोजनोपरान्त दोनों मित्र छत पर चटाई बिछा कर बैठ गए। भाद्र माह आ चुका है, शुक्ल-पक्ष की ज्योत्स्ना में आकाश भासमान हो रहा है। हल्के झीने उजले मेघ क्षणिक नींद की घुमेर की भाँति कभी-कभी चाँद को थोड़ा-सा झाँप कर धीरे-धीरे बहे चले जा रहे हैं। चारों ओर दिगन्त तक नाना रूपाकार वाली ऊँची-नीची छतों की पंक्ति कभी छाया में, कभी प्रकाश में और कभी-कभी पेड़ों की चोटियों के साथ मिल कर जैसे संपूर्णतः निष्प्रयोजन विराट् अवास्तविक कल्पना की भाँति विस्तारित है।

गिरजाघर की घड़ी में ग्यारह का घंटा बजा; बरफ वाला अपनी आखरी हाँक लगा कर चला गया। गाड़ियों की आवाज कम हो गई। गोरा की गली में जागने के लक्षण नहीं हैं, केवल पड़ोसी के अस्तबल में लकड़ी के फर्श पर यदा-कदा घोड़े के खुरों की आवाज सुनाई पड़ जाती है और कुत्ता घेऊ-घेऊ करने लगता है।

दोनों लोग काफी देर तक चुप लगाए रहे। उसके बाद, विनय पहले थोड़ा हिचकिचाया, अन्त में पूरी तेजी से अपने मन की बातों के बंधन खोल दिए, बोला, "भाई गोरा, मेरा हृदय भरा हुआ है। मैं जानता हूँ, इन सब बातों में तुम्हारा मन नहीं है, किन्तु तुमसे न बताने पर मैं जिन्दा नहीं रह सकता। मैं अच्छा-बुरा कुछ भी नहीं समझ पा रहा हूँ–पर इतना निश्चित है कि इसके साथ कोई चालाकी नहीं चलेगी। किताबों में बहुत-सी बातें पढ़ी हैं और इतने दिन समझता आया हूँ कि सब कुछ जानता हूँ। ठीक उसी तरह, जैसे चित्र में जल देख कर समझता था कि तैरना बड़ा आसना है–किन्तु आज मझधार में पड़ कर एक क्षण में पता चल गया, यह कोई हँसी खेल नहीं है।

इतना कह कर विनय अपने जीवन के इस विस्मयकारी आविर्भाव को गोरा के सामने पूरी चेष्टा के साथ उद्‌घाटित करने लगा।

विनय कहने लगा, आजकल जैसे उसके लिए किसी दिन और रात के बीच कहीं भी, जरा-सी भी फाँक नहीं–संपूर्ण आकाश में कहीं भी कोई रंध्र नहीं, सब कुछ पूरी तरह निविड़ रूप में भर गया है–वसन्त काल का छत्ता जैसे शहद से लबालब होकर फट जाना चाहता है, उसी तरह। पहले यही चराचर विश्व उसके जीवन से बहुत कुछ बाहर पड़ा रहता था। जितने से उसका प्रयोजन था, उतना भर ही उसकी आँखों में था। आज पूरा का पूरा उसकी समझ आ गया है, पूरा का पूरा उसे छू रहा है, सारा ही एक नए अर्थ से परिपूर्ण हो उठा है। जानता ही नहीं था कि वह पृथिवी को इतना प्रेम करता है, आकाश इतना विस्मय भरा है, आलोक ऐसा अपूर्व है, मार्ग के अपरिचित पथिकों का प्रवाह ऐसा गहन सत्य है। उसकी इच्छा होती है, सबके लिए कुछ करे, अपनी संपूर्ण शक्ति को आकाश के सूर्य की भाँति जगत् की चिरंतन सामग्री बना दे।

हठात् ऐसा प्रतीत नहीं होता कि विनय किसी व्यक्ति विशेष के प्रसंग में ये सारी

बातें कह रहा है। मानो, वह किसी का नाम मुँह पर नहीं ला सकता–आभास देने में भी लज्जित हो जाता है। यही जो चर्चा कर रहा है, इसके लिए भी वह मानो, किसी के प्रति अपराध अनुभव कर रहा है। यह अन्याय है, यह अपमान है–किन्तु आज इस निर्जन रात्रि में निस्तब्ध आकाश के नीचे मित्र के पास बैठ कर इस थोड़े से अन्याय से वह किसी भी तरह मुक्त नहीं हो पाया।

वह क्या मुख! प्राणों की आभा उसके कपोलों की कोमलता के मध्य कैसे सुकुमार भाव से प्रकट हो रही है! हँसी में उसका अंतःकरण कैसे विस्मयकारी आलोक की भाँति फूटा पड़ता है! ललाट में क्या बुद्धि! और घनी पलकों की छाया में दोनों नेत्रों में कैसी निविड़ अनिर्वचनीयता! और वे दोनों हाथ–सेवा और स्नेह को सौन्दर्य में सार्थक करने को प्रस्तुत हो गए हैं, वे मानो बतिया रहे हैं। विनय अपने जीवन को, यौवन को धन्य मान रहा है, इस आनंद में उसका हृदय मानो फूल-फूल उठता है। पृथिवी के अधिकांश व्यक्ति जिसके दर्शन किए बिना ही जीवन व्यतीत कर लेते हैं, उसे विनय आँखों के सामने इस रूप में मूर्तिमान देख पाया, इससे बड़ा आश्चर्य और कुछ नहीं।

किन्तु क्या यह पागलपन है! यह अन्याय है! हो अन्याय, और तो रोक कर रखा नहीं जा सकता। यदि यह धारा ही किसी किनारे पर लगा दे, तो अच्छा होगा, और यदि बहा ले जाए, यदि अपने में समा ले, तो उपाय क्या है। कठिनाई यह, कि उद्धार की इच्छा भी नहीं होती–इतने दिन के सारे संस्कार, सारी जड़ता पीछे छोड़ कर चलते जाना ही मानो जीवन का सार्थक परिणाम है।

गोरा चुपचाप सुनने लगा। इसी छत पर ऐसी ही निर्जन-निःसुप्त चाँदनी रातों में दोनों के बीच और भी अनेक दिन अनेक बातें हुई हैं–कितनी ही साहित्य पर, कितनी ही लोक-चरित्रों पर, कितनी ही समाज-हित की चर्चाएँ और भविष्य की जीवन-यात्रा से जुड़े दोनों के ही कितने संकल्पों के बारे में, किन्तु इसके पूर्व और किसी दिन इस प्रकार की बातें नहीं हुई थीं। मानव-हृदय का ऐसा सत्य-तत्व, ऐसा प्रबल-प्रकाश गोरा के सामने इस रूप में नहीं आया था। इतने दिन तक वह इन सब बातों को काव्य-रचना का आवर्जित-अंश मानकर, इनकी पूरी उपेक्षा करता आया था–आज उसने इन्हें इतने निकट देखा कि और अस्वीकार नहीं कर सका। केवल इतना ही नहीं, इनके आवेग ने उसके मन को आन्दोलित कर दिया, इनकी पुलक उसकी समस्त देह में विद्युत की भाँति दौड़ गई। क्षण भर के लिए उसके यौवन के एक अगोचर-अंश का आवरण हवा में उड़ गया और इतने दिन से बंद उस कक्ष में इस शरद-निशा की ज्योत्स्ना ने प्रवेश करके एक इन्द्रजाल फैला दिया।

चन्द्रमा कभी का छतों के नीचे उतर गया। पूर्व दिशा में निद्रित-मुख की हँसी के समान किंचित आलोक का आभास होने लगा। इतनी देर के बाद विनय का मन हल्का होते ही एक संकोच भी उपस्थित हो गया। वह थोड़ा चुप रह कर बोला, "मेरी

ये सारी बातें तुम्हारे लिए एकदम महत्त्वहीन हैं। शायद तुम मुझे मन-ही-मन छोटा समझ रहे हो, पर बताओ क्या करूँ–कभी भी तुमसे कुछ छिपाया नहीं–आज भी नहीं छिपाया, तुम समझो, चाहे न समझो।''

गोरा बोला, ''विनय, नहीं कह सकता कि मैं ये सब बातें ठीक तरह समझता हूँ। दो दिन पहले तुम भी नहीं समझते। जीवन-व्यापार में यह समस्त आवेग और आवेश मुझे आज तक अत्यन्त महत्त्वहीन लगता रहा है, यह बात भी अस्वीकार नहीं कर सकता। इसीलिए शायद ऐसा नहीं है कि यह वास्तव में ही महत्त्वहीन है–इसकी शक्ति और गहराई का साक्षात न करने के कारण ही यह मुझे सारहीन माया की भाँति लगा–किन्तु आज तुम्हारी इतनी बड़ी उपलब्धि को कैसे मिथ्या कहूँ? असली बात यह है कि जो व्यक्ति जिस क्षेत्र में है, अगर उसके बाहर का सच उसके लिए महत्त्वहीन न बना रहे, तो वह व्यक्ति काम ही नहीं कर सकता। इसी कारण ईश्वर ने मनुष्यों की आँखों में दूर की वस्तुओं को छोटा बना दिया है–सारे सत्यों को समान रूप से प्रत्यक्ष करके उसे मुसीबत में नहीं डाला है। हमें एक दिशा चुननी ही होगी, सब कुछ को एक साथ जकड़ कर रखने का लोभ छोड़ना ही होगा, अन्यथा सत्य को उपलब्ध ही नहीं कर पाएँगे। तुम जहाँ खड़े होकर सत्य की जो मूर्ति देख रहे हो, मैं वहाँ उस मूर्ति की वंदना करने नहीं जा सकता–ऐसा होने पर मुझे अपने जीवन के सत्य से हाथ धोना पड़ेगा। या तो इस पार, नहीं तो उस पार।''

विनय ने कहा, ''या तो विनय, या फिर गोरा। मैं निज को परिपूरित करने के लिए खड़ा हूँ, तुम निज का त्याग करने के लिए खड़े हो।''

गोरा अधीर होकर बोला, ''विनय, तुम बातों ही बातों में शास्त्र मत लिखो। तुम्हारी बात सुन कर मैं एक चीज साफ समझ गया हूँ, आज तुम अपने जीवन में एक प्रबल सत्य के सम्मुख खड़े हो–उसके साथ छल-चातुरी नहीं चलती। सत्य को पाकर उसके समक्ष आत्म-समर्पण करना ही होगा–इसके अतिरिक्त कोई उपाय नहीं। मैं जिस क्षेत्र में खड़ा हूँ, उस क्षेत्र के सत्य को भी एक दिन इसी प्रकार उपलब्ध कर लूँ, यही मेरी आकांक्षा है। इतने दिन तुम पुस्तकीय-प्रेम के परिचय में ही संतुष्ट थे–मैं भी पुस्तकीय स्वदेश-प्रेम को ही जानता हूँ–प्रेम आज जब तुम्हारे समक्ष प्रत्यक्ष हुआ, तभी तुम समझ पाए कि वह किताबी बातों से कितना बड़ा सत्य है–वह तुम्हारे संपूर्ण चराचर-जगत् पर अधिकार किए बैठा है, उससे तुम कहीं भी मुक्त नहीं हो पा रहे हो–इसी प्रकार जिस दिन स्वदेश-प्रेम मेरे सम्मुख सर्वांगीण रूप में प्रत्यक्ष हो जाएगा, उस दिन मेरा भी छुटकारा नहीं। उस दिन वह मेरा धन-प्राण, मेरी अस्थि-मज्जा-रक्त, मेरा आकाश-आलोक, मेरा सब कुछ अनायास खींच कर ले जा सकता है। स्वदेश की वह सत्य-मूर्ति कैसी विस्मयकारी सुन्दर है, कैसी सुनिश्चित-सुगोचर है, उसका आनंद, उसकी वेदना कितनी प्रचण्ड-प्रबल है, जो बाढ़ के बहाव की भाँति क्षण भर में जीवन-मृत्यु को लांघ जाती है, वह आज तुम्हारी बात सुन कर मन-ही-मन कुछ-कुछ

अनुभव कर पा रहा हूँ। तुम्हारे जीवन की इस अभिज्ञता ने मेरे जीवन पर प्रहार किया है—नहीं जानता, तुमने जो पा लिया है, उसे कभी समझ पाऊँगा या नहीं, किन्तु मैं जो पाना चाहता हूँ, उसका आस्वाद तुम्हारे आभ्यंतर के माध्यम से अनुभव कर रहा हूँ।''

कहते-कहते गोरा चटाई से उठ कर छत पर घूमने लगा। पूर्व दिशा में उषा का आभास उसके लिए एक वाक्य के समान, एक संदेश की भाँति प्रकाशित हो गया, मानो प्राचीन तपोवन के वेद-मंत्र के समान गूँज उठा; उसकी पूरी देह में रोमांच दौड़ गया—वह पल भर स्तंभित खड़ा रहा और क्षण भर को उसे प्रतीत हुआ कि उसके ब्रह्म-रंध्र को भेद कर एक ज्योति-रेखा पतले मृणाल के समान उठ कर एक ज्योतिर्मय शतदल के रूप में संपूर्ण आकाश में परिव्याप्त होकर खिल रही है—उसके समस्त प्राण, समग्र चेतना, संपूर्ण शक्ति मानो, पूरी तरह परम आनन्द में निमज्जित हो गई।

गोरा जब अपने में लौटा, तो अचानक बोला, ''विनय, तुम्हें इस प्रेम को भी पार करके आना होगा—मैं कहता हूँ, वहाँ रुके रहने से नहीं होगा। जो महा-शक्ति मेरा आह्वान कर रही हैं, वे कितनी विराट हैं, यह मैं तुम्हें एक दिन दिखाऊँगा। मेरे मन में आज भारी आनंद हो रहा है—मैं आज तुम्हें किसी और के हाथों में नहीं छोड़ सकता।''

विनय चटाई छोड़ गोरा के पास आकर खड़ा हो गया। गोरा ने उसे एक अपूर्व उत्साह में भर कर दोनों हाथों से छाती से चिपटा लिया—बोला, ''भाई विनय, हम मरेंगे, एक मौत मरेंगे। हम दोनों एक हैं, हमें कोई अलग नहीं करेगा, कोई बाधा खड़ी नहीं कर पाएगा।''

गोरा के इस गहन उत्साह के वेग से विनय का हृदय भी तरंगित हो उठा; उसने बिना कुछ बोले अपने को गोरा के आकर्षण में छोड़ दिया।

गोरा और विनय, दोनों चुपचाप साथ-साथ घूमने लगे। पूर्व का आकाश रक्तवर्णी हो आया। गोरा बोला, ''भाई, अपनी देवी को मैं जहाँ देख पा रहा हूँ, वह तो सौन्दर्य के बीच नहीं है—वहाँ दुर्भिक्ष है, दारिद्र्य है, वहाँ कष्ट और अपमान है। वहाँ गाना गाकर, फूल चढ़ा कर पूजा नहीं होती; वहाँ प्राण देकर, रक्त चढ़ा कर पूजा करनी होगी—मुझे वही सबसे बड़ा आनंद अनुभव होता है—वहाँ सुख में समा जाने को कुछ नहीं—वहाँ अपने बल पर पूरी तरह जागना होगा, सब कुछ दे देना होगा—माधुर्य नहीं, यह एक दुर्जय दुःसह आविर्भाव है—यह निष्ठुर है, यह भयंकर है—इसमें वह कठिन झंकार है, जिसमें सातों सुर एक साथ बजने लगें, तो तार टूट कर बिखर जाते हैं। कल्पना करते ही मेरे हृदय में उल्लास जाग जाता है—मुझे अनुभव होता है, यही आनंद पुरुष का आनंद है—यह हो रहा है, जीवन का ताण्डव-नृत्य—पुरातन की प्रलय-यज्ञाग्नि की शिखा पर नवीन की अपरूप मूर्ति देखने के लिए पुरुष की साधना। रक्तवर्णी आकाश में एक बंधन-मुक्त ज्योतिर्मय भविष्य को देख पा रहा हूँ—आज के इस आसन्न प्रभात में देख पा रहा हूँ—देखो, मेरे हृदय के भीतर कौन डमरू बजा रहा है!''

कहते हुए गोरा ने विनय का हाथ अपनी छाती पर कस कर दबा लिया।

विनय बोला, "भाई गोरा, मैं तुम्हारे साथ ही चलूँगा, लेकिन मैं तुमसे कह रहा हूँ, मुझे कभी तुम दुविधा में मत पड़ने देना। एकदम भाग्य की भाँति निडर होकर मुझे खींचे ले जाना। हम दोनों का एक मार्ग है—पर हम लोगों की शक्ति तो एक-समान नहीं है।"

गोरा ने कहा, "हमारे स्वभाव में भेद है, किन्तु एक महत् आनंद हम लोगों की भिन्न प्रकृति को एक कर देगा। तुममें-मुझमें जो प्रेम है, उससे महान प्रेम में हमें एक कर देगा। यही प्रेम जब तक यथार्थ नहीं बन जाता, तब तक हम दोनों के बीच पदे-पदे अनेक आघात-संघात, विरोध-विच्छेद घटते रहेंगे—उसके बाद हम लोग एक दिन सब भूल कर, अपने पार्थक्य को, यहाँ तक कि अपने बंधुत्व को भी भूल कर एक प्रकाण्ड, एक प्रचण्ड आत्म-परिहार में अटल भाव से मिल कर खड़े हो पाएँगे—वही कठोर आनंद हम लोगों के बंधुत्व का अंतिम परिणाम होगा।

विनय ने गोरा का हाथ पकड़ कर कहा, "वैसा ही हो।"

गोरा बोला, "किन्तु तब तक मैं तुम्हें अनेक कष्ट दूँगा। तुम्हें मेरा सारा अत्याचार सहना होगा—क्योंकि अपने बंधुत्व को ही जीवन के अन्तिम लक्ष्य के रूप में नहीं देख सकता—जैसे भी हो, उसे बचा कर चलने की चेष्टा करके उसका असम्मान नहीं करूँगा। इसमें यदि बंधुत्व टूट भी जाए, तो कोई उपाय नहीं, लेकिन यदि बचा रहे, तो बंधुत्व सार्थक हो जाएगा।"

उसी समय पैरों की आहट से चौंक कर दोनों ने पीछे देखा, आनंदमयी छत पर आ गई थीं। उन्होंने दोनों के हाथ पकड़ कर कमरे की ओर खींचते हुए कहा, "चलो, सोने चलो।"

दोनों ही बोले, "और नींद नहीं आएगी माँ!"

"आएगी" कहते हुए आनंदमयी ने दोनों मित्रों को बिछोने पर पास-पास लिटा दिया और कमरे का दरवाजा भेड़ कर उनके सिरहाने के पास पंखा झलने बैठ गईं।

विनय बोला, "माँ, तुम्हारे पंखा झलने बैठने से हमें नींद नहीं आएगी।"

आनंदमयी ने कहा, "देखूँ कैसे नहीं आएगी! मेरे जाते ही तुम लोग फिर से बातें आरंभ कर दोगे, वह नहीं होगा।"

दोनों के सो जाने पर आनंदमयी धीरे-धीरे कमरे से बाहर आ गईं। सीढ़ियों से उतरते समय देखा, महिम ऊपर आ रहे थे। आनंदमयी ने कहा, "अभी नहीं—वे कल पूरी रात सोए नहीं। मैं अभी ही उन्हें सुला कर आ रही हूँ।"

महिम बोले, "वाह रे, इसे ही कहते हैं बंधुत्व। ब्याह की बात उठी थी क्या, पता है?"

आनंदमयी—नहीं पता।

महिम—लगता है, कुछ पक्का हो गया है। नींद कब खुलेगी? ब्याह जल्दी न हुआ, तो अनेक विघ्न हैं।

आनंदमयी ने हँसते हुए कहा, "उनके सोने के कारण भारी विघ्न नहीं होगी—और आज दिन में ही नींद खुल जाएगी।"

16

वरदासुन्दरी ने कहा, "तुम सुचरिता का विवाह नहीं करोगे क्या?"

परेश बाबू अपने स्वाभाविक शान्त गम्भीर भाव से कुछ क्षण पकी दाढ़ी पर हाथ फिराते रहे—उसके बाद कोमल स्वर में बोले, "वर कहाँ है?"

वरदासुन्दरी ने कहा, "क्यों, पानू बाबू के साथ उसके विवाह की बात तो तय है ही—कम से कम हम लोग तो मन-ही-मन यही जानते हैं। सुचरिता को भी पता है।"

परेश बोले, "मुझे नहीं लगता कि राधारानी पानू बाबू को ठीक से पसंद करती है।"

वरदासुन्दरी—देखो, यह सब मुझे अच्छा नहीं लगता। सुचरिता को मैंने अपनी बेटियों से कोई अलग नहीं माना, पर यह तो कहना ही पड़ेगा कि वह ऐसी क्या असाधारण है! पानू बाबू जैसा विद्वान धार्मिक व्यक्ति यदि उसे पसन्द करे, तो यह क्या ऐसे ही उड़ा देने वाली बात है? तुम जो कहो, मेरी लावण्य देखने में उससे बहुत अच्छी है, किन्तु मैं तुमसे कहे देती हूँ, जिसे हम पसंद करेंगे, वह उससे ही विवाह करेगी, कभी 'ना' नहीं बोलेगी। तुम लोग यदि सुचरिता का दिमाग चढ़ा दोगे, तो उसे वर मिलना भारी हो जाएगा।

परेश ने इसके बाद और कोई बात ही नहीं कही। वरदासुन्दरी के साथ वे कभी बहस नहीं करते। विशेषकर सुचरिता के बारे में।

सतीश को जन्म देकर जब सुचरिता की माँ की मृत्यु हुई, तो सुचरिता की आयु सात वर्ष की थी। उसके पिता, रामशरण हालदार ने पत्नी की मृत्यु के पश्चात ब्राह्म-समाज में प्रवेश किया तथा मुहल्ले के लोगों के अत्याचार के कारण गाँव छोड़ ढाका आकर बस गए। जब वहाँ पोस्ट-ऑफिस में नियुक्त थे, तो परेश के साथ उनकी घनिष्ठ मित्रता हो गई। सुचरिता तभी से परेश को बिल्कुल अपने पिता की तरह ही जानती है।

रामशरण की मृत्यु अचानक हो गई थी। उनके पास जो कुछ टका-कौड़ी थी, उसे उन्होंने दो हिस्सों में बाँट, बेटे और बेटी के नाम करके वसीयत में परेश बाबू को व्यवस्था का भार दे दिया था। तब से सतीश और सुचरिता परेश के परिवार में शामिल हो गए थे।

घर या बाहर के लोग सुचरिता को विशेष स्नेह करते या उस पर ध्यान देते, तो वरदासुन्दरी को मन में अच्छा नहीं लगता था। फिर भी, कारण चाहे जो भी हो, सुचरिता सबका स्नेह और सम्मान पा लेती थी। वरदासुन्दरी की बेटियाँ उसका प्यार पाने के लिए एक-दूसरे से झगड़ा करती थीं। विशेषकर मँझली लड़की, ललिता अपने ईर्ष्यापरायण प्रेम के द्वारा सुचरिता को रात-दिन जैसे जकड़ कर रखना चाहती थी।

पढ़ने-लिखने की प्रसिद्धि में उनकी बेटियाँ उस काल की सब विदुषियों को पीछे छोड़ दें, वरदासुन्दरी के मन में यही आकांक्षा थी। सुचरिता उनकी बेटियों के साथ पालित-पोषित होकर भी उनके समान फल प्राप्त करे, यह उनके लिए सुखकर नहीं था। उसी कारण स्कूल जाते समय सुचरिता के लिए नाना प्रकार के विघ्न घटते रहते थे।

उन समस्त विघ्नों के कारण का अनुमान करके परेश ने सुचरिता का स्कूल जाना बंद करवा कर उसे स्वयं ही पढ़ाना शुरू कर दिया। मात्र इतना ही नहीं, सुचरिता जैसे विशेष रूप से उन्हीं की साथिन के समान हो गई। वे उसके साथ अनेक विषयों पर बातचीत करते, जहाँ जाते, उसे साथ ले जाते, जब दूर रहने को बाध्य होते, तब चिट्ठी में बहुत से प्रसंग उठा कर विस्तृत विचार-विमर्श करते। इस तरह सुचरिता का मन, उसकी आयु और अवस्था की तुलना में काफी परिपक्व हो गया था। उसकी मुखश्री और आचरण में एक गांभीर्य का विकास हो गया था, जिससे कोई उसे बालिका नहीं मान पाता था, यद्यपि लावण्य आयु में प्रायः उसके समान थी, तब भी वह सभी बातों में सुचरिता को अपने से बड़ा ही समझती थी, इतना कि वरदासुन्दरी तक चाहने पर भी उसे किसी प्रकार हीन नहीं कर पाती थीं।

पाठक पहले ही जान गए हैं कि हारान बाबू अत्यन्त उत्साही ब्राह्म थे; ब्राह्म-समाज के सभी कामों में उनका हाथ था—वे रात्रिकालीन स्कूल के शिक्षक, समाचारपत्र के संपादक और स्त्री-विद्यालय के सेक्रेटरी थे—उन्हें किसी प्रकार आराम नहीं था। सबके मन में यही आशा थी कि यही युवक एक दिन ब्राह्म-समाज में अत्युच्च स्थान का अधिकारी होगा; विषेशतः अंगरेजी भाषा पर उनके अधिकार और दर्शन-शास्त्र में उनकी पारदर्शिता की ख्याति विद्यालय के छात्रों के माध्यम से ब्राह्म-समाज के बाहर भी फैल गई थी।

इन्हीं समस्त कारणों से दूसरे सभी ब्राह्मों के समान सुचरिता भी हारान बाबू का विशेष सम्मान करती थी। ढाका से कोलकाता आते समय हारान बाबू से परिचय के लिए उसके मन में विशेष उत्कंठा भी पैदा हो गई थी।

अंततः विख्यात हारान बाबू के साथ केवल परिचय ही हुआ हो, ऐसा नहीं, बल्कि थोड़े ही दिनों में सुचरिता के प्रति अपने हृदय के आकर्षण को प्रकट करने में भी हारान बाबू ने संकोच अनुभव नहीं किया। उन्होंने सुचरिता के समक्ष स्पष्ट रूप से अपना प्रणय प्रकट किया हो, ऐसा नहीं—बल्कि वे सुचरिता की प्रत्येक असंपूर्णता को

पूर्ण करने, उसकी त्रुटियों का सुधार करने, उसका उत्साह बढ़ाने और उसकी उन्नति पर इस प्रकार ध्यान देने लगे कि सभी को यह साफ दिखाई दे गया कि वे इस कन्या को विशेष रूप से अपने उपयुक्त जीवन-संगिनी के रूप में ढालना चाहते हैं।

इस घटना से हारान बाबू के प्रति वरदासुन्दरी का पहले वाला सम्मान नष्ट हो गया और वे उन्हें साधारण स्कूल-मास्टर मात्र मान कर उनकी उपेक्षा करने की कोशिश करने लगीं।

सुचरिता भी जब समझ गई कि उसने विख्यात हारान बाबू के चित्त को जीत लिया है, तो मन में श्रद्धा-मिश्रित गर्व का अनुभव किया।

प्रधान पक्ष की ओर से कोई प्रस्ताव न देने के बावजूद जब सभी ने यह मान लिया था कि सुचरिता का विवाह हारान बाबू के साथ होना निश्चित है, तो सुचरिता ने भी मन-ही-मन उसमें सहयोग दिया था तथा उसके भीतर इस बात को लेकर भी विशेष उत्कंठा पैदा हो गई थी कि हारान बाबू ने ब्राह्म-समाज के समग्र हित साधन के लिए जो अपना जीवन समर्पित कर दिया है, उसमें वह किस प्रकार की शिक्षा और साधना के द्वारा उपयुक्त साबित होगी! वह किसी व्यक्ति के साथ विवाह करने जा रही है, अपने हृदय में ऐसा नहीं सोच पा रही थी, वह तो मानो, ब्राह्म-संप्रदाय के महत्-मंगल के साथ विवाह को प्रस्तुत हो रही थी, वही मंगल, जो प्रचुर ग्रंथों के अध्ययन के परिणामस्वरूप अत्युच्च विद्वान और तत्व-ज्ञान के फलस्वरूप निरतिशय गंभीर है। इस विवाह की कल्पना उसे भय, संभ्रम एवं दुःसाध्य दायित्व-बोध द्वारा निर्मित पाषाण-दुर्ग की भाँति अनुभव होने लगी थी—जो मात्र सुख-वास हेतु नहीं, युद्ध हेतु था—वह पारिवारिक नहीं था, ऐतिहासिक था।

विवाह यदि इसी स्थिति में हो जाता, तो कम से कम कन्या-पक्ष के सभी लोग इस विवाह को सौभाग्य के रूप में मान लेते, किन्तु हारान बाबू स्व-निर्मित महत् जीवन के दायित्वबोध को इतना बड़ा करके देखते थे कि केवल अच्छा लगने के कारण आकृष्ट होकर विवाह करने को वे अपने अयोग्य मानने लगे। इस विवाह से ब्राह्म-समाज किस परिमाण में लाभान्वित होगा, इसकी पूरी विवेचना किए बिना वे इस कार्य में प्रवृत्त नहीं हो पाए। इसी कारण वे उसी दृष्टि से सुचरिता की परीक्षा करने लगे।

इस भाव से परीक्षा करने पर, परीक्षा देनी भी पड़ती है। हारान बाबू परेश बाबू के घर में सुपरिचित हो गए। उन्हें, उनके घर के लोग जो पानू बाबू कहकर बुलाते थे, इस परिवार में भी उनका वही, पानू बाबू नाम प्रचारित हो गया। अब उन्हें केवल अंगेरेजी विद्या के भण्डार, तत्व-ज्ञान के आधार और ब्राह्म-समाज के मंगल के अवतार के रूप में देखना-भर संभव नहीं रहा—वे मनुष्य हैं, यही परिचय सबसे अधिक निकट हो गया। तब वे, मात्र सम्मान और संभ्रम के अधिकारी न रह कर, अच्छा लगने, बुरा लगने की धारणा के अधीन आ गए।

आश्चर्य का विषय यह, कि हारान बाबू का जो भाव पहले दूर से सुचरिता का सम्मान आकर्षित कर रहा था वही भाव निकट आकर उसे आघात पहुँचाने लगा। ब्राह्म-समाज में जो कुछ सत्य, मंगल और सुन्दर है, हारान बाबू द्वारा उसके अभिभावक के रूप में उसकी रखवाली का भार लेने से, उन्हें अत्यन्त असंगत रूप में छोटा समझने लगी। सत्य के साथ मनुष्य का यथार्थ संबंध, श्रद्धा का संबंध–मनुष्य को स्वभावतः विनयी बना देता है। ऐसा न करके, जहाँ वह मनुष्य को उद्धत और अहंकारी बनाता है, वहाँ मनुष्य अपनी क्षुद्रता को उस सत्य की तुलना में ही अत्यन्त स्पष्ट रूप में प्रकट करता है। यहीं, सुचरिता परेश बाबू के साथ हारान के अन्तर की मन-ही-मन विवेचना किए बिना रह नहीं पाई। ब्राह्म-समाज से परेश बाबू ने जो पाया, उसके सम्मुख उनका सिर हमेशा नत रहता है–उस संबंध में उनकी लेशमात्र प्रगल्भता नहीं है–उन्होंने अपने जीवन को उसकी गहराई में उतार दिया है। परेश बाबू जिस सत्य को हृदय में वहन कर रहे हैं, उनकी शान्त मुख-छवि देखने पर उसी का महत्त्व दिखाई दे जाता है, किन्तु हारान बाबू वैसे नहीं हैं–उनका ब्राह्मत्व नामक एक दिखावा अन्य समस्त को आच्छन्न करके उनकी सब बातों और कार्यों में अशोभन ढंग से झलकने लगता है। इससे संप्रदाय के सामने तो उनका सम्मान बढ़ गया था, किन्तु सुचरिता परेश की शिक्षा के गुण के प्रभाव में सांप्रदायिक-संकीर्णता में नहीं जकड़ी जा सकी है। इसी कारण हारान बाबू की घोर-ब्राह्मिकता जैसे सुचरिता के स्वाभाविक-मानवत्व को पीड़ा देती थी। हारान बाबू सोचते हैं, धर्म-साधना के फलस्वरूप उनकी दृष्टि-शक्ति इस प्रकार आश्चर्यजनक रूप से निर्मल हो गई है कि वे अन्य सभी लोगों की अच्छाई-बुराई को, सत्यासत्य को बड़ी आसानी से समझ सकते हैं। इसी कारण वे सर्वदा सभी के बारे में निर्णय करने को उद्यत रहते हैं। विषयी लोग भी पर-निंदा, पर-चर्चा करते हैं, किन्तु जो यही कार्य धार्मिकता की भाषा में करते हैं, उनकी निंदा में घोर अहंकार मिल कर संसार में भयानक उपद्रव की सृष्टि करता है। सुचरिता उसे किसी भी तरह सहन नहीं कर पाती। ऐसा नहीं, कि ब्राह्म-संप्रदाय के संबंध में सुचरिता के मन में कोई गर्व नहीं था, तब भी ब्राह्म-समाज में जो बड़े लोग हैं, वे ब्राह्म होने के कारण विशेष शक्ति प्राप्त करके बड़े हो गए हैं तथा ब्राह्म-समाज के बाहर जो चरित्र-भ्रष्ट हैं, वे ब्राह्म ही न होने के कारण विशेष रूप से शक्तिहीन होकर नष्ट हो गए हैं, इस बात को लेकर हारान बाबू के साथ सुचरिता की अनेक बार बहस हुई है।

हारान बाबू ब्राह्म-समाज के मंगल को लक्ष्य करके जब बेचारे परेश बाबू को भी अपराधी बनाने से नहीं चूकते थे, तब सुचरिता जैसे घायल सर्पिणी की भाँति विक्षुब्ध हो उठती थी। इस समय बंगाल में अँगरेजी-शिक्षित वर्गों में भगवद्गीता पर चर्चा नहीं होती थी, लेकिन परेश बाबू कभी-कभी सुचरिता के साथ गीता पढ़ते थे–कालीसिंह का महाभारत भी प्रायः पूरा ही उन्होंने सुचरिता को पढ़ कर सुना दिया है। हारान बाबू को यह अच्छा नहीं लगता। वे इन समस्त ग्रंथों को ब्राह्म-परिवार से निर्वासित करने

के पक्षपाती हैं। वे स्वयं भी इन्हें नहीं पढ़ते। रामायण-महाभारत-भगवद्गीता को वे हिन्दुओं की सामग्री कह कर अलग रखना चाहते हैं। धर्मशास्त्रों में बाइबल ही उनका एकमात्र सहारा थी। परेश बाबू जो अपनी शास्त्र-चर्चा और छोटे-मोटे अनेक विषयों में ब्राह्म-अब्राह्म की सीमा मान कर नहीं चलते, उससे हारान के शरीर में जैसे काँटे बिंध जाते थे। कोई परेश के आचरण पर प्रकट रूप में या मन-ही-मन, किसी भी प्रकार दोषारोपण करे, सुचरिता कभी भी ऐसा दुस्साहस सहन नहीं कर पाती। और ऐसा दुस्साहस दिखाने की वजह से ही हारान बाबू सुचरिता की दृष्टि में क्षुद्र हो गए थे।

इस तरह हारान बाबू नाना कारणों से परेश बाबू के घर में दिनों-दिन निष्प्रभ होते आ रहे थे। यद्यपि वरदासुन्दरी भी ब्राह्म-अब्राह्म के बीच भेद बनाए रखने में हारान बाबू की तुलना में किसी भी अंश में कम उत्साही नहीं हैं और वे भी अपने स्वामी के आचरण के कारण अनेक बार लज्जा अनुभव करती रहती हैं, तथापि वे हारान बाबू को आदर्श पुरुष नहीं समझती थीं। हारान बाबू के सहस्र दोष उनकी आँखों में पड़ते थे।

हारान बाबू के सांप्रदायिक-उत्साह के अत्याचार और संकीर्ण—रूखेपन के कारण यद्यपि प्रतिदिन सुचरिता का मन भीतर-ही-भीतर उनसे विमुख होता जा रहा था, फिर भी हारान बाबू के साथ ही उसका विवाह होगा, इस संबंध में किसी पक्ष के मन में कोई तर्क या संदेह नहीं था। धर्म-सामाजिक दुकान में जो व्यक्ति अपने ऊपर खूब बड़े अक्षरों वाली ऊँचे दाम की चिट चिपका लेता है, धीरे-धीरे अन्य लोग भी उसके महँगेपन को स्वीकार कर लेते हैं। इसीलिए, हारान बाबू द्वारा—अपने महत्-संकल्प का अनुवर्ती होकर यथोचित परीक्षा के माध्यम से—सुचरिता को पसंद कर लेने को सभी सिर झुका कर मान लेंगे, इस संबंध में हारान बाबू और किसी अन्य के मन में कोई दुविधा नहीं थी। यहाँ तक कि परेश बाबू ने भी मन-ही-मन हारान बाबू के दावे को अग्राह्य नहीं किया था। सभी हारान बाबू को ब्राह्म-समाज का भावी अवलंबन समझते थे, वे भी कोई प्रतिकूल विचार न करके उसमें सहमति प्रकट करते थे। इसी कारण, सुचरिता हारान बाबू जैसे व्यक्ति के उपयुक्त सिद्ध होगी या नहीं, यही उनकी चिन्ता का विषय था, हारान बाबू कहाँ तक सुचरिता के लिए उपादेय होंगे, यह उनके मन में भी नहीं आता था।

इस विवाह-प्रस्ताव के संदर्भ में जैसे कोई सुचरिता की बात सोचना आवश्यक नहीं समझता, वैसे ही सुचरिता भी अपनी बात नहीं सोचती। ब्राह्म-समाज के सभी लोगों के समान उसने भी तय कर लिया था कि हारान बाबू जिस दिन कहेंगे, "मैं इस कन्या को ग्रहण करने को प्रस्तुत हूँ" उसी दिन वह अपने इस विवाह रूपी सत्कर्तव्य को अंगीकार कर लेगी।

इसी रूप में चला आ रहा था। ऐसे में उस दिन गोरा के संदर्भ में हारान बाबू

के साथ सुचरिता का जो दो-चार कठोर वाक्यों का आदान-प्रदान हो गया, उसके स्वर को सुन कर ही परेश के मन में संशय उत्पन्न हो गया कि शायद सुचरिता हारान बाबू के प्रति पर्याप्त सम्मान नहीं रखती–संभवतः यह दोनों के स्वभाव में मेल न होने के कारण है। इसीलिए, जब वरदासुन्दरी विवाह के लिए तकाजा कर रही थीं, तो परेश पहले की तरह उसमें साथ नहीं दे पाए। वरदासुन्दरी ने उसी दिन सुचरिता को अकेले में बुला कर कहा, "तुमने अपने पिता को चिंता में डाल दिया है।"

सुचरिता सुन कर चौंक उठी–वह भूल से भी परेश बाबू की परेशानी का कारण बन जाएगी, उसके लिए इससे अधिक कष्ट की बात कुछ नहीं हो सकती। उसने उतरे हुए चेहरे से पूछा, "क्यों, मैंने क्या किया है?"

वरदासुन्दरी–क्या जानूँ बच्ची! उनके मन में हो गया है कि तुम पानू बाबू को पसन्द नहीं करतीं। ब्राह्म-समाज के सभी लोग जानते हैं कि पानू बाबू के साथ तुम्हारा ब्याह एक तरह से पक्का है–इस हालत में अगर तुम–

सुचरिता–कहाँ, माँ, मैंने तो इस बारे में किसी से कोई बात ही नहीं की!

सुचरिता के अचंभित होने का कारण था। वह हारान बाबू के व्यवहार पर बार-बार खीझी तो थी, किन्तु विवाह-प्रस्ताव के विरुद्ध उसने मन में भी कभी कोई विचार नहीं किया था। इस विवाह से वह सुखी होगी या नहीं होगी, ऐसा संदेह भी कभी उसके मन में नहीं उठा था, कारण, वह जानती थी कि यह विवाह सुख-दुख की दृष्टि से विचारणीय नहीं है।

तब उसे याद आया, उस दिन उसने परेश बाबू के सामने ही पानू बाबू के प्रति विरक्ति प्रकट कर दी थी। इसी से वे उद्विग्न हो गए हैं, यह याद आते ही उसके हृदय को आघात पहुँचा। ऐसा असंयम तो उसने पहले कभी प्रदर्शित नहीं किया, मन-ही-मन संकल्प किया कि आगे भी नहीं करेगी।

इधर, हारान बाबू भी कुछ दिनों के बाद, उसी दिन आकर उपस्थित हो गए। उनका मन भी बेचैन हो उठा था। अब तक उनका विश्वास था कि सुचरिता मन-ही-मन उनकी पूजा करती है; इस पूजा के अर्घ्य में उनका भाग और भी संपूर्णतर हो जाता, यदि अंध-संस्कारों के वशीभूत सुचरिता की थोड़ी असंगत भक्ति वृद्ध परेश बाबू के प्रति न रहती। परेश बाबू के जीवन में अनेक अधूरेपन दिखाने के बावजूद सुचरिता उन्हें मानो, देवता ही समझती थी। इस पर हारान बाबू मन-ही-मन हँसते भी थे और क्षुब्ध भी होते थे, फिर भी उन्हें आशा थी कि कालक्रम में उपयुक्त अवसर आने पर इस अकारण भक्ति को सही मार्ग पर एकाग्र-धारा में प्रवाहित कर पाएँगे।

जो भी हो, जितने दिन हारान बाबू अपने को सुचरिता की भक्ति का पात्र समझते रहे, उतने दिन उसके छोटे-मोटे कामों और आचरण की केवल समालोचना करते रहे तथा उसे हमेशा उपदेश देकर गढ़ने में लगे रहे–विवाह के संबंध में कोई बात साफ-साफ नहीं की। उस दिन सुचरिता की एक-दो बातें सुन कर जब उन्हें अचानक

समझ में आया कि उसने भी उनका विश्लेषण करना आरंभ कर दिया है, तब से अपने अविचलित-गांभीर्य और स्थैर्य की रक्षा करना उनके लिए कठिन हो गया। इस बीच सुचरिता के साथ एक-दो बार उनकी जो भेंट हुई, उसमें वे पहले की तरह अपने गौरव का अनुभव और प्रकटीकरण नहीं कर सके। सुचरिता के साथ उनकी बातचीत और आचरण में एक कलह का भाव दिखाई दिया। उसे लेकर वे अकारण या छोटे-छोटे बहाने करके दोष ढूँढ़ते थे। इसके बावजूद सुचरिता की अविचलित उदासीनता के सामने उन्हें मन-ही-मन हार माननी पड़ती थी और अपनी मर्यादा नष्ट होने के कारण वे घर आकर पछताते थे।

जो हो, सुचरिता के सम्मान-भाव में कमी आने के एक-दो लक्षण देख कर हारान बाबू के लिए अपने परीक्षक के उच्च आसन पर लंबे समय तक जम कर बैठे रहना कठिन हो गया। पहले इतनी जल्दी-जल्दी परेश बाबू के घर आना-जाना नहीं करते थे...अगर कोई उनके प्रति ऐसा संदेह करे कि वे सुचरिता के प्रेम में उतावले हो उठे हैं, इसी आशंका में वे सप्ताह में केवल एक बार आते थे और सुचरिता मानो उनकी छात्रा है, इस भाव से अपनी मर्यादा बना कर चलते थे। किन्तु इन कुछ दिनों में ही अचानक क्या हो गया—हारान बाबू कोई छोटा बहाना लेकर दिन में एकाधिक बार भी आए हैं तथा उससे भी अधिक तुच्छ बहाना बना कर सुचरिता के साथ जबर्दस्ती बातचीत करने की कोशिश की है। इस बहाने परेश बाबू को भी दोनों को भली प्रकार परखने का अवसर मिला है और उनका संदेह भी क्रमशः घनीभूत होता आ रहा है।

आज हारान बाबू के आते ही वरदासुन्दरी ने उन्हें आड़ में बुला कर पूछा, ''अच्छा पानू बाबू, आप हमारी सुचरिता से विवाह करेंगे, यह बात सभी कहते हैं, लेकिन आपके मुँह से तो कभी कोई बात नहीं सुन पाई। यदि वास्तव में ही आपकी ऐसी अभिलाषा है, तो साफ क्यों नहीं बोलते?''

हारान बाबू और विलंब नहीं कर पाए। अब वे किसी भी प्रकार सुचरिता को बन्दी बनाकर निश्चिन्त हो जाएँ—अपने प्रति भक्ति और ब्राह्म-समाज के हित-विधान संबंधी योग्यता की परीक्षा बाद में करने पर भी चलेगा। हारान बाबू ने वरदासुन्दरी से कहा, ''यह बात कहना अनावश्यक मान कर ही नहीं कहा। सुचरिता की आयु अठारह वर्ष होने की प्रतीक्षा कर रहा था।''

वरदासुन्दरी बोलीं, ''यह आपका कुछ दिखावा ही है। हम लोग तो चौदह वर्ष ही पर्याप्त मानते हैं।''

उस दिन चाय-पान के समय परेश बाबू सुचरिता का व्यवहार देख आश्चर्यचकित रह गए। सुचरिता ने हारान बाबू का इतना प्रयत्नपूर्वक आदर-सत्कार बहुत दिन नहीं किया था। यहाँ तक कि जब हारान बाबू चलने को हुए, तो उन्हें लावण्य की एक नवीन शिल्पकारी दिखाने के बहाने और थोड़ा बैठने का अनुरोध किया।

परेश बाबू का मन निश्चिन्त हो गया। उन्होंने सोचा, वे भूल कर रहे थे। यहाँ

तक कि, वे मन-ही-मन थोड़ा हँसे। सोचा, शायद इन दोनों के बीच कोई गुप्त प्रणय-कलह छिड़ा था, अब वह शान्त हो गया है।

उसी दिन विदा होते समय हारान ने परेश बाबू के सामने विवाह का प्रस्ताव उठाया। बताया, इस सम्बन्ध में विलम्ब करने की उनकी इच्छा नहीं है।

परेश बाबू ने थोड़े आश्चर्य से कहा, "किन्तु आप जो अठारह वर्ष से कम लड़कियों के विवाह को अनुचित कहते हैं। यहाँ तक कि आपने समाचारपत्रों में भी यह बात लिखी है।"

हारान बाबू बोले, "सुचरिता के संदर्भ में यह बात लागू नहीं होती। कारण, उसका बोध जितना परिपक्व हो गया है, ऐसा काफी बड़ी आयु की लड़की का भी देखने में नहीं आता।"

परेश बाबू ने प्रशान्त-दृढ़ता के साथ कहा, "वो होने दीजिए, पानू बाबू। जब कोई विशेष अहित दिखाई नहीं दे रहा, तो आपके मत के अनुसार राधारानी की आयु पूर्ण होने तक प्रतीक्षा करना ही कर्तव्य है।"

हारान बाबू अपनी दुर्बलता प्रकट होने के कारण लज्जित होकर बोले, "निश्चय ही कर्तव्य है। मेरी इच्छा केवल इतनी है कि एक दिन सभी को बुला कर ईश्वर का नाम लेकर संबंध को पक्का कर दिया जाए।"

परेश बाबू ने कहा, "वह अति उत्तम प्रस्ताव है।"

17

दो-तीन घंटे सोने के बाद नींद टूटने पर गोरा ने अपने पास ध्यान से देखा, विनय सो रहा था, उसका हृदय आनंद से भर गया। स्वप्न में कोई वस्तु खो देने के बाद, जब जागने पर पता चलता है कि वह खोई नहीं है, तो जैसा संतोष अनुभव होता है, गोरा को वैसा ही लगा। विनय को त्याग कर गोरा का जीवन कितना पंगु हो जाएगा, इसे वह आज नींद टूटने पर विनय को निकट देख कर, अनुभव कर पाया। इसी आनंद के आघात से चंचल होकर गोरा ने विनय को झकझोर कर जगा दिया और कहा, "चलो, एक काम है।"

प्रतिदिन सुबह गोरा का एक नियमित काम था। वह मुहल्ले के निम्न श्रेणी के लोगों के घर जाता था। उनका उपकार करने या उपदेश देने नहीं–नितान्त रूप से उनके साथ भेंट-बातचीत करने के लिए ही जाता था। कहना होगा, शिक्षित लोगों के बीच उसका इस प्रकार का आना-जाना नहीं था। ये लोग गोरा को दादा ठाकुर[1] बुलाते

---

1. दादा ठाकुर : पौत्र, दौहित्र या उनके समान बालकों के लिए प्रयुक्त संबोधन-शब्द।

तथा कड़ीबाँधा[1] हुक्का प्रस्तुत करके आवभगत करते थे। केवल मात्र इन लोगों का आतिथ्य ग्रहण करने के लिए ही गोरा ने जबर्दस्ती तंबाकू का सेवन प्रारंभ किया था।

इन लोगों में नंद, गोरा का सर्वप्रधान भक्त था। नंद, एक बढ़ई का बेटा। उम्र, बाईस। वह अपने पिता की दुकान पर लकड़ी के बक्से बनाता था। धापार-माठ[2] के शिकारियों के दल में बंदूक का अचूक निशाना लगाने वाला नंद के समान कोई नहीं था। क्रिकेट के खेल में गेंदबाजी में भी वह अद्वितीय था।

गोरा ने अपने शिकार और क्रिकेट के दल में भद्र-वर्ग के छात्रों के साथ इन सब बढ़ई-लुहार लड़कों को भी एक साथ मिला कर लिया था। इस मिश्रित दल में सभी तरह के खेलों और व्यायाम में नंद सर्वश्रेष्ठ था। भ्रद-वर्ग के छात्रों में कोई-कोई उसके प्रति ईर्ष्यान्वित था, किन्तु गोरा के शासन में सभी को उसे दलपति के रूप में स्वीकार करना पड़ा था।

इसी नंद के पैर में—कुछ दिन हुए बिसोला गिर जाने के कारण, घाव हो जाने से वह खेल के मैदान में अनुपस्थित था। इन्हीं कुछ दिन विनय को लेकर गोरा का मन परेशान था, अतः वह उसके घर नहीं जा पाया। आज प्रातःकाल ही विनय को साथ लेकर वह बढ़ईपाड़ा जा पहुँचा।

नंद के खपरैल के दुमंजिले घर के द्वार के पास आते ही भीतर से स्त्रियों के रोने का स्वर सुनाई पड़ा। नंद के पिता अथवा अन्य पुरुष अभिभावक घर में नहीं थे। पास ही तंबाकू की एक दुकान थी। उसके मालिक ने आकर कहा, "नंद आज भोर में मर गया, उसे दाह-संस्कार के लिए ले गए हैं।"

नंद मर गया! ऐसा स्वास्थ्य, ऐसी शक्ति, ऐसा तेज, ऐसा हृदय, कम आयु—वही नंद आज भोर में मर गया! सम्पूर्ण देह को कठोर बना कर गोरा स्तब्ध खड़ा रहा। नंद, एक साधारण बढ़ई का लड़का—उसके अभाव में संसार में क्षण भर के लिए जो थोड़ा-सा खालीपन आएगा, वह बहुत कम लोगों की दृष्टि में पड़ेगा, किन्तु आज नंद की मौत गोरा को निदारुण रूप में असंगत और असंभव लगी। गोरा ने जो देखा था, वह उसकी प्राण-शक्ति थी—जिंदा तो इतने लोग हैं, लेकिन उसके जैसी, इतनी अधिक प्राण-शक्ति कहाँ देखने में आती है!

उसकी मृत्यु कैसे हुई, पता करने के लिए जाने पर सुना गया कि उसे धनुष्टंकार[3] हो गया था। नंद के पिता ने डाक्टर ले आने का प्रस्ताव किया था, किन्तु नंद की माँ ने जोर देकर कहा कि उसके बेटे को भूत चिपट गया है। भूत का ओझा कल सारी

1. कड़ीबाँधा : नेचे वाला विशेष प्रकार का हुक्का।
2. धापार माठ : ऐसा बंजर मैदान, जिसमें यहाँ-वहाँ पानी इकट्ठा हो जाता है और कूड़ा-करकट पड़ा रहता है। जन-साधारण इसका प्रयोग नाम-संज्ञा के रूप में करने लगता है। कोलकाता में धापार माठ नाम का एक विशेष मैदान है।
3. धनुष्टंकार : टिटनेस का रोग।

रात उसके शरीर को दागता रहा, उसे मारता रहा और मंत्र पढ़ता रहा। बीमारी के आरंभ में नंद ने एक बार गोरा को खबर देने का अनुरोध किया था–किन्तु अगर गोरा आकर कहीं डाक्टर की राय के अनुसार इलाज की जिद करे, इसी भय से नंद की माँ ने किसी भी तरह गोरा को खबर नहीं भेजने दी।

वहाँ से लौट कर आते समय विनय बोला, ''कैसी मूढ़ता, और उसका कैसा भयानक दंड!''

गोरा ने कहा, ''इस मूढ़ता को एक तरफ सरका कर, तुम इससे बाहर हो, सोच कर सान्त्वना मत प्राप्त करो विनय! यह मूढ़ता कितनी बड़ी है और इसका दंड कितना है, यदि यह तुम साफ देख पाते, तो एक क्षोभ भरा कथन मात्र प्रकट करके इस घटना से अपना पल्ला झाड़ लेने की चेष्टा नहीं करते।''

मन की उत्तेजना के साथ गोरा के कदम लगातार तेज पड़ने लगे। विनय उसकी बात का कोई उत्तर न देकर उसके साथ समान चाल से चलने की कोशिश करने लगा।

गोरा कहने लगा, ''सम्पूर्ण जाति ने झूठ के हाथों बुद्धि बेच कर रख दी है। देवता, भूत-प्रेत, पेंचो[1] छींक, बृहस्पतिवार, त्र्यह्यस्पर्श,[2] कितने भय हैं, कोई ठिकाना नहीं– संसार में सत्य के साथ किस प्रकार पौरुष पूर्वक व्यवहार किया जाता है, यह ये जानेंगे कैसे? और तुम-मैं सोचते हैं कि हमने जब दो पन्ने विज्ञान पढ़ लिया है, तो हम और उनमें शामिल नहीं हैं। किन्तु यह बात निश्चित रूप से जान लो कि चारों ओर की हीनता के आकर्षण से थोड़े-से लोग अपने को किताबी-विद्या के सहारे कभी बचा कर नहीं रख सकते। ये जितने दिन तक जगत्-व्यापार में नियमों के आधिपत्य पर विश्वास नहीं रखेंगे, जितने दिन तक मिथ्या भय में जकड़ें रहेंगे, उतने ही दिन तक हमारे शिक्षित लोग भी इनके प्रभाव से बचे नहीं रह पाएँगे।''

विनय बोला, ''शिक्षित लोगों के बचे रहने से क्या हुआ! शिक्षित लोग कितने हैं! शिक्षित लोगों को उन्नत बनाने के लिए ही अन्य लोगों को उन्नत होना होगा, यह बात नहीं–बल्कि अन्य लोगों को बड़ा बनाने में ही शिक्षित लोगों की शिक्षा का गौरव है।''

गोरा ने विनय का हाथ पकड़ कर कहा, मैं तो बिल्कुल यही बात कहना चाहता हूँ, किन्तु तुम लोग अपनी भद्र-वर्गीयता और शिक्षा के अभिमान में साधारण लोगों से अलग होकर निश्चिन्त हो सकते हो, ऐसा बारम्बार देखने के कारण ही मैं तुम लोगों को सावधान करना चाहता हूँ कि निम्न लोगों को मुक्त किए बिना तुम लोगों की वास्तविक मुक्ति कभी भी संभव नहीं। नाव के पेंदे में छेद हो जाए, तो उसका

---

1. पेंचो : एक उप-देवता विशेष, जिसके कोप से बच्चों को धनुष्टंकार हो जाता है।
2. त्र्यह्यस्पर्श : ज्योतिष के अनुसार एक दिन में तीन तिथियों का योग।

मस्तूल बिना बाधा के नहीं चल सकता। फिर चाहे वह कितना ही ऊँचा क्यों न हो।''

विनय निरुत्तर होकर गोरा के साथ-साथ चलने लगा।

कुछ देर चुपचाप चलने के बाद गोरा हठात् बोल पड़ा, ''ना, विनय, यह मैं किसी भी प्रकार आसानी से सहन नहीं कर सकता। यह जो, भूत का ओझा आकर मेरे नंद को मार गया है, वह मार मुझ पर पड़ रही है, मेरे पूरे देश पर पड़ रही है। मैं इस सारे मामले को एक-एक छोटी घटना और अलग घटना के रूप में किसी भी तरह नहीं देख सकता।''

तब भी विनय को निरुत्तर देख कर गोरा गरज उठा, ''विनय, मैं अच्छी तरह समझ पा रहा हूँ कि तुम मन-ही-मन क्या सोच रहे हो! तुम सोच रहे हो, इसका कोई प्रतिकार नहीं या फिर प्रतिकार का समय आने में बहुत देर है। तुम सोच रहे हो, यह जो सारा भय और झूठ भारतवर्ष को दबाए खड़ा है, भारतवर्ष का यह बोझ हिमालय के समान भारी है, इसे धक्का देकर कौन हिला पाएगा? किन्तु मैं इस ढंग से नहीं सोच पाता, अगर सोच पाता, तो जिन्दा न रह पाता। जो-कुछ हमारे देश को चोट पहुँचाता है, उसका प्रतिकार है ही, चाहे वह जितना बड़ा और शक्तिशाली हो, एकमात्र हमारे ही हाथों में उसका प्रतिकार है, मेरे मन में यही विश्वास दृढ़ है, इसी कारण मैं चारों ओर के इतने दुख, दुर्गति और अपमान को सह पा रहा हूँ।''

विनय बोला, ''इतने बड़े देश में फैली भारी दुर्गति के सामने विश्वास को खड़ा रखने का मेरा साहस नहीं होता।''

गोरा ने कहा, ''अंधकार बहुत विशाल होता है और दीप-शिखा छोटी। उस उतने विशाल अंधकार की अपेक्षा छोटी-सी दीप-शिखा पर मैं अधिक आस्था रखता हूँ। दुर्गति चिरस्थायी हो सकती है, मैं इस बात पर किसी तरह विश्वास नहीं कर सकता। समस्त विश्व की ज्ञान-शक्ति, प्राण-शक्ति उस पर बाहर-भीतर से चोट कर रही है, हम चाहे जितने छोटे हैं, पर उसी ज्ञान-दल, उसी प्राण-दल के साथ खड़े होंगे, खड़े होकर यदि मरना पड़े, तो मन में निश्चयपूर्वक यह बात लेकर मरेंगे कि विजय हमारे ही दल की होगी--देश की जड़ता को ही सबसे बड़ी और शक्तिशाली मान कर उसी के ऊपर बिस्तर लगा कर पड़ा नहीं रहूँगा। मैं तो कहता हूँ, संसार में शैतान पर विश्वास रखना और भूत से डरना ठीक एक ही बात है, उसका यही फल होता है कि सही चिकित्सा की प्रवृत्ति नहीं रहती। जितना झूठा डर, उतना ही झूठा ओझा--दोनों ही मिल कर हमें मारते रहते हैं। विनय, मैं बार-बार तुमसे कहता हूँ, एक क्षण के लिए भी, सपने में भी इस बात को असंभव मत समझो कि हमारा यह देश मुक्त होगा ही, अंधकार उसे चिर दिन जकड़े नहीं रहेगा तथा अंगरेज उसे अपनी व्यापार-नाव के पीछे हमेशा साँकल से बाँधे नहीं घूम पाएँगे। यही बात मन में दृढ़ता के साथ बैठा कर हमें प्रतिदिन ही तैयार रहना होगा। भारतवर्ष की स्वाधीनता के लिए भविष्य की किसी तारीख को युद्ध प्रारंभ होगा, तुम लोग उसी पर भार डाल कर निश्चिन्त हो गए हो।

मैं कहता हूँ, युद्ध प्रारंभ हो चुका है, युद्ध प्रति-क्षण चल रहा है, इस समय यदि तुम निश्चिन्त बने रह सकते हो, तो तुम्हारी इससे बड़ी कापुरुषता कुछ भी नहीं हो सकती।''

विनय ने कहा, ''देखो गोरा, तुम्हारे और हमारे बीच एक यही अन्तर मैं देख पाता हूँ कि हमारे देश में प्रतिदिन सब कहीं जो घट रहा है और बहुत दिन से जो घटता चला आ रहा है, तुम उसे हर दिन मानो नई दृष्टि से देख पाते हो। जिस तरह हम लोग अपने श्वास-प्रश्वास को भूले रहते हैं, यह सब भी हमारे लिए उसी भाँति है–यह हमें आशा भी नहीं देता, हताश भी नहीं करता, इसमें हमारे लिए खुशी नहीं, तो दुख भी नहीं–दिन के बाद दिन एकदम खाली चले जा रहे हैं, चारों ओर कहीं भी अपने को और अपने देश को महसूस तक नहीं करते।''

हठात् गोरा का चेहरा लाल होकर उसके ललाट की शिराएँ फूल गईं–वह दोनों हाथों की मुट्ठियाँ भींच कर सड़क के बीच एक घोड़ागाड़ी के पीछे दौड़ने लगा और अपने वज्र-गर्जन से सड़क पर सारे आने-जाने वालों को आश्चर्यचकित करते हुए चिल्ला पड़ा, ''गाड़ी रोको!'' भारी घड़ी वाली चेन पहने एक बाबू गाड़ी हाँक रहा था, वह एक बार पीछे घूम कर देख, दोनों शक्तिशाली घोड़ों को कस कर चाबुक लगा कर क्षण भर में ही अदृश्य हो गया।

एक बूढ़ा मुसलमान सिर पर एक टोकरी में फल, सब्जी, अण्डा, डबल-रोटी, मक्खन आदि भोज्य-सामग्री लिए किसी अंगरेज-प्रभु की रसोई की ओर जा रहा था। चेन वाले बाबू ने उसे गाड़ी के सामने से हट जाने के लिए हाँक लगाई, किन्तु बूढ़े के सुन न पाने के कारण गाड़ी लगभग उसकी गरदन पर आ चढ़ी। उसकी जान तो किसी तरह बच गई, लेकिन टोकरी सहित सारी वस्तुएँ सड़क में लुढ़कने लगीं। क्रुद्ध बाबू ने कोच-बॉक्स से घूम कर 'डैम सूअर' गाली देते हुए उसके चेहरे पर सपाङ् करके चाबुक जमा दिया। उसके माथे पर खून की लकीर दिखाई देने लगी। बूढ़ा, 'अल्लाह' कह कर निश्वास छोड़ते हुए, जो चीजें नष्ट होने से बच गई थीं, उन्हें चुन कर टोकरी में रखने लगा। गोरा लौट कर बिखरी चीजों को समेट कर उसकी टोकरी में उठाने लगा। मुसलमान मुठिया भद्रवर्गीय राहगीर के इस व्यवहार से बहुत अधिक सकुचाते हुए बोला, ''बाबू, आप क्यों कष्ट कर रहे हैं, ये और काम नहीं आएँगी।'' गोरा इस कार्य की अनावश्यकता जानता था और वह, यह भी जानता था कि जिसकी सहायता की जा रही है, वह लज्जा अनुभव कर रहा है–वस्तुतः सहायता की दृष्टि से इस प्रकार के कार्य का विशेष मूल्य नहीं था–किन्तु एक भद्रवर्गीय व्यक्ति ने जिसके प्रति अन्याय और अपमान किया है, उसी अपमानित के साथ एक दूसरा भद्र व्यक्ति अपने को मिला कर धर्म की क्षुब्ध व्यवस्था में सामंजस्य लाने की चेष्टा कर रहा था, सड़क पर आने-जाने वालों के लिए यह बात समझना असंभव था। टोकरी भर जाने पर गोरा उससे बोला, ''जो नुकसान हो गया है, उसकी भरपाई तो तुम कर नहीं

पाओगे। चलो, हमारे घर चलो, मैं सारी चीजें पूरे दाम चुका कर खरीद लूँगा। किन्तु बाबा, तुमसे एक बात कहूँ, तुमने बिना कुछ बोले जो अपमान सहन कर लिया, उसके लिए अल्लाह तुम्हें माफ नहीं करेंगे।''

मुसलमान ने कहा, ''जो कसूरवार है, अल्लाह उसे ही सजा देंगे, मुझे क्यों देंगे?''

गोरा ने कहा, ''जो नाइंसाफी सहन करता है, वह भी कसूरवार होता है, क्योंकि वह दुनिया में नाइंसाफी पैदा करता है। मेरी बात समझोगे नहीं, लेकिन याद रखो, निरीहता धर्म नहीं होती, उससे पाजियों को बढ़ावा मिलता है। तुम लोगों के मुहम्मद यह बात समझते थे, इसीलिए उन्होंने निरीह बन कर धर्म-प्रचार नहीं किया।''

गोरा का घर वहाँ से निकट न होने के कारण, वह उस मुसलमान को विनय के घर ले गया। विनय की मेज की दराज के सामने खड़ा होकर उससे बोला, ''पैसा निकालो।''

विनय ने कहा, ''तुम बेचैन क्यों हो रहे हो, बैठो न, मैं दे रहा हूँ।''

कह कर, सहसा चाबी नहीं खोज पाया। अधीर गोरा द्वारा एक झटका देते ही कमजोर दराज चाबी का बंधन न मान कर खुल गई।

दराज के खुलते ही परेश बाबू के परिवार के सभी लोगों का एक साथ खींचा गया एक बड़ा फोटोग्राफ सबसे पहले आँखों में पड़ा। विनय ने इसे अपने बाल-बंधु सतीश से लिया था।

विनय से पैसा लेकर गोरा ने उस मुसलमान को विदा किया, लेकिन फोटोग्राफ के संबंध में कोई बात नहीं की। इस बारे में गोरा को चुप रहते देख विनय भी कोई बात नहीं उठा पाया–यद्यपि दो-चार बातें हो जाने से विनय का मन स्वस्थ हो जाता।

गोरा अचानक बोला, ''चलता हूँ।''

विनय ने कहा, ''वाह, तुम क्या अकेले जाओगे! माँ ने जो मुझे तुम्हारे यहाँ खाने को कहा है! अतएव मैं भी चलता हूँ।''

दोनों जने बाहर निकल कर सड़क पर आ गए। गोरा ने पूरे रास्ते और कोई बात नहीं की। डैस्क की दराज में उस चित्र के देखे जाने ने गोरा को अचानक फिर से याद दिला दिया कि विनय के हृदय की एक प्रधान धारा एक ऐसे मार्ग पर जा रही है, जिस मार्ग से गोरा के जीवन का कोई लेना-देना नहीं। धीरे-धीरे बंधुत्व की आदि-गंगा निर्जीव होकर मूल-धारा उसी दिशा में बह सकती है, इस आशंका ने अव्यक्त रूप में गोरा के हृदय के गहनतम तल को एक अनिर्देश्य भार की भाँति दबा लिया। इतने दिन तक दोनों मित्रों के बीच किसी विचार और कार्य को लेकर भेद नहीं था–लेकिन अब उसको बचाना कठिन हो रहा है–विनय एक जगह स्वाधीन होने लगा है।

विनय समझ गया, गोरा क्यों चुप्पी साध गया है, किन्तु इस नीरवता की बाड़ को जबर्दस्ती धक्का देकर तोड़ने में उसे हिचकिचाहट अनुभव हुई। गोरा का मन जिस

जगह आकर ठहर गया है, वहाँ एक सचमुच का व्यवधान है, विनय स्वयं भी यह अनुभव करता है।

घर आ पहुँचते ही दिखाई दिया कि महिम रास्ते की ओर ताकते हुए द्वार के पास ही खड़े हैं। दोनों मित्रों को देख कर उन्होंने कहा, "मामला क्या है! कला तो तुम लोगों की सारी रात बिना सोए ही कट गई—मैं सोच रहा था, लगता है, दोनों जने कहीं फुटपाथ पर आराम से सोए पड़े हो। समय तो कम नहीं हुआ! जाओ विनय, नहाने जाओ।"

विनय को तकाजा करके नहाने भेज, महिम ने गोरा को पकड़ लिया; बोले, "देखो गोरा, मैंने तुमसे जो बात कही थी, उस पर थोड़ा विचार करके देखो। यदि तुम्हें विनय को अनाचारी मान कर संदेह हो, तो आजकल की दुनिया में हिन्दू वर पाऊँगा कहाँ? खाली हिन्दुआनी होने पर भी तो नहीं चलेगा—पढ़ाई-लिखाई भी तो चाहिए। उस पढ़ाई-लिखाई और हिन्दुआनी के मेल से जो पदार्थ तैयार होता है, वह हमारे हिन्दू-मत के अनुसार पूरी तरह शास्त्रीय वस्तु भले ही न हो, किन्तु बुरी वस्तु भी नहीं है। यदि तुम्हारी बेटी होती, तो इस विषय में मेरे साथ तुम्हारे मत का ठीक से मेल हो जाता।"

गोरा ने कहा, "तो ठीक तो है—लगता है, विनय आपत्ति भी नहीं करेगा।"

महिम बोले, "सुनो जरा! विनय की आपत्ति के बारे में कौन सोच रहा है! डर तो तुम्हारी आपत्ति का है। तुम एक बार अपने मुख से विनय से अनुरोध करो, मैं और कुछ नहीं चाहता—उसका कोई फल नहीं निकलेगा, तो नहीं निकलेगा।"

गोरा ने कहा, "अच्छा।"

महिम ने मन-ही-मन कहा, "अब मिठाई वाले की दुकान पर संदेश और दूध वाले की दुकान पर दूध-दही का आदेश दे सकता हूँ।"

गोरा ने अवसर पाते ही विनय से कहा, "शशिमुखी के साथ तुम्हारे विवाह के लिए भैया ने बहुत परेशान करना शुरू कर दिया है। अब तुम क्या कहते हो?"

विनय—तुम्हारी क्या इच्छा है, पहले वह बताओ।

गोरा—मैं तो कहता हूँ, बुराई क्या है।

विनय—पहले तो तुम बुरा ही कहते थे! हम दोनों में से कोई विवाह नहीं करेगा, एक तरह से यही तो तय हुआ था।

गोरा—अब तय किया गया है, तुम विवाह करोगे और मैं नहीं करूँगा।

विनय—क्यों, एक यात्रा में अलग फल, क्यों?

गोरा—अलग फल के डर से ही यह व्यवस्था की जा रही है। विधाता किसी-किसी मनुष्य को सहज ही अधिक भारग्रस्त करके गढ़ते हैं, किसी को सहज ही अलौकिक रूप से भारहीन—इन दोनों जीवों को इकट्ठा जोड़ कर चलाने के लिए, इनमें से एक के ऊपर बाहर से बोझ लाद कर, दोनों के भार को बराबर कर देना पड़ता है। तुम

ब्याह करके एक जिम्मेदारी से जुड़ जाने के बाद मेरी समान चाल से चल पाओगे।

विनय थोड़ा हँसा और बोला, "यदि यही मतलब है, तो इसी ओर बटखरा चढ़ाओ।"

गोरा–"बटखरे को लेकर आपत्ति तो नहीं है?"

विनय–वजन बराबर करने के लिए जो भी हाथ में आए, उसी से काम चलाया जा सकता है। वो पत्थर होने से भी होता है, ढेला होने से भी होता है, जैसी खुशी।

विनय के लिए यह समझना शेष नहीं रहा कि गोरा ने इस विवाह-प्रस्ताव के प्रति इतना उत्साह क्यों दिखाया! वह, यह अनुमान करके हँसा कि गोरा के मन में यह संदेह हो गया है कि अगर विनय कहीं परेश बाबू के परिवार में ब्याह कर बैठे तो! इस तरह से विवाह का संकल्प और संभावना उसके मन में एक क्षण के लिए भी नहीं होती। यह हो ही नहीं सकता। जो हो, शशिमुखी से विवाह कर लेने पर इस प्रकार की अद्‌भुत आशंका की जड़ पूरी तरह उखड़ जाएगी तथा वैसा होने पर दोनों के मैत्री-संबंध पुनः स्वस्थ व शांतिपूर्ण हो जाएँगे और परेश बाबू लोगों के साथ मेलजोल रखने में भी उसे किसी ओर से किसी तरह के संकोच का कारण नहीं बचेगा, यह सोच कर उसने सहज ही शशिमुखी के साथ विवाह की हामी भर दी। दोपहर के भोजन के बाद रात की नींद का कर्ज चुकाने में दिन कट गया। दोनों मित्रों में उस दिन और कोई बात नहीं हुई। जगत् पर संध्या के अंधकार का पर्दा पड़ जाने पर, जिस समय प्रेमियों के बीच मन का पर्दा हट जाता है, वैसे ही समय विनय छत पर बैठ सीधे आकाश की ओर ताकते हुए बोला, "देखो गोरा, मैं तुमसे एक बात कहना चाहता हूँ। मुझे लगता है, हमारे स्वदेश-प्रेम में भारी अधूरापन है। हम भारतवर्ष को आधा देखते हैं।"

गोरा–बताओ तो भला कैसे?

विनय–हम भारतवर्ष को पुरुषों के देश के रूप में देखते हैं, स्त्रियों के एकदम नहीं देखते।

गोरा–लगता है, अंगरेजों की भाँति तुम स्त्रियों को घर में, बाहर, जल में, थल में, शून्य में, आहार में, आमोद में, काम में, सभी जगह देखना चाहते हो! उसका फल यही होगा कि पुरुष की तुलना में स्त्री को बड़ा करके देखना होगा–उसमें भी दृष्टि की सम्यकता नष्ट होगी।

विनय–नहीं, नहीं, तुम्हारे द्वारा मेरी बात को इस तरह उड़ा देने से नहीं चलेगा। अंगरेज की भाँति देखूँगा या नहीं देखूँगा, यह बात क्यों उठा रहे हो! मैं कह रहा हूँ, यह सत्य है कि स्वदेश में स्त्रियों के अंश को हम लोग अपनी चिन्तना में उचित परिमाण में स्थान नहीं देते। मैं तुम्हारी ही बात कह सकता हूँ, तुम स्त्रियों के संबंध में एक क्षण को भी नहीं सोचते–देश को मानो, तुम नारी-हीन समझते हो–इस रूप में समझना, कभी भी यथार्थ में समझना नहीं होता।

गोरा–जब मैंने अपनी माँ को देखा, माँ को जाना, तब अपने देश की समस्त स्त्रियों को उसी भाव से देखा और जाना।

विनय–वह तुम्हारा अपने को भुलाने के लिए एक बात को अच्छे ढंग से कहना भर है। घर के कामों में, घर के लोग, घर की स्त्रियों को अति-परिचित रूप में देखें, तो वह वास्तव में देखना हुआ ही नहीं। अपने गार्हस्थिक-प्रयोजनों के बाहर यदि हम देश की स्त्रियों को देख पाते, तो अपने देश के सौन्दर्य और संपूर्णता को देखते, देश की एक ऐसी मूर्ति दिखाई देती, जिसके लिए प्राण देना आसान होता–अन्ततः, वैसा होने पर हमसे ऐसी भूल कभी नहीं हो पाती कि देश की स्त्रियाँ कहीं भी नहीं हैं। जानता हूँ, अंगरेजों के समाज के साथ किसी तरह की तुलना करते ही तुम आगबबूला हो उठोगे–मैं वैसा करना नहीं चाहता–मैं नहीं जानता, सही रूप में कितने परिमाण में और किस रूप में हमारी स्त्रियों के, समाज में सामने आने से उनकी मर्यादा का उल्लंघन नहीं होगा, किन्तु यह मानना ही पड़ेगा कि स्त्रियों के छिपे रहने से हमारा देश हमारे लिए अर्ध-सत्य होकर रह गया है–हमारे हृदय को सम्पूर्ण प्रेम एवं संपूर्ण शक्ति नहीं दे पा रहा है।

गोरा–तुमने इन दिनों अचानक इस बात का आविष्कार कैसे कर लिया?

विनय–हाँ, इन्हीं दिनों आविष्कार किया और अचानक आविष्कार ही किया। अब तक मैं इतने बड़े सत्य को नहीं जानता था। जान पाया, इसके लिए मैं अपने को भाग्यवान समझ रहा हूँ। जैसे हम लोग किसान को केवल उसकी खेती, जुलाहे को उसकी कपड़ा-बुनाई के संदर्भ में देखने के कारण निम्न-श्रेणी के लोग मान कर उनकी उपेक्षा करते हैं, वे पूरी तरह हमारा ध्यान नहीं खींच पाते, और जैसे निम्न लोग-अभिजात लोग के इस विभेद के चलते ही हमारा देश कमजोर हो गया है, ठीक उसी प्रकार के कारण से देश की स्त्रियों को केवल उनके राँधने-बाँधने, सिल-लोढ़े के काम से बाँध कर देखने के कारण, स्त्रियों को स्त्री-व्यक्ति के रूप में अत्यन्त हीन बना कर देखते हैं–ऐसा करने से हमारा संपूर्ण देश ही हीन हो गया है।

गोरा–दिन और रात, समय के जैसे ये दो भाग हैं–पुरुष और स्त्री भी उसी प्रकार समाज के दो अंश हैं। समाज की स्वाभाविक अवस्था में स्त्री, रात्रि की ही भाँति छिपी रहती है–उसके सभी काम निगूढ़ और गोपन होते हैं। अपने कार्य-व्यापार की दृष्टि से हम लोग रात्रि को घटा देते हैं, किन्तु घटा देने भर से उसका गंभीर काम जरा भी घट नहीं जाता। यह गोपन विश्राम की आड़ में हमारी क्षति पूर्ति करती है, हमारे पोषण में सहायता करती है। जहाँ समाज की अस्वाभाविक अवस्था है, वहाँ रात को जबर्दस्ती दिन में बदलते हैं–वहाँ गैस जला कर मशीन चलाई जाती है, बत्ती जला कर सारी रात नाच-गान चलता है–उसका फल क्या होता है! फल यही होता है कि रात्रि का जो स्वाभाविक निभृत कार्य है, वह नष्ट हो जाता है, क्लान्ति बढ़ जाती है, क्षति-पूर्ति नहीं होती, व्यक्ति उन्मत्त हो जाता है। स्त्रियों को भी यदि उसी प्रकार हम

प्रकाश्य कर्म-क्षेत्र में खींच लाएँ, तो उनकी निगूढ़-कर्म-व्यवस्था नष्ट हो जाती है–उससे समाज की व्यवस्था और शान्ति भंग होती है, समाज में एक अहंकार प्रवेश कर जाता है। हठात् उस अहंकार को शक्ति समझने का भ्रम होता है, लेकिन वह शक्ति विनाशकारी शक्ति होती है। शक्ति के दो अंश हैं–एक अंश व्यक्त और एक अंश अव्यक्त, एक अंश कर्म-चेष्टा और एक अंश विश्राम, एक अंश प्रयोग और एक अंश संचय–शक्ति के इस सामंजस्य को यदि नष्ट कर दो, तो वह क्षुब्ध हो उठती है, किन्तु वह क्षोभ मंगलकारी नहीं होता–नर-नारी समाज की शक्ति के ही दो पहलू हैं; पुरुष व्यक्त है, किन्तु व्यक्त होने से ही बड़ा है, ऐसा नहीं है–नारी निगूढ़ है, इस निगूढ़ शक्ति को यदि प्रकट करने की चेष्टा की जाती है तो वह, सारा मूल-धन खर्च करके समाज को तेजी से दिवालिया बनाने की दिशा में ले जाना होता है। इसीलिए कहता हूँ, यदि हम पुरुष रहें यज्ञ के क्षेत्र में, स्त्रियाँ रहें भण्डार को सँभालने में, तब ही स्त्रियों के अप्रकट रहने पर भी यज्ञ अच्छी तरह संपन्न होगा। जो सम्पूर्ण शक्ति को एक ही दिशा में, एक ही स्थान पर, एक ही तरीके से खर्च कर देना चाहते हैं, वे उन्मत्त हैं।

विनय–गोरा, तुम जो कह रहे हो, मैं उसका प्रतिवाद करना नहीं चाहता–पर, जो मैंने कहा था, तुम भी उसका प्रतिवाद मत करो। असली बात–

गोरा-देखो विनय, इसके बाद यदि इस बात को लेकर और अधिक बकझक की जाएगी, तो वह पूरी बहस बन कर खड़ी हो जाएगी। मैं स्वीकार करता हूँ, तुम आजकल स्त्रियों के संबंध में जितने सचेत हो उठे हो, मैं उतना नहीं हुआ–इसलिए जो तुम अनुभव कर रहे हो, मुझे भी वही अनुभव करवाने की चेष्टा कभी सफल नहीं होगी। अतः इस संबंध में फिलहाल हमारे बीच मतभेद हैं, यही मान लिया जाए ना!

गोरा ने बात को उड़ा दिया। लेकिन बीज उड़ा देने पर भी वह मिट्टी में गिरता है और मिट्टी में गिर कर सुयोग पाते ही अंकुरित होने में बाधा नहीं रहती। गोरा ने अब तक अपने जीवन-क्षेत्र से स्त्री को पूरी तरह हटा रखा था–उसे एक अभाव या क्षति के रूप में उसने कभी स्वप्न में भी अनुभव नहीं किया। आज विनय की स्थिति में परिवर्तन देख कर संसार में स्त्री-जाति की विशेष सत्ता और प्रभाव उसके सामने प्रकट हो उठे, किन्तु इसका स्थान कहाँ है, इसका प्रयोजन क्या है, उस संबंध में वह कुछ भी तय नहीं कर पाया, इसलिए इस बात को लेकर विनय के साथ बहस करना उसे अच्छा नहीं लगा। विषय को न तो वह अस्वीकार कर पाता है, न अधिकार में कर पा रहा है, इसलिए इसे विचार-चर्चा से बाहर रखना चाहता है।

रात को जब विनय घर लौट रहा था, तो आनंदमयी ने उसे बुला कर कहा, ''विनय, शशिमुखी के साथ तुम्हारा ब्याह तय हो गया है ना?''

विनय ने सलज्ज हास्य के साथ कहा, ''हाँ माँ, गोरा इस शुभ-कार्य का बिचौलिया है।''

आनंदमयी बोलीं, ''शशिमुखी लड़की अच्छी है, पर बेटा, बचपना मत करो। मैं

तुम्हारे मन को जानती हूँ विनय, जरा-सा दुविधाग्रस्त हो जाने के कारण जल्दबाजी में यह काम कर डाला। अभी भी सोच कर देखने का समय है, तुम बड़े हो गए हो बेटा– इतना बड़ा एक काज अवज्ञा-भाव से मत करो।"

कह कर विनय की पीठ पर हाथ फेर दिया। विनय बिना कोई बात कहे धीरे-धीरे चला गया।

18

विनय आनंदमयी की कई बातें सोचते-सोचते घर पहुँचा। आज तक आनंदमयी के मुँह से निकली एक बात भी विनय के लिए कभी उपेक्षा योग्य नहीं रही। उस रात उसके मन को एक भारी बोझ दबाए रहा।

दूसरे दिन सुबह उठ कर उसने मानो मुक्ति का एक भाव अनुभव किया। उसे लगा, उसने बहुत भारी दाम देकर गोरा की मित्रता का ऋण चुका दिया है। एक ओर शशिमुखी से विवाह के लिए राजी होकर उसने एक जीवन-व्यापी बंधन स्वीकार किया है, तो दूसरी ओर इसके बदले में उसे अपने बंधन को ढीला करने का अधिकार मिल गया है। विनय समाज छोड़ कर ब्राह्म-परिवार में विवाह के लिए ललच गया है, गोरा ने उस पर यह जो अत्यन्त अन्यायपूर्ण संदेह किया था–इस मिथ्या संदेह के सामने उसने शशिमुखी के विवाह को चिरंतन-जमानती के रूप में रख कर अपने को मुक्त कर लिया। इसके बाद विनय ने निःसंकोच भाव से और अक्सर परेश के घर आना-जाना प्रारंभ कर दिया।

जहाँ अच्छा लगता है, वहाँ के घर के लोगों की तरह हो जाना विनय के लिए जरा भी मुश्किल नहीं। उसने जैसे ही गोरा की ओर से होने वाला संकोच अपने मन से हटाया वैसे ही देखते-देखते, थोड़े ही समय में परेश बाबू के घर के सभी के लिए बहुत दिन के आत्मीय के समान हो गया।

केवल ललिता के मन में कुछ दिन तक संदेह था कि शायद सुचरिता का मन विनय की ओर किंचित झुक गया है, उन्हीं कुछ दिनों उसका मन विनय के विरुद्ध हथियार उठाए रहा। किन्तु जब वह स्पष्ट समझ गई कि सुचरिता विशेष रूप से विनय की ओर नहीं है, तो अपने मन का विद्रोह दूर हो जाने के कारण उसे भारी चैन महसूस हुआ और विनय बाबू को असाधारण रूप से भला आदमी मानने में उसके सामने कोई कठिनाई नहीं रही।

हारान बाबू भी विनय से विमुख नहीं हुए–उन्होंने तो जैसे कुछ अधिक ही मान लिया कि विनय को शिष्टता का ज्ञान है। यह इस स्वीकारोक्ति का संकेत था कि गोरा में वह नहीं है।

विनय हारान बाबू के सम्मुख कभी कोई बहसपरक विषय नहीं उठाता था और सुचरिता की भी कोशिश रहती थी कि वैसा न हो–इसीलिए इस बीच विनय की ओर से चाय की टेबिल पर शांति भंग नहीं हो पाई।

किन्तु हारान की अनुपस्थिति में सुचरिता अपनी ओर से कोशिश करके विनय को उसके सामाजिक-मत की चर्चा में प्रवृत्त करती। गोरा और विनय के समान शिक्षित लोग किस प्रकार देश के प्राचीन कुसंस्कारों का समर्थन कर पाते हैं, यह जानने की उत्सुकता से वह किसी भी तरह मुक्त नहीं हो पाती थी। यदि सुचरिता गोरा और विनय को नहीं जानती होती, तो उन्हें इन समस्त मतों को स्वीकार करने वाला समझ कर वह दूसरी कोई बात न सुन कर उन्हें उपेक्षा योग्य ठहरा देती। लेकिन गोरा को देखने के बाद से वह उसे किसी भी प्रकार असम्मान के भाव के साथ अपने मन से दूर नहीं कर पा रही है। इसी कारण वह अवसर पाते ही घूम-फिर कर विनय के साथ गोरा की विचारधारा और जीवन की चर्चा उठा देती है तथा प्रतिवाद कर-करके सारी बात अंत तक खींच कर बाहर निकालती है। परेश सब संप्रदायों के विचार सुनने देने को ही सुचरिता की सुशिक्षा का उपाय मानते हैं, इसीलिए वे इस संपूर्ण तर्क-वितर्क में न कभी शंका करते हैं, न बाधा खड़ी करते हैं।

एक दिन सुचरिता ने जिज्ञासा की, "अच्छा, क्या गौरमोहन बाबू सचमुच जाति-भेद मानते हैं या यह देशानुराग का एक अतिवाद है?"

विनय ने कहा, "आप क्या सीढ़ी की पैड़ियों को मानती हैं? वे सब भी तो विभक्त होती हैं–कोई-सी ऊपर, कोई-सी नीचे।"

सुचरिता–नीचे से ऊपर चढ़ना होता है इसीलिए मानती हूँ–अन्यथा मानने की कोई आवश्यकता नहीं थी। समतल स्थान पर सीढ़ी को न मानने से भी चलता है।

विनय–सही कह रही हैं–हमारा समाज एक सीढ़ी है–इसके मूल में एक उद्‌देश्य था, वह है, नीचे से ऊपर चढ़ने देना, मानव-जीवन को एक परिणाम की ओर ले जाना। यदि समाज को, संसार को ही परिणाम के रूप में जाना गया होता, तो किसी विभाग-व्यवस्था की आवश्यकता नहीं थी–वैसा होने पर यूरोपीय-समाज की भाँति हर कोई दूसरे से अधिक पर दखल जमाने के लिए छीनाझपटी और मारामारी करता; संसार में जो सफल होता, वही सिर उठाता जिसकी कोशिश निष्फल हो जाती, वह पूरी तरह डूब जाता। हम लोगों ने संसार के भीतर से संसार के पार जाने की इच्छा के चलते, सांसारिक-कर्तव्य को प्रवृत्ति और प्रतियोगिता के ऊपर प्रतिष्ठित नहीं किया–सांसारिक-कर्म को धर्म के रूप में निर्धारित किया क्योंकि कर्म के द्वारा कोई अन्य सफलता नहीं, मुक्ति-लाभ करना होगा, इसीलिए एक ओर सांसारिक-कर्म, दूसरी ओर सांसारिक-कर्म का परिणाम, दोनों ओर देखकर ही हमारे समाज ने वर्ण-भेद, अर्थात वृत्ति-भेद की स्थापना की है।

सुचरिता–ऐसा नहीं कि मैं आपकी बात अच्छी तरह समझ पा रही हूँ, किन्तु मेरा

प्रश्न यही है कि आपके कहेनुसार समाज में जिस उद्देश्य से वर्ण-भेद प्रचलित हुआ था, क्या उस उद्देश्य को सफल हुआ देख पा रहे हैं?

विनय–पृथिवी पर सफलता का चेहरा देख पाना बड़ा कठिन है। ग्रीस की सफलता आज ग्रीस में नहीं है, किन्तु इसी कारण नहीं कह सकता कि ग्रीस का सारा आइडिया ही भ्रांत और व्यर्थ था। ग्रीस का आइडिया आज भी मानव-समाज में नाना आकारों में सफलता प्राप्त कर रहा है। भारतवर्ष ने जाति-भेद के रूप में सामाजिक समस्या का जो एक बड़ा उत्तर दिया था, वह उत्तर अभी मरा नहीं है–अभी वह संसार के सामने है। यूरोप भी अभी तक सामाजिक-समस्या का कोई सदुत्तर नहीं दे पाया, वहाँ केवल ठेलमठेल-मारकाट चल रही है–भारतवर्ष का यह उत्तर अभी मानव-समाज में सफलता की प्रतीक्षा कर रहा है–मन में भी मत लाइए कि अंधता के वशीभूत हमारे किसी क्षुद्र संप्रदाय के उड़ा देने से यह उड़ जाएगा। हम छोटे-छोटे संप्रदाय बुद्बुद् के समान समुद्र में विलीन हो जाएँगे, किन्तु भारतवर्ष की सहज-प्रतिभा से यह जो एक प्रकाण्ड-मीमांसा उद्भूत हुई है, जब तक पृथिवी पर इसका कार्य नहीं हो जाएगा, तब तक यह दृढ़ता के साथ खड़ी रहेगी।

सुचरिता ने सकुचाते हुए जिज्ञासा की, "आप गुस्सा मत कीजिए, सच बताइए, आप ये सारी बातें क्या गौरमोहन बाबू की प्रतिध्वनि के रूप में कह रहे हैं या इन पर आप पूरी तरह विश्वास करते हैं?"

विनय ने हँसते हुए कहा, "आपसे सच कहता हूँ, मेरे पास गोरा जैसा विश्वास का बल नहीं है। जब भी जाति-भेद की आवर्जना और समाज के विकार देख पाता हूँ, तभी मैं अनेक बार संदेह प्रकट करता हूँ–किन्तु गोरा कहता है, बड़ी वस्तु को छोटा करके देखने से ही संदेह का जन्म होता है–वृक्ष की टूटी डाल और सूखी पत्तियों को ही वृक्ष की चरम प्रकृति के रूप में देखना बुद्धि की असहिष्णुता है–टूटी डाल की प्रशंसा के लिए नहीं कहता, किन्तु वनस्पति को समग्र रूप में देखो और उसका तात्पर्य समझने की चेष्टा करो।"

सुचरिता–वृक्ष के सूखे पत्तों को चाहे छोड़ भी दिया जाए, लेकिन वृक्ष के फल को तो देखना होगा। जाति-भेद का फल हमारे देश के लिए किस प्रकार का है?"

विनय–जिसे जाति-भेद का फल कह रही हैं, वह अवस्था का फल है, मात्र जाति-भेद का नहीं। हिलते दाँत से चबाने पर पीड़ा होती है, वह दाँत का अपराध नहीं, हिलते दाँत का अपराध है। नाना कारण हमारे अंदर विकार और दुर्बलता उत्पन्न हो जाने से हम लोग भारतवर्ष के आइडिया को सफल न करके विकृत कर रहे हैं–वह विकार आइडिया का मूलगत नहीं है। हमारे भीतर प्राण और स्वास्थ्य का प्राचुर्य होते ही सब ठीक हो जाएगा। इसीलिए गोरा बार-बार कहता है, सिर में दर्द होने पर सिर को ही उड़ा देने से नहीं चलेगा–अतएव स्वस्थ होओ, सबल बनो।

सुचरिता–अच्छा, तो आप ब्राह्मण-जात को नर-देवता मानने को कहते हैं?

आपका सचमुच ही विश्वास है कि ब्राह्मण के पैरों की धूल से मनुष्य पवित्र हो जाता है?

विनय–पृथिवी के अनेक सम्मान हमारे बनाए हुए ही तो हैं। राजा की जितने दिन, जिस कारण भी हो, आवश्यकता रहती है, मनुष्य उसे असाधारण के रूप में प्रचारित करता है। किन्तु राजा वास्तव में तो असाधारण नहीं होता। फिर भी अपनी साधारणता को भेद कर उसे असाधारण हो जाना पड़ेगा, अन्यथा वह राजत्व कर ही नहीं पाएगा। हम राजा से उपयुक्त राजत्व प्राप्त करने हेतु उसे असाधारण बना डालते हैं–राजा को हमारे उसी सम्मान के दावे की रक्षा करनी पड़ती है, उसे असाधारण हो जाना पड़ता है। मनुष्य के समस्त सम्बन्धों में यही कृत्रिमता है। यहाँ तक कि माँ-बाप का जो आदर्श हम सबने मिल कर खड़ा कर रखा है, उसी के चलते समाज ने माँ-बाप को विशेष भाव में माँ-बाप बना दिया है, केवलमात्र स्वाभाविक स्नेह के कारण नहीं। संयुक्त परिवार में बड़ा भाई छोटे भाई के लिए बहुत सहता और बहुत त्याग करता है–क्यों करता है? हमारे समाज में बड़े भाई को विशेष भाव में बड़े भाई का रूप दिया गया है, अन्य समाज में तो ऐसा किया नहीं गया। ब्राह्मण को भी यदि यथार्थ भाव में ब्राह्मण के रूप में गढ़ कर खड़ा कर पाएँ तो क्या वह समाज का सामान्य लाभ होगा! हम नर-देवता चाहते हैं–हम यदि वास्तव में नर-देवता को संपूर्ण अंतःकरण से बुद्धिपूर्वक चाहते हैं, तो नर-देवता को पाएँगे और यदि मूढ़ की भाँति चाहते हैं, तो वह–जो सारे अप-देवता सब तरह के दुष्कर्म करते रहते हैं एवं हमारे शीश पर पैरों की धूल चढ़ाना ही जिनकी जीविका का उपाय है, उनके दल बढ़ा कर–धरणी का भार बढ़ाना होगा।

सुचरिता--क्या आपका वह नर-देवता कहीं भी है?

विनय–बीज में जैसे वृक्ष है, वैसे ही है, भारतवर्ष के आन्तरिक अभिप्राय एवं प्रयोजन में है। अन्य देश वैलिंगटन के समान सेनापति, न्यूटन के समान वैज्ञानिक, रथचाइल्ड के समान लखपति चाहते हैं, हमारा देश ब्राह्मण चाहता है। ब्राह्मण, जिसे भय नहीं, लोभ को जो घृणा करता है, जो दुख को जीत लेता है, जो अभाव को लक्षित नहीं करता, जो 'परमे ब्रह्मणि योजितचित्तः' है। जो अटल है, जो शान्त है, जो मुक्त है, उसी ब्राह्मण को भारतवर्ष चाहता है–जब उसी ब्राह्मण को यथार्थ-भाव में पा लेगा, तभी भारतवर्ष स्वाधीन होगा। हमारे समाज के प्रत्येक विभाग को, प्रत्येक कर्म को सर्वदा मुक्ति का एक सुर प्रदान करने के लिए ही ब्राह्मण चाहिए--खाना बनाने और घंटा हिलाने के लिए नहीं--समाज की सार्थकता को सर्वदा समाज की आँखों के सामने प्रत्यक्ष किए रखने के लिए ब्राह्मण चाहिए। इसी ब्राह्मण के आदर्श को हम जितने विशद रूप में अनुभव करेंगे, ब्राह्मण के सम्मान को उतना ही ऊँचा उठाना होगा। वह सम्मान, राजा के सम्मान से बहुत अधिक है–वह सम्मान, देवता का ही सम्मान है। जब इस देश में ब्राह्मण उस सम्मान का वास्तविक अधिकारी बन जाएगा, तब इस देश

को कोई अपमानित नहीं कर पाएगा। हम क्या राजा के सामने सिर झुकाते हैं, अत्याचारी का बंधन गले में डालते हैं? हमारा सिर अपने भय के सामने झुकता है, हम अपने लोभ के जाल में फँसे हुए हैं, हम अपनी मूढ़ता के दासानुदास हैं। ब्राह्मण तपस्या करें, उसी भय से, लोभ से, मूढ़ता से हमें मुक्त करें। हम उनके द्वारा युद्ध नहीं चाहते, वाणिज्य नहीं चाहते और कोई प्रयोजन नहीं—वे हमारे समाज में मुक्ति की साधना को सत्य कर दें।

परेश बाबू अब तक चुपचाप सुन रहे थे, वे धीरे-धीरे बोले, ''नहीं कह सकता कि मैं भारतवर्ष को जानता हूँ एवं मैं यह भी निश्चयपूर्वक नहीं जानता कि भारतवर्ष ने क्या चाहा था और वह कभी पाया भी या नहीं, किन्तु जो दिन चले गए, क्या कभी उनमें लौट कर जाया जाता है? जो वर्तमान में संभव है, वही हमारी साधना का विषय है—अतीत की ओर दोनों हाथ बढ़ा कर समय नष्ट करने का क्या कोई फल होगा?''

विनय ने कहा, ''जैसे आप कह रहे हैं, मैंने भी उसी तरह सोचा था, और अनेक बार कहा भी था—गोरा का कहना है, अतीत को अतीत के रूप में बरखास्त करके बैठ जाने से ही क्या वह अतीत हो गया? वर्तमान की चीख-पुकार की आड़ में छिप जाने के कारण हमारी दृष्टि से ओझल हो जाने से ही वह अतीत नहीं हो गया—वह भारतवर्ष की मज्जा में मौजूद है। कोई सत्य कभी भी अतीत नहीं हो सकता। इसी कारण भारतवर्ष के इस सत्य ने हमें ठकठकाना प्रारंभ कर दिया है। किसी दिन हममें से एक व्यक्ति भी यदि इसे पहचान सके और ग्रहण कर सके, तो हमारी शक्ति की खान के द्वार में प्रवेश का मार्ग खुल जाएगा—अतीत का भण्डार वर्तमान की सामग्री बन जाएगा। क्या आप समझते हैं कि भारतवर्ष में कहीं भी उस प्रकार के सार्थकजन्मा व्यक्ति का आविर्भाव नहीं हुआ?''

सुचरिता ने कहा, ''ये सारी बातें आप जिस ढंग से कह रहे हैं, साधारण लोग उस प्रकार नहीं कहते—इसीलिए आपके मत को समस्त देश का मत मान लेने में संशय होता है।''

विनय ने कहा, ''देखिए, सूर्योदय की घटना की व्याख्या वैज्ञानिक एक ढंग से करते हैं, साधारण लोग एक दूसरे ढंग से। उससे सूर्य के उदय में कोई विशेष घटा-बढ़ी नहीं होती। फिर भी सत्य को ठीक तरह जानने में हमारा एक लाभ है। देश के जिस सकल-सत्य को हम खण्ड़ित करकेए टुकड़े-टुकड़े करके देखते हैं, गोरा उसके समग्र को एक करके, संश्लिष्ट रूप में देख पाता है, गोरा में वही आश्चर्यजनक क्षमता है—किन्तु क्या उसी कारण गोरा के उस देखने को दृष्टि-विभ्रम मान लेंगे? और जो तोड़-फोड़ कर देखते हैं, उन्हीं का देखना सत्य है?''

सुचरिता चुप रही। विनय बोला, ''हमारे देश में जो सब लोग अपने को परम हिन्दू मान कर अभिमान करते हैं, मेरे बंधु गोरा को आप उस दल का व्यक्ति मत समझिए। यदि आप उसके पिता, कृष्णदयाल बाबू को देखतीं तो बाप और बेटे के

भेद को समझ पातीं। कृष्णदयाल बाबू हमेशा ही कपड़े बदल कर, गंगा-जल छिड़क कर, पोथी-पतरा मिला कर दिन-रात अपने को सुपवित्र बनाए रखने को व्याकुल रहते हैं—भोजन पकाने के सम्बन्ध में वे अच्छे ब्राहमण पर भी विश्वास नहीं करते, क्या पता उसके ब्राह्मणत्व में कहीं भी कोई खोट हो—गोरा को अपने कमरे की सीमा में नहीं घुसने देते—यदि कभी कार्यवश अपनी पत्नी के अन्तःपुर में आना पड़ जाए, तो लौट कर अपने को पवित्र कर लेते हैं, संसार में दिन-रात एकदम अलग रहते हैं, क्या पता जाने या अनजाने किसी ओर से नियम-भंग की कणमात्र धूल उन्हें स्पर्श कर ले—जैसे घोर बाबू धूप से छिप कर, धूल से बच कर अपने रंग की छटा को, केश-सौन्दर्य को, परिधान-विन्यास को बचाने में हमेशा व्यस्त रहता है, उसी तरह। गोरा ऐसा नहीं है। वह हिन्दुत्व के नियम-विधान का असम्मान नहीं करता, किन्तु इस तरह बच-बच कर नहीं चल पाता—वह हिन्दू-धर्म को भीतर की ओर से एवं बहुत बड़े रूप में देखता है, वह कभी मन में भी नहीं लाता कि हिन्दू-धर्म के प्राण एकदम छुईमुई प्राण हैं—छू देने भर से ही सूख जाएँगे, थोड़ा-सा लगते ही निष्प्राण हो जाएँगे।''

सुचरिता—किन्तु वे तो बड़ी सावधानी के साथ छुआछूत मान कर चलते प्रतीत होते हैं।

विनय—उसकी यह सतर्कता एक अद्भुत बात है। यदि उससे प्रश्न किया जाए, तो वह तुरंत कहता है, मैं यह सब मानता हूँ—छूने से जात चली जाती है, खाने से पाप लगता है, यह सभी अभ्रांत सत्य है। किन्तु मैं निश्चयपूर्वक जानता हूँ, यह उसकी जबर्दस्ती की बात है—यह सब बात जितनी ही असंगत होती है, वह उतनी ही मानो सबको सुना कर ऊँची आवाज में कहेगा। अगर कहीं, वर्तमान हिन्दुत्व की साधारण बात को भी अस्वीकार करने से अन्य मूढ़ लोगों के समक्ष हिन्दुत्व की बड़ी बातों का भी असम्मान हो और जो हिन्दुत्व का अनादर करते हैं, वे उसे अपनी विजय के रूप में गण्य करें, इसीलिए गोरा बिना विचारे सभी को मान कर चलना चाहता है—मेरे सामने भी इस सम्बन्ध में कोई शैथिल्य प्रकट करना नहीं चाहता।

परेश बाबू ने कहा, ''ब्राह्मों में भी इस तरह के अनेक लोग हैं। वे हिन्दुत्व के साथ समस्त सम्बन्धों को बिना विचारे त्याग देना चाहते हैं, क्या पता कोई बाहरी व्यक्ति यह समझने की भूल करे कि वे हिन्दू-धर्म की कुप्रथाओं को स्वीकार करते हैं! ये सारे व्यक्ति पृथिवी पर अधिक सहज-भाव से नहीं चल पाते—ये, या तो छल करते हैं या अतिरिक्त दिखावा करते हैं; समझते हैं, सत्य दुर्बल है और मात्र कौशल से या फिर बलपूर्वक सत्य की रक्षा करना कर्तव्य का अंग है। 'सत्य मेरे ऊपर निर्भर है, मैं सत्य पर निर्भर नहीं हूँ,' जिनकी ऐसी धारणा है, उन्हें ही कहा जाता है, कट्टर। जो सत्य के बल पर विश्वास करते हैं, वे अपनी जबर्दस्ती को संयत रखते हैं। बाहर के लोगों का दो दिन, दस दिन गलत समझना सामान्य क्षति है, किन्तु किसी क्षुद्र संकोच के वशीभूत सत्य को स्वीकार न कर पाना उससे बहुत बड़ी क्षति है। मैं हमेशा ईश्वर

से यही प्रार्थना करता हूँ कि चाहे ब्राह्मों की सभा हो या हिन्दुओं का चण्डी-मण्डप, मैं सर्वत्र नत-शिर, अति सहज-भाव से, बिना विद्रोह के सत्य को प्रणाम कर पाऊँ–बाहर की कोई बाधा मुझे रोक कर न रख सके।''

इतना कह, परेश बाबू ने क्षण भर के लिए चुप रह कर जैसे अपने मन का अपने अंतर में समाधान किया। परेश बाबू ने ये जो कुछ बातें मृदु स्वर में कहीं, उसने अब तक की बातचीत को मानो एक विशद लय प्रदान कर दी–ऐसा नहीं कि वह लय इन थोड़ी-सी बातों की लय हो, वह परेश बाबू के अपने जीवन की एक प्रशान्त गंभीर लय है। सुचरिता और ललिता के चेहरे पर आनंदित भक्ति की दीप्ति की आभा फैल गई। विनय चुप रहा। वह भी मन-ही-मन जानता था कि गोरा में एक प्रचण्ड जबरदस्ती है–सत्य के वाहकों के मन, वचन और कर्म में जो सहज और सरल शान्ति रहनी उचित है, वह गोरा में नहीं है–परेश बाबू की बातें सुन कर इस बात ने उसके मन पर और भी स्पष्ट आघात किया। अवश्य ही, विनय इतने दिन तक गोरा के पक्ष में यह कह कर मन-ही-मन बहस करता रहा है कि जब समाज की अवस्था टलमल हो, जब बाहर के देश-काल के साथ विरोध खड़ा हुआ हो, तो सत्य के सैनिक स्वाभाविकता की रक्षा नहीं कर पाते–तब सामयिक प्रयोजन के आकर्षण में सत्य में टूट-फूट आ जाती है। आज परेश बाबू की बातों से विनय ने क्षण भर के लिए मन में प्रश्न किया, सामयिक प्रयोजन साधने के लोभ में सत्य को आलोड़ित कर डालना साधारण लोगों के लिए ही स्वाभाविक है, किन्तु उसका गोरा क्या साधारण लोगों के उसी दल में है?

रात में सुचरिता के, बिस्तर पर आकर लेटने के बाद ललिता उसकी खाट के एक किनारे पर आकर बैठ गई। सुचरिता समझ गई कि ललिता के मन में कोई बात चक्कर काट रही है। बात विनय के सम्बन्ध में है, यह भी सुचरिता समझ गई।

उसी कारण सुचरिता ने अपनी ओर से बात उठाई, ''जो भी हो, विनय बाबू मुझे अच्छे लगते हैं।''

ललिता बोली, ''वे केवल गौर बाबू की ही बातें जो कहते हैं, इसीलिए तुम्हें अच्छे लगते हैं।''

सुचरिता इस बात के भीतर के संकेत को समझ कर भी नहीं समझी। वह एक सरल भाव धारण करके बोली, ''वह तो सच ही है, उनके मुख से गौर बाबू की बातें सुन कर मुझे भारी आनंद होता है। मैं जैसे उन्हें साफ देख पाती हूँ।''

ललिता ने कहा, ''मुझे तो कुछ भी अच्छे नहीं लगते–मुझे तो गुस्सा आता है।''

सुचरिता ने आश्चर्यचकित होकर कहा, ''क्यों?''

ललिता ने कहा, ''गोरा, गोरा, गोरा, दिन-रात केवल गोरा! उनके बंधु गोरा शायद बहुत बड़े आदमी हैं, ठीक ही तो, अच्छा ही तो–किन्तु वे भी तो मनुष्य हैं।''

सुचरिता हँसते हुए बोली, ''वह तो है ही, लेकिन उससे परेशानी क्या हुई?''

ललिता—उनके बंधु उन पर इस तरह छा गए हैं कि वे अपने को प्रकट ही नहीं कर पा रहे हैं। जैसे काँचपोका[1] ने तिलचट्टे को पकड़ लिया हो—वैसी स्थिति में काँचपोका पर भी मुझे गुस्सा आता है, तिलचट्टे पर भी मुझे श्रद्धा नहीं होती।''

ललिता की बात की उग्रता देख कर सुचरिता कुछ न बोल कर हँसने लगी।

ललिता ने कहा, ''दीदी, तुम हँस रही हो, किन्तु मैं तुमसे बता रही हूँ, यदि कोई मुझे इस प्रकार दबाने की चेष्टा करता, तो मैं उसे एक दिन के लिए भी सहन नहीं कर पाती। यही समझ लो, तुमने—लोग चाहे जो समझें, मुझे आच्छादित करके नहीं रखा—तुम्हारा उस तरह का स्वभाव ही नहीं—इसीलिए मैं तुम्हें चाहती हूँ। दरअसल, तुम्हें पिताजी से यह शिक्षा मिली है—वे प्रत्येक व्यक्ति के लिए ही उसकी जगह छोड़ देते हैं।''

इस परिवार में सुचरिता और ललिता परेश बाबू की परम भक्त हैं—पिताजी कहते ही उनके हृदय जैसे आनंद से भर उठते हैं।

सुचरिता ने कहा, ''पिताजी के साथ क्या किसी और की तुलना हो सकती है? किन्तु जो भी कहो भाई, विनय बाबू भारी चमत्कार के साथ बोल पाते हैं।''

ललिता—वे सब पूरी तरह उनके मन की बातें न होने के कारण ही इतने चमत्कारपूर्ण ढंग से बोलते हैं। यदि अपनी बात बोलते तो असाधारण रूप से सहज बात होती; नहीं लगता कि सोच-सोच कर, बना-बना कर बोल रहे हैं। चमत्कारी बात की अपेक्षा मुझे वह ढेर अच्छी लगती है।

सुचरिता—तो, गुस्सा क्यों करती है भाई? गौरमोहन बाबू की बातें, उनकी अपनी ही बातें हो गई हैं।

ललिता—यदि ऐसा है, तो वह भारी लज्जास्पद है—क्या ईश्वर ने बुद्धि दी है, दूसरों की बातों की व्याख्या करने के लिए और मुख दिया है, दूसरों की बातों को चमत्कारी ढंग से कहने के लिए? ऐसी चमत्कारी बातों का काम नहीं।

सुचरिता—किन्तु तू यह क्यों नहीं समझती कि विनय बाबू गौरमोहन बाबू को प्रेम करते हैं—उनके साथ उनके मन का सच्चा मेल है।

ललिता भड़कते हुए बोल पड़ी, ''ना, ना, ना, संपूर्ण मेल नहीं। गौरमोहन बाबू को मान कर चलना उनकी आदत हो गई है—यह दासत्व है, यह प्रेम नहीं है। फिर भी वे जबर्दस्ती समझना चाहते हैं कि उनके साथ उनके मत का ऐक्य है, इसी कारण उनके विचारों को इतनी चेष्टा करके चमत्कारपूर्ण ढंग से बोल कर अपने को और दूसरों को भुलावे में डालने की इच्छा करते हैं। वे केवल अपने मन के संदेह को, विरोध को दबा कर चलना चाहते हैं, कहीं गौरमोहन बाबू को, न मानना हो जाए तो! उनको न मानने का साहस उनमें नहीं है। प्रेम होने से, मत न मिलने पर भी माना जा सकता है—अंधा

---

1. काँचपोका : चमकदार हरे रंग का पतंग विशेष।

न होने पर भी अपने को छोड़ दिया जा सकता है—उनके साथ तो वैसा नहीं है—वे गौरमोहन बाबू को मान रहे हैं शायद प्रेम के कारण, पर किसी भी तरह इसे स्वीकार नहीं कर पा रहे हैं। उनकी बात सुन कर वह बहुत साफ समझ में आ जाता है। अच्छा दीदी, तुम नहीं समझतीं? सच बोलो।"

सुचरिता ने इस बात को ललिता की तरह इस रूप में सोचा ही नहीं। कारण, गोरा को पूरी तरह जान लेने के लिए ही उसका कुतुहल बेचैन हो रहा था—विनय को अलग करके देखने का उसका आग्रह ही नहीं था। सुचरिता ने ललिता के प्रश्न का स्पष्ट उत्तर न देकर कहा, "अच्छा, ठीक है, तेरी ही बात मान ली गई—तो बता, क्या करना होगा!"

ललिता—मेरी इच्छा करती है, उन्हें उनके बंधु के बंधन से छुड़ा कर स्वाधीन करने की।

सुचरिता—"कोशिश करके देख—ना भाई!"

ललिता—मेरी कोशिश से नहीं होगा—तुम्हारे जरा-सा सोचने से ही हो जाएगा।

यद्यपि सुचरिता भीतर ही भीतर समझ रही थी कि विनय उसके प्रति अनुरक्त है, तब भी उसने ललिता की बात को हँसी में उड़ा देने की चेष्टा की।

ललिता बोली, "गौरमोहन बाबू के शासन को तोड़ कर भी वे तुम्हारे पास इस तरह पकड़े जाने के लिए आते हैं, इसीलिए वे मुझे अच्छे लगते हैं, उनकी स्थिति में अन्य कोई ब्राह्म लड़कियों को गाली देकर नाटक लिखता—उनका मन अभी साफ है, तुम्हें प्रेम करते हैं और पिताजी की भक्ति करते हैं, यही उसका प्रमाण है। दीदी, विनय बाबू को उनके अपने रूप में खड़ा करना ही होगा। वे जो केवल गौरमोहन बाबू का प्रचार करते रहते हैं, वह मुझे असहनीय लगता है।"

उसी समय 'दीदी दीदी' करते हुए सतीश ने कमरे में प्रवेश किया। विनय आज उसे गड़ेर माठ[1] में सर्कस दिखाने ले गया था। यद्यपि रात काफी हो गई थी, फिर भी वह पहली बार सर्कस देखने के उत्साह को दबा नहीं पा रहा था। वह सर्कस का वर्णन करते हुआ बोला, "विनय बाबू को आज अपने बिस्तर तक ले आया था। वे घर के भीतर आए थे, उसके बाद चले गए। बोले, कल आएँगे। दीदी, मैंने उन्हें एक दिन तुम लोगों को सर्कस दिखाने ले जाने को कहा है।"

ललिता ने पूछा, "उस पर वे क्या बोले?"

सतीश ने कहा, "वे बोले, लड़कियाँ बाघ देख कर डर जाएँगी। लेकिन मुझे कोई डर नहीं लगता।" कह कर, सतीश पौरुष के अभिमान में सीना फुला कर बैठ गया।

ललिता ने कहा, "वो तो ठीक है! तुम्हारे बंधु, विनय बाबू का साहस कितना अधिक है, वह अच्छी तरह समझ सकती हूँ। ना भाई दीदी, उन्हें हम लोगों को सर्कस

---

1. गड़ेर माठ : कोलकाता का एक मैदान विशेष, जो दक्षिणी कोलकाता में है।

दिखाने ले ही जाना होगा।''

सतीश ने कहा, ''कल जो, दिन में ही सर्कस होगा!''

ललिता ने कहा, ''वही तो अच्छा है। दिन में ही जाएँगे।''

दूसरे दिन विनय के आते ही ललिता बोल पड़ी, ''ये लो, विनय बाबू तो ठीक समय पर ही आ गए हैं। चलिए।''

विनय—कहाँ जाना है?

ललिता—सर्कस।

''सर्कस!'' दिन के समय एक तम्बू भर लोगों के सामने लड़कियों को लेकर सर्कस देखने जाना! विनय तो हत्बुद्धि हो गया।

ललिता बोली, ''लगता है, गौरमोहन बाबू गुस्सा हो जाएँगे?''

ललिता के इस सवाल पर विनय थोड़ा भौंचक रह गया।

ललिता फिर बोली, ''लड़कियों को सर्कस लेकर जाने के सम्बन्ध में गौरमोहन बाबू का कोई मत है?''

विनय ने कहा, ''निश्चयपूर्वक है।''

ललिता—''वह कैसा है, आप व्याख्या करके कहिए। मैं दीदी को बुला लाती हूँ, वे भी सुनेंगी।''

विनय हूल खाकर हँसा। ललिता बोली, ''हँस क्यों रहे हैं विनय बाबू! आपने ही तो कल सतीश से कहा था कि लड़कियाँ बाघ से डरती हैं—आप किसी से नहीं डरते क्या?''

इसके बाद विनय उस दिन लड़कियों को लेकर सर्कस गया था। केवल वही नहीं, गोरा के साथ उसका सम्बन्ध किस रूप में, ललिता एवं इस घर की अन्य लड़कियों के सामने आ गया है, यह बात भी उसके मन में बार-बार हलचल मचाने लगी।

इसके बाद जिस दिन विनय से भेंट हुई, ललिता ने निरीह कुतूहल के साथ पूछा, ''गौरमोहन बाबू को उस दिन के सर्कस की बात बताई?''

इस सवाल की हूल विनय को गहरे तक अनुभव हुई—इतनी कि उसे कान की जड़ों तक को लाल करके बोलना पड़ा, ''नहीं, अभी बताना नहीं हुआ।''

लावण्य ने कमरे में आकर कहा, ''विनय बाबू आइए ना!''

ललिता बोली, ''कहाँ? कहीं सर्कस तो नहीं?''

लावण्य ने कहा, ''वा:, आज फिर से सर्कस कहाँ? मैं बुला रही हूँ, अपने रूमाल के चारों ओर पेन्सिल से एक किनारी आँक देने के लिए—मैं कढ़ाई करूँगी। विनय बाबू क्या सुन्दर आँक पाते हैं!''

लावण्य विनय को पकड़ ले गई।

19

गोरा सुबह के समय काम कर रहा था। विनय ने अचानक आकर अप्रासंगिक ढंग से कहा, "मैं उस दिन परेश बाबू की लड़कियों को लेकर सर्कस देखने गया था।"

गोरा लिखते-लिखते ही बोला, "सुना है।"

विनय ने विस्मित होते हुए पूछा, "तुमने किससे सुन लिया?"

गोरा–अविनाश से। वह भी उस दिन सर्कस देखने गया था। गोरा ने यह खबर पहले ही सुन ली है, वह भी अविनाश से सुनी है, उसके वर्णन और व्याख्या में तो कोई कमी रहती नहीं–इस कारण अपने चिर संस्कारों के वशीभूत विनय ने मन में भारी संकोच अनुभव किया। सर्कस जाने और यह बात इस प्रकार लोक-समाज में न उठने से ही वह प्रसन्न होता।

उसी समय उसे याद आया कि कल देर रात तक बिना सोए वह मन ही मन ललिता के साथ झगड़ा करता रहा। ललिता समझती है कि वह गोरा से डरता है और जैसे छोटा बालक मास्टर को मानता है, वैसे ही वह गोरा को मान कर चलता है। ऐसे अविचारपूर्वक भी मनुष्य, मनुष्य को गलत समझ सकता है! गोरा और विनय एकात्मा हैं; ठीक है, असाधारण गुणों के कारण गोरा के प्रति उसकी थोड़ी भक्ति है, किन्तु इसी के चलते ललिता जिस तरह समझती है, वह गोरा के प्रति भी अन्याय है और विनय के प्रति भी। विनय अवयस्क नहीं है और गोरा भी अवयस्क का अभिभावक नहीं।

गोरा चुपचाप लिखता रहा, और ललिता के मुख से निकले दो-तीन नुकीले सवाल विनय को बार-बार याद आते रहे। विनय उन्हें आसानी से निरस्त नहीं कर पाया।

देखते-देखते विनय के मन में एक विद्रोह ने सिर उठा लिया। "सर्कस देखने गया था, तो क्या हो गया! अविनाश कौन है, जो इस बात को लेकर गोरा के साथ चर्चा करने आया–और गोरा ही क्यों मेरी गतिविधियों के बारे में उस कर्महीन की बातों में भाग लेता है! मैं क्या गोरा का नजरबन्दी हूँ! जो किसके साथ मिलूँगा, कहाँ जाऊँगा, गोरा के प्रति इसकी जवाबदेही करनी होगी! यह तो बन्धुत्व पर भारी अत्याचार है।"

गोरा और अविनाश पर विनय को इतना गुस्सा नहीं आता, यदि वह अपनी भीरुता को अपने भीतर साफ-साफ न देख लेता। वह गोरा से क्षण भर के लिए भी कोई बात छिपाने को बाध्य हुआ है, इसके लिए आज वह मन ही मन गोरा को ही अपराधी ठहराने की चेष्टा कर रहा था। सर्कस की बात को लेकर गोरा यदि विनय से झगड़े वाली दो बातें कह देता, तो उससे भी बन्धुत्व के साम्य की रक्षा होती और विनय को सान्त्वना मिलती–किन्तु गंभीर होकर, भारी विचारक का दिखावा करके गोरा ने चुप्पी के द्वारा विनय की जो अवज्ञा की, उससे ललिता की बात का काँटा उसे

रह रह कर बींधने लगा।

उसी समय हुकड़ी हाथ में लिए महिम ने कमरे में प्रवेश किया। डिबिया से, गीले पुराने कपड़े की तह खोल कर विनय के हाथ में एक पान थमाते हुए कहा, "विनय बाबा, इधर तो सब ठीक है–अब तुम्हारे चाचा जी की ओर से एक चिट्ठी मिलते ही निश्चिन्तता हो जाती। उन्हें तुमने चिट्ठी लिख तो दी है?"

विवाह का यह तकाजा आज विनय को बहुत खराब लगा, यद्यपि वह जानता था कि महिम का कोई दोष नहीं–उन्हें वचन दे दिया गया है। किन्तु इस वचन देने में उसने एक दैन्य का अनुभव किया। आनंदमयी ने तो उसे एक तरह से मना किया था–इस विवाह के प्रति उसका अपना भी कोई आकर्षण नहीं था–तब भी गड़बड़झाले में क्षण भर में ही यह बात कैसे पक्की हो गई थी? यह भी नहीं कहा जा सकता कि गोरा ही पीछे पड़ गया था। ऐसा भी नहीं, कि यदि विनय मन से आपत्ति करता, तो गोरा कोई दबाव डालता। लेकिन तब! इसी तब के ऊपर ललिता का हूल आकर बींधने लगा। उस दिन की कोई विशेष घटना नहीं, बल्कि अनेक दिन का प्रभुत्व इसके पीछे है। विनय नितान्त प्रेम और निरी भलमनसाहत के वशीभूत अनायास गोरा का आधिपत्य सहन करने का अभ्यस्त हो गया है। उसी कारण इस प्रभुत्व के सम्बन्ध को ही बंधुत्व के सिर पर चढ़ा कर बैठा दिया है। विनय ने इतने दिन तक महसूस नहीं किया, किन्तु इसे और अस्वीकार करके तो नहीं चला जा सकता। तब क्या शशिमुखी से विवाह करना ही होगा?

विनय ने कहा, "ना, चाचा जी को अभी चिट्ठी लिखना नहीं हुआ।"

महिम ने कहा, "वह मेरी ही भूल हो गई। यह चिट्ठी तो तुम्हारे लिखने की बात नहीं थी–वह मैं ही लिखूँगा। उनका पूरा नाम क्या है, बताओ तो बाबा!"

विनय बोला, "आप परेशान क्यों हो रहे हैं? आश्विन-कार्तिक में तो विवाह हो ही नहीं पाएगा। एक बचा अगहन मास–किन्तु उसमें भी झमेला है। हमारे परिवार के इतिहास में बहुत पहले अगहन माह में कभी किसी के साथ कोई दुर्घटना घट गई थी, तब से हमारे वंश में अगहन में विवाह आदि समस्त शुभ-कर्म बंद हैं।"

महिम हुकड़ी कमरे के कोने की दीवाल से टिका कर रखते हुए बोले, "विनय, तुम लोग यदि यह सब मानोगे तो पढ़ना-लिखना सीखना क्या केवल पढ़ाई रट कर मरना ही है? एक तो इस हतभागे देश में शुभ दिन खोजे से भी मिल नहीं पाता, उसके बाद फिर घर-घर में प्राइवेट पतरा खोल कर बैठने से काज-कर्म कैसे चलेगा?"

विनय ने कहा, "आप भाद्र-आश्विन मास को ही तब क्यों मानते हैं?"

महिम ने कहा, "जैसे कि मैं मानता ही हूँ! कभी भी नहीं। क्या करूँ बाबा–इस मुलुक में भगवान को न मानने पर भी खूब चल जाता है, किन्तु भाद्र-आश्विन, बृहस्पति-शनि, तिथि-नक्षत्र न मानने पर किसी भी तरह घर में टिकने नहीं देते। फिर यह भी है–भले ही कहता हूँ, कि नहीं मानता, लेकिन काज के समय दिन-पल अन्यथा

हो जाने से मन दुखी हो उठता है–देश की हवा में जैसे मलेरिया होता है, वैसे ही भय भी होता है, उससे बच नहीं पाया।''

विनय–हमारे वंश में भी अगहन का भय नहीं छँटेगा। कम से कम चाची जी तो किसी भी तरह राजी नहीं होंगी।

इस प्रकार उस दिन के लिए विनय ने किसी तरह बात को दबा दिया।

विनय की बात का सुर सुन कर गोरा समझ गया कि विनय के मन में दुविधा पैदा हो गई है। कुछ दिन से विनय दिखाई भी नहीं पड़ रहा था। गोरा समझा था, विनय ने परेश बाबू के घर पहले की अपेक्षा जल्दी-जल्दी आना-जाना आरंभ कर दिया है। उसके बाद आज विवाह के प्रस्ताव से बच कर निकलने की कोशिश से गोरा के मन में खटका उत्पन्न हो गया।

जैसे साँप किसी को निगलना आरंभ करके उसे किसी भी तरह नहीं छोड़ पाता–उसी प्रकार गोरा को अपने किसी संकल्प को छोड़ देने अथवा उसमें थोड़ी-सी भी कमी कर देने में नितान्त अक्षम कहा जा सकता है। दूसरे पक्ष से कोई बाधा अथवा शैथिल्य उपस्थित होने पर उसे और जिद चढ़ जाती है। दुविधाग्रस्त विनय को बलपूर्वक पकड़ रखने के लिए गोरा का अंतःकरण पूरी तरह तैयार हो गया।

गोरा ने लिखना छोड़ चेहरा उठा कर कहा, ''विनय, जब तुम एक बार भैया को वचन दे चुके हो, तो क्यों उन्हें अनिश्चितता में धकेल कर झूठे ही कष्ट दे रहे हो?''

विनय अचानक गुस्सा होते हुए बोला, ''मैंने वचन दिया था–या हडबड़ी में मुझसे वचन छीन लिया गया है?''

विनय में अचानक इस विद्रोह के लक्षण देख कर गोरा आश्चर्यचकित और कठोर होते हुए बोला, ''वचन किसने छीन लिया है?''

विनय बोला, ''तुमने।''

गोरा–मैंने! इस सम्बन्ध में तुम्हारे साथ मेरी पाँच-सात से अधिक बातें हुई ही नहीं–इसे ही कहा जाता है, वचन छीन लेना!

वस्तुतः विनय के पक्ष में कोई स्पष्ट प्रमाण नहीं है–गोरा जो कह रहा है, वह सच है–बात थोड़ी ही हुई थी और उसमें ऐसा कोई अधिक तकाजा नहीं था, जिसे दबाव कहा जा सके–इतने पर भी यह बात सच है कि गोरा ने ही विनय से उसकी सम्मति एक तरह से लूट ली थी। जिस बात का बाह्य-प्रमाण कम होता है, उसके अभियोग के सम्बन्ध में मनुष्य का क्षोभ कुछ अधिक होता है। उसी कारण विनय थोड़े से असंगत क्रोध के सुर में बोला, ''छीन लेने में अधिक बातों की जरूरत नहीं पड़ती।''

गोरा टेबिल छोड़ कर उठ खड़ा हुआ, बोला, ''लो, अपना वचन लौटा लो। तुमसे भिक्षा में लूँगा या डकैती करके लूँगा, इतना बड़ा महामूल्यवान वचन यह नहीं है।''

महिम पास वाले कमरे में ही थे–गोरा ने उन्हें वज्र-स्वर में पुकारा, ''भैया!''

महिम के हड़बड़ाते हुए कमरे में आते ही गोरा ने कहा, ''भैया, मैंने तुम्हें शुरू

में ही नहीं कह दिया था कि शशिमुखी के साथ विनय का विवाह नहीं हो सकता— उसमें मेरी सहमति नहीं है!"

महिम—निश्चय ही कहा था। तुम्हें छोड़ ऐसी बात और कोई नहीं कह पाता। अन्य कोई भाई होता, तो भतीजी के विवाह-प्रस्ताव में शुरू से ही उत्साह प्रकट करता।

गोरा—तुमने क्यों मेरे द्वारा विनय से अनुरोध करवाया?

महिम—सोचा था, उससे काम बन जाएगा, और कोई कारण नहीं।

गोरा ने चेहरा लाल करके कहा, "मैं इस सबके बीच में नहीं हूँ। विवाह के बिचौलिया का काम मेरा व्यवसाय नहीं, मुझे दूसरा काम है।"

यह कहकर गोरा कमरे से बाहर हो गया। हतबुद्धि महिम द्वारा विनय से इस सम्बन्ध में कोई प्रश्न करने के पूर्व ही वह भी बाहर होकर रास्ते में पहुँच गया। महिम दीवाल के कोने से हुकड़ी उठा कर चुप बैठ कश खींचने लगे।

इसके पूर्व अनेक दिन गोरा के साथ विनय का काफी झगड़ा हुआ था, किन्तु ऐसी, आकस्मिक प्रचण्ड ज्वालामुखी फूट पड़ने के समान घटना और कभी नहीं हुई थी। विनय प्रथमतः अपने किए पर स्तंभित हो गया। उसके बाद घर लौट कर उसके हृदय को भाला बींधने लगा। एक क्षण के भीतर ही उसने गोरा को कितना बड़ा आघात पहुँचा दिया, यह सोच कर भोजन-विश्राम में उसकी रुचि नहीं रही। विशेषतः इस घटना में गोरा को दोषी बना देना नितान्त आश्चर्यजनक और असंगत हो गया है, यही उसे दग्ध करने लगा, वह बार-बार बोला, "अन्याय, अन्याय, अन्याय!"

लगभग दो बजे, जब आनंदमयी भोजन निबटा कर सिलाई लेकर बैठीं, उसी समय विनय उनके पास आकर बैठ गया। आज सुबह की कुछ खबरें उन्हें महिम से मिल गई थीं। भोजन के समय गोरा का चेहरा देख कर भी वे समझ गई थीं कि कुछ झंझट हो गया है।

विनय ने आते ही कहा, "माँ, मैंने अन्याय किया है। शशिमुखी के साथ विवाह के वचन को लेकर मैंने आज सुबह गोरा से जो कहा, उसका कोई अर्थ नहीं है।"

आनंदमयी बोलीं, "वो, होने दो विनय—मन में कोई व्यथा दबा कर रखने से इसी तरह बाहर निकलती है। वह अच्छा ही हुआ। इस झगड़े की बात दो दिन बाद तुम भी भूल जाओगे, गोरा भी भूल जाएगा।"

विनय—किन्तु माँ, मुझे शशिमुखी के साथ विवाह में कोई आपत्ति नहीं है, मैं तुम्हें यही बात बताने आया हूँ।

आनंदमयी—बेटा, तुरंत झगड़ा मिटाने की कोशिश में फिर से एक झंझट में मत पड़ो। विवाह हमेशा की बात है, झगड़ा दो दिन का है।

विनय किसी भी तरह माना नहीं। वह इस प्रस्ताव को लेकर तत्काल गोरा के पास नहीं जा पाया। महिम को जाकर जना दिया—विवाह के प्रस्ताव में कोई बाधा नहीं

है—माघ मास में ही काज संपन्न हो जाएगा—चाचा जी को कोई आपत्ति न हो, उसका भार विनय स्वयं लेगा।

महिम ने कहा, "पानपत्र[1] हो जाए-ना!

विनय बोला, "वह ठीक है, उसे गोरा से परामर्श करके करें।"

महिम ने परेशान होते हुए कहा, "फिर गोरा के साथ परामर्श!"

विनय बोला, "ना, वह न होने से नहीं चलेगा।"

महिम ने कहा, "अगर नहीं चलेगा, तो कोई बात ही नहीं—किन्तु—।"

कह कर एक पान मुँह में भर लिया।

20

महिम उस दिन गोरा से कुछ न कह कर, उसके दूसरे दिन उसके कमरे में गए। वे सोच रहे थे, गोरा को फिर से राजी करने के लिए बहुत कहा-सुनी करनी पड़ेगी। लेकिन वे जैसे ही बोले कि विनय कल शाम आकर विवाह का पक्का वचन दे गया है और पानपत्र के सम्बन्ध में गोरा से परामर्श के लिए कहा है, तो गोरा ने तत्काल अपनी सम्मति प्रकट करते हुए कहा, "ठीक ही तो है, पानपत्र हो जाने दो ना!"

महिम ने आश्चर्यचकित होकर कहा, "अब तो कह रहे हो, 'ठीक तो है'। इसके बाद फिर से तो टंटा खड़ा नहीं करोगे?"

गोरा बोला, "मैंने बाधा डाल कर तो टंटा खड़ा नहीं किया था, अनुरोध करके ही टंटा खड़ा किया था।"

महिम—अतएव मेरी तुमसे यही विनती है, तुम बाधा भी न दो, अनुरोध भी न करो। कुरु पक्ष में नारायणी सेना से भी मेरा काम नहीं, और पाण्डव पक्ष में नारायण की भी मैं कोई आवश्यकता नहीं देखता। मैं अकेला जो कर सकता हूँ, वही ठीक है—भूल की थी—तुम्हारी सहायता भी ऐसी प्रतिकूल है, यह मैं पहले नहीं जानता था। जो हो, काज हो जाए, इसमें तुम्हारी इच्छा तो है?

गोरा—हाँ, इच्छा है।

महिम—तो इच्छा ही रहने दो, चेष्टा का काम नहीं।

ठीक है कि गोरा गुस्सा करता है तथा यह भी सच है कि गुस्से की झोंक में सब कर सकता है—किन्तु उस गुस्से का पोषण करके अपने संकल्प को नष्ट करना उसका स्वभाव नहीं। जैसे भी हो, वह विनय को बाँध लेना चाहता है, यह समय अभिमान

---

1. पानपत्र : वर और कन्या पक्ष के लोगों द्वारा पण्डित के परामर्श से विवाह का दिन और समय तथा अन्य रस्में निश्चित किया जाना। पूर्वी बंगाल (वर्तमान बंगलादेश) में इसे 'पाटीपत्र' कहा जाता है।

का नहीं है। कल के झगड़े की प्रतिक्रिया द्वारा ही विवाह की बात पक्की हुई है, विनय के विद्रोह ने ही विनय का बंधन मजबूत किया है, यह बात सोच कर गोरा कल की घटना पर मन-ही-मन खुश हुआ। विनय के साथ अपना चिरन्तन स्वाभाविक सम्बन्ध स्थापित करने में गोरा ने तनिक भी विलम्ब नहीं किया। किन्तु इस बार दोनों के बीच उनके एकान्त सहज भाव में थोड़ा व्यतिक्रम उत्पन्न हो गया।

गोरा इस बार समझ गया कि विनय को दूर से खींचे रखना कठिन होगा–जहाँ विपदा का क्षेत्र है, वहीं पहरा देना चाहिए। गोरा ने मन में सोचा, यदि मैं परेश बाबू के घर हमेशा आना-जाना रखूँ, तो विनय को सीमा में पकड़े रख सकता हूँ।

उसी दिन, अर्थात् झगड़े के दूसरे दिन अपराह्न में गोरा विनय के घर आ उपस्थित हुआ। विनय ने किसी भी तरह यह आशा नहीं की थी कि गोरा आज ही आ जाएगा। इसीलिए वह मन-ही-मन जितना खुश हुआ उतना ही आश्चर्यचकित भी हो उठा।

और भी आश्चर्य का विषय था कि गोरा ने परेश बाबू की लड़कियों की बात ही उठाई, ऊपर से उसमें जरा भी विरूपता नहीं थी। इस चर्चा के लिए विनय को उत्तेजित करने में अधिक चेष्टा की आवश्यकता नहीं पड़ती।

सुचरिता के साथ विनय ने जिन सब बातों की चर्चा की थी, आज उन्हें विस्तारपूर्वक गोरा से कहने लगा। सुचरिता विशेष आग्रह के साथ यह सकल-प्रसंग अपने आप उठाती है और चाहे जितनी भी बहस क्यों न करे, मन के अलक्ष्य-देश में वह क्रमशः थोड़ा-थोड़ा करके सहमति दे रही है, यह बात बता कर विनय ने गोरा को उत्साहित करने की चेष्टा की।

विनय ने बातें करते-करते कहा, "नंद की माँ ने भूत उतारने वाले ओझा को लाकर नंद को किस तरह मार डाला एवं उसे लेकर तुम्हारे साथ क्या बात हुई, जब यह बताया, तो वे बोलीं, आप लोग समझते हैं, स्त्रियों को घर में बंद करके चौका-बासन और साफ-सफाई करने देने से ही उनके प्रति समस्त कर्तव्य हो जाते हैं। ऐसा करके एक ओर उनकी बुद्धि को पूरी तरह कुंद करके रख देंगे, उसके बाद जब वे भूत के ओझा को बुलाएँगी, तो आप लोग गुस्सा करना भी नहीं छोड़ेंगे। जिनके लिए पूरा संसार एक-दो परिवारों तक ही सीमित है, वे कभी भी संपूर्ण मनुष्य नहीं बन सकतीं... और वे मनुष्य न होने के कारण ही पुरुष के समस्त कार्यों को नष्ट करके, अधूरा बना कर, पुरुष को नीचे की ओर भाराक्रान्त करके अपनी दुर्गति का प्रतिशोध लेंगी ही। नंद की माँ को आप लोगों ने इस तरह गढ़ा है और ऐसी जगह बंद करके रख दिया है कि यदि आज आप लोग प्राण देकर भी उसे सुबुद्धि देना चाहें तो वहाँ तक पहुँचेगी ही नहीं। इसे लेकर मैंने तर्क करने की बहुत चेष्टा की, पर गोरा सच कहता हूँ, मन ही मन उनके साथ मत मिलने के कारण मैं जोर के साथ बहस नहीं कर पाया। उनके साथ फिर भी बहस हो पाती है, किन्तु ललिता के साथ तर्क करने का मेरा साहस नहीं

होता। ललिता ने जब भौंहें चढ़ा कर कहा, "आप लोग समझते हैं, संसार के काम आप लोग करते हैं, और आप लोगों के काम हम करेंगी! वह होने वाला नहीं। हम भी संसार के काम चलाएँगी अन्यथा हम बोझ हो रहेंगी; अगर हम बोझ हो जाएँ–तो गुस्से में कहेंगे : पथे नारी विवर्जिता! किन्तु यदि नारी को भी चलने दें : तो पथ हो या घर हो, नारी के परित्याग की आवश्यकता नहीं पड़ेगी; तब और कोई उत्तर न देकर मुझे चुप रह जाना पड़ा। ललिता आसानी से बात नहीं कहती, लेकिन जब कहती है, तो बहुत सावधानी से उत्तर देना पड़ता है। जो भी कहो गोरा, मुझे भी बहुत विश्वास हो गया है कि यदि हमारी नारियाँ चीनी रमणियों के पैरों की भाँति संकुचित होकर रहेंगी तो हमारा कोई काम आगे नहीं बढ़ेगा।"

गोरा–नारियों को शिक्षा प्रदान न की जाए, ऐसा तो मैंने कभी कहा नहीं।

विनय–लगता है, चारुपाठ–तृतीय भाग[1] पढ़ा देना ही शिक्षा देना होता है?

गोरा–अच्छा, इस बार से उन्हें विनयबोध—प्रथम भाग पकडाया जाएगा।

उस दिन दोनों मित्रों में घूम-फिर कर केवल परेश बाबू की लड़कियों की बातें होते-होते ही रात हो गई।

अकेले घर लौटते हुए, रास्ते में गोरा के मन में वे सारी बातें उठापटक मचाने लगीं और घर आकर बिछोने पर लेटने के बाद जितनी देर नींद नहीं आई, परेश बाबू की लड़कियों की बातें मन से हटा नहीं पाया। गोरा के जीवन में यह उपसर्ग पहले कभी नहीं था, लड़कियों की बात उसने कभी सोची तक नहीं। जगत-व्यापार में यह भी एक बात है, विनय ने आज प्रमाणित कर दिया। इसे उपेक्षित करने से नहीं चलेगा, इसके साथ समझौता या फिर लड़ाई करनी होगी।

दूसरे दिन, जब विनय ने गोरा से कहा, "परेश बाबू के घर एक बार चलो-ना–बहुत दिन से नहीं गए–वे प्रायः तुम्हारी बात पूछते हैं" तो गोरा बिना आपत्ति के राजी हो गया। केवल राजी ही नहीं हुआ, उसके मन में पहले की भाँति निरुत्सुक-भाव नहीं था। पहले सुचरिता और परेश बाबू की कन्याओं के अस्तित्व के सम्बन्ध में गोरा पूरी तरह उदासीन था, उसके बाद बीच में उसके मन में अवज्ञा भरा विरोध पैदा हो गया था, अब उसके मन में एक कुतूहल का उद्रेक हो गया है। विनय के चित्त को किस बात ने इतना आकर्षित कर लिया है, इसे जानने के लिए उसके मन में एक विशेष आग्रह उत्पन्न हो गया।

जब दोनों परेश बाबू के घर पहुँचे तो संध्या हो गई थी। दूसरी मंजिल वाले कमरे में काँच का लैम्प जलाए हारान एक अंगरेजी लेख परेश बाबू को सुना रहे थे। इस स्थल पर परेश बाबू वस्तुतः उपलक्ष्य मात्र थे–उनका उद्‌देश्य सुचरिता को ही सुनाना था। सुचरिता टेबिल के दूर वाले सिरे पर आँखों के ऊपर पड़ने वाली रौशनी की आड़

---

1. चारुपाठ–तृतीय भाग : स्त्री-सम्बन्धी विषयों की साधारण पुस्तक।

करने के लिए ताड़पत्र का पंखा चेहरे के सामने किए चुप बैठी थी। वह अपनी स्वभावगत बाध्यता के वशीभूत लेख सुनने की विशेष चेष्टा कर रही थी, किन्तु रह-रह कर उसका केवल मन दूसरी ओर जा रहा था।

ऐसे समय जब नौकर ने आकर गोरा और विनय के आगमन का समाचार दिया, तो सुचरिता हठात् चौंक उठी। उसके कुर्सी छोड़ कर जाने का उपक्रम करते ही परेश बाबू ने कहा, ''राधे, जा कहाँ रही हो? और कोई नहीं, हमारे विनय और गौर आए हैं।''

सुचरिता सकुचा कर फिर से बैठ गई। हारान के सुदीर्घ अंगरेजी-लेख-पाठ में भंग पड़ जाने से सुचरिता को चैन मिला। गोरा आया है सुन कर, ऐसा नहीं कि उसके मन में कोई उत्तेजना नहीं हुई, किन्तु हारान बाबू के सामने गोरा के आने से उसके मन में भारी बेचैनी और दुविधा अनुभव होने लगी। अगर दोनों में विरोध खड़ा हो जाए, यह सोच कर अथवा उसका क्या कारण था, कहना कठिन है।

गौर का नाम सुनते ही हारान बाबू का मन भीतर से नितान्त विमुख हो गया। गौर के नमस्कार के उत्तर में किसी तरह प्रति-नमस्कार करके वे गंभीर होकर बैठे रहे। हारान को देखने भर से गोरा की संग्राम-प्रवृत्ति हथियार सँभाल कर तैयार हो गई।

वरदासुन्दरी अपनी तीन बेटियों को लेकर न्यौते पर गई थीं, तय हुआ था कि परेश बाबू उन्हें संध्या समय जाकर लिवा लाएँगे। परेश बाबू के जाने का समय हो रहा था। तभी गोरा और विनय के आ जाने से उनके सामने मुश्किल आ गई लेकिन और विलम्ब करना उचित न जान कर वे हारान और सुचरिता से कानों में कह गए, ''तुम लोग थोड़ा इनके साथ बैठो, मैं जितनी जल्दी हो सके, लौट आता हूँ।''

देखते-देखते गोरा और हारान बाबू के बीच तुमुल बहस छिड़ गई। जिस प्रसंग को लेकर बहस थी, वह यह कि—कोलकाता के निकटवर्ती किसी जिला मजिस्ट्रेट ब्राउनलो साहब के साथ ढाका रहते हुए परेश बाबू का परिचय हुआ था। परेश बाबू की पत्नी-बेटियों के अंतःपुर से बाहर निकलने के कारण साहब और उनकी पत्नी इन लोगों की विशेष आवभगत करते थे। साहब प्रति वर्ष अपने जन्म-दिन पर कृषि-प्रदर्शनी-मेला आयोजित करते हैं। इस बार वरदासुन्दरी द्वारा ब्राउनलो साहब की पत्नी के साथ भेंट के अवसर पर अंगरेजी काव्य-साहित्य आदि में अपनी बेटियों की दक्षता की बात उठाने पर मेम साहब ने सहसा कहा, ''इस बार लैफ्टीनेंट गवर्नर सपत्नीक मेले में आएँगे, यदि आपकी बेटियाँ उनके सामने एक छोटा-मोटा काव्य-नाट्य अभिनीत करें, तो बड़ा अच्छा हो।'' इस प्रस्ताव पर वरदासुन्दरी अत्यन्त उत्साहित हो उठी हैं। आज वे रिहर्सल कराने के लिए लड़कियों को किसी मित्र के घर ले गई हैं। इसी मेले में गोरा का उपस्थित रहना संभवपर होगा या नहीं, पूछने पर गोरा ने थोड़ी अनावश्यक उग्रता से बोल दिया था—ना। इसी प्रसंग में, इस देश में अंगरेज-बंगाली

सम्बन्ध और परस्पर सामाजिक मेल-मिलाप की बाधा को लेकर दोनों के मध्य रीत्यानुकूल वितंडा उपस्थित हो गया।

हारान बोले, "दोष बंगाली का ही है। हम लोगों के इतने कुसंस्कार और कुप्रथाएँ हैं कि हम अंगरेजों के साथ मेलजोल के योग्य ही नहीं हैं।"

गोरा ने कहा, "यदि यही सत्य है, तो उस अयोग्यता के होते हुए भी अंगरेजों के साथ मेलजोल के लिए लालायित होकर घूमना हमारे लिए लज्जाजनक है।"

हारान ने कहा, "लेकिन जो योग्य हो गए हैं, वे अंगरेजों से यथेष्ट समादर पा रहे हैं—जैसे ये सब।"

गोरा—जहाँ एक व्यक्ति के आदर के द्वारा अन्य सभी का बहुत अधिक अनादर फूट पड़े, वहाँ इस प्रकार के समादर की गणना मैं अपमान के रूप में ही करता हूँ।

देखते-देखते हारान बाबू अत्यन्त क्रुद्ध हो उठे और गोरा उन्हें रह-रह कर वाक्य-बाणों से बींधने लगा।

जब दोनों पक्षों में ऐसी बहस चल रही थी, सुचरिता टेबिल के किनारे बैठी पंखे की आड़ से गोरा को एकटक देख रही थी। क्या बात हो रही है, वह उसके कानों तक पहुँच अवश्य रही थी, किन्तु उसमें उसका मन नहीं था। सुचरिता जैसे गोरा को निर्निमेष-दृष्टि से देख रही थी, यदि उस सम्बन्ध में उसकी अपनी चेतना सजग होती, तो वह लज्जित हो जाती लेकिन वह तो मानो, आत्म-विस्मृत होकर ही गोरा का निरीक्षण कर रही थी। गोरा अपनी दोनों बलिष्ठ बाहुएँ टेबिल की ऊपर रखे सामने की ओर झुक कर बैठा था, उसके प्रशस्त शुभ्र ललाट पर लैम्प का प्रकाश पड़ रहा है, उसके चेहरे पर कभी अवज्ञा की हँसी और कभी घृणा की भ्रुकुटि तरंगायित हो रही है, उसके चेहरे की प्रत्येक भाव-लीला में आत्म-मर्यादा का एक गौरव लक्षित हो रहा है; वह जो कह रहा है, वह केवल सामयिक-वितर्क अथवा आक्षेप की बात नहीं है, बल्कि प्रत्येक बात उसके बहुत दिन के चिन्तन और व्यवहार के द्वारा असंदिग्ध रूप में गढ़ी गई है तथा उसमें किसी प्रकार की दुविधा-दुर्बलता अथवा आकस्मिकता नहीं है, वह उसके कंठ-स्वर में ही नहीं, उसके चेहरे और उसके समस्त शरीर में सुदृढ़-भाव में प्रकाशित हो रही है। सुचरिता उसे विस्मित होकर देखने लगी। सुचरिता अपने जीवन में इतने दिन बाद इस पहले व्यक्ति को एक विशेष मनुष्य एक विशेष पुरुष के रूप में देख पाई। उसे और दस लोगों के साथ मिला कर नहीं देख पाई। इसी गोरा के विरुद्ध खड़े हारान बाबू तुच्छ हो गए, उनके शरीर और चेहरे की आकृति, उनकी हाव-भाव-भंगिमा, उनका कुर्ता तक जैसे उन पर व्यंग्य करने लगे। इतने दिन बारम्बार विनय के साथ गोरा की चर्चा करके सुचरिता गोरा को एक विशेष दल का एक विशेष मत का असाधारण व्यक्ति समझती थी, उसने इतनी ही कल्पना की थी कि उसके माध्यम से देश का कोई विशेष मांगलिक-उद्देश्य सध सकता है—आज सुचरिता उसके चेहरे की ओर ध्यान लगा कर देखते-देखते समस्त दल, समस्त मत, समस्त उद्देश्य

से पृथक करके गोरा को केवल गोरा के रूप में देखने लगी। समुद्र जैसे चाँद को समस्त प्रयोजन, समस्त व्यवहार के परे करके देखते ही अकारण उद्वेलित हो उठता है, उसी प्रकार आज सुचरिता का अंतःकरण सबकुछ भूल कर, उसकी संपूर्ण बुद्धि और संस्कारों, उसके संपूर्ण जीवन का अतिक्रमण करके चतुर्दिक् उच्छ्वसित होने लगा। मनुष्य क्या है, मनुष्य का आत्मा क्या है, इसे वह पहली बार देख पाई और इसी अपूर्व अनुभूति में उसका अपना अस्तित्व पूरी तरह विस्मृत हो गया।

हारान बाबू सुचरिता के इस तद्‌गत भाव को लक्ष्य कर रहे थे। उससे उनकी बहस की युक्तियाँ बलशाली नहीं हो पा रही थीं। अंत में एक समय वे नितान्त अधीर होकर आसन छोड़ कर उठ पड़े और सुचरिता को अत्यन्त आत्मीय की भाँति पुकार कर बोले, ''सुचरिता, जरा इस कमरे में आओ, तुमसे मेरी एक बात है।''

सुचरिता एकदम चौंक उठी। जैसे किसी ने उसे पीट दिया हो! हारान बाबू के साथ उसका जो सम्बन्ध है, उसमें ऐसा नहीं कि वे उसे इस प्रकार बुला नहीं सकते। अन्य समय होने पर वह जरा भी बुरा नहीं मानती, लेकिन आज गोरा और विनय के सामने उसने अपने को अपमानित अनुभव किया। विशेषतः गोरा ने उसके मुँह की ओर कुछ इस तरह ताका कि वह हारान बाबू को क्षमा नहीं कर पाई। पहले, वह इस तरह चुप्पी मारे बैठी रही कि जैसे उसने कुछ सुना ही न हो। तब हारान बाबू ने स्वर में थोड़ी नाराजी प्रकट करते हुए कहा, ''सुन रही हो सुचरिता, मेरी एक बात है, एक बार इस कमरे में आना होगा।''

सुचरिता ने उनके मुँह की ओर बिना देखे ही कहा, ''अभी रुको—पिताजी आ जाएँ, उसके बाद होगी।''

विनय ने उठते हुए कहा, ''तो हम चलें।''

सुचरिता जल्दी से बोली, ''ना विनय बेटा, उठिए नहीं। पिताजी ने आप लोगों को ठहरने के लिए कहा है। वे आते ही होंगे।'' उसके कंठ-स्वर में एक व्याकुल-अनुनय का भाव प्रकट हुआ। मानो, हिरनी को शिकारी के हाथों में छोड़ कर जाने का प्रस्ताव हुआ था।

''मैं और नहीं ठहर पा रहा हूँ, तो मैं चलता हूँ'' कह कर हारान बाबू तेज कदमों से कमरे से बाहर चले गए। गुस्से में बाहर चले आने के दूसरे ही क्षण उन्हें अनुताप होने लगा किन्तु तब लौटने का कोई बहाना नहीं खोज पाए।

हारान बाबू के चले जाने के बाद जब सुचरिता एक गहरी लज्जा से आरक्त मुँह झुकाए बैठी थी, क्या करे, क्या कहे, कुछ भी नहीं सोच पा रही थी, उसी समय गोरा को उसके चेहरे की ओर अच्छी तरह देख लेने का अवकाश मिला था। गोरा ने शिक्षित लड़कियों में जिस औद्धत्य, जिस प्रगल्भता की कल्पना कर रखी थी, सुचरिता की मुखश्री में उसका आभास तक भी कहाँ है, उसके मुख पर असंदिग्ध रूप से बुद्धि की तेजस्विता प्रकाशित हो रही थी, किन्तु आज वह नम्रता और लज्जा के द्वारा कितनी

सुन्दर-सुकोमल होकर दिखाई दी! चेहरे का गठन कितना सुकुमार! भ्रु-युगल के ऊपर ललाट मानो, शरत् के आकाश-खण्ड की भाँति निर्मल और स्वच्छ। होंठ दोनों चुप हैं, किन्तु उन्हीं दोनों होंठों के मध्य अनुच्चारित बात का माधुर्य जैसे कोमल कली की भाँति विद्यमान है। गोरा ने पहले कभी नवीना रमणी की वेश-भूषा की ओर अच्छी तरह से ताक कर नहीं देखा था और न देखने के कारण ही उसमें उस सब के प्रति एक धिक्कार का भाव था—आज सुचरिता की देह पर उसकी नए चलन की साड़ी पहनने की भंगिमा उसे विशेष रूप से अच्छी लगी, सुचरिता का एक हाथ टेबिल के ऊपर था—उसके ब्लाउज की आस्तीन के सिकुड़े हुए भाग से गोरा की आँखों को वह हाथ आज कोमल हृदय की कल्याणी वाणी की भाँति प्रतीत हुआ। दीपालोकित शान्त संध्या में सुचरिता को घेरे संपूर्ण घर, उसका प्रकाश, उसकी दीवालों के चित्र, उसकी गृह-सज्जा, उसकी परिपाटी लिए मानो, एक विशेष अखण्ड रूप धारण किए दिखाई दिया। वह घर, जो सेवा कुशला नारी के प्रयत्न, स्नेह-सौन्दर्य से मण्डित है, वह दीवालों और कड़ियों-सोंठों की छत से बहुत अधिक है—यह आज गोरा के सामने क्षण भर में ही प्रत्यक्ष हो गया। गोरा ने अपने चतुर्दिक् आकाश में एक सजीव सत्त अनुभव की—एक हृदय की हिलोल्ल चारों ओर से उसके हृदय पर आघात करने लगीं, न जाने किसकी निविडता ने उसे आवेष्टित कर लिया। उसके जीवन में ऐसी अपूर्व उपलब्धि कभी नहीं हुई थी। देखते-देखते सुचरिता के माथे पर बिखर आए केशों से लेकर उसके पैरों के पास साड़ी की किनारी तक अत्यन्त सत्य और अत्यन्त विशेष हो उठे। एक ही समय, समग्र भाव में सुचरिता एवं सुचरिता का प्रत्येक अंश गोरा की दृष्टि को आकर्षित करने लगे।

थोड़ी देर किसी के भी कोई बात न कर पाने के कारण सभी एक तरह से जड़ हो रहे। तब विनय ने सुचरिता की ओर देख कर, "उस दिन हम लोगों की बात हो रही थी"—कहते हुए एक बात शुरू कर दी।

उसने कहा, "आपसे तो बताया था, मेरा एक दिन ऐसा था, जब मेरा विश्वास था कि हमारे देश के लिए, समाज के लिए हमारे पास कुछ भी आशा योग्य नहीं है—हम चिर दिन ही नाबालिग की तरह बिताएँगे और अंगरेज हमारे अभिभावक के रूप में नियुक्त रहेंगे—जहाँ जो जैसा है, वैसा ही रहेगा—अंगरेजों की प्रबल शक्ति एवं समाज की प्रबल जड़ता के विरुद्ध हम लोगों के पास कहीं भी कोई उपाय नहीं। हमारे देश के अधिकांश लोगों के मन का भाव ऐसा ही है। ऐसी अवस्था में मनुष्य या तो अपना स्वार्थ लिए रहते हैं या उदासीन भाव में जीवन काटते हैं। इसी कारण हमारे देश के मध्य-वित्त लोगों को नौकरी की उन्नति को छोड़ कर और कोई बात नहीं रुचती, धनी लोग गवर्नमेण्ट के खिताब पाने में ही जीवन सार्थक समझते हैं—हम लोगों का जीवन-यात्रा-पथ थोड़ी दूर जाकर ही, बस, थम जाता है—अतएव सुदूर उद्देश्य की कल्पना भी हमारे मस्तिष्क में नहीं आती, और उसका पाथेय-संग्रह भी अनावश्यक

लगता है। मैंने भी एक समय तय किया था कि गोरा के पिताजी की सिफारिश से एक नौकरी का जुगाड़ कर लूँगा। ऐसे समय गोरा मुझसे बोला–नाए, गवर्नमेण्ट की चाकरी तुम किसी भी तरह नहीं कर पाओगे।

गोरा ने इस बात से सुचरिता के चेहरे पर थोड़ा विस्मय का आभास देख कर कहा, ''आप मत समझिए कि गवर्नमेण्ट पर गुस्सा करके मैं ऐसी बात कहता हूँ। जो लोग गवर्नमेण्ट का काम करते हैं, वे गवर्नमेण्ट की ताकत को अपनी ताकत मान कर एक गर्व का अनुभव करते हैं और देश के लोगों से भिन्न श्रेणी के बन जाते हैं–जितने दिन व्यतीत हो रहे हैं, हमारा यह भाव उतना ही बढ़ रहा है। मैं जानता हूँ, मेरे एक आत्मीय पुराने जमाने के डिप्टी थे–अब वे काम छोड़ कर बैठे हैं, उनसे डिस्ट्रिक्ट मजिस्ट्रेट ने पूछा था–बाबू, तुम्हारे न्याय में इतने अधिक लोग क्यों बरी हो जाते हैं? उन्होंने जवाब दिया था–साहब, उसका एक कारण है, तुम जिनको जेल में डालते हो, वे तुम्हारे लिए कुत्ते-बिल्ली भर हैं, और मैं जिन्हें जेल भेजता हूँ, वे मेरे भाई लगते हैं। इतनी बड़ी बात कह सके, ऐसा डिप्टी तब था और सुन सके, ऐसे अंगरेज मजिस्ट्रेट का भी अभाव नहीं था। किन्तु जितने दिन जा रहे हैं, चाकरी की मोटी रस्सी अंग का भूषण होती जा रही है और आज के डिप्टी के सामने उसके देश के लोग लगातार कुत्ते-बिल्ली बने खड़े हैं तथा इस तरह पद की उन्नति होते-होते उनकी केवल अधोगति ही हो रही है, इस बात की उनकी अनुभूति तक मिटती जा रही है। दूसरे के कंधे का सहारा लेकर अपने लोगों को क्षुद्र रूप में देखूँगा और क्षुद्र रूप में देखने मात्र से ही उनके प्रति अन्याय करने को बाध्य होऊँगा, इससे कोई मंगल नहीं हो सकता।''

कहते हुए गोरा ने टेबिल पर एक मुक्का मारा, तेल वाला काँच का लैम्प काँप उठा। विनय बोला, ''गोरा, ये टेबिल गवर्नमेण्ट की नहीं है, और यह काँच का लैम्प परेश बाबू लोगों का है।''

सुन कर गोरा उच्च स्वर में हँस पड़ा। उसके हास्य की प्रबल ध्वनि से पूरा घर भर गया। ठट्ठा सुन कर, गोरा लड़कों की तरह इतने प्रचुर रूप में हँस सकता है, इससे सुचरिता को आश्चर्य का अनुभव हुआ और उसके मन में भारी आनंद हुआ। उसे इस बात का पता नहीं था कि जो बड़ी बातें सोचते हैं, वे दिल खोल कर हँस भी सकते हैं।

गोरा ने उस दिन अनेक बातें कहीं। यद्यपि सुचरिता चुप थी, किन्तु उसके चेहरे के भाव में गोरा ने ऐसी सहमति पाई कि उसका हृदय उत्साह से भर उठा। अंत में मानो, सुचरिता को ही विशेष रूप से संबोधित करके कहा, ''देखिए, एक बात याद रखिए–यदि हम लोगों के ऐसे गलत संस्कार हो जाएँ कि जब अंगरेज प्रबल हो गए हैं, तो हम भी पूरी तरह अंगरेज हुए बिना किसी भाँति शक्तिशाली नहीं हो पाएँगे, तो वह असंभव कभी संभव नहीं होगा और हम केवल नकल करते-करते दोनों के बाहर

चले जाएँगे। यह बात निश्चयपूर्वक जान लीजिए, भारत की एक विशेष प्रकृति है, विशेष शक्ति है, विशेष सत्य है, उसके परिपूर्ण विकास के द्वारा ही भारत सार्थक होगा, भारत की रक्षा होगी। अंगरेजों का इतिहास पढ़ कर यदि हमने यही नहीं सीखा तो सबकुछ गलत सीखा। आपसे मेरा यही अनुरोध है, आप भारतवर्ष के भीतर आइए, इसके संपूर्ण अच्छे-बुरे के बीच ही खड़े होइए–यदि विकृति हो, तो भीतर से सुधार कीजिए, किन्तु इसे देखिए, समझिए, सोचिए, इसकी ओर उन्मुख होइए, इसके साथ एक हो जाइए–इसके विरुद्ध खड़े होकर, बाहर से ख्रिस्तानी संस्कारों में बाल्य-काल से अस्थि-मज्जा तक दीक्षित होकर आप इसे समझ ही नहीं पाएँगे, इस पर केवल आघात करते रहेंगे, इसके किसी काम नहीं आएँगे।''

गोरा ने कहा भले ही हो 'मेरा अनुरोध,' किन्तु यह अनुरोध नहीं, यह मानो आदेश है। बात में एक ऐसा प्रचण्ड जोर कि वह दूसरे की सम्मति की प्रतीक्षा नहीं करता। सुचरिता ने मुँह नीचे किए ही सब सुना। गोरा ने ये कुछ बातें उसे ही विशेष भाव से संबोधित करके ऐसे एक प्रबल आग्रह के साथ कहीं कि उसने सुचरिता के मन में एक आन्दोलन उपस्थित कर दिया। यह आन्दोलन किस बात के लिए था, वह सोचने का समय नहीं था। भारतवर्ष नामक एक विशद प्राचीन सत्ता है, सुचरिता ने यह बात कभी एक क्षण के लिए भी नहीं सोची थी। यही सत्ता दूर अतीत और सुदूर भविष्य में गोपन भाव से अधिकारपूर्वक मानव के भाग्य-जाल को एक विशेष रंग के धागे से, एक विशेष भाव से बुनती चली आ रही है; वह धागा कितना सूक्ष्म है, कितना विचित्र है और कितनी सुदूर सार्थकता के साथ उसका कितना निगूढ़ सम्बन्ध है–सुचरिता ने आज उसे गोरा के प्रबल कंठ-स्वर में कही गई बात सुन कर एक तरह से हठात् उपलब्ध कर लिया। प्रत्येक भारतवासी का जीवन इतनी विशाल सत्ता से घिरा है, अधिकृत है, यह सचेत भाव से अनुभव न करने के कारण हम कितने क्षुद्र बन कर और चतुर्दिक सम्बन्धों में कितने अंधे होकर काम करते जा रहे हैं, यह जैसे निमिष भर में सुचरिता के समक्ष प्रकट हो गया। उसी अकस्मात चित्त-स्फूर्ति के आवेग में सुचरिता ने अपना सारा संकोच दूर करके अत्यन्त सहज-विनय के साथ कहा, ''मैंने देश की बात कभी इस प्रकार, विशद रूप में, सत्य रूप में नहीं सोची। किन्तु मैं एक बात पूछती हूँ–धर्म के साथ देश का क्या सम्बन्ध है? धर्म क्या देश के परे नहीं है?''

सुचरिता के कोमल कंठ का यह प्रश्न गोरा के कानों को बड़ा मधुर लगा। सुचरिता की बड़ी-बड़ी दोनों आँखों में यह प्रश्न और भी मधुर दिखाई दिया। गोरा ने कहा, ''देश का अतीत देश से बहुत बड़ा है, वही देश के भीतर प्रकाशित होता है। इस तरह ईश्वर विलक्षण भाव में अपने अनन्त स्वरूप को ही व्यक्त कर रहे हैं। जो कहते हैं, सत्य एक है; अतएव केवल एक ही धर्म सत्य है, धर्म का मात्र एक ही रूप सत्य है–वे, इसी सत्य को मानते हैं कि सत्य केवल एक है, और इस सत्य को मानना

नहीं चाहते कि सत्य अन्तहीन है। अन्तहीन एक अपने को अन्तहीन अनेक में प्रकाशित कर रहे हैं—जगत् में यही लीला देख रहा हूँ। उसी कारण धर्म-मत विचित्र रूप में उसी धर्म-राज को नाना दिशाओं से उपलब्ध करा रहा है। मैं आपसे निश्चयपूर्वक कहता हूँ, भारतवर्ष की खुली खिड़की से आप सूर्य को देख पाएँगे—उसके लिए समुद्र पार जाकर ख्रिस्तान-गिर्जा की खिड़की में बैठने की कोई आवश्यकता नहीं पड़ेगी।

सुचरिता बोली, "आप कहना चाहते हैं, भारतवर्ष का धर्म-तन्त्र एक विशेष मार्ग से ईश्वर की ओर ले जाता है। वह विशेषत्व क्या है?"

गोरा ने कहा, "वह यही है कि ब्रह्म, जो निर्विशेष हैं, वे विशेष में ही व्यक्त हैं, किन्तु उनके विशेष का अन्त नहीं। जल उनका विशेष है, स्थल उनका विशेष है, वायु उनका विशेष है, अग्नि उनका विशेष है, प्राण उनका विशेष है, बुद्धि-प्रेम सभी उनका विशेष है—गणना करने पर कहीं भी उनका अन्त नहीं पाया जा सकता—विज्ञान उसी को लेकर माथापच्ची कर रहा है। जो निराकार हैं, उनके आकार का अन्त नहीं—ह्रस्व-दीर्घ, स्थूल-सूक्ष्म का अनन्त प्रवाह है, उनका। जो अनन्त विशेष हैं, वही निर्विशेष हैं, जो अनंत रूप हैं, वही अरूप हैं। अन्य देशों में ईश्वर को न्यूनाधिक परिमाण में किसी एकमात्र विशेष में बाँधने की चेष्टा की गई है—भारतवर्ष में भी ईश्वर को विशेष के बीच देखने की चेष्टा तो अवश्य है, किन्तु भारतवर्ष उस विशेष को ही एकमात्र और चूडान्त के रूप में गण्य नहीं करता। ईश्वर उस विशेष का अनन्त रूपों में अतिक्रमण कर रहे हैं, भारतवर्ष में कोई भक्त यह बात कभी अस्वीकार नहीं करता।

सुचरिता ने कहा, "ज्ञानी नहीं करते, किन्तु अज्ञानी?"

गोरा ने कहा, "मैंने तो पहले ही कहा है, अज्ञानी सभी देशों में संपूर्ण सत्य को ही विकृत कर डालेंगे।"

सुचरिता ने कहा, "किन्तु क्या हमारे देश में वही विकार बहुत दूर तक नहीं पहुँच गया है?"

गोरा ने कहा, "वह हो सकता है। किन्तु उसका कारण, भारतवर्ष के—धर्म के स्थूल और सूक्ष्म, आंतरिक और बाह्य, शरीर और आत्मा—दोनों अंशों को ही पूर्ण-भाव में ग्रहण करना चाहने पर, जो सूक्ष्म को ग्रहण नहीं कर पाते, वे स्थूल को ही ले लेते हैं और अज्ञान के द्वारा उसी स्थूल में नाना अद्भुत विकार उत्पन्न करते रहते हैं। किन्तु जो, रूप में भी सत्य हैं, अरूप में भी, स्थूल में भी सत्य हैं, सूक्ष्म में भी, ध्यान में भी सत्य हैं, प्रत्यक्ष में भी, उन्हें भारतवर्ष ने सर्वतोभावे देहे-मने-कर्मे उपलब्ध कराने की जो आश्चर्यजनक, विलक्षण और प्रकाण्ड चेष्टा की है, उसके प्रति हम मूर्ख की भाँति अश्रद्धा रख कर यूरोप के अठारहवीं शताब्दी के नास्तिकता-आस्तिकता मिश्रित संकीर्ण नीरस अंगहीन धर्म को ही एकमात्र धर्म के रूप में ग्रहण करेंगे, यह हो ही नहीं

सकता। मैं जो कह रहा हूँ, उसे आप लोग अपने आशैशव-संस्कारों के वशीभूत अच्छी तरह समझ ही नहीं पाएँगे, समझेंगे, इस आदमी को अंगरेजी सीखने पर भी शिक्षा का कोई फल नहीं हुआ; किन्तु भारतवर्ष की सत्य प्रकृति और सत्य साधना के प्रति यदि कभी आप लोगों में श्रद्धा जन्मी, भारतवर्ष सहस्र बाधाओं और विकृतियों के भीतर से जिस प्रकार अपने को प्रकाशित कर रहा है, यदि उस प्रकाश के गहरे आभ्यंतर में प्रवेश कर पाए, तो–तो, और क्या कहूँ, अपने भारतवर्षीय स्वभाव को, शक्ति को फिर से पाकर आप मुक्ति-लाभ करेंगे।''

सुचरिता को बहुत देर चुप बैठी देख गोरा ने कहा, ''आप मुझे कोई कट्टर व्यक्ति मत समझिए। हिन्दू धर्म के सम्बन्ध में कट्टर लोग, विशेषतः, जो हठात् नए कट्टर हो उठे हैं, वे जिस तरह से बात करते हैं, मेरी बात को उस रूप में मत लीजिए। भारतवर्ष के नाना प्रकार के प्रकाश और विचित्र चेष्टा के मध्य मैं एक गहन और वृहत् ऐक्य देख पाया हूँ, मैं उसी ऐक्य के आनंद में पागल हूँ। उसी ऐक्य के आनंद में, भारतवर्ष में जो मूढ़तम हैं, उनके साथ एक समूह में मिल कर धूल में जा कर बैठने में मेरे मन में जरा भी संकोच अनुभव नहीं होता। भारतवर्ष की इस वाणी को कोई समझे या न समझे–वह न भी हो–मैं अपने भारतवर्ष के सभी के साथ एक हूँ–वे सभी मेरे अपने हैं–उन सबके मध्य ही चिरन्तन भारतवर्ष का निगूढ़ आविर्भाव नियत कार्य कर रहा है, इस सम्बन्ध में मेरे मन में कोई संदेह नहीं है।''

गोरा के प्रबल कंठ-स्वर की इन बातों से जैसे घर की दीवारें, टेबिल, समस्त साज-सामान काँपने लगा।

यह सारी बात सुचरिता के लिए बहुत साफ समझने वाली बात नहीं थी–किन्तु अनुभूति के प्रथम अस्पष्ट संकोच का वेग भी अत्यन्त प्रबल था। जीवन नितान्त चाहरदीवारी या एक समूह में बद्ध नहीं है, यह उपलब्धि सुचरिता को जैसे पीड़ा देने लगी।

उसी समय सीढ़ियों के पास से लड़कियों की जोरदार हँसी में लिपटी तेज कदमों की आवाज सुनाई पड़ी। वरदासुन्दरी और लड़कियों को लिए परेश बाबू लौट रहे थे। सुधीर सीढ़ियाँ चढ़ते समय लड़कियों के साथ क्या कुछ शैतानी कर रहा था, उसी को लेकर यह हँसने की आवाज हो रही थी।

लावण्य, ललिता और सतीश कमरे में आते ही गोरा को देख संयत होकर खड़े गए। लावण्य कमरे से बाहर चली गई–सतीश ने विनय की कुर्सी के पास खड़ा होकर कानों ही कानों विश्वस्तालाप शुरू कर दिया। ललिता सुचरिता के पीछे कुर्सी खींच कर उसकी आड़ में लगभग अदृश्य होकर बैठ गई।

परेश आकर बोले, ''मुझे लौटने में बड़ी देर हो गई। लगता है, पानू बाबू चले गए हैं?''

सुचरिता ने इसका कोई उत्तर नहीं दिया, विनय बोला, ''हाँ, वे नहीं ठहर पाए।''

गोरा उठते हुए बोला, "आज हम भी चलते हैं।"

बोलते हुए झुक कर परेश बाबू को नमस्कार किया।

परेश बाबू ने कहा, "आज तुम लोगों के साथ बातचीत करने का समय नहीं मिला। बेटा, जब भी तुम्हें अवकाश मिले, कभी-कभी आना।"

गोरा और विनय कमरे से निकलने को ही थे कि तभी वरदासुन्दरी आ पहुँचीं। दोनों ने उन्हें नमस्कार किया। वे बोलीं, "आप लोग अभी ही जा रहे हैं क्या?"

गोरा बोला, "हाँ।"

वरदासुन्दरी ने विनय से कहा, "किन्तु विनय बाबू, आप नहीं जा पाएँगे..आपको आज भोजन करके जाना होगा। आपके साथ एक काम की बात है।"

सतीश ने उछल कर विनय का हाथ पकड़ लिया और बोला, "हाँ माँ, विनय बाबू को जाने मत देना, वे आज रात मेरे साथ रहेंगे।"

विनय को हिचकिचाहट के कारण उत्तर न दे पाते देख वरदासुन्दरी ने गोरा से कहा, "क्या आप विनय बाबू को ले जाना चाहते हैं? आपको उनकी आवश्यकता है?"

गोरा ने कहा, "कुछ नहीं। विनय, तुम रुको ना—मैं चलता हूँ।"

कह कर गोरा तेजी से चला गया।

वरदासुन्दरी ने जब विनय के रुकने के सम्बन्ध में गोरा की सम्मति ली, तब विनय ललिता के चेहरे की ओर देखे बिना नहीं रह सका। ललिता ने होंठ भींच कर हँसते हुए मुँह घुमा लिया।

ललिता के इस छोटे-मोटे हास्य-विद्रूप के साथ विनय झगड़ा भी नहीं कर पाता, पर यह उसे काँटे की भाँति बींधता है। विनय के कमरे में आकर बैठते ही ललिता ने कहा, "विनय बाबू, आज आप भाग ही जाते तो अच्छा करते।"

विनय ने कहा, "क्यों?"

ललिता—माँ आपको विपत्ति में डालने की अभिसंधि कर रही हैं। मजिस्ट्रेट के मेले में जो अभिनय होगा, उसमें एक व्यक्ति कम पड़ रहा है—माँ आपको तय कर रही हैं।

विनय ने परेशान होते हुए कहा, "क्या सर्वनाश! यह काम मुझसे नहीं होगा।"

ललिता ने हँस कर कहा, "वह मैंने माँ से पहले ही कहा था। इस अभिनय में आपके बंधु कभी भी आपको भाग नहीं लेने देंगे।"

विनय हूल खाकर बोला, "बंधु की बात रहने दीजिए। मैंने कभी सात जन्म में अभिनय नहीं किया—मुझे क्यों?"

ललिता ने कहा, "लगता है, हम लोग ही जन्म-जन्मान्तर से अभिनय करते चले आ रहे हैं?"

उसी समय वरदासुन्दरी कमरे में आकर बैठ गईं। ललिता बोली, "माँ, तुम झूठे ही विनय बाबू को अभिनय के लिए कह रही हो। अगर पहले उनके बंधु को राजी

करा पाओ, तो–"

विनय ने कातर-भाव से कहा, "बंधु के राजी होने की बात ही नहीं हो रही है। करने से ही तो अभिनय नहीं हो जाता–मुझमें तो क्षमता ही नहीं है।"

वरदासुन्दरी ने कहा, "उसके लिए मत सोचिए–हम आपको सिखा कर तैयार कर लेंगे। छोटी-छोटी लड़कियाँ कर सकेंगी, और आप नहीं कर सकेंगे!"

विनय के बचने का और कोई उपाय नहीं रहा।

21

गोरा अपनी स्वाभाविक तेज चाल छोड़ कर अन्यमनस्क भाव से धीरे-धीरे घर चला। घर जाने का सीधा रास्ता छोड़ कर उसने बहुत घूम कर गंगा के किनारे वाला रास्ता पकडा। तब कोलकाता की गंगा और गंगा के किनारे ने, वणिक-सभ्यता की लाभ-लोलुप कु-श्री में जल-थल तक आक्रान्त होकर, किनारे पर रेल-लाइन और जल में ब्रिज की बेड़ी नहीं पहनी थीं। तब की शीतकालीन संध्या में नगर की निश्वास-कालिमा आकाश को इस तरह निविड़ रूप में ढक नहीं लेती थी। नदी तब बहु-दूर हिमालय के निर्जन गिरि-शृंगों से कोलकाता की धूलि-लिप्त व्यस्तता के मध्य शान्ति-संदेश ले आती थी।

प्रकृति को कभी गोरा के मन को आकर्षित करने का अवसर नहीं मिला। उसका मन अपनी सचेष्टता के वेग में केवल अपने में ही तरंगित होता रहा था, जो जल, स्थल, आकाश अव्यवहित रूप में उसकी चेष्टा के क्षेत्र में नहीं पड़ता, वह उसे लक्षित ही नहीं करता।

किन्तु आज नदी के ऊपर का यह आकाश अपने नक्षत्र-लोक से अभिषिक्त अंधकार द्वारा गोरा के हृदय को निश्शब्द बारम्बार स्पर्श करने लगा। नदी निस्तरंग। कोलकाता के किनारे घाट पर कई नौकाओं में दीप जल रहे हैं और कई दीपहीन निस्तब्ध। उस पार के घने वृक्षों के मध्य कालिमा घनीभूत। उसी के ऊपर बृहस्पति-ग्रह अंधकार के अन्तर्यामी की भाँति तिमिरभेदी अनिमेष-दृष्टि में स्थिर है।

आज इस वृहत् निस्तब्ध प्रकृति ने गोरा के देह-मन को मानो अभिभूत कर दिया। गोरा के हृत्पिण्ड की समान ताल पर आकाश का विराट अंधकार स्पन्दित होने लगा। प्रकृति इतने दिन तक धैर्य धारण करके शान्त थी–आज गोरा के अंतःकरण के किसी द्वार को खुला पाकर उसने क्षण भर में इस असतर्क दुर्ग को अपने अधिकार में कर लिया। अब तक अपनी विद्या, बुद्धि, चिन्ता और कर्म को लेकर गोरा अत्यन्त स्वतन्त्र था–आज क्या हो गया! आज कहाँ उसने प्रकृति को स्वीकार कर लिया एवं स्वीकार करने मात्र से ही इस गहरे काले जलए इस निविड़ श्यामल तट, इस उदार काले आकाश

ने उसे वरण कर लिया! आज प्रकृति के द्वारा वह किस तरह पकड़ा गया!

रास्ते के किनारे सौदागर के आफिस के बगीचे में खिले किसी विलायती लता के अपरिचित फूल की मृदु-कोमल गंध गोरा का व्याकुल हृदय सहलाने लगी। नदी ने उसे लोकालय के अश्रान्त कर्म-क्षेत्र से किसी अनिर्देश्य सुदूर दिशा की ओर अंगुली का संकेत कर दिया; वहाँ निर्जन जल के किनारे वृक्षों ने शाखाओं को जोड़ कर कैसा फूल खिलाया है! कैसी छाया बिखर रही है! वहाँ, निर्मल नीलाकाश के नीचे दिन मानो, किसी के नेत्रों की उन्मीलित दृष्टि और रात किसी की आँखों की झुकी पलकों की लज्जाजड़ित छाया है! चारों ओर से माधुर्य की भँवरें आकर मानो, गोरा को हठात् एक अतलस्पर्शी अनादि शक्ति के आकर्षण में खींच ले चलीं। वह पहले कभी इससे परिचित नहीं हुआ था। इस एक ही समय वेदना और आनंद उसके संपूर्ण मन को एक किनारे से लेकर दूसरे किनारे तक दौड़ाने लगे। आज इस हेमन्त की रात्रि में नदी के किनारे, नगर के अव्यक्त कोलाहल और नक्षत्रों के अपरिस्फुटित आलोक में गोरा किस विश्व-व्यापिनी अवगुण्ठिता मायाविनी के सम्मुख आत्मविस्मृत होकर खड़ा हो गया! इसी महारानी को उसने अब तक नत-मस्तक स्वीकार नहीं किया था, इसीलिए आज अचानक उसके शासन के इन्द्र-जाल ने गोरा को जल-स्थल-आकाश के साथ चारों ओर से अपनी सहस्रवर्णी डोरी में बाँध लिया। गोरा अपने पर स्वयं विस्मित होकर नदी के जन-शून्य घाट की एक सीढ़ी पर बैठ गया। वह बार-बार अपने से प्रश्न करने लगा, उसके जीवन में यह किसका आविर्भाव हो रहा है और इसका क्या प्रयोजन है! उसने अपने जीवन को प्रारंभ से जिस संकल्प के द्वारा नियमबद्ध करके मन-ही-मन व्यवस्थित कर लिया था, उसमें इसका स्थान कहाँ है? क्या यह उसके विरुद्ध है? क्या इसे संग्राम करके परास्त करना होगा? यह कह कर जैसे ही गोरा ने मुट्ठियाँ कस कर बाँधीं, बुद्धि में उज्ज्वल, नम्रता में कोमल, किन्हीं दो नेत्रों की जिज्ञासु-दृष्टि उसके मन में जाग उठी–किसने अनिंद्य-सुन्दर हाथ की अंगुलियों के स्पर्श-सौभाग्य का अनास्वादित अमृत उसकी स्मृति के सम्मुख उपस्थित कर दिया; गोरा की पूरी देह में पुलक-विद्युत चमक उठी। एकाकी अंधकार में, इस प्रगाढ़ अनुभूति ने उसके समस्त प्रश्नों, समस्त दुविधा को पूरी तरह निरस्त कर दिया। वह अपनी इस नूतन अनुभूति को संपूर्ण देह-मन से भोगने लगा–उसकी, इसे छोड़ कर उठने की इच्छा नहीं हुई।

बहुत रात गए गोरा घर लौटा तो आनंदमयी ने पूछा, "इतनी रात कर दी बेटा, तुम्हारा खाना तो ठंडा हो गया।"

गोरा ने कहा, "क्या पता माँ, आज मन में क्या हुआ, बड़ी देर से गंगा के घाट पर बैठा था।"

आनंदमयी ने पूछा, "लगता है, विनय साथ था?"

गोरा बोला, "ना, मैं अकेला ही था।"

आनंदमयी मन ही मन कुछ आश्चर्यचकित हुईं। गोरा बिना प्रयोजन के इतनी रात तक गंगा के घाट पर बैठने के बारे में सोचेगा, ऐसी घटना कभी नहीं हुई। चुप बैठ कर सोचना उसका स्वभाव ही नहीं है। जब गोरा अन्यमनस्क होकर खा रहा था, तो आनंदमयी ने लक्ष्य किया कि उसके चेहरे पर कैसा एक उद्विग्नता का भाव चमक रहा था।

आनंदमयी ने कुछ देर बाद आहिस्ता-आहिस्ता पूछा, "लगता है, आज विनय के घर गया था?"

गोरा ने कहा, "ना, आज हम दोनों लोग ही परेश बाबू के यहाँ गए थे।"

सुनकर आनंदमयी चुप बैठी सोचने लगीं। फिर पूछा, "उन सभी के साथ तुम्हारी बातचीत हुई?"

गोरा–"हाँ, हुई।"

आनंदमयी–"लगता है, उनकी लड़कियाँ सबके सामने आती हैं?"

गोरा–हाँ, उन्हें कोई बाधा नहीं।

दूसरे समय, इस प्रकार के उत्तर के साथ-साथ एक उत्तेजना भी प्रकट होती, आज उसका कोई लक्षण न देख आनंदमयी फिर चुप बैठ कर सोचने लगीं।

अगले दिन सुबह उठ कर गोरा अन्य दिनों के समान जल्दी से मुँह धोकर दिन के काम के लिए तैयार होने नहीं गया। वह अन्यमनस्क भाव से अपने सोने के कमरे का पूरब वाला दरवाजा खोल कर कुछ देर खड़ा रहा। उनकी गली पूरब की ओर एक बड़े रास्ते में मिलती है, उस बड़े रास्ते के पूरब की तरफ एक स्कूल है, उसी स्कूल से सटी जमीन पर खड़े एक पुराने जामुन के पेड़ की चोटी पर एक टुकड़ा पतला सफेद कुहासा तैर रहा था और उसके पीछे आसन्न सूर्योदय की अरुण रेखा धुँधली दिखाई दे रही थी। गोरा के बहुत देर तक चुपचाप उसी दिशा में देखते हुए वह क्षीण कुहासा विलीन हो गया तथा उजली धूप अनेक चमचमाती संगीनों की भाँति वृक्ष की शाखाओं को बींधते हुए उनके भीतर से बाहर आ गई और देखते-देखते कोलकाता की सड़क जनता और कोलाहल से भर उठी।

उसी समय हठात् गली के मोड़ पर अविनाश के साथ और कुछ छात्रों को अपने घर की ओर आता देख गोरा ने अपने उस आवेश-जाल को जैसे एक प्रबल झटके से तोड़ कर फेंक दिया, वह अपने मन पर एक प्रचण्ड आघात करके बोला, ना, यह सब कुछ नहीं; यह किसी तरह नहीं चलेगा। कह कर वह तेजी से सोने वाले कमरे से बाहर हो गया। गोरा के घर उसका दल-बल आया हो और गोरा उसके बहुत पहले तैयार न हो गया हो, ऐसी घटना इसके पूर्व और कभी नहीं घट पाई। इस सामान्य त्रुटि ने ही गोरा को भारी धिक्कार दिया, उसने मन ही मन निश्चय किया कि वह परेश बाबू के घर और नहीं जाएगा तथा ऐसी कोशिश करेगा जिससे कुछ दिन विनय के साथ मिलना न होने से यह समस्त चर्चा बंद रहे।

उस दिन नीचे जाकर यह परामर्श हुआ कि गोरा अपने दल के दो-तीन लोगों को साथ लेकर ग्राण्ड-ट्रंक रोड से पैदल भ्रमण पर निकलेगा; मार्ग में गृह-स्वामियों का आतिथ्य ग्रहण करेगा, साथ में टका-कौड़ी कुछ नहीं लेगा।

मन में यह अपूर्व संकल्प करके गोरा हठात् कुछ अतिरिक्त परिमाण में उत्साहित हो उठा। समस्त बंधन तोड़ कर इस प्रकार खुले रास्ते पर बाहर निकल पड़ने का एक प्रबल आनंद उसे पकड़ कर बैठ गया। भीतर ही भीतर उसका हृदय जो एक जाल में फँस गया था, उसे लगा कि जैसे इस भ्रमण पर निकलने की कल्पना से ही वह छिन्न हो गया। समस्त भावावेश माया भर है और कर्म ही सत्य है, यह बात अत्यन्त बलपूर्वक अपने मन में ध्वनित-प्रतिध्वनित करके, गोरा यात्रा की तैयारी के लिए अपनी पहली मंजिल के बैठने वाले कमरे से, स्कूल की छुट्टी के बालकों की भाँति लगभग दौड़ते हुए बाहर हुआ। उसी समय कृष्णदयाल गंगा-स्नान से निबट कर, लोटे में गंगाजल लेकर, नामावली देह पर ओढ़े, मन-ही-मन मन्त्र-जाप करते-करते कमरे की ओर चले आ रहे थे। गोरा एकदम उनके ऊपर जा पड़ा। लज्जित होकर गोरा ने उन्हें जल्दी से प्रणाम किया। वे हड़बड़ा कर रहने दे, रहने दे, कह कर सकपकाते हुए चले गए। पूजा पर बैठने के पूर्व गोरा के स्पर्श के कारण उनका गंगा-स्नान का फल मिट्टी हो गया। कृष्णदयाल विशेषकर गोरा के स्पर्श से ही बच कर चलने की चेष्टा करते हैं यह गोरा ठीक तरह नहीं समझता था, वह सोचता था कि शुचिवायु-ग्रस्त होने के कारण प्रत्येक प्रकार से सभी के संसर्ग से बच कर चलना ही उनकी दिन-रात की सतर्कता का एकमात्र लक्ष्य था, आनंदमयी को तो वे म्लेच्छ कह कर दूर रखते थे—महिम कामकाजी आदमी थे, महिम के साथ उनका आमना-सामना होने का अवसर ही नहीं आता था। पूरे परिवार में मात्र महिम की बेटी, शशिमुखी को पास बैठा कर वे उसे संस्कृत-सूत्र मुखस्थ कराते और पूजार्चना-विधि की शिक्षा देते थे।

गोरा द्वारा अपने पैर छूने से परेशान होकर कृष्णदयाल के चले जाने के बाद उनके संकोच के सम्बन्ध में गोरा को चेतना हुई और वह मन ही मन हँसा। इस तरह पिता के साथ गोरा का सारा सम्बन्ध लगभग टूट गया था और माता के समाज विरुद्ध आचरण की वह चाहे जितनी निन्दा करे, अपने जीवन की संपूर्ण भक्ति समर्पित करके गोरा उस आचारद्रोहिणी माँ की ही पूजा करता था।

भोजन के उपरान्त गोरा ने एक छोटी पोटली में थोड़े-से कपड़े लिए और उसे विलायती पर्यटकों की भाँति पीठ पर बाँध कर माँ के पास आ पहुँचा। बोला, ''माँ, मैं कुछ दिन के लिए निकलूँगा।''

आनंदमयी ने कहा, ''कहाँ जाएगा बेटा?''

गोरा बोला, ''वह मैं ठीक नहीं बता सकता।''

आनंदमयी ने पूछा, ''कोई काम है?''

गोरा ने कहा, ''जिसे काम समझा जाता है, वैसा तो कुछ नहीं है—यह जाना ही

एक काम है।''

आनंदमयी को थोड़ा चुप रहते देख गोरा ने कहा, ''माँ, तुम्हारी दुहाई है, मुझे मना मत करना। तुम तो मुझे जानती ही हो, ऐसा कोई डर नहीं कि मैं संन्यासी हो जाऊँगा। माँ को छोड़ कर मैं अधिक दिन कहीं भी नहीं रह सकता।''

माँ के प्रति अपने प्रेम को गोरा ने कभी इस तरह अपने मुँह से नहीं कहा था—इसीलिए आज वह बात कहते ही लज्जित हो गया।

पुलकित आनंदमयी ने जल्दी से उसकी लज्जा को ओट देते हुए कहा, ''लगता है, विनय साथ जाएगा?''

गोरा ने परेशान होते हुए कहा, ''ना माँ, विनय नहीं जाएगा। ये देखो, माँ के मन में ऐसी भावना आ रही है, विनय न गया, तो मार्ग में, घाट पर उनके गोरा की कौन रक्षा करेगा? विनय को अगर तुम मेरा रक्षक समझती हो, तो यह तुम्हारा एक कु-संस्कार है—इस बार निरापद लौट आने पर ही तुम्हारा यह संस्कार लुप्त होगा।''

आनंदमयी ने पूछा, ''कभी-कभी खबर तो मिलेगी?''

''यही सोच कर रखो कि खबर नहीं मिलेगी—फिर भी मिल जाए, तो तुम्हें खुशी होगी। डर कुछ नहीं, तुम्हारे गोरा को कोई ले नहीं लेगा। माँ, तुम मुझे जितना कीमती मानती हो, उतना और कोई नहीं मानता। फिर भी अगर इस बुकचे पर ही किसी को लालच आ जाए, तो इसको उसे दान करके चला आऊँगा, इसे बचाने के लिए प्राण-दान नहीं करूँगा—यह पक्का है।''

गोरा ने आनंदमयी की चरण-धूलि लेकर प्रणाम किया, उन्होंने उसके सिर पर हाथ फिरा कर उस हाथ को चूम लिया, किसी प्रकार का निषेध नहीं किया। उन्हें स्वयं को कष्ट होगा अथवा कल्पना में अनिष्ट की आशंका करके आनंदमयी कभी किसी को मना नहीं करतीं। अपने जीवन में वे अनेक बाधाओं-विपदाओं के बीच से गुजरती आ रही हैं, बाहरी दुनिया उनके लिए अपरिचित नहीं है, उनके मन में डर नाम का कुछ नहीं था। गोरा किसी विपत्ति में पड़ जाएगा, यह भय वे मन में नहीं लाईं—किन्तु गोरा के मन में जो एक विप्लव मचा हुआ है, उस पर वे कल से ही सोच रही हैं। आज अचानक़ गोरा को अकारण ही भ्रमण पर जाते सुन कर उनकी वह चिन्ता और भी बढ़ उठी है।

गोरा ने बुकचा पीठ पर बाँध कर जैसे ही रास्ते पर कदम रखा, दो गहरे लाल बसोवा गुलाब हाथ में सँभाल कर पकड़े विनय उसके सामने आकर उपस्थित हो गया। गोरा बोला, ''विनय, तुम्हारे दर्शन से यात्रा अशुभ होगी या शुभ, इस बार उसकी परीक्षा हो जाएगी।''

विनय ने कहा, ''निकल रहे हो क्या?''

गोरा ने कहा, ''हाँ।''

विनय ने जिज्ञासा की, ''कहाँ?''

गोरा ने कहा, "प्रतिध्वनि ने उत्तर दे दिया, कहाँ।"

विनय–"प्रतिध्वनि से अधिक अच्छा उत्तर नहीं है क्या?"

गोरा–ना। तुम माँ के पास जाओ, सब सुन लोगे। मैं चलता हूँ। कह कर तेजी से चला गया।

विनय ने भीतर जाकर आनंदमयी को प्रणाम करके गुलाब के दोनों फूल उनके चरणों में रख दिए।

आनंदमयी ने फूल उठा कर जिज्ञासा की, "ये कहाँ पाए विनय?"

विनय ने इसका ठीक-ठीक साफ उत्तर न देकर कहा, "अच्छी वस्तु पाते ही पहले उसे माँ की पूजा में चढ़ाने की इच्छा करती है।"

उसके बाद आनंदमयी के तख्तपोश पर बैठते हुए विनय ने कहा, "माँ, लेकिन आज तुम अन्यमनस्क हो।"

आनंदमयी ने कहा, "बताओ तो क्यों!"

विनय बोला, "आज मुझे हमेशा की पान देने की बात भूल ही गई हो।"

लज्जित होकर आनंदमयी ने विनय को पान लाकर दे दिया।

उसके बाद पूरी दुपहरी दोनों में बातचीत होती रही। गोरा के निरुद्देश्य भ्रमण के सम्बन्ध में विनय कोई स्पष्ट समाचार नहीं दे पाया।

आनंदमयी ने बातों ही बातों में जिज्ञासा की, "लगता है, कल तुम गोरा को लेकर परेश बाबू के यहाँ गए थे?"

विनय ने कल की सारी घटना विस्तारपूर्वक कह डाली। आनंदमयी ने प्रत्येक बात पूरे मन से सुनी।

जाते समय विनय बोला, "माँ पूजा तो संपन्न हुई, अब तुम्हारे चरणों की प्रसादी, ये दो फूल सिर पर धारण करके ले जा सकता हूँ?"

आनंदमयी ने हँस कर गुलाब के दोनों फूल विनय के हाथों में दे दिए एवं मन ही मन सोचा, ऐसा नहीं है कि ये दोनों फूल केवल सौन्दर्य के कारण ही आदर पा रहे हैं–निश्चय ही वानस्पतिक-तत्व के अलावा और बहुत गहरा तत्व इसमें है।

संध्या-समय विनय के चले जाने पर वे कितना कुछ सोचने लगीं। भगवान को पुकार कर बार-बार प्रार्थना की–गोरा दुखी न हो और विनय से उसके अलग होने का कोई कारण न घटे।

22

गुलाब के फूलों का छोटा-सा इतिहास है।

कल रात गोरा तो परेश बाबू के घर से चला आया, किन्तु मजिस्ट्रेट के घर पर

उस अभिनय में भाग लेने के प्रस्ताव को लेकर विनय को भारी मुसीबत उठानी पड़ी।

ऐसा नहीं, कि ललिता में इस अभिनय के प्रति कोई उत्साह था, बल्कि उसकी तो इस सबमें कोई रुचि ही नहीं थी। फिर भी उस पर मानो, विनय को किसी तरह इस अभिनय से जोड़ देने की जिद सवार हो गई थी। जो कोई काम गोरा के विचारों के विरुद्ध हो, उसे विनय के माध्यम से करवाने की एक हठ उसमें पैदा हो गई थी। विनय गोरा का अनुवर्ती है, यह ललिता को क्यों इतना असहनीय हो उठा था, इसे वह स्वयं ही नहीं समझ पा रही थी। ऐसी स्थिति हो गई थी, जैसे भी हो, सारे बंधन काट कर विनय को स्वाधीन कर पाए, तो उसे चैन मिले।

ललिता ने अपनी वेणी डुलाते हुए सिर हिला कर कहा, "क्यों महाशय, अभिनय में दोष क्या है?"

विनय बोला, "दोष अभिनय में नहीं हो सकता, किन्तु इस मजिस्ट्रेट के घर अभिनय करने जाना मुझे अच्छा नहीं लग रहा है।"

ललिता–आप अपने मन की बात कह रहे हैं अथवा किसी और के?"

विनय–दूसरे के मन की बात कहने का भार मुझ पर नहीं है, और कहना भी कठिन है। आपको शायद विश्वास न हो, किन्तु मैं अपने मन की बात ही कहता हूँ–कभी अपनी भाषा में और कभी दूसरों की भाषा में।

ललिता इस बात का कोई उत्तर न देकर बस जरा-सा होंठ भींच कर हँस दी। कुछ देर बाद बोली, "लगता है, आपके मित्र गौर बाबू समझते हैं कि मजिस्ट्रेट का निमन्त्रण ठुकरा देना ही बहुत बड़ी वीरता है, उसमें ही अंगरेजों के साथ लड़ाई का फल है।"

विनय ने उत्तेजित होते हुए कहा, "मेरे मित्र शायद नहीं भी समझ सकते, किन्तु मैं समझता हूँ। लड़ाई नहीं, तो क्या है? जो लोग मुझे स्वीकार ही नहीं करते, समझते हैं कि मुझे कनिष्ठिका उठा कर इशारे से बुलाते ही मैं कृतार्थ हो जाऊँगा, यदि उनकी उस उपेक्षा के साथ उपेक्षा से ही लड़ाई न करूँ तो आत्म-सम्मान की रक्षा कैसे करूँगा?"

ललिता स्वयं अभिमानी स्वभाव की है, अतः विनय के मुँह से निकला यह अभिमान-वाक्य उसे अच्छा ही लगा लेकिन उसी की वजह से अपने पक्ष के तर्क को कमजोर अनुभव करके ललिता अकारण बात-बात में व्यंग्य की हूल से विनय को घायल करने लगी।

अंत में विनय ने कहा, "देखिए, आप बहस क्यों कर रही हैं? आप कहतीं क्यों नहीं, 'मेरी इच्छा है, आप अभिनय में भाग लीजिए,' वैसा होने पर, आपके अनुरोध की रक्षा की खातिर अपना सिद्धान्त त्याग कर मुझे सुख होगा।"

ललिता बोली, "वाह मैं क्यों कहूँ? यदि सचमुच आपका कोई सिद्धान्त हो, तो उसे मेरे अनुरोध पर आप क्यों छोड़ेंगे? किन्तु उसे वास्तव में होना चाहिए।"

विनय ने कहा, "अच्छा, यही सही। मेरा वास्तव में कोई सिद्धान्त नहीं है। आपके अनुरोध पर नहीं, आपसे बहस में परास्त होकर मैं अभिनय में भाग लेने के लिए तैयार हुआ।"

उसी समय वरदासुन्दरी के कमरे में प्रवेश करते ही विनय ने उठ कर उनसे कहा, "अभिनय की तैयारी के लिए मुझे क्या करना होगा, बता दीजिएगा।"

वरदासुन्दरी ने गर्व के साथ कहा, "आपको उसकी कोई चिन्ता नहीं करनी पड़ेगी, हम आपको अच्छी तरह तैयार कर पाएँगे। बस, आपको रोजाना अभ्यास के लिए नियमित रूप से आना होगा।"

विनय बोला, "अच्छा, तो आज चलूँ।"

वरदासुन्दरी ने कहा, "यह क्या बात? आपको खाकर जाना होगा।"

विनय बोला, "आज न ही खाऊँ!"

वरदासुन्दरी ने कहा, "ना ना, वह नहीं होगा।"

विनय ने खाया, किन्तु उसमें अन्य दिनों की भाँति स्वाभाविक प्रफुल्लता नहीं थी। आज सुचरिता भी किस प्रकार अन्यमनस्क होकर चुप थी। आज जब ललिता के साथ विनय की लड़ाई चल रही थी, वह बरामदे में इधर से उधर घूम रही थी। आज रात बातचीत और जमी नहीं।

विदा के समय विनय ने ललिता के गंभीर चेहरे को लक्ष्य करके कहा, "मैंने हार मान ली, फिर भी आपको प्रसन्न नहीं कर पाया।"

ललिता बिना कोई उत्तर दिए चली गई।

ललिता आसानी से रोना नहीं जानती, किन्तु आज आँसुओं ने मानो, उसके नेत्रों से फूट कर बाहर निकलना चाहा। क्या हो गया है? वह क्यों इस तरह बार-बार विनय बाबू को हूल मार रही है और स्वयं व्यथा पा रही है?

विनय जब तक अभिनय में भाग लेने को राजी नहीं हुआ था, तब तक ललिता की जिद भी केवल चढ़ती जा रही थी, किन्तु जैसे ही वह राजी हुआ, उसका सारा उत्साह चला गया। भाग न लेने के पक्ष में जितने तर्क थे, सारे के सारे उसके मन में प्रबल हो उठे। उसका मन पीड़ित होकर कहने लगा, 'केवल मेरा अनुरोध रखने के लिए विनय बाबू का इस तरह राजी होना उचित नहीं हुआ। अनुरोध! क्यों रखेंगे अनुरोध? वे समझते हैं, अनुरोध रख कर वे मेरे साथ सज्जनता दिखा रहे हैं। उनकी इस सज्जनता की जैसे मुझे बड़ी गरज है!'

किन्तु अब इस तरह दर्प दिखाने से कैसे चलेगा? वास्तव में ही उसने विनय को अभिनय-दल में खींचने के लिए लगातार जिद की थी। विनय द्वारा सज्जनतावश उसकी उतनी जिद का अनुरोध मान लेने के कारण गुस्सा होने से कैसे चलेगा? इस घटना से ललिता को अपने ऊपर इतनी तीव्र घृणा और लज्जा हुई कि साधारण रूप से उतनी होने का कोई कारण नहीं था। अन्य कोई दिन होता, तो वह अपना मन

बेचैन होने पर सुचरिता के पास जाती। आज नहीं गई, और क्यों उसकी छाती से उमड कर उसकी आँखों से इस तरह आँसू बहने लगे, इसे वह स्वयं ही ठीक तरह नहीं समझ पाई।

दूसरे दिन सुधीर ने लावण्य? को एक पुष्प-गुच्छ लाकर दिया। उस पुष्प-गुच्छ के एक डंठल पर दो विकचोन्मुख बसोरा गुलाब थे। ललिता ने उन्हें पुष्प-गुच्छ से खोल लिया। लावण्य ने कहा, ''यह क्या कर रही है?''

ललिता ने कहा, ''पुष्प-गुच्छ में, बहुत सारे फूल-पत्तों के बीच अच्छे फूल को बँधा देख मुझे कष्ट होता है, इस तरह सारी चीजों को एक ही श्रेणी में रख जबर्दस्ती रस्सी से बाँधना बर्बरता है।''

यह कह, सारे फूलों को बंधनमुक्त करके ललिता ने उन सबको घर में यहाँ-वहाँ अलग-अलग सजा दिया, केवल गुलाब के दोनों फूल हाथ में ले गई।

सतीश ने दौड़ते हुए आकर पूछा, ''दीदी, फूल कहाँ मिले?''

ललिता ने उसका उत्तर न देकर कहा, ''आज अपने दोस्त के घर नहीं जाएगा?''

अब तक सतीश के मन में विनय की बात नहीं थी, किन्तु उसके उल्लेख मात्र से ही उछलते हुए कहा, '' हाँ, जाऊँगा।'' कह कर उसी समय जाने के लिए उतावला हो उठा।

ललिता ने उसे पकड़ कर जिज्ञासा की, ''वहाँ जाकर क्या करता है?''

सतीश ने संक्षेप में उत्तर दिया, ''बातें करता हूँ।''

ललिता ने कहा, ''वे तुझे इतने चित्र देते हैं, तू उन्हें कुछ क्यों नहीं देता?''

विनय अंगरेजी समाचारपत्रों आदि से सतीश के लिए नाना प्रकार के चित्र काट कर रखता था। सतीश ने एक कापी बना कर, उन चित्रों को उसमें गोंद से चिपकाना शुरू कर दिया था। इस तरह से पन्ने भरने का उस पर इतना नशा चढ़ गया कि अच्छी पुस्तक देखने पर भी उससे चित्र काटने के लिए उसका मन छटपटाने लगता था। इस लोलुपता के अपराध में उसे अपनी दीदियों से बड़ी ताड़ना सहनी पड़ती थी।

संसार में प्रतिदान नामक एक दायित्व है, यह बात आज अचानक सतीश के सामने आने से वह बहुत चिन्तित हो उठा। टिन के टूटे बक्से में उसकी जो कुछ विषय-सम्पत्ति इकट्ठी हो गई है, उसमें से किसी से भी आसक्ति का बंधन तोड़ना उसके लिए आसान नहीं है। सतीश का उद्विग्न चेहरा देख कर ललिता ने हँसते हुए उसके गाल पर चिकोटी भरते हुए कहा, ''रहने दे, रहने दे, तुझे और नहीं सोचना है। अच्छा, ये दो गुलाब के फूल उन्हें दे दे।''

इतनी सहजता से समस्या का समाधान होते देख वह उत्फुल्ल हो उठा और दोनों फूल लेकर उसी समय अपना मित्र-ऋण चुकाने चल दिया।

विनय के साथ उसकी भेंट रास्ते में हो गई। दूर से ही उन्हें विनय बाबू विनय

बाबू पुकारते हुए सतीश उनके निकट जा पहुँचा और फूल कुरते में छिपा कर बोला, "बताइए तो, आपके लिए क्या लाया हूँ?"

विनय को हार मनवा कर गुलाब के दोनों फूल बाहर निकाले। विनय ने कहा, "वाः, क्या चमत्कार! किन्तु सतीश बाबू, यह तो तुम्हारी अपनी चीज नहीं है। चोरी का माल लेकर अन्त में पुलिस के हाथ में तो नहीं पड़ जाऊँगा?"

इन दोनों फूलों को ठीक-ठीक अपनी चीज बोला जा सकता है या नहीं, इस विषय में सतीश को अचानक धोखा लग गया। उसने थोड़ा सोच कर कहा, "ना, वाः, मुझे ललिता दीदी ने दिए हैं, आपको देने के लिए!"

यह बात यहीं समाप्त हो गई और शाम को उनके घर आने का आश्वासन देकर विनय ने सतीश को विदा कर दिया।

कल रात ललिता की बात की हूल खाकर विनय उसकी वेदना को भूल नहीं पा रहा था। विनय के साथ प्रायः किसी का विरोध नहीं होता। इसीलिए वह किसी से भी ऐसे तेज आघात की प्रत्याशा नहीं करता। इसके पूर्व विनय ललिता को सुचरिता की अनुगामिनी के रूप में देखता था। किन्तु जैसे अंकुशाहत हाथी अपने महावत को भूलने का समय नहीं पाता, कुछ दिन से ललिता के सम्बन्ध में विनय की वही दशा हो रही थी। ललिता को क्या करके थोड़ा प्रसन्न करे और शान्ति पाए, यही विनय की मुख्य चिन्ता हो उठी थी। संध्या समय घर आकर ललिता के तीखे उपहास की ज्वालामयी बातें एक के बाद एक उसके मन में चुभने लगतीं और उसकी नींद भगाए रखतीं। 'मैं गोरा की परछाईं के समान हूँ, मेरा अपना कोई अस्तित्व नहीं, ललिता यही कह कर अवज्ञा करती है, किन्तु यह बात पूरी तरह असत्य है। 'वह इसके विरुद्ध नाना प्रकार की युक्तियाँ मन में जुटाता, लेकिन उनमें से कोई भी उसके किसी काम नहीं आतीं। कारण, ललिता ने स्पष्ट रूप से तो उस पर यह अभियोग लगाया नहीं–यह बात लेकर बहस करने का अवकाश ही उसे नहीं देती। विनय के पास जवाब देने के लिए इतनी बातें थीं, फिर भी उनका व्यवहार न कर पाने के कारण उसके मन में और भी क्षोभ बढ़ने लगा। अन्त में कल रात जब हारने पर भी उसने ललिता के चेहरे पर प्रसन्नता नहीं देखी तो घर लौट कर वह नितान्त बेचैन हो गया। मन ही मन सोचने लगा, क्या मैं वास्तव में ही इतनी अवज्ञा का पात्र हूँ?

इसीलिए जब उसने सतीश से सुना कि गुलाब के दो फूल ललिता ने ही सतीश के हाथों उसे भेजे हैं, तो उसने बड़ा उल्लास अनुभव किया। उसने सोचा, अभिनय में भाग लेने को राजी होने पर ललिता ने खुश होकर सन्धि-प्रस्ताव के रूप में उसे ये दो गुलाब दिए हैं। पहले मन हुआ 'दोनों फूल घर रख आऊँ,' उसके बाद सोचा, 'ना, शान्ति के ये फूल माँ के चरणों पर चढ़ा कर पवित्र कर लाऊँ।'

उस दिन शाम को जब विनय परेश बाबू के घर गया, तो सतीश ललिता के पास

स्कूल की पढ़ाई दोहरा रहा था। विनय ने ललिता से कहा, "युद्ध का ही रंग लाल होता है, अतएव सन्धि के फूल सफेद होना उचित था।"

बात न समझ पाने से ललिता ने विनय के मुँह की ओर ताका। विनय ने एक गुच्छ श्वेत करवी चादर से बाहर करके ललिता के सामने रखते हुए कहा, "आपके दोनों फूल जितने भी सुन्दर हों, उनमें क्रोध का रंग है। मेरे ये फूल सौन्दर्य में उनके सामने नहीं टिक सकते, किन्तु शान्ति के शुभ्र रंग की नम्रता ग्रहण करके आपके समक्ष उपस्थित हुए हैं।"

ललिता ने कर्ण-मूल तक लाल करते हुए कहा, "मेरे फूल आप किसे [illegible] हैं?"

विनय ने थोड़ा अप्रतिभ होकर कहा, "तब तो [illegible] किसके फूल किसे दे दिए?"

सतीश ऊँची आवाज में बोल उठा, "वाः, ललिता दीदी ने जो देने को बोला था!"

विनय–किसे देने को बोला था?

सतीश–आपको।

ललिता लाल हो उठी, सतीश की पीठ पर एक धौल जमा कर बोली, "तेरे जैसा बावला तो मैंने देखा नहीं। विनय बाबू के चित्रों के बदले तू उन्हें फूल नहीं देना चाहता था?"

सतीश ने हत्बुद्धि होकर कहा, "हाँ, वही तो, किन्तु तुम्हीं ने मुझे देने के लिए नहीं कहा था?"

सतीश के साथ तकरार करके ललिता और भी अधिक जाल में फँस गई। विनय साफ समझ गया कि दोनों फूल ललिता ने ही दिए थे, किन्तु उसका उद्देश्य अनाम रह कर काम करना था। विनय बोला, "आपका फूलों का दावा मैं छोड़े ही दे रहा हूँ, किन्तु उसी कारण मेरे इन फूलों में कोई भूल नहीं है। हमारे विवाद के निबटारे के शुभ उपलक्ष्य में ये कुछ फूल–"

ललिता ने सिर हिला कर कहा, "हमारा झगड़ा ही क्या है, और निबटारा ही किसका?"

विनय बोला, "आदि से अंत तक सब कुछ पूरी तरह माया? विवाद भी भूल, फूल भी वैसे ही, निबटारा भी झूठ? केवल सीपी में ही चाँदी का भ्रम नहीं है, सीपी समेत ही भ्रम है? यह जो मजिस्ट्रेट साहब के घर अभिनय की एक बात चल रही थी, वह–"

ललिता ने कहा, "वह भ्रम नहीं है। लेकिन उसे लेकर झगड़ा किसका है? आप क्यों समझ रहे हैं कि उसी के लिए राजी करने को मैंने एक प्रचण्ड लड़ाई छेड़ रखी थी और आपके सहमत होते ही मैं कृतार्थ हो गई! आपको अभिनय करना यदि

अन्याय महसूस हो रहा है, तो किसी की बात सुन कर आप क्यों राजी होंगे?''

यह कह कर ललिता कमरे से बाहर हो गई। सब कुछ उल्टा ही घट गया। आज ललिता ने निश्चय कर रखा था कि वह विनय के समक्ष अपनी पराजय स्वीकार करेगी और उससे ऐसा अनुरोध करेगी, जिससे विनय अभिनय में भाग न ले। किन्तु बात इस ढंग से उठी और उसकी ऐसी परिणति हुई कि फल उल्टा निकला। विनय ने सोचा, उसने इतने दिन तक अभिनय के सम्बन्ध में जो विरोधिता प्रकट की थी, उसी के प्रतिघात की उत्तेजना ललिता के मन में अभी तक बनी हुई है। विनय ने केवल ऊपर से हार मानी है, उसके मन में विरोध रह गया है, इसीलिए ललिता का क्षोभ दूर नहीं हो रहा है। ललिता को इस घटना से जो आघात लगा, इससे विनय व्यथित हो उठा। उसने मन ही मन निश्चय किया कि इस बात को लेकर वह उपहास के बहाने भी और कोई चर्चा नहीं करेगा तथा इतनी निष्ठा व निपुणता से यह कार्य संपन्न करेगा कि कोई उस पर उदासीनता के अपराध का आरोप नहीं लगा सकेगा।

सुचरिता आज प्रातःकाल से अपने सोने वाले कमरे में अकेले बैठी 'ख्रीस्त का अनुकरण' नामक एक अंगरेजी धर्म-ग्रन्थ पढ़ने की चेष्टा कर रही है। आज वह अपने अन्य नियमित कामों में भाग नहीं ले रही है। बीच-बीच में ग्रन्थ से उसका ध्यान हट जाने के कारण उसके सामने पुस्तक की लिखावट धुँधली पड़ रही थी–फिर दूसरे ही क्षण अपने ऊपर गुस्सा होकर चित्त को विशेष गति से ग्रन्थ में नियोजित कर रही थी, किसी भी तरह हार नहीं मानना चाहती थी।

एक समय दूर से ही कंठ-स्वर सुन कर लगा, विनय बाबू आए हैं, चौंक कर तुरन्त पुस्तक रख कर बाहर वाले कमरे में जाने के लिए मन चंचल हो उठा। अपनी इस चंचलता पर अपने आप ही क्षुब्ध होकर सुचरिता फिर से कुर्सी पर बैठ पुस्तक में लग गई। कहीं कानों में आवाज न पड़े, दोनों कान ढाँप कर पढ़ने की चेष्टा करने लगी।

ऐसे ही समय ललिता उसके कमरे में आई। सुचरिता ने उसके मुँह की ओर ताकते हुए कहा, ''बता तो तुझे हुआ क्या है!''

ललिता ने तेजी से गर्दन हिला कर कहा, ''कुछ नहीं।''

सुचरिता ने पूछा, ''कहाँ थी?''

ललिता बोली, ''विनय बाबू आए हैं, लगता है, वे तुम्हारे साथ बातें करना चाहते हैं।''

विनय बाबू के साथ कोई और भी आया है या नहीं, आज वह इस सवाल को जबान पर ला तक नहीं पाई। अगर और कोई आया होता, तो निश्चय ही ललिता ने उसका उल्लेख किया होता, फिर भी मन संशय-मुक्त नहीं हो पाया। वह अपने को और दबाने की चेष्टा न करके घर आए अतिथि के प्रति कर्तव्य के बहाने बाहर वाले

कमरे की ओर चल पड़ी। ललिता से पूछा, "तू नहीं आएगी?"

ललिता ने थोड़े अधीर स्वर में कहा, "तुम चलो ना, मैं बाद में आ रही हूँ।"

सुचरिता ने बाहर वाले कमरे में प्रवेश करके देखा, विनय सतीश के साथ बातें कर रहा है।

सुचरिता बोली, "पिताजी निकल गए हैं, अभी आ जाएँगे। माँ आप लोगों के उसी नाटक की कविता को मुखस्थ कराने के लिए लावण्य और लीला को लेकर मास्टर जी के घर गई हैं—ललिता किसी भी तरह गई नहीं। वे, आप आएँ, तो आपको बैठाए रखने के लिए कह गई हैं—आपकी आज परीक्षा होगी।"

विनय ने पूछा, "आप इसमें नहीं हैं?"

सुचरिता ने कहा, "सभी अभिनेता हो जाएँ, तो संसार में दर्शक कौन होगा?"

वरदासुन्दरी इन सब कार्यों से सुचरिता को यथा संभवअलग करके चलती हैं। इसीलिए इस बार भी उसे अपना गुण-कौशल दिखाने को नहीं बुलाया गया।

अन्य दिन, इन्हीं दो व्यक्तियों के एकत्र होने पर बातों का अभाव नहीं रहता, किन्तु आज दोनों ओर ही ऐसा विघ्न घट गया है कि किसी भी तरह बातचीत जमना नहीं चाहती। सुचरिता गोरा का प्रसंग न उठाने की प्रतिज्ञा करके आई थी। विनय भी पहले की तरह आसानी से गोरा की बात नहीं उठा पाता। उसे ललिता और इस घर के शायद सभी गोरा को एक क्षुद्र उपग्रह समझते हैं, यह कल्पना करके उसे गोरा की बात उठाने में कठिनाई होती है।

बहुत दिन ऐसा हुआ है कि विनय पहले आ गया, गोरा उसके बाद आया—आज भी वैसा ही हो सकता है, यही सोच कर सुचरिता एक तरह से मानो चौकन्नी अवस्था में थी। गोरा कहीं आ धमके, यही उसे डर था और अगर न आए, यह आशंका भी उसे कष्ट दे रही थी।

विनय के साथ उखड़े-उखड़े रूप में दो-चार बातें होने के बाद कोई और उपाय न देख सुचरिता सतीश की चित्रों वाली कापी लेकर उसी के बारे में सतीश से चर्चा करने लगी। बीच-बीच में चित्र सजाने की गलतियाँ निकाल, उसकी निन्दा करके सतीश को गुस्सा कर दिया। सतीश अत्यधिक उत्तेजित होकर ऊँची आवाज में बहसबाजी करने लगा। और विनय टेबिल के ऊपर अपने अनादरित करवी-गुच्छ पर दृष्टिपात करके लज्जा और क्षोभ से मन ही मन सोचने लगा, कम-से-कम भद्रता की खातिर भी मेरे इन थोड़े-से फूलों को ले लेना ललिता के लिए उचित था।

अचानक एक पद-चाप से चौंक कर सुचरिता ने पीछे मुड़ कर देखा, हारान बाबू कमरे में प्रवेश कर रहे हैं। अपना चौंकना अत्यन्त सुगोचर हो जाने से सुचरिता का चेहरा लाल हो उठा। हारान बाबू ने एक कुर्सी पर बैठ कर कहा, "कहाँ, आप लोगों के गौर बाबू नहीं आए?"

विनय ने हारान बाबू के ऐसे अनावश्यक प्रश्न से असंतुष्ट होकर कहा, "क्यों,

उनसे कोई प्रयोजन है?"

हारान बाबू ने कहा, "आप हैं, पर वे नहीं हैं, यह तो प्रायः देखा नहीं जाता, इसीलिए पूछ रहा हूँ।"

विनय को मन में बड़ा गुस्सा आया—कहीं प्रकट न हो जाए, इसलिए संक्षेप में कहा, "वे कोलकाता में नहीं हैं।"

हारान—लगता है, प्रचार में गए हैं?

विनय का गुस्सा भड़क उठा, कोई उत्तर नहीं दिया। सुचरिता भी बिना कुछ कहे उठ कर चली गई। हारान बाबू ने तेज कदमों से सुचरिता का पीछा किया, किन्तु उस तक पहुँच नहीं पाए। हारान बाबू ने दूर से ही कहा, "सुचरिता, एक बात है।"

सुचरिता बोली, "आज मैं स्वस्थ नहीं हूँ।"

बोलते-बोलते उसके शयन-गृह के किवाड़ लग गए।

उसी बीच, जब वरदासुन्दरी अभिनय में भूमिका निभाने के लिए विनय को दूसरे कमरे में बुला ले गई थीं, उसके थोड़ी देर बाद अचानक वे फूल उस टेबिल के ऊपर दिखाई नहीं दिए। उस रात ललिता भी वरदासुन्दरी के अभिनय के अखाडे में दिखाई नहीं दी और सुचरिता 'ख्रीस्त का अनुकरण' पुस्तक को गोद में मोड़ कर, कमरे की बत्ती को एक कोने में आड़ में करकेए बहुत रात तक कमरे की बहिर्वर्ती अँधेरी रात की दिशा में ताकती बैठी रही। उसके सामने जैसे कोई एक अपरिचित अपूर्व देश मरीचिका की भाँति दिखाई दे रहा था, जीवन के इतने दिन के संपूर्ण जाने-सुने के साथ कहीं इस देश का पूरा अलगाव है; इसीलिए वहाँ के गवाक्षों में जो दीपक जल रहे हैं, वे तिमिरनिशीथिनी की नक्षत्र-माला की भाँति एक सुदूरता के रहस्य में मन को भयभीत कर रहे हैं, फिर भी लग रहा है, 'मेरा जीवन तुच्छ है, अब तक जिसे निश्चित जानती रही, वह संशयाकीर्ण है और प्रतिदिन जो सब करती आ रही हूँ, वह अर्थहीन है—प्रतीत होता है, ज्ञान यहीं संपूर्ण होगा, कर्म महत हो उठेगा और जीवन सार्थकता-लाभ कर पाएगा। इस अपूर्व अपरिचित भयंकर देश के अज्ञात सिंहद्वार के सम्मुख मुझे किसने खड़ा कर दिया? क्यों मेरा हृदय इस तरह काँप रहा है, क्यों मेरे पैर आगे बढ़ने को होकर इस प्रकार जड़ीभूत हो गए हैं?

23

विनय, अभिनय के अभ्यास हेतु प्रतिदिन ही आता है। सुचरिता उसकी ओर एक बार ध्यान से देखती है, उसके बाद हाथ की पुस्तक में मन लगाती है अथवा अपने कमरे में चली जाती है। विनय के अकेले आने की असंपूर्णता उसे प्रतिदिन आघात पहुँचाती है, किन्तु वह कोई प्रश्न नहीं करती। फिर भी, इसी रूप में जितने दिन के बाद दिन

जाने लगे, सुचरिता के मन में गोरा के विरुद्ध एक अभियोग प्रतिदिन तीव्रतर होने लगा। गोरा जैसे आने के लिए वचनबद्ध हो गया था, मानो, उस दिन ऐसा एक भाव था।

अंत में जब सुचरिता ने सुना कि गोरा कुछ दिन के लिए नितान्त अकारण कहीं बाहर घूमने निकल गया है और उसका कोई ठिकाना नहीं, तो उसने बात को एक साधारण समाचार की भाँति उड़ा देने की चेष्टा की–किन्तु वह बात उसके मन में बिंधी ही रह गई। काम करते-करते अचानक यही बात मन में आ जाती है–अन्यमनस्क हो जाती है, हठात् देखती है कि वह मन-ही-मन इसी बात को सोच रही थी।

गोरा के साथ उस दिन की चर्चा के बाद सुचरिता ने उसके इस तरह अचानक अन्तर्ध्यान हो जाने की एकदम आशा नहीं की थी। गोरा के मत के साथ अपने संस्कार का इतनी दूर तक पार्थक्य होते हुए भी उस दिन उसके अंतःकरण में विद्रोह के उठान की हवा जरा-सी भी नहीं थी। नहीं कहा जा सकता, उस दिन वह गोरा के विचारों को स्पष्ट रूप से समझी थी या नहीं, किन्तु गोरा मनुष्य को वह जैसे एक तरह से समझ गई थी। गोरा का मत चाहे जो हो, वह मत मनुष्य को क्षुद्र नहीं बनाता, अवज्ञा योग्य नहीं बनाता, वरंच उसके चित्त की बलिष्ठता को मानो, प्रत्यक्षगोचर कर देता है–इसे उसने उस दिन प्रबल रूप में अनुभव कर लिया। यह सारी बात वह और किसी के मुख से सहन ही नहीं कर पाती, गुस्सा आता, उस व्यक्ति को मूढ़ समझती, मन में उसे शिक्षा देकर बदलने की चेष्टा की उत्तेजना होती। किन्तु उस दिन गोरा के सम्बन्ध में उसे कुछ नहीं हुआ; गोरा के चरित्र के साथ, बुद्धि की तीक्ष्णता के साथ, असंदिग्ध विश्वास की दृढ़ता के साथ और मेघमन्द्र कंठ-स्वर की मर्मभेदी प्रबलता के साथ मिल कर उसकी बातों ने एक सजीव और सत्य आकार धारण कर लिया था। इस संपूर्ण मत को सुचरिता स्वयं ग्रहण न कर पाए, लेकिन अगर कोई और समस्त बुद्धि-विश्वास, संपूर्ण जीवन देकर इस रूप में इसे ग्रहण करे, तो उसे धिक्कारने का कोई कारण नहीं, इतना कि विरोधी संस्कारों का अतिक्रमण करके भी उसे श्रद्धा की जा सकती है–उस दिन सुचरिता पर इसी भाव ने पूरा अधिकार जमा लिया था। मन की यह दशा सुचरिता के लिए एकदम नई थी। मत के पार्थक्य को लेकर वह अत्यन्त असहिष्णु थीय परेश बाबू के एक तरह से निर्लिप्त, मीमांसित, शान्त जीवन का दृष्टान्त सामने होते हुए भी बाल्य-काल से ही सांप्रदायिकता से घिरी होने के कारण वह मत को अतिशय एकान्त रूप में देखती थी–उस दिन ही पहली बार उसने मनुष्य के साथ मत को मिला कर देख, एक सजीव-समग्र पदार्थ की रहस्यमय सत्ता अनुभव की। मानव-समाज को केवल मेरा पक्ष और दूसरा पक्ष, इन दो सफेद-काले भागों में नितान्त अलग करके देखने की जो भेद-दृष्टि थी, उस दिन से वह भूल गई थी तथा भिन्न मत के

मनुष्य को मुख्यतः मनुष्य के रूप में इस तरह देख पाई थी कि उसके लिए भिन्न मत गौण हो गया था।

सुचरिता को उस दिन लगा था कि गोरा को उसके साथ बातें करने में एक आनंद अनुभव हो रहा है। वह क्या केवल अपने मत को प्रकट करने का ही आनंद था? उस आनंद-दान में सुचरिता का भी कोई हाथ नहीं था? शायद नहीं था। शायद गोरा के लिए किसी मनुष्य का कोई मूल्य नहीं, वह अपने सिद्धान्त और उद्देश्य को लेकर सबके निकट से एकदम सुदूर हो गया है—मनुष्य उसके लिए सिद्धान्त-प्रयोग का माध्यम भर है।

इन कुछ दिनों सुचरिता विशेष रूप से उपासना में मन लगा रही थी। वह जैसे पहले से अधिक परेश बाबू के आश्रय में रहने की चेष्टा कर रही थी। एक दिन परेश बाबू अपने कमरे में अकेले बैठे पढ़ रहे थे, उसी समय सुचरिता उनके पास आकर चुपचाप बैठ गई।

परेश बाबू ने किताब मेज पर रखते हुए जिज्ञासा की, ''क्या है राधे?''

सुचरिता बोली, ''कुछ नहीं।''

कह कर, यद्यपि उनकी टेबिल पर किताब-कागज व्यवस्थापूर्वक रखे थे, तब भी उन सबको इधर-उधर करके दूसरी तरह से सजाने लगी।

कुछ देर बाद बोली, ''पिताजी, आप जैसे मुझे पहले पढ़ाते थे, उसी तरह अब क्यों नहीं पढ़ाते?''

परेश बाबू ने जरा-सा स्नेहपूर्वक हँसते हुए कहा, ''मेरी छात्रा जो मेरे स्कूल से पास करके निकल गई है! अब तो तुम अपने आप ही पढ़ कर समझ सकती हो।''

सुचरिता ने कहा, ''ना, मैं कुछ नहीं समझ पाती, मैं पहले की तरह ही आपके पास पढ़ूँगी।''

परेश बाबू बोले, ''अच्छा ठीक है, कल से पढ़ाऊँगा।''

सुचरिता थोड़ी देर चुप रह कर अचानक बोली, ''पिताजी, उस दिन विनय बाबू जाति-भेद की बहुत सारी बातें बता रहे थे, आप मुझे उस विषय में कुछ भी क्यों नहीं समझाते?''

परेश बाबू ने कहा, ''बेटी, तुम तो जानती ही हो, तुम लोग अपने आप सोच कर समझने की चेष्टा करोगे, मेरे अथवा अन्य किसी के मत का केवल अभ्यास में आई बात की तरह व्यवहार नहीं करोगे, मैंने तुम्हारे साथ हमेशा उसी तरह बर्ताव किया है। सवाल मन में ठीक तरह जाग उठने के पूर्व ही उस सम्बन्ध में कोई उपदेश देने लगना और भूख लगने के पूर्व ही खाना खाने के लिए देना एक बराबर है, उससे केवल अरुचि और अपच होती है। तुम जब भी मुझसे प्रश्न करोगी, मैं जितना समझता हूँ, उत्तर दूँगा।''

सुचरिता बोली, ''मैं आपसे प्रश्न ही कर रही हूँ, हम जाति-भेद की निन्दा क्यों

करते हैं?"

परेश बाबू ने कहा, "एक बिल्ली के थाली के पास बैठ कर भात खाने में कोई दोष नहीं होता, पर उसी कमरे में एक आदमी के प्रवेश करने भर से भात फेंक देना पड़ता है, मनुष्य के प्रति मनुष्य का ऐसा अपमान और घृणा जिस जाति-भेद में जन्म लेते हैं, उसे अधर्म न कहूँ, तो और क्या कहूँ? जो मनुष्य की इस प्रकार भयानक अवज्ञा कर सकते हों, वे संसार में कभी बड़े नहीं हो सकते, उन्हें दूसरों की अवज्ञा सहनी ही होगी।"

सुचरिता ने गोरा के मुँह से सुनी बात का अनुसरण करते हुए कहा, "वर्तमान समाज में जो विकार उपस्थित हो गया है, उसमें अनेक दोष हो सकते हैं, वे दोष तो समाज की सभी चीजों में घुस गए हैं, क्या उसी कारण असली चीज को दोष दिया जा सकता है?"

परेश बाबू ने अपने स्वाभाविक शान्त स्वर में कहा, "असल चीज कहाँ है, पता होता तो बोल पाता। मैं अपनी आँखों से देख पा रहा हूँ कि हमारे देश में मनुष्य, मनुष्य को असहनीय घृणा कर रहा है और वह हम सभी को बाँटे दे रही है, इस अवस्था में एक काल्पनिक असली चीज की बात सोचकर मन कहाँ सान्त्वना पाता है?"

सुचरिता ने पुनः गोरा लोगों की बातों की प्रतिध्वनि-स्वरूप कहा, "अच्छा, सब को सम-दृष्टि से देखना ही तो हमारे देश का चरम तत्व था।"

परेश बाबू बोले, "सम-दृष्टि से देखना ज्ञान की बात है, हृदय की नहीं। सम-दृष्टि में प्रेम भी नहीं है, घृणा भी नहीं–सम-दृष्टि राग-द्वेष के परे है। मनुष्य का हृदय इस प्रकार के हृदय धर्मविहीन स्थान पर स्थिर होकर खड़ा नहीं रह सकता। उसी कारण हमारे देश में इस प्रकार का साम्य तत्व रहते हुए भी नीच जात को देवालय तक में प्रवेश नहीं करने दिया जाता। यदि देवता के घर में भी हमारे देश में साम्य न रहे, तो दर्शनशास्त्र में वह तत्त्व रहे तो क्या, और न रहे तो क्या?"

सुचरिता बहुत देर तक चुप बैठी मन ही मन परेश बाबू की बात समझने की चेष्टा करती रही। अन्त में बोली, "अच्छा पिताजी, आप विनय बाबू लोगों को यह सब बात समझाने की कोशिश क्यों नहीं करते?"

परेश बाबू ने थोड़ा-सा हँसते हुए कहा, "ऐसा नहीं है कि विनय बाबू लोग बुद्धि कम होने के कारण यह सब बात नहीं समझते, बल्कि अपनी बुद्धि अधिक होने की वजह से ही वे समझना नहीं चाहते, केवल समझाना चाहते हैं। जब वे लोग धर्म की ओर से, अर्थात सबसे बड़े सत्य की ओर से यह सब बात अपने मन से समझना चाहेंगे, तब उन्हें तुम्हारे पिता की बुद्धि की अपेक्षा करते नहीं रह जाना पड़ेगा। इस समय वे दूसरी दिशा में देख रहे हैं, अभी मेरी बात उनके किसी काम नहीं आएगी।"

यद्यपि सुचरिता ने गोरा लोगों की बात श्रद्धा के साथ सुनी थी, तब भी वह उसके संस्कारों के साथ विवाद खड़ा करके उसके अन्तर को वेदना दे रही थी। उसे शान्ति नहीं मिली रही थी। आज परेश बाबू के साथ बात करके उसने क्षण भर के लिए उस विरोध से मुक्ति पा ली। गोराए विनय या और भी कोई किसी भी विषय में परेश बाबू से अधिक अच्छा समझता है, सुचरिता इस बात को किसी भी तरह मन में स्थान नहीं देना चाहती। परेश बाबू के साथ जिसकी मत-भिन्नता हो गई हो, सुचरिता उस पर क्रोधित हुए बिना नहीं रह पाती। अब गोरा के साथ हुई चर्चा के बाद गोरा की बात को किसी भी तरह क्रोध या अवज्ञा में नहीं उड़ा पा रही थी, इसी कारण सुचरिता एक कष्ट का अनुभव कर रही थी। इसी वजह से फिर से बचपन की भाँति परेश बाबू का–उनकी छाया के समान, नियत आश्रय पाने के लिए उसके हृदय में व्याकुलता उपस्थित हो गई थी। सुचरिता कुर्सी से उठ कर दरवाजे तक गईए फिर लौट कर परेश बाबू के पीछे उनकी कुर्सी की पीठ पर हाथ टिका कर कहा, "पिताजी, आज संध्या में मुझे साथ लेकर उपासना करो।"

परेश बाबू बोले, "अच्छा।"

उसके बाद अपने सोने वाले कमरे में जाकर दरवाजा बंद करके सुचरिता ने गोरा की बात को पूरी तरह से अग्राह्य करने की चेष्टा की। किन्तु गोरा का वही बुद्धि और विश्वास से उद्दीप्त चेहरा उसकी आँखों के सामने जागा रहा। उसके मन में होने लगा, गोरा की बात केवल बात नहीं है, वह मानो गोरा स्वयं है, उस बात की आकृति है, उसमें गति है, प्राण हैं–वह विश्वास के बल और स्वदेश-प्रेम की वेदना से परिपूर्ण है। वह मत नहीं है, जिससे प्रतिवाद करके निष्कृति पाई जा सके–वह संपूर्ण मनुष्य है–और वह मनुष्य साधारण मनुष्य नहीं है। उसे धक्का देकर गिराने को हाथ नहीं उठता। एक भारी द्वन्द्व में फँस कर सुचरिता को रोना आने लगा। कोई उसे इतनी बड़ी दुविधा में धकेल कर पूरी तरह उदासीन की भाँति अनायास दूर चला जा सकता है, यह सोच कर उसके हृदय ने फट जाना चाहा, इतने पर भी कष्ट पा रही है, इस कारण भी उसके धिक्कार की सीमा न रही।

24

यह तय हुआ था कि विनय अंगरेजी कवि ड्राईडन की एक संगीतविषयक कविता का भावाभिव्यक्तिसहित पाठ करता जाएगा और लड़कियाँ उपयुक्त साज-सज्जा में काव्य-लिखित व्यापार का मंच पर मूक अभिनय करती रहेंगी। इसके अतिरिक्त लड़कियाँ भी अंगरेजी कविता-पाठ और गान आदि प्रस्तुत करेंगी।

वरदासुन्दरी ने विनय को भारी भरोसा दिया था कि वे किसी तरह उसे तैयारी

करवा लेंगी। उन्होंने स्वयं अतिसाधारण अंगरेजी सीखी थी। वे अपने दल के एक-दो पण्ड़ित लोगों पर निर्भर थीं।

किन्तु जब अखाड़ा बैठा, तो विनय ने अपने कविता-पाठ से वरदासुन्दरी के पण्डित-समाज को विस्मित कर दिया। अपनी मण्डली के बाहर के इस व्यक्ति को शिक्षित करने के सुख से वरदासुन्दरी वंचित रह गईं। जो पहले विनय का, किसी विशेष के रूप में सम्मान नहीं करते थे, वे ही इतनी अच्छी अंगरेजी पढ़ने की वजह से मन ही मन उसे श्रद्धा किए बिना नहीं रह सके। यहाँ तक कि हारान बाबू ने भी उससे कभी-कभी अपने अखबार में लिखने का अनुरोध किया। और सुधीर ने अपनी छात्र-सभा में कभी-कभी अंगरेजी में भाषण करने के लिए विनय से आग्रह-भरा अनुरोध करना शुरू कर दिया।

ललिता की हालत बड़ी विचित्र-सी हो गई। किसी को भी विनय की कोई सहायत नहीं करनी पड़ी, इससे उसे खुशी भी हुई और इससे उसके मन में एक असन्तोष भी पैदा हुआ। विनय उनमें से किसी से भी कम नहीं है, बल्कि उन सभी से अच्छा है, वह मन ही मन अपना श्रेष्ठत्व अनुभव करेगा तथा उनसे कुछ भी सीखने की प्रत्याशा नहीं रखेगा, यह बात उसे चोट पहुँचाने लगी। विनय के सम्बन्ध में वह क्या चाहती है, कैसा होने पर उसका मन अधिक सहज-अवस्था को प्राप्त करेगा, यह वह स्वयं ही नहीं समझ पाई। बीच में उसकी नाराजगी छोटे-मोटे विषयों में तीव्र रूप में प्रकट होकर घूम-फिर कर विनय को ही लक्ष्य बनाने लगी। यह विनय के साथ न्याय नहीं है और शिष्टता भी नहीं. इसे वह स्वयं समझ गई, समझ कर उसे पीड़ा हुई और उसने अपने को दबाने की कोशिश की, किन्तु अतिसाधारण अवसर पर भी उसकी असंगत अन्तर्ज्वाला संयम के शासन का उल्लंघन करके क्यों बाहर आ जाती है, इसे वह समझ नहीं पाती। पहले जिस कार्य में शामिल होने के लिए वह विनय को निरन्तर उत्तेजित करती रही, अब उसी से हटाने के लिए उसे परेशान कर डाला। किन्तु अब विनय क्या कह कर सारे आयोजन को नष्ट-भ्रष्ट करके पलायनवादी बन जाए? समय भी कोई अधिक नहीं; और अपने में एक नव-नैपुण्य खोज कर वह स्वयं भी इस कार्य के प्रति उत्साहित हो उठा है।

अन्त में ललिता ने वरदासुन्दरी से कहा, "मैं इसमें नहीं रहूँगी।"

वरदासुन्दरी अपनी मँझली बेटी को अच्छी तरह जानती हैं, इसीलिए नितान्त शंकित होकर पूछा, "क्यों?"

ललिता ने कहा, "मैं कर जो नहीं सकती।"

वस्तुतः जब से विनय को अनाड़ी सिद्ध करने का उपाय नहीं रह गया था, तब से ही ललिता विनय के सामने किसी भी तरह काव्य-पाठ अथवा अभिनय का अभ्यास नहीं करना चाहती थी। वह कहती, 'मैं अपने आप अलग अभ्यास करूँगी।' इससे सभी के अभ्यास में बाधा पड़ती, किन्तु ललिता को कैसे भी टस से मस नहीं किया

जा सका। अन्त में हार मान कर ललिता को अभ्यास से बाहर रखकर ही काम चलाना पड़ा।

किन्तु जब आखरी समय पर ललिता ने एकदम ही अलग हो जाना चाहा तो वरदासुन्दरी के सिर पर वज्राघात हुआ। वे जानती थीं, उनके द्वारा इसका समाधान हो ही नहीं पाएगा। ऐसे में वे परेश बाबू की शरणापन्न हुईं। परेश बाबू साधारण विषयों में कभी भी अपनी बेटियों की इच्छा-अनिच्छा में हस्तक्षेप नहीं करते थे। लेकिन उन लोगों ने मजिस्ट्रेट को वचन दिया है, उसी के अनुसार उस पक्ष ने भी तैयारी की है, समय भी बहुत कम है, यही सब विचार कर परेश बाबू ने ललिता को बुला कर उसके सिर पर हाथ रखते हुए कहा, "ललिता, अब तुम्हारा छोड़ देना अनुचित होगा।"

ललिता रोदनरुद्ध कंठ से बोली, "पिताजी, मैं कर नहीं सकती! मुझसे होता नहीं।"

परेश ने कहा, "तुमसे अच्छी तरह न हो पाने से तुम्हारा अपराध नहीं होगा, किन्तु न करना अन्याय हो जाएगा।"

ललिता मुख नीचा किए खड़ी रही, परेश बाबू बोले, "बेटी, जब तुमने दायित्व लिया है, तो तुम्हें तो संपन्न करना ही होगा। अगर अहंकार को घाव लग गया तो—यह सोच कर तो पलायन करने का समय नहीं है। लग जाए ना घाव, उसे अग्राह्य करके भी तुम्हें कर्तव्य करना होगा। नहीं कर पाएगी बेटी?"

ललिता ने पिता के चेहरे की ओर मुख उठा कर कहा, "कर पाऊँगी।"

उसी दिन संध्या-वेला में, विशेषकर विनय के सामने समस्त संकोच पूरी तरह छोड़ कर, वह मानो एक अतिरिक्त बल के साथ, जैसे स्पर्धा के भाव से अपने काम में जुट गई। विनय ने अब तक उसका आवृत्ति-पाठ नहीं सुना था। आज सुन कर आश्चर्यचकित हो गया। ऐसा सुस्पष्ट सतेज उच्चारण, कहीं भी रंच मात्र जड़ता नहीं, और भाव-प्रकाश में ऐसा एक संशयहीन बल कि विनय को सुन कर प्रत्याशातीत आनंद मिला। यह कंठ-स्वर उसके कानों में बहुत देर तक बजता रहा।

कविता की आवृत्ति में अच्छे आवृत्तिकार के प्रति श्रोताओं के मन में एक विशेष मोह उत्पन्न हो जाता है। कविता का भाव उसके पाठक को महिमा प्रदान करता है—वह जैसे उसके कंठ-स्वरए उसकी मुखश्री, उसके चरित्र के साथ जड़ित दिखाई देता है। जैसे फूल, पौधे की शाखा पर, वैसे ही कविता भी आवृत्तिकार के भीतर प्रस्फुटित होकर उसे विशेष संपदा का दान करती है।

ललिता भी विनय के लिए कविता-मण्डित हो उठने लगी। अब तक ललिता अपनी तीक्ष्णता द्वारा विनय को निरन्तर उत्तेजित किए रखती थी। जैसे, जहाँ दर्द होता है, केवल वहीं हाथ पड़ता है, वैसे ही विनय भी कितने दिन ललिता के उष्ण वाक्यों और तीखी हँसी को छोड़ कर और कुछ सोच ही नहीं पाया। ललिता ने क्यों ऐसा

किया, क्यों वैसा बोला, वह बारम्बार उसी की विवेचना करता रहा, जितना ही वह ललिता के असंतोष के रहस्य को नहीं भेद पाया, उतनी ही ललिता की चिन्ता उसके मन पर अधिकार किए रही। प्रातःकाल नींद से जगने पर अचानक वही बात उसके मन में उभर आती, परेश बाबू के घर आते समय प्रतिदिन उसके मन में वितर्क उपस्थित हो जाताए आज न जाने ललिता को किस रूप में देखना होगा! जिस दिन ललिता लेशमात्र प्रसन्नता प्रकट करतीए उस दिन मानो, विनय के प्राण बच जाते और यही चिन्ता करता रहता कि कैसे वह भाव स्थायी हो, किन्तु ऐसा कोई उपाय नहीं खोज पाता जो उसके अधिकार में हो।

इन कई दिनों के मनोमंथन के पश्चात ललिता के काव्य-पाठ के माधुर्य ने विनय को विशेष रूप से और प्रबल रूप में आन्दोलित कर दिया। उसे इतना अच्छा लगा कि सोच ही नहीं पाया कि क्या कह कर प्रशंसा करे! ललिता के मुँह पर उसे अच्छी-बुरी कोई भी बात कहने का साहस नहीं होता—क्योंकि उसे अच्छा कहने से ही वह खुश हो जाएगी, मानव-चरित्र का यह साधारण नियम ललिता पर लागू नहीं होता—इतना किए शायद साधारण नियम होने के कारण ही लागू नहीं होता—इसी कारण विनय ने उच्छ्वसित हृदय से वरदासुन्दरी से ललिता की क्षमता की अजस्र प्रशंसा की। इससे विनय की विद्या और बुद्धि के प्रति वरदासुन्दरी की श्रद्धा और मजबूत हो गई।

एक और आश्चर्यजनक बात दिखाई दी। ललिता ने जब स्वयं अनुभव किया कि उसका आवृत्ति-पाठ और अभिनय अनिंद्य हो गया है—जिस प्रकार सुगठित नौका लहरों के ऊपर से चली जाती है, उसी प्रकार उसने भी उतने ही सुन्दर ढंग से अपने कर्तव्य की दुरूहता को पार कर लिया है—तब से विनय के प्रति उसका तीखापन भी दूर हो गया। विनय को विमुख करने की उसकी कोई कोशिश नहीं रही। इस आयोजन में उसका उत्साह बढ़ गया और रिहर्सल के कार्य में विनय के साथ उसका सहयोग घनिष्ठ हो गया। इतना किए, आवृत्ति-पाठ अथवा अन्य किसी सम्बन्ध में विनय से परामर्श लेने में उसे जरा भी आपत्ति नहीं रही।

ललिता के इस परिवर्तन से मानो, विनय की छाती से एक पत्थर का बोझ हट गया। इतना आनंद हुआ कि जब-तब आनंदमयी के पास जाकर बालकों की भाँति ऊधम मचाने लगा। सुचरिता के पास बैठ कर बतियाने के लिए उसके मन में बातें जमा हो गई थीं, पर आजकल उसकी सुचरिता के साथ भेंट नहीं होती। सुयोग पाते ही ललिता के संग बातें करने बैठ जाता, किन्तु उसे ललिता के सामने विशेष सावधान होकर ही बात कहनी पड़ती, ललिता मन-ही-मन उसका और उसकी सारी बातों का विवेचन करती है, यह जानने के कारण ललिता के सामने उसकी बातों की धारा में स्वाभाविक-वेग नहीं रहता। ललिता बीच-बीच में कहती, "आप मानो, किताब पढ़ आकर बात कह रहे हैं, इस तरह क्यों बोलते हैं?"

विनय उत्तर देता, "मैं जो इतनी आयु तक केवल किताबें ही पढ़ता आ रहा हूँ, उसी कारण मन छपी किताब की तरह हो गया है।"

ललिता कहती, "आप बहुत अच्छे ढंग से कहने की चेष्टा मत कीजिए—अपनी बात ठीक से कहते जाइए। आप इतने चमत्कारपूर्ण ढंग से बोलते हैं कि मुझे संदेह होता है, आप और किसी की बात सोच कर उसे सजा करकह रहे हैं।"

इसी कारण, स्वाभाविक क्षमतावश भी कोई बात अधिक सुसज्जित ढंग से मन में आने पर, ललिता से कहते समय विनय को उसे सायास साधारण बना कर और स्वल्प करके बोलना पड़ता। मुँह में हठात् कोई अलंकृत वाक्य आ जाने पर वह लज्जित हो उठता।

ललिता के मन के भीतर मानो, एक अकारण मेघ के छँट जाने से उसका हृदय निर्मल हो उठा। वरदासुन्दरी भी उसके बदलाव को देख कर आश्चर्यचकित हो गईं। वह अब पहले की भाँति बात-बात में आपत्ति प्रकट करके विमुख होकर नहीं बैठ जाती, सभी कार्यों में उत्साहपूर्वक योग देती है। आगामी अभिनय की साज-सज्जा इत्यादि सभी विषयों में उसके मन में प्रतिदिन नाना प्रकार की नई-नई कल्पनाएँ उदित होने लगीं, उन्हीं को लेकर उसने सबको परेशान कर डाला। इस सम्बन्ध में वरदासुन्दरी का उत्साह चाहे जितना अधिक हो, वे खर्च की बात भी सोचती हैं—उसी कारणए ललिता जब अभिनय-व्यापार से विमुख थी, तब जैसे उनकी उत्कंठा का कारण घटा था, अब उसी प्रकार उसकी उत्साहित अवस्था से भी उनके सामने संकट उपस्थित हो गया। किन्तु ललिता की उत्तेजित कल्पना-वृत्ति पर आघात करने का साहस भी नहीं होता, उसे जिस कार्य में उत्साह होता है, उस कार्य में कहीं भी लेशमात्र अधूरापन घट जाने पर वह एकदम हताश हो जाती है, उसमें भाग लेना ही उसके लिए असंभव हो उठता है।

ललिता अपने मन की इस उच्छ्‌वसित अवस्था में व्यग्र-भाव से अनेक बार सुचरिता के पास गई। सुचरिता भले ही हँसती, बातें भी करतीए किन्तु ललिता बार-बार उसमें एक परेशानी अनुभव करती, वह मन ही मन नाराज होकर लौट आती।

उसने एक दिन परेश बाबू के पास जाकर कहा, "पिताजी, सुचि दीदी कोने में बैठे-बैठे किताब पढ़ेंगी और हम अभिनय करने जाएँगे, वह नहीं होगा। उन्हें भी हमारे साथ शामिल होना होगा।"

परेश बाबू भी कई दिन से सोच रहे थे, सुचरिता किस तरह अपनी संगिनियों से दूर होती जा रही है। उन्हें आशंका हो रही थी कि यह दशा उसके स्वभाव के लिए स्वास्थ्यकर नहीं है। आज उन्हें ललिता की बात सुन कर लगा कि आमोद-प्रमोद में सबके साथ शामिल न हो पाने पर सुचरिता में अलगाव के भाव को प्रश्रय मिलेगा। परेश बाबू ने ललिता से कहा, "अपनी माँ से कहो ना रे!"

ललिता बोली, "माँ से तो कहूँगी ही, किन्तु सुचि दीदी को राजी करने का भार

आपको लेना होगा।"

जब परेश बाबू ने कहा, तो सुचरिता और आपत्ति नहीं कर पाई—वह अपने कर्तव्य-पालन में अग्रसर हुई।

सुचरिता के, कोने से बाहर आते ही विनय ने उसके साथ पहले की भाँति बातचीत जमाने की चेष्टा की, लेकिन इन कुछ दिनों में क्या हुआ था कि वह अच्छी तरह सुचरिता की निकटता नहीं पा सका। उसकी मुखश्री में, उसके दृष्टिपात में ऐसा एक सुदूरता का भाव प्रकट हो रहा था कि उसकी ओर बढ़ने में संकोच होता। पहले भी मेलजोल और काज-कर्म में सुचरिता में एक निर्लिप्तता थी, अब वह अत्यन्त स्पष्ट हो गई है। वह जो अभिनय के अभ्यास में योग दे रही थी, उसमें भी उसका अलगाव समाप्त नहीं हुआ था। काम के लिए जितनी आवश्यकता होती, वह उतने को निबटा कर चली जाती। सुचरिता के इस दूरत्व ने पहले विनय को बहुत चोट पहुँचाई। विनय मिलनसार व्यक्ति है, जिनके साथ उसका सौहार्द हो, उनकी ओर से कोई बाधा पाने पर विनय के लिए अत्यन्त कठिन हो जाता है। इस परिवार में वह इतने दिन से सुचरिता से विशेष रूप से आदर प्राप्त करता आया है, अब हठात् बिना किसी कारण के प्रतिहत होकर बड़ी वेदना पाई। किन्तु जब समझ में आया कि इसी एक कारण से ललिता के मन में भी सुचरिता के प्रति अभिमान पैदा हो गया है, तो विनय को सान्त्वना मिली और ललिता के साथ उसका सम्बन्ध और घनिष्ठ हो गया। उसने अपनी ओर से सुचरिता को बच कर चलने का अवकाश ही नहीं दिया, उसने स्वयं ही सुचरिता के साथ निकट सम्बन्ध का परित्याग कर दिया और इस प्रकार देखते-देखते सुचरिता विनय से बहुत दूर चली गई।

इस बार, कई दिन गोरा के उपस्थित न रहने के कारण विनय अत्यन्त अबाध रूप से परेश बाबू के परिवार के साथ प्रत्येक प्रकार से मेलजोल के लिए जा पा रहा था। विनय के स्वभाव को ऐसे मुक्त भाव में प्रकट हुआ पाकर परेश बाबू के घर के सभी ने विशेष तृप्ति अनुभव की। विनय ने भी अपनी इस अबाध स्वाभाविक अवस्था को प्राप्त करके जैसा आनंद पाया, वैसा और कभी नहीं पाया था। वह इन सबको ही अच्छा लग रहा है, यह अनुभव करके उसकी अच्छा लगने की शक्ति और भी बढ़ गई।

प्रकृति के इस प्रसार के समयए अपने को स्वतन्त्र शक्ति के रूप में अनुभव करने के दिन, सुचरिता विनय से दूर चली गई। कोई अन्य समय होने पर यह क्षति, यह आघात दुःसह होता, किन्तु अब वह उससे सहजता से पार हो गया। आश्चर्य यह कि सुचरिता के भावान्तर को लक्षित करके ललिता ने भी पूर्व की भाँति अभिमान प्रकट नहीं किया। क्या आवृत्ति और अभिनय के उत्साह ने ही उस पर पूरा अधिकार जमा लिया था?

इधर सुचरिता को अभिनय में योग देते देख कर हारान बाबू भी हठात् उत्साहित

हो उठे। उन्होंने स्वयं प्रस्ताव किया कि वे 'पैराडाइज लॉस्ट' से एक अंश की आवृत्ति करेंगे तथा ड्राइडन की काव्य-आवृत्ति की भूमिका स्वरूपए संगीत की मोहिनी शक्ति के सम्बन्ध में एक छोटा-सा भाषण देंगे। वरदासुन्दरी इस पर मन ही मन बहुत असन्तुष्ट हुईं, ललिता भी सन्तुष्ट नहीं हुई। हारान बाबू स्वयं मजिस्ट्रेट के साथ भेंट करके इस प्रस्ताव को पहले ही पक्का कर आए थे। ललिता ने जब कहा कि कार्यक्रम को इतना लम्बा खींचने पर मजिस्ट्रेट शायद आपत्ति करें, तो हारान बाबू ने पॉकेट से मजिस्ट्रेट का कृतज्ञताज्ञापक पत्र निकाल ललिता के हाथ में थमा कर उसे निरुत्तर कर दिया।

गोरा बिना काम के भ्रमण पर बाहर चला गया है, कोई नहीं जानता, कब लौटेगा। यद्यपि सुचरिता ने सोचा था कि वह इस सम्बन्ध में किसी बात को मन में जगह नहीं देगी, तब भी उसके मन में प्रतिदिन ही आशा जन्म लेती कि शायद आज गोरा आएगा। वह किसी भी तरह मन में इस आशा का दमन नहीं पाती। गोरा की उदासीनता और अपने मन की इस बेबसी से जब वह निरतिशय पीड़ा अनुभव कर रही थी, जब उसका चित्त किसी प्रकार इस जाल को तोड़ कर निकल भागने को व्याकुल हो उठा था, ऐसे ही समय एक दिन हारान बाबू ने विशेष रूप से, ईश्वर का नाम लेकर सुचरिता के साथ अपने सम्बन्ध को पक्का करने काए परेश बाबू से पुनः अनुरोध किया। परेश बाबू ने कहा, "अभी तो विवाह में देर है, इतनी जल्दी बंध जाना क्या ठीक है?"

हारान बाबू ने कहा, "विवाह के पूर्व कुछ समय इस आबद्ध अवस्था में व्यतीत करना दोनों के मन की परिणति के लिए विशेष आवश्यक समझता हूँ। प्रथम परिचय और विवाह के बीच इस प्रकार का एक आध्यात्मिक सम्बन्ध, जिसमें सांसारिक दायित्व नहीं, पर बन्धन है—यह विशेष उपकारी है।"

परेश बाबू बोले, "अच्छा, सुचरिता से पूछ देखूँ!"

हारान बाबू ने कहा, "उन्होंने तो पहले ही सहमति दे दी है।"

हारान बाबू के प्रति सुचरिता के मन के भाव के सम्बन्ध में परेश बाबू को अभी संदेह था, उसी कारण उन्होंने स्वयं सुचरिता को बुला कर उसके सामने हारान बाबू का प्रस्ताव उपस्थित किया। सुचरिता अपने दुविधाग्रस्त जीवन को कहीं भी चूडान्त-भाव से समर्पित कर पाए, तो बचे—इसीलिए उसने अविलम्ब और निश्चित भाव से इस प्रकार सहमति दी कि परेश बाबू का सारा संदेह दूर हो गया। विवाह के इतना पहले बंध जाना करणीय है या नहीं, उन्होंने इसकी अच्छी तरह विवेचना करने का सुचरिता से अनुरोध किया—इतने पर भी सुचरिता ने इस प्रस्ताव पर जरा भी आपत्ति नहीं की।

तय हुआ कि ब्राउनला साहब का निमन्त्रण निबटा कर लौटने के बाद एक विशेष दिन सबको बुला कर भावी दम्पति का सम्बन्ध पक्का कर दिया जाएगा।

क्षण भर को सुचरिता को लगा कि उसका मन जैसे राहू का ग्रास बनने से बच गया है। उसने मन ही मन तय किया कि हारान बाबू से विवाह करके ब्राह्म-समाज के काम में योग देने के लिए वह मन को कठोर रूप में तैयार करेगी। ऐसा संकल्प किया कि हारान बाबू से थोड़ा-थोड़ा करके धर्म-तत्व के सम्बन्ध में अंगरेजी पुस्तक पढ़ कर उन्हीं के निर्देशानुसार चलेगी। उसके लिए जो कठिन था, इतना कि अप्रिय था, उसी को ग्रहण करने की प्रतिज्ञा करके मन में खूब दर्प अनुभव किया।

वह कुछ दिनों से हारान बाबू द्वारा संपादित अंगरेजी समाचारपत्र नहीं पढ़ती। आज छपते ही वह समाचारपत्र उसके हाथों में आ गया। प्रतीत होता है, हारान बाबू ने विशेष रूप से भिजवा दिया है।

सुचरिता समाचारपत्र लेकर कमरे में गई और स्थिर हो बैठ कर परम कर्तव्य की भाँति उसकी पहली पंक्ति से ही पढ़ना प्रारंभ कर दिया। श्रद्धापूर्ण चित्त से अपने को छात्रा के समान मान कर इस पत्रिका से उपदेश ग्रहण करने लगी।

जहाज पाल के सहारे चलते-चलते सहसा पहाड़ से धक्का खाकर टेढ़ा हो गया। इस अंक में 'पुरातन पागल' शीर्षक एक लेख है, इसमें उन पर आक्रमण किया गया है, जो वर्तमान-काल में रहते हुए भी प्राचीन काल की ओर मुँह घुमाए हुए हैं। ऐसा नहीं कि युक्तियाँ असंगत हैं, वस्तुतः सुचरिता भी उसी तरह की युक्तियाँ खोजती रही थी, किन्तु लेख पढ़ने भर से ही वह समझ गई कि इस आक्रमण का लक्ष्य गोरा है। यद्यपि उसका नाम नहीं है, उसके लिखे किसी लेख का उल्लेख भी नहीं है। जैसे सैनिक बन्दूक की प्रत्येक गोली से एक-एक मनुष्य को मार कर खुश होता है, उसी प्रकार इस लेख के प्रत्येक वाक्य से किसी सजीव पदार्थ के बिंधने की हिंसा का आनंद व्यक्त हो रहा है।

यह लेख सुचरिता के लिए असह्य हो उठा। इसकी प्रत्येक युक्ति को प्रतिवाद द्वारा खण्ड-खण्ड कर डालने की उसकी इच्छा हुई। वह मन-ही-मन बोली, यदि गौरमोहन बाबू चाहें तो इस लेख को वे धूल में लुटा सकते हैं। गोरा का उज्ज्वल मुख उसकी आँखों के समक्ष ज्योतिर्मय रूप में जाग उठा और उसका प्रबल कंठ-स्वर सुचरिता के हृदय के भीतर तक ध्वनित हो उठा। उस मुख की और वाणी की असाधारणता के सामने इस लेख तथा इसके लेखक की क्षुद्रता इतनी तुच्छ हो उठी कि सुचरिता ने समाचारपत्र को मिट्टी में फेंक दिया।

उस दिन, बहुत समय बाद सुचरिता अपने आप विनय के पास आकर बैठी और उससे बातों-बातों में बोली, "अच्छा, आपने जो कहा था कि जिन सब पत्रों में आप लोगों का लिखा हुआ निकला है, मुझे पढ़ने को ला देंगे, क्यों नहीं दिया?"

विनय ने यह बात नहीं कही कि इस बीच सुचरिता का भावान्तर देख कर उसने अपना वचन निभाने का साहस नहीं किया—वह बोला, "मैंने वे सब इकट्ठे करके रख लिए हैं, कल ही ला दूँगा।"

विनय दूसरे दिन पुस्तिकाओं और समाचारपत्रों की एक पोटली लाकर सुचरिता को दे गया। सुचरिता ने उस सबको हाथ में लिया और पढ़ा नहीं, बक्से में रख दिया। पढ़ने की अत्यधिक इच्छा होने के कारण ही नहीं पढ़ा। चित्त को किसी भी तरह विक्षिप्त न होने देने की प्रतिज्ञा करके अपने विद्रोही चित्त को पुनर्वार हारान बाबू के शासन के अधीन समर्पित कर उसने और एक बार सान्त्वना अनुभव की।

25

रविवार की सुबह आनंदमयी पान बना रही थीं, शशिमुखी उनके पास बैठी सुपारी काट कर ढेर लगा रही थी। ऐसे ही समय, विनय के कमरे में प्रवेश करते ही शशिमुखी अपनी गोदी के आँचल से सुपारी फेंक कर जल्दी से कमरा छोड़ कर भाग गई। आनंदमयी जरा-सा धीरे से हँसीं।

विनय सभी के साथ बंधुत्व स्थापित कर लेता था। इतने दिन तक शशिमुखी के साथ उसकी पर्याप्त आन्तरिकता थी। दोनों पक्षों में ही एक दूसरे के साथ खूब उत्पात मचता था। शशिमुखी ने विनय के जूते छिपा कर, उससे बदले में कहानी की अदायगी का उपाय खोज लिया था। विनय ने शशिमुखी के जीवन की एक-दो साधारण घटनाओं को आधार बना कर उनमें यथेष्ट रंग फैला कर एक-दो कहानियाँ गढ़ कर रख ली थीं। उनकी अवतारणा करने पर शशिमुखी बड़ी ही लांछित होती। पहले वह वक्ता पर मिथ्या भाषण का आरोप लगा कर ऊँचे स्वर में प्रतिवाद की चेष्टा करती, उसमें हार मान कर कमरा छोड़ कर भाग जाती। उसने भी विनय के जीवन-चरित को विकृत करके पलट-कहानी गढ़ने की कोशिश की—किन्तु रचना-शक्ति में विनय के समकक्ष न होने के कारण वह इस सम्बन्ध में कोई बड़ी सफलता प्राप्त नहीं कर पाई।

जो हो, विनय के इस घर में आते ही शशिमुखी सब काम छोड़ कर उसके साथ ऊधम मचाने के लिए भाग आती। एक-एक दिन इतना उत्पात मचाती कि आनंदमयी उसे डाँटती, किन्तु दोष तो केवल उसका अकेली का नहीं था, विनय उसे इस तरह भड़का देता कि उसके लिए अपने को रोक पाना असंभव हो जाता। आज जब वही शशिमुखी विनय को देख जल्दी से कमरा छोड़ कर भाग गई, तो आनंदमयी हँसीं, लेकिन वह हँसी आनंद की हँसी नहीं थी।

इस छोटी घटना ने विनय पर भी ऐसा आघात किया कि वह कुछ देर चुप होकर बैठा रहा। विनय के लिए शशिमुखी से ब्याह करना कितना असंगत है, यह इस तरह की छोटी-मोटी घटनाओं से प्रकट हो जाता है। विनय ने जब सहमति दी थी, तब उसने केवल गोरा के साथ अपने बन्धुत्व की बात सोची थी, कल्पना द्वारा अनुष्ठान

को अनुभव नहीं किया था। इसके अतिरिक्त, हमारे देश में विवाह प्रधानतः व्यक्तिगत नहीं होता, वह पारिवारिक होता है, इस बात पर गर्व करते हुए विनय ने समाचारपत्र में अनेक लेख लिखे हैं, इस संदर्भ में स्वयं भी किसी व्यक्तिगत इच्छा या वितृष्णा को मन में स्थान नहीं देता। आज जो शशिमुखी, विनय को देखते ही उसे अपना वर समझ, जीभ काट कर भाग गई, इसमें शशिमुखी के साथ अपने भावी सम्बन्ध का एक चेहरा उसे दिखाई दे गया। पल भर में उसका संपूर्ण अन्तःकरण विद्रोही हो उठा। गोरा उसे उसकी प्रकृति के विरुद्ध कितनी दूर तक लिए जा रहा था, यह सोचते ही उसे गोरा पर क्रोध आया, अपने ऊपर धिक्कार पैदा हुआ, और आनंदमयी ने जो प्रारंभ से ही इस विवाह का निषेध किया था:, उसे याद करके उनकी सूक्ष्मदर्शिता के कारण विनय का मन उनके प्रति विस्मयमिश्रित भक्ति से परिपूर्ण हो उठा।

आनंदमयी विनय के मन का भाव ताड़ गईं। वे उसके मन को दूसरी ओर फिराने के लिए बोलीं, "विनय, कल गोरा की चिट्ठी मिली।"

विनय ने थोड़े अन्यमनस्क भाव से कहा, "क्या लिखा है?"

आनंदमयी ने कहा, "अपने तो कोई खास समाचार नहीं दिए। देश के हीन लोगों की दुर्दशा देख दुख प्रकट करते हुए लिखा है। घोषपाड़ा नाम के किसी एक गाँव में मजिस्ट्रेट ने क्या सब अन्याय किया, उसी का वर्णन किया है।"

गोरा के विरुद्ध एक प्रतिकूल भाव की उत्तेजना में क्रोधित होकर विनय बोल पड़ा, "गोरा की दृष्टि दूसरों की ओर है, और हम लोग समाज की छाती पर सवार होकर प्रतिदिन जो सब अत्यचार कर रहे हैं, उन्हें केवल क्षमा कर देना होगा, और कहना होगा कि ऐसा सत्कर्म और कुछ नहीं हो सकता!"

हठात् इस रूप में गोरा पर दोषारोपण करके विनय को जैसे अपने को दूसरे पक्ष में खड़ा करते देख आनंदमयी हँसीं।

विनय बोला, "माँ, तुम हँस रही हो! सोच रही हो, विनय अचानक इस तरह क्यों भड़कने लगा? तुम्हें बताऊँ, गुस्सा क्यों आता है! उस दिन सुधीर मुझे उन लोगों के नैहाटी स्टेशन के अपने एक दोस्त के बाग़ान में ले गया था। हमारे स्याल्दह छोड़ते ही वर्षा आरंभ हो गई। गाड़ी जब सोदपुर स्टेशन पर रुकी तो देखा, साहबी कपड़े पहने एक बंगाली ने भव्य छाता सिर पर लगाए अपनी पत्नी को गाड़ी से उतारा। स्त्री की गोद में एक बच्चा था, देह पर ओढ़ी मोटी चादर में किसी तरह उस बच्चे को ढके, खुले स्टेशन के एक किनारे खड़ी वह बेचारी शीत और लज्जा से गुड़ीमुड़ी भीगने लगी–उसके पति ने सामान लिए सिर पर छाता लगाए चीख चिल्लाहट मचा दी। मुझे एक पल में समझ में आ गया, सारे बंगाल देश में क्या धूप में, क्या बारिश में, क्या भद्र-वर्ग क्या अभद्र-वर्ग, किसी स्त्री के सिर पर छाता नहीं। जब देखा कि पति निर्लज्जता के साथ सिर पर छाता लगाए है, और उसकी पत्नी देह पर चादर ढके चुपचाप भीग रही है, इस व्यवहार की मन में भी निन्दा नहीं कर रही है, और

पूरे स्टेशन पर किसी भी व्यक्ति के मन को यह रंचमात्र अन्याय नहीं लग रहा है, तब से मैंने प्रतिज्ञा कर ली—हम लोग स्त्रियों का अत्यधिक आदर करते हैं—उन्हें लक्ष्मी के रूप में, देवी के रूप में समझते हैं, यह सब अलीक काव्य-कथा और कभी मुँह से भी उच्चरित नहीं करूँगा। हम लोग देश को कहते हैं मातृभूमि, किन्तु देश की उसी नारी मूर्ति की महिमा को देश की स्त्रियों में प्रत्यक्ष न करें—यदि हम लोग बुद्धि में, शक्ति में, कर्तव्यबोध के औदार्य में अपनी नारियों को पूर्ण परिणत सतेज सबल रूप में न देखें—यदि घर में दुर्बलता संकीर्णता और अपरिणति ही देखते रहें—तो कभी भी हम लोगों को देश की उपलब्धि उज्ज्वल रूप में नहीं होगी।

अपने उत्साह से हठात् लज्जित होकर विनय ने स्वाभाविक स्वर में कहा, "माँ, तुम सोच रही हो, विनय कभी-कभी इस तरह की बड़ी-बड़ी बातों वाला भाषण झाडने लगता है—आज भी उस पर भाषणबाजी चढ़ गई है। आदत के चलते मेरी बातें भाषण की भाँति हो जाती हैं, पर आज यह मेरी भाषणबाजी नहीं है। देश की नारियाँ देश में कितनी आगे हैं, मैं तो अच्छी तरह समझ ही नहीं पाया, कभी सोचा भी नहीं। माँ, और अधिक बकवास नहीं करूँगा। मेरे अधिक बोलने के कारण मेरी बातों को कोई मेरे मन की बातों के रूप में विश्वास नहीं करता। अब से बातें कम करूँगा।"

कह कर विनय ने और देरी न कर उत्साहदीप्त चित्त के साथ प्रस्थान किया।

आनंदमयी ने महिम को बुला कर कहा, "बेटा, विनय के साथ हमारी शशिमुखी का ब्याह नहीं होगा।"

महिम—क्यों? तुम्हारी असहमति है?

आनंदमयी—यह सम्बन्ध अन्त तक टिकेगा नहीं, इसी कारण मेरी असहमति है, अन्यथा असहमत क्यों होऊँगी?

महिम—गोरा राजी है, विनय भी राजी है, फिर भी टिकेगा क्यों नहीं? यदि तुम सहमति न दो, तो विनय यह कार्य नहीं करेगा, वह मैं अवश्य जानता हूँ।

आनंदमयी—विनय को मैं तुमसे अच्छा जानती हूँ।

महिम—गोरा से भी अधिक?

आनंदमयी—हाँ, गोरा से भी अच्छा जानती हूँ, इसी कारण सब ओर से सोच कर मैं सहमत नहीं हो पा रही हूँ।

महिम—अच्छा, गोरा को लौट आने दो।

आनंदमयी—महिम, मेरी बात सुनो। इसे लेकर यदि ज्यादा कहन-सुनन हुई, तो आखीर में गड़बड़ हो जाएगी। मेरी इच्छा नहीं, कि इस विषय में गोरा विनय से कोई बात करे।

"अच्छा देखा जाएगा," कहकर महिम मुँह में एक पान रख, गुस्सा होते हुए कमरे से चला गया।

26

गोरा जब भ्रमण पर निकला, तो उसके साथ अविनाश, मतिलाल, वसन्त और रमापति, ये चार संगी थे। किन्तु गोरा के निष्ठुर उत्साह के साथ वे ताल नहीं रख पाए। अविनाश और वसन्त शरीर अस्वस्थ होने का बहाना करके चार-पाँच दिन में ही कोलकाता लौट आए। गोरा के प्रति नितान्त भक्तिवश मतिलाल और रमापति उसे अकेला छोड़ कर नहीं जा पाए। किन्तु उनके कष्टों की सीमा नहीं थी, कारण, गोरा चलने में भी नहीं थकताए फिर कहीं भी ठहर कर रहने में भी उसे परेशानी नहीं। गाँव का जो कोई गृहस्थ गोरा को, ब्राह्मण के रूप में भक्ति करके, घर में टिकाता, उसके घर में आहार-व्यवहार की चाहे जितनी असुविधा हो, वह दिन-पर-दिन काट देता। उसकी बातचीत सुनने के लिए सारे गाँव के लोग उसके चारों ओर आ जुटतेए उसे छोड़ना नहीं चाहते।

भद्र समाज, शिक्षित समाज और कोलकाता के समाज के बाहर हमारा देश कैसा है, गोरा ने यह पहली बार देखा। यह निभृत प्रकाण्ड ग्राम्य भारतवर्ष कितना विच्छिन्न, कितना संकीर्ण, कितना दुर्बल है—वह अपनी शक्ति के सम्बन्ध में किस प्रकार नितान्त अचेतन एवं कल्याण के सम्बन्ध में संपूर्ण अज्ञ और उदासीन है—प्रत्येक पाँच-सात कोस के अन्तराल पर उसका सामाजिक पार्थक्य कैसा एकान्तिक है—संसार के वृहत् कर्म-क्षेत्र में चलने के सम्बन्ध में वह कितनी स्वरचित और काल्पनिक बाधाओं से बाधित है—तुच्छता को वह कितना बड़ा समझता है एवं संस्कार मात्र उसके लिए कैसे निश्चल रूप में कठिन हैं—उसका मन कितना सुप्त, प्राण कितने स्वल्प, चेष्टा कितनी क्षीण है—ग्रामवासियों के बीच इस रूप में निवास किए बिना गोरा उसकी किसी भी तरह कल्पना नहीं कर सकता था। गोरा के गाँव में रहते समय एक मुहल्ले में आग लग गई थी। इतने बड़े संकट में भी सबमें दलबद्ध होकर प्राणपण से कोशिश करके विपत्ति के विरुद्ध काम करने की शक्ति कितनी कम है, यह देख कर गोरा आश्चर्यचकित हो गया। सभी हबड़ातबड़ी, भागादौड़ी, रोना-धोना करने लगे, किन्तु विधिबद्ध रूप से कुछ नहीं कर पाए। उस ग्राम के निकट जलाशय नहीं था, स्त्रियाँ दूर से जल ढोकर घर का काम चलाती हैं, पर प्रतिदिन की इस असुविधा को कम करने के लिए कम खर्च में घर में एक कुआँ खुदवा लेने की चिन्ता समर्थ लोगों को भी नहीं थी। पहले भी कभी-कभी इस गाँव में आग लगती रही है, सभी उसे दैवी उत्पात मान कर निरुद्यम बने हुए हैं, किसी तरह निकट ही जल की व्यवस्था कर रखने के लिए उनके भीतर कोई कोशिश नहीं जन्मी। गाँव की भारी आवश्यकताओं के सम्बन्ध में भी जिनकी बोध शक्ति इतने आश्चर्यजनक रूप से अनुभूतिशून्य है, उनके सामने सारे देश की चर्चा करना गोरा को विद्रूपता भरा लगा। गोरा को सबसे अधिक आश्चर्य यह लगा कि इन सब दृश्यों और घटनाओं से मतिलाल और रमापति तनिक

भी विचलित नहीं होते, बल्कि वे गोरा के क्षोभ को ही असंगत समझते थे। निम्नवर्गीय लोग तो ऐसा करते ही हैं, वे ऐसा ही सोचते हैं, इन सब कष्टों को वे कष्ट ही नहीं मानते। निम्नवर्गीय लोग–ऐसे के अलावा कुछ और भी हो सकता है, इसकी कल्पना करना भी दिखावा समझते हैं। इस अज्ञान, जड़ता और दुख का बोझ कितना भयंकर और भारी है तथा इस भार ने हमारे शिक्षित-अशिक्षित, धनी-दरिद्र सभी के कंधों को दबा रखा है, किसी को भी आगे नहीं बढ़ने देता, आज यह बात साफ समझ में आने पर गोरा के चित्त को रात-दिन क्लेश होने लगा।

मतिलाल घर से बीमारी का समाचार पाने की बात कह कर विदा हो गया, गोरा के साथ केवल रमापति रह गया।

दोनों चलते-चलते एक जगह नदी के द्वीप पर एक मुस्लिम गाँव में आ पहुँचे। आतिथ्य ग्रहण करने की प्रत्याशा में खोजते-खोजते सारे गाँव में केवल एक हिन्दू नापित का घर मिला। दोनों ब्राह्मणों ने उसके घर शरण लेने जाकर देखा, वृद्ध नापित और उसकी पत्नी एक मुसलमान बालक का पालन कर रहे हैं। रमापति ठहरा अत्यन्त निष्ठावान, वह तो व्याकुल हो उठा। गोरा ने नापित के अनाचार के लिए उसकी भर्त्सना की, तो वह बोला, ''ठाकुर[1], हम लोग कहते हैं हरि, वे कहते हैं अल्लाह, कोई भेद नहीं।''

तब तक धूप तेज हो आई थी–बालू का विस्तीर्ण मैदान, नदी बहुत दूर। रमपति ने प्यास से परेशान होकर कहा, ''हिन्दू का पीने का जल कहाँ मिलेगा?''

नापित के घर में एक कच्चा कुआँ है–किन्तु रमापति उस भ्रष्टाचार के कुएँ से जल न पी सकने के कारण मुँह लटकाए बैठा रहा।

गोरा ने जिज्ञासा की, ''इस लड़के के माँ-बाप नहीं हैं?''

नापित ने कहा, ''दोनों हैं, किन्तु न रहने के बराबर हैं।''

गोरा ने कहा, ''वह कैसे?''

नापित ने जो इतिहास बताया, उसका सार यही है–

जिस जमींदारी में ये लोग रह रहे हैं, वह निलहे साहबों के इजारे में है। द्वीप पर नील की जमीन को लेकर प्रजा के साथ नीलकोठी की शत्रुता का अन्त नहीं। अन्य समस्त प्रजा तो वश में आ गई है, केवल इस द्वीप के घोषपुर की प्रजा को साहब लोग शासन मानने को बाध्य नहीं कर पाए। यहाँ के समस्त प्रजाजन मुसलमान हैं और इनका मुखिया फरु सरदार किसी से भी नहीं डरता। वह नीलकोठी के झगड़े के सिलसिले में दो बार पुलिस पर लाठी चला कर जेल काट आया है। उसकी दशा ऐसी हो गई है कि बस यही कहा जा सकता है कि उसका घर अन्न को मोहताज है, किन्तु वह किसी भी तरह दबना नहीं जानता। इस बार गाँव के लोगों ने नदी के कैंचीनुमा

1. ठाकुर : ब्राह्मण और पूज्य व्यक्ति के लिए प्रयुक्त।

द्वीप पर खेती करके कुछ बोरे धान उगा लिया था–आज आधा माह के लगभग हुआ, नीलकोठी के मैनेजर ने स्वयं लठैतों के साथ आकर प्रजा का धान लूट लिया। उस झगड़े के समय फरु सरदार ने साहब के दाएँ हाथ पर ऐसी एक लाठी जमाई कि अस्पताल ले जाकर उसका वह हाथ काट कर फेंक देना पड़ा। इतना भारी दुस्साहसिक कार्य इस अंचल में और कभी नहीं हुआ था। इसके बाद से गाँव-गाँव में पुलिस का उत्पात आग की तरह फैल गया–प्रजा में से किसी के भी घर में कुछ नहीं बचा, घर की औरतों की इज्जत तक नहीं बच पाती। फरु सरदार और बहुत-से लोगों को हवालात में डाल दिया गया है, गाँव के बहुत सारे लोग पलायन कर गए हैं। फरु का परिवार आज अन्नहीन हो गया है, इतना कि, उसके पहनने वाले कपड़ों की ऐसी हालत हो गई है कि वह घर से बाहर नहीं निकल पाता, उसका एकमात्र बालक-बेटा, तमीज गाँव के संपर्क से नापित की पत्नी को मौसी कह कर पुकारता था, उसे खाना न मिलता देख नापित की पत्नी अपने घर लाकर उसका पालन कर रही है। एक-डेढ़ कोस की दूरी पर नीलकोठी की एक कचहरी है, दारोगा अभी भी अपने दल-बल के साथ वहाँ है, तहकीकात के बहाने वह कब आ जाए और क्या करे, उसका ठिकाना नहीं! कल नापित के पड़ोसी, बूढ़े नाजिम के घर पुलिस का आना हुआ था। नाजिम का एक युवा साला, दूसरे इलाके से अपनी बहन से मिलने आया था–दारोगा ने एकदम अकारण 'छोटा-मोटा जवान नहीं है साला, देखी पट्ठे के सीने में बला की हिम्मत' कहते हुए हाथ की लाठी की उसे ऐसी एक हूल मारी कि उसके दाँत टूट कर खून बहने लगाए यह अत्याचार देख कर उसकी बहन के दौड़ी, आते ही उस बूढ़ी को धक्का मार कर गिरा दिया। पहले इस गाँव में पुलिस इस तरह का उपद्रव मचाने का साहस नहीं करती थी, किन्तु अब गाँव के सारे बलिष्ठ-युवा पुरुष या तो गिरफ्तार कर लिए गए हैं या भाग गए हैं। उन्हीं भाग जाने वालों की तलाश के बहाने अब पुलिस गाँव का उत्पीडन कर रही है। यह ग्रह कब कटेगा, कुछ ही नहीं कहा जा सकता।

गोरा उठना नहीं चाहता, उधर रमापति के प्राण निकले जा रहे हैं। नापित का इतिहास सुनाना पूरा हुए बिना ही उसने पूछा, "हिन्दू बस्ती कितनी दूर है?"

नापित ने कहा, "एक-डेढ़ कोस दूर नीलकोठी की जो कचहरी है, उसका तहसीलदार ब्राह्मण है, नाम है माधव चटर्जी।"

गोरा ने पूछा, "स्वभाव?"

नापित बोला, "यमदूत ही कहा जा सकता है। इतना बड़ा निर्दयी, पर सुचतुर आदमी और दिखाई नहीं देता। यही जो, इन दिनों दारोगा को घर में पाल रहा है, उसका सारा खर्च हम लोगों से वसूल करेगा–उसमें कुछ मुनाफा भी रहेगा।"

रमापति ने कहा, "गौर बाबू चलिए, और सहा नहीं जाता।" विशेषकर, जब नापित की पत्नी मुसलमान बालक को अपने प्रांगण के कुएँ के निकट खड़ा करके लोटे से जल खींच कर स्नान कराने लगी, तो उसे मन में बड़ा गुस्सा आने लगा और

उसकी उस घर में बैठे रहने की इच्छा नहीं रही।

गोरा ने चलते समय नापित से जिज्ञासा की, "इस उत्पात के बीच तुम इस बस्ती में अभी तक टिके हुए हो? और कहीं भी तुम्हारा कोई सम्बन्धी नहीं?"

नापित ने कहा, "बहुत दिन से हूँ, मुझे इन पर माया हो गई है। मैं हिन्दू नापित, मेरे पास कुछ विशेष जमा-जोखड़ी न होने के कारण कोठी के लोग मुझे हाथ नहीं लगाते। आज इस बस्ती में पुरुष कहा जाने वाला कोई बड़ा नहीं है, मैं अगर चला जाऊँ तो स्त्रियाँ डर के मारे मर जाएँगी।"

गोरा बोला, "अच्छा, खाना-वाना करके मैं फिर आऊँगा।"

भयंकर क्षुधा-तृष्णा के समय नीलकोठी के उत्पात के इस सुदीर्घ विवरण से रमापति गाँव के लोगों पर ही भड़क गया। ये साले शक्तिशाली के विरुद्ध सिर उठाना चाहते हैं, इसे उसने उद्धत मुसलमानों का दुस्साहस और निर्बुद्धिता ही समझा। उसे इसमें संदेह नहीं था कि यथोचित दंड के द्वारा इनके औद्धत्य को कुचल डालना ही अच्छा होगा। ऐसे अभागों के साथ पुलिस की ज्यादतियाँ होती ही हैं और होनी अनिवार्य हैं और उसकी धारणा है कि इसके लिए ये लोग ही मुख्य रूप से जिम्मेदार हैं। मालिक के साथ समझौता कर लेने से ही तो चलता है, झगड़ा क्यों करना, शक्ति अब कहाँ रही? वस्तुतः रमापति की हार्दिक सहानुभूति नीलकोठी के साहबों के प्रति ही थी।

दोपहर की धूप में तपते हुए बालू पर चलते-चलते गोरा ने सारे रास्ते एक बात भी नहीं कही। अन्त में जब कुछ दूर से पेडों के बीच से कचहरी के भवन का छप्पर दिखाई देने लगा, तो गोरा ने हठात् आकर कहा, "रमापति, तुम खाने जाओ, मैं उसी नापित के घर चला।"

रमापति बोला, "यह क्या बात! आप खाएँगे नहीं? चटर्जी के यहाँ खाना-वाना करने के बाद जाइए।"

गोरा ने कहा, "अपना कर्तव्य मैं करूँगा, अब तुम खाना-वाना निबटा कर कोलकाता चले जाना—लगता है, इस घोषपुर द्वीप पर मुझे कुछ दिन ठहर कर जाना पड़ेगा—तुम वह नहीं कर सकोगे।"

रमापति का शरीर कंटकित हो उठा। गोरा के समान धर्मप्राण हिन्दू ने इस म्लेच्छ के घर रुकने की बात कौन-से मुँह से कह दी, वह समझ नहीं पाया। वह सोचने लगा, गोरा ने भोजन-पानी का परित्याग करके मृत्यु की प्रतीक्षा में अनशन का संकल्प कर लिया है। किन्तु तब सोचने का समय नहीं था, उसे एक-एक पल एक-एक युग लग रहा था, गोरा का साथ छोड़ कर कोलकाता चले जाने के लिए उससे अधिक अनुरोध नहीं करना पड़ा। रमापति ने क्षण भर को ताक कर देखा, गोरा की लम्बी देह एक लघु परछाईं छोड़ते हुए दोपहर की तेज धूप में तपते हुए बालू के बीच से अकेली लौट रही है।

भूख-प्यास गोरा को परास्त कर रही थी, किन्तु दुर्वृत्त अन्यायकारी माधव चटर्जी का अन्न खाकर जात बचानी पड़ेगी, यह बात जितनी ही सोचने लगा, उतनी ही उसे असह्य लगने लगी। उसका मुख और आँखें लाल हो गईं तथा क्रोधित होकर उसके मन में एक विषम विद्रोह उत्पन्न हो गया। उसने सोचा, पवित्रता को बाहर की चीज बना कर हम भारतवर्ष में यह क्या भयंकर अधर्म कर रहे हैं! जानते-बूझते उपद्रव खड़ा करके जो लोग मुसलमानों पर अत्याचार कर रहे हैं, उन्हीं के घर मेरी जात रहेगी और जो उपद्रव को स्वीकार करके मुसलमान के लड़के की रक्षा कर रहे हैं एवं समाज की निन्दा ढोने को भी तैयार हो गए हैं, उन्हीं के घर मेरी जात नष्ट हो जाएगी! जो भी हो, आचार-विचार के अच्छे-बुरे की बात बाद में सोचूँगा, अभी तो नहीं कर पा रहा हूँ।

नापित गोरा को अकेला लौटते देख आश्चर्यचकित हो गया। गोरा ने आकर पहले नापित के लोटे को अपने हाथों से अच्छी तरह माँज कर कुएँ से पानी खींच कर पिया और बोला, "अगर घर में कुछ दाल-चावल हो तो दो, मैं राँध कर खाऊँगा।" नापित ने हड़बड़ाते हुए राँधने का जुगाड़ कर दिया। गोरा ने भोजन निबटा कर कहा, "मैं तुम्हारे यहाँ दो-चार दिन रहूँगा।"

नापित ने भयभीत होकर हाथ जोड़ते हुए कहा, "आप इस अधम के यहाँ ठहरेंगे, इससे बड़ा मेरा और कुछ सौभाग्य नहीं। किन्तु देखिए, हम पर पुलिस की नजर पड़ गई है, आपके रहने से क्या फसाद खड़ा हो जाएगा, नहीं कहा जा सकता।"

गोरा बोला, "मेरे यहाँ मौजूद रहते पुलिस कोई उपद्रव करने का साहस नहीं करेगी। अगर किया, तो मैं तुम लोगों की रक्षा करूँगा।"

नापित ने कहा, "आपकी दुहाई हो, अगर रक्षा करने की कोशिश की, तो हम लोगों की और भी खैर नहीं रहेगी। वो बेटा सोचेंगे, मैंने ही षड्यन्त्र करके आपको बुला कर उनके खिलाफ गवाही का जुगाड़ कर दिया है। इतने दिन किसी तरह टिका हुआ था, और नहीं टिक पाऊँगा। अगर यहाँ से मुझे एकदम उठ जाना पड़ा, तो गाँव पामाल हो जाएगा।"

गोरा हमेशा शहर में रहते हुए ही बड़ा हुआ है, नापित क्यों इतना भयभीत हो रहा है, यह समझना गोरा के लिए कठिन है। वह जानता था, न्याय के पक्ष में बलपूर्वक खड़ा हो जाने से ही अन्याय का प्रतिकार हो जाता है। विपन्न गाँव को असहाय छोड़ कर चले जाने के लिए उसकी कर्तव्य बुद्धि किसी भी तरह सहमत नहीं हुई। तब नापित उसके पाँव पकड़ कर बोला, "देखिए, आप ब्राह्मण हैं, मेरे पुण्य-बल से ही मेरे घर अतिथि हुए हैं, आपसे जाने के लिए कह रहा हूँ, इसमें मुझसे अपराध हो रहा है। किन्तु हम लोगों के प्रति आपकी दया जान कर ही कह रहा हूँ, आपने मेरे इस घर में बैठ कर अगर पुलिस के अत्याचार में कोई बाधा दी, तो मुझे बड़ी मुसीबत में डाल देंगे।"

नापित के इस भय को निर्मूल और का-पुरुषता मान कर गोरा कुछ असंतुष्ट होकर अपराह्न में उसका घर छोड़ कर बाहर हो गया। इस म्लेच्छाचारी के घर भोजन आदि किया है, सोच कर उसके मन में अप्रसन्नता भी पैदा होने लगी। क्लान्त शरीर और अस्थिर चित्त के साथ वह संध्या के समय नीलकोठी की कचहरी आ पहुँचा। भोजन समाप्त करके रमापति ने कोलकाता रवाना होने में थोड़ा भी विलम्ब नहीं किया था, अतः वह वहाँ दिखाई नहीं दिया। माधव चटर्जी ने विशेष आवभगत के साथ गोरा से भोजन का निवेदन किया। गोरा ने एकदम आगबबूला होते हुए कहा, "आपके यहाँ मैं जल भी ग्रहण नहीं करूँगा।"

माधव के विस्मित होकर कारण की जिज्ञासा करते ही गोरा ने उसे अन्यायकारी, अत्याचारी कह कर कटूक्ति की और आसन ग्रहण न करके खड़ा रहा। दारोगा तख़्तपोश पर तकिए के सहारे बैठा गुड़गुड़ी से तम्बाकू के कश खींच रहा था। वह सीधा बैठ गया और रुखाई से पूछा, "तुम कौन हो रे? तुम्हारा घर कहाँ है?"

गोरा ने उसका कोई उत्तर न देकर कहा, "लगता है, तुम दारोगा हो? तुमने घोषपुर द्वीप में जो उपद्रव मचाया है, मुझे उसकी सारी खबर मिल गई है। यदि अभी भी सावधान न हुए तो—"

दारोगा—फाँसी चढ़ाएगा क्या? वही तो देख रहा हूँ, आदमी कम नहीं है। सोच रहा था, भीख माँगने आया है, यह तो आँख दिखाता है! ओ रे तिवारी!

माधव ने परेशान होकर दारोगा का हाथ दबाते हुए कहा, "अरे, क्या करते हो, भद्र व्यक्ति हैं, अपमान मत करो।"

दारोगा ने गरम होते हुए कहा, "किसका भद्र आदमी! वे जो, तुम्हें जो खुशी, वही कह रहे हैं, लगता है, वह अपमान नहीं है?"

माधव ने कहा, "जो कह रहे हैं, वह तो झूठ नहीं कह रहे, उसमें गुस्सा होने से कैसे चलेगा? नीलकोठी के साहबों की गुमाश्तागीरी करके खाता हूँ, इससे अधिक और तो कुछ कहने की आवश्यकता नहीं। गुस्सा मत करो बड़े भाई, तुम तो पुलिस के दारोगा हो, तुम्हें यम का प्यादा कहना क्या गाली होती है? बाघ मनुष्य को मार कर खाता है, वह वैष्णव नहीं है, यह तो जानी हुई बात है। क्या करे, उसे तो खाना पड़ेगा।"

माधव को बिना प्रयोजन के कभी किसी ने गुस्सा दिखाते नहीं देखा। कौन-से आदमी से कब क्या काम निकालना पड़े अथवा टेढ़ा होने पर किसके द्वारा क्या अहित हो सकता है, यह कहा जा सकता है क्या? किसी का भी अनिष्ट या अपमान वह खूब हिसाब लगा कर ही करता था—गुस्सा करके दूसरे को चोट पहुँचाने की क्षमता का फालतू खर्च नहीं करता था।

दारोगा ने गोरा से कहा, "देखो बेटा, हम लोग यहाँ सरकार का काम करने आए हैं, अगर इसमें कुछ कहोगे या झंझट करोगे तो मुश्किल में पड़ोगे।"

गोरा बिना कुछ कहे कमरे से बाहर हो गया। माधव जल्दी से उसके पीछे जाकर बोला, "महाशय, जो कह रहे हैं, वह बात ठीक है–हमारा यह कसाई का काम है–और जो इस साले दारोगा को देख रहे हैं, उसके साथ एक बिस्तर पर बैठने में भी पाप लगता है–उसके द्वारा जितने दुष्कर्म करवाए हैं, उन्हें मुँह से कह भी नहीं सकता। और अधिक दिन नहीं–दो-तीन बरस काम करके लड़कियों के ब्याह का संबल जुटा लेने के बाद पति-पत्नी काशीवासी हो जाएँगे। और अच्छा नहीं लगता महाशय, एक-एक समय इच्छा होती है, गले में रस्सी डाल कर मर जाऊँ! जो हो, आज रात जाएँगे कहाँ? यहीं भोजन आदि करके शयन करें। उस दारोगा सली की छाया तक पर पैर नहीं रखना होगा, आपके लिए अलग पूरी व्यवस्था कर दूँगा।"

गोरा की क्षुधा साधारण की अपेक्षा अधिक है–आज प्रातः ठीक से भोजन भी नहीं हुआ–किन्तु उसका जैसे पूरा शरीर जल रहा था–वह किसी भी तरह वहाँ नहीं रह पायाश बोला, "मेरा विशेष काम है।"

माधव ने कहा, " तो रुकिए, एक लालटेन साथ दे दूँ।"

गोरा उसका कोई जवाब न देकर तेज कदमों से चला गया।

माधव ने कमरे में लौट कर कहा, "बड़े भाई, वह आदमी सदर गया है। इसी समय मजिस्ट्रेट के पास एक आदमी भेजो।"

दारोगा ने कहा, "क्यों, क्या करना है?"

माधव ने कहा, "और कुछ नहीं, एक बार केवल बता आए, कहीं से आकर एक भद्र-व्यक्ति गवाह तोड़ने की कोशिश करता घूम रहा है।"

27

मजिस्ट्रेट ब्राउनलो साहब दिन छिपे नदी के किनारे वाले रास्ते पर पैदल घूम रहे हैं, साथ में हारान बाबू हैं। कुछ दूरी पर उनकी मेम, परेश बाबू की लड़कियों को लेकर हवाखोरी के लिए गाड़ी में बाहर निकली हैं।

ब्राउनलो साहब कभी-कभी बंगाली भद्रवर्गीय लोगों को अपने घर की गार्डन-पार्टी में निमन्त्रित करते थे। जिले के एन्ट्रेन्स स्कूल के प्राइज वितरण के अवसर पर वे ही सभापति बनते थे। किसी संपन्न व्यक्ति के घर विवाह आदि काज-कर्म में न्योता देने पर वे गृहकर्ता की अभ्यर्थना को स्वीकार करते थे। यहाँ तक कि जात्रा-गान के समारोह में बुलाए जाने पर वे एक बड़ी कुर्सी पर बैठ कर कुछ देर धैर्य के साथ गान सुनने की चेष्टा करते थे। उनकी अदालत में गवर्नमेंट प्लीडर के घर पिछली दुर्गा पूजा के दिनों की जात्रा में जो दो छोकरे भिश्ती और मेहतरानी बने थे, उनके अभिनय पर उन्होंने विशेष आनन्द दर्शाया था और उनके अनुरोध पर उनके अंश उनके सम्मुख

एकाधिक बार पुनर्प्रस्तुत हुए थे।

उनकी पत्नी मिशनरी की कन्या थीं। उनके घर कभी-कभी मिशनरी स्त्रियों की चाय-पान सभा बैठती थी। उन्होंने जिले में लड़कियों के एक स्कूल की स्थापना की थी तथा वे इसकी यथेष्ट चेष्टा करती थीं कि उस स्कूल में लड़कियों की कमी न रहे। परेश बाबू के घर में लड़कियों के बीच विद्या-शिक्षा की चर्चा देख कर वे उन्हें हमेशा उत्साहित करती थीं; दूर रहते हुए भी बीच-बीच में चिट्ठी-पत्री चलाती थीं और क्रिसमस के समय उपहार में उन्हें धर्म-ग्रन्थ भेजती थीं।

मेला लगा है। उस उपलक्ष्य में हारान बाबू, सुधीर और विनय के संग वरदासुन्दरी और लड़कियाँ, सभी आ गए हैं—उन्हें इन्सपैक्शन बंगले में जगह दी गई है। परेश बाबू इस सारे झंझट में किसी भी तरह नहीं रह पाते इसीलिए वे अकेले कोलकाता ही रह गए हैं। सुचरिता ने उनकी देखभाल के लिए उनके पास रुकने की बहुत कोशिश की थी, किन्तु परेश ने मजिस्ट्रेट के निमन्त्रण के कर्तव्य-पालन के लिए सुचरिता को विशेष उपदेश देकर भेज दिया था। आगामी परसों, कमिश्नर साहब और सपत्नीक छोटे लाट के सम्मुख मजिस्ट्रेट के घर डिनर के बाद इवनिंग पार्टी में परेश बाबू की लड़कियों द्वारा अभिनय, आवृत्ति आदि की प्रस्तुति की बात तय हुई है। उसके लिए मजिस्ट्रेट के अनेक अंगरेज मित्र जिला और कोलकाता से आमन्त्रित हुए हैं। कुछेक चुने हुए बंगाली भद्र लोगों के भी उपस्थित होने का कार्यक्रम है। सुना जा रहा है, उन लोगों के लिए बाग में एक तम्बू में ब्राह्मण रसोइयों द्वारा तैयार जलपान की व्यवस्था होगी।

हारान बाबू बहुत थोड़े समय में ही उच्चस्तरीय चर्चा से मजिस्ट्रेट साहब को विशेष रूप से संतुष्ट कर पाए थे। ख्रिस्तान धर्मशास्त्र में हारान बाबू की असाधारण अभिज्ञता देख कर साहब आश्चर्य में पड़ गए थे और ख्रिस्तान धर्म ग्रहण करने में उन्होंने थोड़ी-सी भी बाधा क्यों बनाए रखी है, यह प्रश्न भी हारान बाबू से पूछा था।

आज अपराह्न नदी किनारे वाले रास्ते पर वे हारान बाबू के साथ ब्राह्म समाज की कार्य-प्रणाली तथा हिन्दू समाज के सुधार के सम्बन्ध में गंभीर भाव से चर्चा में लगे थे। ऐसे ही समय गोरा, 'गुड इवनिंग सर' कहते हुए उनके सामने आ खड़ा हुआ।

कल वह मजिस्ट्रेट के साथ मुलाकात की कोशिश करने जाकर समझ गया था कि साहब की चौखट लाँघने के लिए उनके प्यादे के महसूल का जुगाड़ करना पड़ता है। इस तरह के दंड और अपमान को स्वीकार करने के प्रति असहमत होकर आज वह साहब के हवाखोरी के समय उनसे भेंट करने आया है। इस साक्षात् के समय हारान बाबू और गोरा, दोनों पक्षों की ही ओर से परिचय का कोई लक्षण प्रकट नहीं हुआ।

इस व्यक्ति को देख कर साहब कुछ विस्मित हो गए। ऐसा छः फुट से लम्बा, मोटी काठी वाला ताकतवर आदमी बंगाल देश में उन्होंने इससे पहले देखा हो, याद नहीं कर पाए। इसकी देह का रंग भी साधारण बंगालियों जैसा नहीं है। शरीर पर

खाकी रंग का पंजाबी कुरता, धोती मोटी और मैली, हाथ में बाँस की एक लाठी, चादर को सिर पर पगड़ी की भाँति बाँधे है।

गोरा ने मजिस्ट्रेट से कहा, "मैं द्वीप वाले घोषपुर से आ रहा हूँ।"

मजिस्ट्रेट ने एक तरह की विस्मयसूचक सीटी दी। घोषपुर के जाँच-कार्य में एक बाहरी अडंगा डालने आया है, यह समाचार उन्हें कल ही प्राप्त हो गया था। तो, यही वह आदमी है! तीखी दृष्टि से एक बार गोरा का आपादमस्तक निरीक्षण किया और पूछा, "तुम कौन जात हो?"

गोरा ने कहा, "मैं बंगाली ब्राह्मण हूँ।"

साहब बोले, "ओ! लगता है, तुम्हारा समाचारपत्र के साथ सम्बन्ध है?"

गोरा ने कहा, "नहीं।"

मजिस्ट्रेट ने कहा, "तब तुम घोषपुर द्वीप में क्या करने आए हो?"

गोरा ने कहा, "भ्रमण करते-करते वहाँ ठहरा था। पुलिस के अत्याचार से गाँव में दुर्गति के चिह्न देख कर तथा और उपद्रव की आशंका जान कर, उसे रोकने के लिए आपके पास आया हूँ।"

मजिस्ट्रेट ने कहा, "द्वीप वाले घोषपुर के लोग बहुत बदमाश हैं, यह बात तुम जानते हो?"

गोरा ने कहा, "वे बदमाश नहीं हैं, वे निर्भीक हैं, स्वाधीनचेता हैं—वे अन्याय-अत्याचार चुपचाप सहन नहीं कर पाते।"

मजिस्ट्रेट झुंझला उठे। उन्होंने मन-ही-मन तय कियाए नव-बंगाली इतिहास की पोथियाँ पढ़ कर कितनी बोलियाँ सीख गए हैं—इन्सफरेबल!

"तुम यहाँ की हालत कुछ भी नहीं जानते," कह कर मजिस्ट्रेट ने गोरा को खूब हड़का दिया।

"आप यहाँ की हालत मुझसे भी कम जानते हैं।" गोरा ने मेघमन्द्र स्वर में उत्तर दिया।

मजिस्ट्रेट ने कहा, "मैं तुम्हें सावधान किए देता हूँ, अगर तुमने घोषपुर के मामले में किसी भी तरह का हस्तक्षेप किया, तो एकदम सस्ते में बच नहीं जाओगे।"

गोरा ने कहा, "आपने यदि अत्याचार का निवारण न करने का निश्चय कर लिया है और जब गाँव वालों के प्रति आपकी धारणा बद्धमूल है, तो मेरे पास और कोई उपाय नहीं है—मैं गाँव के लोगों को अपने प्रयत्न से पुलिस के विरुद्ध खड़े होने के लिए उत्साहित करूँगा।"

मजिस्ट्रेट चलते-चलते अचानक रुक कर खड़े हुए, बिजली के समान गोरा की ओर घूम कर गरज उठे, "क्या! इतना अधिक दर्प!"

गोरा दूसरी कोई बात न कह, धीमी गति से चला गया।

मजिस्ट्रेट ने कहा, "हारान बाबू, आपके देश के लोगों में ये सब किसके लक्षण

दिखाई दे रहे हैं?''

हारान बाबू बोले, ''लिखाई-पढ़ाई उतने गंभीर रूप से नहीं हो रही है, विशेषकर देश में आध्यात्मिक और चरित्र-नैतिक शिक्षा एकदम न होने के कारण ही इस तरह हो रहा है। अंगरेजी विद्या का जो श्रेष्ठ अंश है, उसे ग्रहण करने का अधिकार इन्हें नहीं मिलता। भारतवर्ष में अंगरेजों का शासन ईश्वर का विधान है—ये अकृतज्ञ अभी तक इसे स्वीकार करना नहीं चाहते। इसका एकमात्र कारण, इन्होंने केवल पढ़ कर मुखस्थ कर लिया है, किन्तु इनका धर्मबोध नितान्त अपूर्ण है।''

मजिस्ट्रेट ने कहा, ''ख्रीस्त को स्वीकार किए बिना भारतवर्ष में यह धर्मबोध कभी भी पूर्णता प्राप्त नहीं करेगा।''

हारान बाबू बोले, ''वह एक हिसाब से सच है।'' यह कह कर, ख्रीस्त को स्वीकार करने के सम्बन्ध में एक ख्रिस्तान के साथ हारान बाबू के मत काए कौन-से अंश में कितना ऐक्य है और कहाँ अनैक्य, इस पर मजिस्ट्रेट के साथ सूक्ष्म रूप से चर्चा करते हुए हारान बाबू ने उन्हें इस बातचीत में इतना डुबा कर रख दिया कि जब मेम साहब ने परेश बाबू की लड़कियों को गाड़ी से डाक-बंगले पहुँचा कर लौटते हुए रास्ते में अपने पति से कहा, ''हैरी घर लौटना है'' तो वे चौंक कर घड़ी देखते हुए बोले, ''वाई जोभ, आठ बज कर बीस मिनट।''

गाड़ी पर सवार होते समय हारान बाबू का हाथ दबा कर विदा-संभाषण करते हुए कहा, ''आपके साथ चर्चा करते हुए मेरी शाम खूब आनन्द से बीती।''

हारान बाबू ने डाक बंगले लौट कर मजिस्ट्रेट के साथ अपनी बातचीत का विवरण विस्तार से सुनाया। किन्तु गोरा के साथ भेंट का उल्लेख तक नहीं किया।

28

किसी भी तरह की अपराध-मीमांसा किए बिना, मात्र गाँव को दण्डित करने के लिए सैंतालीस आसामियों को हवालात में डाल दिया गया।

मजिस्ट्रेट के साथ मुलाकात करने के बाद गोरा वकील की खोज में निकला। किसी आदमी से पता चला, सातकौड़ी हालदार यहाँ का एक अच्छा वकील है। सातकौड़ी के घर पहुँचते ही वह बोल पड़ा, ''वाः, अरे गोरा! तुम यहाँ!''

गोरा ने जो सोचा था, वही निकला—सातकौड़ी गोरा का सहपाठी था। गोरा ने कहा, ''द्वीप वाले घोषपुर के आसामियों को जमानत पर छुड़ा कर उनका मुकद्दमा लड़ना है।''

सातकौड़ी बोला, ''जमानती कौन होगा?''

गोरा ने कहा, ''मैं बनूँगा।''

सातकौड़ी बोला, ''तुम्हारी इतनी सामर्थ्य है कि तुम सैंतालीस आदमियों के जमानती बन सको।''

गोरा ने कहा, ''यदि मुखतार लोग मिल कर जमानती हो जाएँ, तो उसकी फीस मैं दूँगा।''

सातकौड़ी बोला, ''पैसा कम नहीं लगेगा।''

अगले दिन मजिस्ट्रेट के इजलास में जमानत की दरखास्त दी गई। मजिस्ट्रेट ने कल की उसी मलिन वस्त्रधारी पगड़ी वाली वीर मूर्ति की ओर एक बार कटाक्ष-निक्षेप किया और दरखास्त नामंजूर कर दी। चौदह बरस के लड़के से लेकर अस्सी बरस के बूढ़े तक हवालात में सडने लगे।

गोरा ने सातकौड़ी से इन लोगों की ओर से लडने का अनुरोध किया। सातकौड़ी बोला, ''गवाह कहाँ मिलेंगे? जो गवाह हो पाते, वे सभी आसामी हैं, ऊपर से साहब को पीटने के मामले की जाँच के मारे इस अंचल के लोग हलकान हो उठे हैं। मजिस्ट्रेट की धारणा बन गई है कि भीतर ही भीतर इसमें भद्र-वर्ग के लोगों का भी हाथ है; हो सकता है, मुझ पर भी संदेह करता हो, कहा नहीं जा सकता। अंगरेजी समाचारपत्र लगातार लिख रहे हैं, यदि देशी लोगों की [illegible] इसी तरह बढ़ती रही, तो अरक्षित असहाय अंगरेज नगरों-मुख्यालयों के बहिवर्ती स्थानों पर रह ही नहीं पाएँगे। इस दौरान ऐसा हो गया है कि देश के लोग देश में नहीं टिक पा रहे हैं। जानता हूँ, अत्याचार हो रहा है, किन्तु कोई उपाय नहीं।''

गोरा गरजते हुए बोला, ''क्यों नहीं है उपाय?''

सातकौड़ी ने हँस कर कहा, ''देख रहा हूँ, तुम स्कूल में जैसे थे, अभी भी ठीक वैसे ही हो। उपाय नहीं अर्थात, हमारे घर में स्त्री-बच्चे हैं–रोज न कमाएँ, तो अनेक लोगों को उपवास करना पड़े। दूसरे की जिम्मेदारी अपने गले में लटका कर मरने को तैयार हो जाएँ, ऐसे लोग संसार में अधिक नहीं हैं–विशेष रूप से, जिस देश में गार्हस्थ्य-व्यापार कोई बड़ी छोटीमोटी बात नहीं है। जिनके ऊपर दस लोग निर्भर हैं, वे उन दस लोगों को छोड़ कर, अन्य दस लोगों की ओर ताकने का भी अवकाश नहीं पाते।''

गोरा ने कहा, ''तो इन लोगों के लिए कुछ भी नहीं करोगे? अगर हाईकोर्ट में मोशन करें–''

सातकौड़ी ने अधीर होते हुए कहा, ''और जो अंगरेज को पीटा गया है–वह नहीं देखते! प्रत्येक अंगरेज ही राजा है–एक छोटे अंगरेज को मारना भी एक छोटी तरह का राज-विद्रोह है। जिसका कोई फल न निकले, उसके लिए व्यर्थ चेष्टा करके मजिस्ट्रेट के कोपानल में कूद जाऊँ, यह मुझसे नहीं होगा।''

कोलकाता जाकर वहाँ के किसी वकील की सहायता से कुछ सुविधा हो सकेगी या नहीं, यही देखने के लिए अगले दिन साढ़े दस की गाड़ी से रवाना होने के उद्देश्य

से गोरा ने प्रस्थान किया, लेकिन उसी समय बाधा पड़ गई।

यहाँ के मेले के उपलक्ष्य में कोलकाता के एक छात्र-दल के साथ स्थानीय छात्र-दल की क्रिकेट प्रतियोगिता निश्चित हुई थी। अभ्यास करने के लिए कोलकाता के लड़के अपने दल में ही खेल रहे थे। क्रिकेट की गेंद लग जाने से एक लड़के का पैर गंभीर रूप से घायल हो गया। मैदान के किनारे एक बड़ा पोखर था—घायल छात्र को पकड़ कर दो छात्र उसी पोखर के किनारे बैठा कर चादर फाड़ पानी में भिगो कर उसके पैर में बाँध रहे थे, उसी समय अचानक कहीं से एक पहरेदार ने आकर एकदम से एक छात्र की गर्दन में हाथ डाल धक्का मार कर, उसे भद्दी भाषा में गाली दी। पोखर पीने के पानी के लिए रिजर्व था, इसके जल में उतरना निषिद्ध था, कोलकाता के छात्र यह नहीं जानते थे, जानते भी होते, तो पहरेदार से अचानक इस प्रकार का अपमान सहने का उनका अभ्यास नहीं था, देह में बल भी था, इसीलिए अपमान का यथोचित प्रतिकार आरंभ कर दिया। यह दृश्य देख चार-पाँच कॉन्सटेबिल दौड़ आए। ठीक उसी समय वहाँ गोरा आ पहुँचा। छात्र गोरा को जानते थे—गोरा ने उन्हें बहुत बार क्रिकेट खिलाया था। गोरा ने जब देखा कि छात्रों को मारते-मारते पकड़ कर ले जाया जा रहा है, तो वह सहन नहीं कर सका, उसने कहा, "खबरदार! मारना नहीं!" पहरेदार-दल द्वारा उसे भी अश्रव्य गाली देते ही गोरा ने लात-घूँसे चला कर एक ऐसा काण्ड खड़ा कर दिया कि रास्ते में लोग जमा हो गए। इधर देखते-देखते छात्रों का दल इकट्ठा हो गया। गोरा का उत्साह और आदेश पाकर उनके पुलिस पर हमला करते ही पहरेदारों का दल रण-भूमि से पलायन कर गया। दर्शक रूप में रास्ते के लोगों ने अत्यन्त आनन्द अनुभव किया; किन्तु कहना अतिरिक्त होगा कि, यह तमाशा गोरा के लिए नितान्त तमाशा नहीं रहा।

तीन-चार बजे, जब डाक बंगले में विनय, हारान बाबू और लड़कियाँ रिहर्सल में लगे थे, उसी समय विनय के परिचित दो छात्रों ने आकर समाचार दिया कि गोरा और कुछ छात्रों को पुलिस ने गिरफ्तार करके हवालात में डाल दिया है, कल मजिस्ट्रेट के सामने न्यायालय की पहली बैठक में ही इसकी सुनवाई होगी।

गोरा हवालात में! यह बात सुन कर हारान बाबू को छोड़ और सभी एकदम चौंक उठे। विनय ने तत्काल पहले भाग कर अपने सहपाठी सातकौड़ी हालदार के पास जाकर उसे सब बताया और उसे साथ लेकर हवालात गया।

सातकौड़ी ने उसकी पैरवी करने और उसे तत्काल जमानत पर रिहा कराने का प्रस्ताव किया। गोरा बोला, "ना, मैं वकील भी नहीं रखूँगा, मुझे जमानत पर छुडाने की भी कोशिश नहीं करनी होगी।"

"यह क्या बात है!" सातकौड़ी ने विनय की ओर घूम कर कहा, "देखा! कौन कहेगा, गोरा स्कूल से निकल आया है! इसकी बुद्धि ठीक उसी तरह की है!"

गोरा ने कहा, "दैवात् मेरे पास पैसा है, मित्र हैं, इसी कारण मैं हवालात और

हथकड़ी से छूट जाऊँ, यह मैं नहीं चाहता। हमारे देश में जो धर्म-नीति है, मेरे जानते उसमें न्याय करने की जिम्मेदारी राजा की है; प्रजा के साथ अन्याय राजा के लिए ही अधर्म है। किन्तु इस राज्य में वकील के लिए रुपए-पैसे का जुगाड़ न कर पाने से यदि प्रजा हवालात में सडे, जेल में मरे, राजा के सिर पर रहते न्याय-निर्णय को पैसा देकर खरीदने में यदि सर्वस्व नष्ट हो जाए, तो ऐसे न्याय के लिए मैं चार आना भी खर्च नहीं करना चाहता।''

सातकौड़ी ने कहा, ''काजी के जमाने में जो घूस देने में ही सिर बिक जाता था!''

गोरा बोला, ''घूस देना राजा का विधान तो था नहीं। जो काजी बुरा होता था, वह घूस लेता था, इस युग में भी वही है। किन्तु अब राज-द्वार पर न्याय के लिए खड़े होने जाते ही, वादी हो, चाहे प्रतिवादी, दोषी हो, चाहे निर्दोष, प्रजा को आँखों से आँसू बहाने ही पड़ेंगे। जो पक्ष निर्धन है, न्याय की लड़ाई में जीत-हार, दोनों ही उसके लिए सर्वनाश हैं। उसके बाद, जब राजा वादी है और मेरे जैसा व्यक्ति प्रतिवादी, तो उनके पक्ष में ही वकील-बैरिस्टर हैं—और अगर मैं जुटा पाऊँ, तो अच्छा, अन्यथा भाग्य में जो हो! न्याय में यदि वकील की सहायता की आवश्यकता न हो, तो सरकारी वकील क्यों है? यदि आवश्यकता है, तो गवर्नमेण्ट का विरोधी पक्ष अपना वकील स्वयं जुटाने को क्यों बाध्य होगा? क्या यह प्रजा के साथ शत्रुता है? यह कैसा राज-धर्म है?''

सातकौड़ी ने कहा, ''भाई, नाराज क्यों होते हो? सिवलिजेशन सस्ती चीज नहीं है। सूक्ष्म न्याय करने के लिए सूक्ष्म कानून लगाना पड़ता है, सूक्ष्म कानून लगाने जाते ही कानून के व्यवसायी के बिना काम नहीं चलता, व्यवसाय चलाने जाते ही खरीद-बेच आ जाती है—अतएव सभ्यता की अदालत अपने आप ही न्याय की खरीद-बेच की हाट हो ही जाएगी—जिनके पास पैसा नहीं, उनके ठगे जाने की संभावना रहेगी ही। तुम राजा होते, तो क्या करते, बताओ, देखूँ!''

गोरा ने कहा, ''यदि ऐसा कानून बनाता, जिसका रहस्य भेदना हजार डेढ़ हजार रुपया वेतन पाने वाले न्यायाधीश की बुद्धि के लिए भी संभव न होता, तो हत्‌भागे वादी, प्रतिवादी, दोनों पक्षों के लिए सरकारी खर्च पर वकील नियुक्त कर देता। न्याय अच्छा होने का खर्च प्रजा के सिर थोप कर सुन्याय का गौरव गाते हुए पठान-मुगलों को गाली नहीं देता।''

सातकौड़ी बोला, ''ठीक बात, वह शुभ दिन जब आया नहीं—तुम जब राजा हुए नहीं—अभी जब तुम सभ्य राजा की अदालत के आसामी हो—तब तुम्हें या तो गाँठ से पैसा खर्च करना होगा या वकील, दोस्त का शरणापन्न होना होगा, अन्यथा तीसरी गति सद्‌गति नहीं होगी।''

गोरा ने जिद करते हुए कहा, ''कोई कोशिश किए बिना जो गति हो सकती है, मेरी वही गति हो। इस राज्य में सारे निरुपायों की जो अवस्था है, वही मेरी भी अवस्था है।''

विनय ने बहुत अनुनय की, किन्तु गोरा ने उस पर कान तक नहीं दिया। उसने विनय से पूछा, "तुम यहाँ अचानक कैसे आ पहुँचे?"

विनय का चेहरा थोड़ा-सा रक्ताभ हो उठा। अगर आज गोरा हवालात में न होता, तो विनय शायद कुछ विद्रोह के स्वर में ही अपने यहाँ उपस्थित होने का कारण कह देता। आज स्पष्ट उत्तर उसके मुख में अटक गया; बोला, "मेरी बात बाद में होगी–अभी तुम्हारी–"

गोरा ने कहा, "मैं तो आज राजा का अतिथि हूँ। मेरे लिए राजा स्वयं सोच रहे हैं, तुम लोगों में से और किसी को नहीं सोचना पड़ेगा।"

विनय जानता था, गोरा को डिगाना संभव नहीं है–इसलिए वकील करने की कोशिश छोड़ दी गई। बोला, "जानता हूँ, तुम यहाँ खा नहीं पाओगे, बाहर से कुछ खाना भेजने की व्यवस्था कर दूँ।"

गोरा ने अधीर होकर कहा, "विनय, क्यों तुम बेकार कोशिश कर रहे हो! बाहर से मैं कुछ भी नहीं चाहता। हवालात में सबके भाग्य में जो जुटेगा, मैं उससे कुछ अधिक नहीं चाहता।"

विनय व्यथित हृदय से डाक बंगले लौट आया। सुचरिता रास्ते के निकट के एक सोने वाले कमरे में दरवाजा बन्द किए खिड़की खोले विनय के लौटने की प्रतीक्षा कर रही थी। किसी भी तरह वह दूसरों का संग और बातचीत सहन नहीं कर पा रही थी।

सुचरिता ने जब देखा कि विनय चिन्तित विषण्ण चेहरा लिए डाक बंगले की ओर आ रहा है, तो आशंका से उसकी छाती धक् धक् करने लगी। वह बड़े प्रयत्नपूर्वक अपने को शान्त करके एक पुस्तक हाथ में लिए बैठने वाले कमरे में आ गई। ललिता को सिलाई अच्छी नहीं लगती, लेकिन आज वह चुपचाप कोने में बैठी सिलाई कर रही थी–लावण्य सुधीर के साथ अंगरेजी वर्तनी का खेल खेल रही थी, लीला थी दर्शक; हारान बाबू वरदासुन्दरी के साथ आगामी कल के उत्सव के सम्बन्ध में विचार-विमर्श कर रहे थे।

विनय ने पूरे विस्तार से आज प्रातःकाल पुलिस के साथ गोरा के विरोध का इतिहास कह सुनाया। सुचरिता स्तब्ध हो बैठी रह गई, ललिता की गोद से सिलाई गिर गई और उसका मुख लाल हो उठा।

वरदासुन्दरी ने कहा, "विनय बाबू, आप कुछ चिन्ता मत कीजिए–आज शाम को मजिस्ट्रेट साहब की मेम से मैं स्वयं गौरमोहन बाबू के लिए अनुरोध करूँगी।"

विनय बोला, "ना, आप वैसा नहीं करेंगी–गोरा ने यदि सुन लिया, तो वह मुझे जीवन में और क्षमा नहीं करेगा।"

सुधीर ने कहा, "उनकी डिफेन्स के लिए तो कोई प्रबन्ध करना होगा।"

गोरा ने जमानत देकर रिहाई की कोशिश और वकील नियुक्त करने के सम्बन्ध में जो सब आपत्तियाँ की थीं, विनय ने सारी कह दीं–सुन कर हारान बाबू ने असहिष्णु

होकर कहा, "यह सब अतिरेक है!"

हारान बाबू के प्रति ललिता के मन का जो भी भाव हो, वह उन्हें अब तक महत्त्व देती आ रही है, कभी उनके साथ बहस में शामिल नहीं होती—आज वह तेजी से सिर हिलाते हुए बोल पड़ी, "रंच मात्र अतिरेक नहीं है—गौर बाबू ने जो किया, वह ठीक किया—मजिस्ट्रेट हमारा दमन करेगा और हम स्वयं अपनी रक्षा करेंगे! उनकी मोटी मासिक-वृत्ति की व्यवस्था के लिए टैक्स चुकाना होगा, फिर उनके हाथ से परित्राण पाने के लिए वकील की फीस गाँठ से भरनी होगी! ऐसा न्याय पाने की अपेक्षा जेल जाना अच्छा है।"

हारान बाबू ने ललिता को छोटे से देखा है—उसका कोई मतामत है, इस बात की वे कभी कल्पना भी नहीं करते। उसी ललिता के मुँह से तीखी भाषा सुन कर आश्चर्यचकित हो गए; उसकी भर्त्सना करते हुए बोले, "तुम ये सब बातें क्या समझो? जो थोड़ी-सी किताबें रट कर पास करके कॉलेज से निकले हैं, जिनका कोई धर्म नहीं, धारणा नहीं, उनके मुँह से दायित्वहीन उन्मत्त प्रलाप सुन कर तुम लोगों का दिमाग घूम रहा है!"

यह कह कर, कल संध्या-समय गोरा के साथ मजिस्ट्रेट की भेंट का विवरण और उस सम्बन्ध में उनके अपने साथ मजिस्ट्रेट के वार्तालाप की बात खोल दी। द्वीप वाले घोषपुर की घटना विनय की जानी हुई नहीं थी। सुन कर वह शंकित हो उठा; समझ गया, मजिस्ट्रेट गोरा को आसानी से क्षमा नहीं करेगा।

हारान ने जिस उद्‌देश्य से यह बात कही थी, वह पूरा व्यर्थ चला गया। वे जो गोरा के साथ अपनी भेंट के सम्बन्ध में इतनी देर तक मौन थे, उसके भीतर की क्षुद्रता ने सुचरिता को चोट पहुँचाई तथा हारान बाबू की प्रत्येक बात में गोरा के प्रति जो एक व्यक्तिगत ईर्ष्या प्रकट हुई, उसने—गोरा के इन विपत्ति के दिनों में—उनके प्रति वहाँ उपस्थित प्रत्येक के भीतर ही असम्मान उत्पन्न कर दिया। सुचरिता इतनी देर चुप लगाए थी, क्या कुछ बोलने के लिए उसमें आवेग उत्पन्न हुआ, किन्तु वह उसे रोक कर पुस्तक खोल कर काँपते हाथों से पन्ने पलटने लगी। ललिता ने उद्धत भाव से कहा, "मजिस्ट्रेट के साथ हारान बाबू का मत चाहे जितना मिले, घोषपुर की घटना से गौरमोहन बाबू का महत्त्व प्रकट हुआ है।"

29

आज छोटे लाट आएँगे, इस कारण मजिस्ट्रेट ने साढ़े दस बजे अदालत आकर जल्दी-जल्दी न्याय-कार्य निबटाने की कोशिश की।

सातकौड़ी बाबू ने स्कूली-छात्रों की पैरवी करते हुए उसी बहाने अपने दोस्त को

बचाने की भी चेष्टा की। उन्होंने स्थिति देख कर समझ लिया था कि यहाँ अपराध स्वीकार करना ही अच्छी नीति है। लड़के दुष्ट होते ही हैं, वे अपरिपक्व हैं, निर्बोध हैं आदि कह कर उनके लिए क्षमा-प्रार्थना की। मजिस्ट्रेट ने छात्रों को जेल ले जाकर आयु और अपराध के न्यूनाधिक्य के अनुसार पाँच से पच्चीस बेंत का आदेश कर दिया। गोरा का वकील कोई था नहीं। अपने मामले की खुद पैरवी करने के दौरान पुलिस के अत्याचार के सम्बन्ध में उसके कुछ बोलने की कोशिश करते ही मजिस्ट्रेट ने उसकी तीव्र भर्त्सना करके उसका मुँह बन्द कर दिया और पुलिस के काम में बाधा डालने के अपराध में उसे एक मास के सश्रम कारावास का दंड दिया तथा इस तरह के कम दंड का विशेष दया के रूप में कीर्तन किया।

सुधीर और विनय अदालत में उपस्थित थे। विनय गोरा के चेहरे की ओर नहीं ताक सका। उनकी तो जैसे साँस बन्द होने की तैयारी हो गई, वे तुरन्त अदालत के कमरे से बाहर आ गए। सुधीर ने उसे डाक बंगले वापस लौट कर स्नान-भोजन का अनुरोध किया—उसने नहीं सुना, मैदान के रास्ते चलते-चलते पेड़ के नीचे बैठ गया। सुधीर से बोला, ''तुम बंगले लौट जाओ, मैं कुछ देर बाद आऊँगा।'' सुधीर चला गया।

ऐसा करते कितना समय कट गया, वह नहीं जान पाया। जब सूर्य सिर के ऊपर से पश्चिम की ओर झुक रहा था, तभी एक गाड़ी ठीक उसके सामने आकर रुक गई। विनय ने गर्दन उठा कर देखा, सुधीर और सुचरिता गाड़ी से उतर कर उसके पास आ रहे हैं। विनय जल्दी से उठ कर खड़ा हो गया। सुचरिता ने निकट आकर स्नेहार्द्र स्वर में कहा, ''विनय बाबू, आइए।''

विनय को अचानक चेतना हुई कि इस दृश्य से रास्ते के लोग कौतुक अनुभव कर रहे हैं। वह जल्दी से गाड़ी पर सवार हो गया। पूरे रास्ते कोई कुछ भी बात नहीं कह सका।

डाक बंगले पहुँच कर विनय ने देखा, वहाँ एक लड़ाई छिड़ी हुई है। ललिता जिद बाँधे बैठी है कि वह आज किसी भी तरह मजिस्ट्रेट के निमन्त्रण में शामिल नहीं होगी। वरदासुन्दरी विषम संकट में पड़ गई हैं। हारान बाबू ललिता के समान लड़की के इस असंगत विद्रोह के कारण क्रोध में पागल हो उठे हैं। वे बार-बार कह रहे हैं, आजकल के लड़के-लड़कियों में ये कैसी विकृतियाँ पैदा हो रही हैं—वे डिसिप्लिन ही मानना नहीं चाहते। केवल, जैसे-तैसे आदमियों के संसर्ग में जैसी-तैसी चर्चाएँ करने के कारण ही इस तरह घट रहा है।

विनय के आते ही ललिता ने कहा, ''विनय बाबू, मुझे माफ कीजिए। मैंने आपका भारी अपराध किया है; आपने तब जो कहा था, मैं कुछ भी नहीं समझ पाई; हम लोग बाहर की स्थिति तनिक भी न जानने के कारण इतना गलत समझते हैं। पानू बाबू कहते हैं, भारतवर्ष में मजिस्ट्रेट का यह शासन विधाता का विधान है—यदि ऐसा

है, तो संपूर्ण तन-मन-वचन में इस शासन को अभिशाप देने की इच्छा जागने देना भी उसी विधाता का विधान है।

हारान बाबू क्रुद्ध होकर बोलने लगे, "ललिता, तुम–"

ललिता ने हारान बाबू की ओर से घूमते हुए खड़े होकर कहा, "चुप रहिए। मैं आपसे कुछ नहीं बोल रही। विनय बाबू, आप किसी का भी अनुरोध मत रखिए। आज किसी भी तरह नाटक हो ही नहीं सकता।"

वरदासुन्दरी ने जल्दी से ललिता की बात को दबाते हुए कहा, "ललिता, देख रही हूँ, तू तो विलक्षण लड़की है! विनय बाबू को आज नहाने-खाने नहीं देगी? जानती नहीं, दिन का डेढ़ बज चुका है? देख, मुँह सूख कर उनका चेहरा कैसा हो गया है!"

विनय बोला, "यहाँ हम उसी मजिस्ट्रेट के अतिथि हैं–मैं इस घर में नहाना-खाना नहीं कर पाऊँगा।"

वरदासुन्दरी ने बहुत विनती करके विनय को समझाने की कोशिश की। सभी लड़कियों को चुप लगाए बैठे देख वे गुस्साते हुए बोलीं, "तुम सबको हुआ क्या? सुचि, तुम जरा विनय को समझाओ ना! हमने वचन दिया है–सभी लोगों को निमन्त्रित कर लिया गया है, किसी तरह आज का दिन निभा कर जाना होगा–अन्यथा, बोलो तो, वे क्या समझेंगे! उन्हें और मुँह नहीं दिखा पाऊँगी।"

सुचरिता चुपचाप मुँह नीचे किए बैठी रही।

विनय निकट ही नदी में स्टीमर पर चला गया। यह स्टीमर आज दो-एक घंटे के भीतर ही यात्री लेकर कोलकाता रवाना होगा–कल अन्दाजन आठ बजे वहाँ पहुँच जाएगा।

हारान बाबू ने उत्तेजित होकर विनय और गोरा की निन्दा करना शुरू कर दिया। सुचरिता ने तुरन्त कुर्सी से उठ पास वाले कमरे में घुस कर दरवाजा भिड़ा दिया। थोड़ी देर बाद ललिता ने दरवाजा ठेल कर कमरे में प्रवेश किया। देखा, सुचरिता दोनों हाथों से मुँह ढाँपे बिस्तर पर पड़ी है।

ललिता भीतर से दरवाजा बन्द करके धीरे-धीरे सुचरिता के पास बैठ कर उसके केशों में अँगुलियाँ फिराने लगी। बहुत देर बाद जब सुचरिता शान्त हुई, तो बलपूर्वक उसके चेहरे से बाहुओं का आवरण हटा, उसके मुँह के पास मुँह ले जाकर कानों ही कानों में बोलने लगी, "दीदी, हम यहाँ से कोलकाता लौट जाएँ, आज तो मजिस्ट्रेट के यहाँ जा नहीं पाएँगे।"

सुचरिता ने बहुत देर तक इस बात का कोई उत्तर नहीं दिया। ललिता जब बार-बार बोलने लगी, तो वह बिछोने पर उठ कर बैठ गई, "यह कैसे हो सकता है, भाई? मेरी तो एकदम ही आने की इच्छा नहीं थी–पिताजी ने जब भेज दिया है, तो जिस लिए आई हूँ, उसे निबटाए बिना नहीं जा पाऊँगी।"

ललिता ने कहा, "पिताजी तो यह सब बात जानते नहीं–जानते, तो हमें कभी भी

रुकने को नहीं कहते।''

सुचरिता ने कहा, ''वह कैसे जानूँ भाई!''

ललिता–दीदी, तुझसे होगा? किस तरह जाएगी, बोल तो, देखूँ! ऊपर से सजधज कर स्टेज पर खड़े होकर कविता सुनानी होगी। मेरी तो जीभ फट कर खून बहने लगे, तब भी बात बाहर न निकले।

सुचरिता ने कहा, ''बहन, यह तो जानती हूँ! किन्तु नरक की यन्त्रणा भी तो सहनी पड़ती है। अब कोई और उपाय नहीं है। आज का दिन जीवन में कभी नहीं भूल पाऊँगी।''

सुचरिता की इस विवशता पर गुस्सा होकर ललिता कमरे से बाहर निकल आई। आकर माँ से बोली, ''माँ, तुम लोग जाओगे नहीं?''

वरदासुन्दरी ने कहा, ''तू क्या पागल हो गई है? रात नौ बजे के बाद जाना है।''

ललिता ने कहा, ''मैं कोलकाता जाने की बात कह रही हूँ।''

वरदासुन्दरी–''सुनो, जरा लड़की की बात सुनो!''

ललिता ने सुधीर से कहा, ''सुधीर भैया, तुम भी यहीं रहोगे?''

गोरा के दंड ने सुधीर का मन व्याकुल कर दिया था, किन्तु बड़े-बड़े साहबों के सम्मुख अपनी विद्या प्रदर्शित करने के प्रलोभन का त्याग कर पाए, ऐसी सामर्थ्य उसमें नहीं थी। उसने अव्यक्त स्वर में क्या कुछ कह दिया–समझ में आया कि संकोच तो अनुभव कर रहा है, किन्तु वह रुक ही जाएगा।

वरदासुन्दरी ने कहा, ''झंझट में समय हो गया। और देरी करने से नहीं चलेगा। अब साढ़े पाँच बजे तक कोई बिस्तर से नहीं उठ पाएगा–विश्राम करना होगा। अन्यथा क्लान्त होकर रात में मुँह सूख जाएगा–देखने में भद्दा लगेगा।''

यह कहते हुए उन्होंने सबको जबर्दस्ती सोने वाले कमरे में घुसा कर बिस्तर पर सुला दिया। सभी सो गए, केवल सुचरिता को नींद नहीं आई और दूसरे कमरे में ललिता अपने बिस्तर पर उठ कर बैठी रही।

स्टीमर की सीटी जल्दी-जल्दी बजने लगी।

स्टीमर जब छोड़ने की तैयारी कर रहा था, खलासी सीढ़ी उठाने को तैयार हो रहे थे, उसी समय विनय ने जहाज के डेक से देखा, एक भद्र-स्त्री तेज कदमों से जहाज की ओर आ रही है। उसकी वेशभूषा आदि देखने पर वह ललिता ही लगी, किन्तु विनय सहसा विश्वास नहीं कर पाया। अन्त में ललिता के निकट आने पर और संदेह नहीं रहा। एक बार मन में आया कि ललिता उसे लौटाने आई है, किन्तु ललिता ही तो मजिस्ट्रेट के निमन्त्रण में शामिल होने के विरुद्ध खड़ी थी। ललिता स्टीमर पर चढ़ गई–खलासियों ने सीढ़ी उठा ली। विनय सशंकित चित्त से ऊपर के डेक से नीचे उतर कर ललिता के सामने आ पहुँचा। ललिता बोली, ''मुझे ऊपर ले चलिए।''

विनय ने विस्मित होते हुए कहा, "जहाज जो छोड़े दे रहा है!"

ललिता बोली, "वह मैं जानती हूँ।"

कह कर विनय के लिए और प्रतीक्षा न करके सामने वाली सीढ़ी से ऊपर की मंजिल पर चढ़ गई। स्टीमर ने सीटी बजाते-बजाते किनारा छोड़ दिया।

विनय ने ललिता को फर्स्ट क्लास के डेक की कुर्सी पर बैठा कर नीरव प्रश्न की मुद्रा में उसके मुँह की ओर ताका।

ललिता बोली, "मैं कोलकाता जाऊँगी–मैं किसी भी तरह नहीं रुक पाई।"

विनय ने जिज्ञासा की, "वे सब?"

ललिता ने कहा, "अभी तक कोई नहीं जानता। मैं चिट्ठी रख आई हूँ–पढ़ते ही जान जाएँगे।"

ललिता की इस दुस्साहसिकता पर विनय स्तंभित हो गया। हिचकिचाते हुए कहना शुरू किया, "किन्तु–"

ललिता ने तुरन्त रोकते हुए कहा, "जहाज ने छोड़ दिया है, अब 'किन्तु' लेकर और क्या होगा! लड़की के रूप में जन्मी हूँ, इसी कारण सब चुप रह कर सहन करना होगा, यह मैं नहीं मानती। हमारे लिए भी न्याय-अन्याय, संभव-असंभव है। आज के निमन्त्रण में जाकर अभिनय करने की अपेक्षा मेरे लिए आत्महत्या करना सहज है।"

विनय समझ गया, जो होना था, हो गया, अब इस काम के अच्छे-बुरे का विचार करके मन को पीड़ित करके दुखी होने का कोई फल नहीं।

कुछ देर चुप रह कर ललिता ने कहा, "देखिए, आपके मित्र, गौरमोहन बाबू के प्रति मैंने मन ही मन बड़ा अन्याय किया था। पता नहीं, पहली बार से ही उन्हें देख कर, उनकी बातें सुन कर, मेरा मन उनके विरुद्ध हो गया था। वे अतिरिक्त जोर देकर बात कहते, और आप सभी जैसे उसमें हाँ में हाँ मिलाए जाते–यही देख कर मुझे गुस्सा आ जाता था। मेरा स्वभाव ही वैसा है–अगर मैं देखती हूँ कि कोई बातों में या व्यवहार में जोर दिखा रहा है, तो वह मैं एकदम ही नहीं सह पाती। किन्तु गौरमोहन बाबू का जोर केवल दूसरों के ऊपर नहीं, उसे वे अपने ऊपर भी लागू करते हैं–यह सत्य का बल है–ऐसा मनुष्य मैंने नहीं देखा।"

ललिता इसी तरह बोलती जा रही थी। ऐसा नहीं, कि वह गोरा के सम्बन्ध में दुख अनुभव करने के कारण ही यह सब बातें बोल रही थी। दरसल, भावावेश में जो काम कर डाला था, उसका संकोच मन के भीतर सिर उठाने की तैयारी कर रहा था, शायद काम अच्छा नहीं हुआ है, इसी दुविधा के जोर मारने के लक्षण दिखाई दे रहे थे, स्टीमर पर विनय के सामने अकेले बैठना इतनी बड़ी कुण्ठा का विषय है, इसे वह पहले सोच भी नहीं पाई थी, किन्तु लज्जा प्रकट होते ही वस्तुएँ अत्यन्त लज्जा का विषय हो उठती हैं, इसी कारण वह प्राणपण से बोलती रहने लगी। विनय के मन में अच्छी तरह से बातों का संग्रह नहीं था। एक ओर गोरा का दुख और अपमान तथा

दूसरी ओर वह जो यहाँ मजिस्ट्रेट के घर खुशी मनाने आया था, इसकी लज्जा, उसके ऊपर ललिता को लेकर उसका यह अचानक अवस्था-संकट, सबने इकट्ठे मिल कर विनय को निर्वाक् कर दिया था।

पहले होता, तो ललिता की इस दुस्साहसिकता से विनय के मन में तिरस्कार के भाव का उदय होता—आज वह किसी तरह नहीं हुआ। इतना कि, उसके मन में जो विस्मय पैदा हुआ था, उसमें भी श्रद्धा मिली हुई थी—इसमें एक और आनन्द यह था, कि उनके पूरे दल में गोरा के अपमान के प्रतिकार की सामान्य चेष्टा केवल विनय और ललिता ने ही की है। इसके लिए विनय को विशेष कुछ कष्ट नहीं उठाना होगा, किन्तु ललिता को अपने कर्म-फल के रूप में बहुत दिन तक भारी पीड़ा भोगनी पड़ेगी। फिर विनय इसी ललिता को निरन्तर गोरा की विरोधिनी के रूप में ही जानता था। जितना ही सोचने लगा, उतनी ही ललिता के इस परिणाम विचारहीन साहस और अन्याय के प्रति एकान्त घृणा के लिए, विनय में उसके प्रति श्रद्धा उत्पन्न होने लगी। वह नहीं समझ पाया कि क्या करके, क्या कह कर इस भक्ति को प्रकट करे! विनय बार-बार सोचने लगा, ललिता उसे परमुखापेक्षी, साहसहीन कह कर जो घृणा प्रकट करती रही है, वह घृणा यथार्थ है। वह तो इस तरह, साहसिक आचरण द्वारा किसी भी विषय में, सारे सम्बन्धियों-मित्रों की निन्दा-प्रशंसा की बलपूर्वक उपेक्षा करके अपना मत प्रकट नहीं कर पाता। उसने जो बहुत बार गोरा को कष्ट देने के डर से अथवा अगर कहीं गोरा उसे दुर्बल समझ ले, इस आशंका से अपने स्वभाव का अनुसरण नहीं किया, बहुत बार सूक्ष्म तर्क-जाल फैला कर गोरा के मत को अपना मत कह कर अपने को भुलाने की चेष्टा की, आज उसे मन-ही-मन स्वीकार करके स्वाधीन बुद्धि शक्ति के गुण में ललिता को अपने से बहुत श्रेष्ठ मान लिया। पहले उसने बहुत बार मन-ही-मन ललित की जो निन्दा की थी, वह बात याद करके उसे लज्जा अनुभव हुई। इतनी, कि उसे ललिता से क्षमा माँगने की इच्छा हुई—किन्तु सोच नहीं पाया कि क्षमा माँगे कैसे! ललिता की कमनीय स्त्री-मूर्ति अपने अन्तर के तेज से विनय की आँखों में आज एक ऐसी महिमा से उद्दीप्त दिखाई दी कि नारी के इस अपूर्व परिचय में विनय ने अपना जीवन सार्थक अनुभव किया। उसने आज अपने संपूर्ण अहंकार को, समस्त क्षुद्रता को इसी माधुर्यमण्डित शक्ति के समक्ष पूरी तरह विसर्जित कर दिया।

30

ललिता को साथ लेकर विनय परेश बाबू के घर आ पहुँचा।

ललिता के सम्बन्ध में विनय के मन में क्या भाव है, स्टीमर पर चढ़ने के पूर्व तक

वह ठीक-ठीक नहीं जानता था। उसका मन तो ललिता के साथ कलह में ही उलझा था। क्या करके इस दुर्वश लड़की के साथ किसी तरह सन्धि हो सकती है, कुछ दिन से यही उसकी प्रतिदिन की चिन्ता का विषय था। विनय के जीवन में स्त्री-माधुर्य की दीप्ति लेकर सुचरिता ही प्रथम संध्या-तारा की भाँति उदित हुई थी। विनय मन-मन यही जानता था, इसी आविर्भाव के अपरूप आनन्द ने उसकी प्रकृति को परिपूर्णता का दान किया है। किन्तु इस बीच और जो एक तारा उग रहा था तथा ज्योतिरुत्सव की भूमिका निभा कर पहला तारा कब धीरे-धीरे दिगन्त के पार अवतरण करने लगा था, विनय इसे स्पष्ट रूप से नहीं समझ पाया।

जिस दिन विद्रोही ललिता स्टीमर पर चढ़ आई, उस दिन विनय ने सोचा, 'ललिता और मैं एक पक्ष बन कर समस्त संसार के प्रतिकूल खड़े हो गए हैं। इस घटना में ललिता और सबको छोड़ उसी की बगल में आ खड़ी हुई है, विनय यह बात किसी भी तरह नहीं भूल पाया। चाहे जो कोई कारण हो, चाहे जो कोई अवसर हो, ललिता के लिए विनय आज अनेक में से एक व्यक्ति मात्र नहीं है, ललिता की बगल में वही अकेला है, वही एकमात्र है; समस्त आत्मीय-स्वजन दूर हैं, वही निकट है। इस नैकट्‌य का पुलकपूर्ण स्पन्दन विद्युतगर्भी मेघ की भाँति उसके हृदय में गडगडाहट करने लगा। जब ललिता प्रथम श्रेणी के केबिन में सो गई, तब भी विनय अपने स्थान पर जाकर लेट नहीं पाया—उसी केबिन के बाहर जूते खोल कर डेक पर चुपचाप चहलकदमी करने लगा। स्टीमर पर ललिता के साथ कोई उत्पात होने की विशेष संभावना नहीं थी, किन्तु विनय अपने अकस्मात नवोपलब्ध अधिकार को संपूर्ण रूप से अनुभव करने के प्रलोभन में, प्रयोजन न होते हुए भी, बिना खटे नहीं रह सका।

गहरी अँधेरी रात, तारों ढका मेघशून्य नभ-स्थल, किनारे पर निशीथ-व्योम की घनी कालिमा निर्मित निविड़ भित्ति की भाँति स्तब्ध खड़ी तरु-पंक्ति, नीचे निश्शब्द प्रवहमान विशाल नदी की प्रबल धारा, इसके बीच निद्रामग्न ललिता। और कुछ नहीं, इसी सुन्दर, इसी विश्वासपूर्ण नींद को ललिता ने आज विनय के हाथों में समर्पित कर दिया है। विनय ने महामूल्यवान रत्न की भाँति इसी नींद की रक्षा करने का भार लिया है। माता-पिता, बहिन-भाई कोई नहीं, एक अपरिचित शैया पर अपनी सुन्दर देह को लिटाए ललिता निश्चिन्त सो रही है—इसी निद्रा-काव्य के छन्द का परिमाप करते हुए श्वास-प्रश्वास मानो अति शान्त भाव से आवाजाही कर रहे हैं, उस निपुण कबरी की एक भी वेणी विस्रस्त नहीं हुई है, उस नारी-हृदय की कल्याण-कोमलता से मण्डित दोनों बाँहें परिपूर्ण विश्राम की अवस्था में बिछोने पर पड़ी हैं, दोनों कुसुम सुकुमार पद-तलों ने अपनी समस्त रमणीय गति-चेष्टा को, उत्सवावसान के संगीत की भाँति विराम देकर बिछोने पर फैला कर रख दिया है—विश्रब्ध विश्राम की इस छवि ने विनय की कल्पना को परिपूर्ण कर दिया। जैसे सीपी के मध्य मोती, उसी प्रकार ग्रह-तारा-मण्डित, निश्शब्द तिमिरवेष्टित आकाश-मण्डल के मध्य ललिता की यह निद्रा, यह सुडौल-सुन्दर

संपूर्ण विश्राम आज विनय को संसार में एकमात्र ऐश्वर्य के रूप में प्रतिभासित हुआ। 'मैं जाग रहा हूँ, मैं जाग रहा हूँ–' यह वाक्य अभय शंख-ध्वनि की भाँति विनय के विस्फारित वक्ष-कुहर से निकल कर महाकाश के अनिमेष जाग्रत पुरुष की निश्शब्द-वाणी में समाने लगा।

कृष्ण पक्ष की इस रात्रि में विनय को केवल एक और बात अघात पहुँचा रही थी–आज रात गोरा जेल में है! विनय आज तक गोरा के समस्त सुख-दुख में भाग लेता आ रहा है, यह पहली बार उससे अन्यथा घटा। विनय जानता था, गोरा जैसे व्यक्ति के लिए जेल का दंड कुछ भी नहीं, किन्तु प्रारंभ से अन्त तक इस घटना में विनय के साथ गोरा का कोई सम्पर्क नहीं था–गोरा के जीवन की यही एक प्रधान घटना पूरी तरह विनय के साथ के बिना हुई थी। दोनों मित्रों की जो जीवन-धारा इस एक जगह विच्छिन्न हो गई है–फिर जब मिलेंगे, तो क्या इस विच्छेद की शून्यता भर पाएगी? क्या इस बार बन्धुत्व की सम्पूर्णता भंग नहीं हो गई है? जीवन का ऐसा अखण्ड, ऐसा दुर्लभ बन्धुत्व! आज एक ही रात्रि में विनय अपने एक ओर की शून्यता और एक दूसरी ओर की पूर्णता को एक साथ अनुभव करके जीवन के सृजन-प्रलय के सन्धिकाल में स्तब्ध होकर अंधकार की ओर ताकता रहा।

गोर जो भ्रमण पर बाहर निकला था, विनय दैवायोग से ही उसमें शामिल नहीं हो पाया अथवा गोरा जो जेल गया, दैवयोग से ही उस कारा-दुख में शामिल होना विनय के लिए असंभव हो गया, यदि यह बात सत्य होती, तो इससे बन्धुत्व को चोट नहीं पहुँचती। किन्तु गोरा भ्रमण पर बाहर निकला था और विनय अभिनय कर रहा था, यह आकस्मिक घटना नहीं थी। विनय की पूरी जीवन-धारा ऐसे एक पथ पर आ पड़ी थी, जो उन लोगों के पूर्व-बन्धुत्व का पथ नहीं है, उसी कारण इतने दिन बाद यह बाह्य विच्छेद संभवपर हुआ है। पर आज कोई और उपाय नहीं–सत्य को अस्वीकार करना अधिक नहीं चलता–एकाग्रचित्त होकर गोरा के साथ एक अविच्छिन्न पथ का आश्रय लेना विनय के लिए आज और सत्य नहीं है। लेकिन गोरा और विनय का चिर-जीवन का प्रेम क्या इस पथ-भेद से ही टूट जाएगा? इस संशय ने विनय के हृदय में कँपकँपी पैदा कर दी। वह जानता था कि गोरा अपने संपूर्ण बन्धुत्व को और संपूर्ण कर्तव्य को एक लक्ष्य-पथ पर खींचे बिना नहीं चल पाता। प्रचण्ड गोरा! उसकी प्रबल इच्छा! जीवन के सारे सम्बन्धों के द्वारा उस एक इच्छा को अति महान बना कर ही वह जय-यात्रा पर निकलेगा–विधाता ने गोरा की प्रकृति को वही राज-महिमा अर्पित की है।

किराए की गाड़ी परेश बाबू के दरवाजे के सामने आकर खड़ी हो गई। उतरते समय ललिता के पैर काँप गए और घर में प्रवेश करते समय उसने अपने को बलपूर्वक कठोर बना लिया, इसे विनय साफ समझ गया। ललिता ने इस बार झोंक में जो काम कर डाला है, उसका अपराध कितना भारी है, इसका वह स्वयं कुछ भी अन्दाजा नहीं

लगा पा रही थी। ललिता जानती थी कि परेश बाबू उसे ऐसी कोई बात नहीं कहेंगे, जिसे ठीक-ठीक भर्त्सना कहा जा सके–किन्तु उसी कारण, परेश बाबू के चुप रह जाने से ही वह सबसे अधिक डरती थी।

ललिता की इस हिचकिचाहट को लक्ष्य करके विनय ठीक-ठीक नहीं सोच पाया कि ऐसे अवसर पर उसका क्या कर्तव्य है। साथ रहने पर वह ललिता के संकोच का कारण अधिक बनेगा या नहीं, यही जाँचने के लिए उसने थोड़े दुविधा के स्वर में ललिता से कहा, "तो अब चलूँ!"

ललिता जल्दी से बोली, "ना, चलिए, पिताजी के पास चलिए।"

ललिता के इस व्यग्र अनुरोध पर विनय मन-ही-मन आनन्दित हो उठा। घर पहुँचा देने भर से ही उसका कर्तव्य पूरा नहीं होने जा रहा, इस एक आकस्मिक घटना से ललिता के साथ उसके जीवन का एक विशेष ग्रन्थि बंधन हो गया है–यही ध्यान करके विनय जैसे एक विशेष अधिकार के साथ ललिता की बगल में खड़ा हो गया। अपने पर ललिता की निर्भरता की कल्पना मानो एक स्पर्श की भाँति उसकी संपूर्ण देह में विद्युत-संचार करने लगी। उसे लगा, जैसे ललिता ने उसका दाहिना हाथ कस कर पकड़ रखा है। ललिता के साथ इस सम्बन्ध से उसका पुरुष-वक्ष चौड़ा हो गया। उसने मन-ही-मन सोचा, परेश बाबू ललिता की इस असामाजिक हठकारिता पर गुस्सा करेंगे, ललिता की भर्त्सना करेंगे, तब वह सारा दायित्व यथासंभव अपने कन्धों पर ले लेगा–बिना संकोच के भर्त्सना का अंश ग्रहण कर लेगा, कवच स्वरूप बन कर समस्त आघात से ललिता को बचाने की कोशिश करेगा।

किन्तु विनय ललिता के मन के भाव को ठीक से नहीं समझ पाया। ऐसा नहीं था कि वह भर्त्सना के प्रतिरोधक के रूप में ही विनय को छोड़ना नहीं चाहती थी। दरसल ललिता कुछ भी छिपा कर नहीं रख पाती। उसने जो किया है, वह सब परेश बाबू आँखों से देख लेंगे और न्याय का जो फल होगा, वह सारा ललिता स्वीकार करेगी, यही उसका भाव था।

आज सुबह से मन-ही-मन ललिता विनय पर गुस्सा कर रही है। वह पूरी तरह जानती है कि गुस्सा असंगत है–किन्तु असंगत होने के कारण ही गुस्सा कम नहीं होता, बल्कि बढ़ता है।

जब तक स्टीमर पर थी, ललिता के मन का भाव दूसरा था। वह बचपन से ही कभी गुस्सा करके, कभी जिद करके एक न एक अभावनीय काण्ड करती आ रही है, लेकिन इस बार की घटना गुरुतर है। इस निषिद्ध घटना में उसके साथ विनय के भी जुड़ जाने से एक ओर वह संकोच और दूसरी ओर निगूढ़ हर्ष अनुभव कर रही थी। यही हर्ष मानो, निषेध की चोट से बहुत अधिक मथित हो रहा था। आज उसने एक बाहरी पुरुष का इस प्रकार सहारा लिया, उसके इतने निकट आ गई, उनके बीच सम्बन्धी-समाज की कोई आड़ नहीं थी, इसमें संकोच का कितना-सा कारण था–

किन्तु विनय की स्वाभाविक भद्रता ने ऐसे संयम के साथ एक मर्यादा-रचना कर रखी थी कि इस आशंकाजनक अवस्था में विनय के सुकुमार शील का परिचय ललिता को भारी आनन्द प्रदान कर रहा था। जो विनय उनके घर सबके साथ हमेशा हास-परिहास करता था, जिसकी बातों का अन्त नहीं था, घर के सेवकों के साथ भी जिसकी अबाध आत्मीयता थी, यह वह विनय नहीं था। जहाँ वह सावधानी की दुहाई देकर ललिता के साथ अनायास अतिरिक्त निकटता बना सकता था, वहाँ विनय इस तरह दूरत्व की रक्षा करके चल रहा था कि उसी कारण ललिता अपने हृदय में उसे और भी निकट अनुभव कर रही थी। रात में नाना चिन्ताओं के कारण स्टीमर के केबिन में उसे ठीक से नींद नहीं आ रही थी; छटूपटू करते-करते उसे एक समय लगा कि रात बीत कर प्रभात हो आया है। केबिन का दरवाजा धीरे-धीरे खोल कर बाहर झाँका, तो देखा कि शेष रात्रि का शिशिरार्द्र अंधकार अभी भी नदी के ऊपर मुक्त आकाश और तट की वनश्री को आच्छदित किए हुए है—तुरन्त ही शीतल वायु के एक झोंके ने नदी के जल में कल-कल ध्वनि जगा दी और नीचे के तल पर ऐसी हलचल का आभास मिलने लगा कि इंजिन के खलासी काम आरंभ करने वाले हैं। ललिता ने केबिन से बाहर आकर देखा, पास ही एक गरम कपड़ा देह पर ढके विनय बेंत की कुर्सी पर सोया पड़ा है। देखते ही ललिता का हृदय धड़कने लगा। विनय सारी रात यहीं बैठा पहरा देता रहा! इतनी निकट, फिर भी इतनी दूर! ललिता तत्क्षण काँपते पैरों से डेक से केबिन में आ गई; द्वार के पास खड़ी होकर हेमन्त की भोर में उस अंधकारजड़ित अपरिचित नदी-दृश्य के बीच एकाकी सोए विनय की ओर देखती रही। सामने दिशा प्रान्त के तारे, उसे जैसे विनय की नींद को घेरे दिखाई दिए; एक अनिर्वचनीय गांभीर्य और माधुर्य से उसका संपूर्ण हृदय एकदम किनारे तक भर गया; देखते-देखते ललिता की दोनों आँखें क्यों आँसुओं से भर आईं, वह नहीं समझ पाई। उसने अपने पिताजी से जिस देवता की उपासना करना सीखा है, मानो उसी देवता ने आज उसके दाहिने हाथ का स्पर्श किया और नदी के घने तरु-पल्लव निद्रित तट पर जब रात्रि के अंधकार का नवीन आलोक के साथ प्रथम निगूढ़ सम्मिलन घटित हो रहा था, उसी पवित्र संधि-क्षण में नक्षत्रों की भरी सभा में अनाहत महावीणा पर कोई दिव्य संगीत दुस्सह आनंद-वेदना की भाँति बज उठा।

इसी समय नींद की जड़ता में विनय का हाथ जरा-सा हिलते ही ललिता जल्दी से केबिन का दरवाजा बन्द करके बिस्तर पर लेट गई। उसके हाथ-पैर नीचे से ठण्डे हो गए, वह बहुत देर तक हृदय की धड़कन नियन्त्रित नहीं कर पाई।

अंधकार दूर हो गया। स्टीमर ने चलना आरंभ कर दिया। ललिता हाथ-मुँह धोकर तैयार हो, बाहर आकर रेलिंग पकड़ कर खड़ी हो गई। विनय भी पहले ही जहाज की सीटी की आवाज से जाग कर, तैयार होकर पूर्वी किनारे पर प्रभात के प्रथम अभ्युदय को देखने की प्रतीक्षा कर रहा था। ललिता के बाहर आते ही वह सकुचाते

हुए वहाँ से चले जाने को हो रहा था कि ललिता ने पुकारा, "विनय बाबू!"

विनय के निकट आते ही ललिता बोली, "लगता है, रात में आपकी नींद अच्छी नहीं हुई?"

विनय ने कहा, "खराब नहीं हुई।"

इसके आगे दोनों में और बात नहीं हुई। ओस से भीगे कास-वन के पिछले भाग में आसन्न सूर्योदय की स्वर्णच्छटा चमकने लगी। इन दोनों लोगों ने जीवन में कभी ऐसा प्रभात नहीं देखा था। आलोक ने इन्हें कभी इस प्रकार नहीं छुआ था–आकाश शून्य नहीं है, वह विस्मय-नीरव आनन्द में सृष्टि की ओर निर्निमेष देख रहा है, इन्होंने यह पहली बार जाना। इन दोनों के चित्त में इस प्रकार चेतना जाग्रत हो उठी कि जैसे संपूर्ण जगत में अन्तर्निहित चैतन्य के साथ आज इनका अति निकट से संपूर्ण स्पर्श हुआ हो। किसी ने कोई बात नहीं की।

स्टीमर कोलकाता आ पहुँचा। विनय घाट से एक भाड़ा-गाड़ी लेकर ललिता को भीतर बैठा कर स्वयं कोचवान के पास जाकर बैठ गया। यही, दिन के समय कोलकाता की सड़क पर गाड़ी में चलते-चलते ललिता के मन में उल्टी हवा क्यों बहने लगी, कौन बताएगा! इस संकट के समय विनय स्टीमर पर था, ललिता विनय के साथ इस तरह जुड़ गई थी, विनय अभिभावक की तरह उसे गाड़ी करके घर ले जा रहा था, यह सब उसे पीड़ित करने लगा। घटनावशात विनय ने जो उस पर प्रभुत्व जमाने का अधिकार पा लिया था, यह उसे असह्य हो उठा। ऐसा क्यों हुआ! रात्रि का वह संगीत दिन के कर्म क्षेत्र के समक्ष आकर ऐसे कठोर स्वर में क्यों थम गया!

उसी कारण, जब दरवाजे के सामने आकर विनय ने संकोच के साथ पूछा, "तो मैं चलूँ"–तो ललिता का गुस्सा और भड़क उठा। उसने सोचा, 'विनय बाबू समझ रहे हैं कि उन्हें साथ लेकर पिताजी के सामने जाने में मैं कुण्ठित हो रही हूँ।' इस सम्बन्ध में उसके मन में लेशमात्र संकोच नहीं है, इसे ही बलपूर्वक प्रमाणित करने और पिताजी के सामने सारी बातों को पूरी तरह प्रस्तुत करने के लिए उसने विनय को दरवाजे के सामने से अपराधी की भाँति विदा नहीं करना चाहा।

विनय के साथ अपने सम्बन्ध को वह पहले की तरह साफ कर देना चाहती है–बीच में कोई कुण्ठा, कोई मोह जोड़े रख कर वह अपने को विनय के सामने क्षुद्र नहीं बनाना चाहती।

31

विनय और ललिता को देखते ही सतीश ने कहीं से दौड़ते हुए उन दोनों के बीच खड़े होकर, दोनों के हाथ पकड़ते हुए कहा, "क्या, बड़ी दीदी नहीं आईं?"

विनय ने जेब थपथपाते हुए और चारों तरफ देखते हुए कहा, "बड़ी दीदी! वही तो, क्या हुआ! खो गईं!"

सतीश विनय को ठेलते हुए बोला, "इस्स, वही तो, कभी नहीं। बताओ ना ललिता दीदी।"

ललिता ने कहा, "बड़ी दीदी कल आएँगी।"

कहते हुए परेश बाबू के कमरे की ओर चली।

सतीश विनय और ललिता के हाथ खींचते हुए बोला, "हमारे घर कौन आया है, देखोगे, चलो!"

ललिता ने हाथ छुड़ाते हुए कहा, "तेरा जो भी आया हो, तंग मत कर। अभी पिताजी के पास जा रही हूँ।"

सतीश बोला, "पिताजी निकल गए हैं, उन्हें लौटने में देर होगी।"

सुन कर विनय और ललिता, दोनों ने ही क्षण भर को आराम महसूस किया। ललिता ने पूछा, "कौन आया है?"

सतीश बोला, "नहीं बताऊँगा! अच्छा, विनय बाबू, बताइए कौन आया है?, देखूँ तो, आप कभी भी नहीं बता सकते। कभी नहीं, कभी भी नहीं।"

विनय नितान्त असंभव और असंगत नाम बताने लगा–कभी बोला नवाब सिराजुद्दौला, कभी बोला राजा नवकृष्ण, एक बार नन्दकुमार का नाम भी बताया। इस तरह के अतिथि का आना नितान्त असंभव है, सतीश ने इसका अकाट्य कारण प्रस्तुत करते हुए ऊँची आवाज में प्रतिवाद किया। विनय ने हार मान कर नम्र स्वर में कहा, "वो तो सही है, सिराजुद्दौला को इस घर में आने में कितनी भारी असुविधाएँ हैं, यह बात मैंने अब तक सोच कर नहीं देखी। जो हो, पहले तो तुम्हारी दीदी जाँच कर आएँ, उसके बाद यदि आवश्यक हुआ, तो मैं बुलाते ही चला आऊँगा।"

सतीश बोला, "ना, आप दोनों ही आइए।"

ललिता ने पूछा, "कौन-से कमरे में जाना पड़ेगा?"

सतीश बोला, "तिमंजिले वाले कमरे में।"

तिमंजिले की छत के कोने में एक छोटा कमरा है, उसके दक्षिण की ओर धूप-बारिश से बचने के लिए खपरैल की एक ढालू छत है। दोनों लोगों ने सतीश के पीछे वहाँ जाकर देखा, उसी छत के नीचे आसन बिछा कर एक प्रौढ़ा स्त्री आँखों पर चश्मा चढ़ाए कृत्तिवास की रामायण पढ़ रही हैं। उनके चश्मे की एक तरफ की टूटी कमानी की जगह डोरी बँधी है, वही डोरी उनके कान से अटकी है। वयस पैंतालीस के आसपास होगी। सिर के सामने के केश विरल हो आए हैं, लेकिन गौर वर्ण चेहरा पके फल के समान अभी भी प्रायः झुर्रियों से मुक्त है; दोनों भौंहों के मध्य गोदने का एक चिह्न है–देह पर अलंकार नहीं, विधवा वेश। पहले ललिता की ओर

दृष्टि पड़ते ही जल्दी से चश्मा खोल कर किताब हटा कर रख दी, एक विशेष औत्सुक्य के साथ उसके चेहरे की ओर देखा; दूसरे ही क्षण उसके पीछे विनय को देख जल्दी से खड़ी होकर सिर पर आँचल खींच लिया और कमरे के भीतर जाने का उपक्रम करने लगीं। सतीश ने तुरन्त जाकर उन्हें कस कर पकड़ते हुए कहा, "मौसी, भागती क्यों हो? ये हमारी ललिता दीदी हैं, और ये विनय बाबू। बड़ी दीदी कल आएँगी।"

विनय बाबू का यह अति संक्षिप्त परिचय ही पर्याप्त हुआ; इसमें संदेह नहीं कि इसके पूर्व विनय बाबू के सम्बन्ध में प्रचुर परिमाण में चर्चा हो चुकी थी। संसार में, सतीश के बोलने के जो कुछ विषय जमा हो गए हैं, सतीश कोई अवसर पाते ही उन पर बोलता है और कुछ बचा कर नहीं बोलता।

यहाँ किसे मौसी समझे, यह न समझ पाकर ललिता अवाक् खड़ी रही। विनय द्वारा प्रौढ़ रमणी को प्रणाम करके उनकी चरण-धूलि लेते ही ललिता ने उसके व्यवहार का अनुसरण किया। मौसी ने जल्दी से कमरे से एक चटाई निकाल कर बिछा दी तथा बोलीं, "बैठो बेटा, बैठो बेटी।"

विनय और ललिता के बैठने पर वे अपने आसन पर बैठ गईं और सतीश उनकी देह से सट कर बैठा। उन्होंने सतीश को दाएँ हाथ से कस कर लपेटते हुए कहा, "मुझे तुम लोग नहीं जानते, मैं सतीश की मौसी लगती हूँ–सतीश की माँ मेरी अपनी दीदी थीं।"

इतने से परिचय में कोई अधिक बात नहीं थी, किन्तु मौसी के चेहरे पर और कंठ-स्वर में ऐसा क्या था, जिससे उनके जीवन के सुगंभीर शोक का अश्रुमार्जित पवित्र आभास व्यक्त हो गया! 'मैं सतीश की मौसी हूँ' कहते हुए जब उन्होंने सतीश को छाती से चिपटा कर भींच लिया, तो इस रमणी के जीवन का कुछ इतिहास न जानते हुए भी विनय का मन करुणा-व्यथित हो उठा। विनय बोला, "अकेले सतीश की मौसी होने से नहीं चलेगा; वैसा होने पर इतने दिन बाद सतीश के साथ मेरा झगड़ा होगा। एक तो सतीश मुझे विनय बाबू कहता है, बड़े भैया नहीं बुलाता, ऊपर से मौसी से वंचित कर देगा, यह तो किसी भी तरह उचित नहीं होगा।"

मन वश में करने में विनय को देर नहीं लगती। इस प्रियदर्शन् प्रियभाषी युवक ने देखते-देखते सतीश के साथ मौसी के मन पर कब्जा जमा लिया।

मौसी ने पूछा, "बेटा, तुम्हारी माँ कहाँ है?"

विनय ने कहा, "मैंने, बहुत दिन हुए, अपनी माँ को तो खो दिया, किन्तु मेरी माँ नहीं है, ऐसी बात मैं मुँह पर भी नहीं ला सकता।"

यह कह कर, आनन्दमयी की बात स्मरण करने भर से ही उसकी दोनों आँखें भाव-वाष्प से आर्द्र हो आईं।

दोनों पक्षों में बातें खूब जम गईं। किसी भी तरह नहीं लगा कि इनके बीच आज

नया परिचय हुआ है। सतीश इस बातचीत के बीच-बीच में नितान्त अप्रासंगिक रूप में अपना मन्तव्य प्रकट करने लगा और ललिता चुप लगाए बैठी रही।

ललिता कोशिश करके भी अपने को आसानी से खोल नहीं पाती। प्रथम परिचय की बाधा तोड़ने में भी उसे बड़ा समय लगता है। इसके अतिरिक्त, आज उसका मन भी ठीक नहीं था। विनय ने अनायास ही इस अपरिचिता के साथ जो बातचीत जमा ली थी, यह भी उसे अच्छा नहीं लग रहा था; ललिता के सामने जो संकट आ गया है, विनय उसकी गुरुता को न समझ कर इस तरह जो निरुद्विग्न बना हुआ है, इस पर उसने मन-ही-मन ओछा कह कर विनय की निन्दा की। लेकिन ऐसा नहीं, कि चेहरा गंभीर करके, दुखी भाव से चुपचाप बैठ कर विनय ललिता के असन्तोष से छुटकारा पा जाता; वैसा होने पर निश्चय ही ललिता मन-ही-मन गुस्सा होकर यही कहती, "पिताजी का समझना-समझाना तो मेरे साथ है, किन्तु विनय बाबू ऐसा भाव क्यों धारण कर रहे हैं, जैसे उन्हीं के सिर पर जिम्मेदारी आ पड़ी है!" असली बात है, कल जो आघात-संगीत बजा था, आज दिन के समय उससे व्यथा ही निकल रही थी--कुछ भी ठीक से नहीं हो रहा था। उसी कारण आज ललिता मन-ही-मन हर कदम पर विनय के साथ झगड़ा ही कर रही थी; विनय के किसी भी व्यवहार से यह झगड़ा मिट नहीं पाता—कौन-से आदि कारण में सुधार होने पर इसका निवारण हो सकता था, यह अन्तर्यामी ही जानते हैं।

हाय रे, हृदय लेना ही जिनका कारबार है, उन्हीं नारियों के व्यवहार को युक्ति विरुद्ध बता कर दोष देने से क्यों चलेगा? यदि प्रारंभ में ठीक स्थान पर इसकी प्रतिष्ठा हो जाए, तो हृदय ऐसे सहज, ऐसे सुन्दर ढंग से चलता है कि युक्ति-तर्क हार मान कर सिर झुका लेते हैं, लेकिन उसी शुरुआत में अगर लेशमात्र भी विपर्यय हो जाए, तो बुद्धि की क्या सामर्थ्य, जो कल सुधार दे—तब राग-विराग, हँसना-रोना, किससे क्या हो जाए, इसका हिसाब पूछना वृथा है।

इधर ऐसा नहीं, कि विनय का हृदय-यन्त्र भी कोई अधिक स्वाभाविक रूप से चल रहा था। यदि उसकी अवस्था पूर्व की भाँति अविकल रहती, तो वह इस घड़ी छूटते ही आनन्दमयी के पास जाता। गोरा के कारा-दंड का समाचार विनय को छोड़ भला और कौन माँ को दे सकता है! अथवा उसे छोड, माँ की सान्त्वना के लिए और कौन है! यह वेदना की बात विनय के मन की गहराई में एक विषम भार बन कर उसे बस पीस रही थी–किन्तु ललिता को अभी ही छोड़ कर चला जाए, यह उसके लिए असंभव हो गया था। समस्त संसार के विरुद्ध वही आज ललिता का रक्षक है, ललिता के सम्बन्ध में परेश बाबू के सामने यदि उसका कोई कर्तव्य हो, तो उसे निबटा कर ही जाना होगा, वह यही बात मन को समझा रहा था। मन बड़ी साधारण कोशिश से ही उसे समझ ले रहा था; उसकी प्रतिवाद करने की क्षमता ही नहीं थी। गोरा और आनन्दमयी के लिए विनय के मन में चाहे जितनी भी वेदना रहे, आज ललिता का

अति सन्निकट अस्तित्व उसे ऐसा आनन्द देने लगा—ऐसी एक दीप्ति, संपूर्ण संसार में ऐसा एक विशिष्ट गौरव, अपनी सत्ता का ऐसा एक विशिष्ट स्वातन्त्र्य अनुभव करने लगा कि उसके मन की वेदना मन के निचले तल पर ही रह गई। आज वह ललिता की ओर देख नहीं पा रहा था—मात्र क्षण-क्षण आँखों में अपने आप जो पड़ रहा था, ललिता के परिधान का थोड़ा-सा अंश, गोद में निश्चल पड़ा उसका एक हाथ—पल भर में यही उसे पुलकित करने लगा।

देरी हो चली। अभी भी परेश बाबू आए नहीं। भीतर से लगातार उठने का तकाजा प्रबल होने लगा—विनय उसे किसी तरह दबाने के लिए सतीश की मौसी के साथ अत्यधिक मन लगा कर बातचीत करता रहा। अन्ततः ललिता की कुढ़न ने और रुकावट नहीं मानी; वह अचानक विनय की बात को बीच में ही रोक कर बोल पड़ी, "आप देरी किसके लिए कर रहे हैं? बाबा कब आएँगे, इसका ठिकाना नहीं। आप एक बार गौर बाबू की माँ के पास नहीं जाएँगे?"

विनय चौंक उठा। ललिता का झुँझलाहट भरा स्वर विनय का सुपरिचित था। वह ललिता के चेहरे की ओर देखते हुए क्षण भर में ही एकदम उठ गया—जैसे अचानक प्रत्यंचा टूट जाने से धनुष सीधा हो जाता है, वैसे ही वह खड़ा हो गया। वह देरी किसके लिए कर रहा था? यहाँ उसका कोई एकान्त प्रयोजन था, अपनी ओर से ऐसा अहंकार तो विनय के मन में आया नहीं—वह तो दरवाजे से ही विदा ले रहा था—ललिता ही तो अनुरोध करके उसे साथ लाई थी—अन्त में ललिता के मुँह से ऐसा प्रश्न!

विनय हठात् इस तरह आसन छोड़ कर उठ पड़ा था कि ललिता ने उसकी ओर विस्मित होकर ताका। देखा, विनय के चेहरे की स्वाभाविक सहास्यता, एक फूँक से दीपक के प्रकाश की भाँति पूरी तरह बुझ गई है। विनय का ऐसा व्यथित चेहरा, उसके भाव में अचानक ऐसा परिवर्तन ललिता ने और कभी नहीं देखा था। विनय की ओर देखते ही तीव्र अनुताप का ज्वालामय कशाघात ललिता के हृदय के एक किनारे से दूसरे किनारे तक ऊपर-ऊपर बजने लगा।

सतीश ने जल्दी से खड़े हो विनय का हाथ पकड़ कर झूलते हुए विनती के स्वर में कहा, "विनय बाबू, बैठिए, अभी नहीं जाएँगे। आज हमारे घर भोजन करके जाइए। मौसी, विनय बाबू को भोजन के लिए कहो ना। ललिता दीदी, विनय बाबू को जाने को क्यों बोली!"

विनय ने कहा, "भाई सतीश, आज नहीं भाई! अगर मौसी याद रखें, तो और एक दिन आकर प्रसाद खाऊँगा। आज देरी हो गई है।"

बातें विशेष कुछ नहीं, किन्तु कंठ-स्वर आँसुओं से रुँधा हुआ था। उसकी करुणा सतीश की मौसी के कानों में भी गूँज गई। उन्होंने एक बार विनय के और एक बार ललिता के चेहरे की ओर आश्चर्यचकित की भाँति देख लिया—समझ गईं, अदृष्ट की

लीला चल रही है।

जल्दी ही कोई बहाना करके ललिता उठ कर अपने कमरे में चली गई। कितने दिन उसने अपने को, अपने आप ही इस तरह रुलाया है।

32

विनय उसी समय आनन्दमयी के घर की ओर चल पड़ा। लज्जा और वेदना मिल कर मन में भारी यन्त्रणा मचा रहे थे। अब तक वह माँ के पास क्यों नहीं गया! उसने सोचा था, ललिता को उसकी विशेष आवश्यकता है। समस्त आवश्यक कार्यों की उपेक्षा करके वह जो कोलकाता आते ही आनन्दमयी के पास दौड़ा नहीं गया, उसके लिए ईश्वर ने उसे उपयुक्त दंड दिया है। अन्त में आज ललिता के मुख से ऐसा प्रश्न सुनना पड़ा, "एक बार गौर बाबू की माँ के पास नहीं जाएँगे?" किसी एक पल भी, क्या ऐसा विभ्रम घट सकता है, जब गौर बाबू की माँ की बात ललिता के मन में विनय से बड़ी हो जाए! ललिता उन्हें मात्र गौर बाबू की माँ के रूप में जानती है, किन्तु विनय के लिए वे जगत की समस्त माताओं की एकमात्र प्रत्यक्ष प्रतिमा हैं।

उस समय आनन्दमयी तुरन्त स्नान करके कमरे में फर्श पर आसन बिछाए शान्त बैठी थीं, या लगता है, मन-ही-मन जाप कर रही थीं। विनय जल्दी से उनके चरणों में लोट गया, बोला, "माँ!"

आनन्दमयी ने उसके अवलुण्ठित सिर को दोनों हाथों से सहलाते हुए कहा, "विनय!"

ऐसा माँ जैसा कंठ-स्वर किसका है! इस कंठ-स्वर से विनय के संपूर्ण शरीर में, मानो करुणा का स्पर्श प्रवाहित होने लगा। उसने कठिनाई से आँसू रोकते हुए मुक्त कंठ से कहा, "माँ, मुझे देर हो गई!"

आनन्दमयी बोलीं, "सारी बात सुन ली है विनय!"

विनय ने चकित होकर कहा, "सारी बात सुन ली!"

गोरा ने उन्हें हवालात से पत्र लिख कर वकील बाबू के हाथ भिजवा दिया था। उसने पक्का अनुमान कर लिया था कि वह जेल जाएगा।

पत्र में लिखा था–

> "कारावास तुम्हारे गोरा की लेशमात्र क्षति नहीं कर पाएगा। लेकिन तुम्हें जरा भी कष्ट हुआ, तो उचित नहीं होगा। तुम्हारा दुख ही मेरा दंड होगा, मुझे कोई और दंड देना मजिस्ट्रेट के वश में नहीं। माँ, अकेले अपने बेटे की बात मत सोचना, और अनेक माताओं के बेटे बिना दोष के जेल काटते रहते हैं। एक बार उनके कष्ट की समान भूमि पर खड़े होने की इच्छा हो आई है; यदि यह

इच्छा इस बार पूर्ण हो जाए, तो तुम मेरे लिए क्षोभ मत करना।

''माँ, तुम्हें याद है कि नहीं, पता नहीं, उस बार दुर्भिक्ष के वर्ष अपने रास्ते के किनारे वाले कमरे की टेबिल पर अपना बटुआ छोड़ कर मैं पाँच मिनट के लिए दूसरे कमरे में गया था। लौट कर देखा, बटुआ चोरी चला गया। बटुए में मेरे स्कालरशिप के जमा किए हुए पिचासी रुपए थे; मन में संकल्प किया था कि कुछ और रुपए जमा हो जाने पर तुम्हारे पाँव धोने के जल के लिए चाँदी का एक लोटा बनवा दूँगा। रुपए चोरी जाने के बाद जब चोर के प्रति व्यर्थ ही गुस्से में जल-भुन रहा था, ईश्वर ने हठात् मुझे एक सद्‌बुद्धि दी, मैंने मन-ही-मन कहा, जिस व्यक्ति ने मेरे रुपए लिए हैं, आज दुर्भिक्ष के दिन मैंने उसे ही वे रुपए दान किए। जैसे ही कहा, वैसे ही मेरे मन का सारा निष्फल क्षोभ शान्त हो गया। आज मैंने अपने मन को उसी तरह बुलवाया है कि मैं अपनी इच्छा से ही जेल जा रहा हूँ। मेरे मन में कोई दुख नहीं, किसी पर क्रोध नहीं। जेल में मैं आतिथ्य ग्रहण करने जा रहा हूँ। वहाँ आहार-विहार में कष्ट है–किन्तु इस बार भ्रमण के दौरान नाना घरों में आतिथ्य ग्रहण किया; उन सब जगहों पर तो अभ्यास और आवश्यकता के अनुसार आराम नहीं मिला। इच्छा करके जिसे ग्रहण करूँ, वह कष्ट तो कष्ट नहीं हुआ; आज मैं जेल का आश्रय इच्छा करके ही ग्रहण करूँगा; मैं जितने दिन जेल में रहूँगा, एक दिन भी कोई मुझे वहाँ जबरदस्ती नहीं रख पाएगा, यह तुम निश्चय जानो।

''पृथिवी पर जब हम लोग घर में बैठ सहजता से आहार-विहार कर रहे थे, बाहर के आकाश और आलोक में अबाध संचरण का अधिकार कितना बड़ा और प्रकाण्ड अधिकार है, आदत के वशीभूत यह अनुभव तक नहीं कर पा रहे थे–उसी क्षण संसार के बहुत-से मनुष्य दोष और बिना दोष के ईश्वरप्रदत विश्व के अधिकार से वंचित होकर, जो बंधन और अपमान भोग रहे थे, उनके विषय में आज तक नहीं सोचा, उनके साथ कोई सम्बन्ध ही नहीं रखा–इस बार मैं उनके जैसे दाग से दागी होकर बाहर आना चाहता हूँ; संसार के अधिकांश कृत्रिम भले मनुष्य, जो भद्र-लोग बने बैठे हैं, मैं उनके दल में मिल कर सम्मान बचा कर चलना नहीं चाहता।

'' माँ, इस बार दुनिया का परिचय पाकर मुझे बड़ी शिक्षा मिली। ईश्वर जानते हैं, पृथिवी पर जिन्होंने न्याय का भार लिया है, अधिकांशतः वे ही दया के पात्र हैं। जो दंड पाते नहीं, दंड देते हैं, उन्हीं के पाप का दंड जेल के कैदी भोग रहे हैं; अपराध गढ़ डाले हैं मिल कर अनेक ने, प्रायश्चित कर रहे हैं ये। जो जेल के बाहर आराम से हैं, सम्मान के साथ हैं, उनके पाप का क्षय कब, कहाँ, कैसे होगा, नहीं जानता। मैं उस आराम और सम्मान को धिक्कार कर

मनुष्य के कलंक का दाग छाती पर चिह्नित करके बाहर आऊँगा; माँ तुम मुझे आशीर्वाद दो, तुम आँसू मत बहाना। भृगु के पदाघात का चिह्न श्रीकृष्ण ने सदा के लिए वक्ष पर धारण कर लिया; संसार में औद्धत्य जहाँ, जितना अन्यायपूर्ण आघात कर रहा है, भगवान की छाती पर उसी चिह्न को और गहरा कर रहा है। यदि वही चिह्न उनका अलंकार है, तो मुझे ही क्या सोचना, अथवा तुम्हें ही किस बात का दुख?''

आनन्दमयी ने यह चिट्ठी पाते ही महिम को गोरा के पास भेजने की चेष्टा की थी। महिम बोले, ऑफिस है, साहब किसी भी तरह छुट्टी नहीं देगा। कह कर गोरा के अविचार और औद्धत्य को लेकर उसकी काफी लानत-मनामत करने लगे; कहा, इसके सम्पर्क के कारण किसी दिन मेरी नौकरी चली जाएगी। आनन्दमयी ने इस सम्बन्ध में कृष्णदयाल से कोई बात करना अनावश्यक समझा। गोरा के सम्बन्ध में पति के प्रति उनका एक मर्मान्तिक अभिमान था; वे जानती थीं, कृष्णदयाल हृदय में गोरा को पुत्र का स्थान नहीं देते–यहाँ तक कि गोरा के लिए उनके अन्तःकरण में एक विरोधी भाव था। गोरा आनन्दमयी के दाम्पत्य-सम्बन्ध को विभक्त करके विन्ध्याचल के समान बीच में खड़ा था। उसके एक ओर अति सतर्क शुद्धाचार लिए कृष्णदयाल अकेले थे और दूसरी ओर अपने म्लेच्छ गोरा को लिए एकाकिनी आनन्दमयी थीं। गोरा के जीवन का इतिहास संसार में जो दो जने जानते थे, उनके मध्य यातायात का पथ मानो बन्द हो गया है। इस कारण गोरा के प्रति आनन्दमयी का स्नेह संसार में नितान्त उनका अकेली का धन था। इस परिवार में गोरा के अनधिकार अवस्थान को सब ओर से जितना हल्का किए रखना संभव था, वे उसकी चेष्टा करतीं। कहीं कोई कह दे, 'तुम्हारे गोरा के कारण यह हो गया, तुम्हारे गोरा के कारण यह बात सुननी पड़ी, अथवा तुम्हारे गोरा ने हमारा यह नुकसान कर दिया', आनन्दमयी की यह एक हमेशा की चिन्ता थी। गोरा की सारी जिम्मेदारी ही उनकी है। ऊपर से उनका गोरा भी कोई सामान्य दुष्ट गोरा नहीं है। वह जहाँ रहता है, वहाँ उसके अस्तित्व को छिपा कर रखना सहज काम नहीं। अपनी गोद के बावले गोरा को इस विरोधी परिवार के बीच उन्होंने इतने दिन, अहर्निश सँभाल कर इतना बड़ा किया–अनेक बातें सुनीं, जिनका कोई जवाब नहीं दिया, अनेक दुख सहे, जिनका अंश भी किसी के साथ नहीं बाँट पाईं।

आनन्दमयी चुपचाप खिड़की के पास बैठी रहीं–देखा, कृष्णदयाल ने प्रातःकालीन स्नान से निबट कर ललाट, बाहुओं, छाती पर गंगा की मिट्टी का तिलक लगा कर मन्त्रोच्चार करते-करते घर में प्रवेश किया, आनन्दमयी उनके निकट नहीं जा पाईं। निषेध, निषेध, निषेध, सर्वत्र निषेध! अन्त में निश्वास छोड़ते हुए उठ कर आनन्दमयी महिम के कमरे में गईं। महिम तब फर्श पर बैठे समाचारपत्र पढ़ रहे थे और उनका सेवक नहाने के पहले उनकी तेल-मालिश कर रहा था। आनन्दमयी ने उनसे कहा,

"महिम तुम मेरे साथ एक आदमी भेज दो, मैं जाऊँ, गोरा का क्या हुआ, देख आऊँ। वह जेल जाने की ठाने बैठा है; अगर उसे जेल हो जाए, तो क्या मैं उससे पहले उसे एक बार देख कर नहीं आ सकती?"

महिम बाहरी व्यवहार में जैसे भी हों, उनमें गोरा के प्रति एक प्रकार का स्नेह था। वे मुँह से तो गरज पड़े, "जाए, अभागा जेल ही जाए—अब तक नहीं गया, यही अचम्भा है।" किन्तु, यह कह कर दूसरे ही पल अपने अनुजीवी परान घोषाल को बुला कर उसके हाथ में वकील-खर्च के लिए कुछ रुपए देकर उसे रवाना कर दिया और ऑफिस जाकर, अगर साहब से छुट्टी ले पाए तथा अगर पत्नी सहमत हो जाए, तो खुद भी वहाँ जाने का निश्चय किया।

आनन्दमयी भी जानती थीं, महिम गोरा के लिए कुछ किए बिना कभी नहीं रह पाएँगे। महिम को यथा संभव व्यवस्था करते सुन कर वे अपने कमरे में लौट आईं। वे स्पष्ट जानती थीं कि गोरा जहाँ है, उस अपरिचित स्थान पर इस संकट के समय लोगों के कौतुक, कुतूहल, और आलोचना के मुख में उन्हें साथ लेकर जाए, इस परिवार में ऐसा कोई नहीं है। वे आँखों में निश्शब्द वेदना की छाया लिए होंठ से होंठ दबाए चुप बैठी रहीं। लछमिया जब हाऊ-हाऊ करके रोने लगी, तो उन्होंने उसे डाँट कर दूसरे कमरे में भेज दिया। समस्त उद्वेग को निस्तब्ध भाव से पचा लेना ही उनका चिर दिन का अभ्यास है। सुख और दुख, दोनों को ही वे शान्त भाव से ग्रहण करती हैं, उनके हृदय की शिकायत केवल अन्तर्यामी को ही गोचर थी।

विनय सोच नहीं पाया, आनन्दमयी से क्या कहे। किन्तु आनन्दमयी किसी से भी सान्त्वना की कोई अपेक्षा नहीं करती थीं; उनके जिस दुख का कोई उपाय नहीं, उस दुख पर अन्य लोग उनके साथ चर्चा करने आएँ, इससे वे संकोच में पड़ जाती थीं। उन्होंने कोई और बात न उठने देकर विनय से कहा, "विनु, देख रही हूँ, अभी तक तुम्हारा नहाना नहीं हुआ—जाओ, जल्दी से नहा आओ—बहुत देर हो गई।"

विनय जब स्नान करके भोजन करने बैठा, तो विनय के पास गोरा की जगह खाली देख कर आनन्दमयी की छाती में हाहाकार मचने लगा; गोरा को आज जेल का अन्न खाना पड़ रहा है, वह अन्न निर्मम शासन के कारण कड़वा है, माँ की सेवा के द्वारा मीठा नहीं है, यह बात सोचते ही आनन्दमयी को भी कोई बहाना करके एक बार उठ जाना पड़ा।

33

घर लौट कर ललिता को असमय वहाँ देखते ही परेश बाबू समझ गए कि उनकी इस दुर्दमनीय बेटी ने कोई अभूतपूर्व काण्ड कर डाला है। उनके, जिज्ञासु दृष्टि से अपनी

ओर देखते ही वह बोल पड़ी, "पिताजी, मैं चली आई हूँ। किसी भी तरह रुक नहीं पाई।"

परेश बाबू ने जिज्ञासा की, "क्यों क्या हुआ?" ललिता ने कहा, "मजिस्ट्रेट ने गौर बाबू को जेल में डाल दिया है।" गौर इसमें कहाँ से आ गया, क्या हुआ, परेश कुछ भी नहीं समझ पाए। ललिता से सारा वृत्तान्त सुन कर कुछ देर चुप हो गए। तुरन्त, गोरा की माँ की बात याद करके उनका हृदय व्यथित हो उठा। वे मन में सोचने लगे, एक आदमी को जेल भेज कर कितने सारे निरपराध लोगों को कैसा निष्ठुर दंड देना हो जाता है, यदि न्यायाधीश इस बात को अन्तःकरण से अनुभव कर पाते, तो आदमी को जेल भेजना सहज अभ्यस्त कार्य के समान कभी न हो पाता। एक चोर को जो दंड दिया जाता है, गोरा को भी वही दंड देना मजिस्ट्रेट के लिए जो समान रूप से अनायास-साध्य हो गया, ऐसी बर्बरता धर्म-बुद्धि के नितान्त अनुभव शून्य हो जाने से ही संभवपर हो पाई। मनुष्य के प्रति मनुष्य का दौरात्म्य संसार की दूसरी सारी हिंसा की अपेक्षा कितना भयानक है—उसके बाद समाज की शक्ति और राजा की शक्ति ने दलबद्ध खड़े होकर उसे कैसा प्रचण्ड और विशाल बना दिया है, गोरा के कारा-दंड की बात सुन कर उनकी आँखों के सामने वह प्रत्यक्ष हो उठा।

परेश बाबू को इस तरह चुप होकर सोचते देख ललिता उत्साहित होकर बोली, "अच्छा, पिताजी, यह भयानक अन्याय नहीं है?"

परेश बाबू ने अपने स्वाभाविक शान्त स्वर में कहा, "गौर ने कितना क्या किया है, यह तो मैं ठीक से नहीं जानता; तब भी यह बात निश्चयपूर्वक कह सकता हूँ कि गौर अपनी कर्तव्य-बुद्धि की प्रबलता की झोंक में शायद हठात् अपनी अधिकार-सीमा का उल्लंघन कर सकता है, किन्तु अंगरेजी भाषा में जिसे क्राइम कहा जाता है, वह गोरा के लिए एकदम ही स्वभाव-विरुद्ध है, इसमें मुझे लेशमात्र संदेह नहीं। किन्तु क्या करेगी बेटी, युग की न्याय-बुद्धि ने अभी तक उस परिमाण में विवेक प्राप्त नहीं किया है। अभी भी अपराध का जो दंड है, त्रुटि का भी वही दंड है; दोनों को एक ही जेल में एक ही कोल्हू पेलना पड़ता है। ऐसा जो संभव हो गया है, उसके लिए किसी एक मनुष्य को दोष नहीं दिया जा सकता। सारे मनुष्यों का पाप ही इसके लिए उत्तरदायी है।

हठात् इस प्रसंग को बन्द करके परेश बाबू ने पूछा, "तुम किसके संग आई?"

ललिता ने खड़े होकर विशेष जोर देते हुए कहा, "विनय बाबू के संग।"

बाहर से जितना भी जोर दिखाए, उसके भीतर दुर्बलता थी। विनय बाबू के साथ आई है, ललिता यह बात अधिक सहजता से नहीं बोल पाई—कहाँ से एक लज्जा आ धमकी तथा वह लज्जा चेहरे के भाव में से बाहर निकली पड़ रही है, यह सोच कर उसकी लज्जा और बढ़ गई।

परेश बाबू इस मनमानी करने वाली दुर्जय लड़की को अपनी अन्य सारी सन्तानों

की अपेक्षा थोड़ा विशेष स्नेह करते हैं। इसका व्यवहार अन्य के लिए निन्दनीय था, इसी कारण ललिता के आचरण में जो एक सत्यपरता है, उसी का वे विशेष सम्मान करते हैं। वे जानते हैं, ललिता का जो दोष है, विशेषकर वही लोगों की आँखों में पड़ेगा, किन्तु इसका जो गुण है, वह चाहे जितना भी दुर्लभ क्यों न हो, लोगों का आदर प्राप्त नहीं करेगा। परेश बाबू उसी गुण को प्रयत्नपूर्वक सावधानी के साथ आश्रय देते आ रहे हैं, ललिता की दुष्ट प्रकृति का दमन करने के साथ वे उसके भीतर के महत्त्व का भी दमन करना नहीं चाहते। सभी उनकी अन्य दो लड़कियों को देखते ही सुन्दरी के रूप में मान लेते हैं; उनका वर्ण उज्ज्वल है, उनके चेहरे के गढ़न में भी खोट नहीं है–किन्तु ललिता का रंग उनकी अपेक्षा काला है, उसके चेहरे की कमनीयता के बारे में मतभेद हो जाता है। इसी कारण वरदासुन्दरी ललिता के लिए वर ढूँढ़ने के सम्बन्ध में सर्वदा पति के सामने उद्विग्नता प्रकट करती हैं। किन्तु परेश बाबू ललिता के चेहरे पर जो एक सौन्दर्य देखते हैं, वह रंग का सौन्दर्य नहीं, गढ़न का सौन्दर्य नहीं, वह अन्तर का गहन सौन्दर्य है। उसमें मात्र लालित्य नहीं, स्वातन्त्र्य का तेज एवं शक्ति की दृढ़ता है–वह दृढ़ता सबके लिए मनोरम नहीं है। वह व्यक्ति विशेष को आकर्षित करती है, जबकि अनेक को दूर ठेल देती है। ललिता संसार में लोकप्रिय नहीं होगी, किन्तु खाँटी होगी, यही जान कर परेश बाबू कैसी एक वेदना के साथ ललिता को निकट खींच लेते हैं–उसे कोई और क्षमा नहीं कर रहा है, यह जान कर ही उसके बारे में करुणा के साथ विचार करते हैं।

जब परेश बाबू ने सुना कि ललिता अचानक अकेली विनय के साथ चली आई है, वे तभी एक क्षण में ही समझ गए कि ललिता को इसके लिए बहुत दिन तक बहुत दुख सहना पड़ेगा; उसने जितना अपराध किया है, लोग उसके लिए उससे बड़े अपराध के दंड का विधान करेंगे। वे चुपचाप क्षण भर को यह बात सोच रहे थे, उसी समय ललिता बोल पड़ी, "पिताजी, मैंने दोष किया है। लेकिन इस बार मैं अच्छी तरह समझ गई हूँ, मजिस्ट्रेट के साथ हमारे देश के लोगों का ऐसा सम्बन्ध है कि उनके आतिथ्य में कोई सम्मान नहीं, केवल कृपा-भर है। उसे सहन करके भी क्या मेरा वहाँ रहना उचित था?"

परेश बाबू को प्रश्न सहज नहीं लगा। वे कोई उत्तर देने की चेष्टा न करके थोड़ा हँसते हुए ललिता के सिर पर दाहिने हाथ से कोमल आघात करके बोले, "पगली!"

इस घटना के सम्बन्ध में सोचते-सोचते उस दिन जब परेश बाबू घर के बाहर चहलकदमी कर रहे थे, उसी समय विनय ने आकर उन्हें प्रणाम किया। परेश बाबू ने उसके साथ गोरा के कारा-दंड के सम्बन्ध में काफी देर बातचीत की, किन्तु ललिता के साथ स्टीमर में आने का कोई प्रसंग नहीं उठाया। अंधकार घिर आने पर कहा, "चलो, विनय, कमरे में चलो।"

विनय बोला, "ना, मैं अभी घर जाऊँगा।"

परेश बाबू ने उससे दूसरी बार अनुरोध नहीं किया। विनय भौंचक की तरह एक बार दुमंजिले की ओर दृष्टिपात करके धीरे-धीरे चला गया।

ललिता ने ऊपर से विनय को देख लिया था। परेश बाबू जब कमरे में अकेले घुसे, तो ललिता ने सोचा, विनय शायद और थोड़ा बाद में आएगा। और, थोड़ा बाद में भी विनय नहीं आया। तब टेबिल के ऊपर की एक-दो किताबें और दबे हुए कागज इधर-उधर करके ललिता कमरे से चली गई। परेश बाबू ने उसे लौटने के लिए पुकारा–उसके विषण्ण चेहरे पर स्नेहपूर्ण दृष्टि टिका कर बोले, "ललिता, मुझे कुछ ब्रह्म-संगीत सुनाओ।"

कहकर दीपक आड़ में कर दिया।

34

अगले दिन वरदासुन्दरी और उनके दल के बाकी सभी आ पहुँचे। हारान बाबू ललिता के प्रति अपना गुस्सा संवरण न कर पाने के कारण घर जाने के बदले इन लोगों के साथ सीधे परेश बाबू के सामने आ उपस्थित हुए। वरदासुन्दरी क्रोध और अभिमान में ललिता की ओर देखे बिना तथा उसके साथ कोई बात किए बिना अपने कमरे में चली गईं। लावण्य? और लीला भी ललिता पर खूब गुस्सा होकर आई थीं। ललिता और विनय के चले आने से उनका आवृत्ति-पाठ और अभिनय ऐसा पंगु हो गया था कि उनकी लज्जा की सीमा नहीं थी। सुचरिता हारान बाबू की क्रुद्ध और कटु उतेजना, वरदासुन्दरी के अश्रुमिश्रित आक्षेप अथवा लावण्य-लीला के लज्जित निरुत्साह में तनिक भी शामिल न होकर पूरी तरह चुप थी–अपना निर्दिष्ट काम वह यन्त्र की भाँति करने गई थी। आज भी उसने यन्त्र-चालित की ही भाँति सबके पीछे घर में प्रवेश किया। सुधीर लज्जा और अनुताप से संकुचित होकर परेश बाबू के घर के दरवाजे से ही घर चला गया–लावण्य ने बार-बार घर में आने का अनुरोध करके सफल न होने पर उससे कुट्टी कर ली।

हारान परेश बाबू के कमरे में प्रवेश करते ही बोल पड़े, "एक भारी अन्याय हो गया है।"

ललिता पास वाले कमरे में थी, अपने कानों में बात पड़ते ही वह आकर अपने पिताजी की कुर्सी के पीछे दोनों हाथ टिका कर खड़ी हो गई और हारान बाबू के चेहरे पर एकटक देखती रही।

परेश बाबू ने कहा, "मैंने ललिता से सारा समाचार सुन लिया है। जो हो गया, उसे लेकर अब चर्चा करने का कोई फल नहीं।"

हारान शान्त संयत परेश को नितान्त दुर्बल स्वभाव का समझते थे। उसी कारण

कुछ अवज्ञा के भाव से बोले, "घटना तो होकर चुक जाती है, किन्तु चरित्र तो रहता है, इसीलिए जो हो जाता है, उसे लेकर भी विचार की आवश्यकता होती है। ललिता ने आज जो काम किया, वह कभी संभव न होता, यदि वह आपसे बराबर बढ़ावा न पाती–आपने उसका कितना अनिष्ट कर डाला है, वह आज की पूरी घटना सुन कर साफ समझ जाएँगे।"

परेश बाबू ने अपनी कुर्सी में पीछे की ओर थोड़ा-सा आन्दोलन महसूस करके तुरन्त ललिता को अपने पास खींच कर उसका हाथ कस कर पकड़ लिया और किंचित हँसते हुए हारान से कहा, "पानू बाबू, जब समय आएगा, तो आप जान जाएँगे कि सन्तान को बड़ा करने के लिए स्नेह की भी आवश्यकता होती है।"

ललिता ने एक बाँह अपने पिता की गरदन में लपेटते हुए झुक कर उनके कान के निकट मुँह ले जाकर कहा, "पिताजी, पानी ठंडा हो रहा है, आप नहाने जाइए।"

परेश बाबू ने हारान की ओर संकेत करके कोमल स्वर में कहा, "और थोड़ा बाद में जाऊँगा–उतनी देर नहीं हुई।"

ललिता ने फुसफुसा कर कहा, "नहीं पिताजी, आप स्नान कर आइए–तब तक पानू बाबू के पास हम लोग हैं।"

परेश बाबू जब कमरे से चले गए, ललिता एक कुर्सी पर अधिकार करके मजबूती से बैठ गई और हारान बाबू के चेहरे पर दृष्टि जमा कर बोली, "आप समझते हैं, आपको सभी से सभी बातें बोलने का अधिकार है!"

ललिता को सुचरिता पहचानती थी। दूसरा दिन होता, तो वह ललिता की ऐसी मूर्ति को देख कर मन ही मन उद्विग्न हो उठती। आज वह खिड़की के पास कुर्सी पर बैठी एक किताब खोल कर चुपचाप उसके पन्ने की ओर देखती रही। अपने को संवरित किए रखना ही सुचरिता का हमेशा का स्वभाव और अभ्यास है। इन्हीं कुछ दिनों में नाना प्रकार के आघात की वेदना उसके मन में जितनी अधिक संचित होती रही थी, वह उतनी ही अधिक नीरव हो गई थी। आज उसकी उसी नीरवता का भार दुस्सह हो गया है–इसी कारण जब ललिता हारान बाबू के पास अपना मन्तव्य प्रकट करने बैठी, तब सुचरिता के रुद्ध हृदय के वेग को जैसे मुक्त होने का अवसर मिला।

ललिता बोली, "हमारे सम्बन्ध में पिताजी का क्या कर्तव्य है, आप सोचते हैं कि पिताजी से आप अच्छा समझते हैं! सारे ब्राह्म-समाज के आप ही हैं, हैड मास्टर!"

ललिता का ऐसा औद्धत्य देख कर पहले हारान बाबू हतबुद्धि हो गए थे। इस बार वे उसे एक बहुत कड़ा जवाब देने जा रहे थे–ललिता ने उसमें बाधा देकर उनसे कहा, "हमने अब तक आपकी श्रेष्ठता बहुत सहन की है, किन्तु यदि आप पिताजी से भी बड़ा बनना चाहते हैं, तो इस घर में आपको कोई भी सहन नहीं कर पाएगा–हमारा नौकर तक नहीं।"

हारान बाबू बोल उठे, ''ललिता, तुम–''

ललिता ने उन्हें रोक कर तेज आवाज में कहा, ''चुप करिए, आपकी बातें हम लोगों ने बहुत सुनी हैं, आज मेरी बात सुनिए। अगर विश्वास न हो, तो सुचि दीदी से पूछ लीजिए–आप अपने को जितना बड़ा कल्पित करते हैं, हमारे पिताजी उससे बहुत अधिक बड़े हैं। अब आपको जो कुछ उपदेश मुझे देना है, आप देते जाइए।''

हारान बाबू का चेहरा काला पड़ गया। उन्होंने कुर्सी छोड़ कर उठते हुए कहा, ''सुचरिता!''

सुचरिता ने किताब के पन्ने से मुँह उठाया। हारान बाबू बोले, ''तुम्हारे सामने ललिता मेरा अपमान करेगी!''

सुचरिता ने धीरे स्वर में कहा, ''आपका अपमान करना उसका उद्देश्य नहीं है–ललिता कहना चाहती है कि आप पिताजी का सम्मान करके चलिए। उनके बराबर सम्मान के योग्य तो हम किसी को भी नहीं समझते।''

एक बार लगा, हारान बाबू अभी ही चले जाएँगे, किन्तु वे उठे नहीं। अति गंभीर चेहरा बनाए बैठे रहे। इस घर में धीरे-धीरे उनका सम्मान नष्ट हो रहा है, इसे वे जितना ही अनुभव कर रहे थे, उतना ही यहाँ अपना आसन दखल करके बैठने के लिए और अधिक परिमाण में सचेष्ट हो उठे थे। भूल रहे थे कि जो आश्रय जीर्ण हो, उसे जितने जोर से जकड़ कर रखा जाता है, वह उतना ही टूटता जाता है।

हारान बाबू को रुष्ट गाम्भीर्य के साथ चुप रहते देख ललिता उठ कर सुचरिता के पास बैठ गई और उसके साथ मृदु स्वर में इस प्रकार बातचीत आरंभ कर दी, जैसे कुछ विशेष घटा ही नहीं।

इस बीच सतीश ने कमरे में आकर सुचरिता का हाथ पकड़ कर खींचते हुए कहा, ''बड़ी दीदी, आओ।''

सुचरिता ने कहा, ''कहाँ जाना है?''

सतीश बोला, ''आओ ना, तुम्हें एक चीज दिखाऊँगा। ललिता दीदी, तुमने बताया तो नहीं!''

ललिता ने कहा, ''नहीं।''

सतीश के साथ तय था कि ललिता उसकी मौसी की बात सुचरिता से नहीं खोलेगी; ललिता ने अपने वचन का पालन किया था।

सुचरिता अतिथि को छोड़ कर नहीं जा सकी; बोली, ''बख्तियार, और थोड़ा बाद में जाऊँगी–पहले पिताजी नहा आएँ।''

सतीश व्याकुल होने लगा। किसी तरह हारान बाबू को विलुप्त कर पाता, तो वह कोशिश में गलती नहीं करता। हारान बाबू से बहुत अधिक डरने के कारण उनसे कोई

बात नहीं कह पाया। हारान बाबू कभी-कभी सतीश के स्वभाव को सुधारने की चेष्टा को छोड़ कर उसके साथ और कोई सम्बन्ध नहीं रखते।

परेश बाबू के स्नान करके आते ही सतीश दोनों दीदियों को खींच ले गया।

हारान ने कहा, ''सुचरिता के सम्बन्ध में वह जो प्रस्ताव था, मैं उसमें और विलम्ब नहीं करना चाहता। मेरी इच्छा है, आने वाले रविवार को ही वह काज हो जाए।''

परेश बाबू ने कहा, ''मुझे तो उसमें कोई आपत्ति नहीं है, सुचरिता की राय होने से ही हो जाएगा।''

हारान–उनकी राय तो पहले ही ली जा चुकी है।

परेश बाबू–अच्छा, तब वही तय रहा।

35

उस दिन ललिता के पास से आकर विनय के मन को एक संशय लौट-लौट कर काँटे की तरह बींधने लगा। वह सोचने लगा, 'मेरा परेश बाबू के घर जाना कोई चाहता है या नहीं चाहता, इसे ठीक से जाने बिना ही मैं वहाँ जबरदस्ती आना-जाना कर रहा हूँ। लगता है, यह उचित नहीं। शायद मैंने इन लोगों को अनेक बार असमय परेशान कर डाला है। इनके समाज के नियम मैं जानता नहीं; इस घर में मेरा अधिकार किस सीमा तक है, वह मैं कुछ भी नहीं जानता। लगता है, मैं मूढ़ की भाँति उस जगह प्रवेश कर रहा हूँ, जहाँ स्वजनों को छोड, किसी की भी गतिविधि निषिद्ध है।

यह बात सोचते-सोचते हठात् उसे लगा, आज ललिता ने उसके चेहरे के भाव में ऐसा कुछ देख लिया, जिसमें उसे अपमान महसूस हुआ। विनय के मन में ललिता के लिए क्या भाव है, वह अब तक उसके सामने स्पष्ट नहीं था। किन्तु आज वह छिपा नहीं है। हृदय की इस नूतन अभिव्यक्ति के सम्बन्ध में क्या करना होगा, वह कुछ नहीं सोच पाया। बाहर के साथ इसका क्या मेल है, संसार के साथ इसका क्या सम्बन्ध है, क्या यह ललिता के प्रति असम्मान है, क्या यह परेश बाबू के साथ विश्वासघात है, इसे लेकर वह हजारों बार मनोमंथन करने लगा। ललिता के द्वारा वह पकड़ लिया गया है और इसी कारण ललिता उस पर गुस्सा हो गई है, इस बात की कल्पना करके जैसे वह धरती में गड़ने लगा।

परेश बाबू के घर जाना विनय के लिए असंभव हो गया और अपने घर की शून्यता भी उसे जैसे एक भार की भाँति दबाने लगी। अगले दिन भोर में ही वह आनन्दमयी के पास आ उपस्थित हुआ। बोला, ''माँ, मैं कुछ दिन तुम्हारे यहाँ रहूँगा।''

गोरा से बिछड़ जाने के शोक में आनन्दमयी को सान्त्वना देने का अभिप्राय भी विनय के मन में था। यह समझ कर आनन्दमयी का हृदय विगलित हो गया। उन्होंने कुछ कहे बिना, स्नेह के साथ एक बार विनय को हाथ से सहला दिया।

विनय अपने खाने-पीने और सेवा-टहल को लेकर तरह-तरह के आग्रह करने लगा। यहाँ उसकी अच्छी तरह देखभाल नहीं हो रही है, कह कर वह बीच-बीच में आनन्दमयी के साथ मिथ्या कलह करने लगा। वह हमेशा ही झंझट-भर्त्सना करके, आनन्दमयी को और अपने को भुलाए रखने की चेष्टा करने लगा। संध्या-समय, जब मन को बाँधे रखना दुःसाध्य हो जाता, तो विनय उत्पात करके आनन्दमयी को उनके सारे गृह-कार्यों से छीन कर कमरे के सामने बरामदे में चटाई बिछा कर बैठता; आनन्दमयी से उनके बचपन की बातें, उनके पिता के घर की कहानी कहलवाता; जब उनका विवाह नहीं हुआ था, जब वे अपने अध्यापक पितामह के विद्यालय के छात्रों की प्रिय बालिका थीं, तथा पितृहीना बालिका को सभी के द्वारा मिल कर, सभी विषयों में प्रश्रय देने के कारण, जब वे अपनी विधवा माँ की विशेष उद्विग्नता का कारण थीं, उन्हीं सब दिनों की कहानी। विनय कहता, "माँ, तुम कभी हम लोगों की माँ नहीं थीं, यह बात सोचने पर मुझे आश्चर्य लगता है। मुझे लगता है, विद्यालय के लड़के भी तुम्हें अपनी एक खूब छोटी माँ के रूप में ही जानते थे। लगता है, दादा महाशय को पालने का भार भी तुम्हीं ने लिया था।"

एक दिन शाम को आनन्दमयी के चटाई पर फैले पाँवों में सिर रख कर विनय बोला, "माँ, इच्छा करती है, अपनी समस्त विद्या-बुद्धि विधाता को लौटा कर, शिशु बन कर तुम्हारी इस गोद में आश्रय लूँ—केवल तुम, संसार में तुम्हें छोड़ मेरा और कुछ भी न रहे।"

विनय के कंठ में एक हृदय-भाराक्रान्त-क्लान्ति इस प्रकार प्रकट हुई कि आनन्दमयी ने व्यथा के साथ विस्मय अनुभव किया। वे खिसक कर विनय के निकट बैठ आहिस्ता-आहिस्ता उसके सिर पर हाथ फेरने लगीं। बहुत देर चुप रह कर आनन्दमयी ने जिज्ञासा की, "विनु, परेश बाबू के घर के सब समाचार ठीक हैं!"

हठात् इस प्रश्न से विनय लज्जित हो चौंक उठा। सोचा, 'माँ से कुछ छिपाया नहीं जा सकता, माँ मेरी अन्तर्यामी हैं।' सकुचाते हुए कहा, "हाँ, वे तो सभी ठीक हैं।"

आनन्दमयी बोलीं, "मेरी बड़ी इच्छा करती है कि परेश बाबू की लड़कियों के साथ मेरी जान-पहचान हो। पहले तो उनके प्रति गोरा के मन का भाव अच्छा नहीं था, किन्तु यदि उन्होंने अब उसे भी वश में कर लिया है, तो वे साधारण व्यक्ति नहीं होंगी।"

विनय ने उत्साहित होकर कहा, "मेरी भी अनेक बार इच्छा हुई कि परेश बाबू की लड़कियों के साथ किसी प्रकार तुम्हारा परिचय करा दूँ। लेकिन कहीं गोरा न नाराज हो जाए, इसीलिए कोई बात नहीं कही।"

आनन्दमयी ने पूछा, "बड़ी लड़की का क्या नाम है?"

इस प्रकार प्रश्नोत्तर के माध्यम से परिचय होते-होते जब ललिता का प्रसंग उठ पड़ा, तो विनय ने उसे किसी तरह संक्षेप में निबटा देने की चेष्टा की। आनन्दमयी ने कोई बाधा नहीं मानी। उन्होंने मन-ही-मन हँसते हुए कहा, "सुना है, ललिता की खूब बुद्धि है!"

विनय बोला, "तुमने किससे सुन लिया?"

आनन्दमयी ने कहा, "क्यों, तुम्हीं से।"

पहले एक समय ऐसा था, जब विनय के मन में ललिता के सम्बन्ध में किसी प्रकार का संकोच नहीं था। उसी मोह-मुक्त अवस्था में ललिता की तीक्ष्ण बुद्धि के बारे में उसने आनन्दमयी के साथ लगातार चर्चा की थी, यह बात उसके मन में नहीं थी।

आनन्दमयी सु-निपुण माँझी की भाँति ललिता की बात को समस्त बाधाओं से बचाते हुए इस तरह खेकर ले गईं कि विनय के साथ उसके परिचय के इतिहास का प्रायः संपूर्ण मुख्य अंश प्रकट हो गया। गोरा के कारा-दंड की घटना से व्यथित होकर ललिता स्टीमर में अकेली विनय के साथ भाग आई है, विनय ने आज यह बात भी कह डाली। बोलते-बोलते उसका उत्साह बढ़ आया—जिस अवसाद ने उसे शाम के समय दबोच रखा था, वह जाने कहाँ चला गया। वह ललिता के समान एक आश्चर्यजनक चरित्र को जान पाया है, और इस तरह से उसकी बात कर पा रहा है, यह उसे एक परम लाभ प्रतीत होने लगा। रात्रि में जब भोजन का बुलावा आया और बातचीत का सिलसिला भंग हो गया, तब मानो, अचानक स्वप्न से जाग कर विनय समझ पाया कि उसके मन में जो कुछ बात थी, वह सारी आनन्दमयी से कह दी गई है। आनन्दमयी ने सब इस तरह सुना, सब इस तरह ग्रहण किया कि विनय को लगा ही नहीं कि इसमें कुछ लज्जा की बात है। विनय के पास आज तक माँ से छिपाने वाली कोई बात नहीं थी—बहुत छोटी बात भी वह उनसे आकर कह देता था। किन्तु परेश बाबू के परिवार के साथ मेलजोल होने के दौरान कहीं एक बाधा पड़ गई थी। वह बाधा विनय के लिए स्वास्थ्यकर नहीं हुई। ललिता के सम्बन्ध में उसके मन की बात आज सूक्ष्मदर्शिनी आनन्दमयी के समक्ष एक प्रकार से सारी ही प्रकट हो गई है, यह अनुभव करके विनय उल्लसित हो उठा। अपने जीवन की यह घटना माँ के समक्ष पूरी-की-पूरी निवेदित न कर पाता, तो बात किसी भी प्रकार स्पष्ट न होती—यह उसके विचारों पर काला धब्बा लगाए रहती।

आनन्दमयी रात में बहुत देर तक मन-ही-मन इसी बात को लेकर सोचती रही थीं। गोरा के जीवन में जो समस्या उत्तरोत्तर जटिल होती जा रही थी, उसका समाधान परेश बाबू के घर ही हो सकता है, यही अनुमान करके वे सोचने लगीं, जैसे भी हो, लड़कियों से एक बार मिलना होगा।

महिम और उनके परिवार के लोग यही सोच कर चल रहे थे कि शशिमुखी के साथ विनय का ब्याह एक तरह से निश्चित हो गया है। शशिमुखी तो विनय के सामने भी नहीं आती थी। शशिमुखी की माँ के साथ विनय का परिचय नहीं था, बस यही कहा जा सकता है। ऐसा नहीं कि वे एकदम लजालू थीं, किन्तु अस्वाभाविक रूप से गोपनचारिणी थीं। उनके कमरे का दरवाजा प्रायः बन्द रहता था। पति के अतिरिक्त और सभी कुछ ताले-चाबी में। पति को भी कोई बहुत छूट हो, ऐसा नहीं—पत्नी के शासन में उनकी गतिविधि अत्यन्त सुनिर्दिष्ट एवं उनके संचरण-क्षेत्र की परिधि नितान्त संकीर्ण थी। इस तरह से घेर कर रखने के स्वभाव के वशीभूत शशिमुखी की माँ, लक्ष्मीमणि का संपूर्ण संसार उनके अधिकार में था—वहाँ बाहर के व्यक्ति का भीतर और भीतर के व्यक्ति का बाहर जाने का मार्ग खुला नहीं था। इतना कि, लक्ष्मीमणि के अन्तःपुर में गोरा को भी सहज अधिकार नहीं मिलता था। इस राज्य की विधि-व्यवस्था में कोई द्वैध नहीं था। कारण, यहाँ की विधानकर्ता भी लक्ष्मीमणि और निचली अदालत से लेकर अपीली अदालत तक, सभी कुछ लक्ष्मीमणि—एग्जीक्यूटिव और जुड़ीशियल में भेद था ही नहीं, लेजिस्लेटिव भी उसके साथ बँधे थे। बाहर के लोगों के साथ व्यवहार में महिम खूब सख्त आदमी लगते थे, किन्तु लक्ष्मीमणि के इलाके में उनकी अपनी इच्छा के चलने का कोई रास्ता नहीं था। सामान्य विषयों में भी नहीं।

लक्ष्मीमणि ने विनय को ओट से देखा था, पसंद भी किया था। महिम विनय को बाल्य-काल से ही गोरा के मित्र के रूप में लगातार इस तरह देखते चले आ रहे थे कि अति परिचयवश ही वे उसे अपनी कन्या के लिए वर के रूप में नहीं देख पाए। जब लक्ष्मीमणि ने विनय की ओर उनका ध्यान खींचा, तब सह-धर्मिणी की बुद्धि के प्रति उनकी श्रद्धा बढ़ गई। लक्ष्मीमणि ने पक्के तौर पर निश्चय कर दिया कि विनय के साथ ही उनकी कन्या का ब्याह होगा। इस प्रस्ताव की एक बड़ी भारी सुविधा की बात भी उन्होंने अपने पति के मन पर अंकित कर दी कि विनय उनसे किसी दहेज की माँग नहीं कर पाएगा।

विनय को घर में पाकर भी महिम उससे दो-एक दिन ब्याह की बात नहीं बोल पाए। गोरा के कारावास के कारण उसका मन दुखी होने के चलते वे निरुपाय थे।

आज रविवार था। गृहिणी ने महिम की साप्ताहिक दिवा-निद्रा पूरी नहीं होने दी। विनय बंकिम का नव्य-प्रकाशित 'बंग दर्शन' लेकर आनन्दमयी को सुना रहा था—पान की डिबिया हाथ में लिए महिम वहाँ आकर धीरे-धीरे तख्तपोश पर बैठ गए।

विनय को एक पान थमा कर पहले उन्होंने गोरा की उच्छृखल निर्बुद्धिता पर असन्तोष प्रकट किया। उसके बाद, उसके छूटने में और कितने दिन शेष हैं, इसकी

चर्चा करते-करते एकदम अचानक याद आया कि अगहन माह प्रायः आधा हो आया है।

बोले, ''विनय, तुमने जो कहा था, अगहन माह में तुम लोगों के वंश में विवाह का निषेध है, वह कोई काम की बात नहीं है। एक तो पोथी-पतरे में निषेध को छोड़ कोई बात ही नहीं, उस पर अगर घर का भी शास्त्र बनाते रहें, तो वंश-रक्षा कैसे होगी?''

विनय के संकट को देख कर आनन्दमयी ने कहा, ''विनय शशिमुखी को छुटपन से देखता आ रहा है–उससे ब्याह की बात उसके मन में ठुक नहीं रही; इसीलिए अगहन माह का बहाना किए बैठा है।''

महिम बोले, ''यह बात तो शुरू में बोलने से ही होता!''

आनन्दमयी ने कहा, ''अपना मन समझने में भी तो समय लगता है। वर का क्या अभाव है महिम! गोरा को लौटने दे–वह तो अनेक अच्छे लड़कों को जानता है–एक को तय कर दे सकता है।''

महिम ने मुँह छोटा करके कहा, ''हूँ।'' कुछ देर चुप लगाए रहे, उसके बाद बोले, ''माँ, यदि तुमने विनय का मन न फेर दिया होता, तो वह इस काम में आपत्ति न करता।''

विनय परेशान होकर कुछ कहने जा रहा था, आनन्दमयी ने रोक दिया, बोलीं, ''तो, सच बात कहती हूँ महिम, मैं उसे प्रोत्साहन नहीं दे पाई। विनय लड़का है, वह शायद नासमझी में एक काम कर भी बैठता, किन्तु अन्त में अच्छा नहीं होता।''

आनन्दमयी ने विनय को ओट में करके अपने ऊपर महिम के क्रोध का धक्का झेल लिया। विनय इसे समझ कर अपनी दुर्बलता पर लज्जित हो उठा। उसके, अपनी असहमति स्पष्ट रूप से प्रकट करने को तैयार होते ही, महिम और प्रतीक्षा न करके मन-ही-मन यह बोलते-बोलते निकल गए कि विमाता कभी अपनी नहीं होती।

आनन्दमयी जानती थीं, महिम यह बात समझ सकते हैं और संसार के न्यायालय में वे विमाता के रूप में हमेशा के लिए अपराधी की श्रेणी में शामिल हैं। किन्तु लोग क्या समझेंगे, यह बात सोच कर चलना उनका अभ्यास नहीं था। जिस दिन उन्होंने गोरा को गोद में उठा लिया, उसी दिन से उनकी प्रकृति लोगों के आचार, लोगों के विचार से एकदम स्वतन्त्र हो गई। उस दिन से वे सारा आचरण ऐसा करती आ रही हैं, जिससे लोग उनकी निन्दा करें। उनके जीवन के मर्म-स्थान पर जो एक गोपन सत्य उन्हें सर्वदा पीड़ा देता रहा है, उन्हें लोक-निन्दा ही उस पीड़ा से थोड़े परिमाण में मुक्ति प्रदान करती है। लोग जब उन्हें ख्रिस्तान बोलते थे, तो वे गोरा को गोदी में भींच कर कहतीं–भगवान जानते हैं, ख्रिस्तान बोलने से मेरी निन्दा नहीं होती। इस प्रकार क्रमशः सभी विषयों में लोगों की बात से अपने व्यवहार को काट लेना उनके लिए स्वभावसिद्ध हो गया था। इसी कारण महिम के द्वारा उन्हें मन ही मन अथवा प्रकट

रूप में विमाता बोल कर लांछित किए जाने पर भी वे अपने मार्ग से विचलित नहीं होतीं।

आनन्दमयी बोलीं, "विनु, तुम परेश बाबू के घर बहुत दिन से नहीं गए।"

विनय ने कहा, "बहुत दिन कहाँ हुए?"

आनन्दमयी–स्टीमर से आने के अगले दिन से तो एक बार भी नहीं गए।

वो तो अधिक दिन नहीं हुए, किन्तु विनय जानता था कि बीच में परेश बाबू के घर उसका आना-जाना इतना बढ़ गया था कि आनन्दमयी को भी उसके दर्शन दुर्लभ हो उठे थे। उस हिसाब से परेश बाबू के घर बहुत दिन जाना नहीं हुआ तथा वह ठीक ही लोगों के लक्ष्य करने का विषय बन गया।

विनय अपनी धोती की किनारी से एक धागा खींचते-खींचते चुप्पी साधे रहा।

उसी समय नौकर ने आकर खबर दी, "माँजी, काँहा-से माई-लोक आया।"

विनय हड़बड़ाते हुए उठ खड़ा हुआ। कौन आया है, कहाँ से आया है, पता करते-करते सुचरिता और ललिता कमरे में आ गईं। विनय का, कमरा छोड़ कर बाहर जाना नहीं हो सका; वह स्तम्भित होकर खड़ा रहा।

दोनों ने आनन्दमयी की चरण-धूलि लेकर प्रणाम किया। ललिता ने विनय को विशेष लक्षित नहीं किया; सुचरिता ने उसे नमस्कार करके कहा, "ठीक हैं?"

आनन्दमयी की ओर देख कर उसने कहा, "हम लोग परेश बाबू के घर से आए हैं।"

आनन्दमयी ने उन्हें प्यार से बैठाते हुए कहा, "मुझे वह परिचय देना आवश्यक नहीं। तुम लोगों को देखा नहीं बेटी, लेकिन तुम्हें अपने घर की ही जानती हूँ।"

देखते-देखते बातों का सिलसिला जम गया। विनय को चुप बैठा देख सुचरिता ने उसे भी बातों में खींचने की कोशिश की; कोमल स्वर में जिज्ञासा की, "आप बहुत दिन से हमारे यहाँ नहीं गए?"

विनय ने एक बार ललिता की ओर दृष्टि-निक्षेप करके कहा, "जल्दी-जल्दी तंग करके कहीं आप लोगों का स्नेह न खो दूँ, मन में यही डर लगता है।"

सुचरिता थोड़ा-सा हँसते हुए बोली, "स्नेह भी जल्दी-जल्दी तंग होने की अपेक्षा रखता है, लगता है, आप जानते नहीं?"

आनन्दमयी ने कहा, "वो, वह खूब जानता है बेटी! तुम लोगों से क्या कहूँ–सारे दिन उसकी फरमाइशों और आग्रहों में अगर मेरे पास जरा-सा भी समय बचे!"

यह कह कर स्निग्ध दृष्टि से विनय का निरीक्षण किया।

विनय बोला, "ईश्वर ने तुम्हें धैर्य दिया है, मेरे माध्यम से उसी की परीक्षा किए ले रहे हैं।"

सुचरिता ने ललिता को जरा-सा ठेला मारते हुए कहा, "सुन रही है भाई ललिता, लगता है, हमारी परीक्षा पूरी हो गई! लगता है, पास नहीं कर पाए?"

ललिता को इस बात में तनिक भी शामिल न होते देख आनन्दमयी हँसते हुए बोलीं, ''अब हमारे बिनु अपने धैर्य की परीक्षा कर रहे हैं। तुम लोगों को उसने किस दृष्टि से देखा है, वह तो तुम नहीं जानते। शाम को तुम लोगों की बात के अलावा और कोई बात ही नहीं। और परेश बाबू की बात उठने पर तो वह एकदम पिघल जाता है।''

आनन्दमयी ने ललिता के चेहरे की ओर देखा; वह भले ही काफी जबर्दस्ती करके आँखें उठाए रही, किन्तु वे वृथा ही लाल हो गईं।

आनन्दमयी बोलीं, ''तुम्हारे पिताजी के लिए उसने कितने लोगों से झगड़ा कर लिया। उसके दल के लोगों ने तो उसे ब्राह्म कह कर उस जाति में धकेलने का उपाय कर लिया है। विनु, इस तरह बेचैन होने से नहीं चलेगा, बेटा–सच बात ही कहती हूँ। इतनी लज्जा करने का भी तो कोई कारण नहीं देखती। क्या, बोलो बेटी?''

इस बार ललिता के चेहरे की ओर देखते ही उसकी आँखें झुक गईं। सुचरिता ने कहा, ''विनय बाबू हम लोगों को अपना आदमी समझते हैं, यह हमें अच्छी तरह पता है। किन्तु वह केवल हमारा ही गुण है, ऐसा नहीं, वह उनकी अपनी क्षमता है।''

आनन्दमयी ने कहा, ''वह ठीक से नहीं कह सकती बेटी! उसे तो बचपन से देख रही हूँ, अब तक उसके मित्रों में एक मेरा गोरा ही था; इतना कि, मैंने देखा है, उन लोगों के अपने दल के लोगों के साथ भी विनय मिल नहीं पाता। लेकिन तुम लोगों के साथ उसके दो दिन के परिचय में ऐसा हो गया कि वह हमारे हाथ भी नहीं लगता। सोचा था, इसके लिए तुम लोगों के साथ झगड़ा करूँगी, किन्तु अब देख रही हूँ कि मुझे भी उसी के दल में शामिल होना पड़ेगा। तुम लोग सभी को हार मनवा दोगे।''

यह कहकर आनन्दमयी ने एक बार ललिता की तथा एक बार सुचरिता की चिबुक छूकर अँगुलियों द्वारा उनका चुम्बन किया।

सुचरिता ने विनय की दुरवस्था देख सदय चित्त से कहा, ''विनय बाबू, पिताजी आए हैं; वे बाहर कृष्णदयाल बाबू के साथ बातें कर रहे हैं।''

सुनते ही विनय जल्दी से बाहर चला गया। तब आनन्दमयी गोरा और विनय की असाधारण मित्रता के बारे में चर्चा करने लगीं। उन्हें यह समझना शेष नहीं था कि दोनों श्रोता उदासीन नहीं हैं। आनन्दमयी जीवन में इन्हीं दो लड़कों को अपने मातृ-स्नेह का परिपूर्ण अर्घ्य अर्पित करके पूजा करती आ रही हैं, संसार में उनके लिए इनसे बड़ा और कोई नहीं था। बालिकाओं की पूजा के शिव की भाँति इन्हें उन्होंने अपने हाथों से गढ़ा तो है, किन्तु इन्होंने ही उनकी संपूर्ण आराधना ग्रहण की है। उनके मुख से अपने इन दो क्रोड़-देवताओं की कहानी वात्सल्य-रस में ऐसी मधुर-उज्ज्वल हो गई कि सुचरिता और ललिता अतृप्त हृदय से सुनने लगीं। गोरा तथा विनय के प्रति उनमें श्रद्धा का अभाव नहीं था, किन्तु आनन्दमयी जैसी माँ के ऐसे स्नेह के

भीतर से उनके साथ मानो, और एक विशेष नव्य-परिचय हुआ।

आज आनन्दमयी के साथ जान-पहचान होकर मजिस्ट्रेट के प्रति ललिता का गुस्सा और बढ़ गया। ललिता के मुँह से क्रोध भरे वाक्य सुन कर आनन्दमयी हँसीं। बोलीं, "बेटी, गोरा आज जेल में है, यह दुख मुझे किस प्रकार साल रहा है, यह अन्तर्यामी ही जानते हैं। किन्तु साहब पर मैं क्रोध नहीं कर पाती। मैं तो गोरा को जानती हूँ, वह जिसे ठीक समझता है, उसके सामने आइन-कानून कुछ भी नहीं मानता; यदि नहीं मानता, तो जो न्यायकर्ता हैं, वे तो जेल भेजेंगे ही–उसके लिए उन्हें दोष क्यों दोगे? गोरा का काम गोरा ने किया–उनका काम उन्होंने किया–इसमें जिन्हें दुख पाना है, उन्हें दुख मिलेगा ही। बेटी, अगर मेरे गोरा की चिट्ठी पढ़ कर देखो, तो समझ पाओगी, वह दुख से डरा नहीं, किसी पर मिथ्या क्रोध भी नहीं किया–जिसका, जो फल होता है, उस सबको निश्चित जान कर ही काम किया।"

कह, गोरा की जतन से सँभाल कर रखी चिट्ठी बक्से से निकाल कर सुचरिता के हाथ में थमा दी। बोलीं, "बेटी, तुम जोर से पढ़ो, मैं फिर एक बार सुनूँ।"

गोरा की इस आश्चर्यजनक चिट्ठी का बाँचना हो जाने पर तीनों जने कुछ देर निस्तब्ध रहे। आनन्दमयी ने आँचल से अपनी आँखों की कोर पोंछी। वह जो अश्रु-जल था, उसमें मातृ-हृदय की व्यथा-भर नहीं थी, उसके साथ आनन्द एवं गौरव भी मिश्रित था। उनका गोरा क्या ऐसा-वैसा गोरा है! मजिस्ट्रेट उसका कसूर माफ करके, उस पर दया करके छोड़ दे, वह क्या ऐसा गोरा है! उसने सारा अपराध स्वीकार करके जेल का दुख इच्छापूर्वक अपने कन्धे पर उठा लिया है। उसके इस दुख के लिए किसी के साथ कोई कलह करने की जरूरत नहीं। गोरा उसे अकातर-भाव से ढो रहा है और आनन्दमयी भी उसे सहन कर सकती हैं।

ललिता आश्चर्यचकित होकर आनन्दमयी के चेहरे की ओर देखती रही। ललिता में ब्राह्म-परिवार के संस्कार बहुत मजबूत थे; जिन नारियों ने आधुनिक पद्धति की शिक्षा न पाई हो और जिन्हें वह हिन्दू नारियाँ, कह कर जानती थी, उनके प्रति ललिता की श्रद्धा नहीं थी। बचपन में वरदासुन्दरी उन लोगों के दोष देख कर बोलतीं, "हिन्दू घर की लड़कियाँ भी ऐसे काम नहीं करतीं," उन दोषों के लिए ललिता हमेशा विशेष रूप से सिर नीचा करती रही है। आज आनन्दमयी के मुँह से कुछ बातें सुन कर उसका अन्तःकरण बार-बार विस्मय अनुभव कर रहा है। जैसा बल, वैसी ही शान्ति, वैसी ही आश्चर्यजनक सद्विवेचना। असंयत हृदयावेग के लिए ललिता ने अपने को इस रमणी के समक्ष अति क्षुद्र अनुभव किया। आज उसके मन के भीतर भारी क्षोभ था, इसी कारण उसने विनय के चेहरे की ओर नहीं देखा, उसके साथ बातें भी नहीं कीं। किन्तु आनन्दमयी के स्नेह, करुणा और शान्ति मण्डित चेहरे की ओर देख कर उसके हृदय के भीतर के समस्त विद्रोह का ताप मानो, शान्त हो गया–चारों ओर के, सभी के साथ उसका सम्बन्ध सहज हो आया। ललिता ने आनन्दमयी से कहा,

"आपको देख कर आज समझ पाई कि गौर बाबू ने इतनी शक्ति कहाँ से पाई है!"

आनन्दमयी ने कहा, "ठीक नहीं समझा। मेरा गोरा अगर साधारण लड़कों जैसा होता, तो मैं कहाँ से बल पाती! तब क्या मैं उसके दुख को इस प्रकार सहन कर पाती!"

ललिता का मन क्यों आज इतना विकल हो उठा था, इसका थोड़ा इतिहास बताना आवश्यक है।

इन कुछ दिन, प्रत्येक सुबह बिछोने से उठते ही ललिता के मन में पहली यही बात उठी है कि आज विनय बाबू नहीं आएँगे। पर, सब दिन ही उसके मन ने एक क्षण के लिए भी विनय के आने की प्रतीक्षा करना नहीं छोड़ा। पल-पल वह केवल यही सोचती रही, शायद विनय आया है, शायद वह ऊपर न आकर नीचे वाले कमरे में परेश बाबू के साथ बातें कर रहा है। इसीलिए दिन भर में कितनी बार वह इस कमरे से उस कमरे में अकारण घूमती रही है, ठीक पता नहीं। अन्त में जब दिन छिप जाता है, रात में जब वह बिछोने पर लेट जाती है, तो यह नहीं सोच पाती कि अपने मन का क्या करे! छाती फाड़ कर रोना आता है–साथ-साथ गुस्सा आता रहता है, किन्तु गुस्सा किस पर, समझना कठिन है। लगता है, गुस्सा अपने ऊपर ही है। बस, मन में आता है, यह क्या हुआ! मैं बचूँगी किस तरह! किसी ओर देखने पर कोई रास्ता नहीं दिखता। इस तरह कितने दिन चलेगा!

ललिता जानती है, विनय हिन्दू है, उसका विवाह किसी भी तरह विनय के साथ नहीं हो सकता। पर, अपने मन को किसी प्रकार वश में न कर पाने से लज्जा और भय से उसके प्राण सूख गए हैं। विनय का हृदय उसकी ओर से विमुख नहीं है, यह बात वह समझ गई है; समझ जाने के कारण ही अपने को रोक पाना उसके लिए आज इतना कठिन हो गया है। यही कारण है कि जब वह उतावली होकर विनय का आशा-पथ देखती रहती है, तो उसी के साथ मन के भीतर एक भय भी होता रहता है, अगर विनय कहीं आ जाए! इस प्रकार अपने साथ खींचतान करते-करते आज सवेरे उसका धैर्य अनियन्त्रित हो गया। उसे लगा, विनय के न आने से ही उसके प्राण भीतर से अशान्त हो उठे हैं, एक बार भेंट हो जाने पर बेचैनी दूर हो जाएगी।

प्रातःकाल वह सतीश को अपने कमरे में खींच लाई। सतीश आजकल मौसी को पाकर विनय के साथ मित्रता की बात एक तरह से भूल ही गया था। ललिता उससे बोली, "लगता है, विनय बाबू के साथ तेरा झगड़ा हो गया है?"

उसने इस शिकायत को जोर के साथ नामंजूर कर दिया। ललिता बोली, "बड़े आए तेरे दोस्त! बस तू ही विनय बाबू, विनय बाबू करता है, वे तो लौट कर भी नहीं देखते।"

सतीश ने कहा, "इस्स! वही तो! कभी भी नहीं!"

परिवार में सबसे छोटे सतीश को अपने गौरव को प्रमाणित करने के लिए इसी

ढंग से बार-बार गले का जोरदार इस्तेमाल करना पड़ता है। आज प्रमाण को उससे भी अधिक पक्का बनाने के लिए वह तत्काल विनय के घर दौड़ गया। लौट कर बताया, "वे तो घर में नहीं हैं, इसी कारण नहीं आ पाए।"

ललिता ने पूछा, "इन कुछ दिनों क्यों नहीं आए?"

सतीश बोला, "कई दिन ही जो थे नहीं।"

तब ललिता ने सुचरिता के पास जाकर कहा, "दीदी भाई, गौर बाबू की माँ के पास हमारा एक बार जाना उचित है।"

सुचरिता ने कहा, "उन लोगों के साथ जो परिचय नहीं है!"

ललिता ने कहा, "वाः, गौर बाबू के पिताजी जो बचपन से पिताजी के दोस्त हैं!"

सुचरिता को याद आ गया, बोली, "हाँ, वो तो है।"

सुचरिता बहुत उत्साहित हो उठी। बोली, "ललिता भाई, तुम जाओ, पिताजी से कहो!"

ललिता ने कहा, "ना, मैं नहीं कह पाऊँगी, तुम्हीं बोलो ना!"

अन्त में सुचरिता द्वारा परेश बाबू के पास जाकर बात उठाते ही वे बोले, "ठीक ही तो है, अब तक तो हमें जाना चाहिए था।"

जैसे ही भोजन के बाद जाने की बात तय हुई, ललिता का मन पलट गया। कहीं से अभिमान और संशय आकर फिर उसे उल्टी दिशा में खींचने लगे। उसने जाकर सुचरिता से कहा, "दीदी, तुम पिताजी के साथ जाओ, मैं नहीं जाऊँगी।"

सुचरिता बोली, "ऐसा हो सकता है क्या! तू नहीं गई, तो मैं अकेली नहीं जाऊँगी। मेरी प्यारी, मेरी बहना–चल भाई, झंझट मत कर।"

बड़ी मनुहार के बाद ललिता गई। किन्तु विनय के सामने वह परास्त हो गई–विनय अनायास ही उनके घर बिना आए रह पाया और वह आज विनय से मिलने दौड़ रही है–इस पराभव के अपमान से उसे भीषण क्रोध आने लगा। विनय को वहाँ देख पाने की आशा में ही आनन्दमयी के घर जाने के लिए उसमें इतना आग्रह उत्पन्न हुआ था, इस बात को वह-मन-ही मन पूरी तरह अस्वीकार करने की चेष्टा करने लगी और अपनी वही जिद बचाए रखने के लिए उसने न विनय की ओर देखा, न उसे प्रति-नमस्कार किया, न उसके साथ एक भी बात की। विनय ने सोचा, ललिता के सामने उसके मन की गोपन बात खुल जाने के कारण ही वह अवज्ञा द्वारा उसकी ऐसी उपेक्षा कर रही है। ललिता उसे प्रेम भी कर सकती है, इस बात का अनुमान लगाने लायक आत्माभिमान विनय में नहीं था।

विनय ने आकर संकोच के साथ दरवाजे के पास खड़े होकर कहा, "परेश बाबू अब घर जाना चाहते हैं, इन सबको खबर देने को कहा है।"

विनय इस तरह खड़ा था, जिससे ललिता उसे न देख पाए।

आनन्दमयी बोलीं, "ऐसा क्या होता है! थोड़ा-बहुत मुँह मीठा किए बिना क्या

जा सकते हैं! और ज्यादा देर नहीं होगी। तुम जरा यहाँ बैठो विनय, मैं एक बार देख आती हूँ। बाहर क्यों खड़े हो, कमरे में आकर बैठो।''

विनय ललिता की ओर पीठ करके किसी तरह एक जगह दूर बैठ गया। विनय के प्रति उसके व्यवहार में कोई भेद नहीं है, ललिता ने ऐसे सहज भाव से कहा, ''विनय बाबू, अपने दोस्त सतीश को आपने एकदम ही तो नहीं छोड़ दिया, यही जानने के लिए वह आज सुबह आपके घर गया था।''

हठात् देव-वाणी होने पर आदमी जैसे आश्चर्य में पड़ जाता है, वैसे ही विस्मय में विनय चौंक उठा। उसका वह चौंकना देख लिए जाने के कारण वह अत्यन्त लज्जित हो गया। अपने स्वाभाविक नैपुण्य के साथ कोई उत्तर नहीं दे पाया; चेहरा और कर्णमूल लाल करके बोला, ''सतीश गया था क्या? मैं तो घर पर था नहीं।''

ललिता की इस सामान्य-सी बात से विनय के मन में अपरिमित आनन्द उत्पन्न हुआ। एक पल में विश्व-जगत के ऊपर से एक बड़ा संशय मानो, निश्वासरोधक दुःस्वप्न की भाँति दूर हो गया। जैसे पृथिवी पर उसके लिए इसके अलावा प्रार्थनीय और कुछ नहीं था। उसका मन कहने लगा—बच गया, बच गया। ललिता ने गुस्सा नहीं किया, ललिता उस पर कोई संदेह नहीं कर रही है।

देखते-देखते सारी बाधा दूर हो गई। सुचरिता ने हँस कर कहा, ''विनय बाबू, हठात् हम पर नाखून वाले, दाँतों वाले, सींगों वाले, हथियार सँभाले या इसी तरह का कुछ होने का संदेह किए बैठे हैं क्या!''

विनय बोला, ''जो दुनिया में मुँह खोल कर नालिश नहीं कर पाते, चुप रहते हैं, वे ही उल्टे अपराधी हो जाते हैं। दीदी, तुम्हारे मुँह से यह बात शोभा नहीं देती—तुम स्वयं कितनी दूर चली गई हो, अब दूसरों को दूर समझ रही हो।''

विनय ने आज पहली बार सुचरिता को दीदी पुकारा। सुचरिता के कानों को वह मधुर लगा, पहले परिचय से ही सुचरिता में विनय के प्रति एक जो सौहार्द्र जन्मा था, इस दीदी संबोधन मात्र से ही मानो, उसने एक स्नेहपूर्ण विशिष्ट आकार धारण कर लिया।

परेश बाबू जब अपनी लड़कियों को लेकर विदा हुए, तो दिन लगभग समाप्त हो गया था। विनय ने आनन्दमयी से कहा, ''माँ, आज तुम्हें कोई काम नहीं करने दूँगा। चलो ऊपर के कमरे में।''

विनय अपने चित्त के उद्वेलन का संवरण नहीं कर पा रहा था। आनन्दमयी को ऊपर के कमरे में ले जाकर अपने हाथ से फर्श पर चटाई बिछा कर उन्हें बैठाया।

आनन्दमयी ने विनय से पूछा, ''विनु, क्या है, तेरी क्या बात है?''

विनय बोला, ''मेरी कोई बात नहीं है, तुम बात करो।''

आनन्दमयी को परेश बाबू की लड़कियाँ कैसी लगीं, यही जानने के लिए विनय का मन छटपटा रहा था।

आनन्दमयी ने कहा, "अरे वाह, लगता है, तू इसीलिए मुझे यहाँ बुला कर लाया है! मैंने समझा था, कोई और बात है!"

विनय ने कहा, "न बुला लाने पर ऐसा सूर्यास्त तो देख नहीं पातीं।"

उस दिन कोलकाता की छतों के ऊपर अगहन का सूर्य मलिन रूप में ही अस्त हो रहा था—रंगों की छटा का कोई वैचित्र्य नहीं था—आकाश के किनारे धूम्रवर्णी कोहरे में स्वर्णाभा धुँधली होकर लिपटी थी। किन्तु इस म्लान संध्या की धूसरता ने भी आज विनय के मन को रंजित कर डाला। उसे लगने लगा, जैसे चारों दिशाओं ने उसे निविड़ रूप में घेर लिया है, मानो आकाश उसका स्पर्श कर रहा है।

आनन्दमयी बोलीं, "लड़कियाँ दोनों बड़ी लक्ष्मी हैं।"

विनय ने इस बात को थमने नहीं दिया। तरह-तरह से इस चर्चा को जगाए रखा। परेश बाबू की लड़कियों से जुड़ी कितने दिन की, कितनी छोटी-मोटी घटनाओं की बातें उठने लगीं—उनमें से अनेक महत्त्वहीन थीं, किन्तु उस अगहन की म्लानायमान निभृत संध्या में, एकान्त कमरे में विनय के उत्साह एवं आनन्दमयी के औत्सुक्य के माध्यम से इस पूरे छोटे-से घर के कोने-कोने का एक अख्यात इतिहास-खण्ड गंभीर महिमा से परिपूर्ण हो गया।।

आनन्दमयी अचानक निश्वास छोड़ते हुए बोलीं, "सुचरिता के संग अगर गोरा का ब्याह हो सके, तो बड़ी खुशी हो।"

विनय उछल पड़ा, बोला, "माँ, यह बात मैंने भी बहुत बार सोची है। गोरा के एकदम उपयुक्त संगिनी है!"

आनन्दमयी—किन्तु हो सकेगा क्या?

विनय—क्यों नहीं होगा? मुझे लगता है, ऐसा नहीं है कि गोरा सुचरिता को पसंद न करता हो।

गोरा का मन किसी एक जगह आकृष्ट हो गया है, आनन्दमयी से यह छिपा नहीं था। वह लड़की सुचरिता है, उन्होंने विनय की नाना बातों से यह भी पता लगा लिया था। थोड़ी देर चुप रह कर आनन्दमयी ने कहा, "लेकिन सुचरिता क्या हिन्दू घर में ब्याह करेगी?"

विनय बोला, "अच्छा माँ, गोरा क्या ब्राह्म-घर में विवाह नहीं कर सकता? उसमें क्या तुम्हारी सहमति नहीं है?"

आनन्दमयी—मेरी खूब सहमति है।

विनय ने फिर पूछा, " है? "

आनन्दमयी ने कहा, "है ही तो विनु! व्यक्ति के साथ व्यक्ति के मन के मेल से ही ब्याह होता है—उस समय कौन-सा मंतर पढ़ा गया, इसे लेकर क्या आता-जाता है, बेटा! जैसे भी हो, भगवान का नाम लेने से ही हो जाता है।"

विनय के मन से एक भार उतर गया। उसने उत्साहित होकर कहा, "माँ, जब

तुम्हारे मुँह से ये सब बातें सुनता हूँ, मुझे भारी आश्चर्य लगता है। ऐसा औदार्य तुमने पाया कहाँ से!"

आनन्दमयी ने हँस कर कहा, "गोरा से पाया है।"

विनय बोला, "गोरा तो इससे उल्टी बात कहता है!"

आनन्दमयी–बोलने से क्या होगा! मेरी जो कुछ शिक्षा है, सब गोरा से ही हुई है। मनुष्य वस्तु कितनी सत्य है–और मनुष्य जिसे लेकर दलबन्दी करता है, झगड़ा करके मरता है, वह कितनी मिथ्या है–यह बात भगवान ने, जिस दिन गोरा को दिया था, उसी दिन समझा दी थी। बेटा, ब्राह्म ही कौन और हिन्दू ही कौन! मनुष्य के हृदय की तो कोई जात नहीं–वहीं भगवान सबको मिलाते हैं और स्वयं भी आकर मिलते हैं। उन्हें धकेल कर मंतर और मत पर मिलाने का भार डाल कर चलेगा क्या?"

विनय ने आनन्दमयी की चरण-धूलि लेकर कहा, "माँ, तुम्हारी बात मुझे बड़ी अच्छी लगी। आज मेरा दिन सार्थक हो गया।"

37

सुचरिता की मौसी, हरिमोहिनी के होने से परेश के घर में भारी अशान्ति उपस्थित हो गई। उसे विस्तार से बताने के पूर्व, हरिमोहिनी ने सुचरिता को अपना जो परिचय दिया था, उसे नीचे संक्षेप में लिखा गया है–

> मैं तुम्हारी माँ से दो बरस बड़ी थी। पिता के घर में हम दोनों के लाड़-प्यार की सीमा नहीं थी। कारण, हमारे घर में तब तक केवल हम दो कन्याओं ने ही जन्म लिया था–घर में और कोई शिशु था नहीं। काका लोगों के लाड़ में हमें जमीन पर पैर रखने का अवसर ही नहीं मिलता था।
>
> मैं जब आठ बरस की थी, पालसा के विख्यात रायचौधुरी के परिवार में मेरा ब्याह हो गया। वे लोग जैसे कुल में थे, वैसे ही धन में भी। किन्तु मेरे भाग्य में सुख नहीं था। ब्याह के समय खर्च-वर्च को लेकर मेरे ससुर और पिता में झगड़ा बँध गया था। मेरी ससुराल के लोग बहुत दिन तक मेरे पीहर के उस अपराध को क्षमा नहीं कर पाए। सुबह ही बोलने लगते–अपने लड़के का दूसरा ब्याह करेंगे, देखें उनकी लड़की की क्या दशा होती है! मेरी दुर्दशा देख कर ही पिताजी ने प्रतिज्ञा कर ली थी, धनी के परिवार में कभी लड़की नहीं देंगे। उसी वजह से तुम्हारी माँ को निर्धन परिवार में दिया था।
>
> बड़े परिवार वाला घर था, मुझे आठ-नौ बरस की आयु में ही खाना बनाना पड़ता था। लगभग पचास-साठ लोग भोजन करते थे। सभी को परोसने के बाद किसी दिन केवल भात, अथवा किसी दिन दाल-भात खाकर

ही गुजारा करना पड़ता था। किसी दिन दो बजे, तो किसी दिन शाम हो जाने के कारण एक ही बार खाना खाती थी। खाना खाते ही शाम का भोजन बनाने उठ जाना पड़ता था। रात ग्यारह-बारह बजे खाने की फुर्सत होती थी। लेटने की कोई निर्दिष्ट जगह नहीं थी। अन्तःपुर में जिस दिन जिसके पास जगह होती, उसी के पास लेट जाती। किसी दिन पटरा बिछा कर ही नींद लेनी पड़ती थी।

घर में मेरे प्रति सभी का जो अनादर था, उससे मेरे पति का मन भी विकृत हुए बिना नहीं रह सका। बहुत दिन तक उन्होंने मुझे अपने से दूर-दूर ही रखा था।

ऐसे समय, जब मेरी आयु सत्रह बरस थी, मेरी बेटी, मनोरमा ने जन्म लिया। लड़की को जन्म देने के कारण ससुराल में मेरा तिरस्कार और भी बढ़ गया। मेरे समस्त अनादर, समस्त लांछना के बीच वह लड़की ही मेरे लिए एकमात्र सान्त्वना और आनन्द की कारण थी। मनोरमा को उसके बाप तथा किसी और के द्वारा वैसा लाड़-प्यार न किए जाने की वजह से वह मेरे लिए ही प्राणपण से लाड़-प्यार की सामग्री बन गई थी।

तीन बरस बाद जब मुझे लड़का हुआ, तब से मेरी दशा में बदलाव होने लगा। तब मैं घर की गृहिणी गिनी जाने लायक हुई। मेरी सास थीं नहीं—मेरे ससुर भी मनोरमा के जन्म के दो बरस बाद मर गए। उनके मरने के बाद ही सम्पत्ति को लेकर देवरों के साथ मुकदमा छिड़ गया। अन्त में, मामले में बहुत सम्पत्ति बर्बाद करके हम लोग अलग हुए।

मनोरमा के ब्याह का समय आया। कहीं वह दूर चली जाए, कहीं उसे और देख न पाऊँ, इसी डर से पालसा से पाँच-छः कोस दूर सिमूल गाँव में उसका ब्याह कर दिया। लड़का, देखने में कार्तिकेय की तरह था। जैसा रंग, वैसा ही चेहरा—खाने-पीने की सामर्थ्य भी उन लोगों की थी।

जैसे कष्ट और अनादर में मेरे दिन बीते थे, वैसे ही भाग फूटने के पहले विधाता ने कुछ दिन मुझे सुख भी दिया था। अन्तिम दिनों में मेरे पति मुझे बड़ा प्यार और सम्मान देते, और मुझसे परामर्श किए बिना कोई भी काम नहीं करते थे। इतना सौभाग्य मैं क्यों सहन करती? कॉलरा हो जाने से चार दिन के अन्तर पर मेरा बेटा और पति मर गए। जो दुख कल्पना करने में भी असहनीय लगता है, मनुष्य उसे भी सह लेता है, ईश्वर ने यही बताने के लिए मुझे बचाए रखा।

धीरे-धीरे जवाँई का परिचय मिलने लगा। काला साँप सुन्दर फूल में छिपा रहे, तो उसे कौन पहचान सकता है? वह कुसंगति में पड़ कर नशा करने लगा था, यह मेरी लड़की ने भी मुझे कभी नहीं बताया। जवाँई जब-तब

आकर नाना अभाव बता कर मुझसे पैसा माँग कर ले जाता। संसार में मुझे और किसी के लिए पैसा जमा करने की कोई आवश्यकता तो थी नहीं, इसलिए जवाँई जब भी बहाना करके मुझसे पैसे माँगता, तो मुझे अच्छा ही लगता। कभी-कभी मेरी लड़की मुझे मना करती, मेरी भर्त्सना करके कहती—तुम इस तरह पैसा देकर उनकी आदत खराब किए दे रही हो, हाथ में पैसा आने पर वे उसे कहाँ, कैसे उड़ा दें, कोई ठिकाना नहीं। मैं सोचती, उसके पति द्वारा मुझसे इस प्रकार पैसा लेने पर, उसकी ससुराल वालों का सम्मान घट जाएगा, लगता है, मनोरमा इसी डर से मुझे पैसा देने को मना करती है।

तब मेरी बुद्धि ऐसी हो गई, कि मैं अपनी लड़की से छिपा कर जवाँई के नशे के पैसे का प्रबन्ध करने लगी। जब मनोरमा को इसका पता चला, तो उसने एक दिन मेरे पास आकर रोते हुए अपने पति की सारी कलंक-कथा बताई। मैंने सिर पीट लिया। दुख की कथा और क्या कहूँ, मेरे एक देवर के कुसंग और कुबुद्धि ने ही मेरे जवाँई का दिमाग बिगाड़ दिया था।

जब पैसा देना बन्द कर दिया तथा जवाँई को जब संदेह हो गया कि मेरी लड़की ने ही मुझे मना किया है, तो उसे कोई पर्दा नहीं रहा। तब उसने अत्याचार आरंभ कर दिया, मेरी लड़की का दुनिया के लोगों के सामने इस तरह अपमान करने लगा कि उसे बचाने के लिए मैं फिर से अपनी लड़की से छिपा कर उसे पैसा देने लगी। जानती थी, मैं उसे रसातल में धकेल रही हूँ, किन्तु वह मनोरमा को असहनीय कष्ट दे रहा है, यह समाचार मिलने पर मैं किसी भी तरह चैन से नहीं रह पाती थी।

अन्त में एक दिन—वह दिन मुझे स्पष्ट याद है। माघ माह के आखीरी दिन, उस बरस जल्दी ही गरमी पड़ने लगी थी, हम लोग बात कर रहे थे कि हमारे पिछवाडे वाले बाग के आम के पेड़ बौर से भर गए हैं। उसी माघ के अपराह्न में हमारे दरवाजे के पास पालकी आकर रुकी। देखा, मनोरमा ने हँसते-हँसते आकर मुझे प्रणाम किया। मैं बोली, क्या मनु, तुम लोगों की क्या खबर है? मनोरमा हँसते मुख से बोली, लगता है, खबर न रहने पर, यूँ ही पीहर नहीं आते?

मेरी समधिन बुरी व्यक्ति नहीं थीं। उन्होंने मुझे कहला भेजा, बहू पुत्र-संभाविता है, प्रसव होने तक उसका माँ के पास रहना ही ठीक है। मैंने सोचा, शायद यही बात सही है। उस अवस्था में भी जवाँई ने मनोरमा के साथ मारपीट करना आरंभ कर दिया था और समधिन ने गर्भपात की आशंका से अपनी बहू को मेरे पास भेज दिया था, वह मैं जान भी नहीं पाई। इस प्रकार मनोरमा और उसकी सास ने मिल कर मुझे भुलावे में रखा। मैं

अपने हाथों से तेल मालिश करके लड़की को नहलाना चाहती, मनोरमा नाना बहाने करके टाल देती; उसके कोमल अंगों पर चोट के जो निशान पड़ गए थे, उन्हें वह अपनी माँ की आँखों के सामने भी खोलना नहीं चाहती थी।

जवाँई बीच-बीच में आकर मनोरमा को घर लौटा ले जाने के लिए झंझट करता था। लड़की के मेरे पास रहते उसकी पैसे की फरमाइश में बाधा पड़ती थी। धीरे-धीरे उसने वह बाधा मानना भी छोड़ दिया। पैसे के लिए मनोरमा के सामने ही मेरे साथ झगड़ा करने लगा। मनोरमा जिद करके कहती—किसी भी तरह रुपया नहीं दोगी। किन्तु मेरा मन बड़ा दुर्बल था, अगर कहीं जवाँई मेरी लड़की पर बहुत अधिक गुस्सा हो जाए, इसी डर से मैं उसे कुछ दिए बिना नहीं रह पाती थी।

मनोरमा एक दिन बोली, माँ, तुम्हारा सारा रुपया-पैसा मैं रखूँगी। कह, मेरे चाबी और बक्से पर पूरा दखल करके बैठ गई। जब जवाँई ने आकर मेरे पास से और पैसा पाने की सुविधा न देखी तथा जब किसी भी प्रकार मनोरमा को नरम नहीं कर पाया, तो फरमान जारी कर दिया—मँझली बहू को घर ले जाऊँगा। मैं मनोरमा से कहती, दे-दे बेटी, उसे कुछ पैसा देकर विदा कर दे—अन्यथा, क्या पता, वह क्या कर बैठे। किन्तु मेरी मनोरमा एक ओर जितनी नरम थी, दूसरी ओर उतनी ही कठोर थी। वह कहती, ना, रुपया किसी भी तरह नहीं दिया जा सकता।

जवाँई एक दिन आकर आँखें लाल करके बोला, मैं कल शाम को पालकी भेज दूँगा। अगर बहू को न भेजा, तो अच्छा नहीं होगा, कहे देता हूँ।

अगले दिन शाम होने के पहले पालकी आने पर मैं मनोरमा से बोली, बेटी, और देर करने का काम नहीं, आने वाले सप्ताह में तुम्हें फिर से ले आने को आदमी भेज दूँगी।

मनोरमा ने कहा, आज रहने दो, आज मेरी जाने की इच्छा नहीं हो रही है माँ, और दो दिन बाद आने को कह दो।

मैं बोली, बेटी, पालकी लौटा देने पर क्या मेरा गुस्से में भरा जवाँई छोड़ देगा? ठीक नहीं, मनु, तुम आज ही जाओ।

मनु बोली, नहीं माँ, आज नहीं—मेरे ससुर कोलकाता गए हैं, वे फागुन के मध्य में लौट आएँगे, मैं तब जाऊँगी।

मैं तब भी बोली, ना, जरूरी नहीं बेटी।

तब मनोरमा तैयार होने गई। मैं उसकी ससुराल के नौकर तथा पालकी ढोने वाले कहारों के खानपान के आयोजन में व्यस्त रही। जाने से पहले उसके पास बैठूँ, उस दिन थोड़ा विशेष रूप से उसका ध्यान रखूँ, उसे अपने

हाथों सजा दूँ, वह जो खाना पसंद करती है, उसे खिला कर विदा करूँ, ऐसा अवकाश ही नहीं मिला। पालकी में बैठने के ठीक पहले चरण-धूलि लेकर मुझे प्रणाम करके कहा, माँ, तो मैं चली।

मैं क्या जानती थी, वह सचमुच ही जा रही है! वह जाना नहीं चाहती थी, मैंने ही जबरदस्ती उसे विदा किया–छाती में यही दुख आज तक सुलग रहा है, वह किसी भी तरह शान्त नहीं हुआ।

उसी रात गर्भपात होने के कारण मनोरमा की मृत्यु हो गई। जब तक यह खबर मिली, उसके पहले ही गुप्त रूप से जल्दी-जल्दी उसका दाह-संस्कार कर दिया गया।

जिसके बारे में कुछ बोलने को नहीं, करने को नहीं, सोच कर जिसका किनारा नहीं मिलता, रोने से जिसका अन्त नहीं होता, वह दुख, कैसा दुख होता है, उसे तुम लोग नहीं समझोगे–उसे समझना आवश्यक नहीं।

मेरे तो सभी चले गए, तब भी आपदा शेष नहीं हुई। मेरे पति-पुत्र की मृत्यु होते ही मेरी सम्पत्ति पर देवरों को लोभ हो गया था। वे जानते थे, मेरी मृत्यु के बाद सारी सम्पत्ति उन्हीं की हो जाएगी, पर उतने दिन तक वे धैर्य धारण नहीं कर पा रहे थे। इसमें किसी को दोष देने से क्या होगा; सच में मेरे जैसी अभागिनी का जीवित रहना ही अपराध है। संसार में जिनके नाना प्रयोजन हैं, मेरे जैसा प्रयोजनहीन व्यक्ति अकारण उनकी जगह घेर कर जीवित रहे, तो लोग सहन कैसे करेंगे!

मनोरमा जितने दिन जिन्दा थी, उतने दिन मैं देवरों की किसी बात के भुलावे में नहीं आई। अपने सम्पत्ति के अधिकार के लिए जितनी देर तक सामर्थ्य थी, उनके साथ लड़ती रही। मैं जब तक जिन्दा हूँ, मनोरमा के लिए पैसा इकट्ठा करके उसे दे जाऊँ, यही मेरा व्रत था। मैं अपनी लड़की के लिए पैसा जोड़ने की कोशिश कर रही हूँ, यही मेरे देवरों को असह्य हो उठा था...उन्हें लगता, मैं उन्हीं का धन चोरी कर रही हूँ। मेरे पति का नीलकान्त नामक एक पुराना विश्वासी कर्मचारी था, वही मेरा सहायक था। यदि मैं अपने प्राप्य में से कुछ छोड़ कर समझौते से समाधान की चेष्टा करती, तो वह किसी भी तरह राजी नहीं होता; कहता–देखता हूँ, हमारे हक का एक पैसा भी कौन लेता है! इस हक की लड़ाई के दौरान ही मेरी लड़की की मृत्यु हो गई। उसके अगले ही दिन मेरा मँझला देवर आकर मुझे वैराग्य का उपदेश देने लगा। बोला–भाभी, ईश्वर ने तुम्हारी जो दशा बना दी है, उसमें तुम्हारा परिवार में और रहना उचित नहीं है। जितने दिन जीवित रहो, तीर्थ में जाकर धर्म-कर्म में मन लगाओ, हम लोग तुम्हारे खाने-पहनने का बन्दोबस्त कर देंगे।

मैंने अपने दीक्षा-गुरु को बुला भेजा। कहा—ठाकुर,[1] मुझे बताओ, असह्य दुख के हाथों से कैसे बचूँ—मुझे उठते-बैठते कहीं कोई सान्त्वना नहीं...मैं जैसे भयंकर अग्नि के बीच घिर गई हूँ; जहाँ भी जाती हूँ, जिस दिशा में लौटती हूँ, कहीं भी अपनी यन्त्रणा के तनिक से भी मिटने का रास्ता नहीं देख पाती।

गुरु ने मुझे हमारे ठाकुर के कमरे में ले जाकर कहा—ये गोपीवल्लभ ही तुम्हारे स्वामी, पुत्र, कन्या सब हैं। इनकी सेवा करने से ही तुम्हारा समस्त खालीपन दूर होगा।

मैं दिन-रात ठाकुर के कमरे में ही पड़ी रहती थी। ठाकुर को ही संपूर्ण मन अर्पित करने की चेष्टा करने लगी, किन्तु वे खुद ही न लें, तो मैं दूँ किस तरह? उन्होंने लिया कहाँ?

नीलकान्त को बुला कर कहा—नीलू भैया, अपनी संपूर्ण सम्पत्ति मैंने अपने देवरों के नाम लिखने का निश्चय कर लिया है। वे खाने के लिए महीने-महीने करके कुछ रुपया देंगे।

नीलकान्त ने कहा—यह कभी नहीं हो सकता। तुम स्त्री हो, इन सब बातों में मत आना।

मैं बोली—मुझे सम्पत्ति का और प्रयोजन क्या है?

नीलकान्त ने कहा—यह कहने से क्या चलता है! हमारा जो हक है, उसे छोड़ेंगे क्यों? ऐसा पागलपन मत करना।

नीलकान्त हक से बढ़ कर और कुछ भी नहीं देख पाता था। मैं बड़ी मुश्किल में पड़ गई। धन-सम्पत्ति मुझे विष के समान लग रही थी—किन्तु संसार में मेरा एकमात्र विश्वासी यह नीलकान्त ही है, इसके मन को मैं कष्ट कैसे दूँ! वह बहुत दुखों में मेरे इस एक हक को बचाता आ रहा है।

अन्त में एक दिन नीलकान्त से छिपा कर एक कागज पर हस्ताक्षर कर दिए। उसमें क्या लिखा था, वह अच्छी तरह समझ कर नहीं देखा। मैंने सोचा था, मुझे हस्ताक्षर करने में क्या डर—मैं ऐसा क्या रखना चाहती हूँ, जिसे और किसी के ठग लेने पर सहन नहीं होगा! सभी तो मेरे ससुर का है, उन्हीं के लड़के लेंगे, मिल जाने दो।

लिखा-पढ़ी, रजिस्ट्री हो जाने पर मैंने नीलकान्त को बुला कर कहा—नीलू भैया, गुस्सा मत करना, मेरा जो कुछ था, उसकी लिखा-पढ़ी कर दी है। मुझे कुछ आवश्यकता नहीं।

---

1. ठाकुर : मूलतः भगवान और देवी-देवताओं के लिए प्रयुक्त संबोधन। दीक्षा-गुरु (गुरु ठाकुर), सामाजिक-सम्बन्धों में पूज्य-व्यक्ति (पिता, श्वसुर आदि), पुजारी-ब्राह्मण (पुरोहित ठाकुर), पाचक-ब्राह्मण (बामोन ठाकुर) के लिए भी इस संबोधन का प्रयोग किया जाता है।

नीलकान्त बेचैन हो उठा, बोला—आँ, क्या कर दिया!

जब दस्तावेज का मसविदा पढ़ कर देखा कि मैंने अपना समस्त स्वामित्व छोड़ दिया है, तो नीलकान्त के गुस्से का ठिकाना न रहा। अपने स्वामी की मृत्यु के बाद से मेरे इस हक को बचाना ही उसके जीवन का एकमात्र अवलम्बन था। उसकी संपूर्ण बुद्धि, संपूर्ण शक्ति अनथक इसी में लगी थी। इसी को लेकर मामला-मुकदमा, वकील के घर दौड़-भाग, कानून ढूँढ़ कर निकालना, इसमें ही वह सुख पा रहा था—यहाँ तक कि, अपने घर का काम-काज देखने का भी उसे समय नहीं था। जब वही हक निर्बोध स्त्री के कलम की एक लकीर से उड़ गया, तो नीलकान्त को शान्त करना असंभव हो उठा।

उसने कहा—जाने दो, यहाँ के साथ मेरा सारा सम्बन्ध समाप्त हो गया, मैं चलता हूँ।

अन्त में नीलू भैया इस प्रकार गुस्सा होकर मुझसे विदा हो जाएगा, ससुराल में मेरे भाग्य में क्या यही अन्तिम लेखा था! मैं उससे बड़ी विनती करके बोली—बड़े भैया, मुझ पर गुस्सा मत करो। मेरे पास कुछ पैसा जमा है, उसमें से तुम्हें पाँच सौ रुपए दे रही हूँ—जिस दिन तुम्हारे लड़के की बहू आए, मेरे अशीर्वादस्वरूप इसी रुपए से उसे गहने गढ़वा देना।

नीलकान्त ने कहा—मुझे और पैसे की आवश्यकता नहीं। जब मेरे स्वामी का सब कुछ चला गया, तो ये पाँच सौ रुपए लेकर मुझे सुख नहीं होगा। वो रहने दो।

यह कह, मेरे पति का अन्तिम सच्चा मित्र मुझे छोड़ कर चला गया।

मैंने पूजा-घर में आश्रय लिया। मेरे देवर बोले—तुम तीर्थवास में जाओ।

मैं बोली—मेरे ससुर की वास-भूमि ही मेरा तीर्थ है, जहाँ मेरे ठाकुर हैं, वहीं मेरा आश्रय है।

किन्तु, मैं घर के किसी हिस्से पर भी अधिकार बनाए रखूँ, उन्हें यह भी असहनीय लगने लगा था। इसी बीच उन्होंने हमारे घर में सामान लाकर पूरी तरह यह भी तय कर लिया कि किस कमरे का क्या प्रयोग किया जाएगा। अन्त में उन्होंने कहा—अपने ठाकुर को तुम ले जा सकती हो, हम उसमें आपत्ति नहीं करेंगे।

जब मैं उसमें भी आनाकानी करने लगी, तो वे बोले—यहाँ तुम्हारा खाना-पहनना कैसे चलेगा?

मैं बोली—क्यों, तुम लोगों ने मेरे लिए जो खाना-खर्चा तय किया है, वही मुझे काफी होगा।

वे बोले—कहाँ, खाने-खर्चे की तो कोई बात नहीं है!

उसके बाद अपने ठाकुर को लेकर, अपने ब्याह के ठीक चौंतीस बरस बाद एक दिन मैं ससुराल से निकल पड़ी। नीलू भैया की खोज में जाकर सुना, वे मुझसे पहले ही वृन्दावन चले गए हैं।

गाँव के तीर्थयात्रियों के साथ मैं काशी चली गई। लेकिन पापी मन लेकर कहीं भी शान्ति नहीं पाई। ठाकुर को प्रतिदिन पुकार कर कहती, ठाकुर, मेरे पति, मेरे बेटा-बेटी, मेरे लिए जैसे सत्य थे, तुम मेरे लिए उसी भाँति सत्य हो जाओ! किन्तु कहाँ, उन्होंने तो मेरी प्रार्थना सुनी ही नहीं। मेरी छाती को चैन न मिले, मेरा संपूर्ण शरीर-मन रोता रहे; बाप रे बाप! मनुष्य के प्राण कितने कठोर हैं!

वही आठ बरस की आयु में ससुराल गई थी, उसके बाद एक दिन के लिए भी पीहर नहीं आ पाई। तुम्हारी माँ के ब्याह में शामिल होने की बहुत कोशिश की थी, कोई फल नहीं निकला। उसके बाद पिताजी की चिट्ठी से तुम लोगों के पैदा होने का समाचार मिला, अपनी बहन की मृत्यु का संवाद भी पाया। माँ की गोद से बिछड़े तुम लोगों को अपनी गोद में ले पाऊँ, अब तक ईश्वर ने ऐसा सुयोग उत्पन्न नहीं किया।

जब तीर्थ में घूम कर देखा, मन अभी भी माया से भरा है, हृदय की किसी एक चीज को पाने की मन की तृष्णा मरी नहीं है—तब तुम लोगों की खोज करने लगी। सुना था, तुम्हारे पिता धर्म छोड़ कर, समाज छोड़ कर बाहर निकल आए थे। उससे क्या करूँ! तुम्हारी माँ और मैं तो एक ही माँ के पेट की बहनें हैं!

काशी में एक भद्र व्यक्ति से तुम लोगों का पता पाकर यहाँ आ गई। परेश बाबू, सुना है ठाकुर-देवता नहीं मानते, किन्तु ठाकुर उन पर प्रसन्न हैं, यह उनका मुख देखते ही समझ आ जाता है। ठाकुर पूजा पाने मात्र से भुलावे में नहीं आ जाते, यह मैं खूब जानती हूँ—परेश बाबू ने उन्हें कैसे वश में कर लिया, यह पता लगाऊँगी। जो हो बेटी, अभी मेरा अकेली रहने का समय नहीं आया—वह मैं नहीं कर सकती—ठाकुर जिस दिन दया करें, करें, किन्तु तुम लोगों को अपने आँचल में रखे बिना मैं बच नहीं पाऊँगी।

38

परेश ने वरदासुन्दरी की अनुपस्थिति में हरिमोहिनी को आश्रय दिया था। छत के ऊपर वाले एकान्त कमरे में जगह देकर, उन्हें जिससे आचार-पालन में कोई विघ्न न पड़े, इसकी पूरी व्यवस्था कर दी थी।

वरदासुन्दरी लौट कर अपनी घर-गृहस्थी में इस अभावनीय प्रादुर्भाव को देख भीतर तक जल-भुन गईं। उन्होंने परेश से खूब तेज आवाज में कहा, "यह मैं नहीं सह सकती"।

परेश बोले, "तुम हम सबको ही सहन कर पा रही हो, और एक अनाथ विधवा को नहीं सह पाओगी?"

वरदासुन्दरी जानती थीं, परेश को लोक-व्यवहार का रंचमात्र ज्ञान नहीं, गार्हस्थ्य-व्यापार में किससे सुविधा होती है अथवा असुविधा घटती है, इस सम्बन्ध में उन्होंने कभी विचार तक नहीं किया—बरबस एक-एक काण्ड कर बैठते हैं। उसके बाद गुस्सा करो, बकझक करो या रोओ, एकदम पत्थर की पूर्ति की भाँति स्थिर बैठे रहते हैं। बताओ, ऐसे आदमी से कौन पार पा सकता है! आवश्यक होने पर जिसके साथ झगड़ा करना भी असंभव हो, उसके संग कौन स्त्री गृहस्थी चला सकती है!

सुचरिता मनोरमा की लगभग समवयसी थी। हरिमोहिनी को लगने लगा, सुचरिता देखने में भी बहुत कुछ मनोरमा जैसी ही है; और स्वभाव भी उसके साथ मिलता है। वैसी ही शान्त, पर वैसी ही दृढ़। अचानक उसे पीछे से देखने पर एक-एक समय हरिमोहिनी के हृदय के भीतर कुछ कौंध जाता है। एक-एक दिन संध्या-समय वे अँधेरे में अकेली बैठी निश्शब्द रोती रही हैं, वैसे समय सुचरिता के पास आने पर आँखें पोंछ कर उसे छाती से चिपटा कर कहतीं, "आहा, मुझे लगता है, मैंने उसे ही छाती से लगा लिया है। वह जाना नहीं चाहती थी, मैंने उसे जबरदस्ती विदा कर दिया था, क्या संसार में कभी किसी तरह मेरा वह दंड पूरा नहीं होगा! जो दंड मिलना था, वह भोग लिया—वह फिर आ गई है; यही तो लौट आई है; वैसे ही हँसता चेहरा लिए वापस आ गई है; यही मेरी बिटिया, यही मेरी मणि, मेरा धन! यह कह, सुचरिता के पूरे चेहरे पर हाथ फिरा कर, उसे चूम कर आँसुओं में डूबी रहतीं; सुचरिता की भी दोनों आँखों से आँसू झरने लगते। वह उनके गले से लिपट कर बोलती, "मौसी, मैं भी तो माँ का लाड़ अधिक दिन नहीं भोग पाई; आज वही बिछड़ी माँ लौट आई हैं। कितने दिन, कितने दुखों के समय जब ईश्वर को पुकारने की शक्ति नहीं थी, जब मन भीतर से सूख गया था, तब अपनी माँ को पुकारा। वही माँ मेरी पुकार सुन कर आज आ गई हैं।"

हरिमोहिनी बोलतीं, "ऐसे मत बोल, मत बोल। तेरी बातें सुन कर मुझे इतना आनन्द होता है कि मुझे डर लगने लगता है। हे ठाकुर, नजर न लगाना ठाकुर! सोचती हूँ, और माया नहीं करूँगी—मन को पत्थर करके रहना चाहती हूँ, किन्तु सफल नहीं हो पाती। मैं बड़ी दुर्बल हूँ, मुझ पर दया करो, मुझे और मत मारो! ओ रे राधारानी, जा, जा, मुझे छोड़ कर जा। मुझे और जकड़ मत रे, मत जकड़! ओ मेरे गोपीवल्लभ, मेरे जीवन-नाथ, मेरे गोपाल, मेरे नीलमणि, मुझे यह फिर किस विपत्ति में झोंक दिया!"

सुचरिता कहती, ''मुझे तुम जबरदस्ती विदा नहीं कर सकतीं मौसी! मैं तुम्हें कभी नहीं छोड़ूँगी—मैं हमेशा तुम्हारे निकट ही रही हूँ।''

कह, उनकी छाती के बीच सिर रख कर शिशु की भाँति चुप रहती।

दो दिन में ही सुचरिता के साथ उसकी मौसी का ऐसा गहरा सम्बन्ध बन गया कि लघु-काल के द्वारा उसे मापा नहीं जा सकता।

वरदासुन्दरी इसमें भी परेशान हो गईं। लड़की का रूप देखो! जैसे हमने कभी इसकी कोई देखभाल ही नहीं की। पूछती हूँ, इतने दिन मौसी कहाँ थीं! बचपन से हमने इतना करके बड़ा किया और आज मौसी को लेकर होश खो रही है। मैं घर के मुखिया से लगातार कहती आ रही हूँ कि यह जो सुचरिता को तुम सभी अच्छा-अच्छा कहते हो, वह केवल बाहर से भलमनसी करती है, पर इसके मन की थाह नहीं। हमने अब तक इसके लिए जो किया, सब व्यर्थ चला गया।

परेश वरदासुन्दरी का दर्द नहीं समझेंगे, यह वे जानती थीं। मात्र वही नहीं, हरिमोहिनी के प्रति विरक्ति प्रकट करने पर वे परेश की आँखों में छोटी हो जाएँगी, इसमें भी उन्हें सन्देह नहीं था। इसीलिए उनका गुस्सा और भड़क उठा। परेश जो भी कहें, अधिकांश बुद्धिमान लोगों के साथ वरदासुन्दरी का मत मिलता है, इसे सिद्ध करने के लिए वे अपना दल बढ़ाने की चेष्टा करने लगीं। अपने समाज के प्रधान-अप्रधान, सभी लोगों के सामने हरिमोहिनी की बात को लेकर चर्चा शुरू कर दी। हरिमोहिनी की हिन्दुआनी, उनकी ठाकुर-पूजा, घर के लड़के-लड़कियों के लिए उनका बुरा उदाहरण होना आदि को लेकर उनके आक्षेप-अभियोगों का अन्त नहीं था।

केवल लोगों के सामने आरोप ही नहीं, वरदासुन्दरी सभी तरह से हरिमोहिनी के सामने असुविधाएँ पैदा करने लगीं। हरिमोहिनी की रसोई आदि के लिए जल भर देने को जो एक गोप जाति का नौकर था, उसे वे ठीक समय समझ कर दूसरे काम में लगा देतीं। उस सम्बन्ध में कोई बात उठने पर कहतीं, 'क्यों, रामदीन तो है?' रामदीन जात का दुसाध था; वे जानती थीं, हरिमोहिनी उसके हाथ का जल काम में नहीं लेंगी। कोई यह बात बोलता, तो कहतीं, 'इतनी बह्मनई करना चाहती हैं, तो हमारे ब्राह्म-घर में आईं क्यों? यह सब जात-विचार करने से हमारे यहाँ नहीं चलेगा। मैं किसी भाँति इसे बढ़ावा नहीं दूँगी।' इस प्रकार के अवसर पर उनकी कर्तव्य-बुद्धि अत्यन्त उग्र हो उठती। वे कहतीं, धीरे-धीरे ब्राह्म-समाज में सामाजिक-शैथिल्य अत्यधिक बढ़ता जा रहा है; इसी कारण ब्राह्म-समाज यथेष्ठ परिमाण में काम नहीं कर पा रहा है। अपनी सामर्थ्यभर वे ऐसे शैथिल्य में योग नहीं दे पाएँगी। ना, किसी तरह नहीं। इसमें अगर उन्हें कोई गलत समझे, तो वह भी स्वीकार है, यदि परिवारी-जन भी विरुद्ध हो जाएँ, तो वे उसे भी शिरोधार्य करेंगी। संसार के महापुरुषों, जिन्होंने कोई महान कार्य किया, सभी को निन्दा और विरोध सहन करना पड़ा, यह बात भी वे सभी को याद दिलाने लगीं।

हरिमोहिनी को कोई असुविधा परास्त नहीं कर पाती थी। उन्होंने मानो, कृच्छ-साधन की चूडान्त सीमा तक पहुँचने का प्रण कर लिया था। वे, अन्तर में जो असह्य दुख पाया था, बाहर भी उसके साथ ताल मिलाने के लिए कठोर आचरण द्वारा दिन-रात कष्ट-सृजन करके चल रही थीं। इस प्रकार दुख को अपनी इच्छा द्वारा वरण करके, उसे आत्मीय बना कर, उसे वश में करने की साधना थी, यह।

हरिमोहिनी ने जब देखा कि जल की असुविधा हो रही है, तो उन्होंने खाना बनाना एकदम छोड़ दिया। अपने ठाकुर को भोग लगा कर प्रसादस्वरूप दूध एवं फल खाकर दिन काटने लगीं। सुचरिता को इससे अत्यन्त कष्ट पहुँचा। मौसी उसे बहुत समझा कर बोलीं, ''बिटिया, यह मेरे लिए बड़ा अच्छा हुआ। यही मेरा उद्देश्य था। इसमें मुझे कोई कष्ट नहीं, मुझे आनन्द ही होता है।''

सुचरिता ने कहा, ''मौसी, अगर मैं अन्य जात का जल या अन्न ग्रहण न करूँ, तो तुम मुझे अपना काम करने दोगी?''

हरिमोहिनी ने कहा, ''क्यों बेटी, तुम जो धर्म मानती हो, उसी के अनुसार तुम चलो—तुम्हें मेरे कारण अन्य मार्ग पर नहीं चलना पड़ेगा। मैंने तुम्हें अपने निकट पा लिया है, छती से लगा रही हूँ, प्रतिदिन देख पाती हूँ, यही मेरा आनन्द है। परेश बाबू तुम्हारे गुरु हैं, तुम्हारे पिता के समान हैं, उन्होंने जो शिक्षा तुम्हें दी है, तुम उसी को मान कर चलो, उसी में भगवान तुम्हारा मंगल करेंगे।

हरिमोहिनी वरदासुन्दरी के सारे अत्याचार इस ढंग से सहन करने लगीं, जैसे वे कुछ समझ ही नहीं पाईं। परेश बाबू प्रतिदिन आकर जब उनसे पूछते—कैसी हैं, कोई असुविधा तो नहीं हो रही—वे कह देतीं, ''मैं बड़े सुख से हूँ।''

किन्तु वरदासुन्दरी के समस्त अन्याय सुचरिता को प्रति क्षण जर्जरित करने लगे। वह तो शिकायत करने वाली लड़की नहीं; विशेषतः परेश बाबू के सामने उसके द्वारा वरदासुन्दरी के व्यवहार की बात कहना किसी भी तरह नहीं हो सकता। वह सब निश्शब्द सहन करने लगी—इस सम्बन्ध में किसी प्रकार का आक्षेप प्रकट करने में भी उसे अत्यन्त संकोच अनुभव होता था।

इसका फल यही हुआ, कि सुचरिता धीरे-धीरे संपूर्ण रूप से अपनी मौसी के साथ आ गई। मौसी के बारम्बार निषेध के बावजूद वह खान-पान में उन्हीं की संपूर्ण अनुवर्तिनी होकर चलने लगी। अन्ततः सुचरिता को कष्ट होते देख विवश होकर हरिमोहिनी को फिर से रसोई में मन लगाना पड़ा। सुचरिता ने कहा, ''मौसी, तुम मुझे जैसे रहने को कहो, मैं उसी तरह रहूँगी, किन्तु तुम्हारे लिए जल मैं खुद भरूँगी, यह मैं किसी तरह नहीं छोड़ूँगी।''

हरिमोहिनी ने कहा, ''बिटिया, तुम अन्यथा मत लो, किन्तु इसी जल से मेरे ठाकुर का भोग बनता है।''

सुचरिता ने कहा, ''मौसी, क्या तुम्हारे ठाकुर भी जात मानते हैं? क्या उन्हें भी

पाप लगता है? उनका भी समाज है क्या?''

अन्त में एक दिन सुचरिता की निष्ठा के सामने हरिमोहिनी को हार माननी पड़ी। उन्होंने सुचरिता की सेवा सर्वतोभावे ग्रहण कर ली। सतीश ने भी दीदी के अनुकरण पर मौसी का बना खाऊँगा की हठ पकड़ ली। इस तरह इन तीनों के मिल जाने से परेश बाबू के घर के कोने में एक और छोटी गृहस्थी जम गई। इन दो गृहस्थियों के मध्य केवल ललिता सेतुबन्ध के रूप में विराजने लगी। वरदासुन्दरी अपनी अन्य किसी लड़की को इस ओर से कोई सरोकार नहीं रखने देतीं--किन्तु ललिता को मना कर पाने की शक्ति उनमें नहीं थी।

39

वरदासुन्दरी अपनी ब्राह्मिका बान्धवियों को अक्सर निमन्त्रित करने लगीं। बीच-बीच में उनकी सभा छत पर ही जुटती। हरिमोहिनी अपनी स्वाभाविक ग्राम्य-सरलता के साथ स्त्रियों की आवभगत करने की कोशिश करतीं, किन्तु उनसे यह छिपा नहीं रहा कि वे उनकी अवज्ञा करती हैं। यहाँ तक कि, वरदासुन्दरी उनके सामने ही हिन्दुओं के सामाजिक आचार-व्यवहार की तीखी समालोचना प्रारंभ कर देतीं तथा अनेक रमणियाँ हरिमोहिनी को विशेष निशाना बना कर उस समालोचना में भाग लेतीं।

सुचरिता अपनी मौसी के निकट रह कर इस सारे आक्रमण को बिना कुछ बोले सहन करती। वह भी अपनी मौसी के दल में है, जबरदस्ती केवल यही दिखाने की चेष्टा करती। जिस दिन भोज का आयोजन होता, उस दिन सभी के द्वारा सुचरिता को खाने के लिए बुलाने पर वह कह देती, ''ना, मैं नहीं खाती।''

''यह क्या! लगता है तुम हमारे साथ बैठ कर नहीं खाओगी!''

''ना।''

वरदासुन्दरी बोलतीं, ''आजकल सुचरिता जी भारी हिन्दू हो गई हैं, शायद जानतीं नहीं? वे हमारा छुआ नहीं खातीं।''

''सुचरिता भी हिन्दू हो गई! सोच रही हूँ, आगे-आगे कितना कुछ देखना पड़ेगा।''

हरिमोहिनी परेशान होकर कहने लगतीं, ''राधारानी, बेटी, जाओ बेटी! तुम खाने जाओ बेटी!''

सुचरिता उनके कारण दल के लोगों के सामने इस तरह तिरस्कृत हो रही है, यह उनके लिए अत्यन्त कष्टकर हो गया था। लेकिन सुचरिता अटल रहती। एक दिन किसी ब्राह्म लड़की के कौतूहलवश हरिमोहिनी के कमरे में जूते लेकर घुसने लगते ही,

सुचरिता रास्ता रोकते हुए खड़ी होकर बोली, "उस कमरे में मत जाओ।"

"क्यों?"

"उस कमरे में उनके ठाकुर हैं।"

"ठाकुर हैं! शायद तुम रोजाना ठाकुर की पूजा करती हो!"

हरिमोहिनी बोलीं, "हाँ बेटी, पूजा तो करती हूँ।"

"ठाकुर में तुम्हारी श्रद्धा है?"

"मेरा फूटा भाग्य! श्रद्धा कहाँ कर पाई! श्रद्धा होती, तो तर ही जाती।"

उस दिन ललिता मौजूद थी। उसने चेहरा लाल करके प्रश्नकर्तृ से पूछा, "तुम जिनकी उपासना करती हो, उनमें श्रद्धा रखती हो?"

"वाः, श्रद्धा नहीं रखती हूँ, तो और क्या करती हूँ?"

ललिता ने तेजी से सिर हिलाते हुए कहा, "श्रद्धा तो नहीं ही रखती हो, और तुम यह भी नहीं जानती हो कि श्रद्धा नहीं रखतीं।"

सुचरिता जिससे अपने दल से आचार-व्यवहार में अलग न हो, हरिमोहिनी ने इसकी बहुत कोशिश की, किन्तु किसी भी तरह सफल नहीं हो पाई।

इसके पूर्व हारान बाबू में और वरदासुन्दरी में भीतर-भीतर एक विरोध का ही भाव था। वर्तमान घटना से दोनों के बीच खूब मेल हो गया। वरदासुन्दरी ने कहा–कोई कुछ भी क्यों न कहे, ब्राह्म-समाज के आदर्श को विशुद्ध बनाए रखने की ओर किसी की दृष्टि रहती है, तो वह पानू बाबू की। हारान बाबू ने भी–ब्राह्म-परिवार को सर्वप्रकारेण निष्कलंक रखने हेतु वरदासुन्दरी की एकान्त वेदनाभरी सचेतनता को ब्राह्म-गृहिणी मात्र के लिए एक सुदृष्टान्त के रूप में सभी के समक्ष प्रस्तुत किया। उनकी इस प्रशंसा में परेश बाबू पर विशेषकर थोड़ा आघात था।

हारान बाबू ने एक दिन परेश बाबू के सामने ही सुचरिता से कहा, "सुना है, आजकल तुमने ठाकुर का प्रसाद खाना शुरू कर दिया है!"

सुचरिता का चेहरा लाल हो उठा, लेकिन वह टेबिल के ऊपर कलमदान में इस तरह कलम सजा कर रखने लगी, कि जैसे उसने वह बात सुनी ही न हो। परेश बाबू ने एक बार करुण नेत्रों से सुचरिता के चेहरे की ओर देख कर हारान बाबू से कहा, "पानू बाबू, हम जो कुछ खाते हैं, वह सब ही तो ठाकुर का प्रसाद है।"

हारान बाबू ने कहा, "किन्तु सुचरिता जी जो हमारे ठाकुर का परित्याग करने का प्रयास कर रही हैं!"

परेश बाबू बोले, "यदि वह भी संभव हो, तो उसे लेकर झगड़ा करने से उसका कोई उपाय निकलेगा?"

हारान बाबू ने कहा, "जो आदमी धारा में बहा जा रहा हो, उसे क्या किनारे पर खींचने की कोशिश नहीं करनी होगी?"

परेश बाबू ने कहा, "सबके मिल कर, उसके सिर पर ढेले फेंक कर मारने को

किनारे पर खींचने की कोशिश नहीं कहा जाता। पानू बाबू, आप निश्चिन्त रहिए, मैं छुटपन से ही सुचरिता को देखता आ रहा हूँ। अगर वह पानी में गिर जाती, तो मैं आप सबसे पहले ही जान जाता और मैं उदासीन नहीं रहता।"

हारान बाबू ने कहा, "सुचरिता जी तो यहीं हैं। आप उन्हीं से पूछ लीजिए। सुन लेंगे कि वे सबका छुआ नहीं खातीं। यह बात क्या झूठ है?"

सुचरिता ने कलमदान की तरफ से अनावश्यक ध्यान हटा कर कहा, "पिताजी तो जानते ही हैं, मैं सबके हाथ का छुआ नहीं खाती। यदि वे मेरे इस आचरण को सह लेते हैं, तो उसी से हो गया। अगर आप लोगों को अच्छा नहीं लगता, तो आपकी जितनी खुशी, मेरी निन्दा कीजिए, पर पिताजी को क्यों परेशान कर रहे हैं? पता है, वे आप लोगों को कितना क्षमा करके चलते हैं? यह क्या उसी का प्रतिफल है?"

हारान बाबू आश्चर्य में पड़ कर सोचने लगे–आजकल सुचरिता भी बातें बनाना सीख गई है!

परेश बाबू शान्तिप्रिय व्यक्ति हैं; वे अपने या दूसरे के सम्बन्ध में अधिक चर्चा पसंद नहीं करते। उन्होंने अब तक ब्राह्म-समाज में किसी काम में कोई प्रधान पद ग्रहण नहीं किया; स्वयं को किसी की दृष्टि में न लाकर वे एकान्त जीवन व्यतीत कर रहे हैं। हारान बाबू परेश के इस स्वभाव को ही उत्साहहीनता और उदासीनता मानते हैं, इतना कि, इसके लिए वे परेश बाबू की भर्त्सना भी करते रहे हैं। इसके उत्तर में परेश बाबू कहते थे–ईश्वर ने, सचल एवं अचल, इन्हीं दो श्रेणियों के पदार्थों की सृष्टि की है। मैं नितान्त ही अचल हूँ। मेरे जैसे आदमी से जो काम लेना संभव है, ईश्वर उसे करवा लेंगे। जो संभव नहीं, उसके लिए अस्थिर होने का कोई लाभ नहीं। मेरी आयु काफी हो गई है; मेरी क्या सामर्थ्य है और क्या नहीं, उसकी मीमांसा हो चुकी है। अब मुझे ठेलने से कोई फल नहीं मिलेगा।"

हारान बाबू की धारणा थी कि वे अनुभूतिशून्य हृदय में भी उत्साह का संचार कर सकते हैं; जड़मति को कर्तव्य-मार्ग पर धकेल देने एवं पतित जीवन को अनुताप से विगलित कर देने की उनमें एक स्वाभाविक क्षमता है। कोई उनकी अत्यन्त बलिष्ठ और एकाग्र शुभ इच्छा का अधिक दिन तक प्रतिरोध नहीं कर सकता, उनमें इस प्रकार का विश्वास है। उनके समाज के लोगों के व्यक्तिगत चरित्र में जो सब अच्छे बदलाव हुए हैं, उन्होंने किसी न किसी प्रकार निश्चित रूप से अपने को ही उनका प्रधान कारण ठहराया है। उनका अलक्ष्य प्रभाव भी भीतर ही भीतर काम करता है, इसमें उन्हें संदेह नहीं। अब तक उनके सामने जब भी कोई सुचरिता की विशेष रूप से प्रशंसा करता है, तो उसे वे इस भाव से धारण करते हैं, कि जैसे वह प्रशंसा संपूर्णतः उन्हीं की है। उन्होंने उपदेश, दृष्टान्त एवं संगति के तेज से सुचरिता के चरित्र को इस तरह गढ़ डाला है कि इसी सुचरिता के जीवन के द्वारा लोक-समाज में उनका आश्चर्यजनक प्रभाव प्रमाणित होगा, उन्हें ऐसी आशा थी।

उसी सुचरिता के शोचनीय पतन से अपनी क्षमता के सम्बन्ध में उनका गर्व जरा भी कम नहीं हुआ, उन्होंने सारा दोष परेश बाबू के कन्धों पर डाल दिया। लोग बराबर परेश बाबू की प्रशंसा करते आ रहे हैं, किन्तु हारान बाबू कभी उसमें शामिल नहीं हुए; उसमें भी उनकी कितनी प्राज्ञता झलकती है, इस बार सब समझ जाएँगे, वे ऐसी आशा कर रहे हैं।

हारान बाबू जैसे व्यक्ति और सब कुछ सहन कर सकते हैं, लेकिन जिन्हें विशेष रूप से कल्याण-पथ पर चलाने की चेष्टा करते हैं, यदि वे अपनी बुद्धि के अनुसार स्वतन्त्र मार्ग का अवलम्बन करें, तो उस अपराध को वे किसी भी तरह क्षमा नहीं कर पाते। उन्हें सहजता से छोड़ देना उनके लिए असाध्य होता है; जितना ही देखते हैं, उनका उपदेश फल नहीं रहा, उतनी ही उनकी जिद बढ़ती जाती है; वे बारम्बार लौट-लौट कर आक्रमण करते रहते हैं। मशीन जैसे चाबी खतम हुए बिना थम नहीं सकती, वे भी वैसे ही किसी भी प्रकार अपने को संवरण नहीं कर पाते; विमुख कानों के पास एक बात सहस्रों बार दुहराने पर भी हार नहीं मानना चाहते।

इसमें सुचरिता बड़ा कष्ट पाने लगी–अपने लिए नहीं, परेश बाबू के लिए। परेश बाबू जो ब्राह्म-समाज में सबकी समालोचना का विषय बन गए हैं, इस अशान्ति का निवारण किस उपाय से किया जाए? दूसरी ओर सुचरिता की मौसी भी प्रतिदिन समझती जा रही थीं कि वे अत्यधिक झुक कर अपने को जितना ही ओट में रखने की कोशिश कर रही हैं, उतनी ही इस परिवार के लिए विपदास्वरूप हो उठी हैं। इस कारण अपनी मौसी की अत्यधिक लज्जा और संकोच सुचरिता को हर दिन दग्ध करने लगे। सुचरिता किसी भी तरह नहीं सोच पाई कि इस संकट से उद्धार का मार्ग कहाँ है।

इधर वरदासुन्दरी सुचरिता का विवाह जल्दी करने के लिए परेश बाबू को अत्यधिक तंग करने लगीं। उन्होंने कहा, "हम सुचरिता की जिम्मेदारी और नहीं उठा सकते, अब उसने अपने अनुसार चलना शुरू कर दिया है। अगर उसके विवाह में देरी हुई, तो लड़कियों को लेकर मैं और कहीं चली जाऊँगी–सुचरिता का अद्‌भुत दृष्टान्त लड़कियों के बड़े ही अनिष्ट का कारण बन रहा है। देखो, इसके लिए तुम्हें बाद में पछताना पड़ेगा। ललित पहले तो ऐसी नहीं थी; अब वह अपनी इच्छा से जो खुशी, काण्ड कर बैठती है, किसी को नहीं मानती, इसकी जड़ में कौन है? उसी दिन जो घटना कर बैठी, जिसके लिए मैं लज्जा से मरी जा रही हूँ, तुम सोचते हो, कि उसमें सुचरिता का कोई हाथ नहीं था? तुम हमेशा से सुचरिता को अपनी लड़कियों से अधिक प्रेम करते हो, उसके लिए मैंने कभी कुछ नहीं कहा, किन्तु और नहीं चलेगा, वह मैं साफ कहे देती हूँ।"

सुचरिता के लिए नहीं, परिवार की शान्ति के लिए परेश बाबू चिन्तित हो गए। वरदासुन्दरी जो बहाना पकड़ कर बैठ गई हैं, उसके लिए वे भारी झगड़ा बाँध बैठेंगी

तथा जितना ही देखेंगी कि आन्दोलन का कोई फल नहीं हो रहा है, उतनी ही दुर्निवार बन बैठेंगी, इसमें उन्हें कोई संदेह नहीं था। यदि सुचरिता का ब्याह तुरन्त संभव हो सके, तो संदेह नहीं कि वर्तमान अवस्था में वह सुचरिता के लिए भी शान्तिकर होगा। वे वरदासुन्दरी से बोले, ''यदि पानू बाबू सुचरिता को सहमत कर पाएँ, तो मैं ब्याह के सम्बन्ध में कोई आपत्ति नहीं करूँगा।''

वरदासुन्दरी ने कहा, ''और कितनी बार सहमत करना होगा? तुमने तो हतवाक् कर दिया। इतनी लल्लो-चप्पो ही फिर क्यों? पूछती हूँ, पानू बाबू जैसा वर उन्हें मिलेगा कहाँ! तुम गुस्सा करो या कुछ और, लेकिन सच बात कहती हूँ, सुचरिता पानू बाबू के योग्य लड़की नहीं है।''

परेश बाबू ने कहा, ''पानू बाबू के प्रति सुचरिता के मन का भाव क्या है, वह मैं स्पष्ट रूप से नहीं समझ पाया। अतएव वे जब तक अपने बीच बात साफ न कर लें, तब तक मैं इसमें कोई हस्तक्षेप नहीं कर सकता।''

वरदासुन्दरी ने कहा, ''समझ नहीं पाए! इतने दिन बाद स्वीकार किया! इस लड़की को समझना बड़ा आसान नहीं। वह बाहर से एक तरह की है—भीतर से एक तरह की!''

वरदासुन्दरी ने हारान बाबू को बुला भेजा।

उस दिन समाचारपत्र में ब्राह्म-समाज की वर्तमान दुर्गति की आलोचना थी। उसमें परेश बाबू के परिवार की ओर इस प्रकार संकेत किया गया था, कि कोई नाम न रहने पर भी, आक्रमण का विषय कौन है, सबके सामने बहुत साफ था; और लेखक कौन है, वह भी लेख की भंगिमा से अनुमान करना कठिन नहीं था। सुचरिता समाचारपत्र पर सरसरी नजर दौड़ा कर उसे बारीक-बारीक टुकड़ों में फाड़ रही थी। फाड़ते-फाड़ते समाचारपत्र के टुकड़ों को परमाणुओं में बदल देने की उसे जिद चढ़ती जा रही थी।

इसी समय हारान बाबू कमरे में आकर सुचरिता के पास एक कुर्सी खींच कर बैठ गए। सुचरिता ने एक बार मुँह उठा कर भी नहीं देखा, वह जैसे समाचारपत्र फाड़ रही थी, वैसे ही फाड़ती रही।

हारान बाबू ने कहा, ''सुचरिता आज एक गंभीर बात है। मेरी बात पर थोड़ा ध्यान देना होगा।''

सुचरिता समाचारपत्र फाड़ती रही। जब नाखूनों से फाड़ना असंभव हो गया, तो थैले से कैंची निकाल कर कैंची से काटने लगी। ठीक उसी क्षण ललिता ने कमरे में प्रवेश किया।

हारान बाबू बोले, ''ललिता, जरा सुचरिता के साथ मेरी एक बात है।''

ललिता के कमरे से बाहर जाने को होते ही सुचरिता ने उसका आँचल कस कर पकड़ लिया। ललिता ने कहा, ''तुम्हारे साथ हारान बाबू की बात जो है!''

सुचरिता उसका कोई उत्तर न देकर, ललिता का आँचल दबाए रही—तब ललिता

सुचरिता के आसन के एक किनारे बैठ गई।

हारान बाबू किसी बाधा से दबने वाले व्यक्ति नहीं हैं। उन्होंने कोई भूमिका बाँधे बिना एकदम बात शुरू कर दी। बोले, ''हमारे विवाह में और विलम्ब होना उचित नहीं समझता। परेश बाबू को बताया था; उन्होंने कहा, तुम्हारी सहमति मिलते ही और कोई बाधा नहीं रहेगी। मैंने तय किया है, आगामी रविवार के बाद वाले रविवार को ही''–

सुचरिता ने बात पूरी नहीं करने दी, कहा, ''ना।''

सुचरिता के मुँह से इस अत्यन्त संक्षिप्त, सुस्पष्ट एवं उद्धत ''ना'' को सुन कर हारान बाबू स्तंभित रह गए। वे सुचरिता को अत्यन्त आज्ञाकारिणी के रूप में जानते थे। वह एकमात्र ''ना'' के बाण से एक पल में उनके प्रस्ताव को आधे रास्ते में ही बेध कर फेंक देगी, यह भी उन्होंने नहीं सोचा था। उन्होंने झुँझलाते हुए कहा, ''ना! ना माने क्या? तुम और देर करना चाहती हो?''

सुचरिता ने कहा, ''ना।''

हारान बाबू ने विस्मित होते हुए कहा, ''तब?''

सुचरिता ने सिर झुका कर कहा, ''विवाह के लिए मेरी सहमति नहीं है।''

हारान बाबू ने हत्‌बुद्धि के समान पूछा, ''सहमति नहीं? इसका मतलब?''

ललिता ने व्यंग्य करते हुए कहा, ''पानू बाबू, आज आप बंगला भाषा भूल गए हैं क्या?''

हारान बाबू ने ललिता पर कठोर दृष्टि से चोट करते हुए कहा, ''एक बार को, बंगला भाषा भूल गया हूँ, यह स्वीकार करना सहज है, किन्तु जिस मनुष्य की बात का बराबर विश्वास करता आया हूँ, उसे गलत समझा था, यह स्वीकार करना सहज नहीं है।''

ललिता बोली, ''मनुष्य को समझने में समय लगता है, शायद आपके सम्बन्ध में भी यह बात लागू होती है।''

हारान बाबू ने कहा, ''शुरू से आज तक मेरी बात या विचार या व्यवहार में कोई वैपरीत्य नहीं घटा–मैंने अपने को गलत समझने का कोई अवसर किसी को नहीं दिया, यह बात मैं जोर देकर कह सकता हूँ–सुचरिता ही बताएँ, मैं ठीक कह रहा हूँ या नहीं!''

ललिता फिर से क्या एक उत्तर देने जा रही थी–कि सुचरिता ने उसे रोक कर कहा, ''आप सही कह रहे हैं। मैं आपको कोई दोष नहीं देना चाहती।''

हारान बाबू बोले, ''अगर दोष नहीं दे रहीं, तो मेरे साथ अन्याय क्यों कर रही हो?''

सुचरिता ने दृढ़ स्वर में कहा, ''यदि इसे अन्याय कहते हैं, तो मैं अन्याय ही कर रही हूँ–किन्तु–''

बाहर से पुकार आई—"दीदी, कमरे में हैं?"

सुचरिता उत्फुल्ल होकर जल्दी से बोली, "आइए, विनय बाबू आइए।"

"भूल कर रही हैं दीदी, विनय बाबू नहीं आए, मात्र मैं विनय हूँ, मुझे आदर देकर लज्जित मत कीजिए"—कहते-कहते कमरे में प्रवेश करते ही विनय ने हारान बाबू को देखा। हारान बाबू के चेहरे पर अप्रसन्नता देख कर बोला, "बहुत दिन नहीं आया, लगता है, इसीलिए नाराज हो रहे हैं!"

हारान बाबू ने परिहास में शामिल होने की चेष्टा करते हुए कहा, "नाराज होने की बात तो ठीक है, लेकिन आज आप जरा असमय आ गए हैं—सुचरिता के साथ मेरी एक विशेष बात हो रही थी।"

विनय अत्यन्त अस्थिर हो उठा; बोला, "ये देखिए, मैं कब आऊँ, जो असमय आना न हो, यह मैं आज तक नहीं समझ सका! इसीलिए आने की हिम्मत नहीं पड़ती।"

कह कर, विनय बाहर जाने का उपक्रम करने लगा।

सुचरिता ने कहा, "विनय बाबू, जाइए मत, हम लोगों की जो बात थी, पूरी हो गई है। आप बैठिए।"

विनय समझ गया, उसके आने से सुचरिता एक विशेष संकट से उबर गई है। खुश होकर एक कुर्सी पर बैठ गया और बोला, "मुझे बढ़ावा देने पर, मैं किसी भी तरह सँभल नहीं पाता। मुझे बैठने को कहने पर मैं बैठ ही जाऊँगा, मेरा ऐसा ही स्वभाव है। अतएव दीदी से यह निवेदन है कि सारी बात समझ-बूझ कर बोलें, अन्यथा विपदा में पड़ जाएँगी।"

हारान बाबू बिना कोई बात किए, आसन्न तूफान की भाँति स्तब्ध रहे। उन्होंने चुप्पी से प्रकट कर दिया—'अच्छा ठीक है, मैं बैठ कर इन्तजार करता हूँ, मेरी जो बात है, उसे आखीर तक कह कर ही मैं उठूँगा।'

दरवाजे के बाहर से विनय की आवाज सुनते ही ललिता के हृदय का सारा रक्त जैसे चौंक उठा। उसने बड़े कष्ट के साथ अपने स्वाभाविक-भाव को बनाए रखने की चेष्टा की, लेकिन किसी भी तरह रख नहीं पाई। विनय ने जब कमरे में प्रवेश किया, ललिता उन लोगों के परिचित मित्र के समान अधिक सहजता से उसके साथ कोई बात नहीं कर पाई। किधर देखे, अपने हाथों का क्या करे, यह मानो, सोचने का एक विषय हो गया। एक बार उठ कर जाने की भी कोशिश की, पर सुचरिता ने किसी प्रकार उसका आँचल नहीं छोड़ा।

विनय ने भी जो कुछ बात थी, सारी सुचरिता के साथ ही की, ललिता के साथ कोई बात बनाना उसके जैसे वाक्-पटु व्यक्ति के लिए भी आज कठिन हो गया। मानो, वह इसीलिए दुगनी ताकत से सुचरिता के साथ बातचीत करने लगा, कहीं भी कोई फाँक नहीं पड़ने दी।

किन्तु ललिता और विनय का यह नया संकोच हारान बाबू से छिपा नहीं रहा। जो ललिता आजकल उनके साथ इतने प्रखर रूप से प्रगल्भ हो उठी है, उसी को आज विनय के सामने इस प्रकार संकुचित देख कर वे मन-ही-मन जलने लगे और ब्राह्म-समाज के बाहर के लोगों के साथ लड़कियों को अबाध परिचय का अवसर देकर परेश बाबू अपने परिवार को किस तरीके से कदाचार में लिए जा रहे हैं, यह सोच कर परेश बाबू के प्रति उनकी घृणा और बढ़ गई तथा इसके लिए एक दिन परेश बाबू को विशेष पश्चात्ताप करना पड़े, उनके मन में यह कामना अभिशाप की भाँति जागने लगी।

बहुत देर इसी तरह चलते रहने के बाद स्पष्ट ही समझ में आ गया कि हारान बाबू उठेंगे नहीं। तब सुचरिता विनय से बोली, ''मौसी के साथ बहुत दिन से आपकी भेंट नहीं हुई। वे प्रायः आपके विषय में पूछती हैं। एक बार उनसे नहीं मिल सकेंगे?''

विनय ने कुर्सी से उठ कर कहा, ''मौसी की बात मेरे मन में नहीं थी, ऐसा आरोप मुझ पर मत लगाइए।''

सुचरिता जब विनय को मौसी के पास लिवा ले गई, तब ललिता ने उठ कर कहा, ''पानू बाबू, लगता है, मेरे साथ तो आपका विशेष कोई काम है नहीं।''

हारान बाबू बोले, ''ना, तुम्हारा शायद अन्यत्र विशेष काम है। तुम जा सकती हो।''

ललिता बात का संकेत समझ गई। उसने तत्क्षण उद्धत भाव से सिर उठा कर इंगित को स्पष्ट करते हुए कहा, ''विनय बाबू आज बहुत दिन बाद आए हैं, उनके साथ बतियाने जा रही हूँ। तब तक यदि आप अपना लिखा पढ़ना चाहें, तो–ना, यह जो, देख रही हूँ, वह समाचारपत्र तो दीदी ने चिन्दी-चिन्दी करके फेंक दिया है। यदि आप दूसरे का लिखा सहन कर पाएँ, तो यह सब देख सकते हैं।''

कह, कोने की मेज से गोरा की रचनाएँ लाकर हारान बाबू के सामने रख, तेजी से कमरे से बाहर चली गई।

विनय को पाकर हरिमोहिनी ने अत्यन्त आनन्द अनुभव किया। ऐसा नहीं, कि यह मात्र इस प्रियदर्शन युवक के प्रति स्नेह के कारण था। इस घर से बाहर के जो व्यक्ति हरिमोहिनी के पास आते हैं, सभी उन्हें जैसे किसी एक भिन्न श्रेणी के प्राणी के समान देखते हैं। वे कोलकाता के लोग हैं, प्रायः सभी अंगरेजी और बंगला की पढ़ाई-लिखाई में उनकी अपेक्षा श्रेष्ठ हैं–उनके दूरत्व और अवज्ञा के आघात से वे अत्यन्त कुण्ठित हो गई थीं। विनय को वे अपने अवलम्बन के रूप में अनुभव करती हैं। विनय भी कोलकाता का ही है, हरिमोहिनी ने सुना है, पढ़ाई-लिखाई में भी कोई बहुत कम नहीं है–पर यह विनय उनका रंचमात्र असम्मान नहीं करता, उन्हें अपने आदमी के समान

देखता है, इसमें उनके आत्म-सम्मान को एक सहारा मिल गया। विशेषकर इसी कारण, अल्प परिचय में ही विनय ने उनके निकट-सम्बन्धी का स्थान पा लिया। उन्हें लगने लगा, विनय उनका कवच स्वरूप बन कर अन्य लोगों के औद्धत्य से उनकी रक्षा करेगा। इस घर में वे बहुत अधिक प्रकाश में आ गई थीं–विनय उनके आवरण की भाँति उन्हें ओट में किए रखेगा।

विनय के हरिमोहिनी के पास पहुँचने के थोड़ी देर बाद ही ललिता कभी वहाँ आसानी से नहीं जाती थी–किन्तु आज हारान बाबू के छिपे व्यंग्य के आघात से सारा संकोच तोड़ कर वह जबरदस्ती ऊपर के कमरे में गई। केवल गई ही नहीं, जाते ही विनय के साथ लगातार बातचीत भी प्रारम्भ कर दी। उन लोगों की सभा खूब जम गई; यहाँ तक कि, बीच-बीच में उनकी हँसी की आवाज नीचे कमरे में अकेले बैठे हारान बाबू के कानों के भीतर से उनके मर्म में प्रवेश करके उसे बींधने लगी। वे अधिक देर अकेले नहीं रह पाए, वरदासुन्दरी से बातें करके मन का क्षोभ दूर करने की चेष्टा की। वरदासुन्दरी ने सुना, सुचरिता ने हारान बाबू के साथ विवाह करने के प्रति असहमति व्यक्त कर दी है। सुन कर, उनके लिए अपने धैर्य की रक्षा करना नितान्त असंभव हो गया। उन्होंने कहा, "पानू बाबू, आपके भलमनसी करने से नहीं चलेगा। उसने जब बार-बार सहमति प्रकट की थी, और जब सारा ब्राह्म-समाज इस विवाह की प्रतीक्षा कर रहा है, तो आज उसके सिर हिला देने के कारण ही सब उलट जाएगा, यह कभी होने नहीं दिया जा सकता। अपना दावा आप किसी तरह मत छोडिए, कहे देती हूँ, देखूँ, वह क्या कर सकती है।"

इस सम्बन्ध में हारान बाबू को उत्साहित करना अनावश्यक था–वे तब लकड़ी की भाँति कठोर बने बैठे सिर उठाए मन-मन कह रहे थे–'ऑन प्रिन्सिपल यह दावा छोड़ने से नहीं चलेगा–मेरे लिए सुचरिता का त्याग कोई बड़ी बात नहीं, किन्तु ब्राह्म-समाज का सिर नहीं झुकने दे सकता।'

विनय हरिमोहिनी के साथ आत्मीयता पक्की करने के अभिप्राय से खाने की फरमाइश किए बैठा था। हरिमोहिनी ने तत्क्षण हड़बड़ाते हुए एक छोटी थाली में जरा-सा भीगा चना, छेना, मक्खन, जरा-सी चीनी, एक केला तथा काँसे की कटोरी में थोड़ा दूध लाकर विनय के सम्मुख सावधानी से रख दिया। विनय हँस कर बोला, "मन में सोचा था, असमय भूख बता कर मौसी को परेशानी में डालूँगा, पर मैं तो ठगा गया"–यह कह कर खूब आडम्बर के साथ भोजन करने बैठा था कि उसी समय वरदासुन्दरी आ पहुँचीं। विनय ने अपनी थाली पर यथासंभव झुक कर नमस्कार करने की कोशिश करते हुए कहा, "बहुत देर नीचे था, आपके साथ भेंट नहीं हुई।" वरदासुन्दरी ने उसका कोई उत्तर न देकर सुचरिता की ओर लक्ष्य करके कहा, "यही जो, ये यहाँ हैं! मैंने जो समझा था, वही है! सभा जुड़ी है। आनन्द मना रहे हैं। उधर बेचारे हारान बाबू सुबह से उनकी प्रतीक्षा करते बैठे हुए हैं, जैसे कि वे इनके बगीचे

के माली हैं। बचपन से उन्हें बड़ा किया है—बापू रे बापू, अब तक तो उनका ऐसा व्यवहार देखा नहीं था। कौन जाने, आजकल यह सब शिक्षा कहाँ से मिल रही है! हमारे परिवार में, जो कभी नहीं घट सकता था, आजकल वही शुरू हो गया है—समाज के लोगों के सामने हम लोग मुँह दिखाने लायक नहीं रहे। अब तक घर में इतना करके जो सिखाया था, दो दिन में वह सब विसर्जित कर दिया। यह सब क्या काण्ड है!"

हरिमोहिनी ने एकदम बेचैन होकर सुचरिता से कहा, "मुझे तो पता नहीं था, कोई नीचे बैठा है। यह तो बड़ा अन्याय हो गया। बेटी, जाओ, तुम शीघ्र जाओ। मैंने अपराध कर डाला।"

हरिमोहिनी का लेशमात्र अपराध नहीं, यही बोलने के लिए ललिता पल भर में तैयार हो गई थी। सुचरिता ने छिपा कर उसका हाथ जोर से दबा कर उसे रोक दिया और कोई प्रतिवाद न करके नीचे चली गई।

पहले ही कहा गया है, विनय ने वरदासुन्दरी का स्नेह आकर्षित किया था। विनय उनके परिवार के प्रभाव में धीरे-धीरे ब्राह्म-समाज में प्रवेश करेगा, इस सम्बन्ध में उन्हें सन्देह नहीं था। विनय को मानो, वे अपने हाथ से गढ़ कर खड़ा कर रही हैं, इस कारण एक विशेष गर्व अनुभव करती रही थीं; उस गर्व को उन्होंने अपने मित्रों में से किसी-किसी के समक्ष प्रकट भी किया था। उसी विनय को आज शत्रु-पक्ष में प्रतिष्ठित देख उनके मन में एक जलन उत्पन्न हुई तथा यह कहना अनावश्यक है कि, अपनी कन्या, ललिता को विनय के पुनर्पतन में सहायिका देख कर उनके मन की ज्वाला और दुगुनी बढ़ गई। उन्होंने रूखे स्वर में कहा, "ललिता, यहाँ क्या तुम्हारा कोई काम है?"

ललिता बोली, "हाँ, विनय बाबू आए हैं, इसीलिए—"

वरदासुन्दरी ने कहा, "विनय बाबू जिनके पास आए हैं, वे उनका आतिथ्य करेंगी, तुम अब नीचे आओ, काम है।"

ललिता ने स्थिर कर लिया कि हारान बाबू ने निश्चय ही विनय और उसका, दोनों का नाम लेकर ऐसा कुछ माँ से कहा है, जिसे कहने का अधिकार उन्हें नहीं है। यह अनुमान करके उसका मन अत्यन्त कठोर हो उठा। उसने अनावश्यक प्रगल्भता के साथ कहा, "विनय बाबू बहुत दिन बाद आए हैं, उनके साथ थोड़ी गपशप कर लूँ, उसके बाद मैं जा रही हूँ।"

वरदासुन्दरी ललिता की बात के स्वर से समझ गईं, जबरदस्ती नहीं चलेगी। अगर कहीं हरिमोहिनी के सामने ही उनकी पराजय हो गई तो, इस डर से वे कुछ और कहे बिना तथा विनय से कोई बातचीत किए बिना चली गईं।

ललिता ने विनय के साथ गपशप करने का उत्साह अपनी माँ के सामने तो प्रकट किया, किन्तु वरदासुन्दरी के चले जाने पर उस उत्साह का कोई लक्षण दिखाई नहीं

दिया। तीनों ही जने कैसे एक तरह से कुण्ठित हो गए और थोड़ी ही देर बाद ललिता ने उठ कर अपने कमरे में जाकर दरवाजा बन्द कर लिया।

इस घर में हरिमोहिनी की कैसी अवस्था हो गई है, विनय यह साफ समझ गया। धीरे-धीरे बात उठा कर उसने हरिमोहिनी का समस्त पूर्व-इतिहास भी सुन लिया। सारी बातों के अन्त में हरिमोहिनी ने कहा, "बेटा, मेरी जैसी अनाथिनी के लिए परिवार ठीक जगह नहीं। किसी तीर्थ में जाकर देव-सेवा में मन लगा पाती, तो मेरे लिए अच्छा होता। मेरे पास जो थोड़े-बहुत रुपए बच गए हैं, उनसे मेरा कुछ दिन चल जाता, उसके बाद भी यदि जीवित बचती, तो दूसरों के घर चौका-बासन करके भी किसी तरह मेरे दिन कट जाते। काशी में देख आई हूँ, इस ढंग से तो कितने लोगों का ठीक चल रहा है। किन्तु मैं पापिष्ठा होने के कारण किसी भी तरह नहीं कर पाई। अकेली होते ही मेरे समस्त दुखों की कथा जैसे मुझे घेर बैठती है, ठाकुर-देवता किसी को भी मेरे पास नहीं आने देती। डर लगता है, कहीं अगर पागल हो आऊँ! जो मनुष्य डूब कर मर रहा हो, उसके लिए जैसे काठ-केले का बेड़ा होता है, वैसे ही मेरे लिए राधारानी और सतीश हो गए हैं–उन्हें छोड़ने की बात याद करते ही मेरे प्राण मुँह को आ जाते हैं। उसी कारण मुझे दिन-रात डर लगता है कि उन्हें छोड़ना ही पड़ेगा– अन्यथा सब खोकर, फिर से इन कुछ दिनों में ही उनको इतना प्यार किया ही क्यों? बेटा, तुम्हारे सामने कहने में मुझे लज्जा नहीं, इन दोनों को पाने के बाद से मैं ठाकुर की पूजा मन से कर पाई–ये अगर छूट गए, तो मेरे ठाकुर उसी समय कठोर पत्थर के बन जाएँगे।"

यह कह कर हरिमोहिनी ने आँचल से दोनों आँखें पोंछ लीं।

40

सुचरिता नीचे वाले कमरे में आकर हारान बाबू के सम्मुख खड़ी हो गई–बोली, "आपको क्या कहना है, कहिए।"

हारान बाबू ने कहा, "बैठो।"

सुचरिता बैठी नहीं, सीधी खड़ी रही।

हारान बाबू ने कहा, "सुचरिता, तुम मुझ पर अन्याय कर रही हो।"

सुचरिता बोली, "आप भी मुझ पर अन्याय कर रहे हैं।"

हारान बाबू ने कहा, "क्यों, मैंने तुम्हें जो वचन दिया है, अब भी वही–"

सुचरिता ने बीच में टोकते हुए कहा, "न्याय-अन्याय क्या केवल वचन से होता है? उसी वचन पर जोर देकर आप प्रयोजन के अनुसार मुझ पर अत्याचार करना चाहते हैं? एक सत्य क्या हजार झूठ से बड़ा नहीं होता? यदि मैं एक-सौ बार गलती

करूँ, तो क्या आप जबरस्ती मेरी उसी भूल को पहले सामने रखेंगे? जब आज मैंने अपनी उस गलती को सुधार लिया है, तो मैं अपने किसी भी पहले वाले वचन को नहीं मानूँगी–मानना, मुझ पर अन्याय होगा।"

हारान बाबू किसी भी तरह नहीं समझ पाए कि सुचरिता में ऐसा परिवर्तन किस प्रकार संभव हो सकता है! उसकी स्वाभाविक चुप्पी एवं नम्रता आज जिस ढंग से टूटी है, दह उन्हीं के कारण हो सकता है, यह अनुमान करने की शक्ति और विनय उनमें नहीं थी। मन-ही-मन सुचरिता के नूतन संगियों पर दोषारोप करके उन्होंने पूछा, "तुमने क्या भूल की थी?"

सुचरिता ने कहा, "यह बात मुझसे क्यों पूछ रहे हैं? पहले सहमति थी, अब सहमति नहीं है, क्या यही पर्याप्त नहीं?"

हारान बाबू बोले, "ब्राह्म-समाज के सामने मेरी जवाबदेही है। समाज के लोगों के सामने तुम क्या कहोगी या फिर मैं ही क्या कहूँगा?"

सुचरिता ने कहा, "मुझे तो कोई बात कहनी ही नहीं। यदि आप कहना चाहें, तो कह दीजिए, सुचरिता की आयु कम है, उसे बुद्धि नहीं, उसकी मति चंचल है। जो मन करे, वही कह दीजिए। किन्तु इस सम्बन्ध में यह हमारी अन्तिम बात हो गई।"

हारान बाबू ने कहा, "बात खतम हो ही नहीं सकती। परेश बाबू यदि–"

कहते-कहते परेश बाबू आ पहुँचे; बोले, "क्या पानू बाबू, मेरी क्या बात कह रहे हैं?"

सुचरिता कमरे से बाहर निकली जा रही थी। हारान बाबू ने आवाज देकर कहा, "सुचरिता, जाना मत, परेश बाबू के सामने बात हो जाए।"

सुचरिता लौट कर खड़ी हो गई। हारान बाबू ने कहा, "परेश बाबू, इतने दिन बाद सुचरिता जी आज कह रही हैं, विवाह में उनकी सहमति नहीं है! इतना गंभीर विषय लेकर, उनका इतने दिन तक खेल करना क्या उचित था? यह जो कुत्सित उपसर्ग घटा, क्या आप पर भी इसकी जिम्मेदारी नहीं है?"

परेश बाबू ने सुचरिता के सिर पर हाथ फेरते हुए स्निग्ध स्वर में कहा, "बेटी, तुम्हारा यहाँ रुकना आवश्यक नहीं, तुम जाओ।"

यह समान्य-सी बात सुन कर क्षण भर में ही सुचरिता की दोनों आँखें भर आईं, वह तुरन्त वहाँ से चली गई।

परेश बाबू बोले, "सुचरिता ने अपने मन को अच्छी तरह समझे बिना ही विवाह के लिए सहमति दे दी है, यह सन्देह बहुत दिन से मेरे मन में उत्पन्न हो रहा था, इसीलिए समाज के लोगों के सामने आप लोगों का सम्बन्ध पक्का करने के विषय में, आपके अनुरोध का मैं पालन नहीं कर पाया।"

हारान बाबू ने कहा, "तब सुचरिता ने अपना मन ठीक से समझ कर ही सहमति दी थी, अब न समझ कर असहमति प्रकट कर रही है–आपके मन में इस प्रकार का

सन्देह पैदा नहीं हो रहा?"

परेश बाबू बोले, "दोनों बातें ही हो सकती हैं, किन्तु इस तरह सन्देह की दशा में तो विवाह नहीं हो सकता।"

हारान बाबू ने कहा, "आप सुचरिता को सत्परामर्श नहीं देंगे?"

परेश बाबू ने कहा, "आप निश्चय ही जानते हैं, मैं यथासाध्य कभी सुचरिता को असत्परामर्श नहीं दे सकता।"

परेश बाबू किंचित हँसी के साथ बोले, "यदि वही होता, तो सुचरिता की ऐसी परिणति कभी न हो पाती। आजकल आपके परिवार में जो सब होना प्रारम्भ हो गया है, वह सारा ही आपकी विचारहीनता का फल है, यह बात मैं आपके मुँह पर कह रहा हूँ।"

हारान बाबू बोले, "यह तो आप ठीक ही बात कह रहे हैं–अपने परिवार के समस्त फलाफल का दायित्व मैं नहीं लूँगा, तो कौन लेगा?"

हारान बाबू ने कहा, "इसके लिए आपको अनुताप करना होगा–मैं कहे देता हूँ।"

परेश बाबू ने कहा, "अनुताप तो ईश्वर की दया है। अपराध से ही डरता हूँ, पानू बाबू, अनुताप से नहीं।"

सुचरिता ने कमरे में आकर परेश बाबू का हाथ पकड़ कर कहा, "पिताजी, आपकी उपासना का समय हो गया है।"

परेश बाबू बोले, "पानू बाबू, तब क्या थोड़ा बैठेंगे?"

हारान बाबू ने कहा, "ना।"

बोलकर तेजी से चले गए।

41

एक ही समय, अपने आभ्यन्तर के साथ–फिर अपने बाह्य के साथ भी, सुचरिता का जो संग्राम छिड़ गया है, उसने उसे भयभीत कर डाला है। गोरा के प्रति उसके मन का जो भाव इतने दिन उससे अलक्षित रह कर शक्तिशाली हो गया था और गोरा के जेल जाने के बाद से जो उसके अपने सामने पूरी तरह साफ तथा दुर्निवार दिखाई देने लगा है, उसका वह क्या करेगी, उसका परिणाम क्या होगा, इस बारे में वह कुछ भी नहीं सोच पाती–वह बात किसी को भी नहीं बता पाती, अपने सामने स्वयं ही कुण्ठित हो रहती है। इस निगूढ़-वेदना को लेकर वह, छिप कर बैठ अपने साथ एक समझौता कर ले, उसके पास ऐसा तनिक-सा एकान्त अवसर भी नहीं–हारान बाबू अपने सारे समाज को जगा कर उसके दरवाजे पर ला चढ़ाने की तैयारी कर रहे हैं, यहाँ तक कि

समाचारपत्रों के ढाक[1] पर भी चंटी पड़ने के लक्षण देखे जा रहे हैं। इसके ऊपर, उसकी मौसी की समस्या ऐसी हो गई है कि अति शीघ्र उसका कोई समाधान किए बिना और एक दिन भी नहीं चल सकता। सुचरिता समझ गई, अब उसके जीवन का एक सन्धि-क्षण आ पहुँचा है, चिरपरिचित मार्ग पर हमेशा के अभ्यास के अनुसार निश्चिन्त भाव से चलने के दिन और नहीं रहे।

उसके इस संकट के समय उसके एकमात्र अवलम्बन थे, परेश बाबू। उनसे वह परामर्श नहीं चाहती, उपदेश नहीं चाहती; अनेक बातें थीं, जिन्हें परेश बाबू के सामने रख नहीं पाती और ऐसी भी अनेक बातें थीं, जो लज्जाजनक हीनतावश परेश बाबू के सम्मुख प्रकट होने के अयोग्य थीं। केवल परेश बाबू का जीवन, केवल परेश बाबू का साथ, उसे मानो, किसी पिता की गोद, किसी माँ की छाती की ओर निश्शब्द आकर्षित कर लेते थे।

जाड़े के दिनों में संध्या-समय परेश बाबू अब बगीचे में नहीं जाते। घर के पश्चिम में एक छोटे कमरे के खुले दरवाजे के सामने एक आसन बिछा कर उपासना में बैठते हैं, उनके श्वेत-केश-मण्डित शान्त चेहरे पर सूर्यास्त की आभा आ विराजती है। उसी समय सुचरिता पैरों से कोई आवाज किए बिना, चुपचाप उनके निकट आ बैठती है। वह मानो, अपने अशान्त-व्यथित चित्त को परेश की उपासना की गहराई में निमज्जित कर रखती है। आजकल उपासना के अन्त में प्रायः ही परेश देख लेते हैं कि उनकी यह कन्या, यह छात्रा चुपचाप उनके निकट बैठी है; तब वे इस बालिका को एक अनिर्वचनीय आध्यात्मिक माधुर्य से परिवेष्टित देख उसे संपूर्ण अन्तःकरण से नीरव आशीर्वाद देते हैं।

भूमा के साथ मिलन को ही जीवन का एकमात्र लक्ष्य बना लेने के कारण, जो श्रेयतम एवं सत्यतम है, परेश का चित्त सर्वदा उसी के अभिमुख था। इसी कारण संसार उनके लिए किसी भी प्रकार अत्यन्त गुरुतर नहीं हो पाता था। इस रूप में अपने भीतर एक स्वाधीनता उपलब्ध कर लेने से वे मत या आचरण को लेकर दूसरों के प्रति किसी तरह जबरदस्ती नहीं कर पाते। कल्याण के प्रति निर्भरता एवं संसार के प्रति धैर्य उनके लिए अत्यन्त स्वाभाविक था। यह उनमें इतने अधिक परिमाण में था

1. ढाक : ढोल की आकृति से मेल खाता वाद्य-यन्त्र। इसकी लम्बाई 70 (सत्तर) से.मी. होती है। दोनों ओर के गोलकों का व्यास 45.45 (पैंतालीस-पैंतालीस) से.मी. होता है। इसे बाँस की बनी हल्की-पतली चंटी से बजाया जाता है, जिसकी लम्बाई लगभग 45 (पैंतालीस) से.मी. होती है। इसके एक गोलक पर पतला, जबकि दूसरे गोलक पर मोटा चमड़ा मढ़ा रहता है। मोटे चमड़े वाले गोलक को दाँया गोलक माना जाता है। बजाते समय ढाक को एक पट्टी के सहारे कंधे से बगल की ओर झुला लिया जाता है और दायाँ गोलक बजाया जाता है। ढाक बजाने के काम आने वाली चंटी को 'ढाक-काठी' तथा ढाक बजाने वाले कलाकार को 'ढाकी' कहा जाता है।

कि सांप्रदायिक लोगों में वे निन्दित होते, किन्तु निन्दा को वे इस प्रकार ग्रहण कर सकते हैं कि शायद वह उन पर आघात तो करती है, लेकिन उन्हें बिद्ध नहीं किए रहती। वे रह-रह कर मन में इसी बात की आवृत्ति करते हैं–'मैं और किसी के हाथ से कुछ नहीं लूँगा, मैं उनके हाथ से ही सब कुछ लूँगा।'

परेश के जीवन की इस गहन-निस्तब्ध शान्ति का स्पर्श-लाभ पाने के लिए सुचरिता आजकल नाना बहानों से उनके निकट आकर उपस्थित हो जाती है। इस अनाड़ी बालिका-वयस में उसके विरुद्ध हृदय और विरुद्ध संसार ने जब उसे पूरी तरह उद्भ्रान्त कर डाला, तो वह बार-बार केवल यही सोचती, "पिताजी के दोनों चरणों में सिर रख कर यदि क्षण भर को धरती पर पड़ी रह सकूँ, तो मेरा मन शान्ति से भर उठे।"

सुचरिता मन में सोचती रही थी, कि मन की समस्त शक्ति को जाग्रत करके अविचल धैर्य के साथ समस्त आघात को अटकाए रखेगी, अन्त में समस्त प्रतिकूलता स्वयं परास्त हो जाएगी। किन्तु वैसा घटा नहीं, उसे अपरिचित मार्ग पर निकलना पड़ा।

जब वरदासुन्दरी ने देखा, गुस्सा करके, भर्त्सना करके सुचरिता को झुकाना संभव नहीं है और परेश को सहाय्य के रूप में पाने की कोई आशा नहीं, तब हरिमोहिनी के प्रति उनका क्रोध अत्यन्त दुर्दान्त हो उठा। अपने घर में हरिमोहिनी का अस्तित्व उन्हें उठते-बैठते यन्त्रणा देने लगा।

अपने पिता की बरसी की उपासना के अवसर पर उन्होंने विनय को निमन्त्रित किया था। उपासना संध्या समय होगी, उसके पूर्व वे सभा-गृह को सजा कर तैयार कर रही थीं; सुचरिता तथा अन्य लड़कियाँ भी उनकी सहायता कर रही थीं।

ऐसे समय उनकी आँखों में पड़ा, पास वाली सीढ़ियों से विनय ऊपर हरिमोहिनी के पास जा रहा है। मन जब भाराक्रान्त रहता है, तो छोटी घटना भी बड़ी हो उठती है। यही, विनय का ऊपर के कमरे में जाना एक पल में ही उनके लिए ऐसा असह्य हो गया कि वे सभा-गृह सजाना छोड़, उसी समय हरिमोहिनी के पास जा धमकीं। देखा, विनय चटाई पर बैठा आत्मीय की भाँति प्रगाढ़-भाव से हरिमोहिनी के साथ बतें कर रहा है।

वरदासुन्दरी बोलीं, "देखो, तुम हमारे यहाँ जितने दिन खुशी रहो, मैं तुम्हें आदर-सम्मान के साथ ही रखूँगी, पर मैं कहे देती हूँ, तुम्हारे इस ठाकुर को यहाँ नहीं रखा जा सकेगा।"

हरिमोहिनी हमेशा गाँव-देहात में ही रही थीं। ब्राह्मों के सम्बन्ध में उनकी धारणा थी कि वे ख्रिस्तानियों की ही कोई शाखा विशेष होते हैं, अतएव उन्हीं के साथ मेलजोल विचार करने का विषय है। किन्तु वे भी उनके सम्बन्ध में संकोच अनुभव कर सकते हैं, यह वे इन्हीं कुछ दिन से धीरे-धीरे समझ पा रही थीं। क्या करना कर्तव्य

है, व्याकुल होकर सोच रही थीं, ऐसे समय आज वरदासुन्दरी के मुँह से यह बात सुन कर समझ गईं कि और सोचने का समय नहीं है–जो हो, कुछ तय करना होगा। पहले सोचा, कोलकाता में कहीं एक मकान लेकर रहेंगी, वैसा होने पर कभी-कभी सुचरिता और सतीश को देख पाएँगी। किन्तु उनके पास जो थोड़ा-सा सहारा है, उससे कोलकाता का खर्च नहीं चल पाएगा।

वरदासुन्दरी अचानक तूफान की तरह आकर जब चली गईं, तो विनय सिर झुकाए चुप बैठा रहा।

थोड़ी देर चुप रह कर हरिमोहिनी बोलीं, ''मैं तीर्थ में जाऊँगी, तुममें से कोई मुझे पहुँचा कर आ पाएगा, बेटा?''

विनय ने कहा, ''अवश्य पहुँचा पाऊँगा। लेकिन उसकी तैयारी में तो दो-चार दिन की देरी हो जाएगी, तब तक मौसी चलो, तुम चल कर मेरी माँ के पास रहो।''

हरिमोहिनी ने कहा, ''बेटा, मेरा भार, विषम भार है। पता नहीं, विधाता ने मेरे कपाल पर क्या बोझ लाद दिया है कि मुझे कोई ढो नहीं सकता। जब मेरी ससुराल भी मेरा बोझ नहीं उठा सकी, मुझे तभी समझ जाना उचित था। पर मेरा मन बड़ा नासमझ है, बेटा–जो छाती रिक्त हो गई है, उसी को भरने के लिए लगातार घूमती फिर रही हूँ, मेरा प्रतिकूल भाग्य भी मेरे संग-संग चल रहा है। और रहने दो बेटा, और किसी के घर जाना आवश्यक नहीं–जो संसार का बोझा ढोते हैं, अब मैं उन्हीं के चरण-कमलों में आश्रय लूँगी–मैं और नहीं सह सकती।''

कह कर बार-बार दोनों आँखें पोंछने लगीं।

विनय ने कहा, ''मौसी, ऐसा कहने से नहीं चलेगा! मेरी माँ के साथ अन्य किसी की तुलना नहीं की जा सकती। जो अपने जीवन का समस्त भार भगवान को समर्पित कर सके हैं, वे दूसरे का भार ढोने में क्लेश अनुभव नहीं करते। जैसे मेरी माँ–और जैसे यहाँ देखे हैं, परेश बाबू। वह मैं नहीं सुनूँगा–एक बार तुम्हें अपना तीर्थ घुमा कर लाऊँगा, उसके बाद मैं तुम्हारा तीर्थ देखने जाऊँगा।''

हरिमोहिनी बोलीं, ''तब तो उन्हें एक बार खबर देकर–''

विनय ने कहा, ''हमारे जाते ही माँ को खबर मिल जाएगी–वही होगी पक्की खबर।''

हरिमोहिनी ने कहा, ''तब कल सुबह–''

विनय ने कहा, ''जरूरत क्या है? आज रात ही आ सकते हैं।''

सन्ध्या-समय सुचरिता ने आकर कहा, ''विनय बाबू, माँ ने आपको बुलाने भेजा है। उपासना का समय हो गया है।।''

विनय बोला, ''मौसी से बात है। आज मैं नहीं आ सकूँगा।''

असली बात, विनय आज वरदासुन्दरी का निमन्त्रण किसी भी तरह नहीं मान पाया था। उसे लगा, सब वंचना है।

हरिमोहिनी ने अधीर होते हुए कहा, "बेटा विनय, जाओ तुम। मेरे साथ जो बात है, बाद में हो जाएगी। पहले तुम लोगों का काज-कर्म हो जाए, उसके बाद तुम आना।"

सुचरिता ने कहा, "आपका आना ठीक रहेगा।"

विनय समझ गया, इस परिवार में जिस विप्लव का सूत्रपात हो गया है, न जाना, उसे थोड़े परिमाण में और बढ़ा देना होगा। इसलिए वह उपासना-स्थल पर चला गया, पर उसका भी पूरा परिणाम नहीं निकला।

उपासना के बाद भोजन था–विनय ने कहा, "आज मुझे भूख नहीं।"

वरदासुन्दरी बोलीं, "भूख का दोष नहीं। आप तो ऊपर ही खा आए हैं।"

विनय ने हँस कर कहा, "हाँ, लोभी लोगों की ऐसी ही दशा होती है। सामने वाले के लोभ में भविष्य खो बैठते हैं।" कह कर विनय जाने को हुआ।

वरदासुन्दरी ने जिज्ञासा की, "लगता है, ऊपर जा रहे हैं?"

विनय संक्षेप में केवल "हाँ" कह कर बाहर निकल गया। द्वार के निकट सुचरिता थी। उससे धीरे-से बोला, "दीदी, जरा मौसी के पास आइए, विशेष बात है।"

ललिता आवभगत में लगी थी। उसके, एक बार हारान बाबू के निकट आते ही वे अकारण बोल पड़े, "विनय बाबू तो यहाँ नहीं हैं, वे ऊपर गए हैं।"

सुनते ही, ललिता ने वहीं खड़े होकर उनके चेहरे की ओर आँखें उठा कर ढीठता से कहा, "जानती हूँ। वे मुझसे मिले बिना नहीं जाएँगे। अपना यहाँ का काम पूरा होते ही ऊपर जाऊँगी।"

ललिता को रंचमात्र लज्जित न कर पाकर हारान के भीतर रुँधता-दाह और बढ़ने लगा। विनय हठात् सुचरिता को क्या कुछ कह गया और वह थोड़ी देर बाद ही उसके पीछे चली गई, यह भी हारान बाबू की दृष्टि से छिपा नहीं रह पाया। वे आज सुचरिता के साथ बातचीत के बहाने खोज कर बारम्बार अकृतार्थ हुए हैं–एक-दो बार उनके साफ-साफ आवाज देने पर भी सुचरिता इस ढंग से टाल गई कि हारान बाबू ने लोगों के सामने अपने को अपमानित समझा। इस कारण उनका मन स्वाभाविक नहीं था।

सुचरिता ने ऊपर जाकर देखा, हरिमोहिनी अपना सामान बाँध कर इस भाव से बैठी हैं, जैसे अभी ही कहीं जाएँगी। सुचरिता ने पूछा, "मौसी यह क्या?"

हरिमोहिनी उसका कोई उत्तर न देकर रो पड़ीं और बोलीं, "सतीश कहाँ है, उसे एक बार बुला दो बेटी!"

सुचरिता के विनय के चेहरे की ओर देखते ही, विनय ने कहा, "मौसी के इस घर में रहने से सभी को असुविधा होती है, इसीलिए मैं उन्हें माँ के पास लिए जा रहा हूँ।"

हरिमोहिनी ने कहा, "सोचा है, वहाँ से मैं तीर्थ जाऊँगी! मेरे जैसे व्यक्ति का किसी के घर में रहना अच्छा नहीं। लोग मुझे हमेशा इस तरह क्यों सहेंगे?"

सुचरिता स्वयं कई दिन से यह बात सोच रही थी। उसने अनुभव किया था, इस

घर में रहना उसकी मौसी का अपमान है; अतएव वह कोई उत्तर नहीं दे पाई। चुपचाप उनके निकट जाकर बैठी रही। रात हो गई। कमरे में दीपक नहीं जलाया गया। किनकी आँखों से आँसू टपकने लगे, उस अंधकार में देखा नहीं जा सका।

सीढ़ियों से सतीश के ऊँचे स्वर में "मौसी" ध्वनि सुनाई दी।

"क्या बेटा, आओ बेटा," कहते हुए हरिमोहिनी हड़बड़ा कर उठ गईं। सुचरिता ने कहा, "मौसी, आज रात कहीं भी जाना नहीं हो सकता, सब कल प्रातः तय किया जाएगा। पिताजी को ठीक से बताए बिना तुम कैसे जा सकती हो, बोलो! यह तो बड़ा अन्याय होगा।"

विनय ने वरदासुन्दरी द्वारा किए गए हरिमोहिनी के अपमान से उत्तेजित होकर, यह बात सोची ही नहीं थी। उसने तय किया था, मौसी का इस घर में एक रात भी रहना उचित नहीं होगा—और आश्रय के अभाव में ही हरिमोहिनी सब सह कर इस घर में रह रही हैं, वरदासुन्दरी की यह धारणा दूर करने के लिए विनय हरिमोहिनी को यहाँ से ले जाने में लेशमात्र विलम्ब नहीं करना चाहता था। सुचरिता की बात सुन कर विनय को हठात् स्मरण हो आया, इस घर में वरदासुन्दरी के साथ ही हरिमोहिनी का एकमात्र एवं सर्वप्रधान सम्बन्ध हो, ऐसा नहीं है। जिस व्यक्ति ने अपमान किया, उसे ही बड़ा समझ लिया जाए और जिस व्यक्ति ने उदार-भाव से आत्मीय की भाँति आश्रय दिया, उसे भुला दिया जाए, यह तो उचित नहीं।

विनय बोल पड़ा, "यह सही बात है। परेश बाबू के जाने बिना किसी भी तरह नहीं जाया जा सकता।"

सतीश ने आते ही कहा, "मौसी पता है, रशियन भारतवर्ष पर आक्रमण करने आ रहे हैं? खूब मजा आएगा।"

विनय ने पूछा, "तुम किसके पक्ष में हो?"

सतीश ने कहा, "मैं रशियनों के पक्ष में हूँ।"

विनय ने कहा, "तब तो रशियनों को और चिन्ता नहीं।"

इस प्रकार सतीश द्वारा मौसी की सभा जमाते ही सुचरिता धीरे-धीरे वहाँ से उठ कर नीचे चली गई।

सुचरिता जानती थी, परेश बाबू सोने जाने से पहले अपनी कोई प्रिय पुस्तक थोड़ी देर पढ़ते हैं। कितने ही दिन ऐसे समय सुचरिता उनके पास जाकर बैठी है और सुचरिता के अनुरोध पर परेश बाबू उसे पढ़ कर सुनाते रहे हैं।

आज भी परेश बाबू अपने अकेले कमरे में दीपक जला कर इमर्सन का ग्रन्थ पढ़ रहे थे। सुचरिता धीरे-धीरे कुर्सी खींच कर उनके निकट बैठ गई। किताब रख कर परेश बाबू ने एक बार उसके चेहरे की ओर देखा। सुचरिता का संकल्प भंग हो गया—वह परिवार की कोई भी बात नहीं उठा पाई। बोली, "पिताजी, मुझे पढ़ कर सुनाओ।"

परेश बाबू पढ़ कर उसे समझाने लगे। रात के दस बजे पढ़ना समाप्त हुआ। तब सुचरिता, सोने के पूर्व अगर कहीं पिताजी के मन में किसी प्रकार का क्षोभ उत्पन्न हो जाए, इस कारण कोई बात कहे बिना धीरे-धीरे चली जा रही थी।

परेश बाबू ने उसे स्नेहपूर्ण स्वर में पुकारा, ''राधे!''

वह लौट आई। परेश बाबू ने कहा, ''तुम मुझसे अपनी मौसी की बात कहने आई थीं?''

परेश बाबू उसके मन की बात जान गए हैं, समझ कर सुचरिता विस्मित होते हुए बोली, ''हाँ पिताजी, पर आज रहने दो, कल सवेरे बात होगी।''

परेश बाबू ने कहा, ''बैठो।''

सुचरिता के बैठते ही उन्होंने कहा, ''यहाँ तुम्हारी मौसी को कष्ट हो रहा है, यह बात मैंने सोची है। उनका धार्मिक-विश्वास और आचरण लावण्य? की माँ के संस्कार को इतना अधिक आघात पहुँचाएगा, वह मैं पहले ठीक से जान नहीं पाया। जब देख रहा हूँ कि उन्हें पीड़ा हो रही है, तो इस घर में तुम्हारी मौसी को रखने से वे कुण्ठित हो रहेंगी।''

सुचरिता ने कहा, ''मेरी मौसी यहाँ से जाने के लिए ही तैयार हो गई हैं।''

परेश बाबू ने कहा, ''मैं जानता था, वे जाएँगी। तुम दो-जने ही उनके एकमात्र सम्बन्धी हो–तुम उन्हें इस प्रकार अनाथ की भाँति विदा नहीं कर पाओगे, वह भी मुझे पता है। इसीलिए मैं कई दिन से इस सम्बन्ध में सोच रहा था।''

उसकी मौसी किस संकट में पड़ गई हैं, परेश बाबू वह समझ गए हैं और उस पर सोच रहे हैं, इस बात का सुचरिता ने एकदम अनुमान नहीं किया था। यदि जान पाकर वे कष्ट अनुभव करें, इसी भय से इतने दिन तक वह अत्यन्त सावधानी के साथ चल रही थी–आज परेश बाबू की बात सुन कर वह आश्चर्य में पड़ गई और उसकी पलकें छलछला आईं।

परेश बाबू ने कहा, ''तुम्हारी मौसी के लिए मैंने एक मकान ठीक कर रखा है।''

सुचरिता ने कहा, ''किन्तु, वे तो–''

परेश बाबू–किराया नहीं दे पाएँगी। वे क्यों देंगी किराया? किराया तुम दोगी।

सुचरिता अवाक् हो परेश बाबू के चेहरे की ओर देखती रही। परेश बाबू ने हँसते हुए कहा, ''अपने मकान में रहने देना, किराया नहीं देना पड़ेगा।''

सुचरिता और भी अचंभित हुई। परेश बाबू ने कहा, ''कोलकाता में तुम लोगों के दो मकान हैं, जानती नहीं! एक तुम्हारा, एक सतीश का। मरते समय, तुम्हारे पिताजी मेरे हाथ में कुछ रुपए दे गए थे। मैंने उन्हें निवेश के माध्यम से बढ़ा कर कोलकाता में दो मकान खरीद लिए। अब तक उनका किराया मिल रहा था, वह भी जमा हो गया। तुम्हारे मकान का किरायेदार ही थोड़े दिन पहले छोड़ गया–वहाँ तुम्हारी मौसी को रहने में कोई असुविधा नहीं होगी।''

सुचरिता ने कहा, "वहाँ क्या वे अकेली रह पाएँगी?"

परेश बाबू ने कहा, "तुम लोग, उनके सगे रहते हुए, उन्हें अकेली क्यों रहना होगा?"

सुचरिता बोली, "आज तुमसे यही बात कहने आई थी। मौसी चले जाने के लिए तैयार हो गई हैं, मैं सोच रही थी, उन्हें अकेली कैसे जाने दूँगी! इसीलिए तुम्हारा परामर्श लेने आई। तुम जो कहोगे, मैं वही करूँगी।"

परेश बाबू ने कहा, "हमारे घर के पास ही यह जो गली है, इसी गली के दो-तीन मकान छोड़ कर तुम्हारा मकान है—उस बरामदे में खड़े होकर वह मकान दिख जाता है। वहाँ तुम्हें नितान्त अरक्षित अवस्था में नहीं रहना पड़ेगा। मैं तुम लोगों की देखभाल कर पाऊँगा।"

सुचरिता की छाती से एक भारी पत्थर उतर गया। पिताजी को छोड़ कर कैसे जाऊँगी, उसे इस चिन्ता का कोई ओर-छोर नहीं मिल रहा था। लेकिन जाना ही होगा, यह भी उसके सामने निश्चित हो गया था।

सुचरिता आवेग-भरा हृदय लिए चुपचाप परेश बाबू के पास बैठी रही। परेश बाबू भी अपने को, अपने अन्तःकरण के गहन भाव में डुबोए निश्चल बैठे रहे। सुचरिता उनकी शिष्या, उनकी कन्या, उनकी सुहृद है। वह उनके जीवन के, यहाँ तक कि उनकी ईश्वरोपासना के साथ जुड़ गई थी। जिस दिन वह निश्शब्द आकर उनकी उपासना में शामिल हो जाती, उस दिन उनकी उपासना मानो, विशेष पूर्णता पा लेती। सुचरिता के जीवन को मंगलपूर्ण स्नेह द्वारा गढ़ते-गढ़ते वे प्रतिदिन अपने जीवन को एक विशेष परिणति प्रदान कर रहे थे। सुचरिता जैसी भक्ति, जैसी एकान्त नम्रता के साथ उनके निकट आकर खड़ी हो गई थी, इस तरह और कोई उनके निकट नहीं आया; फूल जैसे आकाश की ओर ताकता है, उसी प्रकार उसने अपनी संपूर्ण प्रकृति को उनकी ओर उन्मुख एवं उद्भासित कर दिया था। ऐसे एकाग्र भाव से कोई किसी के निकट आए, तो मनुष्य की दान करने की शक्ति अपने आप बढ़ जाती है—जल-भार-नम्र मेघ की भाँति अन्तःकरण परिपूर्णता से झुक जाता है। अपना जो कुछ सत्य, जो कुछ श्रेष्ठ है, उसे किसी सदय-चित्त को प्रतिदिन दान करने के सुयोग के समान शुभ-योग मनुष्य के लिए और कुछ हो ही नहीं सकता; वही दुर्लभ सुयोग सुचरिता ने परेश को दिया था। इसीलिए सुचरिता के साथ उनका अत्यन्त गहन सम्बन्ध हो गया था। आज उसी सुचरिता के साथ उनका बाह्य सम्पर्क विच्छिन्न होने का समय उपस्थित है—फल को अपने जीवन-रस से पका कर उसे अपने निकट से मुक्त कर देना होगा। इस कारण वे मन में जो वेदना अनुभव करते रहे थे, उस निगूढ़ वेदना को वे अन्तर्यामी को समर्पित कर दे रहे थे। सुचरिता का पाथेय संचित हो गया है, अब अपनी शक्ति से प्रशस्त पथ पर सुख में, दुख में, आघात में, प्रतिघात में नूतन अभिज्ञता पाने की दिशा में उसका बुलावा आ गया है, परेश कुछ दिन से इसकी

तैयारी देख रहे थे; वे मन-ही-मन कह रहे थे, 'वत्से, यात्रा करो–तुम्हारे चिर जीवन को मैं अपनी बुद्धि एवं अपने आश्रय से आच्छन्न किए रखूँ, ऐसा कभी नहीं हो सकता–ईश्वर मेरे निकट से मुक्त करके तुम्हें विचित्र के भीतर से चरम परिणाम की ओर खींचे लिए जा रहे हैं–उन्हीं में तुम्हारा जीवन सार्थक हो।' यह कह कर वे मन में, आशैशव-स्नेहपालिता सुचरिता को अपनी ओर से ईश्वर के समक्ष पवित्र उत्सर्ग-सामग्री के समान उठा कर रख रहे थे। परेश वरदासुन्दरी पर क्रोध नहीं करते, अपने परिवार के प्रति मन की किसी प्रकार के विरोध की अनुभूति को प्रश्रय नहीं देते। वे जानते थे, सँकरे किनारों के मध्य नई बारिश की जल-राशि हठात् आ जाने पर अत्यधिक आलोडन उत्पन्न हो जाता है–उसका एकमात्र उपाय उसे विशाल क्षेत्र में मुक्त कर देना है। वे जानते थे, थोड़े दिनों में ही सुचरिता को माध्यम बना कर इस छोटे परिवार में जो सब अप्रत्याशित घटा, वह यहाँ के बँधे संस्कार को पीड़ित कर रहा है, उसे यहाँ रोक रखने की चेष्टा न करके, मुक्त कर देने से ही स्वभाव के साथ सामंजस्य स्थापित होकर सब शान्त हो सकेगा। यह जान कर, जिससे सहजतापूर्वक वही शान्ति और सामंजस्य घटित हो सके, चुपचाप उसी की तैयारी कर रहे थे।

दोनों जनों के कुछ देर चुपचाप बैठे रहते ही घड़ी में ग्यारह बज गए। तब परेश बाबू उठ खड़े हो सुचरिता का हाथ पकड़ कर उसे गाड़ी वाले बरामदे की छत पर ले गए। तब संध्याकाश का कोहरा छँट कर निर्मल अंधकार में तारे चमक रहे थे। सुचरिता को निकट लेकर परेश ने उस निस्तब्ध रात्रि में प्रार्थना की–संसार का समस्त असत्य छँट कर, सत्य हमारे जीवन में निर्मल स्वरूप में उद्भासित हो उठे।

42

दूसरे दिन प्रातः हरिमोहिनी द्वारा भूमिष्ठ होकर परेश को प्रणाम करते ही वे हडबड़ाकर हटते हुए बोले, "क्या कर रही हैं?"

हरिमोहिनी ने अश्रुपूर्ण नेत्रों से कहा, "आपका ऋण मैं किसी जन्म में नहीं चुका पाऊँगी। मेरे जैसी, इतनी भारी निरुपाय का आपने समाधान कर दिया, यह आपके अतिरिक्त और कोई नहीं कर सकता था। मैं देख रही हूँ, चाह कर भी कोई मेरा भला नहीं कर सकता–भगवान का आप पर खूब अनुग्रह है, तभी आप मेरे जैसे व्यक्ति पर भी अनुग्रह कर पाए हैं।"

परेश बाबू अत्यन्त कुण्ठित हो गए; बोले, "मैंने विशेष कुछ नहीं किया–यह सारा राधारानी–"

हरिमोहिनी ने टोकते हुए कहा, "जानती हूँ, जानती हूँ–किन्तु राधारानी आपकी है–वह जो करे, वह आपका ही किया हुआ है। जब उसकी माँ गई, उसके पिता भी

नहीं रहे, तब सोचा था, लड़की बड़ी दुर्भागिनी है–किन्तु उसके दुख के भाग्य को भगवान इस प्रकार धन्य कर देंगे, बताइए, वह कैसे जान पाती! देखिए, घूम-फिर कर अन्त में आज जब आपके दर्शन हुए, तब अच्छी तरह समझ पाई कि भगवान ने मुझ पर भी दया की है।''

''मौसी, माँ आई हैं, तुम्हें लेने,'' बोलते-बोलते विनय आ गया। सुचरिता ने हड़बड़ा कर उठते हुए कहा, ''कहाँ हैं वे?''

विनय बोला, ''नीचे, आपकी माँ के पास बैठी हैं।''

सुचरिता जल्दी से नीचे चली गई।

परेश बाबू ने हरिमोहिनी से कहा, ''मैं आपके घर में सारा सामान-सुमून ठीक कर आता हूँ।''

परेश बाबू के चले जाने पर अचंभित विनय ने कहा, ''मौसी तुम्हारे घर की बात तो पता ही नहीं थी।''

हरिमोहिनी बोलीं, ''मैं भी तो नहीं जानती थी बेटा! जानते थे, केवल परेश बाबू। हमारी राधारानी का घर है।''

विनय ने पूरा विवरण सुन कर कहा, ''सोचता था, दुनिया में विनय किसी एक आदमी के किसी एक काम तो आएगा, वह भी हाथ से खिसक गया। आज तक माँ के लिए तो कुछ कर नहीं सका, जो करने का है, वही मेरे लिए करती हैं–मौसी के लिए भी कुछ नहीं कर पाऊँगा, उनसे ही वसूल करूँगा। मेरे भाग्य में लेना ही है, देना नहीं।''

कुछ देर बाद ललिता और सुचरिता के साथ आनन्दमयी आ पहुँचीं। हरिमोहिनी ने आगे बढ़ कर कहा, ''भगवान जब दया करते हैं, तो कृपणता नहीं करते–दीदी, तुम्हें भी आज पा लिया।''

कह, हाथ पकड़ लाकर उन्हें चटाई पर बैठाया।

हरिमोहिनी ने कहा, ''दीदी, तुम्हारी बात छोड़ विनय के पास और कोई बात ही नहीं।''

आनन्दमयी ने हँस कर कहा, ''उसे बचपन से यही रोग है, जिस बात को पकड़ लेता है, उसे जल्दी छोड़ता नहीं। शीघ्र ही मौसी की बारी भी आ जाएगी।''

विनय बोला, ''वह होगा, पहले से ही कहे देता हूँ। अपनी उम्रदराज मौसी को मैंने खुद ही खोजा है, इतने दिन जो वंचित था, तरह-तरह से उसकी भरपाई तो करनी पड़ेगी।''

आनन्दमयी ने सहास्य ललिता की ओर देख कर कहा, ''हमारे विनय को जिसका अभाव होता है, उसे वह उपलब्ध भी करना जानता है और उपलब्ध करके उसे प्राणपण से प्यार भी करना जानता है। मैं ही जानती हूँ, तुम लोगों को वह किस दृष्टि से देखता है–जो कभी सोच नहीं सकती थी, मानो, हठात् उसी का साक्षात कर

लिया है। क्या बताऊँ बेटी, तुम्हारे साथ उन लोगों की जान-पहचान होने से मैं कितनी खुश हुई! तुम्हारे घर में विनय का जो इस तरह मन बस गया, उससे उसका भारी उपकार हुआ। यह बात वह खूब समझता है और स्वीकार करने में भी पीछे नहीं रहता।''

ललिता कोई उत्तर देने की चेष्टा करके भी बात नहीं खोज पाई, उसका चेहरा लाल हो उठा। सुचरिता ने ललिता की विपदा देख कर कहा, ''विनय बाबू सभी मनुष्यों के भीतर की अच्छाई को देख पाते हैं, इसी कारण, सभी मनुष्यों में जितनी अच्छाई होती है, उतनी ही उनके हिस्से आ जाती है। यह उनका बहुत बड़ा गुण है।''

विनय बोला, ''माँ, विनय को तुमने जितनी भारी चर्चा का विषय बना डाला है, संसार में उसका उतना अधिक गौरव नहीं है। यह बात तुम्हें समझाने की सोचता हूँ, पर नितान्त अहंकारवश समझा नहीं पाया। किन्तु और नहीं चल सकता। माँ, और नहीं, विनय की बात आज यहीं तक।''

उसी समय सतीश अपने नवजात पिल्ले को छाती में भींचे उछलते-कूदते आ पहुँचा। हरिमोहिनी बहुत परेशान होकर बोल पड़ीं, ''बेटा सतीश, मेरा राजा बेटा, उस कुत्ते को ले जाओ बेटा!''

सतीश ने कहा, ''वह कुछ नहीं करेगा मौसी! वह तुम्हारे कमरे में नहीं आएगा। तुम उसे थोड़ा पुचकार दो, वह कुछ नहीं कहेगा।''

हरिमोहिनी ने एक तरफ हटते हुए कहा, ''ना बेटा, ना, उसे ले जाओ।''

तब आनन्दमयी ने पिल्ले समेत सतीश को अपने निकट खींच लिया। पिल्ले को गोद में लेकर सतीश से जिज्ञासा की, ''तुम सतीश हो ना? हमारे विनय के दोस्त?''

विनय के दोस्त के रूप में अपने परिचय को सतीश कुछ भी असंगत नहीं समझता था, अतएव वह निस्संकोच बोला, ''हाँ।''

बोल कर आनन्दमयी के चेहरे की ओर देखता रहा।

आनन्दमयी ने कहा, ''मैं विनय की माँ हूँ।''

पिल्ला आनन्दमयी का कंगन चबाने की चेष्टा करके आत्म-विनोद में जुट गया। सुचरिता ने कहा, ''बख्तियार, माँ को प्रणाम कर।''

सतीश ने शरमाते हुए किसी तरह प्रणाम कर दिया।

उसी समय वरदासुन्दरी ने ऊपर आकर हरिमोहिनी की ओर आँख तक उठाए बिना आनन्दमयी से पूछा, ''क्या आप हमारे यहाँ कुछ खाएँगी?''

आनन्दमयी ने कहा, ''खाने-छूने को लेकर मैं कोई सोच-विचार नहीं करती। लेकिन आज रहने दो—गोरा लौट आए, उसके बाद खाऊँगी।''

आनन्दमयी गोरा की अनुपस्थिति में गोरा को अप्रिय कोई आचरण नहीं कर पाईं।

वरदासुन्दरी ने विनय की ओर देख कर कहा, ''यही तो, विनय बाबू यहाँ हैं! मुझे लगा, शायद आप आए नहीं।''

विनय तत्काल बोला, "मैं जो आया हूँ, शायद आपने समझा कि आपको बताए बिना ही चला जाऊँगा?"

वरदासुन्दरी ने कहा, "कल तो निमन्त्रण खाने में बहाना कर दिया, आज शायद बिना निमन्त्रण के ही खाएँगे।"

विनय ने कहा, "इसी में मेरा लोभ अधिक है। मासिक-वृत्ति से ऊपर की आय का आकर्षण बड़ा होता है।"

हरिमोहिनी मन ही मन विस्मित हुईं। विनय इस घर में खाना-पीना करता है– आनन्दमयी भी सोच-विचार नहीं करतीं। इससे उनका मन प्रसन्न नहीं हुआ।

वरदासुन्दरी के चले जाने पर हरिमोहिनी ने संकोच के साथ पूछा, "दीदी, तुम्हारे पति क्या–"

आनन्दमयी ने कहा, "मेरे पति घोर हिन्दू हैं।"

हरिमोहिनी अवाक् रह गईं। आनन्दमयी ने उनके मन का भाव ताड़ कर कहा, "बहन, जितने दिन समाज मेरे लिए सबसे बड़ा था, उतने दिन समाज को ही मान कर चलती थी, पर एक दिन भगवान मेरे घर में हठात् इस प्रकार दिखाई दिए कि मुझे समाज को और नहीं मानने दिया। उन्होंने स्वयं आकर मेरी जात छीन ली, तो मैं और किससे डरूँ!"

हरिमोहिनी ने इस स्पष्टीकरण का अर्थ न समझ पाकर कहा, "तुम्हारे पति–"

आनन्दमयी ने कहा, "मेरे पति गुस्सा करते हैं।"

हरिमोहिनी–बच्चे?

आनन्दमयी–बच्चे भी बहुत प्रसन्न नहीं हैं। किन्तु उनको खुश करके क्या उद्धार होगा? बहन, मेरी यह बात किसी को समझाने वाली नहीं है–जो सब जानते हैं, वे ही समझेंगे।

कह, आनन्दमयी ने हाथ जोड़ कर प्रणाम किया।

हरिमोहिनी ने सोचा, शायद कोई मिशनरी-स्त्री आकर आनन्दमयी को ख्रिस्तानी का मन्त्र दे गई है। उनके मन में अत्यधिक संकोच उपस्थित हो गया।

43

परेश बाबू के आवास के निकट ही हमेशा उनकी छत्रछाया में रह पाएगी, यह सुन कर सुचरिता ने अत्यधिक सन्तोष अनुभव किया था। किन्तु जब उसके घर की साज-सज्जा पूरी होने एवं वहाँ जाने का समय निकट आया, तो सुचरिता के हृदय में जैसे आसक्ति पैदा होने लगी। पास रहने-न-रहने की बात नहीं, बल्कि जीवन का जीवन के साथ जो सर्वांगीण मेल था, उसमें इतने दिन बाद विच्छेद का समय आ गया है, यह आज

सुचरिता को जैसे अपने एक अंश की मृत्यु के समान लगने लगा। इस परिवार में सुचरिता का जो थोड़ा-बहुत स्थान था, उसका जो कुछ काम था, प्रत्येक नौकर के साथ भी उसका जो सम्बन्ध था, सभी सुचरिता के हृदय को व्याकुल कर डालने लगा।

सुचरिता की अपनी जो कुछ योग्यता है और उस योग्यता के बल पर आज वह जो स्वाधीन होने का उपक्रम कर रही है, इस समाचार से वरदासुन्दरी ने बार-बार यह दिखाया कि यह अच्छा ही हुआ, इतने दिन से इतनी सावधानी के साथ जो दायित्व निभाती आ रही थीं, उससे मुक्त होकर वे निश्चिन्त हो गईं। किन्तु मन-ही-मन उनमें सुचरिता के प्रति अभिमान का एक भाव उत्पन्न हो गया; सुचरिता उनसे अलग होकर आज अपने पाथेय पर निर्भर करके खड़ी हो पा रही है, मानो यह उसका एक अपराध है। उन्हें छोड़ सुचरिता की और कोई गति नहीं, यही सोच कर वे अनेक बार सुचरिता को अपने परिवार के लिए आपदा मान कर अपने प्रति करुणा अनुभव करती रही हैं, किन्तु जब अचानक उसी सुचरिता के भार के कम होने का संवाद मिला, तो उन्होंने मन में रंचमात्र प्रसन्नता अनुभव नहीं की। उनका आश्रय सुचरिता के लिए अत्यावश्यक नहीं, यह जान कर वह गर्व कर सकती है, उनका आनुगत्य स्वीकार करने के लिए बाध्य नहीं हो सकती, यह बात सोच कर वे पहले से ही उसे अपराधी ठहराने लगीं। इन कुछ दिनों में उसके साथ विशेष रूप से दूरी बना कर चलीं। पहले उसे जैसे घर के कामकाज के लिए बुलाती थीं, अब वैसा एकदम छोड़ कर जबरदस्ती उसके प्रति अस्वाभाविक सम्मान दर्शाने लगीं। विदा होने के पूर्व सुचरिता हृदय दुखी होने पर भी वरदासुन्दरी के गृह-कार्य में अधिक ही सहयोग देने की चेष्टा कर रही थी, तरह-तरह के बहानों से उनके आसपास घूम रही थी, किन्तु वरदासुन्दरी, कहीं अगर उसका असम्मान हो जाए, ऐसा भाव दिखा कर उसे दूर धकेल कर रखती थीं। जिन्हें इतने समय तक सुचरिता ने माँ संबोधित किया, जिनके पास बड़ी हुई, आज विदा के समय भी वे उसके प्रति अपने हृदय को प्रतिकूल बनाए रहीं, यह वेदना सुचरिता को सबसे अधिक कष्ट देने लगी।

लावण्य, ललिता, लीला सुचरिता के साथ-साथ ही घूमने लगीं। वे बड़े उत्साह के साथ उसका नया घर सजाने गईं, किन्तु उस उत्साह के भीतर भी अव्यक्त वेदना का अश्रु-जल छिपा था।

अब तक सुचरिता नाना बहाने करके परेश बाबू के छोटे-मोटे कितने काम करती आई है। गुलदस्ते में फूल सजाती, टेबिल पर किताबें सँभाल कर रखती, बिछोना अपने हाथ से धूप में फैलाती, प्रतिदिन नहाने के समय उन्हें खबर देकर याद दिला देती--इन सब अभ्यस्त-कामों का गुरुत्व प्रतिदिन कोई पक्ष अनुभव नहीं करता था। लेकिन जब ये सब अनावश्यक काम भी बन्द करके चले जाने का समय आ उपस्थित हुआ, तब यह सारी छोटी-मोटी सेवा--जिसे एक व्यक्ति के न करने पर कोई और दूसरा आसानी से कर सकता है, जिसे न करने पर भी किसी की कोई विशेष क्षति

नहीं होती–दोनों पक्षों का हृदय मथने लगी। आजकल जब सुचरिता परेश के कमरे में कोई सामान्य काम करने आती है, तो वही काम परेश को बड़ा दिखाई देता है तथा उनकी छाती में एक दीर्घ निःश्वास उठने लगता है। और, यही काम आज के बाद कल से किसी अन्य के हाथों से होने लगेगा, यह बात याद आने पर सुचरिता की आँखें छलछला आती हैं।

जिस दिन दोपहर के भोजन के बाद सुचरिता की, नए घर में जाने की बात थी, उस दिन प्रातःकाल परेश बाबू ने अपने अकेले कमरे में उपासना करने आकर देखा, उनके आसन के सामने की जगह फूलों से सजा कर कमरे के एक कोने में सुचरिता प्रतीक्षा करती बैठी है। लावण्य-लीला ने भी सलाह की थी कि वे आज उपासना-स्थल पर आएँगी, किन्तु ललिता ने उन्हें मना करके नहीं आने दिया। ललिता जानती थी, परेश बाबू की निर्जन उपासना में शामिल होकर सुचरिता विशेष-भाव से उनके आनन्द का अंश और आशीर्वाद प्राप्त करेगी–आज प्रातःकाल सुचरिता को उसी आशीर्वाद को संचित कर लेने की विशेष आवश्यकता थी, इसे अनुभव करके ललिता ने आज की उपासना की निर्जनता को भंग नहीं करने दिया।

उपासना पूरी हो गई। तब सुचरिता की आँखों से आँसू झर रहे थे, परेश बाबू ने कहा, "बेटी, पीछे मुड़ कर मत देखो, सामने के मार्ग पर बढ़ती जाओ–मन में संकोच मत रखो। जो भी घटे, जो भी तुम्हारे सम्मुख उपस्थित हो, उससे अपनी संपूर्ण शक्ति द्वारा अच्छाई ग्रहण करोगी, यह व्रत लेकर आनन्द के साथ निकल पड़ो। ईश्वर को संपूर्णतः आत्म-समर्पित होकर उन्हें ही अपना एकमात्र पृष्ठपोषक बनाओ–तभी भूल, गलती, क्षति के बीच भी लाभ के मार्ग पर चल पाओगी–और यदि अपने को आधा-आधा बाँटोगी, थोड़ा ईश्वर में और थोड़ा अन्यत्र, तो सारा कठिन हो जाएगा। ईश्वर यही करें, तुम्हें हमारे क्षुद्र आश्रय की आवश्यकता न पड़े।"

उपासना के बाद दोनों ने बाहर आकर देखा, बैठक में हारान बाबू प्रतीक्षा कर रहे हैं। सुचरिता ने आज मन में, किसी के प्रति कोई विद्रोही-भाव न रखने की प्रतिज्ञा करके हारान बाबू को नम्रतापूर्वक नमस्कार किया। हारान बाबू ने तत्क्षण कुर्सी पर अपने को कठोर बना कर अत्यन्त गंभीर स्वर में कहा, "सुचरिता, अब तक तुमने जो सत्य का आश्रय ग्रहण कर रखा था, आज उससे पीछे हट रही हो, आज हम लोगों के शोक का दिन है।"

सुचरिता ने कोई उत्तर नहीं दिया। किन्तु आज उसके मन में शान्ति का जो करुणामय संगीत गूँज रहा था, उसमें एक कटु स्वर आ मिला।

परेश बाबू ने कहा, "अन्तर्यामी ही जानते हैं कि कौन आगे जा रहा है, कौन पीछे, बाहर से विचार करके हम वृथा उद्विग्न हो रहे हैं।"

हारान बाबू बोले, "तो क्या आप कहना चाहते हैं कि आपके मन में कोई आशंका नहीं है? और आपके अनुताप का भी कोई कारण नहीं घटा?"

परेश बाबू ने कहा, "पानू बाबू, मैं काल्पनिक आशंका को मन में स्थान नहीं देता, और अनुताप का कारण घटा या नहीं, यह तो तभी समझूँगा, जब अनुताप उत्पन्न होगा।"

हारान बाबू ने कहा, "यह जो आपकी कन्या, ललिता विनय बाबू के साथ अकेली स्टीमर में चली आई, यह भी क्या काल्पनिक है?"

सुचरिता का चेहरा लाल हो उठा। परेश बाबू ने कहा, "पानू बाबू, आपका मन जिस किसी भी कारण से उत्तेजित हो उठा है, उसकी वजह से, इस सम्बन्ध में आपके साथ इस समय बात करना, आपके प्रति अन्याय करना होगा।"

हारान बाबू सिर उठा कर बोले, "मैंने उत्तेजना के वेग में कोई बात नहीं कही—मैंने जो कहा, उसके सम्बन्ध में अपने दायित्व का यथेष्ट बोध मुझे है; इसलिए आप चिन्ता न करें। आप से जो कह रहा हूँ, व्यक्तिगत-स्तर पर नहीं कह रहा हूँ, मैं ब्राह्म-समाज की ओर से बोल रहा हूँ—न बोलना अन्याय है, इसीलिए बोल रहा हूँ। अगर आप अन्धे न हो रहते, तो यह जो विनय बाबू के साथ ललिता अकेली चली आई, इस एक घटना से ही आप समझ जाते कि यह परिवार ब्राह्म-समाज का लंगर तोड़ कर बहे चले जाने का उपक्रम कर रहा है। इसमें केवल आप ही के अनुताप का कारण उत्पन्न होगा, ऐसा नहीं है, इसमें ब्राह्म-समाज की गौरवहीनता की बात भी है।"

परेश बाबू ने कहा, "निन्दा ही करनी हो, तो बाहर से की जा सकती है पर न्याय करने के लिए भीतर पैठना पड़ता है। केवल घटना से मनुष्य को दोषी मत ठहराइए।"

हारान बाबू बोले, "घटना अकारण नहीं घटती, उसे आप लोगों ने भीतर से ही पैदा कर डाला है। आप इस तरह के सब लोगों को आत्मीय-भाव से परिवार में खींच रहे हैं, जो आपके परिवार को आपके आत्मीय-समाज से दूर ले जाना चाहते हैं। दूर ले ही तो गए हैं, आप क्या यह देख नहीं पा रहे हैं?"

परेश बाबू ने थोड़ा असन्तुष्ट होकर कहा, "आपके साथ मेरा देखने का तरीका मेल नहीं खाता।"

हारान बाबू बोले, "आपका नहीं भी मिल सकता। किन्तु मैं सुचरिता को ही साक्षी मानता हूँ, देखूँ, वही सच कहें, ललिता के साथ विनय का जो सम्बन्ध खड़ा हो गया है, वह क्या केवल बाहर का सम्बन्ध है? उन लोगों के हृदय को कहीं भी स्पर्श नहीं किया? नहीं सुचरिता, तुम्हारे चले जाने से नहीं होगा—इस बात का उत्तर देना पड़ेगा। यह गुरुतर बात है।

सुचरिता ने कठोर पड़ते हुए कहा, "जितनी भी गुरुतर हो, आपका इस बात में कोई अधिकार नहीं।"

हारान बाबू ने कहा, "अधिकार न होता, तो मैं केवल चुप हो रहता, यही नहीं, बल्कि चिन्ता भी नहीं करता। समाज को तुम लोग नहीं भी मान सकते, पर जब तक

समाज में हो, तब तक समाज तुम्हारे बारे में विचार करने को बाध्य है।"

ललिता ने आँधी की भाँति कमरे में प्रवेश करके कहा, "यदि समाज ने आपको ही न्यायाधीश के पद पर नियुक्त कर रखा है, तो इस समाज से निर्वासन ही हमारे लिए श्रेष्ठ है।"

हारान बाबू ने कुर्सी से खड़े होकर कहा, "ललिता तुम आ गईं, मुझे खुशी हुई। तुम्हारे सम्बन्ध में जो शिकायत है, उस पर तुम्हारे सामने ही विचार होना उचित है।"

क्रोध में सुचरिता का चेहरा, आँखें जलने लगीं, वह बोली, "हारान बाबू, अपने घर जाकर अपनी कचहरी बुलाइए। गृहस्थ के घर पर चढ़ कर उनका अपमान करने का आपका यह अधिकार हम लोग किसी तरह नहीं मानेंगे। आ जा भाई ललिता।"

ललिता एक कदम नहीं हिली; बोली, "ना दीदी, मैं भागूँगी नहीं। पानू बाबू को जो कुछ कहना है, सब सुन कर जाना चाहती हूँ। बोलिए, क्या बोलना है, बोलिए।"

हारान बाबू हक्के-बक्के रह गए। परेश बाबू ने कहा, "बेटी ललिता, आज सुचरिता हमारे घर से जाएगी—आज सुबह मैं किसी प्रकार की अशान्ति नहीं होने दे पाऊँगा। हारान बाबू, हम लोगों का जितना भी अपराध हो, फिर भी आज के लिए हमें माफ करना होगा।"

हारान चुप होकर गंभीर बने बैठे रहे। सुचरिता जितना ही उनसे पीछा छुड़ा रही थी, उनकी सुचरिता को पकड़ रखने की जिद उतनी ही बढ़ती जाती थी। उनका ध्रुव विश्वास था कि वे असाधारण नैतिक-बल द्वारा निश्चय ही जीतेंगे। ऐसा नहीं कि अभी उन्होंने पतवार छोड़ दी है, किन्तु सुचरिता के, मौसी के साथ दूसरे घर में चले जाने पर वहाँ उनकी शक्ति बाधित हो जाएगी, इस आशंका से उनका मन क्षुब्ध था। इसीलिए आज वे सारे ब्रह्मास्त्र सान पर चढ़ा कर लाए थे। आज सुबह वे किसी प्रकार खूब कड़ा समझौता कर लेने को तैयार थे। आज वे सारा संकोच छोड़ कर आए थे—लेकिन इसी तरह दूसरा पक्ष भी संकोच छोड़ सकता है, ललिता और सुचरिता भी हठात् तरकश से अस्त्र निकाल कर खड़ी हो जाएँगी, ऐसी कल्पना भी उन्होंने नहीं की थी। वे समझते थे, वे जब अपने नैतिक अग्नि-बाण महा-बल के साथ छोड़ेंगे, तो दूसरे पक्ष का सिर एकदम झुक जाएगा। ठीक वैसा नहीं हुआ—अवसर भी चला गया। किन्तु हारान बाबू हार नहीं मानेंगे। उन्होंने मन-ही-मन कहा, सत्य की जीत होगी ही, अर्थात् हारान बाबू की जीत होगी ही। किन्तु जीत तो आसानी से नहीं होती। लड़ाई करनी होगी। हारान बाबू कमर कस कर रण-भूमि में उतर आए।

सुचरिता ने कहा, "मौसी, आज मैं सबके साथ खाऊँगी—तुम्हारे बुरा मानने से नहीं चलेगा।" हरिमोहिनी चुप रहीं। उन्होंने मन-ही-मन तय कर लिया था कि सुचरिता पूरी तरह उनकी हो गई है—विशेषतः वह अपनी सम्पत्ति के बल पर स्वाधीन होकर अलग घर बनाने जा रही है, अब हरिमोहिनी को और कोई संकोच नहीं करना पड़ेगा, सोलह आने अपने अनुसार चल पाएँगी। उसी कारण, जब आज सुचरिता ने

पवित्रता विसर्जित करके फिर से सबके साथ इकट्ठे भोजन करने का प्रस्ताव किया, तो उन्हें अच्छा नहीं लगा, वे चुप लगाए रहीं।

सुचरिता ने उनके मन का भाव समझ कर कहा, "मैं तुम्हें निश्चयपूर्वक कह रही हूँ, इसमें ठाकुर खुश होंगे। मेरे उन्हीं अन्तर्यामी ठाकुर ने आज मुझे सबके साथ खाने को कह दिया है। उनकी बात न मानने से वे क्रोध करेंगे। तुम्हारे क्रोध की अपेक्षा मैं उनके क्रोध से अधिक डरती हूँ।"

हरिमोहिनी जब तक वरदासुन्दरी के हाथों अपमानित हो रही थीं, तब तक उनके अपमान का थोड़ा-सा अंश बाँटने के लिए सुचरिता ने उनका आचार ग्रहण कर रखा था और जब आज उसी अपमान से निष्कृति का दिन आ पहुँचा, तो सुचरिता उस आचार से स्वाधीन होने में दुविधा अनुभव नहीं करेगी, हरिमोहिनी इसे ठीक से नहीं समझ पाईं। हरिमोहिनी सुचरिता को पूरी तरह नहीं समझ पाई थीं, उनके लिए समझना कठिन भी था।

हरिमोहिनी ने सुचरिता को स्पष्ट रूप से तो मना नहीं किया, पर मन-मन गुस्सा किया। सोचने लगीं–हाय रे, इसमें मनुष्य की प्रवृत्ति कैसे हो सकती है, मैं सोच ही नहीं पाती! ब्राह्मण के घर तो जन्म हुआ है, ना!

थोड़ी देर चुप रह कर बोलीं, "एक बात कहती हूँ बेटी, जो करना है, करो, पर तुम लोगों के इस गोप के हाथ का पानी मत पीना।"

सुचरिता ने कहा, "क्यों मौसी, यह गोप रामदीन ही तो अपने हाथ से गाय दुह कर तुम्हें दूध दे जाता है।"

हरिमोहिनी दोनों आँखें फाड़ कर बोलीं, "कमाल करती है–दूध और पानी बराबर हो गए!"

सुचरिता ने हँस कर कहा, "अच्छा मौसी, आज मैं रामदीन के हाथ का पानी नहीं पीऊँगी, लेकिन तुमने अगर सतीश को मना किया, तो वह ठीक उसका उल्टा काम करेगा।"

हरिमोहिनी ने कहा, "सतीश की बात अलग है।"

हरिमोहिनी जानती थीं, पुरुष के संदर्भ में नियम-संयम की त्रुटि माफ करनी ही पड़ती है।

44

हारान बाबू रण-भूमि में उतर आए।

ललिता को विनय के साथ स्टीमर पर आए आज लगभग पन्द्रह दिन हो गए। बात एक-दो लोगों के कानों में चली गई थी और धीरे-धीरे फैलने की कोशिश कर रही

थी। किन्तु सम्प्रति दो ही दिन में यह समाचार सूखे फूस में आग लगने की भाँति फैल गया।

हारान बाबू ने बहुतों को समझा दिया है कि ब्राह्म परिवार के धर्म-नैतिक जीवन को ध्यान में रखते हुए इस प्रकार के कदाचार का दमन करना कर्तव्य है। ऐसी सब बातों को समझाने में अधिक कष्ट भी नहीं उठाना पड़ता। जब हम 'सत्य के अनुरोध,' कर्तव्य के अनुरोध के नाम पर दूसरों के पतन के प्रति घृणा प्रकट करने और दंड-विधान करने को तैयार हो जाते हैं, तो सत्य और कर्तव्य के अनुरोध की रक्षा करना हमारे लिए अधिक कष्टकर नहीं रहता। इसी कारण जब हारान बाबू ब्राह्म-समाज में 'अप्रिय' सत्य की घोषणा और 'कठोर' कर्तव्य की साधना में प्रवृत्त हुए, तो इतनी बड़ी अप्रियता और कठोरता के भय से अधिकांश लोग उत्साहपूर्वक उनका सहयोग करने से विमुख नहीं हुए। ब्राह्म-समाज के हितैषी लोग किराए पर गाड़ी-पालकी करके एक-दूसरे के घर जाकर कह आए कि जब आजकल ऐसी सब घटनाएँ घटनी आरंभ हो गई हैं, तो ब्राह्म-समाज का भविष्य अत्यन्त अंधकारमय है। इसी के साथ, यह बात भी उभरने लगी कि सुचरिता हिन्दू हो गई है तथा हिन्दू मौसी के घर शरण लेकर याग-यज्ञ, जप-तप और ठाकुर-सेवा में दिन बिता रही है।

ललिता के मन में बहुत दिन से एक लड़ाई चल रही थी। वह हर रात सोने जाने के पूर्व कहती थी, 'मैं कभी हार नहीं मानूँगी' और प्रतिदिन नींद खुलने के बाद बिस्तर पर बैठ कर कहती, 'मैं किसी तरह हार नहीं मानूँगी।' विनय की चिन्ता उसके संपूर्ण मन पर अधिकार जमाए बैठी है, विनय के, नीचे कमरे में बैठ कर बातें करने का पता चलते ही उसके हृदय का रक्त उद्वेलित हो उठता है, विनय के, दो दिन उन लोगों के घर न आने पर दबे हुए अभिमान से उसका मन पीड़ित होने लगता है, बीच-बीच में नाना बहानों से सतीश को विनय के घर जाने को उत्साहित करती है और सतीश के लौटने पर, विनय क्या कर रहा था, विनय के साथ क्या बात हुई, उसका आद्योपान्त समाचार जानने की चेष्टा करती है—यह ललिता के लिए जितना अनिवार्य होता जा रहा है, उतनी ही पराजय की ग्लानि उसे बेचैन बनाती जा रही है। कभी-कभी विनय और गोरा के साथ मेल-मिलाप में बाधा न डालने के लिए उसे परेश बाबू पर क्रोध भी आता। किन्तु, वह अन्त तक लड़ाई करेगी; मर जाएगी, तब भी हारेगी नहीं, यही उसका प्रण था। जीवन कैसे बिताएगी, इस सम्बन्ध में उसके मन में तरह-तरह की कल्पनाएँ चक्कर काट रही थीं। यूरोप की लोक-हितैषिणी रमणियों के जीवन-चरित्र में जो कीर्ति-कहानियाँ पढ़ी थीं, वे सब उसे अपने लिए भी साध्य और संभवपर प्रतीत होने लगीं।

एक दिन उसने परेश बाबू के पास जाकर कहा, "पिताजी, क्या मैं लड़कियों के किसी स्कूल में शिक्षण का भार नहीं सँभाल सकती?"

परेश बाबू ने अपनी लड़की के चेहरे की ओर ध्यान से देखा, उसकी दोनों

सकरुण आँखें, मानो क्षुधातुर वेदना में कंगाल होकर यह प्रश्न कर रही थीं। उन्होंने स्निग्ध स्वर में कहा, "क्यों नहीं कर सकती बेटी? किन्तु लड़कियों का वैसा स्कूल कहाँ है?"

जिस समय की बात हो रही है, तब लड़कियों के अधिक स्कूल नहीं थे, सामान्य पाठशालाएँ थीं तथा भद्र घर की लड़कियाँ शिक्षिका का काम करने आगे नहीं आती थीं। ललिता ने व्याकुल होकर कहा, "स्कूल नहीं है, पिताजी?"

परेश बाबू ने कहा, "कहाँ, देखता तो नहीं!"

ललिता ने कहा, "अच्छा, पिताजी, क्या लड़कियों का एक स्कूल नहीं खोला जा सकता?"

परेश बाबू ने कहा, "बहुत खर्च का मामला है और अनेक लोगों की सहायता चाहिए।"

ललिता समझती थी, सत्कर्म का संकल्प ही कठिन है, पर उसकी सिद्धि के मार्ग में भी इतनी बाधाएँ हैं, वह उसने पहले नहीं सोचा था। कुछ देर चुप बैठने के बाद वह धीरे-धीरे उठ कर चली गई। उनकी इस सबसे प्रिय कन्या के हृदय की वेदना किस जगह है, परेश बाबू बैठे-बैठे यही सोचने लगे। उस दिन हारान बाबू विनय के सम्बन्ध में जो संकेत कर गए हैं, वह भी उनके मन में उभरा। दीर्घ निश्वास छोड़ते हुए अपने से प्रश्न किया—क्या मैंने ना-समझी का काम किया है? उनकी कोई दूसरी लड़की होती, तो विशेष चिन्ता का कारण नहीं था—किन्तु ललिता का जीवन ललिता के लिए अत्यन्त सत्य पदार्थ है, वह आधा-अधूरा कुछ भी नहीं जानती, उसके लिए सुख-दुख थोड़ा असत्य, थोड़ा धोखा नहीं है।

ललिता अपने जीवन में प्रतिदिन व्यर्थ धिक्कार ढोते हुए किस तरह जीवित रह पाएगी? वह आगे कहीं भी थोड़ी प्रतिष्ठा, थोड़ा मंगल-परिणाम नहीं देख पा रही है। इस प्रकार निरुपाय बहते चले जाना उसके लिए स्वभावसिद्ध नहीं है।

ललिता उसी दिन दोपहर में सुचरिता के घर आ पहुँची। घर में कुछ विशेष साजसज्जा नहीं। कमरे के पूरे फर्श पर एक दरी, उसी पर एक ओर सुचरिता का बिछोना बिछा है और दूसरी ओर हरिमोहिनी का बिछोना। हरिमोहिनी खाट पर नहीं सोतीं, इस कारण सुचरिता भी उनके साथ एक ही कमरे में नीचे बिस्तर लगा कर सोती है। दीवाल पर परेश बाबू की एक तस्वीर टँगी है। पास के एक छोटे कमरे में सतीश की चारपाई पड़ी है और एक किनारे एक छोटी टेबिल पर दवात, कलम, कॉपी, किताब, स्लेट बेतरतीब ढंग से बिखरी हैं। सतीश स्कूल गया है। घर शान्त है।

हरिमोहिनी भोजन के बाद अपनी चटाई पर लेट सोने का उपक्रम कर रही हैं तथा सुचरिता खुले केश पीठ पर फैलाए गोद में तकिया रखे दरी पर बैठी पूरे मन से कुछ पढ़ रही है। सामने और कई किताबें पड़ी हैं।

ललिता को अचानक कमरे में प्रवेश करते देख सुचरिता ने मानो, पहले लज्जित होकर किताब बन्द कर दी, दूसरे ही क्षण लज्जा से ही लज्जा का दमन करके किताब

जैसी थी, वैसी ही रख दी। ये किताबें गोरा की रचनाएँ थीं।

हरिमोहिनी ने उठ कर बैठते हुए कहा, "आओ, आओ बेटी, ललिता आओ। तुम्हारा घर छोड़ कर सुचरिता के मन में कैसा लगता है, वह मैं जानती हूँ। अपना मन खराब होते ही वह ये किताबें लेकर पढ़ने बैठ जाती है। अभी मैं लेटे-लेटे सोच रही थी, तुममें से कोई आ जाए, तो अच्छा हो—तुम एकदम आ गईं—बड़ी लम्बी उम्र है, बेटी!"

ललिता के मन में जो बात थी, वह उसने सुचरिता के निकट बैठते ही तुरन्त शुरू कर दी। उसने कहा, "सुचि दीदी, अपने मुहल्ले की लड़कियों के लिए अगर एक स्कूल प्रारम्भ किया जाए, तो कैसा रहे!"

हरिमोहिनी ने विस्मित होकर कहा, "लो, सुन लो बात! तुम लोग क्या स्कूल चलाओगी?"

सुचरिता ने कहा, "कैसे किया जाएगा, बोल! कौन हमारी सहायता करेगा? पिताजी को बताया क्या?"

ललिता ने कहा, "हम दो-जनी तो पढ़ा ही सकती हैं। शायद बड़ी दीदी भी राजी हो जाएँ!"

सुचरिता ने कहा, "केवल पढ़ाने की बात ही तो नहीं है। स्कूल का काम किस प्रकार चालाया जाए, इसके सब नियम निर्धारित किए जाने चाहिए, भवन तय करना होगा, छात्राएँ एकत्र करनी होंगी, खर्च की व्यवस्था करनी होगी। क्या हम दो लड़कियाँ यह सब कर सकती हैं?"

ललिता ने कहा, "दीदी, यह बात कहने से नहीं चलेगा। लड़की बन कर जन्म लेने के कारण ही क्या अपना मन लेकर घर में पड़ी पतन की ओर बढ़ती रहेंगी? संसार के किसी काम नहीं आएँगी?"

जो वेदना ललिता की बात में थी, वह सुचरिता के हृदय में प्रवेश करके गूँजने लगी। वह कोई उत्तर न देकर सोचने लगी।

ललिता ने कहा, "मुहल्ले में तो अनेक लड़कियाँ हैं। यदि हम उन्हें ऐसे ही पढ़ाएँ, तो माँ-बाप तो खुश ही होंगे। वे जितनी मिलें, तुम्हारे इसी घर में लाकर पढ़ाया जा सकता है। इसमें खर्च किस बात का?"

अनेक अपरिचित घरों की लड़कियाँ एकत्र करके इस घर में पढ़ाने के प्रस्ताव पर हरिमोहिनी उद्विग्न हो उठीं। वे तो एकान्त में पूजा-अर्चना करते हुए शुद्ध-पवित्र होकर रहना चाहती हैं, उसमें व्याघात की संभावना से आपत्ति करने लगीं।

सुचरिता ने कहा, "मौसी, तुम डरो मत, यदि छात्राएँ जुटें, तो उन्हें लेकर अपने निचली मंजिल वाले कमरे में काम चला सकते हैं, तुम्हारे ऊपर वाले कमरे में हम उत्पात मचाने नहीं आएँगे। तो भाई ललिता, अगर छात्राएँ मिल जाएँ, तो मैं राजी हूँ।"

ललिता ने कहा, "अच्छा, देख ही लिया जाए-ना।"

हरिमोहिनी बार-बार कहने लगीं, "बेटी, हर विषय में ही तुम्हारे ख्रिस्तानों की तरह बन जाने से कैसे चलेगा? गृहस्थ घर की लड़कियाँ स्कूल में पढ़ाएँ, यह तो बाप-दादों के जमाने से सुना नहीं।"

परेश बाबू की छत से आस-पास के घरों की छतों पर लड़कियों के बीच जान-पहचान और बातचीत चलती थी। इस परिचय में एक बड़ा काँटा था, पास के घर की लड़कियाँ इस घर की लड़कियों का इतनी आयु में भी अभी तक विवाह न होने के कारण प्रश्न करतीं और आश्चर्य प्रकट करतीं। इसी कारण ललिता छत की बातचीत में यथासंभव शामिल नहीं होती थी।

इस छत-छत के बन्धुत्व-विस्तार में लावण्य ही थी सबसे अधिक उत्साही। अन्य घरों के पारिवारिक ब्योरे के सम्बन्ध में उसके कौतूहल की सीमा नहीं थी। उसके पड़ोसियों की दैनिक-जीवन-यात्रा के प्रधान और अप्रधान, अनेक विषय दूर से ही हवा के सहयोग से उसके साथ चर्चित होते रहते। कंघी हाथ में लिए, केश सँवारते-सँवारते खुले आकाश तले अक्सर उसकी सायंकालीन सभा जमती थी।

ललिता ने अपने संकल्पित लड़कियों के स्कूल के लिए छात्राएँ जुटाने का भार लावण्य के ऊपर डाल दिया। जब लावण्य ने छत-छत पर इस प्रस्ताव की घोषणा की, तो अनेक लड़कियाँ उत्साहित हो उठीं। ललिता खुश होकर सुचरिता के घर की पहली मंजिल वाले कमरे को झाड़ू लगा कर, धोकर, सजा कर तैयार करने लगी।

लेकिन उसका स्कूल-कक्ष सूना ही रह गया। घरों के मुखिया अपनी लड़कियों को पढ़ाई के बहाने बहका कर ब्राह्म-घर में ले जाने के प्रस्ताव पर अत्यन्त क्षुब्ध हो उठे। यहाँ तक कि, इस अवसर पर जब उन्हें पता चला कि परेश बाबू की लड़कियों के साथ उनकी लड़कियों की बातचीत होती है, तो उसे रोकना भी उन्होंने अपना कर्तव्य समझा। उनकी लड़कियों का छत पर जाना बन्द होने का उपाय मिल गया और ब्राह्म-पड़ोसी की लड़कियों के साधु-संकल्प के प्रति उन्होंने शिष्ट-भाषा का प्रयोग नहीं किया। बेचारी लावण्य ने यथासमय कंघी हाथ में लिए छत पर जाकर देखा, पड़ोसी छतों पर नवीनाओं के बदले प्रवीणाओं का मिलन हो रहा है और उनमें से किसी एक की ओर से भी उसे सादर संभाषण का लाभ नहीं मिला।

ललिता ने इस पर भी हथियार नहीं डाले। वह बोली—अनेक निर्धन ब्राह्म-लड़कियों का बेथ्यून स्कूल जाकर पढ़ना कठिन है, उन्हें पढ़ाने का दायित्व लेकर उपकार हो सकता है।

वह स्वयं भी ऐसी छात्राओं को ढूँढ़ने में जुट गई, सुधीर को भी लगा दिया।

उन दिनों परेश बाबू की लड़कियों की पढ़ाई-लिखाई की प्रसिद्धि बहुत दूर तक फैली थी। इतनी कि, उस प्रसिद्धि ने सच को भी बहुत पीछे छोड़ दिया था। इस कारण, ये लड़कियाँ बिना वेतन पढ़ाने का भार उठाएँगी, यह सुन कर अनेक माता-पिता खुश हो गए।

शुरू में, पाँच-छः लड़कियों के साथ दो-चार दिन में ही ललिता का स्कूल चल पड़ा। परेश बाबू के साथ बातचीत करके इस स्कूल के लिए नियम निर्धारित करने और उनके अनुसार व्यवस्था करने में उसने अपने को एक पल का समय भी नहीं दिया। सत्र की अन्तिम परीक्षा हो जाने पर लड़कियों को कैसे प्राइज देने होंगे, इसे लेकर लावण्य के साथ ललिता की अच्छी खासी बहस छिड़ गई—ललिता जिन पुस्तकों की बात कहती, लावण्य को वे पसंद नहीं आतीं, और लावण्य के साथ ललिता की पसंद भी मेल नहीं खाती। परीक्षा कौन-कौन लेंगे, इस पर भी जरा-सी बहस हो गई। यद्यपि हारान बाबू लावण्य को फूटी आँख नहीं सुहाते थे, पर वह उनके पाण्डित्य की ख्याति से अभिभूत थी। उसे इस विषय में कोई संदेह नहीं था कि हारान बाबू उनके विद्यालय की परीक्षा अथवा पढ़ाई अथवा किसी अन्य काम से जुड़ जाएँ, तो वह विशेष गौरव की बात होगी। किन्तु ललिता ने बात को कोई महत्त्व नहीं दिया—उनके इस विद्यालय का हारान बाबू के साथ किसी प्रकार का सम्बन्ध नहीं रह सकता।

दो-तीन दिन में ही उसकी छात्राओं का समूह कम होते-होते क्लास खाली हो गई। ललिता अपनी निर्जन क्लास में बैठी पैरों की आहट सुनते ही छात्राओं की संभावना से सचेत हो जाती, लेकिन कोई भी नहीं आता। जब इस तरह दोपहर बीत गए, तो वह समझ गई कि कुछ गड़बड़ हो गई है।

जो छात्रा पास की ही थी, ललिता उसके घर गई। छात्रा ने रोते-रोते कहा, "माँ मुझे आने नहीं देती।"

माँ ने कहा, असुविधा होती है, असुविधा क्या है, वह साफ समझ में नहीं आ पाई। ललिता अभिमानिनी लड़की है; दूसरे पक्ष में अनिच्छा का लेशमात्र देखते ही वह जिद या कारण-जिज्ञासा नहीं कर पाती। उसने कहा, "यदि असुविधा होती है, तो क्या आवश्यकता?"

ललिता इसके बाद जिस घर में गई, वहाँ साफ बात ही सुनने को मिल गई। उन्होंने कहा, "सुचरिता आजकल हिन्दू हो गई है, वह जात मानती है, उसके घर ठाकुर-पूजा होती है, इत्यादि।"

ललिता ने कहा, "यदि इस कारण अपत्ति है, तो स्कूल हमारे घर में चलेगा।"

किन्तु इससे भी आपत्ति का खण्डन नहीं हुआ, और भी कुछ बाकी है। ललिता ने और किसी घर न जाकर सुधीर को बुला भेजा। पूछा, "सुधीर, सच बताओ, क्या हुआ है!"

सुधीर ने कहा, "पानू बाबू तुम्हारे इस स्कूल के विरुद्ध खड़े हो गए हैं।"

ललिता ने पूछा, "क्यों, दीदी के घर ठाकुर-पूजा होने के कारण?"

सुधीर ने कहा, "केवल वही नहीं।"

ललिता ने अधीर होकर कहा, "और क्या, बताओ-ना!"

सुधीर ने कहा, "बहुत बातें हैं।"

ललिता ने कहा, "लगता है, मेरा भी अपराध है?"

सुधीर चुप रहा। ललिता चेहरा लाल करके बोली, "यह मेरी उसी स्टीमर-यात्रा का दंड है। यदि विचारहीनता का काम कर ही दिया है, तो लगता है, अच्छा काम करके प्रायश्चित करने का मार्ग हमारे समाज में पूरी तरह बन्द है! इस समाज में मेरे लिए सारे शुभ-कर्म निषिद्ध हैं? तुम लोगों ने मेरी और हमारे समाज की आध्यात्मिक उन्नति की यही प्रणाली निर्धारित की है!"

सुधीर ने बात को थोड़ा नरम करने के लिए कहा, "ठीक उसी कारण नहीं। वे इसी से डर रहे हैं कि भविष्य में विनय बाबू लोग कहीं इस विद्यालय से न जुड़ जाएँ!"

ललिता ने आगबबूला होकर कहा, "वह डर नहीं, वह भाग्य है। उन लोगों में ऐसे कितने व्यक्ति हैं, जिनकी विनय बाबू के साथ योग्यता में तुलना हो सके!"

सुधीर ने ललिता का गुस्सा देख कर झिझकते हुए कहा, "वह तो ठीक बात है। किन्तु विनय बाबू तो–"

ललिता–ब्राह्म-समाज के आदमी नहीं हैं! उसी कारण ब्राह्म-समाज उन्हें दंड देगा। ऐसे समाज पर मैं गर्व अनुभव नहीं करती।

छात्राओं का पूर्ण तिरोधान देख कर सुचरिता समझ गई थी कि मामला क्या है और किसके द्वारा किया जा रहा है। वह इस सम्बन्ध में कोई बात न करके ऊपर के कमरे में सतीश को आगामी परीक्षा की तैयारी करा रही थी।

सुधीर से बात करके ललिता सुचरिता के पास गई, बोली, "सुन लिया?"

सुचरिता ने थोड़ा हँस कर कहा, "सुना नहीं; किन्तु समझ सब गई।"

ललिता ने कहा, "क्या यह सब सहन करना पड़ेगा?"

सुचरिता ने ललिता का हाथ पकड़ कर कहा, "सहन करने में तो अपमान नहीं है। देखा तो है, पिताजी किस तरह सब सहन करते हैं?"

ललिता बोली, "किन्तु सुचि दीदी, मुझे बहुत बार लगता है कि जैसे सहन कर लेना, अन्याय को स्वीकार कर लेना होता है। अन्याय को सहन न करना ही होगा उसके प्रति उचित व्यवहार।"

सुचरिता ने कहा, "तू क्या करना चाहती है भाई, बता!"

ललिता बोली, "वो मैंने कुछ नहीं सोचा–मैं क्या कर सकती हूँ, यह भी नहीं जानती–लेकिन कुछ तो करना ही होगा। जो इतने नीच भाव से हमारी जैसी लड़कियों के पीछे पड़े हैं, वे अपने को जितना भी बड़ा आदमी समझा करें, हैं वे का-पुरुष। किन्तु मैं उनसे किसी भी तरह हार नहीं मानूँगी–किसी भी तरह नहीं। इसमें वे जो कर सकते हैं, करें।"

बोल कर ललिता ने जमीन पर पदाघात किया। सुचरिता कोई उत्तर दिए बिना

धीरे-धीरे ललिता के हाथ पर हाथ फेरने लगी। थोड़ी देर बाद बोली, "ललिता भाई, एक बार पिताजी के साथ बात करके देख।"

ललिता ने उठ खड़ी होकर कहा, "मैं अभी ही उनके पास जा रही हूँ।"

ललिता ने अपने घर के दरवाजे के निकट पहुँच कर देखा, सिर झुकाए विनय बाहर निकल रहा है। विनय ललिता को देख, क्षण भर को ठिठक कर खड़ा हुआ—ललिता के साथ एक-दो बातें करे या नहीं, इस सम्बन्ध में उसके मन में वितर्क उपस्थित हो गया—पर आत्म-सँवरण करके, ललिता के चेहरे की ओर देखे बिना ही उसे नमस्कार करके, सिर झुकाए चला गया।

ललिता को जैसे आग में तपे भाले ने बींध डाला। वह तेजी से घर में प्रवेश करके सीधी अपने कमरे में गई। उसकी माँ उस समय टेबिल पर एक लम्बा पतला खाता खोले हिसाब में मन लगाने की चेष्टा कर रही थीं।

ललिता का चेहरा देखते ही वरदासुन्दरी के मन में शंका हुई। जल्दी से खाते में पूरी तरह डूब जाने का प्रयास करने लगीं—मानो, कोई एक हिसाब है, जिसके अभी ही न मिल पाने से उनकी गृहस्थी एकदम तहस-नहस हो जाएगी।

ललिता कुर्सी खींच कर टेबिल में पास बैठ गई। वरदासुन्दरी ने तब भी चेहरा नहीं उठाया। ललिता ने कहा, "माँ!"

वरदासुन्दरी ने कहा, "रुक बेटी, मैं यही—"

कह, एकदम ही खाते पर झुक गईं।

ललिता ने कहा, "मैं तुम्हें अधिक देर तंग नहीं करूँगी। एक बात जानना चाहती हूँ। विनय बाबू आए थे?"

वरदासुन्दरी ने खाते से मुँह उठाए बिना ही कहा, "हाँ।"

ललिता—उनके साथ तुम्हारी क्या बात हुई?"

"वे, बहुत बातें हैं।"

ललिता—मेरे सम्बन्ध में बात हुई थी या नहीं?

वरदासुन्दरी ने भागने का कोई रास्ता न देख, कलम छोड़ कर खाते से मुँह उठा कर कहा, "हुई तो थीं बिटिया। देखा, लगातार अतिरिक्त होता जा रहा है—समाज के लोग चारों ओर ही निन्दा कर रहे हैं, इसीलिए सावधान कर देना पड़ा।"

ललिता का चेहरा लज्जा से लाल हो उठा, उसका मस्तिष्क झाँय-झाँय करने लगा। पूछा, "क्या पिताजी ने विनय बाबू को यहाँ आने से मना किया है?"

वरदासुन्दरी ने कहा, "क्या लगता है, वे इन सब बातों की चिन्ता करते हैं? अगर चिन्ता करते, तो शुरू में ही यह सब नहीं हो पाता।"

ललिता ने पूछा, "हमारे यहाँ पानू बाबू आ सकते हैं?"

वरदासुन्दरी ने अचंभित होकर कहा, "सुनो जरा! पानू बाबू क्यों नहीं आएँगे?"

ललिता—तो विनय बाबू ही क्यों नहीं आएँगे?

वरदासुन्दरी ने फिर से खाता खींच कर कहा, "ललिता, मैं तुझसे पार नहीं पा सकती बेटी! जा, अब मुझे तंग मत कर–मुझे बहुत काम है।"

दोपहर के समय ललिता, सुचरिता के घर स्कूल चलाने जाती है, इसी बीच विनय को बुलवा कर, वरदासुन्दरी को अपना जो कहना था, कह लिया था। सोचा था, ललिता को पता भी नहीं चलेगा। अचानक षड्यन्त्र को इस प्रकार पकड़ लिया गया देख कर उन्हें विपत्ति अनुभव हुई। समझ गईं, इसका परिणाम शान्ति नहीं और सहजता से इसका समाधान नहीं होगा। उनका सारा गुस्सा अपने विवेचना-शक्ति-हीन पति पर जा पड़ा। इस अबोध व्यक्ति के साथ गृहस्थी चलाना स्त्री के लिए कैसी विडम्बना है!

ललिता हृदय में भरे प्रलयंकर तूफान को लिए चली गई। परेश बाबू नीचे कमरे में बैठे चिट्ठी लिख रहे थे, वहाँ जाकर सीधे ही उनसे पूछा, "पिताजी, क्या विनय बाबू हम लोगों के साथ मेलजोल के योग्य नहीं हैं?"

प्रश्न सुनते ही परेश बाबू स्थिति समझ गए। आजकल उनके परिवार को लेकर उनके समाज में जो आन्दोलन छिड़ा हुआ है, वह परेश बाबू से छिपा नहीं था। उसके कारण उन्हें बहुत सोचना भी पड़ रहा था। विनय के लिए ललिता के मन के भाव के सम्बन्ध में सन्देह न पैदा हुआ होता, तो वे बाहर की बातों पर जरा भी ध्यान न देते। किन्तु यदि ललिता में विनय के प्रति प्रेम उत्पन्न हो गया हो, तो उस दशा में उनका क्या कर्तव्य है, वे बार-बार अपने से यह प्रश्न करते रहे हैं। प्रकट रूप से ब्राह्म-धर्म में दीक्षित होने के बाद उनके परिवार के सामने फिर से यह एक संकट का समय आ खड़ा हुआ है। उसी कारण, एक ओर एक भय और कष्ट उन्हें भीतर ही भीतर पीड़ित कर रहा है, तो दूसरी ओर उनकी संपूर्ण चित्त-शक्ति जाग्रत होकर कह रही है, 'जैसे ब्राह्म-धर्म ग्रहण करते समय एकमात्र ईश्वर की ओर दृष्टि रखते हुए कठिन परीक्षा उत्तीर्ण की, सत्य को ही सुख, सम्पत्ति, समाज सबके ऊपर स्वीकार करके जीवन हमेशा के लिए धन्य हुआ, उसी प्रकार यदि अब भी परीक्षा का दिन आता है, तो उन्हीं की ओर ध्यान लगा कर उत्तीर्ण होऊँगा।'

ललिता के प्रश्न के उत्तर में परेश बाबू ने कहा, "विनय को मैं तो बहुत अच्छा ही मानता हूँ। उनकी विद्या-बुद्धि जैसी है, चरित्र भी वैसा ही है।"

थोड़ा चुप रह कर ललिता ने कहा, "इस बीच गौर बाबू की माँ हमारे घर दो दिन आई थीं। सुचि दीदी को लेकर एक बार आज उनके यहाँ जाऊँ?"

परेश बाबू कुछ देर उत्तर नहीं दे पाए। वे निश्चयपूर्वक जानते थे, वर्तमान आलोचना के समय इस प्रकार आना-जाना करने से उन लोगों की निन्दा को और बढ़ावा मिलेगा। किन्तु उनका मन बोल उठा, 'जब तक यह अन्याय नहीं, तब तक मैं मना नहीं कर पाऊँगा।' कहा, "अच्छा, जाओ। मुझे काम है, अन्यथा मैं भी तुम लोगों के साथ जाता।"

45

विनय कुछ दिन से जहाँ अतिथि और मित्र के रूप में निश्चिन्त होकर आ रहा था, वह स्वप्न में भी नहीं जानता था कि उसके नीचे सामाजिक-ज्वालामुखी इस तरह सक्रिय रूप में गरम हो उठा है। शुरू में जब वह परेश बाबू के परिवार के साथ मिलता था, तो उसके मन में काफी संकोच था; कहाँ, कितनी दूर तक उसकी अधिकार-सीमा है, निश्चित रूप से न जानने के कारण हमेशा डर-डर कर चलता था। धीरे-धीरे जब उसका डर चला गया, तो उसके मन में भी नहीं आता था कि कहीं भी रंचमात्र संकट की आशंका है। आज जब हठात् सुना कि उसके व्यवहार के कारण समाज के लोगों में ललिता को निन्दित होना पड़ रहा है, तो उसके सिर पर वज्र गिर पड़ा। विशेषतः, उसके क्षोभ का सबसे बड़ा कारण यह बना कि वह स्वयं जानता था कि ललिता के प्रति उसके हृदय का उत्ताप साधारण मैत्री की सीमा लाँघ कर बहुत ऊपर चला गया था तथा वर्तमान अवस्था में, जहाँ एक-दूसरे के समाज इतने भिन्न हैं, इस प्रकार के तापाधिक्य को वह मन-ही-मन अपराध मानता था। उसने अनेक बार सोचा कि इस परिवार में विश्वस्त अतिथि के रूप में आकर वह अपना स्थान ठीक नहीं रख पाया—एक स्थान पर वह कपट कर रहा है; इस परिवार के लोगों के सामने उसके मन का भाव ठीक तरह खुल जाए, तो उसकी लज्जा का कारण बन जाएगा।

ऐसे समय जब एक दिन वरदासुन्दरी ने दोपहर में विनय को पत्र लिख कर विशेष रूप से बुला कर पूछा—'विनय बाबू, आप तो हिन्दू हैं?' और विनय के स्वीकार करने पर पुनः प्रश्न किया—'आप तो हिन्दू समाज का त्याग नहीं कर पाएँगे?' तथा विनय द्वारा उसे अपने लिए असंभव बताने पर जब वरदासुन्दरी ने कहा, 'तब क्यों आप'—तब इस 'तब क्यों' का कोई उत्तर विनय के मुँह से नहीं निकला। वह बस, सिर झुकाए बैठा रहा। उसे लगा कि वह जैसे पकड़ लिया गया है; उसकी एक ऐसी वस्तु यहाँ सबके सामने प्रकट हो गई है, जिसे वह सूर्य, चन्द्र, वायु तक से छिपा कर रखना चाहता था। वह केवल यही सोचने लगा—परेश बाबू क्या सोच रहे हैं, ललिता क्या सोच रही है, या फिर सुचरिता ही उसके बारे में क्या सोच रही है! देवदूत के किसी भ्रम के कारण कुछ दिन के लिए उसे इस स्वर्ग-लोक में स्थान मिल गया था—अनधिकार प्रवेश की संपूर्ण लज्जा सिर पर उठाए उसे आज यहाँ से पूरी तरह निर्वासित होना पड़ेगा।

इसके बाद परेश का दरवाजा पार करते ही सबसे पहले ललिता को देख कर उसने सोचा, 'ललिता से इस अन्तिम विदा के क्षण उसके सामने भारी अपमान को स्वीकार करके पूर्व-परिचय को पूरी तरह समाप्त करके जाए—' किन्तु समझ नहीं पाया कि वह कैसे किया जाए; इसीलिए ललिता की ओर देखे बिना निशब्द नमस्कार

करके चला गया।

यही, उस दिन तक विनय परेश के परिवार के बाहर ही था—आज भी वही बाहर आ खड़ा हुआ। लेकिन यह कैसा भेद है! वही बाहर आज इतना शून्य क्यों है? उसके पहले के जीवन में तो कोई क्षति हुई नहीं—उसका गोरा, उसकी आनन्दमयी तो हैं। पर, तब भी उसे प्रतीत होने लगा, जैसे मछली जल से किनारे पर आ पड़ी है—जिस ओर पलट रही है, उसे कहीं भी जीवित रहने का सहारा नहीं मिल रहा। अट्टालिकाओं भरे शहर के जनाकीर्ण राज-पथ पर विनय सर्वत्र अपने जीवन के धुँधले पाण्डुवर्णी सर्वनाश का चेहरा देखने लगा। इस सर्वत्र व्याप्त शुष्कता और शून्यता में उसे स्वयं ही आश्चर्य होने लगा। क्यों ऐसा हुआ, कब ऐसा हुआ, यह कैसे संभव हुआ, वह यही बात एक हृदयहीन निरुत्तर शून्यता से बार-बार पूछने लगा।

''विनय बाबू! विनय बाबू!''

विनय ने पीछे मुड़ कर देखा, सतीश। विनय ने उसे आलिंगन में ले लिया। बोला, ''क्या भाई, क्या बन्धु!'' विनय का कंठ-स्वर आँसुओं से भर आया। परेश बाबू के घर के इस बालक में भी कितना माधुर्य भरा था, यह विनय ने जैसा आज अनुभव किया, शायद कभी नहीं किया था।

सतीश ने कहा, ''आप हमारे यहाँ क्यों नहीं आते? कल लावण्य दीदी और ललिता दीदी हमारे यहाँ भोजन करेंगी, मौसी ने मुझे आपको निमन्त्रित करने भेजा है।''

विनय समझा, मौसी के पास कोई समाचार नहीं रहता। बोला, ''सतीश बाबू, मौसी से मेरा प्रणाम कहना—लेकिन मैं तो आ नहीं पाऊँगा।''

सतीश ने अनुनय करते हुए विनय का हाथ पकड़ कर कहा, ''क्यों नहीं आ सकते? आपको आना ही पड़ेगा, किसी भी तरह नहीं छोड़ूँगा।''

सतीश के इतने अनुरोध का एक विशेष कारण था। उसके स्कूल में, 'पशुओं के प्रति व्यवहार' विषय पर एक निबन्ध लिखने को दिया गया था, उस निबन्ध में उसे पचास में से बयालीस नम्बर मिले थे—उसकी भारी इच्छा थी कि वह निबन्ध विनय को दिखाए। वह जानता था कि विनय विद्वान एवं समझदार है; उसने असंदिग्ध रूप से तय किया था कि विनय के समान रसज्ञ व्यक्ति उसके लेख का सही मूल्य समझ पाएगा। यदि विनय उसके लेख की श्रेष्ठता स्वीकार कर ले, तो अरसिक लीला के लिए सतीश की प्रतिभा के सम्बन्ध में अवज्ञा प्रकट करना अविश्वसनीय होगा। निमन्त्रण मौसी को बोल कर उसी ने दिलवाया था—जब विनय उसके लेख पर राय व्यक्त करे, तो उसकी दीदियाँ भी वहाँ रहें, यही उसकी इच्छा थी।

विनय किसी तरह निमन्त्रण में उपस्थित नहीं हो पाएगा, सुन कर सतीश निरुत्साहित हो गया।

विनय ने उसे गर्दन से लपेट कर कहा, ''सतीश बाबू, तुम मेरे घर चलो।''

वह लेख सतीश की पॉकेट में ही था, अतएव वह विनय के आह्वान को अस्वीकार नहीं कर सका। कवियश:प्रार्थी बालक अपने विद्यालय की आसन्न परीक्षा के दौरान, समय नष्ट करने का अपराध स्वीकार करके ही विनय के घर गया।

विनय ने उसे किसी भी तरह छोड़ना नहीं चाहा। उसका लेख तो सुना ही—जो प्रशंसा की, उसमें समालोचक की अभ्रान्त निरपेक्षता भी प्रकट नहीं हुई। ऊपर से उसे बाजार से खरीद कर नाश्ता कराया।

उसके बाद सतीश को उसके घर के पास पहुँचा कर अनावश्यक व्याकुलता के साथ कहा, "सतीश बाबू, तब मैं चलूँ!"

सतीश ने उसका हाथ पकड़ कर खींचते हुए कहा, "ना, आप हमारे घर आइए।"

आज इस अनुरोध का कोई फल नहीं हुआ।

स्वप्नाविष्ट की भाँति चलते-चलते विनय आनन्दमयी के घर आ पहुँचा, किन्तु उनके साथ भेंट नहीं कर पाया। छत पर जिस कमरे में गोरा सोता है, उसी निर्जन कमरे में चला गया—इस कमरे में उनके बाल-बन्धुत्व के कितने सुखमय दिन और कितनी सुखमय रातें व्यतीत हुई हैं; कितना आनन्दालाप, कितने संकल्प, कितने गंभीर विषयों पर चर्चा, कितनी प्रणय-कलह एवं उस कलह का कितना प्रीति-सुधापूर्ण अवसान! विनय ने अपने उसी पूर्व-जीवन में उसी प्रकार अपने को भूल कर प्रवेश करना चाहा—पर इन कुछ दिनों का नव-परिचय बीच में मार्गावरोध बन कर खड़ा हो गया, उसे ठीक उसी जगह प्रवेश नहीं करने दिया। जीवन-केन्द्र कब खिसक गया और कक्षा-पथ में कब बदलाव हो गया, विनय अब तक उसे स्पष्ट रूप से नहीं समझ पाया—आज जब कोई सन्देह नहीं रहा, तो भयभीत हो उठा।

छत पर कपड़े सुखाने को डाल दिए थे, अपराह्न में धूप ढल आई, आनन्दमयी जब कपड़े उठाने आईं, तो गोरा के कमरे में विनय को देख कर आश्चर्य में पड़ गईं। तुरन्त उसके पास आकर, उसके कन्धे पर हाथ रख कर बोलीं, "विनय, क्या हुआ विनय? तेरा चेहरा ऐसा सफेद क्यों पड़ गया?"

विनय उठ कर बैठा; कहा, "माँ, जब मैंने शुरू में परेश बाबू के घर आना-जाना प्रारम्भ किया, तो गोरा गुस्सा करता था। तब उसके गुस्से को मैं अन्याय समझता था—लेकिन अन्याय उसका नहीं था, वह मेरी ही निर्बुद्धिता थी।"

आनन्दमयी ने थोड़ा हँसते हुए कहा, "मैं ऐसा नहीं कहती कि तू हमारा बहुत बुद्धिमान लड़का है, किन्तु इस विषय में तेरी बुद्धि का दोष किसमें प्रकट हुआ?"

विनय ने कहा, "माँ, मैंने एक बार भी नहीं सोचा कि हम लोगों का समाज अलग है। उनके बन्धुत्व में, व्यवहार में, निदर्शन में मुझे खूब आनन्द और उपकार अनुभव हो रहा था, उसी कारण मैं आकृष्ट हुआ था, सोचने की और कोई बात भी है, यह मेरे मन में क्षण भर को भी नहीं आया।"

आनन्दमयी ने कहा, "तेरी बात सुन कर अभी भी तो मेरे मन में नहीं आ रही है।"

विनय ने कहा, "माँ, तुम्हें नहीं पता, मैंने उनके सम्बन्ध में समाज में भारी अशान्ति जगा दी है–लोगों ने ऐसी निन्दा करनी शुरू कर दी है, कि मैं और वहाँ..."

आनन्दमयी ने कहा, "गोरा एक बात बार-बार कहता है, वह मुझे बड़ी खाँटी लगती है। वह कहता है, जहाँ भीतर कहीं भी एक असंगति है, वहाँ बाहर शान्ति रहना ही सबसे बड़ा अमंगल है। उनके समाज में अगर अशान्ति जगी है, तो तुझे अनुताप करने की कोई आवश्यकता नहीं समझती, देखना उससे भला ही होगा। तेरा अपना व्यवहार शुद्ध होना ही काफी है।"

यहीं तो विनय को भारी खटका था। उसका अपना व्यवहार अनिन्दनीय है या नहीं, वही तो किसी भी प्रकार समझ नहीं पा रहा था। ललिता जब भिन्न समाज से जुड़ी है, जब उसके साथ विवाह संभवपर नहीं, तब उसके प्रति विनय का अनुराग एक गोपन पाप के समान उसे यन्त्रणा दे रहा था तथा इस पाप के निदारुण प्रायश्चित का समय आ पहुँचा है, यह बात याद करके वह पीड़ित हो रहा था।

विनय हठात् बोल उठा, "माँ, शशिमुखी के साथ मेरे विवाह का जो प्रस्ताव हुआ था, वह हो चुकने पर अच्छा होता। जहाँ मेरी सही जगह है, किसी तरह वहीं मेरा बँध कर रहना उचित है–इस तरह होना चाहिए कि वहाँ से किसी भी तरह और हिल न सकूँ।"

आनन्दमयी ने हँसते हुए कहा, "अर्थात्, शशिमुखी को अपने घर की बहू न बना कर, अपने घर की साँकल बनाना चाहता है–शशि का कैसा सुखी भाग्य है!"

उसी समय नौकर ने आकर खबर दी, परेश बाबू के घर से दो लड़कियाँ आई हैं। सुनते ही विनय की छाती धक्-धक् करने लगी। उसे लगा, वे विनय को सतर्क करवा देने के लिए आनन्दमयी के पास नालिश करने आई हैं। उसने तुरन्त उठ खड़े होकर कहा, "मैं चलूँ माँ!"

आनन्दमयी ने उठ खड़े होकर उसका हाथ पकड़ कर कहा, "एकदम घर छोड़ कर मत चले जाना विनय! थोड़ा नीचे के कमरे में प्रतीक्षा कर।"

नीचे जाते-जाते विनय बार-बार बोलने लगा, 'इसकी तो कोई आवश्यकता थी नहीं। जो हो गया, सो हो गया, पर मैं तो मर कर भी वहाँ और नहीं जाता। अपराध का दंड जब एक बार अग्नि के समान जलने लगता है, तो अपराधी के जल कर खाक हो जाने पर भी दंड की वह आग बुझना नहीं चाहती।'

पहली मंजिल के रास्ते के किनारे गोरा का जो कमरा था, विनय जब उस कमरे में प्रवेश करने जा रहा था, उसी समय महिम अपने विशाल उदर को अचकन के बटनों के बन्धन से मुक्ति देते-देते ऑफिस से घर लौट रहे थे। विनय का हाथ पकड़ कर बोले, "विनय तो यह रहा! ठीक! मैं तुम्हें खोज रहा हूँ।"

कह, विनय को गोरा के कमरे में ले जाकर एक कुर्सी पर बैठा कर अपने आप भी बैठ गए और पॉकेट से डिबिया निकाल कर विनय को एक पान खाने को दिया।

"ओ रे, तम्बाकू ले आ रे," कह कर एक हुंकार मारी और एकदम काम की बात उठा दी। पूछा, "वह ब्याह का क्या तय हुआ? और तो–"

देखा, विनय का भाव पहले से बहुत नरम है। भले ही कोई बहुत उत्साह नहीं, किन्तु बहाना मार कर किसी तरह बात को उड़ाने की कोशिश भी नहीं दिखती। महिम उसी समय दिन-मुहूर्त पूरी तरह पक्का करना चाहते थे, विनय ने कहा, "गोरा को लौट आने दीजिए ना!"

महिम ने आश्वस्त होकर कहा, "उसमें तो कुछ ही दिन हैं। विनय, कुछ जलपान लाने को कह दूँ–क्या कहते हो? आज तुम्हारा चेहरा बहुत सूखा दिखाई दे रहा है! कुछ हारी-बीमारी तो नहीं?"

जलपान के संकट से विनय के छुटकारा पा लेने पर महिम अपनी क्षुधा-निवृत्ति के लिए घर के भीतर चले गए। विनय गोरा की टेबिल से कोई एक किताब लेकर उसके पन्ने पलटने लगा, इसके बाद किताब रख कर कमरे में एक कोने से दूसरे कोने तक चहलकदमी करता रहा।

नौकर ने आकर कहा, "माँ बुला रही हैं।"

विनय ने पूछा, "किसे बुला रही हैं?"

नौकर ने कहा, "आपको।"

विनय ने पूछा, "और सब हैं?"

नौकर ने कहा, "हैं।"

जैसे छात्र परीक्षा-कक्ष की ओर जाता है, विनय वैसे ही ऊपर चला। कमरे के दरवाजे के निकट आकर थोड़ा इधर-उधर करते ही सुचरिता ने पहले की भाँति अपने सहज सौहार्द्र भरे स्निग्ध कंठ से कहा, "विनय बाबू, आइए।" यह स्वर सुन कर विनय को लगा, मानो उसने कोई अप्रत्याशित धन पा लिया है।

विनय के कमरे में प्रवेश करने पर सुचरिता और ललिता को उसे देख कर आश्चर्य हुआ। उसे कितना अचानक, कितना कठिन आघात लगा, वह थोड़े समय में ही उसके चेहरे पर चिह्नित हो गया है। जैसे, अचानक कहीं से टिड्डियों का दल आकर शस्य-श्यामल खेत को चौपट करके चला गया हो, विनय का सदा हँसता रहने वाला चेहरा उसी खेत के समान हो गया है। ललिता के मन में वेदना एवं करुणा के साथ किंचित आनन्द का आभास भी दिखाई दिया।

कोई और दिन होता, तो ललिता एकाएक विनय के साथ बातचीत आरम्भ नहीं करती–आज जैसे ही विनय कमरे में आया, वैसे ही वह बोल पड़ी, "विनय बाबू, हमें आपसे एक परामर्श करना है।"

विनय की छाती में किसी ने जैसे अचानक एक शब्द-बेधी आनन्द का बाण मार

दिया। वह उल्लास में चौंक उठा। उसके विवर्ण-म्लान चेहरे पर क्षण भर में ही दीप्ति का संचार हो गया।

ललिता ने कहा, ''हम कुछ बहनें मिल कर एक छोटा-मोटा लड़कियों का स्कूल शुरू करना चाहती हैं।''

विनय उत्साहित हो उठा, बोला, ''लड़कियों का स्कूल प्रारम्भ करना बहुत दिन से मेरे जीवन का एक संकल्प है।''

ललिता ने कहा, ''इस विषय में आपको हमारी सहायता करनी होगी।''

विनय ने कहा, ''मुझसे जो हो सकता है, उसमें कोई कमी नहीं होगी। कहिए, मुझे क्या करना होगा!''

ललिता ने कहा, ''हमारे ब्राह्म होने के कारण, हिन्दू अभिभावक हमारा विश्वास नहीं करते। यह विषय आपको प्रयत्नपूर्वक देखना होगा।''

विनय खिल उठा, बोला, ''आप जरा भी मत डरिए—मैं कर सकता हूँ।''

आनन्दमयी ने कहा, ''वो, वह खूब कर सकता है। आदमी को बातों में भुला कर वश में करने वाला उसके बराबर कोई नहीं।''

ललिता ने कहा, ''विद्यालय के काम-काज को जिन नियमों के अन्तर्गत जिस प्रकार चलाना उचित है—समयसारणी बनाना, क्लास का विभाजन, पुस्तक-निर्धारण, यह सब आपको कर देना होगा।''

यह काम भी विनय के लिए कठिन नहीं, किन्तु उसके सामने जटिल समस्या आ गई। वरदासुन्दरी ने उसे अपनी लड़कियों के साथ मिलने से मना कर दिया है और समाज में उनके विरुद्ध आन्दोलन चल रहा है, क्या ललिता यह बात बिल्कुल नहीं जानती? इस स्थिति में यदि विनय ललिता का अनुरोध पूरा करने के लिए वचनबद्ध हो जाए, तो वह अनुचित और ललिता के लिए अनिष्टकर होगा या नहीं, यह प्रश्न उसे परेशान करने लगा। इधर विनय में ऐसी शक्ति कहाँ कि ललिता किसी शुभ-कार्य में उससे सहायता की प्रार्थना करे और वह पूरी कोशिश करके उस अनुरोध का पालन न करे?

इस ओर सुचरिता को भी आश्चर्य हुआ। उसने स्वप्न में भी नहीं सोचा था कि ललिता लड़कियों के स्कूल के लिए विनय से अचानक इस तरह अनुरोध करेगी। एक तो विनय को लेकर काफी जटिलता उत्पन्न हो गई है, उसके बाद फिर से यह कैसा काण्ड! ललिता को जानबूझ कर इच्छापूर्वक यह घटना करने के लिए तैयार हुआ देख कर सुचरिता भयभीत हो उठी। वह समझ गई, ललिता के मन में विद्रोह जाग गया है, लेकिन बेचारे विनय को इस झगड़े में घसीट लेना क्या उसके लिए उचित है? सुचरिता उत्कण्ठित होकर बोल उठी, ''इस सम्बन्ध में एक बार पिताजी से तो परामर्श करना होगा। लड़कियों के स्कूल में इन्स्पेक्टरी का पद पाकर विनय बाबू अभी से बहुत अधिक आशान्वित न हो उठें।''

विनय समझ गया, सुचरिता ने कौशलपूर्वक प्रस्ताव में बाधा डाल दी है, इससे उसके मन में और खटका हुआ। खूब समझ में आ रहा है कि संकट उपस्थित हो गया है, यह सुचरिता जानती है, अतएव वह निश्चय ही ललिता से भी छिपा नहीं है, फिर ललिता क्यों–

कुछ भी स्पष्ट नहीं हुआ।

ललिता ने कहा, ''पिताजी से तो पूछना होगा। विनय बाबू की सहमति जान कर ही उनसे कहूँगी। वे कभी आपत्ति नहीं करेंगे–उन्हें भी हमारे इस विद्यालय से जुड़ना होगा।''

आनन्दमयी की ओर घूम कर बोली, ''आपको भी हम लोग छोड़ेंगे नहीं।''

आनन्दमयी ने हँसते हुए कहा, ''मैं तुम लोगों के स्कूल के कमरों में झाड़ू लगा कर आ सकती हूँ। मुझसे इससे अधिक और क्या काम होगा?''

विनय ने कहा, ''वही काफी होगा माँ! विद्यालय पूर्णतः निर्मल हो जाएगा।''

सुचरिता और ललिता के विदा लेने के बाद विनय थोड़ा टहलने के लिए ईडन गार्डन की ओर चला गया। महिम ने आनन्दमयी के पास आकर कहा, ''देख रहा हूँ, विनय तो काफी कुछ राजी हो गया है–अब जितनी जल्दी हो सके, काज निबटा देना ही अच्छा है–क्या पता, फिर कब राय बदल जाए!''

आनन्दमयी ने विस्मित होकर कहा, ''यह क्या बात! विनय फिर कब राजी हुआ? मुझसे तो कुछ बोला नहीं।''

महिम ने कहा, ''आज ही मेरे साथ उसकी बातचीत हो गई है। वह बोला, गोरा के आते ही दिन तय किया जाएगा।''

आनन्दमयी ने सिर हिला कर कहा, ''महिम, मैं तुमसे कह रही हूँ, तुमने ठीक नहीं समझा।''

महिम ने कहा, ''मेरी बुद्धि जितनी भी मोटी हो, सीधी बात समझने की मेरी आयु हो गई है, यह निश्चय जानो।''

आनन्दमयी ने कहा, ''बेटा, मुझे पता है, तुम मुझ पर गुस्सा करोगे, पर मैं देख रही हूँ, इसे लेकर गड़बड़ी हो जाएगी।''

महिम ने मुँह गंभीर बना कर कहा, ''गड़बड़ी करने से ही गड़बड़ी होती है।''

आनन्दमयी ने कहा, ''महिम, तुम मुझे जो कहो, मैं सह लूँगी, लेकिन जिसमें कोई अशान्ति घट सकती हो, मैं उसमें सहयोग नहीं दे सकती–यह तुम्हारी ही भलाई के लिए है।''

महिम ने निष्ठुरतापूर्वक कहा, ''हमारी भलाई की बात सोचने का भार यदि हम पर ही छोड़ दो, तो तुम्हें भी कोई बात न सुननी पड़े और शायद हमारा भी भला ही हो। बल्कि शशिमुखी का ब्याह हो जाए, उसके बाद हमारे भले की चिन्ता करना। क्या कहती हो?''

इसके बाद आनन्दमयी ने कोई उत्तर न देकर एक दीर्घ निश्वास छोड़ा और महिम पॉकेट की डिबिया से एक पान निकाल कर चबाते-चबाते चले गए।

46

ललिता ने परेश बाबू के पास आकर कहा, "हमारे ब्राह्म होने के कारण कोई हिन्दू लड़की हम लोगों के पास पढ़ने नहीं आना चाहती–इसीलिए सोच रही हूँ, हिन्दू समाज के किसी को इसमें साथ रखने से काम में सुविधा होगी। पिताजी, आप क्या कहते हैं?"

परेश बाबू ने पूछा, "हिन्दू-समाज के किसी को पाओगी कहाँ?"

ललिता भले ही खूब कमर कस कर आई थी, तब भी हठात् विनय का नाम लेने में उसके सामने संकोच आ खड़ा हुआ; संकोच को जबर्दस्ती दूर करके बोली, "क्यों, मिलेगा नहीं क्या? यही जो, विनय बाबू हैं–या–"

यह 'या' नितान्त व्यर्थ प्रयोग था, अव्यय पद का अपव्यय मात्र। वह असमाप्त ही रह गया।

परेश ने कहा, "विनय! विनय क्यों राजी होंगे?"

ललिता के अभिमान को चोट लगी। विनय राजी नहीं होंगे! ललिता भली भाँति समझती है, विनय बाबू को राजी करना ललिता के लिए असाध्य नहीं।

ललिता ने कहा, "वे राजी हो सकते हैं।"

परेश थोड़ा चुप होकर बैठे रहने के बाद बोले, "सारी बात की विवेचना करके देखने के बाद वे कभी राजी नहीं होंगे।"

ललिता के कान जड़ तक लाल हो गए। वह अपने आँचल में बँधा चाबियों का गुच्छा पकड़ कर हिलाने लगी।

अपनी इस निपीड़िता कन्या के चेहरे की ओर ताक कर परेश का हृदय व्यथित हो उठा। किन्तु वे सान्त्वना का कोई वाक्य नहीं खोज पाए। कुछ देर बाद ललिता ने धीरे-धीरे मुँह उठा कर कहा, "पिताजी, तब हमारा यह स्कूल किसी तरह शुरू नहीं हो पाएगा!"

परेश ने कहा, "अभी शुरू होने में अनेक बाधाएँ देख रहा हूँ। कोशिश शुरू करना ही व्यापक अप्रिय आलोचना को जगा देना होगा।"

अन्त में पानू बाबू की ही जीत होगी और अन्याय के सामने चुपचाप हार माननी पड़ेगी, ललिता के लिए ऐसा दुख और कुछ नहीं। इस सम्बन्ध में वह अपने पिता को छोड़ एक पल को भी और किसी का शासन नहीं मानती। वह किसी अप्रियता से नहीं डरती, पर अन्याय कैसे सहन करे! वह धीरे-धीरे परेश बाबू के पास से उठ कर चली गई।

अपने कमरे में जाकर देखा, डाक से उसके नाम एक चिट्ठी आई है। हस्तलिपि देख कर समझ गई, उसकी बाल-सखी, शैलबाला की लिखावट है। वह विवाहिता है, अपने पति के साथ बाँकिपुर में रहती है।

चिट्ठी में था–

"तुम लोगों के सम्बन्ध में नाना बातें सुन कर मन बड़ा दुखी था। बहुत दिन से सोच रही थी, चिट्ठी लिख कर समाचार लूँ–समय नहीं मिल पाया। लेकिन परसों एक आदमी से (उसका नाम नहीं लिखूँगी) जो खबर मिली, उसे सुन कर जैसे सिर पर वज्राघात हुआ। सोच भी नहीं सकती, वह संभव हो सकता है। पर जिन्होंने लिखा है, उन पर अविश्वास करना भी कठिन है। किसी हिन्दू युवक के साथ तुम्हारे विवाह की संभावना बन रही है। यदि यह बात सच हो"

इत्यादि इत्यादि।

ललिता की पूरी देह गुस्से से जलने लगी। वह एक क्षण भी धैर्य नहीं रख पाई। उसने तत्काल चिट्ठी का उत्तर लिखा–

"खबर सच है या नहीं, यह जानने के लिए तुमने मुझे जो सवाल लिख भेजा है, उस पर मुझे आश्चर्य अनुभव हो रहा है। ब्राह्म-समाज के आदमी ने तुम्हें जो खबर दी है, क्या उसके सच की भी जाँच करनी पड़ेगी! इतना अविश्वास! उसके बाद, किसी हिन्दू युवक के साथ मेरे विवाह की संभावना का समाचार पाकर तुम्हारे सिर पर वज्राघात हुआ, लेकिन मैं तुम्हें निश्चयपूर्वक कह सकती हूँ कि ब्राह्म-समाज में ऐसे सुविख्यात साधु युवक हैं, जिनके साथ विवाह की आशंका तक वज्राघात के समान निदारुण है और मैं एक-दो ऐसे हिन्दू युवकों को जानती हूँ, जिनके संग विवाह किसी ब्राह्म-कुमारी के लिए गौरव का विषय है। इससे अधिक तुमसे और एक बात भी कहने की मेरी इच्छा नहीं है।"

इधर उस दिन के लिए परेश बाबू का काम बन्द हो गया। उन्होंने बहुत देर चुप बैठ कर सोचा। उसके बाद सोचते-सोचते धीरे-धीरे सुचरिता के घर जा पहुँचे। परेश का चिन्तित चेहरा देख कर सुचरिता का हृदय व्यथित हो उठा। क्या लेकर उनकी चिन्ता है, वह भी उसे पता है तथा इसी चिन्ता में सुचरिता भी कुछ दिन से उद्विग्न हो रही है।

परेश बाबू सुचरिता को लेकर एकान्त कमरे में बैठे और बोले, "बेटी, ललिता के सम्बन्ध में सोचने का समय आ पहुँचा है।"

सुचरिता ने परेश बाबू के चेहरे की ओर करुणापूर्ण दृष्टि डाल कर कहा, "जानती हूँ पिताजी!"

परेश बाबू ने कहा, "मैं सामाजिक-निन्दा की बात नहीं सोच रहा हूँ। मैं सोच रहा हूँ–अच्छा ललिता क्या–"

परेश बाबू का संकोच देख कर सुचरिता ने स्वयं ही बात को स्पष्ट करने की चेष्टा

की। उसने कहा, "ललिता हमेशा अपने मन की बात मुझसे खुल कर कहती है। किन्तु कुछ दिन से वह उस तरह मेरी पकड़ में नहीं आती। मैं खूब समझ पा रही हूँ–"

परेश ने बीच में ही कहा, "ललिता के मन में ऐसा कोई भाव उदय हो गया है, जिसे वह स्वयं भी स्वीकार करना नहीं चाहती। मैं सोच नहीं पा रहा, क्या करने में उसका भला है–तुम्हारा क्या कहना है, विनय को हमारे परिवार में आना-जाना करने देना, ललिता का कोई अनिष्ट करना हुआ है?

सुचरिता ने कहा, "पिताजी, आप तो जानते हैं, विनय बाबू में कोई दोष नहीं है–उनका स्वभाव निर्मल है–उनके जैसे, स्वभाव से ही भद्र-व्यक्ति बहुत कम देखने में आते हैं।।"

परेश बाबू ने मानो, कोई नया तत्व उपलब्ध कर लिया। वे बोल उठे, "ठीक बात कही, राधे, ठीक बात कही। वे अच्छे लोग हैं या नहीं, यही देखने का विषय है– अन्तर्यामी ईश्वर भी वही देखते हैं। विनय अच्छे व्यक्ति हैं, उसमें मुझसे भूल नहीं हुई, उसके लिए मैं उन्हें बार-बार प्रणाम करता हूँ।"

एक जाल कट गया–मानो, परेश बाबू बच गए। परेश बाबू ने अपने देवता के समक्ष अन्याय नहीं किया। जिस तुला पर ईश्वर मनुष्य को तौलते हैं, उन्होंने नित्य-धर्म की उसी तुला को माना–उन्होंने उस पर अपने समाज द्वारा निर्मित कोई कृत्रिम बटखरा नहीं चढ़ाया, इससे उनके मन में और कोई ग्लानि नहीं रही। उन्हें आश्चर्य लगा कि अब तक इस अत्यन्त सहज बात को न समझ कर वे क्यों ऐसी पीड़ा अनुभव कर रहे थे! सुचरिता के सिर पर हाथ रख कर बोले, "तुमसे आज मुझे एक शिक्षा मिली बेटी!"

सुचरिता ने तत्क्षण उनकी चरण-धूलि लेकर कहा, "ना ना, क्या कह रहे हैं पिताजी!"

परेश बाबू ने कहा, "संप्रदाय एक ऐसी सार-वस्तु है कि मनुष्य, मनुष्य है, इस सबसे सहज बात को ही पूरी तरह भुलवा देता है–मनुष्य ब्राह्म है या हिन्दू, समाज द्वारा गढ़ी हुई इस बात को ही विश्व-सत्य से बड़ा बना कर एक भँवर रच देता है– अब तक उसमें झूठे ही उलझ रहा था।"

थोड़ा चुप रह कर परेश ने फिर कहा, "ललिता, अपने लड़कियों के स्कूल के संकल्प को किसी तरह छोड़ नहीं पा रही है। इस सम्बन्ध में विनय की सहायता लेने के लिए वह मेरी सहमति चाहती है।"

सुचरिता ने कहा, "ना पिताजी, अभी कुछ दिन रहने दीजिए।"

ललिता उनके मना करने भर से अपने क्षुब्ध हृदय के समस्त आवेग का दमन करके उठ कर चली गई थी, उसकी वही छवि परेश के स्नेह भरे हृदय को कष्ट दे रही थी। वे जानते थे, उनकी तेजस्विनी कन्या के प्रति समाज जो अन्याय और उत्पीडन कर रहा है, उस अन्याय से वह उतना कष्ट नहीं पाती, जितना इस अन्याय

के विरुद्ध संग्राम करने में बाधा पाने से, विशेषकर पिता की ओर से बाधा पाकर। इसीलिए वे अपने निषेध को उठा लेने को व्यग्र हो गए थे। वे बोले, "क्यों राधे, अभी रहने क्यों दूँ?"

सुचरिता ने कहा, "अन्यथा माँ भारी असन्तुष्ट हो जाएँगी।"

परेश ने सोच कर देखा, बात ठीक है।

सतीश ने कमरे में आकर सुचरिता के कान में कुछ कहा। सुचरिता बोली, "ना भाई बख्तियार, अभी नहीं। कल होगा।"

सतीश दुखी होकर बोला, "कल मेरा स्कूल जो है।"

परेश ने स्नेहपूर्ण हँसी हँसते हुए कहा, "क्या सतीश, क्या चाहिए?"

सुचरिता ने कहा, "उसका एक–"

सतीश ने व्यग्र होकर उठ कर सुचरिता का मुँह हाथ से दबाते हुए कहा, "ना ना, बोलो मत, बोलो मत।"

परेश बाबू ने कहा, "अगर छुपाने की बात हुई, तो सुचरिता क्यों कहेगी?"

सुचरिता ने कहा, "नहीं पिताजी, निश्चय ही उसकी भारी इच्छा है कि यह गोपन बात आपके कानों में पड़ जाए।"

सतीश ऊँचे स्वर में बोल पड़ा, "कब्भी नहीं, निश्चय ही नहीं।"

बोल कर वह दौड़ गया।

विनय ने उसके जिस निबन्ध की इतनी प्रशंसा की थी, वही निबन्ध सुचरिता को दिखाने की बात थी। कहना अनावश्यक है कि परेश के सामने सुचरिता के कान में स्मरण कराने का क्या उद्देश्य है, सुचरिता ने उसे सही-सही जान लिया था। इस प्रकार के गहन मन के समस्त अभिप्राय संसार में इतनी सहजता से पकड़ में आ जाते हैं, बेचारे सतीश को इसकी जानकारी नहीं थी।

47

चार दिन बाद ही हारान बाबू एक चिट्ठी हाथ में लिए वरदासुन्दरी के सामने आ धमके। आजकल वे परेश बाबू से पूरी तरह आशा छोड़ चुके हैं।

हारान बाबू ने चिट्ठी वरदासुन्दरी के हाथ में देकर कहा, "मैंने शुरू से ही आप लोगों को सावधान करने की बहुत कोशिश की। उसके लिए आप लोगों का बुरा भी बना। अब इस चिट्ठी से समझ सकेंगी, भीतर ही भीतर बात कितनी दूर आगे जा चुकी है!"

ललिता ने जो चिट्ठी शैलबाला को लिखी थी, वही वरदासुन्दरी ने पढ़ी। बोलीं, "बताइए, कैसे जानूँगी! जो कभी सोच भी नहीं पाई, वही हो रहा है। लेकिन मैं

कहे देती हूँ, इसके लिए मुझे दोष मत दीजिए। आप सबने मिल कर सुचरिता को बड़ी अच्छी-अच्छी कह कर जो उसका दिमाग घुमा दिया था—ब्राह्म-समाज में ऐसी दूसरी लड़की नहीं मिल सकती—अब आप ही लोग इस आदर्श ब्राह्म लड़की की कीर्ति सँभालिए। विनय और गोरा को तो वे ही इस घर में लाए। मैं तो फिर भी विनय को बहुत कुछ हम लोगों के मार्ग पर खींच लाई थी, उन्होंने उसके बाद कहीं से उनकी एक मौसी को लाकर हमारे घर में ठाकुर-पूजा प्रारम्भ करवा दी। विनय को भी ऐसा बिगाड़ दिया कि अब वह मुझे देखते ही भाग खड़ा होता है। अब यह सब जो हो रहा है, आप लोगों की वह सुचरिता ही इसकी जड़ में है। मैं हमेशा से जानती थी, वह लड़की कैसी है—किन्तु कभी कुछ नहीं कहा, हमेशा उसे इस प्रकार पालती आई कि कोई बोल न पाए कि वह हमारी लड़की नहीं है—आज उसका खूब फल मिल गया। अब मुझे व्यर्थ ही चिट्ठी दिखा रहे हैं—जो हो सके, आप लोग करिए।''

एक समय हारान बाबू ने जो वरदासुन्दरी को गलत समझा था, आज वह बात स्पष्ट रूप से स्वीकार करके अत्यन्त उदार भाव से अनुताप प्रकट किया। अन्त में परेश बाबू को बुलाया गया।

''यह देखो,'' बोल कर वरदासुन्दरी ने उनके सामने टेबिल पर चिट्ठी पटक दी। परेश बाबू ने चिट्ठी दो-तीन बार पढ़ कर कहा, ''तो, क्या हुआ?''

वरदासुन्दरी ने भड़कते हुए कहा, ''क्या हुआ! और क्या चाहते हो कि हो जाए! और बाकी बचा ही क्या है! ठाकुर-पूजा, जात-पाँत मान कर चलना, सभी हो गया, अब केवल हिन्दू घर में तुम्हारी लड़की का ब्याह होते ही हो जाएगा। उसके बाद तुम प्रायश्चित करके हिन्दू समाज में चले जाओगे—किन्तु मैं कहे देती हूँ—''

परेश ने थोड़ा हँस कर कहा, ''तुम्हें कुछ नहीं कहना पड़ेगा। अन्ततः अभी बोलने का समय नहीं आया। बात यह है कि तुम लोग क्यों तय किए बैठे हो कि ललिता का विवाह हिन्दू घर में निश्चित हो गया है। इस चिट्ठी में तो ऐसा कुछ नहीं देख रहा हूँ।''

वरदासुन्दरी ने कहा, ''क्या हो जाने पर तुम देख पाते हो, वह तो आज तक समझ नहीं सकी। अगर समय रहते देख पाते, तो आज इतना काण्ड नहीं घटता। चिट्ठी में आदमी इससे अधिक और कितना खुल कर लिखेगा, बताओ तो!''

हारान बाबू बोले, ''मैं समझता हूँ, यह चिट्ठी ललिता को दिखा कर, उसी से पूछना उचित है कि उसका उद्देश्य क्या है। यदि आप लोग अनुमति दें, तो मैं ही उससे पूछ सकता हूँ।''

इसी समय ललिता ने आँधी की तरह कमरे में आकर कहा, ''पिताजी, ये देखो, आजकल ब्राह्म-समाज से इस तरह की अज्ञात चिट्ठियाँ आ रही हैं।''

परेश ने चिट्ठी पढ़ कर देखी। विनय के साथ ललिता का विवाह गुप्त रूप से

तय हो गया है, पत्र-लेखक ने इसे निश्चित बता कर नाना प्रकार की भर्त्सना और उपदेशों से चिट्ठी भर रखी थी। उसी के साथ, विनय का उद्देश्य ठीक नहीं है, वह दो दिन बाद ही अपनी ब्राह्म पत्नी का परित्याग करके पुनः हिन्दू घर में विवाह कर लेगा, यह सब चर्चा भी थी।

परेश के पढ़ने के बाद हारान ने चिट्ठी लेकर पढ़ी; बोले, "ललिता, यह चिट्ठी पढ़ कर तुम्हें गुस्सा आ रहा है? किन्तु इस प्रकार की चिट्ठी लिखने का कारण क्या तुमने नहीं समझा? बताओ तो, तुमने ही अपने हाथ से यह चिट्ठी कैसे लिख दी!"

ललिता ने क्षण भर स्तब्ध रह कर कहा, "लगता है, इस सम्बन्ध में शैल
आपकी ही चिट्ठी-पत्री चल रही है?"

हारान ने इसका कोई स्पष्ट उत्तर न देकर कहा,
कर्तव्य का ध्यान रख कर शैल तुम्हारी यह चिट्ठी भेजने को बाध्य हुई है।"

ललिता दृढ़ता के साथ खड़ी होकर बोली, "कहिए, अब ब्राह्म-समाज क्या कहना चाहता है!"

हारान ने कहा, "विनय बाबू और तुम्हारे सम्बन्ध में समाज में जो कोलाहल मच रहा है, उस पर मैं किसी भाँति विश्वास नहीं कर सकता, लेकिन फिर भी मैं तुम्हारे मुँह से इसका स्पष्ट प्रतिवाद सुनना चाहता हूँ।"

ललिता के दोनों नेत्र आग की तरह जलने लगे–उसने काँपते हाथों से एक कुर्सी की पीठ थाम कर कहा, "क्यों, किसी भी तरह विश्वास नहीं कर सकते?"

परेश ललिता की पीठ पर हाथ फिराते हुए बोले, "ललिता, अभी तुम्हारा मन शान्त नहीं है, यह बात बाद में मेरे साथ होगी–अभी रहने दे!"

हारान ने कहा, "परेश बाबू, आप बात को दबाने की चेष्टा मत कीजिए।"

ललिता फिर से आग-बबूला होती हुई बोली, "दबाने की चेष्टा पिताजी करेंगे! पिताजी आप लोगों की तरह सत्य से नहीं डरते–सत्य को पिताजी ब्राह्म-समाज से भी बड़ा मानते हैं। मैं आपसे कह रही हूँ, विनय बाबू के साथ विवाह को मैं तनिक भी असंभव या अनुचित नहीं मानती।"

हारान बोल पड़े, "लेकिन क्या तय हो गया है कि वे ब्राह्म-धर्म में दीक्षा ग्रहण करेंगे?"

ललिता ने कहा, "कुछ भी तय नहीं हुआ–और दीक्षा ग्रहण करनी ही होगी, ऐसी ही क्या बात है!"

वरदासुन्दरी ने अब तक कोई बात नहीं कही–उनकी मन-ही-मन इच्छा थी कि आज हारान बाबू की जीत हो तथा अपना अपराध स्वीकार करके परेश बाबू को अनुताप करना पड़े। वे और नहीं रह पाईं; बोल पड़ीं, "ललिता, तू पागल हो गई है क्या! बोल क्या रही है!"

ललिता ने कहा, "नहीं माँ, पागल की बात नहीं–जो बोल रही हूँ, सोच-विचार

कर ही बोल रही हूँ। मुझे जो इस तरह चारों ओर से बाँधने आएगा, मैं उसे सहन नहीं कर पाऊँगी—मैं हारान बाबू के इस समाज से मुक्त हो जाऊँगी।''

हारान ने कहा, ''उच्छृंखलता को तुम मुक्ति कहती हो!''

ललिता ने कहा, ''नहीं, नीचता के आक्रमण से, असत्य के दासत्व से मुक्ति को ही मैं मुक्ति कहती हूँ। जहाँ मैं कोई अन्याय, कोई अधर्म नहीं देखती, वहाँ ब्राह्म-समाज मुझे क्यों छुएगा, क्यों बाधा खड़ी करेगा?''

हारान ने दर्प प्रकट करते हुए कहा, ''परेश बाबू, ये देखिए! मैं जानता था, अन्त में ऐसा ही कोई काण्ड होगा। मुझसे जितना हो सका, आप लोगों को सावधान करने की चेष्टा की—कोई फल नहीं निकला।''

ललिता ने कहा, ''देखिए पानू बाबू, आपको भी सावधान करने की एक बात है—जो आपसे सभी विषयों में बड़े हैं, उन्हें सावधान कर देने का अहंकार आप मन में न रखें।''

यह बात कहते ही ललिता कमरे से बाहर हो गई।

वरदासुन्दरी ने कहा, ''यह सब क्या काण्ड हो रहा है! अब क्या करना होगा, सोच-विचार करो।''

परेश बाबू ने कहा, ''जो कर्तव्य है, उसी का पालन करना होगा, किन्तु इस प्रकार झगड़ा करके परामर्श करने से कर्तव्य निश्चित नहीं होता। मुझे थोड़ा माफ करना पड़ेगा। अभी मुझसे इस सम्बन्ध में कुछ मत बोलो। मैं जरा अकेला रहना चाहता हूँ।''

48

सुचरिता सोचने लगी, ललिता यह क्या काण्ड कर बैठी! कुछ देर चुप रह कर ललिता के गले में बाँह डाल कर बोली, ''लेकिन मुझे तो भाई डर लगता है।''

ललिता ने पूछा, ''किसका डर?''

सुचरिता ने कहा, ''ब्राह्म-समाज में तो चारों ओर तूफान उठ खड़ा हुआ है—पर अन्त में विनय बाबू यदि सहमत न हों?''

ललिता ने मुँह नीचे करके दृढ़ स्वर में कहा, ''वे सहमत होंगे ही।''

सुचरिता ने कहा, ''तुझे तो पता ही है, हारान बाबू माँ को यह विश्वास दिला गए हैं कि विनय अपने समाज का परित्याग करके कभी भी इस विवाह के लिए सहमत नहीं होगा। ललिता, क्यों तूने सब तरफ न सोच कर पानू बाबू के सामने इस तरह की बात कर दी!''

ललिता बोली, ''कह दी, इस कारण मुझे अभी भी पश्चात्ताप नहीं हो रहा है।

पानू बाबू ने सोच रखा था, वे और उनका समाज मुझे शिकार के जन्तु की भाँति हाँका देकर एकदम अतल समुद्र के किनारे तक ले आए हैं, यहाँ मुझे पकड़ में आना ही होगा—वे नहीं जानते, इस समुद्र में कूद पड़ने से भी मैं नहीं डरती—उनके शिकारी कुत्ते के हाँके से उनके पिंजरे में जाने में ही मुझे डर है।"

सुचरिता ने कहा, "एक बार पिताजी से परामर्श करके देखें!"

ललिता ने कहा, "पिताजी कभी भी शिकारी-दल में शामिल नहीं होंगे, यह तुम्हें मैं निश्चयपूर्वक कह रही हूँ। उन्होंने तो हमें कभी जंजीर में बाँधना नहीं चाहा। उनके मत के साथ जब कभी हमारा कोई वैभिन्न्य हुआ, क्या उन्होंने कभी तनिक भी गुस्सा दिखाया, ब्राह्म-समाज के नाम का हाँका देकर हमारा मुँह बन्द करने की कोशिश की? यह लेकर माँ कितनी बार गुस्सा हुईं, पर पिताजी को केवल यही डर था कि हम कहीं अपने सोचने के साहस को न खो दें! जब उन्होंने हमें इस प्रकार बड़ा किया है, तो अन्त में क्या वे मुझे पानू बाबू जैसे समाज के जेल-दारोगा के हाथ में सौंप देंगे?

सुचरिता ने कहा, "अच्छा ठीक है, मान लो पिताजी कोई बाधा नहीं देते हैं, तो उसके बाद क्या किया जाएगा, बताओ?"

ललिता ने कहा, "तुम लोग यदि कुछ नहीं करते, तो मैं स्वयं–"

सुचरिता परेशान होकर बोली, "ना ना, तुझे कुछ नहीं करना भाई! मैं एक उपाय करती हूँ।"

सुचरिता परेश बाबू के पास जाने को तैयार हो रही थी, तभी परेश बाबू संध्याकाल में स्वयं उसके पास आ पहुँचे। परेश बाबू इस समय प्रतिदिन अपने घर के बगीचे में अकेले सिर झुकाए अपने मन में सोचते-सोचते टहलते रहते हैं—संध्या के पवित्र अंधकार को धीरे-धीरे मन पर घिस कर कामकाज के दिन के समस्त दाग मानो पोंछ कर फेंक देते हैं और अन्तर में निर्मल शान्ति संचित करके रात्रि के विश्राम के लिए तैयार होते रहते हैं—आज परेश बाबू अपनी उसी संध्या के निभृत ध्यान की शान्ति के उपभोग का परित्याग करके जब चिन्तित चेहरा लिए सुचरिता के घर आ खड़े हुए, तो जिस शिशु को खेलना उचित था, उसी शिशु के पीड़ित होकर चुपचाप पड़े रहने से माँ के मन को जैसे व्यथा कष्ट देती है, वैसे ही सुचरिता का स्नेहपूर्ण हृदय व्यथित हो उठा।

परेश बाबू ने कोमल स्वर में कहा, "राधे, सब सुन तो लिया है?"

सुचरिता ने कहा, "हाँ पिताजी, सब सुन लिया है, किन्तु आप इतना सोच क्यों रहे हैं?"

परेश बाबू ने कहा, "मैं और कुछ तो नहीं सोचता, मेरा सोचना यही है कि ललिता ने जो तूफान खड़ा कर दिया है, उसका संपूर्ण आघात तो सह पाएगी? उत्तेज़ना के सामने बहुत बार हमारे मन में अंधी स्पर्धा आ जाती है, लेकिन जब

एक-एक कर उसका फल मिलना आरम्भ होता है, तो उसका भार ढोने की शक्ति चली जाती है। क्या ललिता ने समस्त फलाफल की बात अच्छी तरह सोच कर वही निर्धारित किया है, जो उसके लिए श्रेष्ठ है?''

सुचरिता ने कहा, ''समाज की ओर से कोई उत्पीडन ललिता को कभी परास्त नहीं कर सकता, यह मैं आपसे बलपूर्वक कह सकती हूँ।''

परेश बोले, ''मैं यह बात पक्के तौर पर जानना चाहता हूँ कि ललिता केवल क्रोध के आवेग में विद्रोह करके औद्धत्य नहीं दिखा रही है।''

सुचरिता ने मुँह नीचा करके कहा, ''ना पिताजी, यदि वैसा होता, तो मैं उसकी बात पर बिल्कुल कान नहीं देती। उसके मन में जो बात गहरे रूप में थी, हठात् चोट खाकर वही एकदम बाहर आ गई है। अब उसे किसी तरह दबाने-ढकने से ललिता जैसी लड़की के लिए अच्छा नहीं होगा। पिताजी, विनय बाबू आदमी तो बहुत अच्छे हैं।''

परेश बाबू ने कहा, ''अच्छा, विनय क्या ब्राह्म-समाज में आने के लिए सहमत होगा?''

सुचरिता ने कहा, ''वह ठीक-ठीक नहीं कह सकती। अच्छा पिताजी, एक बार गौर बाबू की माँ के पास जाऊँ?''

परेश बाबू ने कहा, ''मैं भी सोच रहा था, तुम्हारा जाना अच्छा रहेगा।''

49

विनय प्रतिदिन सुबह आनन्दमयी के घर से एक बार अपने आवास पर आता था। आज सुबह आने पर उसे एक चिट्ठी मिली। चिट्ठी में किसी का नाम नहीं है। ललिता से विवाह करना विनय के लिए किसी भी तरह सुखमय नहीं हो पाएगा और ललिता के लिए भी वह अमंगल का कारण बनेगा, यह बात लेकर चिट्ठी में लम्बा उपदेश है तथा सबसे अन्त में है कि इतने पर भी यदि विनय ललिता के साथ विवाह के निश्चय से निवृत्त न हो, तो मन में एक बात सोच कर देखे, ललिता के फेफडे कमजोर हैं, डाक्टर यक्षमा होने की आशंका जता रहे हैं।

विनय ऐसी चिट्ठी पाकर हतबुद्धि हो गया। विनय ने कभी सोचा भी नहीं कि इस तरह की बात झूठमूठ भी गढ़ी जा सकती है! कारण, यह तो किसी से छिपा नहीं कि समाज की बाधा के चलते ललिता के साथ विनय का विवाह किसी भी तरह संभव नहीं हो सकता। इसीलिए तो ललिता के प्रति अपने हृदय के अनुराग को अब तक वह अपराध की श्रेणी में रखता आ रहा था। किन्तु जब इस प्रकार की चिट्ठी उसके हाथ में आ पहुँची, तो निस्सन्देह समाज में इस विषय में व्यापक चर्चा हो चुकी है।

इससे समाज के लोगों के सामने ललिता किस प्रकार अपमानित हो रही है, यह सोच कर उसका मन अत्यन्त क्षुब्ध हो उठा। उसके नाम के साथ ललिता का नाम जुड़ कर प्रकट रूप में लोगों के मुँह में घूम रहा है, इससे वह अत्यधिक लज्जित और संकुचित हो गया। उसे केवल यही लगने लगा कि उसके साथ हुए परिचय को ललिता अभिशाप और धिक्कार दे रही है। सोचने लगा, ललिता उसे कभी देखना तक सहन नहीं कर पाएगी।

हाय रे, मानव-हृदय! इस अत्यन्त धिक्कार के बीच भी विनय के हृदय में एक निविड़ गहन सूक्ष्म और तीव्र आनन्द एक किनारे से दूसरे किनारे तक संचरण कर रहा था, उसे रोक कर नहीं रखा जा पा रहा था–सारी लज्जा, सारे अपमान को वह अस्वीकार कर रहा था। उसे किसी भी प्रकार जरा भी बढ़ावा न देने के लिए वह अपने बरामदे में तेजी से चहलकदमी करते घूमने लगा–किन्तु प्रातःकालीन आलोक के भीतर से उसके मन में एक मदिरता संचरित हुई–रास्ते में फेरी वाला हाँक लगाता जा रहा था, उसकी हाँक के उस सुर ने भी उसके हृदय में एक गहन चांचल्य जगाया। बाहर की लोक-निन्दा ही जैसे ललिता को बाढ़ की भाँति बहा कर विनय के हृदय के किनारे पर छोड़ गई–ललिता की समाज से बह आई इस मूर्ति को वह और बाधित करके नहीं रख सका। उसका मन कहने लगा, 'ललिता मेरी है, अकेले मेरी!' और किसी दिन उसका मन दुर्दमनीय होकर इतनी जोर से यह बात बोलने का साहस नहीं करता; आज जब बाहर यह आवाज इस रूप में हठात् उठी, तो विनय किसी भी तरह अपने मन को और 'चुप चुप' कह कर रोक कर नहीं रख पाया।

जब विनय ऐसा चंचल होकर बरामदे में घूम रहा था, तभी देखा, रास्ते में हारान बाबू आ रहे हैं। तत्क्षण समझ गया, वे उसी के पास आ रहे हैं और यह भी निश्चयपूर्वक जान गया कि अनामा चिट्ठी के पीछे एक वृहत् आन्दोलन है।

अन्य दिनों की भाँति विनय ने अपनी स्वभावसिद्ध प्रगल्भता प्रकट नहीं की; हारान बाबू को कुर्सी पर बैठा कर वह चुपचाप उनकी बात की प्रतीक्षा करने लगा।

हारान बाबू ने कहा, "विनय बाबू, आप तो हिन्दू हैं?"

विनय ने कहा, "हाँ, हिन्दू ही हूँ।"

हारान बाबू बोले, "मेरे इस प्रश्न पर गुस्सा मत कीजिए। अनेक समय हम लोग चारों ओर की अवस्था का विचार न करके अंधे होकर चलते हैं–उससे संसार में दुख की सृष्टि होती है। ऐसे स्थल पर, हम क्या हैं, हमारी सीमा कहाँ है, हमारे आचरण का परिणाम कितनी दूर तक पहुँचता है, ये समस्त प्रश्न यदि कोई उठाए, तो अप्रिय होने पर भी उसे मित्र ही समझिए।"

विनय ने हँसने की चेष्टा करते हुए कहा, "आप वृथा इतनी भूमिका बाँध रहे हैं। अप्रिय प्रश्न उठने पर मैं किसी प्रकर का अत्याचार करूँ, मेरा ऐसा स्वभाव नहीं है।

आप निरापद होकर मुझसे सभी प्रकार के प्रश्न कर सकते हैं।''

हारान बाबू ने कहा, ''मैं आप पर किसी इच्छाकृत अपराध का दोषारोपण करना नहीं चाहता। किन्तु आपसे यह बात कहना अनावश्यक है कि विवेचना की गलती का फल भी विषमय हो सकता है।''

विनय ने मन-ही-मन क्षुब्ध होकर कहा, ''जो अनावश्यक है, उसे मत कहिए, असली बात बोलिए।''

हारान बाबू ने कहा, ''आप जब हिन्दू समाज में हैं और समाज को छोड़ना भी जब आपके लिए असंभव है, तो परेश बाबू के परिवार में आपका इस तरह का सम्बन्ध रखना क्या उचित है, जिससे समाज में उनकी लड़कियों के बारे में कोई बात उठ सके?''

विनय ने गंभीर होकर कुछ देर चुप रहने के बाद कहा, ''देखिए, पानू बाबू, समाज के लोग किससे कौन-सी बात बना लेंगे, यह बहुत कुछ उनके स्वभाव पर निर्भर करता है, उसका सारा दायित्व मैं नहीं ले सकता। परेश बाबू की लड़कियों के सम्बन्ध में भी यदि आप लोगों के समाज में किसी प्रकार की चर्चा उठना संभव होता है, तब भी उसमें उनके लिए लज्जा की उतनी बात नहीं है, जितनी आप लोगों के समाज के लिए।''

हारान बाबू ने कहा, ''यदि किसी कुमारी द्वारा अपनी माँ का साथ छोड़कर बाहर के पुरुष के साथ अकेले एक जहाज में सैर करने को बढ़ावा देने की बात हो, तो पूछता हूँ, उस बारे में कौन-से समाज को चर्चा करने का अधिकार नहीं है?''

विनय ने कहा, ''यदि आप लोग भी बाहर की घटना को भीतर के अपराध के साथ एक ही आसन पर बैठाने लगें, तो आप लोगों को हिन्दू-समाज का त्याग करके ब्राह्म-समाज में आने की क्या आवश्यकता थी? जो भी हो पानू बाबू, यह सब बात लेकर बहस करने की कोई आवश्यकता नहीं समझता। मेरा क्या कर्तव्य है, वह मैं सोच कर निश्चित करूँगा, आप इस सम्बन्ध में मेरी कोई सहायता नहीं कर सकते।''

हारान बाबू ने कहा, ''मैं आपको कुछ अधिक नहीं कहना चाहता, अन्त में मेरा केवल यही कहना है कि आपको अब दूर रहना होगा। अन्यथा बहुत अन्याय होगा। आप लोगों ने परेश बाबू के परिवार में घुस कर केवल एक अशान्ति उत्पन्न कर डाली है, उनके बीच कैसा अनिष्ट फैला दिया है, आप लोग नहीं जानते।''

हारान बाबू के चले जाने पर विनय के मन को एक वेदना शूल की भाँति बींधने लगी। सरल हृदय, उदार चित्त परेश बाबू ने कितने आदर के साथ उन दोनों लोगों को अपने घर बुलाया था–शायद विनय ना-समझी में इस ब्राह्म-परिवार में पग-पग पर अपनी अधिकार-सीमा का उल्लंघन करता रहा था, तब भी उनके स्नेह और सम्मान से एक दिन भी वंचित नहीं हुआ; इस परिवार में विनय की प्रकृति ने ऐसा गहनतर

आश्रय प्राप्त किया था, जैसा और कहीं भी नहीं मिला। इनके साथ परिचय के बाद विनय ने मानो, अपनी एक विशेष सत्त को उपलब्ध किया। इतना आदर, इतना आनन्द, इतना प्रोत्साहन जहाँ पाया, उसी परिवार में विनय की स्मृति हमेशा काँटे की भाँति बिंध कर रहेगी! परेश बाबू की लड़कियों पर अपमान की कालिमा पोत दी है! ललिता के संपूर्ण भावी जीवन पर इतना बड़ा लांछन जड़ दिया है! क्या इसका प्रतिकार हो सकता है! हाय रे हाय, समाज नामक सार-वस्तु ने सत्य के बीच कितना बड़ा विरोध जगा दिया है! ललिता के साथ विनय के मिलन में कोई यथार्थ बाधा नहीं है; ललिता के सुख और कल्याण के लिए विनय अपना सारा जीवन उत्सर्ग कर देने को किस प्रकार तैयार है, यह वही देवता जानते हैं, जो दोनों के अन्तर्यामी हैं–वे ही तो प्रेम के आकर्षण में विनय को ललिता के इतने निकट ले आए हैं–उनका शाश्वत धर्म-विधान तो कहीं भी बाधा नहीं देता। तब ब्राह्म-समाज के जिस देवता की पानू बाबू जैसे लोग पूजा करते हैं, वे क्या कोई और हैं? वे क्या मानव-चित्त के अन्तरतर के विधाता नहीं हैं? ललिता और उसके मिलन के बीच यदि कोई निषेध भयानक दाँत फैलाए खड़ा रहे, यदि वह केवल समाज को ही माने और सर्व-मानव के प्रभु की दुहाई न माने, तो क्या वही निषेध पाप नहीं? किन्तु हाय, यह निषेध शायद ललिता के लिए भी बलवान है। इसके अतिरिक्त ललिता शायद विनय को–कितना संशय है। इसका समाधान कहाँ मिलेगा?

50

जिस समय विनय के आवास पर हारान बाबू का आविर्भाव हुआ, उसी समय अविनाश ने आनन्दमयी के पास जाकर समाचार दिया कि विनय के साथ ललिता का विवाह निश्चित हो गया है।

आनन्दमयी ने कहा, "यह बात बिल्कुल सच नहीं है।"

अविनाश ने कहा, "क्यों सच नहीं है? क्या यह विनय के लिए असंभव है?"

आनन्दमयी ने कहा, "वह मुझे नहीं पता, पर विनय इतनी बड़ी बात मुझसे कभी भी छिपा कर नहीं रखता।"

अविनाश ने ब्राह्म-समाज के व्यक्ति से ही यह समाचार सुना है तथा यह पूरी तरह विश्वास योग्य है, ऐसा उसने बार-बार कहा। अविनाश बहुत पहले से जानता था, विनय का ऐसा ही शोचनीय परिणाम होगा, यहाँ तक कि इस सम्बन्ध में उसने गोरा को भी सावधान कर दिया था। आनन्दमयी के सामने यह घोषणा करके वह महा-आनन्द में निचली मंजिल पर महिम को भी यही संवाद दे गया।

आज जब विनय आया, तो आनन्दमयी उसका चेहरा देखते ही समझ गईं कि

उसके अन्तःकरण में एक विशेष क्षोभ उत्पन्न हो गया है। भोजन कराने के बाद उसे अपने कमरे में बुला कर बैठा लिया। पूछा, "विनय, बता तो तुझे क्या हुआ है!"

विनय ने कहा, "माँ, यह चिट्ठी पढ़ कर देखो।"

आनन्दमयी के चिट्ठी पढ़ चुकने पर विनय बोला, "आज सुबह पानू बाबू मेरे आवास पर आए थे–वे मेरी खूब भर्त्सना करके गए।"

आनन्दमयी ने कहा, "क्यों?"

विनय ने कहा, "उन्होंने कहा, मेरा आचरण उनके समाज में परेश बाबू की लड़कियों की निन्दा का कारण बन गया है।"

आनन्दमयी ने कहा, "लोग कह रहे हैं, ललिता के साथ तेरा ब्याह निश्चित हो गया है, इसमें मैं तो निन्दा वाली कोई बात नहीं देखती।"

विनय ने कहा, "विवाह का उपाय होता, तो निन्दा का कोई कारण नहीं बचता। लेकिन जहाँ उसकी कोई संभावना नहीं, वहाँ इस प्रकार की अफवाह फैलाना कितना बड़ा अन्याय है! विशेषतः ललिता के सम्बन्ध में इस तरह का प्रचार करना भारी का-पुरुषता है।"

आनन्दमयी ने कहा, "विनु, तुझमें यदि रंचमात्र पौरुष हो, तो इस का-पुरुषता से तू अनायास ही ललिता को बचा सकता है।"

विनय ने विस्मित होकर कहा, "किस तरह माँ?"

आनन्दमयी ने कहा, "किस तरह क्या! ललिता से ब्याह करके।"

विनय ने कहा, "क्या कह रही हो माँ! अपने विनय को तुम क्या समझती हो, समझ नहीं पाता। तुम सोचती हो, विनय अगर एक बार बोल दे, 'मैं विवाह करूँगा,' तो संसार में उसके ऊपर और कोई बात ही नहीं उठ सकती; सब मेरे इशारे की प्रतीक्षा में ही आँखें गड़ाए बैठे हैं।"

आनन्दमयी ने कहा, "तेरे अंट-शंट बात सोचने की आवश्यकता दिखाई नहीं देती। अपनी ओर से तू जितना कर सकता है, उतना कर देने से हो गया। तू कह सकता है, मैं ब्याह करने को तैयार हूँ।"

विनय ने कहा, "मेरा, ऐसी असंगत बात कहना क्या ललिता के लिए अपमानजनक नहीं होगा?"

आनन्दमयी ने कहा, "असंगत क्यों बोल रहा है? जब तुम लोगों के ब्याह की अफवाह फैल ही चुकी है, तो वह निश्चय ही संगत होने के कारण ही फैली है। मैं तुझसे कह रही हूँ, तुझे कोई संकोच करने की आवश्यकता नहीं।"

विनय ने कहा, "किन्तु माँ, गोरा की बात भी तो सोचनी पड़ेगी।"

आनन्दमयी ने दृढ़ता के साथ कहा, "नहीं बेटा, इसमें गोरा की बात सोचने की आवश्यकता ही नहीं है। मैं जानती हूँ, गोरा गुस्सा करेगा–मैं नहीं चाहती, वह तुझ पर गुस्सा करे। लेकिन क्या करेगा, यदि तुझमें ललिता के प्रति सम्मान है, तो ऐसा तो

नहीं होने दे सकता कि समाज में हमेशा के लिए उसके प्रति अपमान रह जाए।"

लेकिन यह बड़ी कठिन बात है। कारा-दंड से दण्डित जिस गोरा के लिए उसका प्रेम और भी दुगने वेग से बढ़ रहा है, क्या वह उसके लिए इतना बड़ा आघात तैयार करके रख सकता है? उसके अलावा संस्कार! समाज का बुद्धि से उल्लंघन करना सहज है—पर कार्य में उल्लंघन करते समय छोटी-बड़ी कितनी जगह रुकावट पड़ जाती है। अपरिचितों का आतंक, अनभ्यस्तों का अपमान बिना तर्क के केवल पीछे की ओर धकेलते रहते हैं।

विनय बोला, "माँ, तुम्हें जितना देखता हूँ, आश्चर्यचकित होता जाता हूँ। तुम्हारा मन एकदम इतना निर्मल कैसे हो गया! तुम्हें क्या पैदल नहीं चलना पड़ता—क्या तुम्हें ईश्वर ने पंख दिए हैं? तुम्हें किसी भी जगह कोई रुकावट नहीं आती?"

आनन्दमयी ने हँस कर कहा, "ईश्वर ने मेरी रुकावट के लिए कुछ रखा ही नहीं। सब पूरी तरह परिष्कृत कर दिया है।"

विनय ने कहा, "किन्तु माँ, मैं मुँह से चाहे जो कहूँ, मन में अटक है। इतना समझता-बूझता हूँ, पढ़ता-लिखता हूँ, बहस करता हूँ, पर अचानक देखता हूँ, मन तो नितान्त मूर्ख ही रह गया।"

इसी समय महिम ने कमरे में आकर ललिता के सम्बन्ध में विनय से ऐसे रूढ़ ढंग से सवाल किया कि उसका हृदय कुण्ठा से पीड़ित हो उठा। वह आत्म-दमन करके सिर झुकाए निरुत्तर बैठा रहा। तब महिम सभी पक्षों पर तीखा व्यंग्य करके कितनी ही नितान्त अपमानजनक बातें बोल कर चले गए। वे समझा गए, विनय को इस तरह फन्दे में फँसा कर सर्वनाश करने के लिए ही परेश बाबू के घर में एक निर्लज्ज आयोजन चल रहा था, विनय निर्बोध होने के कारण ही इस तरह के फन्दे में फँस गया, वे गोरा को बहका कर देखें, तब जानूँ। वह बड़ी कठोर जमीन है।

विनय चारों ओर इस प्रकार की लांछना की मूर्ति देख कर स्तब्ध बैठा रहा।

आनन्दमयी ने कहा, "जानता है विनय, तेरा क्या कर्तव्य है?"

विनय ने मुँह उठा कर उनके चेहरे की ओर देखा। आनन्दमयी ने कहा, "तेरे लिए उचित है, एक बार परेश बाबू के पास जाना। उनके साथ बात करते ही सब साफ हो जाएगा।"

51

सुचरिता ने अचानक आनन्दमयी को देख आश्चर्यचकित होकर कहा, "मैं अभी आपके यहाँ जाने को तैयार हो रही थी।"

आनन्दमयी ने हँसते हुए कहा, "तुम तैयार हो रही थीं, यह तो मैं नहीं जानती

थी, किन्तु जिसलिए तैयार हो रही थीं, वह समाचार पाकर मैं रुक नहीं पाई, चली आई।"

आनन्दमयी को खबर मिल गई है, सुन कर सुचरिता आश्चर्य में पड़ गई। आनन्दमयी बोलीं, "बेटी, विनय को मैं अपने बेटे की तरह ही मानती हूँ। जब तुम लोगों को नहीं भी जानती थी, तब भी उसी विनय के सम्पर्क के कारण, मन-ही-मन तुम लोगों को बहुत आशीर्वाद देती थी। तुम लोगों के प्रति कोई अन्याय हो रहा है, यह बात सुन कर मैं चैन से कहाँ रह पाती? मेरे द्वारा तुम्हारा कोई उपकार हो सकता है या नहीं, यह तो नहीं जानती–किन्तु मन कैसा हो उठा, उसी के चलते तुम्हारे पास दौड़ी आई। बेटी, क्या विनय की ओर से कोई अन्याय हुआ है?"

सुचरिता ने कहा, "रंचमात्र नहीं। जिस बात को लेकर खूब बड़ा बवाल मच रहा है, उसके लिए ललिता ही उत्तरदायी है। ललिता अचानक किसी से कुछ न बता कर स्टीमर में चली आएगी, विनय बाबू ने तो कभी कल्पना भी नहीं की थी। लोग इस तरह बातें बना रहे हैं, जैसे उन दोनों के बीच कोई गुप्त सलाह-मशविरा हो गया था। ऊपर से ललिता ऐसी तेजस्विनी लड़की है, कि प्रतिवाद करे अथवा किसी प्रकार समझा कर बताए कि वास्तव में घटना क्या घटी थी, वह उससे किसी भी दशा में होने वाला नहीं।"

आनन्दमयी ने कहा, "इसका तो कोई उपाय करना होगा। यह सब बात सुनने के बाद से विनय के मन में तो तनिक भी शान्ति नहीं–वह तो अपने को ही अपराधी ठहराए बैठा है।"

सुचरिता अपना आरक्त मुँह थोड़ा-सा नीचे करके बोली, "अच्छा, आप क्या सोचती हैं कि विनय बाबू!"

आनन्दमयी ने संकोच पीड़िता सुचरिता को उसकी बात पूरी न करने देकर कहा, "देखो बेटी, मैं तुम्हें कह रही हूँ, ललिता के लिए विनय को जो करने को कहोगी, वह वही करेगा। विनय को बचपन से देखती आ रही हूँ। अगर वह एक बार आत्म-समर्पण कर दे, तो फिर कुछ बचा कर नहीं रखता। इसीलिए मुझे बहुत डर-डर कर रहना पड़ता है, कहीं उसका मन ऐसी जगह न चला जाए, जहाँ से उसके लिए प्रतिदान की कोई आशा नहीं।"

सुचरिता के मन से एक बोझ उतर गया। वह बोली, "ललिता की सहमति के लिए आपको कुछ नहीं सोचना होगा, मैं उसका मन जानती हूँ। लेकिन क्या विनय बाबू अपने समाज का परित्याग करने को राजी होंगे?"

आनन्दमयी ने कहा, "शायद, समाज उसका परित्याग कर सकता है, लेकिन वह आगे बढ़ कर जबरदस्ती समाज का परित्याग करने क्यों जाएगा बेटी? क्या उसकी कोई आवश्यकता है?"

सुचरिता ने कहा, "क्या बोल रही हैं माँ? विनय बाबू हिन्दू-समाज में रहते ब्राह्म घर की लड़की से विवाह करेंगे?"

आनन्दमयी ने कहा, "यदि वह करने को राजी हो, तो तुम लोगों को क्या आपत्ति है?"

सुचरिता को भारी जटिलता अनुभव हुई; वह बोली, "वह कैसे संभव होगा, मुझे तो समझ में नहीं आ रहा है।"

आनन्दमयी ने कहा, "मुझे तो यह बहुत सहज लगता है बेटी! देखो, मेरे घर में जो विधान चलता है, मैं उस विधान के अनुसार नहीं चल पाती—इस कारण कितने ही लोग मुझे ख्रिस्तान बोलते हैं। किसी काज-कर्म के समय मैं जानबूझ कर दूर रहती हूँ। तुम सुन कर हँसोगी बेटी, गोरा मेरे कमरे में पानी नहीं पीता। किन्तु उसी के चलते मैं क्यों कहने जाऊँ, यह घर मेरा घर नहीं, यह समाज मेरा समाज नहीं। मैं तो बोल ही नहीं सकती। सारी कड़वी-बुरी बातें सिर पर लिए मैं इस घर, इस समाज में रह रही हूँ। इसमें तो मुझे ऐसी कुछ बाधा नहीं आ रही है। यदि ऐसा लगे कि और नहीं चल सकता, तो ईश्वर जो मार्ग दिखाएँगे, वही मार्ग पकड़ लूँगी। किन्तु शेष पर्यन्त, जो अपना है, उसे अपना ही कहूँगी—यदि वे मुझे स्वीकार न करें, तो वे जानें।"

सुचरिता को अभी भी बात स्पष्ट नहीं हुई; उसने कहा, "किन्तु देखिए, ब्राह्म-समाज की जो विचारधारा है, यदि विनय बाबू—"

आनंदमयी ने कहा, "उसकी भी तो उसी तरह की विचारधारा है। ब्राह्म-समाज की विचारधारा संसार से अलग विचारधारा तो नहीं है। तुम लोगों के समाचारपत्रों में जो सब उपदेश छपते हैं, वे सब मुझे वह अक्सर पढ़ कर सुनाता है—कहीं भेद तो समझ नहीं पाई।"

उसी समय "सुचि दीदी" कह कर कमरे में प्रवेश करते ही आनन्दमयी को देख ललिता लज्जा से लाल हो उठी। वह सुचरिता का चेहरा देखकर समझ गई कि अब तक उसी की बात हो रही थी। कमरे से भाग जाने से ही वह मानो बच जाती, किन्तु तब और भागने का उपाय नहीं था।

आनन्दमयी बोल पड़ीं, "आओ ललिता, बेटी आओ!"

कह, ललिता का हाथ पकड़ कर उसे तनिक विशेष रूप से अपने निकट खींच कर बैठाया, जैसे कि ललिता उनकी कुछ विशेष अपनी हो गई है।

अपनी पहली बात के क्रम में आनन्दमयी ने सुचरिता से कहा, "देखो बेटी, भले के साथ बुरे का मिलन ही सबसे कठिन है—किन्तु संसार में वह भी होता है—और उसमें भी सुख-दुख में चलता रहता है—ऐसा नहीं कि सब समय उसमें बुरा ही होता है, अच्छा भी होता है। यदि यह भी संभव है, तो केवल मत में थोड़ा-सा मेल न होने के कारण दोनों जने क्यों नहीं मिल पाएँगे, मैं तो समझ ही नहीं पा रही हूँ। मनुष्यों का वास्तविक मिलन क्या मत से होता है?"

सुचरिता मुँह नीचे किए बैठी रही। आनन्दमयी ने कहा, "तुम लोगों के

ब्राह्म-समाज में भी क्या मनुष्य को मनुष्य से मिलने नहीं देंगे? ईश्वर ने भीतर से जिनको एक बनाया है, तुम्हारा समाज उन्हें बाहर से अलग किए रखेगा? बेटी, जिस समाज में, छोटे अमेल को महत्त्व नहीं देते, बड़े मिल कर सभी को मिला देते हैं, वह समाज क्या कहीं भी नहीं है? मनुष्य क्या ईश्वर के साथ इसी भाँति झगड़ा करता रहेगा? समाज सार-वस्तु क्या इसीलिए बनी है?''

आनन्दमयी इस विषय को लेकर इतने आन्तरिक उत्साह के साथ चर्चा में जुटी हुई हैं, यह क्या केवल ललिता के साथ विनय के विवाह की बाधा दूर करने के लिए ही है? इस सम्बन्ध में सुचरिता का मन थोड़ी दुविधा अनुभव कर रहा है, उसी दुविधा को समाप्त करने के लिए अपने संपूर्ण मन से तैयार हो उठी हैं, क्या इसमें एक और उद्देश्य नहीं था? यदि सुचरिता ऐसे संस्कारों से जुड़ी रहे, तो वह किसी भी तरह पूरा नहीं हो सकेगा। विनय के ब्राह्म न होने के कारण विवाह नहीं हो पाएगा, यदि यही सिद्धान्त बन जाए, तो भारी दुख के समय भी, इन कुछ दिनों आनन्दमयी जो आशा गढ़ती रही थीं, वह धूल में मिल जाएगी। विनय ने आज ही उनसे यह प्रश्न किया था; बोला था, ''माँ, क्या ब्राह्म-समाज में नाम लिखाना होगा? उसे भी स्वीकार करूँ?''

आनन्दमयी ने कहा था, ''ना-ना, उसकी कोई आवश्यकता नहीं समझती।''

विनय बोला, ''अगर वे दबाव डालें?''

आनन्दमयी ने बहुत देर चुप रह कर कहा था, ''ना, यहाँ दबाव नहीं चलेगा।''

सुचरिता ने आनन्दमयी की चर्चा में भाग नहीं लिया, वह चुप ही रही। वे समझ गईं, सुचरिता का मन अभी भी सहमत नहीं हो रहा है।

आनन्दमयी मन-ही-मन सोचने लगीं, ''मेरे मन ने जो समाज के सारे संस्कार खण्डित कर दिए हैं, वह तो केवल गोरा की ममता के कारण है। तब क्या गोरा की ओर सुचरिता का मन आकर्षित नहीं हुआ? यदि आकर्षित होता, तो यह छोटी-सी बात इतनी बड़ी न हो जाती।''

आनन्दमयी का मन थोड़ा दुखी हो गया। कारागार से गोरा के बाहर आने में और मात्र दो-एक दिन शेष हैं। वे मन में सोच रही थीं, उसके लिए सुख की एक भूमि तैयार हो गई है। इस बार जैसे भी हो, गोरा को बाँध देना पड़ेगा, अन्यथा वह कहाँ किस विपत्ति में पड़ जाए, इसका ठिकाना नहीं। किन्तु गोरा को बाँध रखना ऐसी-वैसी लड़की का काम नहीं है। इधर किसी हिन्दू समाज की लड़की के साथ गोरा का विवाह अन्याय होगा—उसी कारण अब तक उन्होंने अनेक कन्याओं के अभिभावकों की प्रार्थना एकदम अस्वीकार कर दी है। गोरा कहता है, ''मैं विवाह नहीं करूँगा''—वे माँ होकर एक दिन भी प्रतिवाद नहीं करतीं, इससे लोगों को आश्चर्य हो जाता था। इस बार गोरा के एक-दो लक्षण देख कर वे मन-ही-मन उत्फुल्ल हो गई थीं। इसीलिए सुचरिता की नीरव-विरोधिता ने उन पर भारी आघात किया। लेकिन वे सहज ही पतवार छोड़ने वाली नहीं हैं; मन-ही-मन बोलीं, 'अच्छा, देखा जाए।'

52

परेश बाबू ने कहा, "विनय, ललिता को एक संकट से उबारने के लिए तुम कोई दुःसाहसिक काम करो, मैं ऐसा नहीं चाहता। समाज की आलोचना का अधिक मूल्य नहीं है, आज जिसे लेकर बवंडर मच रहा है, वह दो दिन बाद किसी को याद भी नहीं रहेगा।"

विनय ललिता के प्रति कर्तव्य निभाने के लिए ही कमर कस कर आया था, इस विषय में उसके मन में रंचमात्र सन्देह नहीं था। वह जानता था, इस प्रकार के विवाह से समाज में परेशानी होगी और उससे भी अधिक–गोरा बहुत गुस्सा करेगा–किन्तु केवल कर्तव्य-बुद्धि की दुहाई देकर इस पूरी अप्रिय कल्पना को उसने मन से खदेड रखा था। ऐसे समय जब परेश बाबू ने हठात् कर्तव्य-बुद्धि को एकदम बर्खास्त करना चाहा, तो विनय ने उसे छोड़ना नहीं चाहा।

वह बोला, "आप लोगों के स्नेह का ऋण मैं कभी नहीं चुका पाऊँगा। मुझे आधार बना कर आप लोगों के परिवार में यदि दो दिन के लिए भी लेशमात्र अशान्ति उत्पन्न हो, वह भी मेरे लिए असह्य है।"

परेश बाबू ने कहा, "विनय, मेरी बात तुम ठीक से समझ नहीं रहे हो। हमारे प्रति तुम्हारी जो श्रद्धा है, उससे मैं बहुत प्रसन्न हूँ, पर उसी श्रद्धा का कर्तव्य पूरा करने के लिए तुम मेरी कन्या से विवाह के लिए तैयार हुए हो, यह मेरी कन्या के लिए सम्मानजनक नहीं है। मैंने उसी कारण तुमसे कहा था, संकट इतना भारी नहीं है कि इसके लिए तुम्हारा थोड़ा-सा भी त्याग स्वीकार करने की आवश्यकता हो।"

जाने दो, विनय को कर्तव्य की जिम्मेदारी से मुक्ति मिल गई–लेकिन पिंजरे का द्वार खुला पाकर जैसे पक्षी झटपट उड़ जाता है, उसी प्रकार उसका मन निष्कृति के मार्ग पर दौड़ नहीं पड़ा। अभी भी वह हिलना नहीं चाहता। कर्तव्य-बुद्धि का सहारा लेकर वह बहुत दिन के संयम के बाँध को अनावश्यक मान कर तोड़ देने के लिए बैठा है। मन पहले जहाँ डर-डर कर कदम बढ़ाता था और अपराधी के समान संकोच में लौट आता था, अब उसने वहीं अधिकारपूर्वक बैठ कर लंका बाँट ली है–अब उसे लौटाना कठिन है। जो कर्तव्य-बुद्धि उसे हाथ पकड़ कर इस जगह लाई थी, वह जब कहती है, "और आवश्यकता नहीं, चलो भाई, लौटें"–तब मन कहता है, "तुम्हें आवश्यकता न हो, तो तुम लौट जाओ, मैं यहीं रह गया हूँ।"

जब परेश ने कहीं भी कोई आड़ नहीं रहने दी, तो विनय बोल पड़ा, "मैं कर्तव्य के अनुरोध पर एक कष्ट स्वीकार करने जा रहा हूँ, ऐसा सोचिए भी मत। आप लोग यदि सहमति दें, तो मेरा ऐसा सौभाग्य और कुछ नहीं हो सकता–केवल मुझे डर है कि अगर–"

सत्यप्रिय परेश बाबू ने निस्संकोच कहा, "तुम्हें जो डर है, उसका कोई कारण

नहीं। मैंने सुचरिता से सुना है, ललिता का मन तुमसे विमुख नहीं है।''

विनय के मन में आनन्द की बिजली कौंध गई। ललिता के मन की एक गूढ़ बात सुचरिता के सामने व्यक्त हो गई है। कब व्यक्त हुई, कैसे व्यक्त हुई? दो सखियों के सामने इंगित और अनुमान से एक जानकारी खुली, इसका सुतीक्ष्ण रहस्यमय सुख विनय को मानो बेध डालने लगा।

विनय बोल पड़ा, ''यदि आप मुझे योग्य समझते हैं, तो उससे अधिक आनन्द की बात मेरे लिए और कुछ नहीं हो सकती।''

परेश बाबू ने कहा, ''तुम थोड़ी प्रतीक्षा करो, मैं एक बार ऊपर हो आऊँ।''

वे वरदासुन्दरी की राय लेने गए। वरदासुन्दरी ने कहा, ''विनय को तो दीक्षा लेनी होगी।''

परेश बाबू ने कहा, ''वह तो लेनी ही पड़ेगी।''

वरदासुन्दरी बोलीं, ''वह पहले तय करो। विनय को यहीं बुला लो-ना।''

विनय के ऊपर आने पर वरदासुन्दरी ने कहा, ''तो, दीक्षा का दिन तो निश्चित करना होगा।''

विनय ने पूछा, ''दीक्षा की क्या आवश्यकता है?''

वरदासुन्दरी ने कहा, ''आवश्यकता नहीं! क्या कह रहे हो! इसके बिना ब्राह्म-समाज में तुम्हारा विवाह कैसे होगा?''

विनय चुप होकर सिर झुकाए बैठा रहा। विनय उनके घर में विवाह करने को सहमत हो गया है, सुनते ही परेश बाबू ने मान लिया था, वह दीक्षा ग्रहण करके ब्राह्म-समाज में प्रवेश करेगा।

विनय ने कहा, ''मेरी तो ब्राह्म-समाज के धर्म-सिद्धान्त के प्रति श्रद्धा है और अब तक मेरे व्यवहार में भी उसके विपरीत आचरण नहीं घटा। तब भी क्या विशेष रूप से दीक्षा लेने की आवश्यकता है?''

वरदासुन्दरी बोलीं, ''यदि विचारों में मेल है ही, तो दीक्षा लेने में क्या हर्ज है?''

विनय ने कहा, ''मैं हिन्दू-समाज का कोई नहीं हूँ, मेरे लिए यह बात कहना असंभव है।''

वरदासुन्दरी ने कहा, ''तो आपका इस बात को लेकर चर्चा करना ही अनुचित है। आप क्या हमारा उपकार करने के लिए दया करके मेरी लड़की से विवाह को सहमत हुए हैं?

विनय को बहुत चोट लगी; देखा, उसका प्रस्ताव वास्तव में इन लोगों के लिए अपमानजनक हो गया है।

कुछ समय हुआ, सिविल-विवाह का कानून पास हो गया है। उस समय गोरा और विनय ने समाचारपत्रों में इस कानून के विरुद्ध तीखी आलोचना लिखी थी। आज उसी सिविल-विवाह को स्वीकार करके, विनय अपने को 'हिन्दू नहीं' के रूप में घोषित

करेगा, यह तो बड़ी कठिन बात है।

विनय हिन्दू-समाज में रहते हुए ललिता से विवाह करे, परेश इस प्रस्ताव को मन से स्वीकार नहीं कर पाए। विनय दीर्घ निःश्वास छोड़ते हुए उठ खड़ा हुआ और दोनों को नमस्कार करके बोला, "मुझे क्षमा करें, मैं और अपराध नहीं बढ़ाऊँगा।"

कह कर कमरे से बाहर हो गया। सीढ़ी के निकट आकर देखा, सामने के बरामदे के एक कोने में एक छोटी डेस्क लिए बैठी ललिता चिट्ठी लिख रही है। पैरों की आहट से ललिता ने आँखें उठा कर विनय के चेहरे की ओर देखा। उसके उसी क्षण भर के देखने ने विनय के हृदय को एक पल में मथ डाला। विनय के साथ ललिता का नया परिचय नहीं–उसने कितनी ही बार उसके चेहरे की ओर देखा है, लेकिन आज उसकी आँखों में क्या रहस्य प्रकट हुआ? सुचरिता ललिता के मन की एक बात जान गई है–मन की वही बात विनय को आज ललिता के श्यामल नेत्रों की पलकों की छाया में करुणा से भर कर, एक सजल-स्निग्ध मेघ की भाँति दिखाई दी। विनय के भी, एक पल देखने में उसके हृदय की वेदना विद्युत के समान कौंध गई; वह ललिता को नमस्कार करके बिना बातचीत के ही सीढ़ियों से उतर कर चला गया।

53

गोरा ने जेल से बाहर आते ही देखा, परेश बाबू और विनय दरवाजे के बाहर उसकी प्रतीक्षा कर रहे हैं।

एक मास कोई लम्बा समय नहीं होता। गोरा एक मास से अधिक संबन्धियों-मित्रों को छोड़ कर भ्रमण पर निकला है, पर जेल के एक माह के अलगाव से बाहर आकर जब उसने परेश और विनय को देखा, तो उसे लगा कि जैसे पुराने मित्रों-परिचितों के संसार में उसने पुनर्जन्म पाया है। उस राज-पथ के मुक्त आकाश के नीचे प्रभात के आलोक में परेश का शान्त, स्नेहपूर्ण, स्वाभाविक-सौम्य चेहरा देख कर उसने जिस प्रकार भक्ति के आनन्द में उनकी चरण-धूलि ली, वैसा और कभी नहीं किया था। परेश ने उसे आलिंगन में भर लिया।

विनय का हाथ पकड़ कर गोरा हँसते हुए बोला, "विनय, स्कूल से प्रारम्भ करके तुम्हारे साथ ही सारी शिक्षा प्राप्त करता आया हूँ, पर टाँवा देकर इस विद्यालय में तुमसे पहले आ गया।"

विनय हँस भी नहीं पाया, कोई बात भी नहीं कह पाया। जेल के सुख-दुख के भीतर से उसका मित्र, उसके लिए मानो, मित्र की अपेक्षा बहुत बड़ा होकर बाहर आया है। वह गहरे संभ्रम में चुप रहा। गोरा ने पूछा, "माँ कैसी हैं?"

विनय ने कहा, "माँ अच्छी हैं।"

परेश बाबू ने कहा, "आओ बेटा, तुम्हारे लिए एक गाड़ी प्रतीक्षा कर रही है।"

तीनों जने गाड़ी में बैठने वाले ही थे कि तभी हाँफते-हाँफते अविनाश आ पहुँचा। उसके पीछे लड़कों का दल।

अविनाश को देखते ही गोरा ने जल्दी-जल्दी गाड़ी में बैठने का उपक्रम किया, किन्तु उसके पहले ही उसने आकर रास्ता रोकते हुए कहा, "गौरमोहन बाबू, थोड़ा रुकिए।"

बोलते-बोलते ही लड़के चीत्कार भरी आवाज में गाने लगे–

दुखनिशीथिनी हल आजि भोर।
कटिल कटिल अधीनता डोर।[1]

गोरा का चेहरा लाल हो उठा; वह अपने वज्र-स्वर में गरजते हुए बोला, "चुप रहो।"

लड़के हक्के-बक्के चुप हो गए। गोरा ने कहा, "अविनाश, यह सब क्या बात है!"

अविनाश ने अपनी चादर में से केले के पत्ते में लिपटी कुन्द-पुष्प की गुँथी मोटी माला निकाली तथा उसके अनुगामी एक अल्प वयस्क लड़के ने चाबी भरे ऑर्गन के समान पतले सुर में सोने के पानी से छपा कारा-मुक्ति का अभिनन्दन पढ़ना आरम्भ कर दिया।

अविनाश की माला को बलपूर्वक हटा कर गोरा ने अवरुद्ध क्रोध के स्वर में कहा, "लगता है, अब तुम लोगों का नाटक शुरू हुआ? लगता है, आज रास्ते के किनारे अपने जात्रा-दल में मुझे विदूषक बनाने के लिए, एक महीने से अभ्यास कर रहे थे?"

अविनाश ने बहुत दिन से यह प्लान बना रखा था–उसने सोचा था, भारी अचम्भे में डाल देगा। हम जिस समय की बात कह रहे हैं, तब इस प्रकार के उपद्रव प्रचलित नहीं थे। अविनाश ने विनय को भी मन्त्रणा में शामिल नहीं किया था, इस अपूर्व कार्य की सारी वाहवाही उसे स्वयं ही लूटने का लालच था। यहाँ तक कि समाचारपत्रों के लिए इसका विवरण भी उसने अपने आप ही लिख कर सँभाल कर रख लिया था, तय था कि लौटते ही उसकी एक-दो कमियाँ पूरी करके भेज देगा।

गोरा के तिरस्कार से क्षुब्ध होकर अविनाश बोला, "आप गलत कह रहे हैं। आपने कारावास में जो कष्ट भोगा है, हमने उससे तनिक भी कम नहीं सहा। इस एक महीने की अवधि में हमारी छाती का ढाँचा भी हर पल तुषानल में जला है।"

गोरा ने कहा, "गलती कर रहे हो अविनाश, थोड़ा ध्यान से देखने पर ही देख सकते हो, अभी तूष भी सारा वैसा ही पड़ा है, वक्ष-पंजर का भी कोई सांघातिक नुकसान नहीं हुआ है।"

---

1. दुखनिशीथिनी हो गयी आज भोर
   कट गयी कट गयी पराधीनता-डोर

अविनाश दबा नहीं; बोला, "राज-पुरुष ने आपका अपमान किया है, किन्तु आज भारत-भूमि के मुख-पात्र होकर हम सम्मान की यह माला–"

गोरा बोल उठा, "और सहन नहीं होता!"

अविनाश और उसके दल को एक किनारे हटा कर गोरा ने कहा, "परेश बाबू, गाड़ी में बैठिए।"

परेश बाबू ने गाड़ी में बैठ कर चैन की साँस ली। गोरा और विनय ने उनका अनुसरण किया।

स्टीमर से चल कर अगले दिन प्रातःकाल गोरा घर आ पहुँचा। देखा, घर के बाहर उसके दल के बहुत लोगों ने भीड़ लगा रखी है। किसी तरह उनके हाथ से बच कर गोरा घर के अन्दर आनन्दमयी के पास पहुँचा; वे आज सवेरे-सवेरे स्नान से निवृत्त होकर तैयार होकर बैठी थीं। गोरा के आकर उनके पाँवों में पड़ कर प्रणाम करते ही आनन्दमयी की दोनों आँखों से आँसू झरने लगे। उन्होंने अब तक जिन आँसुओं को रोक रखा था, आज उन्होंने कोई बाधा नहीं मानी।

कृष्णदयाल के गंगा-स्नान से लौट कर आते ही गोरा ने उनके साथ भेंट की। उन्हें दूर से ही प्रणाम किया, उनके चरण नहीं छुए। कृष्णदयाल संकोचपूर्वक दूर आसन पर बैठ गए। गोरा बोला, "पिताजी, मैं एक प्रायश्चित करना चाहता हूँ।"

कृष्णदयाल ने कहा, "तेरे लिए तो कोई आवश्यकता नहीं समझता।"

गोरा ने कहा, "जेल में मैंने और कोई कष्ट माना ही नहीं, केवल अपने को अत्यन्त अपवित्र अनुभव करता था, अभी भी वह ग्लानि गई नहीं है–प्रायश्चित करना ही होगा।"

कृष्णदयाल ने झुँझला कर कहा, "ना-ना, तुम्हें इतना दिखावा नहीं करना है। मैं उसमें सहमत नहीं हो पा रहा हूँ।"

गोरा ने कहा, "अच्छा, मैं नहीं तो, इस सम्बन्ध में पण्डितों का मत ले लूँ!"

कृष्णदयाल ने कहा, "किसी पण्डित का मत लेने की आवश्यकता नहीं। मैं तुम्हें विधान देता हूँ, तुम्हारे लिए प्रायश्चित की आवश्यकता नहीं है।"

कृष्णदयाल के समान छुआछूत मानने वाले शुद्धतावादी व्यक्ति गोरा के संदर्भ में किसी प्रकार का नियम-संयम क्यों स्वीकार करना नहीं चाहते–यही नहीं कि, स्वीकार नहीं करते, बल्कि उसके विरुद्ध एकदम जिद पकड़ कर बैठ जाते हैं, गोरा आज तक इसका कोई अर्थ ही नहीं समझ पाया।

आनन्दमयी ने आज भोजन की जगह गोरा के पास ही विनय का आसन बिछा दिया था। गोरा बोला, "माँ, विनय का आसन थोड़ा अलग कर दो।" आनन्दमयी ने आश्चर्यचकित होकर कहा, "क्यों, विनय से क्या अपराध हुआ?"

गोरा ने कहा, "विनय से कुछ नहीं हुआ, मुझसे हुआ है। मैं अशुद्ध हूँ।"

आनन्दमयी ने कहा, "होने दो, विनय इतना शुद्ध-अशुद्ध नहीं मानता।"

गोरा ने कहा, "विनय नहीं मानता, मैं मानता हूँ।"

भोजन के बाद जब दोनों मित्र अपने ऊपरी मंजिल वाले एकान्त कमरे में आकर बैठे, तो उनमें से किसी को कहने को कोई बात ही नहीं मिली। इस एक महीने में विनय के लिए जो एकमात्र बात सबसे बड़ी हो गई थी, उसे आज गोरा के सामने कैसे उठाए, वह सोच ही नहीं पा रहा था। गोरा के मन में भी परेश बाबू के घर के लोगों के सम्बन्ध में एक जिज्ञासा जाग रही थी, लेकिन वह कुछ भी नहीं बोला। वह प्रतीक्षा कर रहा था कि विनय बात उठाए। अवश्य ही गोरा ने परेश बाबू से यह बात पूछ ली थी कि घर की सभी स्त्रियाँ कैसी हैं, पर वह तो केवल शिष्टता का प्रश्न था। वे सभी अच्छे हैं, इतने से समाचार की अपेक्षा विस्तारित विवरण जानने का उसके मन में औत्सुक्य था।

इसी समय कमरे में आकर महिम आसन पर बैठ कर कुछ देर सीढ़ी चढ़ने की मेहनत से हाँफते रहे। उसके बाद बोले, "विनय, अब तक तो गोरा के आने की प्रतीक्षा की गई। अब और तो कोई बात नहीं है। अब दिन-मुहूर्त निश्चित कर लिया जाए। गोरा, क्या कहते हो? समझ तो गए, क्या बात हो रही है?"

गोरा कोई बात कहे बिना थोड़ा हँसा।

महिम बोले, "अरे, हँस रहे हो! तुम सोचते हो, भैया आज भी वह बात नहीं भूले। किन्तु कन्या तो स्वप्न नहीं है, स्पष्ट देख पा रहा हूँ, वह एक सत्य पदार्थ है–भूलने का उपाय क्या है! हँसी नहीं है गोरा, अब जो हो, तय कर डालो।"

गोरा ने कहा, "जो तय करने वाले हैं, वे तो स्वयं उपस्थित हैं।"

महिम ने कहा, "सर्वनाश! उनका तो खुद ही तय नहीं, वे तय करेंगे! तुम आ गए हो, अब तुम्हारे ऊपर ही सारा भार है।"

आज विनय गंभीर होकर चुप रहा, अपने स्वभावसिद्ध परिहास के बहाने भी कोई बात कहने की चेष्टा नहीं की।

गोरा समझ गया, कुछ गड़बड़ है। वह बोला, "निमन्त्रित करने जाने का भार ले सकता हूँ, मिठाई का आदेश देने का भार भी लिया जा सकता है, परोसने के लिए भी राजी हूँ, किन्तु विनय तुम्हारी लड़की से विवाह करेंगे ही, वह भार नहीं ले सकता। जिनके विधान से संसार में ये सब काज होते हैं, मेरी उनके साथ विशेष जान-पहचान नहीं है–मैंने हमेशा उन्हें दूर से ही नमस्कार किया है।"

महिम ने कहा, "तुम्हारे दूर रहने से ही वे भी दूर हो जाते हैं, यह सोचो भी मत। हठात् कब चौंका दें, कुछ नहीं कहा जा सकता। तुम्हारे सम्बन्ध में उनका इरादा क्या है, वह तो सही-सही नहीं कह सकता, परन्तु इनके सम्बन्ध में भारी गड़बड़ लग रही है। अकेले प्रजापति ठाकुर के ऊपर ही सब काम का भार न डाल कर, यदि स्वयं भी उद्‌योगी न बने, तो शायद पश्चात्ताप करना पड़ेगा, यह मैं कहे देता हूँ।"

गोरा बोला, "जो दायित्व मेरा नहीं है, वह दायित्व न लेकर पश्चात्ताप करने को

तैयार हूँ, पर लेने के बाद पश्चात्ताप करना और भी कठिन है। उसी से बचना चाहता हूँ।''

महिम ने कहा, ''ब्राह्मण के लड़के की जात, कुल, मान सब चला जाएगा और तुम बैठ कर देखोगे? देश के लोगों के हिन्दूपन की रक्षा के लिए तुम्हारा खाना-सोना बन्द है, इधर अपना ही परम मित्र यदि जात बहा कर ब्राह्म-घर में विवाह कर बैठे, तो लोगों को मुँह नहीं दिखा पाओगे। विनय, लगता है तुम गुस्सा कर रहे हो, किन्तु ढेरों लोग तुम्हारे पीछे यह सारी बात गोरा से कहते–वे कहने के लिए छटपटा रहे हैं–मैंने सामने ही कह दी, इसमें सभी का भला होगा। अफवाह यदि झूठी है, तो वह बात कहने से ही खतम हो जाएगी और यदि सच है, तो बातचीत से निष्पत्ति कर लो।''

महिम चले गए, विनय ने तब भी कोई बात नहीं की। गोरा ने पूछा, ''क्या विनय, मामला क्या है?''

विनय ने कहा, ''केवल थोड़े-से समाचार देकर स्थिति को अच्छी तरह समझाना बहुत कठिन है, इसीलिए सोचा था, तुम्हें धीरे-धीरे सारा मामला समझा कर बताऊँगा–किन्तु संसार में हमारी सुविधा के अनुसार आराम से कुछ भी घटना नहीं चाहता–घटनाएँ भी शिकारी बाघ की भाँति पहले छोटे-छोटे कदमों से बिना आवाज किए चलती हैं, उसके बाद एक समय अचानक उछल कर गर्दन पर आ पड़ती हैं। फिर, उनका समाचार भी प्रारम्भ में आग की तरह दबा रहता है, उसके बाद हठात् धाँय-धाँय करके जलने लगता है, तब उसे और सँभाला नहीं जा सकता। इसीलिए कभी-कभी लगता है, कर्म मात्र का त्याग करके पूरी तरह स्थाणु होकर बैठने में ही मनुष्य की मुक्ति है।''

गोरा ने हँस कर कहा, ''तुम्हारे अकेले के स्थाणु होकर बैठे रहने में मुक्ति कहाँ है? यदि उसके साथ सारा जगत स्थाणु न हो जाए, तो तुम्हें क्यों जड़ रहने देगा? वह तो और उल्टी विपदा हो जाएगी। जब संसार काम कर रहा है, तब तुम भी यदि काम न करो, तो केवल ठगे जाओगे। इसीलिए इतना ही देखना होगा कि घटना तुम्हारी सतर्कता के परे न चली जाए–ऐसा न हो जाए कि और सब कुछ चल रहा है, केवल तुम्हीं तैयार नहीं हो।''

विनय ने कहा, ''यह बात सही है। मैं ही तैयार नहीं रहता। इस बार भी मैं तैयार नहीं था। किस ओर क्या घट रहा है, समझ ही नहीं पाया। किन्तु जब घट गया, तो उसका दायित्व तो लेना ही पड़ेगा। जिसका शुरू में ही न घटना अच्छा था, उसे आज अप्रिय होने पर भी अस्वीकार नहीं किया जा सकता।''

गोरा ने कहा, ''घटना क्या है, जाने बिना, उसकी तात्विक-आलोचना में भाग लेना मेरे लिए कठिन है।''

विनय ने सीधे बैठ कर कह डाला, ''अनिवार्य घटनाक्रम में ललिता के साथ मेरा

सम्बन्ध ऐसी जगह आ खड़ा हुआ है कि यदि मैं उससे विवाह न करूँ, तो उसे समाज में चिर जीवन अन्याय और अमूलक अपमान सहन करना पड़ेगा।''

गोरा ने कहा, ''किस तरह खड़ा हो गया है, सुनूँ तो!''

विनय ने कहा, ''वह लम्बी बात है। वह तुम्हें क्रमशः बताऊँगा, किन्तु उतनी तुम मान जाओ।''

गोरा ने कहा, ''अच्छा, मान ही लेता हूँ। उस सम्बन्ध में मेरा यही कहना है कि घटना यदि अनिवार्य हो, तो दुख भी अनिवार्य होता है। यदि ललिता को समाज में अपमान-भोग करना ही हो, तो उसका उपाय नहीं।''

विनय ने कहा, ''किन्तु उसका निवारण करना तो मेरे हाथ में है।''

गोरा ने कहा, ''यदि हो, तो अच्छा ही है। पर यह बात जबरदस्ती कहने से तो नहीं होगा। अभाव में पड़ कर चोरी करना, खून करना भी तो मनुष्य के हाथ में है, किन्तु क्या वह सचमुच है? ललिता से विवाह करके तुम ललिता के प्रति कर्तव्य निभाना चाहते हो, लेकिन क्या वही तुम्हारा चरम कर्तव्य है? समाज के प्रति कोई कर्तव्य नहीं?''

समाज के प्रति कर्तव्य का ध्यान रखते हुए ही विनय ब्राह्म बन कर विवाह के लिए सहमत नहीं हुआ, यह बात उसने नहीं कही, वह बहस पर तुल गया। उसने कहा, ''इस संदर्भ में शायद तुम्हारे साथ मेरी पटरी न बैठे। मैं तो व्यक्ति का पक्ष लेकर समाज के विरुद्ध बात नहीं कर रहा हूँ। मैं कह रहा हूँ, व्यक्ति और समाज, दोनों से ऊपर धर्म है—उसी का ध्यान रखते हुए चलना होगा। जैसे व्यक्ति को बचाना मेरा चरम कर्तव्य नहीं है, वैसे ही समाज को बचाना भी मेरा चरम कर्तव्य नहीं है, एकमात्र धर्म को बचाना ही मेरा चरम श्रेय है।''

गोरा ने कहा, ''व्यक्ति भी नहीं है, समाज भी नहीं है; तथापि धर्म है, ऐसे धर्म को मैं नहीं मानता।''

विनय को जिद चढ़ गई। वह बोला, ''मैं मानता हूँ। व्यक्ति और समाज की भित्ति पर धर्म नहीं खड़ा है, धर्म की भित्ति पर ही व्यक्ति और समाज खड़े हैं। जिसे समाज चाहता है, उसे ही यदि धर्म मानना पड़े, तो वह समाज को ही नष्ट करना होगा। यदि समाज मेरी किसी न्याय-संगत, धर्म-संगत स्वाधीनता में बाधा खड़ी करता है, तो उस असंगत बाधा का उल्लंघन करना ही समाज के प्रति कर्तव्य निभाना होगा। यदि ललिता से विवाह करना मेरे लिए अनुचित न हो, यहाँ तक कि, उचित हो, तो समाज की प्रतिकूलता के कारण ही उससे पीछे हट जाना मेरे लिए अधर्म होगा।''

गोरा ने कहा, ''औचित्य-अनौचित्य क्या अकेले तुम्हीं में आबद्ध हैं? यह बात नहीं विचारोगे कि इस विवाह के द्वारा अपनी भावी सन्तान को तुम कहाँ खड़ी करवा रहे हो?''

विनय ने कहा, ''इस प्रकार विचार करके ही तो मनुष्य सामाजिक-अन्याय को

चिरस्थायी बना डालता है। साहबों-मालिकों की लात खाकर जो बाबू हमेशा अपमान ढोता रहता है, तुम उसे दोष क्यों देते हो? वह भी तो अपनी सन्तान के बारे में ही सोचता है।''

गोरा के साथ बहस में विनय जिस जगह आ पहुँचा था, पहले वह वहाँ नहीं था। थोड़ा पहले ही तो समाज से विच्छेद की संभावना से ही उसका हृदय कुण्ठित हो गया था। इस सम्बन्ध में उसने अपने साथ किसी प्रकार का तर्क-वितर्क ही नहीं किया और यदि गोरा के साथ बहस न उठ खड़ी होती, तो विनय का मन अपने चिरन्तन संस्कार के अनुसार वर्तमान प्रवृत्ति की उल्टी दिशा में ही चलता। किन्तु बहस करते-करते उसकी प्रवृत्ति कर्तव्य-बुद्धि को अपनी सहायिका बना कर प्रबल होने लगी।

गोरा के साथ खूब बहस खड़ी हो गई। इस प्रकार की चर्चा में गोरा प्रायः तर्क-प्रयोग की दिशा में नहीं जाता—वह बहुत जोर के साथ अपना मत रखता है। ऐसा जोर कम लोगों में ही देखा जाता है। इसी जोर के सहारे उसने आज विनय की सारी बातें धक्का देकर धूल में मिलाते हुए चलने की चेष्टा की, लेकिन आज उसके सामने बाधा आने लगी। जब तक एक ओर गोरा तथा एक ओर मात्र विनय का मत था, तब तक विनय हार मानता रहा, पर आज दोनों ओर ही वास्तविक मनुष्य हैं—गोरा आज हवाई-बाण से हवाई-बाण को नहीं काट रहा था, आज बाण जहाँ आकर चुभ रहा था, वहाँ वेदना भरा मनुष्य-हृदय था।''

अन्त में गोरा ने कहा, ''मैं तुम्हारे साथ तर्क-युद्ध नहीं करना चाहता। इसमें बहस की कोई अधिक बात नहीं, इसमें हृदय से समझने की बात है। ब्राह्म लड़की से विवाह करके तुम अपने को देश के सर्व-साधारण से जो अलग कर लेना चाहते हो, वही मेरे लिए अत्यन्त वेदना का विषय है। तुम यह काम कर सकते हो, मैं किसी तरह नहीं कर सकता, यहीं मुझमें और तुममें अन्तर है—न ज्ञान में, न बुद्धि में। जहाँ मेरा प्रेम है, वहाँ तुम्हारा प्रेम नहीं है। तुम जहाँ छुरी मार कर अपने को मुक्त कर लेना चाहते हो, तुम्हारे लिए वहाँ कोई दर्द नहीं है। मेरा वहाँ से नाभि-नाल सम्बन्ध है। मैं अपने भारतवर्ष को चाहता हूँ—उस पर तुम चाहे जितने दोष मढ़ो, जितनी गालियाँ दो, मैं उसी को चाहता हूँ; मैं उससे बढ़ कर अपने को या किसी अन्य मनुष्य को नहीं चाहता। मैं लेशमात्र ऐसा कोई काम नहीं करना चाहता, जिससे भारतवर्ष के साथ मेरा बाल भर विच्छेद हो।''

विनय के, कोई उत्तर देने का उपक्रम करते ही, गोरा बोला, ''नहीं विनय, तुम मेरे साथ वृथा बहस कर रहे हो। सारे संसार ने जिस भारतवर्ष को छोड़ दिया है, जिसका अपमान कर रहा है, मैं उसी के साथ अपमान के एक ही आसन पर बैठना चाहता हूँ—मेरा यही जाति-भेद वाला भारतवर्ष, मेरा यही कुसंस्कार वाला भारतवर्ष, मेरा यही मूर्तिपूजक भारतवर्ष! यदि तुम इससे अलग होना चाहते हो, तो मुझसे भी अलग होना पड़ेगा।''

इतना कह, गोरा उठ कर कमरे से निकल कर छत पर टहलने लगा। विनय चुप बैठा रहा। नौकर ने आकर गोरा को समाचार दिया, अनेक बाबू लोग उसके साथ भेंट करने के लिए बाहर इन्तजार कर रहे हैं। भागने का एक बहाना मिलने से गोरा को आराम मिला, वह चला गया।

बाहर आकर देखा, बहुत से अन्यान्य लोगों के बीच अविनाश भी आया है। गोरा ने समझा था, अविनाश गुस्सा हो गया है। किन्तु गुस्से के कोई लक्षण दिखाई नहीं दिए। वह तो और भी उच्छ्वसित प्रशंसा की भाषा में कल वाली, अपने को हटा दिए जाने की घटना का सभी के सामने वर्णन कर रहा था। उसने कहा, ''गौरमोहन बाबू के प्रति मेरी भक्ति और भी बढ़ गई है; मैं अभी तक जानता था कि वे असाधारण व्यक्ति हैं, किन्तु कल जान पाया, वे महापुरुष हैं। हम लोग कल उनके प्रति सम्मान प्रदर्शित करने गए थे—उन्होंने जिस तरह खुलेआम उस सम्मान को ठुकराया, आजकल कितने लोग वैसा कर सकते हैं! यह क्या साधारण बात है!''

एक तो वैसे ही गोरा का मन विकल हो रहा था, उस पर अविनाश के इस भावावेग से वह झुँझला उठा; गुस्सा होकर बोला, ''देखो अविनाश, तुम लोग भक्ति के द्वारा ही मनुष्य का अपमान करते हो—तुम जो मुझे रास्ते के किनारे खींच कर सांगियों का नाच नचाना चाहते हो, मैं उसे अस्वीकार भी कर सकता हूँ, तुम मुझसे इतनी-सी लज्जा-शरम की प्रत्याशा भी नहीं रखते! इसे ही तुम लोग कहते हो, महापुरुष का लक्षण! हमारे इस देश को क्या तुम लोगों ने एक जात्रा-दल बना कर रख छोड़ा है? सभी बस, वाहवाही लूटने के लिए नाचते घूम रहे हो! कोई भी तनिक-सा सच्चा काम नहीं करता! सहयोग देना चाहो, अच्छा है, झगड़ा करना चाहो, वह भी अच्छा है, लेकिन तुम्हारी दुहाई है—इस ढंग से वाहवाही मत करो।''

अविनाश की भक्ति और चढ़ गई। उसने सहास्य-मुख उपस्थित लोगों के समूह के चेहरों की ओर देख कर गोरा की बातों की चमत्कारिता के प्रति सभी का मन आकर्षित करने का भाव दर्शाया। बोला, ''आशीर्वाद दीजिए, आपके समान, इसी प्रकार निष्काम भाव से भारतवर्ष के सनातन गौरव की रक्षा हेतु हम भी जीवन समर्पित कर पाएँ।''

यह कहते हुए अविनाश द्वारा चरण-धूलि लेने को हाथ आगे बढ़ाते ही गोरा हट गया।

अविनाश ने कहा, ''गौरमोहन बाबू, आप तो हमसे कोई सम्मान नहीं लेंगे, किन्तु हमें आनन्द प्रदान करने से विमुख होने से भी नहीं चलेगा। एक दिन हम सब लोग मिल कर आपके साथ भोजन करेंगे, हमने तय किया है—इसमें आपको सहमति देनी ही होगी।''

गोरा ने कहा, ''मैं प्रायश्चित किए बिना तुम सब लोगों के साथ खाने नहीं बैठ सकता।''

प्रायश्चित! अविनाश के दोनों नेत्र चमक उठे। ''यह बात तो हममें से किसी के

मन में भी आई ही नहीं, पर हिन्दू-धर्म का कोई विधान गौरमोहन बाबू से तनिक भी छूट नहीं सकता।''

सभी बोले—तो ठीक है। प्रायश्चित के उपलक्ष्य में ही सब इकट्ठे भोजन करेंगे। उस दिन देश के बड़े-बड़े अध्यापक-पण्डितों को निमन्त्रित किया जाएगा; हिन्दू धर्म आज भी किस प्रकार सजीव है गौरमोहन बाबू के इस प्रायश्चित के निमन्त्रण से प्रचारित हो जाएगा।

प्रायश्चित कब कहाँ आयोजित होगा, यह प्रश्न भी उठा। गोरा बोला, इस घर में सुविधा नहीं होगी। एक भक्त ने अपने गंगा-किनारे वाले बाग में यह काज संपन्न करने का प्रस्ताव किया। तय हो गया कि इसका खर्च भी दल के सभी लोग मिल कर वहन करेंगे।

विदा लेते समय अविनाश ने उठ खड़े होकर भाषण की मुद्रा में हाथ हिला कर सभी को संबोधित करते हुए कहा, ''गौरमोहन बाबू गुस्सा हो सकते हैं—लेकिन जब आज मेरा हृदय आप्लावित हो उठा है, तो मैं यह बात कहे बिना भी नहीं रह सकता कि हमारी इस पुण्य-भूमि में वेदोद्धार हेतु अवतारों ने जन्म ग्रहण किया था, उसी प्रकार हिन्दू धर्म के उद्धार के लिए आज हमें यह अवतार मिल गया है। पृथिवी पर केवल हमारे ही देश में छः ऋतुएँ हैं, हमारे इस देश में ही समय-समय पर अवतार हुए हैं और आगे भी होंगे। हम धन्य हैं कि वह सत्य हमारे सामने प्रमाणित हो गया। बोलो भाई, गौरमोहन की जय।''

अविनाश की वाग्मिता से आन्दोलित होकर सभी मिल कर गौरमोहन की जय-ध्वनि करने लगे। गोरा मर्मान्तक पीड़ा लिए वहाँ से तेजी से चला गया।

आज जेल से मुक्ति के दिन एक प्रबल अवसाद ने गोरा के मन पर आक्रमण किया। गोरा ने जेल में बन्दी रहते हुए बहुत दिन नूतन उत्साह के साथ देश के लिए कार्य करने की कल्पना की थी। आज वह अपने से केवल यह प्रश्न करने लगा—'हाय, मेरा देश कहाँ है! देश क्या केवल मेरे अकेले के पास है! अपने जीवन के सभी संकल्पों की जिसके साथ चर्चा करता था, मेरा वही आशैशव मित्र आज इतने दिन बाद केवल एक स्त्री से विवाह करने के लिए अपने देश के संपूर्ण अतीत और भविष्य से एक पल में निर्ममतापूर्वक अलग होने को तैयार हो गया। और, जिन्हें सब मेरे दल के लोग कहते हैं, उन्हें इतने दिन इतना समझाने के बाद भी, आज उन्होंने यह निश्चित कर दिया कि मैंने केवल हिन्दुत्व के उद्धार के लिए अवतार के रूप में जन्म ग्रहण किया है! मैं केवल मूर्तिमान शास्त्र का वचन हूँ! और, भारतवर्ष को कहीं भी स्थान नहीं मिला! षड् ऋतु! भारतवर्ष में षड् ऋतुएँ हैं! यदि षड् ऋतुओं के षड्यन्त्र में अविनाश के समान फल फलते हैं, तो दो-चार ऋतुएँ कम होने में भी क्षति नहीं थी।''

नौकर ने आकर समाचार दिया, माँ गोरा को बुला रही हैं। गोरा जैसे अचानक

चौंक उठा। उसने अपने मन में कहा, 'माँ बुला रही हैं!' इस समाचार को उसने मानो, एक नूतन अर्थ देकर सुना। वह बोला, "और चाहे जो हो, मेरी माँ हैं। एवं वे ही मुझे पुकार रही हैं। वे ही मुझे सबके साथ मिला देंगी, वे किसी के साथ कोई अलगाव नहीं रखेंगी। मैं देखूँगा, जो मेरे अपने हैं, वे उनके घर में बैठे हैं। जेल में भी माँ ने मुझे पुकारा था, वहाँ उनके दर्शन हुए थे। माँ मुझे जेल के बाहर भी पुकार रही थीं, वहाँ मैं उनके दर्शन के लिए ही गया था।" यह कह कर गोरा ने बाहर उस शीत-काल के मध्याह्न के आकाश की ओर ताक कर देखा। एक ओर विनय और दूसरी ओर अविनाश की ओर से विरोध का जो स्वर उठा था, थोड़ा-बहुत उठ कर समाप्त हो गया। इसी मध्याह्न के सूर्य के आलोक में मानो, भारतवर्ष ने अपनी बाहुएँ खोल दीं। उसके सागर तक फैले नदी, पर्वत, जनपद गोरा की आँखों के सामने फैल गए, अन्तर से निकल कर एक मुक्त-निर्मल आलोक इस भारतवर्ष को सर्वत्र ज्योतिर्मय करता दिखाई दिया। गोरा का हृदय भर उठा, उसके दोनों नेत्र जलने लगे, उसके मन में कहीं भी लेशमात्र नैराश्य नहीं रहा। भारतवर्ष का जो कार्य अन्तहीन है, जिस कार्य का फल बहुत दूर है, उसी के लिए उसकी प्रकृति आनन्द सहित तैयार हो गई–भारतवर्ष की जिस महिमा को उसने ध्यान में देखा है, उसे अपनी आँखों से नहीं देख पाएगा, इसका उसे तनिक क्षोभ नहीं रहा। उसने मन-ही-मन बार-बार बोला, 'माँ मुझे बुला रही हैं–चलता हूँ, जहाँ अन्नपूर्णा हैं, जहाँ जगद्धात्री बैठी हैं, उसी सुदूर काल में, पर इसी निमिष में, उसी मृत्यु के दूसरे किनारे पर, पर इसी जीवन के मध्य, उसी महा महिमान्वित भविष्य ने मेरे इस दीनहीन वर्तमान को संपूर्ण सार्थक करके उज्ज्वल बना दिया है–मैं चलता हूँ, वहीं–उसी अति-दूर, उसी अति-निकट माँ मुझे पुकार रही हैं।" इस आनन्द के मध्य गोरा ने मानो, विनय और अविनाश का साथ पा लिया, वे भी उसके पराए होकर नहीं रहे–वर्तमान के समस्त छोटे विरोध एक प्रकाण्ड चरितार्थता में कहीं विलीन हो गए।

गोरा ने जब आनन्दमयी के कमरे में प्रवेश किया, तो उसका चेहरा आनन्द की आभा से दीप्यमान था, तब उसके नेत्र मानो, सामने विद्यमान समस्त पदार्थों के पीछे और कोई एक अद्‌भुत मूर्ति देख रहे थे। अचानक आकर पहले वह जैसे अच्छी तरह पहचान नहीं पाया कि कमरे में उसकी माँ के पास कौन बैठा है!

सुचरिता ने उठ खड़ी होकर गोरा को नमस्कार किया। गोरा बोला, "अरे, आप आई हैं–बैठिए।"

गोरा ने 'आप आई हैं' इस प्रकार कहा, जैसे सुचरिता का आना साधारण घटनाओं में से एक नहीं है, यह मानो, एक विशिष्ट आविर्भाव है।

एक दिन सुचरिता के सम्पर्क से गोरा ने पलायन किया था। जितने दिन तक वह नाना कष्ट और कार्यों के चलते भ्रमण करता रहा था, उतने दिन सुचरिता की बात को मन से बहुत दूर रख पाया था। किन्तु जेल में बन्द रहने के दौरान वह किसी

भी प्रकार सुचरिता की स्मृति को परे नहीं रख पाया। एक दिन ऐसा था, जब गोरा के मन में यह बात आती ही नहीं थी कि भारतवर्ष में स्त्रियाँ भी हैं। इस सत्य का इतने समय बाद उसने सुचरिता में आविष्कार किया। नितान्त एक क्षण में इतने बड़े पुरातन और प्रकाण्ड विषय को हठात् समझते ही इसके आघात से उसकी संपूर्ण बलवान प्रकृति कम्पायमान हो उठी। जेल के भीतर जब सूर्यालोक और खुली हवा वाला संसार उसके मन में वेदना का संचार करता, तो इस जगत को वह केवल अपने कर्म-क्षेत्र और केवल पुरुष-समाज के रूप में ही नहीं देखता था; वह जैसे भी ध्यान करता, बाहर के इस सुन्दर संसार में केवल दो अधिष्ठात्री देवियों का चेहरा देख पाता; सूर्य, चन्द्रमा और तारों का आलोक विशेषकर उन्हीं के चेहरे पर पड़ता, स्निग्ध नीलिमा-मण्डित आकाश उन्हीं के चेहरे को घेरे रहता—एक चेहरा उसकी आजन्म परिचिता माता का तथा बुद्धि से आलोकित एक और नम्र सुन्दर चेहरा, जिसके साथ उसका परिचय नया है।

जेल की निरानन्द संकीर्णता के बीच गोरा इस चेहरे के साथ झगड़ा नहीं कर पाता था। इसके ध्यान की पुलक उसके जेलखाने में गहनतर मुक्ति ला देती। जेल के कठिन बन्धन उसके लिए मानो, छायामय मिथ्या स्वप्न की भाँति हो जाते। स्पन्दित हृदय की अतीन्द्रिय तरंगें जेल की समस्त प्राचीरों का अबाध भेदन करके आकाश में मिल कर वहाँ के पुष्प-पल्लवों में हिल्लोलित एवं संसार के कर्म-क्षेत्र में लीलायित होती रहतीं।

गोरा ने सोचा था, कल्पना-मूर्ति से भय करने का कोई कारण नहीं है। इस कारण, एक माह की अवधि में उसने इसके लिए मार्ग छोड़ दिया था। गोरा जानता था कि भय करने का विषय केवल वास्तविक पदार्थ होता है।

जब गोरा ने जेल से बाहर आते ही परेश बाबू को देखा, तो उसके मन में आनन्द उच्छ्वसित हो उठा था। वह केवल परेश बाबू को देखने का आनन्द हो, ऐसा नहीं, बल्कि उसमें गोरा की इस कुछ दिनों की संगिनी-कल्पना ने भी अपनी कितनी माया घोल दी थी, वह गोरा प्रारम्भ में नहीं समझ पाया। पर धीरे-धीरे समझ गया। स्टीमर पर आते-आते उसने स्पष्ट अनुभव कर लिया कि परेश बाबू जो उसे आकर्षित कर रहे हैं, वह केवल उनका अपना गुण नहीं है।

इतने दिन बाद गोरा ने फिर कमर कस ली। बोला, "हार नहीं मानूँगा।" स्टीमर पर बैठे-बैठे संकल्प किया, फिर से दूर चला जाऊँगा, किसी प्रकार के सूक्ष्म बन्धन में अपने मन को बँधने नहीं दूँगा।

ऐसे समय विनय के साथ उसकी बहस हो गई। बिछड़ने के बाद मित्र के साथ पहली भेंट में ही ऐसी प्रबल बहस नहीं होती। किन्तु आज इस बहस में उसकी अपने साथ भी बहस थी। इस बहस के माध्यम से गोरा अपने सामने अपनी प्रतिष्ठा-भूमि को भी स्पष्ट कर ले रहा था। इसी कारण गोरा आज विशेष जोर देकर बातें कह रहा

था—उस जोर में उसका अपना ही विशेष प्रयोजन था। जब उसके आज के इस जोर ने विनय के मन में विरोधी जोर को उत्तेजित कर दिया था और जब केवल वह मन ही मन गोरा की बातों का खण्डन कर रहा था तथा गोरा की जिद को अनुचित व पुरातनपंथी मान कर उसका संपूर्ण हृदय विद्रोही हो उठा था, तब विनय ने कल्पना भी नहीं की थी कि यदि गोरा अपने पर ही आघात न कर रहा होता, तो आज उसका आघात शायद इतना प्रबल न होता।

विनय के साथ बहस के बाद गोरा ने निश्चय किया, युद्ध-भूमि से बाहर जाने से नहीं चलेगा। यदि मैं अपने प्राणों के भय से विनय को छोड़ जाऊँ, तो विनय की रक्षा नहीं होगी।

54

उस समय गोरा का मन भावाविष्ट था—तब वह सुचरिता को एक व्यक्ति विशेष के रूप में नहीं देख रहा था, उसे एक भाव के रूप में देख रहा था। भारत की नारी-प्रकृति उसके समक्ष सुचरिता की आकृति में प्रकट हो गई। भारत के घरों को पुण्य सौन्दर्य में और प्रेम में मधुर और पवित्र करने के लिए ही इसका आविर्भाव हुआ है। जो लक्ष्मी भारत के बालकों का लालन-पालन करती हैं, रोगी की सेवा करती हैं, पीड़ित को सान्त्वना देती हैं, तुच्छ को भी प्रेम के गौरव में प्रतिष्ठित करती हैं, जो दुख में, दुर्गति में भी हममें से दीनतम का भी त्याग नहीं करतीं, अवज्ञा नहीं करतीं, जो हमारे लिए पूजा-योग्य होते हुए भी हममें से अयोग्यतम की भी एकान्ति मन से पूजा करती चली आ रही हैं, जिनके निपुण-सुन्दर दोनों हाथ हमारे कामों के लिए समर्पित हैं तथा जिनका चिर-सहिष्णु क्षमापूर्ण प्रेम हमने ईश्वर की ओर से अक्षय-दान के रूप में पाया है, उसी लक्ष्मी के आलोक को गोरा अपनी माँ की बगल में प्रत्यक्ष आसीन देख कर गहन आनन्द से भर उठा। उसे लगने लगा, इस लक्ष्मी की ओर हमने ताका ही नहीं, हमने इसे ही सबसे पीछे धकेल रखा था—हमारी दुर्गति का ऐसा लक्षण और कोई नहीं। गोरा को ऐसा प्रतीत हुआ—देश यही हैं, समस्त भारत के मर्म-स्थल पर, प्राणों के निकेतन शतदल कमल पर यही विराजमान हैं, हम ही इसके सेवक हैं। देश की दुर्गति का कारण इसी की अवमानना है, उस अवमानना के प्रति उदासीन होने के कारण ही आज हमारा पौरुष लज्जित है।

गोरा अपने मन पर स्वयं ही आश्चर्यचकित हो गया। जितने दिन भारत की नारी उसके लिए अनुभव गोचर नहीं थी, उतने दिन भारतवर्ष को वह कितने अधूरे रूप में उपलब्ध करता रहा था, इसके पूर्व वह जानता ही नहीं था। नारी जब गोरा के लिए अत्यन्त छायामय थी, तब देश के सम्बन्ध में उसका जो कर्तव्य-बोध था, उसमें

कितनी कमी थी! मानो, शक्ति थी, किन्तु उसमें प्राण नहीं थे। जैसे मांसपेशियाँ थीं, पर नाडियाँ नहीं थीं। गोरा एक पल में समझ गया, नारी को हमने जितना ही दूर हटा कर, क्षुद्र बना कर रखा है, हमारा पौरुष भी उतना ही शीर्ण होकर मरा है।

इसीलिए गोरा ने जब सुचरिता से कहा, ''आप आई हैं'', तो वह उसके मुँह से एक प्रचलित शिष्ट संभाषण के रूप में नहीं निकला—उसके जीवन में एक नवोपलब्ध आनन्द और विस्मय उस अभिवादन में भरा था।

कारावास के थोड़े-थोड़े चिह्न गोरा के शरीर पर थे। वह पहले से बहुत कमजोर हो गया है। जेल के खाने के प्रति उसकी अवज्ञा और अरुचि के चलते इस एक माह की अवधि में उसने प्रायः उपवास ही किया था। उसका उज्ज्वल-शुभ्र वर्ण पहले से थोड़ा म्लान पड़ गया है। उसके केश काफी छोटे छाँट दिए जाने से चेहरे की कृशता और भी अधिक दिखाई दे रही है।

गोरा की देह की जीर्णता ने सुचरिता के मन में विशेष रूप से एक वेदनापूर्ण सम्मान जगा दिया। उसकी इच्छा होने लगी कि प्रणाम करके गोरा की चरण-धूलि ग्रहण करे। जैसे उद्दीप्त अग्नि में धुँआ और लकड़ी दिखाई नहीं देते, उसे गोरा भी उसी विशुद्ध अग्नि-शिखा के समान दिखाई दिया। एक करुणामिश्रित भक्ति के आवेग से सुचरिता का हृदय कम्पित होने लगा। उसके मुँह से कोई बात नहीं निकली।

आनन्दमयी ने कहा, ''मेरी लड़की होती, तो कितना सुख होता, यह इस बार समझ पाई गोरा! तू जो कितने दिन नहीं था, सुचरिता ने मुझे कितनी सान्त्वना दी, वह और क्या बताऊँ! मुझसे तो इनका पूर्व-परिचय नहीं था। किन्तु दुख का समय संसार में बहुत बड़ी चीज है, अनेक अच्छी चीजों के साथ परिचय हो जाता है, इस बार दुख का यही एक महत्त्व समझा है। ईश्वर ने दुख की सान्त्वना को कहाँ कितनी जगह रख दिया है, यह हर समय न जानने के कारण हम कष्ट पाते हैं। बेटी, तुम शरमा रही हो, लेकिन मेरे दुख के समय तुमने मुझे कितना सुख दिया, यह बात मैं तुम्हारे सामने कहे बिना ही कैसे रहूँ!''

गोरा ने गहरी कृतज्ञतापूर्ण दृष्टि से सुचरिता के लजाए चेहरे की ओर देख कर आनन्दमयी से कहा, ''माँ, तुम्हारे दुख के समय वे तुम्हारा दुख बँटाने आती थीं, और आज तुम्हारे सुख को बढ़ाने आई हैं—जिनका हृदय विशाल होता है, उनमें ही अकारण इस प्रकार की सहृदयता होती है।''

विनय सुचरिता का संकोच देख कर बोला, ''दीदी, चोर पकड़े जाने पर चारों ओर से दंड पाता है। आज तुम इन सबकी पकड़ में आ गई हो, उसी का फल भोग रही हो। अब भागोगी कहाँ? मैं तुम्हें बहुत दिन से पहचानता हूँ, किन्तु किसी से भेद नहीं खोलता, चुप बैठा हूँ—मन-ही-मन जानता हूँ, अधिक दिन कुछ भी दबा नहीं रहता।''

आनन्दमयी ने हँस कर कहा, "तुम तो चुप हो ही! तुम चुप रहने वाले लड़के ही हो या नहीं! उसने जब से तुम लोगों को जाना है, तभी से तुम्हारा गुणगान करने की उसकी आकांक्षा किसी भी तरह पूरी ही नहीं होती।"

विनय ने कहा, "सुन लो दीदी! मैं गुणग्राही हूँ और मैं अकृतज्ञ नहीं हूँ, इसका साक्ष्य और प्रमाण हाजिर है।"

सुचरिता ने कहा, "उसमें तो वे केवल आपके गुणों का परिचय ही दे रही हैं।"

विनय ने कहा, "लेकिन मेरे गुणों का परिचय मुझसे बिल्कुल नहीं मिलेगा। पाना चाहती हैं, तो माँ के पास आइए–हक्की-बक्की रह जाएँगी, मैं स्वयं ही उनके मुँह से सुन कर आश्चर्य में पड़ जाता हूँ। यदि माँ मेरा जीवन-चरित लिखें, तो मैं जल्दी मर जाने को राजी हूँ।"

आनन्दमयी ने कहा, "सुन रही हो इस लड़के की बात!"

गोरा ने कहा, "विनय, तुम्हारे माता-पिता ने तुम्हारा सार्थक नाम रखा था।"

विनय बोला, "लगता है, उन्होंने मुझमें और किसी गुण की आशा नहीं की थी, इसीलिए 'विनय' गुण की शपथ दे गए हैं, अन्यथा संसार में हास्यास्पद बनना पड़ता।"

इस प्रकार पहली बातचीत का संकोच छँट गया।

विदा लेते समय सुचरिता ने विनय से कहा, "आप एक बार हमारे यहाँ नहीं आएँगे?"

सुचरिता ने विनय को आने को बोला, गोरा को नहीं बोल पाई। गोरा ने इसका ठीक अर्थ नहीं समझा, सो उसके मन पर आघात लगा। विनय सहज ही सबके बीच अपना स्थान बना लेता है और गोरा वैसा नहीं कर पाता, इसके लिए गोरा ने इससे पहले कभी जरा भी दुख अनुभव नहीं किया–पर आज अपने स्वभाव की इस कमी को कमी के रूप में समझा।

55

विनय समझ गया था, ललिता के साथ उसके विवाह के प्रसंग पर चर्चा करने के लिए ही सुचरिता उसे बुला गई है। उसके द्वारा इस प्रस्ताव को समाप्त कर देने भर से ही तो मामला समाप्त नहीं हो जाता। जब तक उसकी आयु शेष है, तब तक कोई पक्ष बच कर नहीं रह सकता।

अब तक विनय की सबसे बड़ी इच्छा थी, गोरा को कैसे चोट पहुँचाए! गोरा कहने का अर्थ, मात्र गोरा नामक व्यक्ति हो, ऐसा नहीं; बल्कि गोरा ने जिस विचार, जिस विश्वास, जिस जीवन को आधार बना रखा है, वह भी है। अपने को निरन्तर

इसी के साथ मिलाए चलना, विनय के स्वभाव का और आनन्द का विषय था; इसके साथ किसी प्रकार का विरोध मानो, उसका अपने साथ ही विरोध था।

इस आघात का पहला संकोच तो चला गया था; ललिता के प्रसंग में गोरा के साथ स्पष्ट बात हो जाने से विनय को बल मिला। फोड़ा चिरवाने के पूर्व रोगी के भय और चिन्ता की सीमा नहीं थी; लेकिन जब नश्तर चला, तो रोगी ने देखा कि दर्द भले ही है, पर आराम भी है, और मामला कल्पना में जितना सांघातिक लग रहा था, उतना है भी नहीं।

विनय अब तक अपने मन के साथ बहस भी नहीं कर पा रहा था, अब उसकी बहस का द्वार भी खुल गया। अब गोरा के साथ मन ही मन उसका उत्तर-प्रत्युत्तर चलने लगा। गोरा की ओर से जिन युक्तियों का प्रयोग संभव है, उन सबको मन में उठा कर, तरह-तरह से उनका खण्डन करने लगा। यदि गोरा के साथ सारी बहस आमने-सामने हो पाती, तो विक्षोभ जैसे जागता, वैसे ही शान्त भी हो जाता; किन्तु विनय ने देखा, इस विषय में गोरा अन्त तक बहस नहीं करेगा। इससे भी विनय के मन में क्षोभ जागा; उसने सोचा—गोरा समझेगा नहीं, समझाएगा नहीं, केवल जबरदस्ती करेगा। 'जबरदस्ती! जबरदस्ती के समक्ष सिर नहीं झुका सकता।' विनय बोला, "जो भी हो जाए, मैं सत्य के पक्ष में हूँ।" इतना कह, 'सत्य' नामक एक शब्द को उसने दोनों हाथों से छाती में जकड़ कर रख लिया। गोरा के विरुद्ध बड़े बलशाली पक्ष को खड़ा करने की आवश्यकता है—इसी कारण वह अपने मन में बार-बार कहने लगा, सत्य ही विनय का चरम अवलम्बन है। यहाँ तक कि, वह सत्य को ही सहारा बना पाया है, यह सोच कर उसमें अपने प्रति भारी सम्मान उत्पन्न हुआ। इसी कारण विनय जब अपराह्न[1] में सुचरिता के घर के लिए चला तो उसका सिर कुछ अधिक उठ गया। यह बल सत्य की ओर झुकने के कारण था या झुकाव किसी दूसरी ओर था, यह बात समझने की विनय की स्थिति नहीं थी।

हरिमोहिनी खाना बनाने की तैयारी कर रही थीं। विनय वहाँ रसोई के दरवाजे पर ब्राह्मण-कुमार के दोपहर के भोजन का अधिकार मनवा कर ऊपर चला गया।

सुचरिता ने सिलाई का एक काम लिए उसी ओर आँखें गड़ाए उँगलियाँ चलाते-चलाते चर्चा का विषय उठाया। बोली, "देखिए विनय बाबू, भीतर की जहाँ बाधा नहीं, वहाँ क्या बाहर की प्रतिकूलता को मान कर चलना आवश्यक है?"

जब गोरा के साथ बहस चल रही थी, तो विनय ने विरोधी युक्तियों का प्रयोग किया था। फिर जब सुचरिता के साथ चर्चा होने लगी, तो उसने विरोधी-पक्ष की युक्तियाँ प्रयोग कीं। तब कौन सोच सकता था कि गोरा के साथ उसका कोई वैचारिक-विरोध है!

---

1. अपराह्न : अगले घटना-क्रम को देख कर लगता है कि यहाँ प्रातःकाल अथवा पूर्वाह्न होना चाहिए। संभवतः प्रूफ रीडर की भूल से यह गलती हो गई है।

विनय बोला, "दीदी, तुम लोग भी तो बाहर की बाधा छोटे रूप में नहीं देख रहे हो!"

सुचरिता ने कहा, "उसका कारण है, विनय बाबू! हमारी बाधा, पूरी तरह बाहरी बाधा नहीं है। हमारा समाज हम लोगों के धर्म-विश्वास पर प्रतिष्ठित है। लेकिन जिस समाज में आप हैं, वहाँ आपके बन्धन केवलमात्र सामाजिक बन्धन हैं। यही कारण है कि यदि ललिता को ब्राह्म-समाज का परित्याग करके जाना पड़े, तो उसमें जितना भारी नुकसान उसका है, उतना नुकसान समाज छोड़ने में आपका नहीं है।"

धर्म मनुष्य की व्यक्तिगत साधना का विषय है, उसे किसी समाज के साथ जोड़ देना उचित नहीं है, विनय यह कह कर बहस करने लगा।

उसी समय सतीश ने एक चिट्ठी और एक अंगरेजी समाचारपत्र लेकर कमरे में प्रवेश किया। विनय को देखते ही वह अत्यन्त उत्तेजित हो उठा—उसका मन किसी उपाय से शुक्रवार को रविवार बना डालने के लिए बेचैन होने लगा। देखते-देखते विनय और सतीश की मिल कर सभा जम गई। इधर सुचरिता चिट्ठी और उसके साथ भेजा समाचारपत्र पढ़ने लगी।

इस ब्राह्म-समाचारपत्र में एक समाचार था, किसी विख्यात ब्राह्म परिवार की हिन्दू समाज के साथ विवाह-सम्बन्ध की जो आशंका हो गई थी, वह हिन्दू-युवक की असहमति के कारण समाप्त हो गई है। इस बहाने उक्त हिन्दू-युवक की निष्ठा के साथ तुलना करते हुए ब्राह्म-परिवार की शोचनीय दुर्बलता पर आक्षेप किया गया है।

सुचरिता ने मन-ही-मन कहा, जैसे भी हो, विनय के साथ ललिता का विवाह करवाना ही होगा। किन्तु वह इस युवक के साथ बहस करने से नहीं हो पाएगा। सुचरिता ने ललिता को अपने घर आने को चिट्ठी लिख दी, उसमें यह नहीं बताया कि विनय यहाँ है।

किसी पत्रे में भी किसी ग्रह-नक्षत्र को बैठा कर शुक्रवार को रविवार पढ़ने की व्यवस्था न होने के कारण सतीश को स्कूल जाने को तैयार होने के लिए उठना पड़ा। सुचरिता भी नहाने जाने को कह कर थोड़ी देर के अवकाश का निवेदन करके चली गई।

जब बहस की उत्तेजना शान्त हो गई, तो सुचरिता के कमरे में अकेले बैठे विनय के भीतर का युवा-पुरुष जाग उठा। तब नौ-साढ़े-नौ का समय है। गली में लोगों का शोर नहीं है। सुचरिता के लिखने की टेबिल पर एक छोटी घड़ी टिक्-टिक् चल रही है। कक्ष का प्रभाव विनय को आविष्ट करके पकड़ने लगा। चारों ओर की छोटी-मोटी गृहसज्जा ने विनय के साथ बतियाना शुरू कर दिया। टेबिल के ऊपर की सुघड व्यवस्था, कढ़ाई किए हुए कुर्सी-पोश, कुर्सी के नीचे पैर रखने की जगह के पास बिछी एक मृग-छाला, दीवार पर टँगे दो-चार चित्र, पीछे लाल टूल में लिपटी किताबों से सजी छोटी-सी बुक-शेल्फ, सभी विनय के हृदय में एक गहनतर सुर जगाने लगे। इस कमरे

के भीतर कैसा एक सुन्दर रहस्य संचित हो गया है। इसी कमरे में निर्जन मध्याह्न में सखी-सखी के बीच जो सब मन की बातों की चर्चा हुई, उस समय की उनकी सलज्ज-सुन्दर सत्ता जैसे अभी भी इधर-उधर छिपी है; बातचीत करते समय कौन कहाँ बैठा था, कैसे बैठा था, विनय वह कल्पना में देखने लगा। वही जो, उस दिन परेश बाबू से सुना था, 'मैंने सुचरिता से सुना है, ललिता का मन तुम्हारे प्रति विमुख नहीं है,' यह बात वह नाना भावों में, नाना रूपों में, नाना प्रकार की छवियों के समान देख पाने लगा। एक अनिर्वचनीय आवेग विनय के मन में अत्यन्त करुण-उदास रागिनी की भाँति गूँजने लगा। इन सब चीजों को इस प्रकार निविड़ गंभीर रूप में मन की गोपनता में भाषाहीन आभास के समान प्राप्त करने पर, उन्हें किसी भी प्रकार प्रकट करने की क्षमता न होने के कारण, अर्थात् विनय कवि भी नहीं, चित्रकार भी नहीं; इसलिए, उसका समस्त अन्तःकरण अधीर हो उठा। उसे लगने लगा कि जैसे वह, क्या कुछ कर पाए, तो बचे, परन्तु करने का कोई उपाय नहीं। जो एक पर्दा उसके सम्मुख झूल रहा है, उसने, जो अति निकट है, उसे अत्यधिक दूर कर रखा है, क्या इस पर्दे को एक क्षण में उठ खड़े होकर बलपूर्वक फाड़ कर फेंक देने की शक्ति विनय में नहीं है!

हरिमोहिनी ने कमरे में आकर पूछा कि विनय अभी कुछ नाश्ता-पानी करेगा या नहीं! विनय बोला, "ना।" तब हरिमोहिनी कमरे में आकर बैठ गईं।

जितने दिन हरिमोहिनी परेश बाबू के घर में थीं, उतने दिन विनय के प्रति उनका खूब आकर्षण था। किन्तु जब से सुचरिता को लेकर उनकी अलग गृहस्थी हुई, तब से उनके लिए इन लोगों का आना-जाना अत्यन्त अरुचिकर हो उठा था। आजकल सुचरिता जो आचार-विचार में पूरी तरह उनको मान कर नहीं चलती, उन्होंने इन सब लोगों के संग-दोष को ही उसका कारण मान लिया था। यद्यपि वे जानती थीं कि विनय ब्राह्म नहीं है, फिर भी उन्होंने स्पष्ट अनुभव कर लिया था कि विनय के मन में हिन्दू-संस्कारों के प्रति कोई दृढ़ता नहीं है। उसी कारण अब वे उस ब्राह्मण-कुमार को पहले की भाँति उत्साह के साथ बुला कर ठाकुर के प्रसाद का अपव्यय नहीं करतीं।

आज हरिमोहिनी ने प्रसंगवश विनय से पूछा, "अच्छा बेटा, तुम तो ब्राह्मण के लड़के हो, किन्तु संध्या-अर्चना कुछ नहीं करते?"

विनय ने कहा, "मौसी, दिन-रात पढ़ाई रटते-रटते गायत्री-संध्या सभी भूल गया।"

हरिमोहिनी ने कहा, "परेश बाबू ने भी तो पढ़ना-लिखना किया है। वे तो अपना धर्म मान कर सुबह-शाम थोड़ा-मोड़ा करते हैं।"

विनय ने कहा, "मौसी, वे जो करते हैं, वह केवल मन्त्र रट कर नहीं किया जा सकता। यदि कभी उनकी तरह बन पाया, तो उनके समान चलूँगा।"

हरिमोहिनी ने जरा तेज आवाज में कहा, "तो, तब तक बाप-दादों की तरह ही

चलो-ना। न इधर, न उधर क्या अच्छा है? आदमी की एक धर्म की तो अभिज्ञता होती है। न राम, न गंगा, हाय मैया, यह कैसी बात है!"

उसी समय ललिता कमरे में प्रवेश करते ही विनय को देख कर चौंक पड़ी। हरिमोहिनी से पूछा, "दीदी कहाँ है?"

हरिमोहिनी ने कहा, "राधारानी नहाने गई है।"

ललिता ने अनावश्यक स्पष्टीकरण स्वरूप कहा, "दीदी ने मुझे बुलाया था।"

हरिमोहिनी ने कहा, "तब तक बैठो-ना, अभी आ रही है।"

हरिमोहिनी का मन ललिता के प्रति भी अनुकूल नहीं था। हरिमोहिनी अब सुचरिता को उसके पहले वाले सभी घेरों से निकाल कर पूर्णतः अपने अधिकार में कर लेना चाहती हैं। परेश बाबू की अन्य लड़कियाँ यहाँ उतनी जल्दी-जल्दी नहीं आतीं, एकमात्र ललिता ही जब-तब आकर सुचरिता के साथ बातचीत करती रहती है, वह हरिमोहिनी को अच्छा नहीं लगता। वे प्रायः दोनों की बातों में व्यवधान डाल कर सुचरिता को किसी काम से बुला लेने की चेष्टा करती हैं, अथवा, आजकल सुचरिता की पढ़ाई-लिखाई पहले की तरह बिना बाधा के नहीं चल रही है, कह कर आक्षेप लगाती हैं। पर, जब सुचरिता पढ़ने-लिखने में मन लगाती है, तब अधिक लिखना-पढ़ना लड़कियों के लिए अनावश्यक और अनिष्टकर होता है, यह कहने से भी नहीं चूकतीं। असली बात है, कि वे जैसे सुचरिता को अत्यधिक घेर लेना चाहती हैं, वैसा किसी भी तरह न कर पाने के कारण कभी सुचरिता के संगी-साथियों पर या फिर कभी उसकी शिक्षा पर दोषारोपण करती रहती हैं।

ललिता और विनय के साथ बैठे रहना हरिमोहिनी के लिए सुखकर हो, ऐसा नहीं, तब भी वे उन दोनों पर गुस्सा होकर बैठी रहीं। वे समझ गई थीं कि विनय और ललिता के बीच एक रहस्यमय सम्बन्ध था। इसलिए उन्होंने मन-ही-मन कहा, 'तुम लोगों के समाज में जैसी भी परिपाटी रहे, अपने इस घर में यह सब निर्लज्ज मेलजोल, यह सब ख्रिस्तानी काण्ड नहीं घटने दूँगी।'

इधर ललिता के मन में भी विरोध का एक भाव कण्टकित हो उठा था। कल सुचरिता के साथ आनन्दमयी के घर जाने का उसने भी निश्चय किया था, किन्तु किसी भी तरह जा नहीं पाई। ललिता में गोरा के प्रति प्रचुर श्रद्धा है, पर विरोधिता भी अत्यन्त तीव्र है। गोरा हर तरह से उसके प्रतिकूल है, वह इस बात को किसी भी तरह अपने मन से भगा नहीं पाती। यहाँ तक कि जिस दिन गोरा जेल से छूटा, उस दिन से विनय के प्रति भी उसके मनोभाव में एक परिवर्तन आ गया। कुछ दिन पहले भी, विनय पर उसका जोर और अधिकार है, इस बात पर वह काफी अभिमान करती थी। किन्तु गोरा के प्रभाव को तोड़ कर विनय किसी भी प्रकार बाहर नहीं निकल सकता, इसकी कल्पना मात्र से वह विनय के विरुद्ध कमर कस कर खड़ी हो गई।

ललिता को कमरे में प्रवेश करते हुए देखते ही विनय के मन में एक हलचल

प्रबल हो उठी। ललिता के प्रति विनय किसी भी प्रकार सहज भाव की रक्षा नहीं कर पाता। जब से उन दोनों के विवाह की संभावना की किंवदन्ती समाज में प्रचारित हो गई है, तब से ललिता को देखते ही विनय का मन विद्युत-प्रवाह से तरंगायित चुम्बकीय-छड़ की भाँति स्पन्दित होता रहता है।

कमरे में विनय को बैठा देख ललिता को सुचरिता पर क्रोध आया। वह समझ गई, अनिच्छुक विनय के मन को अनुकूल बनाने के लिए सुचरिता उसके पीछे लग पड़ी है एवं टेढ़े को सीधा करने के लिए ही आज ललिता की पुकार पड़ी है।

वह हरिमोहिनी की ओर देख कर बोली, "दीदी से बोलना, मैं अभी नहीं रुक पा रही हूँ। फिर कभी आऊँगी।"

बोल कर वह, विनय की ओर दृष्टि तक उठाए बिना तेजी से चली गई। तब हरिमोहिनी भी विनय के पास और बैठना अनावश्यक होने के कारण घर के काम के बहाने उठ गईं।

ललिता का ऐसा सुलगती हुई आग जैसा चेहरे का भाव विनय के लिए अनजाना नहीं था। लेकिन बहुत दिन से उसने ऐसा चेहरा नहीं देखा था। एक समय ललिता विनय के विरुद्ध अपने अग्नि-बाण सँभाले रहती थी, वे दुर्दिन पूरी तरह चले गए हैं, सोच कर विनय निश्चिन्त हो गया था, पर आज देखा वे ही पुरातन बाण अस्त्र-शाला से पुनः निकल आए हैं। उन पर मोर्चे के निशान एकदम नहीं पड़े हैं। क्रोध सहा जा सकता है, किन्तु घृणा सहन करना विनय जैसे व्यक्ति के लिए अति कठिन है। विनय को याद आया, ललिता ने एक दिन उसे गोरा रूपी ग्रह का उपग्रह समझ कर उसके प्रति कैसी तीव्र अवज्ञा अनुभव की थी! आज भी अपनी दुविधा के कारण वह, ललिता को का-पुरुष प्रतीत हो रहा है, इस कल्पना ने विनय को हिला दिया। उसकी कर्तव्य-बुद्धि की हिचकिचाहट को ललिता भीरुता समझेगी, ऊपर से उसे अपनी ओर से दो बातें कहने का सुयोग भी नहीं मिलेगा, यह विनय को असहनीय लगा। विनय को तर्क-वितर्क के अधिकार से वंचित करना उसे भारी दंड देना होगा। कारण, विनय जानता है कि वह बहस कर सकता है, बातें व्यवस्थित ढंग से रखने तथा किसी एक पक्ष का समर्थन करने की उसमें असाधारण क्षमता है। किन्तु जब ललिता उसके साथ लड़ाई करती है, तो उसे कभी तर्क के प्रयोग का अवकाश नहीं देती, आज भी वह अवसर उसे नहीं मिलेगा।

उसी खबर वाला समाचारपत्र पड़ा था। विनय ने अधीरतावश उसे अपनी ओर खींच कर अचानक देखा, एक जगह वह पेन्सिल से चिह्नित है। पढ़ा, और समझ गया कि यह आलोचना और उपदेश उन दोनों को लक्ष्य बना कर ही किए गए हैं। ललिता प्रतिदिन अपने समाज के लोगों के सामने किस तरह अपमानित हो रही है, विनय इसे साफ समझ गया। पर इस अवमानना से उसे बचाने की कोई चेष्टा विनय नहीं कर रहा है, केवल समाज-तत्व को लेकर सूक्ष्म तर्क-वितर्क के लिए तैयार हो गया है, इससे

ललिता के समान तेजस्विनी रमणी के समक्ष वह अवज्ञा का पात्र ही बनेगा, यह विनय को समुचित रूप से अनुभव हो गया। ललिता में समाज की संपूर्ण उपेक्षा का कैसा साहस है, यह याद करके और इस दर्पशीला नारी के साथ अपनी तुलना करके वह लज्जा अनुभव करने लगा।

स्नान निबटा कर और सतीश को भोजन कराने के बाद स्कूल भेज कर सुचरिता जब विनय के पास आई, तो विनय निस्तब्ध बैठा था। सुचरिता ने पूर्व-प्रसंग नहीं उठाया। विनय भोजन करने बैठा, लेकिन उसके पहले मन्त्र-पाठ करके अंजली से जलपान नहीं किया।

हरिमोहिनी ने कहा, "अच्छा बेटा, तुम तो कुछ भी हिन्दूपना नहीं मानते–तो तुम्हारे ब्राह्म बन जाने में ही क्या दोष था?"

विनय ने मन-ही-मन आहत होकर कहा, "हिन्दुत्व को जिस दिन केवल छूने-खाने के निरर्थक विधान के रूप में ही समझ लूँगा, उस दिन ब्राह्म कहो, ख्रिस्तान कहो, मुसलमान कहो, या जो भी हो, कुछ बन जाऊँगा। अभी हिन्दुत्व पर उतनी अश्रद्धा नहीं हुई है।"

जब विनय सुचरिता के घर से बाहर निकला, तो उसका मन अत्यन्त व्याकुल हो रहा था। वह मानो, चारों ओर से धक्के खाते हुए एक आधारहीन शून्य में आ गिरा था। गोरा के पास वह अपने पुराने स्थान पर अधिकार नहीं कर पा रहा है, ललिता भी उसे दूर धकेल कर रख रही है–इतना कि, हरिमोहिनी के साथ भी उसका हृदयता का सम्बन्ध थोड़े समय में ही टूटने को तैयार हो रहा है; कभी वरदासुन्दरी उसे आन्तरिक स्नेह करती रही हैं, परेश बाबू अभी भी उसे स्नेह करते हैं, किन्तु स्नेह के बदले वह उनके घर में ऐसी अशान्ति ले आया कि आज वहाँ भी उसका कोई स्थान नहीं है। जिन्हें प्रेम करता है, उनके सम्मान और प्यार के लिए वह हमेशा कंगाल रहता है, नाना प्रकार से उनकी सहृदयता आकर्षित करने की शक्ति भी उसमें पर्याप्त है। वही विनय आज अचानक अपने स्नेह-प्रीति के चिरभ्यस्त कक्षा-पथ से इस प्रकार उछल कर बाहर क्यों आ पड़ा, यही बात वह अपने मन में सोचने लगा। यही जो, सुचरिता के घर से बाहर आया है, तो अब कहाँ जाएगा, वह नहीं सोच पा रहा है। एक समय था, जब कोई चिन्ता न करके वह गोरा के घर के रास्ते पर चल देता था, पर आज उसके लिए वहाँ जाना पहले की भाँति उतना स्वाभाविक नहीं है; अगर जाता है, तो उसे गोरा के सामने जाकर चुप लगा कर बैठना पड़ेगा–वह चुप्पी अत्यधिक दुस्सह है। इधर परेश बाबू का घर भी उसके लिए आसान नहीं।

'क्यों ऐसी अस्वाभाविक जगह आ पहुँचा हूँ,' विनय यही सोचते-सोचते सिर झुकाए धीमी चाल से रास्ते में चलने लगा। हेदुआ पोखर[1] के पास आकर वह एक पेड़

1. हेदुआ पोखर : उत्तरी कोलकाता स्थित एक विशाल जलाशय, जो तैराकी के लिए प्रसिद्ध रहा है।

के नीचे बैठ गया। उसके जीवन में अब तक छोटी-बड़ी जो भी समस्या आई, मित्र के साथ चर्चा करके, बहस करके उसका समाधान कर लिया। आज वह रास्ता नहीं है, आज उसे अकेले ही सोचना होगा।

विनय में आत्म-विश्लेषण-शक्ति का अभाव नहीं है। बाहर की घटना पर ही सारा दोष मढ़ कर अपने को बचा लेना उसके लिए सहज नहीं है। इसीलिए उसने अकेले बैठे-बैठे अपने को ही उत्तरदायी ठहराया। विनय ने मन-ही-मन कहा–'चीज भी रख लूँगा, दाम भी नहीं चुकाऊँगा ऐसी चतुराई दुनिया में नहीं चलती। एक को बचाने पर दूसरे का त्याग करना ही पड़ता है। जो व्यक्ति मन पक्का करके किसी को भी नहीं छोड़ पाता, उसी की मेरी जैसी दशा हो जाती है, उसे सभी भगा देते हैं! संसार में जो लोग अपने जीवन का मार्ग बलपूर्वक चुन सके हैं, वे ही निश्चिन्त हुए हैं। जो हतृभागा इस पथ को भी चाहता है और उस पथ को भी चाहता है, किसी से भी अपने को वंचित नहीं कर पाता, वह गम्य-स्थान से ही वंचित हो जाता है–वह केवल रास्ते के कुत्ते की भाँति घूमता रहता है।''

रोग का निदान कठिन होता है, किन्तु ऐसा नहीं कि निदान होते ही उसका इलाज सहज हो जाता हो। विनय की समझने की शक्ति खूब तेज है, करने की शक्ति का ही अभाव है; इसीलिए वह अब तक अपने से प्रबल इच्छा-शक्ति सम्पन्न मित्र पर ही निर्भर करता आ रहा है। अन्त में, आज अत्यन्त संकट के समय वह अचानक इस निष्कर्ष पर पहँचा कि आत्म-विश्वास न रहते हुए भी छोटी-मोटी आवश्यकताओं में तो उधार से भाग्य के सहारे काम चला लिया जाता है, किन्तु वास्तविक आवश्यकता के समय दूसरे के खजाने से किसी तरह काम नहीं चलता।

सूरज ढ़लते ही, जहाँ छाया थी, वहाँ धूप आ गई। तब पेड़ के नीचे से उठ कर फिर रास्ते पर आ गया। थोड़ी दूर जाते ही अचानक सुना, ''विनय बाबू! विनय बाबू!'' दूसरे ही क्षण सतीश ने आकर उसका हाथ पकड़ लिया। सतीश उस समय विद्यालय बन्द होने के बाद घर लौट रहा था।

सतीश ने कहा, ''चलिए, विनय बाबू, मेरे साथ घर चलिए।''

विनय बोला, ''ऐसा कैसे होगा सतीश बाबू?''

सतीश ने कहा, ''क्यों नहीं होगा?''

विनय ने कहा, ''इतनी जल्दी-जल्दी जाने पर तुम्हारे घर के लोग मुझे क्यों सहन करेंगे?''

सतीश ने, विनय की इस युक्ति को प्रतिवाद के लायक भी न समझ कर, बस यही कहा, ''नहीं, चलिए।''

उन लोगों के परिवार के साथ विनय का जो सम्बन्ध है, उस सम्बन्ध में कितना बड़ा विप्लव हो गया है, वह यह बालक बिल्कुल नहीं जानता, वह केवल विनय को प्रेम करता है, यह बात सोच कर विनय का मन अत्यन्त विचलित हो गया। परेश बाबू

के परिवार ने उसके लिए जिस स्वर्ग-लोक की सृष्टि की थी, उसमें केवल इस बालक में ही आनन्द की संपूर्णता अक्षुण्ण है; इस प्रलय के दिन उसके हृदय में किसी संशय-मेघ की छाया नहीं फैली, किसी समाज के आघात ने फूट डालने की कोशिश नहीं की। सतीश को गले से लपेटते हुए विनय ने कहा, ''चलो भाई, तुम्हें तुम्हारे घर के दरवाजे तक पहुँचा दूँ।''

सतीश के जीवन में शैशव से सुचरिता और ललिता का जो स्नेह और प्रेम संचित होता आ रहा है, विनय ने सतीश को बाँह से घेर कर मानो, उसी माधुर्य का स्पर्श किया। सतीश सारे रास्ते जो बहुत-सी अप्रासंगिक बातें अनर्गल ढंग से बकता रहा, वे विनय के कानों में मधु-वर्षण करने लगीं। बालक के हृदय की सरलता के संपर्क में वह अपने जीवन की जटिल समस्या को थोड़ी देर के लिए एकदम भूल गया।

सुचरिता के घर परेश बाबू के घर के सामने से होकर जाना पड़ता है। परेश बाबू का पहली मंजिल पर बैठने का कमरा रास्ते से ही दिखाई दे जाता है। उस कमरे के सामने आते ही विनय एक बार उस ओर मुँह उठाए बिना नहीं रह सका। देखा, परेश बाबू अपनी टेबिल के सामने बैठे हैं–कोई बात कर रहे हैं या नहीं, समझ में नहीं आया; और ललिता परेश बाबू की कुर्सी के पास बेंत के एक छोटे मूढ़े पर रास्ते की ओर पीठ किए छात्रा के समान चुप बैठी है।

सुचरिता के घर से लौट कर ललिता के हृदय को जिस क्षोभ ने असह्य रूप से अशान्त कर डाल था, वह उससे मुक्त होने का कोई उपाय नहीं जानती थी, इसीलिए धीरे-धीरे परेश बाबू के निकट आकर बैठ गई थी। परेश बाबू में शान्ति का एक ऐसा आदर्श था, क्षुब्ध ललिता जिससे अपने चांचल्य का दमन करने के लिए, कभी-कभी उनके पास आकर चुप होकर बैठी रहती थी। परेश बाबू पूछते, 'ललिता क्या है?' ललिता कहती, 'कुछ नहीं पिताजी! आपका यह कमरा बहुत ठंडा है।'

परेश बाबू स्पष्ट समझ गए थे कि आज ललिता आहत हृदय के साथ उनके पास आई है। उनके अपने भीतर भी एक वेदना छिपी थी। इसीलिए उन्होंने धीरे-धीरे एक ऐसी बात उठा दी थी, जिससे व्यक्तिगत जीवन के सुख-दुख के भार को पूरी तरह हल्का किया जा सके।

पिता और पुत्री की इस एकान्त बातचीत का दृश्य देख कर क्षण भर को विनय के सामने गतिरोध उत्पन्न हो गया–सतीश क्या कह रहा था, उसके कानों में ही नहीं गया। उस समय सतीश युद्ध विद्‌या के सम्बन्ध में उससे एक अत्यन्त दुरूह प्रश्न कर रहा था। बाघों के एक दल को पकड़ कर बहुत दिन तक प्रशिक्षित करने के बाद अपने सैन्य-दल की अगली पंक्ति में रख कर युद्ध करने में विजय की कैसी संभावना है, यही उसका प्रश्न था। अब तक उनका प्रश्नोत्तर अबाध चला आ रहा था, अब हठात् बाधा देख कर सतीश ने विनय के चेहरे की ओर देखा, उसके बाद विनय की दृष्टि को लक्ष्य करके परेश बाबू के कमरे की ओर देखते ही वह ऊँची आवाज में बोल

पड़ा, "ललिता दीदी, ललिता दीदी, ये देखो, मैं विनय बाबू को रास्ते से पकड़ लाया हूँ।"

विनय को शर्म से पसीना आ गया; ललिता क्षण भर में कमरे में मूढ़ा छोड़ कर उठ खड़ी हुई–परेश बाबू ने रास्ते की ओर चेहरा घुमा कर देखा–पूरा एक काण्ड हो गया।

तब विनय सतीश को विदा करके परेश बाबू के घर गया। उनके कमरे में जाकर देखा, ललिता चली गई है। सभी उसे शान्ति भंग करने वाले दस्यु के समान देख रहे हैं, यह सोचते हुए वह कुण्ठित भाव से कुर्सी पर बैठा।

शारीरिक स्वास्थ्य आदि के सम्बन्ध में साधारण शिष्टाचार शेष होते ही विनय ने एकदम शुरू कर दिया, "जब मैं हिन्दू समाज के आचार-विचार को श्रद्धा के साथ नहीं मानता तथा प्रतिदिन ही उसका उल्लंघन करता रहता हूँ, तो सोचता हूँ, ब्राह्म-समाज का आश्रय ग्रहण करना ही मेरा कर्तव्य है। मेरी इच्छा है कि आपसे ही दीक्षा ग्रहण करूँ।"

यह इच्छा, यह संकल्प और पन्द्रह मिनट पहले तक विनय के मन में स्पष्ट रूप में नहीं थे। परेश बाबू ने थोड़ी देर चुप रह कर कहा, "सारी बात अच्छी तरह सोच कर तो देख ली है?"

विनय ने कहा, "इसमें और तो कुछ सोचने को नहीं है, केवल न्याय-अन्याय ही देखने का विषय है। वह बड़ी सीधी बात है। मुझे जो शिक्षा मिली है, उसमें केवल आचार-विचार के ही अनुल्लंघनीय-धर्म होने के कारण मैं किसी भी तरह अकपट-हृदय से नहीं मान सकता। उसी कारण मेरे व्यवहार में पग-पग पर नाना विसंगतियाँ प्रकट होती हैं, जो श्रद्धा के साथ हिन्दुत्व का आश्रय लिए हुए हैं, उनके साथ जुड़े रह कर मैं केवल उन्हें आघात ही पहुँचाता हूँ। यह मेरी ओर से नितान्त अन्याय हो रहा है, इस विषय में मेरे मन में कोई सन्देह नहीं है। ऐसी स्थिति में और कोई बात न सोच कर मुझे इस अन्याय के परिहार के लिए ही प्रस्तुत होना होगा। अन्यथा आत्म-सम्मान नहीं बचा पाऊँगा।"

परेश बाबू को समझाने के लिए इतनी बातों की आवश्यकता नहीं थी, बल्कि ये सारी बातें स्वयं को बल प्रदान करने के लिए थीं। वह एक न्याय-अन्याय के युद्ध में कूद गया है तथा इस युद्ध में सब कुछ त्याग कर उसे न्याय के पक्ष में विजयी होना होगा, यह बात कह कर उसका हृदय गर्वित हो उठा। मनुष्यत्व की मर्यादा तो रखनी होगी।

परेश बाबू ने जिज्ञासा की, "धर्म-विश्वास के सम्बन्ध में ब्राह्म-समाज के साथ तुम्हारा मतैक्य तो है?"

विनय थोड़ी देर चुप रह कर बोला, "आपसे सच बात कहूँ, पहले सोचता था, मेरा कुछ धर्म-विश्वास है; उसे लेकर बहुत लोगों के साथ बहुत झगड़ा भी किया,

किन्तु आज मैंने निश्चयपूर्वक जान लिया कि मेरे जीवन में धर्म-विश्वास ने परिपक्वता प्राप्त नहीं की। इतना जो समझा, वह आपको देख कर। धर्म मेरे जीवन की कोई सच्ची आवश्यकता नहीं बना और उसके लिए मुझमें सच्चा विश्वास उत्पन्न न होने के कारण मैं कल्पना और युक्ति-कौशल से अब तक अपने समाज के प्रचलित धर्म की नाना प्रकार से सूक्ष्म व्याख्या द्वारा केवल तर्क-निपुणता में पूर्णता प्राप्त करता रहा। कौन-सा धर्म सत्य है, मुझे यह सोचने की आवश्यकता नहीं पड़ती, जिस धर्म को सत्य कह कर मेरी विजय हो, मैं उसे ही सत्य प्रमाणित करता घूमता रहा। प्रमाणित करना जितना कठिन हुआ, उतना ही प्रमाणित करके अहंकार अनुभव किया। यह आज भी नहीं कह सकता कि धर्म-विश्वास मेरे मन में संपूर्ण सत्य और स्वाभाविक हो पाएगा या नहीं, किन्तु अनुकूल अवस्था और निदर्शन के बीच मेरी उस दिशा में बढ़ने की संभावना है, यह बात निश्चित है। अन्ततः जो चीज भीतर-भीतर मेरी बुद्धि को कष्ट पहुँचा रही है, चिर-जीवन उसी की जय-पताका ढोते हुए घूमने की हीनता से मुक्ति मिल जाएगी।''

परेश बाबू के साथ बातें करते-करते विनय अपनी वर्तमान अवस्था के अनुकूल युक्तियों को आकार देने लगा। ऐसे उत्साह के साथ करने लगा कि मानो, बहुत दिन के तर्क-वितर्क के पश्चात वह इस निश्चित सिद्धान्त पर पहुँच कर मजबूती से खड़ा हो गया है।

फिर भी, परेश बाबू ने उसे और कुछ दिन का समय लेने का आग्रह किया। इससे उसने सोचा कि परेश बाबू को उसकी दृढ़ता पर सन्देह है। इसलिए उसकी जिद उतनी ही बढ़ने लगी। उसका मन एक असंदिग्ध जगह पर आकर खड़ा हो गया है, उसकी किसी प्रकार तनिक भी हिलने-डुलने की संभावना नहीं है, यही बार-बार जताने लगा। दोनों पक्षों की ओर से ललिता के साथ विवाह का कोई प्रसंग नहीं उठा।

उसी समय वरदासुन्दरी ने घर के काम के बहाने वहाँ प्रवेश किया। उन्होंने इस भाव से काम निबटा कर चले जाने का उपक्रम किया, जैसे विनय कमरे में हो ही नहीं। विनय सोच रहा था, परेश बाबू इसी समय वरदासुन्दरी को बुला कर उन्हें विनय के नए समाचार से अवगत कराएँगे। परन्तु परेश बाबू ने कुछ भी नहीं कहा। वस्तुतः उन्होंने सोचा ही नहीं कि अभी बोलने का समय हो गया है। वे इस बात को सभी से छिपाए रखने के इच्छुक थे। लेकिन वरदासुन्दरी जब विनय के प्रति खुली अवज्ञा और क्रोध प्रकट करके चली जाने को तैयार हुईं, तो विनय और नहीं रह पाया। उसने गमनोन्मुख वरदासुन्दरी के चरणों में सिर नवा कर प्रणाम किया और कहा, ''मैं आज ब्राह्म-समाज में दीक्षित होने का प्रस्ताव लेकर आप लोगों के पास आया हूँ। मैं अयोग्य हूँ, किन्तु मुझे विश्वास है, आप लोग मुझे योग्य बना लेंगे।''

सुन कर विस्मित हुई वरदासुन्दरी मुड़ कर खड़ी हो गईं और धीरे-धीरे कमरे में आकर बैठ गईं। उन्होंने जिज्ञासु दृष्टि से परेश बाबू के चेहरे की ओर देखा।

परेश बोले, ''विनय दीक्षा ग्रहण करने का अनुरोध कर रहे हैं।''

सुन कर वरदासुन्दरी के मन में एक विजय-गर्व तो उपस्थित हुआ, किन्तु पूरी तरह आनन्दित नहीं हुईं, क्यों? भीतर ही भीतर उनकी भारी इच्छा थी कि इस बार परेश बाबू को अच्छी तरह शिक्षा मिल जाए। उन्होंने बार-बार बड़े बलपूर्वक भविष्यवाणी की थी कि उनके पति को पश्चात्ताप करना पड़ेगा। उसी के चलते सामाजिक उथल-पुथल से परेश बाबू को अधिक विचलित होते न देख वरदासुन्दरी मन-ही-मन अत्यन्त क्षुब्ध होती जा रही थीं। ऐसे में, सारे संकट का ऐसे सुचारु रूप में समाधान हो जाएगा, यह वरदासुन्दरी के लिए एकदम प्रीतिकर नहीं हुआ। उन्होंने चेहरा गंभीर बना कर कहा, ''अगर दीक्षा का यह प्रस्ताव और कुछ दिन पहले हो जाता, तो हम लोगों को इतना अपमान और दुख नहीं झेलना पड़ता।''

परेश बाबू ने कहा, ''हम लोगों के दुख, कष्ट और अपमान की तो कोई बात नहीं हो रही, विनय दीक्षा लेना चाहते हैं।''

वरदासुन्दरी बोल पड़ीं, ''केवल दीक्षा?''

विनय ने कहा, ''अन्तर्यामी जानते हैं, आप लोगों का सारा दुख-अपमान मेरा है।''

परेश बोले, ''देखो विनय, तुम जो धर्म में दीक्षा लेना चाहते हो, उसे अवान्तर विषय मत बनाओ। मैंने तुमसे पहले भी एक दिन कहा है, हम लोगों के किसी सामाजिक-संकट में पड़ने की कल्पना करके तुम कोई महत्तर काम मत करो।''

वरदासुन्दरी ने कहा, ''यह बात तो ठीक है, किन्तु यह भी कहती हूँ कि हम सबको जाल में फँसा कर चुप बैठे रहना भी उनका कर्तव्य नहीं है।''

परेश बाबू ने कहा, ''चुप रहने के बदले अस्थिर हो उठने से जाल में और गाँठें पड़ जाती हैं। और, ऐसा नहीं कि कुछ करने को ही कर्तव्य कहा जाता है, बहुत बार कुछ न करना ही होता है, सबसे बड़ा कर्तव्य।''

वरदासुन्दरी ने कहा, ''वह होगा, मैं तो मूर्ख व्यक्ति हूँ, हर बात अच्छी तरह नहीं समझ पाती। अब क्या तय हुआ, यही बात जान कर जाना चाहती हूँ—मुझे बहुत काम है।''

विनय बोला, ''परसों, रविवार को ही मैं दीक्षा ग्रहण करूँगा। मेरी इच्छा है, यदि परेश बाबू—''

परेश बाबू ने कहा, ''जिस दीक्षा से मेरा परिवार किसी फल की आशा कर सके, वह दीक्षा मेरे द्वारा नहीं हो पाएगी। तुम्हें ब्राह्म-समाज में आवेदन करना होगा।''

विनय का मन तत्क्षण कुण्ठित हो गया। ब्राह्म-समाज में प्रथा के अनुसार दीक्षा लेने के लिए आवेदन करने जैसी मनःस्थिति तो उसकी नहीं है—विशेष रूप से ललिता को लेकर जिस ब्राह्म-समाज में उसके सम्बन्ध में इतनी चर्चा हो गई है। कौन-से मुँह से, किस भाषा में पत्र लिखेगा? वह पत्र जब ब्राह्म-पत्रिका में प्रकाशित होगा, तो वह कैसे सिर उठा पाएगा? वह पत्र गोरा पढ़ेगा, आनन्दमयी पढ़ेंगी। उस पत्र के साथ

और कोई इतिहास तो रहेगा नहीं–उसमें केवल इतनी सी बात छपेगी कि ब्राह्म-धर्म में दीक्षा ग्रहण करने को विनय का हृदय अचानक प्यासा हो उठा है। बात, इतनी जरा-सी ही तो सच नहीं है–उसे और भी कुछ बातों के साथ जोड़ कर न देखने पर, उसकी लाज बचाने को आवरण तक नहीं रह जाता।

विनय को चुप रहते देख वरदासुन्दरी डर गईं। उन्होंने कहा, "वे तो ब्राह्म-समाज में किसी को पहचानते नहीं–हम ही सारा प्रबन्ध कर देंगे। मैं आज अभी पानू बाबू को बुला भेजती हूँ। और तो समय नहीं–परसों ही तो रविवार है।"

उसी समय दिखाई पड़ा, सुधीर कमरे के सामने से होकर ऊपर की मंजिल पर जा रहा है। वरदासुन्दरी ने उसे पुकार कर कहा, "सुधीर, परसों विनय हमारे समाज में दीक्षा लेंगे।"

सुधीर अत्यन्त प्रसन्न हो उठा। वह मन-ही-मन विनय का एक विशेष भक्त था; विनय को ब्राह्म-समाज में ले लिया जाएगा, सुन कर उसे भारी उत्साह हुआ। विनय जैसी चमत्कारपूर्ण अंगरेजी लिख पाता है, जैसी उसकी विद्या-बुद्धि है, उसके अनुसार सुधीर को उसका ब्राह्म-समाज में शामिल न होना ही उसके लिए अत्यन्त असंगत लगता था। विनय जैसा व्यक्ति किसी भी प्रकार ब्राह्म-समाज से बाहर नहीं रह सकता, इसका प्रमाण पाकर उसका हृदय गर्व से फूल उठा। उसने कहा, "किन्तु परसों, रविवार तक हो पाएगा? बहुतों को तो समाचार ही नहीं मिल सकेगा।"

सुधीर की इच्छा है, विनय की इस दीक्षा की एक दृष्टान्त के रूप में सर्व-साधारण के सामने घोषणा की जाए।

वरदासुन्दरी ने कहा, "ना-ना, इस रविवार को ही हो जाएगा। सुधीर, तुम दौड़ जाओ, पानू बाबू को तुरन्त बुला लाओ।"

जिस हत्भागे के दृष्टान्त द्वारा सुधीर ब्राह्म-समाज को सर्वत्र अजेय शक्तिशाली के रूप में प्रचारित करने की कल्पना से उत्तेजित हो उठा था, उसका हृदय सिकुड कर नितान्त बिन्दुवत हो आया था। जो चीज मन-ही-मन तर्क-युक्ति के अनुसार कुछ भी नहीं थी, उसी का बाहरी चेहरा देख कर विनय व्याकुल हो उठा।

पानू बाबू को बुलवाते ही, विनय उठ गया। वरदासुन्दरी ने कहा, "तनिक बैठो, पानू बाबू अभी आ जाएँगे, देरी नहीं होगी।"

विनय ने कहा, "नहीं। मुझे क्षमा कीजिए।"

वह इस घिराव से दूर जाकर खुले में सारी बात अच्छी तरह सोचने का अवसर पाए, तो बचे।

विनय के उठते ही परेश बाबू भी उठ गए और उसके कन्धे पर एक हाथ रख कर बोले, "विनय, हडबड़ी में कुछ मत करो–शान्त होकर, स्थिर होकर सारी बात सोच कर देखो। अपने मन को पूरी तरह समझे बिना जीवन के इतने बड़े काम में हाथ मत डालो।"

वरदासुन्दरी ने मन-ही-मन अपने पति के प्रति असन्तुष्ट होकर कहा, "शुरू में तो कोई सोच-समझ कर काम नहीं करता, अनर्थ कर बैठता है, उसके बाद जब जान पर बन आती है, तो कहता है, बैठे-बैठे सोचो। तुम स्थिर बैठ कर सोच सकते हो, लेकिन हमारे तो प्राण निकल गए।"

विनय के साथ-साथ सुधीर भी रास्ते में निकल आया। खाने के लिए विधिपूर्वक बैठ कर जैसे खाने के पूर्व चखने की इच्छा होती है, उसी तरह सुधीर में भी चंचलता आ गई। उसकी इच्छा हुई कि विनय को अभी ही मित्र-समाज में पकड़ ले जाकर, सु-संवाद देकर आनन्दोत्सव प्रारम्भ कर दे, किन्तु सुधीर के इस आनन्दोच्छ्वास के भारी आघात से विनय का मन और भी बैठने लगा। सुधीर ने जब प्रस्ताव किया, "विनय बाबू, आइए ना, हम दोनों जने ही मिल कर पानू बाबू के पास चलें", तो विनय, उस बात पर कान तक न देकर अपना हाथ जबरदस्ती छुड़ा कर चला गया।

कुछ दूर जाते ही देखा, अविनाश अपने दल के एक-दो लोगों के साथ जल्दी-जल्दी कहीं चला जा रहा है। विनय को देखते ही अविनाश ने कहा, "यही तो, विनय बाबू, ठीक हुआ। चलिए हमारे साथ।"

विनय ने पूछा, "कहाँ जा रहे हो?"

अविनाश ने कहा, "काशीपुर का बाग ठीक करने जा रहे हैं। वहाँ गौरमोहन बाबू की प्रायश्चित-सभा होगी।"

विनय ने कहा, "ना, अभी मेरे पास जाने का अवकाश नहीं है।"

अविनाश ने कहा, "यह क्या बात हुई! आप क्या समझ पा रहे हैं, यह कितना बड़ा काम हो रहा है! अन्यथा, गौरमोहन बाबू क्या ऐसा कोई अनावश्यक प्रस्ताव करते? वर्तमान समय में हिन्दू-समाज को अपना बल प्रदर्शित करना होगा। गौरमोहन बाबू के इस प्रायश्चित से क्या देश के लोगों के मन में कोई कम हलचल मचेगी! हम लोग देश-विदेश से बड़े-बड़े ब्राह्मण, पण्डित, सभी को निमन्त्रित कर ले आएँगे। इससे हिन्दू-समाज पर बहुत प्रभाव पड़ेगा। लोग समझ जाएँगे, हम अभी जीवित हैं। समझ जाएँगे, हिन्दू-समाज मरने वाला नहीं है।"

विनय अविनाश की पकड़ से छूट कर चला गया।

56

वरदासुन्दरी ने जब हारान बाबू को बुला कर सारी बात बताई, तो वे कुछ देर गंभीर होकर बैठे रहे, फिर बोले, "इस सम्बन्ध में एक बार ललिता के साथ चर्चा कर देखना कर्तव्य है।"

ललिता के आने पर हारान बाबू ने अपने गांभीर्य की तान को अन्तिम सप्तक

तक खींच कर कहा, "देखो ललिता, तुम्हारे जीवन में एक भारी दायित्व का समय आ पहुँचा है। एक ओर तुम्हारा धर्म है और एक ओर तुम्हारी अभिरुचि, इसके बीच ही तुम्हें मार्ग का चयन करना होगा।"

इतना कह, थोड़ा रुक कर हारान बाबू ने ललिता के चेहरे पर दृष्टि गड़ा दी। हारान बाबू समझते हैं, उनकी इस न्यायाग्निदीप्त दृष्टि के सम्मुख भीरुता काँप उठती है, कपटता भस्मीभूत हो जाती है–उनकी यह तेजोमय आध्यात्मिक दृष्टि ब्राह्म-समाज की मूल्यमान सम्पत्ति है।

ललिता ने कोई बात नहीं कही, चुप रही।

हारान बाबू बोले, "लगता है, तुमने सुन लिया है, तुम्हारी स्थिति देख कर अथवा जो भी कोई कारण हो, अन्ततः विनय बाबू हमारे समाज में दीक्षा लेने को राजी हो गए हैं।"

ललिता ने यह समाचार पहले नहीं सुना था, सुन कर उसके मन में क्या भाव आया, वह भी प्रकट नहीं किया, उसके दोनों नेत्र चमक उठे–वह पाषाण-प्रतिमा-सी स्थिर बैठी रही।

हारान बाबू ने कहा, "निश्चय ही विनय की इस विवशता पर परेश बाबू बहुत प्रसन्न हुए हैं। लेकिन इसमें वास्तव में खुश होने वाली कोई बात है या नहीं, यह तुम्हें ही तय करना होगा। उसी कारण आज मैं ब्राह्म-समाज के नाम पर तुमसे अनुरोध कर रहा हूँ, अपनी उन्मत्त अभिरुचि को एक तरफ हटा कर रखो तथा केवल धर्म की ओर दृष्टि रख कर अपने हृदय से प्रश्न करो, क्या इसमें प्रसन्न होने का वास्तविक कारण है?"

ललिता अभी भी चुप रही। हारान बाबू ने सोचा, बहुत काम हो रहा है। दूने उत्साह से बोले, "दीक्षा! दीक्षा जीवन का कितना पवित्र मुहूर्त होता है, यह आज क्या मुझे समझाना पड़ेगा! उसी दीक्षा को कलुषित करेगा! सुख-सुविधा अथवा आसक्ति के आकर्षण में हम लोग ब्राह्म-समाज को असत्य के मार्ग पर छोड़ देंगे–कपटता को सम्मान के साथ बुला कर ले आएँगे! बोलो ललिता, तुम्हारे जीवन के साथ ब्राह्म-समाज की इस दुर्गति का इतिहास क्या हमेशा के लिए जुड़ा रहेगा?"

ललिता अभी भी कुछ नहीं बोली, कुर्सी के हत्थे मुट्ठियों से कस कर पकड़े हुए बैठी रही। हारान बाबू ने कहा, "आसक्ति के छिद्र से दुर्बलता मनुष्य पर कैसा दुर्निवार आक्रमण करती है, यह बहुत देखा है और मनुष्य की दुर्बलता को किस प्रकार क्षमा किया जाता है, वह भी मैं जानता हूँ, किन्तु जो दुर्बलता केवल अपने जीवन पर नहीं, शत-सहस्र लोगों के जीवन के आधार पर नितान्त नींव तक जाकर आघात करे, तुम्हीं बताओ ललिता, क्या उसे एक क्षण के लिए भी क्षमा किया जा सकता है? क्या ईश्वर ने उसे क्षमा करने का अधिकार हमें दिया है?"

ललिता ने कुर्सी छोड़ कर उठते हुए कहा, "ना-ना, पानू बाबू, आप क्षमा मत

कीजिए। सारी दुनिया के लोगों को आपके हमले की ही आदत पड़ चुकी है–लगता है, आपकी क्षमा सभी के लिए नितान्त असह्य होगी।''

यह बोल कर ललिता कमरा छोड़ कर चली गई।

वरदासुन्दरी हारान बाबू की बातों से उद्विग्न हो उठीं। वे अब विनय को किसी भी प्रकार छोड़ नहीं सकतीं। उन्होंने हारान बाबू से बेकार में बहुत अनुनय-विनय करने के बाद अन्त में क्रुद्ध होकर उन्हें विदा कर दिया। उन्हें कठिनाई यह हुई कि वे परेश बाबू को भी अपने पक्ष में नहीं कर पाईं और हारान बाबू को भी नहीं। ऐसी अभावनीय दशा की कोई कभी कल्पना भी नहीं कर पाता। हारान बाबू के सम्बन्ध में फिर से वरदासुन्दरी की राय बदलने का समय आ गया।

विनय जब तक दीक्षा-ग्रहण के विषय को धुँधले रूप में देख रहा था, तब तक बहुत बल के साथ अपने संकल्प को प्रकट कर रहा था। किन्तु जब देखा कि इसके लिए उसे ब्राह्म-समाज में आवेदन करना होगा तथा इस सन्दर्भ में हारान बाबू के साथ परामर्श होगा, तो इस खुले प्रकटीकरण की विभीषिका ने उसे पूरी तरह कुण्ठित कर डाला। वह कहाँ जाकर किसके साथ परामर्श करे, कुछ भी नहीं सोच पाया, यहाँ तक कि, उसके लिए आनन्दमयी के पास जाना भी असंभव हो गया। रास्ते में घूमते रहने की शक्ति भी उसमें नहीं थी। इसीलिए वह अपने सूने आवास में आकर ऊपर के कमरे में तख्तपोश पर लेट गया।

संध्या हो आई। अँधेरे कमरे में नौकर के दीपक लाते ही, सोच रहा था कि उसे मना करेगा, तभी विनय ने नीचे से पुकार सुनी, ''विनय बाबू! विनय बाबू!''

विनय की जैसे जान में जान आ गई। मानो, उसे मरुभूमि में प्यास बुझाने को पानी मिल गया। इस स्थिति में अकेले सतीश को छोड़ कर और कोई उसे चैन नहीं दे पाता। विनय की निर्जीविता चली गई। ''क्या भाई सतीश!'' कह कर बिस्तर से उछलते हुए उठ कर बिना जूते पहने ही तेजी से सीढ़ियों से नीचे उतर गया।

देखा, उसके छोटे प्रांगण में सीढ़ियों के सामने ही सतीश के साथ वरदासुन्दरी खड़ी हैं। फिर वही समस्या, वही लडाई। विनय हड़बड़ाते हुए सतीश और वरदासुन्दरी को ऊपर के कमरे में ले गया।

वरदासुन्दरी ने सतीश से कहा, ''सतीश, जा तू जरा बरामदे में जाकर बैठ, जा रे।''

सतीश के इस निरानन्द निर्वासन के दंड से व्यथित होकर विनय ने उसे बहुत-सी चित्रों वाली किताबें निकाल कर देकर पास वाले कमरे में दीपक जला कर बैठा दिया।

जब वरदासुन्दरी बोलीं, ''विनय, तुम तो ब्राह्म-समाज में किसी को नहीं जानते–एक चिट्ठी लिख कर मेरे हाथ में दो, मैं कल सुबह स्वयं जाकर संपादक महाशय को देकर सारा बन्दोबस्त कर दूँगी, ताकि परसों रविवार को ही तुम्हारी दीक्षा हो जाए। तुम्हें और कुछ भी नहीं सोचना पड़ेगा''–तब विनय कुछ भी नहीं बोल पाया। उसने उनके आदेश के अनुसार एक चिट्ठी लिख कर वरदासुन्दरी के हाथ में दे दी। जो हो,

उसे किसी एक ऐसे रास्ते पर निकल पड़ने की आवश्यकता हो गई थी, जिससे लौटने या दुविधा करने का कोई उपाय न रहे।

ललिता के साथ विवाह की बात भी वरदासुन्दरी ने हल्की-सी छेड़ दी।

वरदासुन्दरी के चले जाने पर विनय मन में भारी वितृष्णा अनुभव करने लगा। यहाँ तक कि, ललिता की स्मृति भी विनय के मन में तनिक बेसुरी बजने लगी। उसे लगने लगा, जैसे वरदासुन्दरी की इस अशोभन बेचैनी में कहीं ललिता भी थोड़ी शामिल है। अपने प्रति सम्मान में कमी के साथ-साथ सभी के प्रति ही उसका सम्मान जैसे कम होने लगा।

वरदासुन्दरी ने घर लौट कर सोचा, आज वे ललिता को खुश कर देंगी। वे निश्चित रूप से समझ गई थीं, ललिता विनय को प्रेम करती है। उसी कारण जब उनके विवाह को लेकर समाज में शोर-शराबा मचा था तो उन्होंने अपने को छोड़ कर अन्य सभी को इसके लिए अपराधी ठहराया था। कुछ दिन उन्होंने ललिता के साथ एक प्रकार से बातचीत बन्द कर दी थी। आज जब बात किनारे लग गई, तो वे ललिता के सामने यह गर्व प्रकट करके उसके साथ समझौता करने को उतावली हो उठीं कि वह अधिकांशतः उन्हीं के कारण हुआ है। ललिता के बाप ने तो सारा मिट्टी में ही मिला दिया था। ललिता स्वयं भी तो विनय को सीधा नहीं कर पाई थी। पानू बाबू से भी कोई सहायता नहीं मिली। अकेले वरदासुन्दरी ने ही सारी गुत्थी सुलझा दी। हाँ हाँ, जो एक स्त्री कर सकती है, वह पाँच पुरुष नहीं कर सकते।

वरदासुन्दरी ने घर लौट कर सुना, ललिता आज जल्दी सोने चली गई है, उसकी तबीयत कुछ ठीक नहीं है। उन्होंने मन-ही-मन हँसते हुए कहा, ''तबीयत ठीक कर देती हूँ।''

एक बत्ती हाथ में लिए उसके सोने वाले अँधेरे कमरे में घुस कर देखा, ललिता अभी भी बिछोने पर नहीं लेटी है, एक आराम-कुर्सी पर एक ओर टेढ़ी पड़ी है!

ललिता ने तुरन्त सीधी होकर बैठते हुए पूछा, ''माँ, तुम कहाँ गई थीं?''

उसके स्वर में थोड़ी तेजी थी। उसे पता चल गया था कि वे सतीश को लेकर विनय के आवास पर गई थीं।

वरदासुन्दरी ने कहा, ''मैं विनय के यहाँ गई थी।''

''क्यों?''

क्यों! वरदासुन्दरी को मन-ही-मन तनिक क्रोध आया। 'ललिता समझती है, मैं उससे केवल शत्रुता ही रखती हूँ! अकृतज्ञ!'

वरदासुन्दरी ने कहा, ''ये देखो, क्यों!'' कहते हुए विनय की वही चिट्ठी खोल कर ललिता की आँखों के सामने कर दी। वह चिट्ठी पढ़ कर ललिता का चेहरा लाल हो उठा। वरदासुन्दरी ने अपनी करनी के प्रचार के लिए तनिक अत्युक्ति करते हुए ही बताया कि यह चिट्ठी क्या विनय के हाथ से सहजता से लिखवा ली जाती! वे गर्व

के साथ कह सकती हैं, यह काम और किसी भी व्यक्ति के वश में नहीं था।

ललिता दोनों हाथों से मुँह ढाँप कर अपनी आराम-कुर्सी पर लेट गई। वरदासुन्दरी ने सोचा, ललिता उनके सामने प्रबल हृदयावेग को प्रकट करने से लजा रही है। कमरे से बाहर निकल गईं।

अगले दिन सुबह चिट्ठी लेकर ब्राह्म-समाज में जाने के समय देखा, किसी ने चिट्ठी टुकड़े-टुकड़े फाड़ कर रख दी है।

57

सुचरिता अपराह्न में परेश बाबू के पास जाने को तैयार हो रही थी, तभी नौकर ने आकर समाचार दिया, एक बाबू आए हैं।

''कौन बाबू? विनय बाबू?''

नौकर ने कहा, ''नहीं, बहुत गोरा रंग है, लम्बे कद के एक बाबू हैं।''

सुचरिता चौंक पड़ी, बोली, ''बाबू को ऊपर के कमरे में लाकर बैठाओ।''

आज कौन-से कपड़े पहने हैं, किस प्रकार पहने हैं, सुचरिता ने अब तक इस पर ध्यान नहीं दिया था। अब दर्पण के सामने खड़ी हुई, तो कपड़े एकदम पसंद नहीं आए। तब बदलने का समय भी नहीं था। काँपते हाथों से साड़ी का आँचल और केश आधे-अधूरे सँभाल कर सुचरिता ने धड़कते हृदय से कमरे में प्रवेश किया। उसकी टेबिल पर गोरा की रचनावली पड़ी थीं, यह बात उसे याद ही नहीं थी। ठीक उसी टेबिल के सामने कुर्सी पर गोरा बैठा है। पुस्तकें निर्लज्ज भाव से गोरा की आँखों के सामने पड़ी हैं—उन्हें ढक देने या हटा देने का कोई उपाय नहीं है।

''मौसी आपसे मिलने के लिए बहुत दिन से व्यग्र हो रही हैं, उन्हें खबर दे दूँ,'' कह कर सुचरिता कमरे में आते ही चली गई—वह अकेली गोरा के साथ बातें करने का साहस नहीं जुटा पाई।

कुछ देर बाद सुचरिता हरिमोहिनी को साथ लेकर आई। हरिमोहिनी कुछ समय से गोरा के विचार-विश्वास और निष्ठा तथा उसके जीवन की बातें विनय से सुनती आ रही हैं। कभी-कभी उनके अनुरोध पर सुचरिता ने उन्हें दोपहर में गोरा के लेख पढ़ कर सुनाए हैं। यद्यपि ऐसा नहीं कि वे सारे लेख वे पूरी तरह समझ पाती थीं तथा वे उन्हें नींद को आकर्षित करने की भी सुविधा कर देते थे, तब भी मोटे तौर पर इतना समझ लेती थीं कि गोरा शास्त्र और लोकाचार का पक्ष लेकर आजकल की आचारहीनता के विरुद्ध लड़ाई कर रहा है। अंगरेजी पढ़े आधुनिक लड़के के पक्ष में इसकी अपेक्षा आश्चर्यजनक और इससे अधिक गुण वाली बात और क्या हो सकती है? ब्राह्म-परिवार में जब पहले-पहल विनय को देखा था, तो विनय ने ही उन्हें पर्याप्त तृप्ति प्रदान की

थी। लेकिन धीरे-धीरे उसका अभ्यास हो जाने के बाद जब वे अपने घर में विनय को देखने लगीं, तो उसके आचरण के दोष उन्हें बहुत खटकने लगे। उन्होंने विनय पर बहुत अधिक निर्भरता बना ली थी, इसी से उसके प्रति उनका धिक्कार प्रतिदिन बढ़ता जा रहा था। उसी कारण वे अत्यन्त उत्सुक हृदय से गोरा की प्रतीक्षा कर रही थीं।

गोरा की ओर दृष्टिपात करते ही हरिमोहिनी आश्चर्य से भर उठीं। यही तो है ब्राह्मण! एकदम जैसे होम की अग्नि। मानो, शुभ्रकाय महादेव। उनके मन में एक ऐसी भक्ति का संचार हुआ कि गोरा ने जब उन्हें प्रणाम किया, तो वे प्रणाम ग्रहण करते हुए हिचकने लगीं।

हरिमोहिनी बोलीं, ''तुम्हारे विषय में बहुत सुना है बेटा! तुम ही गौर हो? गौर[1] तो हो ही! वही जो, कीर्तन-गायन में सुना था–

चाँदेर अमिया-सने चन्दन बाँटिया गो
के माजिल गोरार देहखानि–[2]

आज वही आँखों से देख लिया। कैसे मन वाले ने तुम्हें जेल में डाल दिया था, मैं यही सोच रही हूँ!''

गोरा ने हँस कर कहा, ''यदि आप लोग मजिस्ट्रेट होते, तो जेल चूहों और चमगादडों का घर बन जाती।''

हरिमोहिनी बोलीं, ''ना बेटा, संसार में चोरों-जुआरियों की क्या कमी है? मजिस्ट्रेट की क्या आँखें नहीं थीं? तुम कोई ऐसे-वैसे तो नहीं हो, तुम तो भगवान के दूत हो, वह तो चेहरा देखते ही पता चल जाता है। जेलखाना है, क्या इसीलिए जेल में ठूँस देना जरूरी है! बाप रे! यह कैसा न्याय है!''

गोरा ने कहा, ''मनुष्य के चेहरे की ओर देखने से कहीं भगवान का रूप आँखों में न पड़ जाए, इसीलिए मजिस्ट्रेट केवल कानून की किताबों की ओर देख कर काम करते हैं। अन्यथा आदमी को कोडे, जेल, देश-निकाला और फाँसी देकर क्या उनकी आँखों में नींद आती, या मुँह में खाना जाता?''

हरिमोहिनी ने कहा, ''जब भी फुरसत पाती हूँ, राधारानी से तुम्हारी किताब पढ़वा कर सुनती हूँ। तुम्हारे अपने मुख से कब अच्छी-अच्छी बातें सुन पाऊँगी, अब तक मन में यही आस लगाए थी। मैं तो मूर्ख औरत हूँ, और बड़ी दुखिनी हूँ, सारी बातें समझती भी नहीं, सब बातों में मन भी नहीं लगा पाती। लेकिन बेटा, मुझे बड़ा विश्वास हो गया है कि तुमसे कुछ ज्ञान मिलेगा।''

गोरा विनयपूर्वक इस बात का कोई प्रतिवाद न करके चुप रहा।

हरिमोहिनी ने कहा, ''बेटा, तुम्हें कुछ खाकर जाना पड़ेगा। तुम्हारे जैसे ब्राह्मण

---

1. गौर : यहाँ गौर का प्रयोग 'गौरांग महाप्रभु' के लिए किया गया है।
2. चन्द्र-सुधा चन्दन में पीस रे
   किसने माँजी गोरा की देह

लड़के को बहुत दिन से मैंने खिलाया नहीं। आज जो है, उसी से मुँह मीठा कर जाओ, पर एक और दिन मेरे घर में तुम्हारा न्योता रहा।''

यह बोल कर जब हरिमोहिनी खाने की व्यवस्था करने गईं, तो सुचरिता के हृदय में उथल-पुथल मचने लगी।

गोरा ने सीधे ही शुरू कर दिया, ''विनय आज आपके यहाँ आया था?''

सुचरिता ने कहा, ''हाँ।''

गोरा बोला, ''उसके बाद विनय से मेरा मिलना नहीं हुआ, किन्तु मुझे पता है, वह क्यों आया था!''

गोरा थोड़ा रुका, सुचरिता भी चुप रही।

गोरा ने कहा, ''आप ब्राह्म-मत के अनुसार विनय का विवाह करवाने की चेष्टा कर रही हैं। क्या यह अच्छा कर रही हैं?''

यह हूल खाकर सुचरिता के मन से लज्जा और संकोच की जड़ता पूरी तरह दूर हो गई। वह गोरा के चेहरे की ओर आँखें उठा कर बोली, ''क्या आप मुझसे यही प्रत्याशा करते हैं कि मैं ब्राह्म-मत के अनुसार विवाह को अच्छा काम न समझूँ?''

गोरा ने कहा, ''मैं आपसे किसी प्रकार की क्षुद्र प्रत्याशा नहीं करता, आप यह निश्चित समझ लीजिए। संप्रदायबद्ध व्यक्ति से मनुष्य जितनी आशा रख सकता है, मैं आपसे उससे बहुत अधिक रखता हूँ। किसी एक दल की संख्या को बढ़ाना ही जिन सब मजदूरों के ठेकेदारों का काम होता है, आप उस श्रेणी में नहीं आतीं, यह मैं अधिकारपूर्वक कह सकता हूँ। मेरी इच्छा है कि आप स्वयं ही अपने को ठीक तरह समझें। अन्य पाँच लोगों की बातों में आकर अपने को क्षुद्र न बनाएँ। आप मात्र किसी एक दल की व्यक्ति नहीं हैं, यह बात आपको अपने मन से स्वयं ही स्पष्ट रूप से पूछनी होगी।''

सुचरिता अपने मन की संपूर्ण शक्ति को जगा कर सतर्क होकर सीधी बैठ गई। बोली, ''आप भी क्या किसी दल के ही व्यक्ति नहीं हैं?''

गोरा ने कहा, ''मैं हिन्दू हूँ। हिन्दू तो कोई दल नहीं है। हिन्दू एक जाति है। यह जाति इतनी बड़ी है कि किसमें इस जाति का जातित्व है, यह किसी संज्ञा द्वारा सीमाबद्ध करके नहीं बताया जा सकता। जैसे समुद्र, लहर नहीं, वैसे ही हिन्दू, दल नहीं।''

सुचरिता ने कहा, ''यदि हिन्दू दल नहीं, तो दलबन्दी क्यों करते हैं?''

गोरा ने कहा, ''मनुष्य को मारने जाने पर वह रोकता क्यों है? क्योंकि उसमें प्राण हैं। पाषाण ही हर तरह का प्रहार सहते हुए चुप पड़ा रहता है।''

सुचरिता ने कहा, ''जिसे मैं धर्म समझ रही हूँ, हिन्दू यदि उसे प्रहार मानें, तो उस स्थिति में आप मुझे क्या करने को कहेंगे?''

गोरा बोला, ''तब मैं आपसे कहूँगा, जिसे आप कर्तव्य समझ रही हैं, वह जब

हिन्दू जाति नामक इतनी बड़ी एक सत्ता पर कष्टकर प्रहार है, तो आपको बहुत सोच कर देखना होगा कि आपमें कोई भ्रम, कोई अन्धता है या नहीं–आप सब ओर से, सब तरह से सोच कर देख रही हैं या नहीं! दलबद्ध व्यक्ति के संस्कार को केवल अभ्यास अथवा आलस्य के वशीभूत सत्य मान कर इतना बड़ा उत्पात मचाने में जुट जाना उचित नहीं है। चूहा जब जहाज की पेंदी में छेद करना शुरू करता है, तो चूहे की सुविधा और प्रवृत्ति के हिसाब से ही वह काम करता है, नहीं देखता, कि इतने बड़े आश्रय में छेद करने से उसे जितनी सुविधा मिलेगी, उसकी अपेक्षा दूसरों की कितनी हानि होगी! आपको भी उसी प्रकार सोच कर देखना होगा कि आप क्या केवल अपने दल की बात सोच रही हैं अथवा संपूर्ण मानवता के विषय में सोच रही हैं? संपूर्ण मानवता कहने के कितने अर्थ हैं, वह तो जानती हैं? उसकी कितने प्रकार की प्रकृति है, कितने प्रकार की प्रवृत्ति है, कितने प्रकार की आवश्यकताएँ हैं? सब मनुष्य एक ही मार्ग पर एक ही स्थान पर नहीं खड़े हैं–किसी के सामने पहाड़ है, किसी के सामने समुद्र, किसी के सामने दूर-दूर तक फैला मैदान। पर, किसी के पास बैठे रहने का उपाय नहीं, सबको चलते रहना होगा। आप केवल अपने दल का शासन ही सब पर लागू करना चाहती हैं? आँखें मूँद कर समझना चाहती हैं कि मनुष्यों के मध्य कोई वैचित्र्य नहीं है, सबने केवल ब्राह्म-समाज की बही में ही नाम लिखाने को जन्म ग्रहण किया है? जो सब दस्यु-जातियाँ संसार की अन्य समस्त जातियों को युद्ध में जीत कर अपने एकछत्र राजत्व-विस्तार को ही विश्व के एकमात्र कल्याण के रूप में कल्पित करती है, अन्य जातियों का विशेषत्व विश्व-हित के लिए बहुमूल्य विधान है, जो अपने बल के घमण्ड में यह स्वीकार नहीं करतीं तथा पृथिवी पर केवल दासत्व का विस्तार करती हैं, उनसे आप लोग कहाँ अलग हैं?''

सुचरिता कुछ देर के लिए तर्क-युक्तियाँ, सब भूल गई। गोरा के वज्र-गंभीर कंठ-स्वर की आश्चर्यजनक प्रबलता ने उसका संपूर्ण अन्तःकरण आन्दोलित कर डाला। सुचरिता को याद ही नहीं रहा कि गोरा कोई-एक विषय लेकर बहस कर रहा है, उसके सामने केवल इतना सत्य बना रहा कि गोरा बोल रहा है।

गोरा ने कहा, ''भारत के बीस करोड़ लोगों को आपके समाज ने ही जन्म नहीं दिया है; कौन-सा पंथ इन बीस करोड़ लोगों के लिए उपयोगी है, कौन-सा विश्वास, कौन-सा आचार इन सबको खाद्य प्रदान करेगा, शक्ति प्रदान करेगा, यह निश्चित करने का भार जबरदस्ती अपने ऊपर लेकर इतने विशाल भारतवर्ष को क्या सोच कर पूरी तरह सपाट-समतल बना देना चाहती हैं? इस असाध्य-कार्य में जितनी बाधा आ रही है, उतना ही आप लोगों को देश पर गुस्सा आ रहा है, अश्रद्धा हो रही है, जिसका हित करना चाहते हैं, उसके प्रति उतनी ही घृणा करके उसे पराया बना डाल रहे हैं। परन्तु इस बात की कल्पना कीजिए कि जिस ईश्वर ने मनुष्य की विचित्र के रूप में सृष्टि की है और विचित्र ही बनाए रखना चाहते हैं, आप लोग उसी की पूजा करते

हैं। यदि आप लोग सचमुच ही उन्हें मानते हैं, तो उनके विधान को आप लोग साफ-साफ क्यों नहीं देख पाते, अपनी बुद्धि और दल के अहंकार में इसके तात्पर्य को क्यों ग्रहण नहीं करते?''

सुचरिता को कोई भी उत्तर देने की चेष्टा न करके, चुपचाप गोरा की बात सुनते रहते देख गोरा के मन में करुणा भर आई। उसने थोड़ा रुक कर स्वर धीमा करके कहा, ''शायद आपको मेरी बातें सुनने में कठोर लग रही हैं, पर मुझे विरोधी पक्ष का आदमी मान कर मन में कोई विद्रोह मत रखिए। मैं यदि आपको विरोधी पक्ष का समझता तो कोई बात ही नहीं कहता। आपके मन में जो एक स्वाभाविक उदार शक्ति है, उसे दल के भीतर कुण्ठित होते देख कर मैं कष्ट का अनुभव कर रहा हूँ।''

सुचरिता का चेहरा रक्ताभ हो आया; वह बोली, ''नहीं-नहीं, आप मेरे बारे में कुछ मत सोचिए। आप बोलते रहिए, मैं समझने की चेष्टा कर रही हूँ।''

गोरा ने कहा, ''मुझे कुछ और नहीं कहना है–भारतवर्ष को आप अपनी सहज बुद्धि, सहज हृदय से देखिए, इसे आप प्रेम कीजिए। यदि आप भारतवर्ष के लोगों को अब्राह्म के रूप में देखेंगी, तो उन्हें विकृत करके देखेंगी और उनकी अवज्ञा करेंगी–वैसा होने पर उन्हें केवल गलत समझती रहेंगी–जहाँ से देखने पर उन्हें संपूर्णतः देखा जा सकता है, उन्हें वहाँ से देखा ही नहीं जा सकेगा। ईश्वर ने इनकी सृष्टि मनुष्य के रूप में की है; ये नाना ढंग से सोचते हैं, नाना ढंग से चलते हैं, इनके विश्वास, इनके संस्कार तरह-तरह के हैं; किन्तु सभी की नींव में एक मनुष्यत्व है; सभी के भीतर एक ऐसी वस्तु है, जो हमारी वस्तु है, जो हमारे इस भारतवर्ष की वस्तु है; जिसकी ओर सही सत्य भरी दृष्टि डालने पर उसकी संपूर्ण क्षुद्रता और असंपूर्णता का आवरण भेद कर एक आश्चर्यजनक महत् सत्ता आँखों में पड़ती है–उसमें बहुत समय की बहुत साधना छिपी दिखाई देती है, दिखाई देती है, कि दीर्घ काल की होमाग्नि अभी भी भस्म में जल रही है, और वही अग्नि एक दिन आपके क्षुद्र देश-काल के ऊपर उठ कर पृथिवी पर अपनी शिखा प्रज्जवलित कर डालेगी, इसमें रंचमात्र सन्देह नहीं। इस भारतवर्ष के लोग बहुत समय से अनेक महान बातें कहते रहे हैं, अनेक महान काम करते रहे हैं, वह सब पूरी तरह मिथ्या हो गया है, इस बात की कल्पना करना भी सत्य का असम्मान है–वही तो नास्तिकता है।''

सुचरिता गर्दन झुकाए सुन रही थी। उसने मुँह उठा कर कहा, ''आप मुझे क्या करने को कहते हैं?''

गोरा ने कहा, ''और कुछ नहीं कहता–बस, मैं यही कहता हूँ, आपको यह बात समझ कर देखनी होगी कि हिन्दू धर्म ने नाना विचारों, नाना मतों वाले लोगों को माँ की भाँति गोदी में बैठाने की चेष्टा की है; अर्थात् संसार में केवल हिन्दू धर्म ने ही मनुष्य को मनुष्य के रूप में स्वीकार किया है, दल के व्यक्ति के रूप में नहीं माना। हिन्दू धर्म मूढ़ को भी मानता है, ज्ञानी को भी मानता है; और ज्ञान के केवल एक ही

रूप को नहीं मानता, ज्ञान के अनेक प्रकार के विकास को मानता है; ख्रिस्तान वैचित्र्य को स्वीकार नहीं करना चाहते; वे कहते हैं, एक किनारे ख्रिस्तान-धर्म और एक किनारे अनन्त विनाश, इसके मध्य कोई विचित्रता नहीं। हमने उस ख्रिस्तान से ही पाठ ग्रहण किया है, इसीलिए हिन्दू धर्म के वैचित्र्य पर लज्जित होते हैं। हिन्दू धर्म ने इस वैचित्र्य के भीतर से ही एक को देखने की जो साधना की है, हम उसे नहीं देख पाते। मन के चारों ओर से ख्रिस्तानी-शिक्षा के इस फन्दे को खोल कर मुक्त हुए बिना, हम हिन्दू धर्म का सच्चा परिचय पाकर गौरव के अधिकारी नहीं बनेंगे।''

गोरा की बातें केवल सुन ही नहीं, बल्कि सुचरिता मानो, गोरा की बातों को प्रत्यक्ष देख रही थी, गोरा के नेत्रों में जो एक सुदूर-भविष्य-निबद्ध ध्यान-दृष्टि थी, वही दृष्टि और वाक्य सुचरिता को एक होते दिखाई दिए। लज्जा भूल कर, अपने को भूल कर सुचरिता गोरा के भावोत्साह से उद्दीप्त चेहरे को आँखें उठा कर देखती रही। इस चेहरे में सुचरिता ने ऐसी एक शक्ति देखी, जो शक्ति योग-बल से पृथिवी पर बड़े-बड़े संकल्पों को मूर्त कर देती है। सुचरिता ने अपने समाज के अनेक विद्वान और बुद्धिमान लोगों से बहुत-सी तत्वालोचनाएँ सुनी हैं, किन्तु गोरा की यह समालोचना नहीं है, यह तो जैसे सृजन है। इसमें कुछ ऐसा प्रत्यक्ष घट रहा है, जो एक साथ संपूर्ण देह और मन पर अधिकार जमा बैठता है। सुचरिता आज वज्र-पाणि इन्द्र को देख रही थी--जब वाक्य कानों में प्रबल-मन्द आघात करके उसके हृदय-कपाट कँपा रहे थे, उसी के साथ विदयुत की तीव्रच्छटा क्षण-क्षण उसके रक्त में नृत्य कर रही थी। गोरा के मत के साथ उसके मत का कहाँ, किस परिमाण में मेल है अथवा मेल नहीं है, यह स्पष्ट रूप से देखने की शक्ति सुचरिता में नहीं बची।

इसी समय सतीश ने कमरे में प्रवेश किया। वह गोरा से घबराता था--इसी से, उससे बचने के लिए वह अपनी दीदी से सट कर खड़ा हो गया और बोला, ''पानू बाबू आए हैं।'' सुचरिता चौंक उठी--जैसे उसे किसी ने मार दिया हो! उसकी ऐसी दशा हो गई कि किसी प्रकार पानू बाबू के आने को धक्का देकर, हटा कर, दबा कर, एकदम विलुप्त करके बच जाए। सतीश के धीमे स्वर को गोरा सुन नहीं पाया है, सोच कर सुचरिता जल्दी से उठ गई। उसने सीधे सीढ़ियों से नीच उतर कर पानू बाबू के सामने पहुँचते ही कहा, ''मुझे क्षमा करें--आज अपके साथ बातचीत की सुविधा नहीं हो पाएगी।''

हारान बाबू ने पूछा, ''क्यों सुविधा नहीं होगी?''

सुचरिता ने इस प्रश्न का उत्तर न देकर कहा, ''यदि आप कल सुबह पिताजी के यहाँ आएँ, तो मुझसे मिलना हो जाएगा।''

हारान बाबू ने कहा, ''लगता है, आज तुम्हारे कमरे में कोई आदमी है?''

इस प्रश्न को टालते हुए सुचरिता बोली, ''आज मुझे अवकाश नहीं मिलेगा, दया करके आज आप मुझे क्षमा करें।''

हारान बाबू ने कहा, "लेकिन रास्ते से जो गौरमोहन बाबू के गले का स्वर सुन रहा था, शायद वे हैं?"

सुचरिता इस प्रश्न को और नहीं दबा पाई, चेहरा लाल करके बोली, "हाँ, हैं।"

हारान बाबू ने कहा, "अच्छा ही हुआ, मुझे उनसे भी बात करनी थी। यदि तुम्हें कोई विशेष काम करना हो, तो मैं तब तक गौरमोहन बाबू के साथ बातें कर लूँ।"

कह कर, सुचरिता की किसी सहमति की प्रतीक्षा न करके वे सीढ़ियों से ऊपर चढ़ने लगे। सुचरिता ने कमरे में आकर बगल में मौजूद हारान बाबू की ओर कोई ध्यान दिए बिना गोरा से कहा, "मौसी आपके लिए नाश्ता तैयार करने गई हैं, मैं जरा उन्हें देख आऊँ।" यह कह कर तेजी से वह कमरे से बाहर हो गई और हारान बाबू गंभीर चेहरा लिए एक कुर्सी पर अधिकार करके बैठ गए।

हारान बाबू ने कहा, "कुछ दुबले दिखाई पड़ रहे हैं!"

गोरा ने कहा, "जी हाँ, कुछ दिन दुबला होने की ही चिकित्सा चल रही थी।"

हारान बाबू ने कंठ-स्वर को कोमल बनाते हुए कहा, "वही तो, आपको बहुत कष्ट भोगना पड़ा।"

गोरा ने कहा, "जैसी आशा की जाती है, उससे अधिक तनिक भी नहीं।"

हारान बाबू ने कहा, "आपसे विनय बाबू के सम्बन्ध में कुछ चर्चा करनी है। आपने शायद सुन लिया हो, उन्होंने आगामी रविवार को ब्राह्म-समाज में दीक्षा लेने की तैयारी की है।"

गोरा ने कहा, "नहीं, मैंने नहीं सुना।"

हारान बाबू ने पूछा, "इसमें आपकी सम्मति है?"

गोरा ने कहा, "विनय ने तो मेरी सम्मति माँगी नहीं!"

हारान बाबू ने कहा, "आप क्या सोचते हैं, विनय बाबू सच्चे विश्वास के साथ यह दीक्षा ग्रहण करने को तैयार हुए हैं?"

गोरा ने कहा, "जब वे दीक्षा लेने को तैयार हो गए हैं, तो आपका यह प्रश्न नितान्त अनावश्यक है।"

हारान बाबू ने कहा, "प्रवृत्ति जब प्रबल हो उठती है, तब हम क्या विश्वास करते हैं और क्या नहीं, यह सोच कर देखने का अवसर नहीं मिलता। आप तो मानव-चरित्र जानते हैं।"

गोरा ने कहा, "नहीं, मानव-चरित्र को लेकर मैं अनावश्यक चर्चा नहीं करता।"

हारान बाबू ने कहा, "आपके साथ मेरे मत का और समाज का मेल नहीं है, किन्तु मैं आपका सम्मान करता हूँ। मैं निश्चयपूर्वक जानता हूँ, आपका जो विश्वास है, वह सत्य हो या मिथ्या हो, कोई प्रलोभन आपको उससे डिगा नहीं सकता। किन्तु–"

गोरा ने टोकते हुए कहा, "मेरे प्रति आपने यह जो थोड़ा-सा सम्मान बचा रखा

है, उसका ऐसा क्या मूल्य है कि उससे वंचित होने में विनय की कोई भारी क्षति है! संसार में अवश्य ही अच्छी-बुरी वस्तुएँ हैं, पर यदि अपनी श्रद्धा और अश्रद्धा के आधार पर ही उनका मूल्य निरूपित करना हो तो कीजिए, लेकिन दुनिया के लोगों को उन्हें अपनाने के लिए मत कहिए।''

हारान बाबू ने कहा, ''अच्छा ठीक है, उस बात का समाधान अभी न होने से भी चलेगा। किन्तु मैं आपसे पूछता हूँ, विनय जो परेश बाबू के घर में विवाह करने की कोशिश कर रहे हैं, आप क्या उसे रोकेंगे नहीं?''

गोरा ने लाल होते हुए कहा, ''हारान बाबू, क्या मैं आपके साथ विनय के सम्बन्ध में वह सब चर्चा कर सकता हूँ? आप जब हमेशा ही मानव-चरित्र को लिए रहते हैं, तो आपको यह समझना भी उचित था कि विनय मेरा मित्र है तथा वह आपका मित्र नहीं है।''

हारान बाबू ने कहा, ''इस घटना के साथ ब्राह्म-समाज का सम्बन्ध होने के कारण ही मैंने यह बात उठाई है, अन्यथा–''

गोरा ने कहा, ''लेकिन मैं तो ब्राह्म-समाज का कोई नहीं हूँ, मेरे लिए आपकी इस दुश्चिन्ता का क्या मूल्य है?''

इसी समय सुचरिता कमरे में आई। हारान बाबू उससे बोले, ''सुचरिता, तुम्हारे साथ मेरी जरा विशेष बात है।''

ऐसा नहीं, कि यह कहना कोई आवश्यक था। गोरा के सामने सुचरिता के साथ विशेष घनिष्ठता दिखाने के लिए ही हारान बाबू ने जबरदस्ती यह बात कही। सुचरिता ने उसका कोई उत्तर ही नहीं दिया–गोरा अपने आसन पर जमा बैठा रहा, हारान बाबू को एकान्त में बातचीत करने का अवसर देने के लिए उठ जाने का कोई लक्षण नहीं दिखाया।

हारान बाबू ने कहा, ''सुचरिता, तनिक उस कमरे में चलो तो, एक बात कर लूँ!''

सुचरिता ने उसका कोई उत्तर दिए बिना गोरा की ओर देख कर पूछा, ''आपकी माँ ठीक हैं?''

गोरा ने कहा, ''माँ अच्छी न हों, ऐसा तो कभी नहीं देखा।''

सुचरिता ने कहा, ''अच्छा रहने की शक्ति उनके पास कितनी सहज है, वह मैं देख चुकी हूँ।''

गोरा जब जेल में था, तब सुचरिता ने आनन्दमयी को देखा था, वही बात याद की।

इसी समय हारान बाबू ने टेबिल से एक पुस्तक उठा ली और उसे खोल कर पहले लेखक का नाम देख लिया, उसके बाद पुस्तक को जहाँ-तहाँ से खोल कर आँखें घुमाने लगे।

सुचरिता लज्जा से लाल हो गई। पुस्तक में क्या है, गोरा जानता था, उसी कारण

मन-ही-मन थोड़ा हँसा।

हारान बाबू ने पूछा, "गौरमोहन बाबू, शायद यह आपके बचपन का लेखन है?"

गोरा ने हँस कर कहा, "वह बचपन अब तक चल रहा है। किसी-किसी प्राणी का बचपन बहुत कम दिनों में ही चला जाता है, किसी-किसी का बचपन थोड़ा लम्बे समय तक रहता है।"

सुचरिता ने कुर्सी से उठ कर कहा, "गौरमोहन बाबू, आपका नाश्ता तैयार हो गया है। तो आप जरा उस कमरे में चलिए। मौसी पानू बाबू के सामने बाहर नहीं आएँगी, वे शायद आपकी प्रतीक्षा कर रही हैं।"

सुचरिता ने यह अन्तिम बात विशेष रूप से पानू बाबू को चोट पहुँचाने के लिए ही बोली। उसने आज बहुत सहा है, इसलिए कुछ बदला चुकाए बिना नहीं रह पाई।

गोरा उठ गया। अपराजित हारान बाबू ने कहा, "तो मैं प्रतीक्षा करता हूँ।"

सुचरिता ने कहा, "क्यों व्यर्थ में प्रतीक्षा करेंगे, आज समय नहीं निकल पाएगा।"

किन्तु हारान बाबू उठे नहीं। सुचरिता और गोरा कमरे से बाहर हो गए।

गोरा को इस घर में देख कर और उसके प्रति सुचरिता का व्यवहार लक्षित करके हारान बाबू का मन सशस्त्र जाग उठा। सुचरिता क्या ब्राह्म-समाज से यों ही खिसक जाएगी? उसे बचाने वाला कोई भी नहीं है? जैसे हो, इसका प्रतिरोध करना ही होगा।

हारान बाबू एक कागज खींच कर सुचरिता को पत्र लिखने बैठ गए। हारान बाबू के कुछ बँधे-बँधाए विश्वास थे। उनमें से एक यह भी था कि जब वे सत्य की दुहाई देकर भर्त्सना करते हैं, तो उनके तेजस्वी वाक्य निष्फल नहीं हो सकते। केवल वाक्य ही एकमात्र वस्तु नहीं, मनुष्य का मन नाम का भी एक पदार्थ है, यह बात वे सोचते ही नहीं।

नाश्ते के पश्चात हरिमोहिनी के साथ बहुत देर तक बातचीत करने के बाद गोरा जब अपनी छड़ी लेने के लिए सुचरिता के कमरे में आया, तो शाम घिर आई थी। सुचरिता की डेस्क पर बत्ती जल रही है। हारान बाबू चले गए हैं। सुचरिता के नाम लिखी एक चिट्ठी टेबिल पर पसरी है, वह कमरे में घुसते ही आँखों में पड़ जाती है।

वह चिट्ठी देखते ही गोरा का हृदय अत्यन्त कठोर हो गया। इसमें संदेह नहीं था कि चिट्ठी हारान बाबू ने लिखी है। सुचरिता पर हारान बाबू का विशेष अधिकार है, वह गोरा जानता था, किन्तु उस अधिकार में कोई व्यतिक्रम उत्पन्न हो गया है, यह उसे पता नहीं था। आज जब सतीश ने सुचरिता के कान में हारान बाबू के आने की बात बताई, तो सुचरिता हड़बड़ाते हुए तेजी से नीचे चली गई और थोड़ी देर बाद ही उन्हें अपने साथ ऊपर लिवा लाई, तो उसके मन में बड़ा अटपटा-सा लगा था। उसके बाद जब हारान बाबू को कमरे में अकेला छोड़ कर सुचरिता गोरा को नाश्ते के लिए लिवा गई, तब वह व्यवहार कठोर तो लगा था, पर घनिष्ठता में ऐसा व्यवहार चल सकता है, मान कर गोरा ने उसे आत्मीयता का ही लक्षण समझ लिया था। उसके बाद

टेबिल पर यह चिट्ठी देख कर गोरा को बड़ा धक्का पहुँचा। चिट्ठी एक बड़ा रहस्यमय पदार्थ है। बाहर केवल नाम भर दिखा कर, सारी बात भीतर रख लेने के कारण वह मनुष्य को हैरान कर सकती है।

गोरा ने सुचरिता के चेहरे की ओर देख कर कहा, "मैं कल आऊँगा।"

सुचरिता ने आँखें झुकाए कहा, "अच्छा।"

गोरा विदा लेने को होते ही हठात् रुक कर खड़ा हो गया, बोला, "तुम्हारा स्थान भारत के सौर-मण्डल में ही है–मेरे अपने देश की हो तुम–तुम्हें कोई धूमकेतु आकर अपनी पूँछ से झपेटा देकर शून्य में चला जाए, वह किसी प्रकार नहीं हो पाएगा। तुम्हारी जहाँ प्रतिष्ठा है, वहीं तुम्हें दृढ़ता के साथ प्रतिष्ठित करूँगा, तभी मैं दम लूँगा। उस जगह तुम्हारा सत्य, तुम्हारा धर्म तुम्हें छोड़ देगा, इन लोगों ने यही तुम्हें समझा दिया है–मैं तुम्हें स्पष्ट रूप से समझा दूँगा कि तुम्हारा सत्य–तुम्हारा धर्म–केवल तुम्हारा अथवा और दो-चार लोगों का मत या वाक्य नहीं है; वह चतुर्दिक के साथ असंख प्राणों के सूत्रों से जुड़ा है–उसे इच्छा करने भर से वन से उखाड कर गमले में नहीं रोपा जा सकता–यदि उसे उज्ज्वल और सजीव रखना चाहती हो, यदि उसे सर्वांगीण सार्थक करना चाहती हो, तो लोक-समाज के हृदय में तुम्हारे जन्म के पूर्व ही तुम्हारा जो स्थान निर्दिष्ट हो चुका है, तुम्हें वहाँ बैठना ही होगा–किसी प्रकार नहीं बोल पाओगी, मैं उसकी पराई हूँ, वह मेरा कोई नहीं। यदि यह बात कही, तो तुम्हारा सत्य, तुम्हारा धर्म, तुम्हारी शक्ति एकदम छाया की भाँति म्लान पड़ जाएगी। भगवान ने तुम्हें जिस जगह भेज दिया है, वह जगह चाहे जैसी हो, यदि तुम्हारा मत वहाँ से तुम्हें खींच कर हटा ले जाता है, तो उसमें कभी भी तुम्हारे मत की विजय नहीं होगी, मैं तुम्हें यह बात निश्चयपूर्वक समझा दूँगा। मैं कल आऊँगा।"

यह कह कर गोरा चला गया। कमरे के भीतर की हवा जैसे बहुत देर तक काँपती रही। सुचरिता मूर्ति के समान निस्तब्ध बैठी रही।

58

विनय आनन्दमयी से बोला, "देखो माँ, मैं तुमसे सच कह रहा हूँ, मैंने जितनी बार ठाकुर को प्रणाम किया, मुझे मन में कैसी लज्जा अनुभव हुई। उस लज्जा को मैंने दबा दिया–उल्टे और ठाकुर-पूजा के पक्ष में अच्छे-अच्छे लेख लिखे। लेकिन सचमुच तुमसे बता रहा हूँ कि मैंने जब भी प्रणाम किया, मेरे मन ने भीतर से सहमति नहीं दी।"

आनन्दमयी ने कहा, "तेरा मन, क्या साधारण मन है! तू तो कुछ भी साधारण रूप में नहीं देख पाता। हर विषय में कुछ न कुछ सूक्ष्म बात सोचता है। उसी कारण

तेरे मन से संशय की अशान्ति दूर नहीं होती।''

विनय ने कहा, ''यह बात ही सही है। अधिक सूक्ष्म बुद्धि के चलते ही, मैं जो विश्वास नहीं करता, उसे भी बाल की खाल निकालने की युक्ति के प्रयोग से प्रमाणित कर सकता हूँ। सुविधा के अनुसार अपने को और दूसरे को भुलावे में रखता हूँ। मैंने अब तक धर्म के सम्बन्ध में जो सारी बहस की है, वह धर्म की ओर से नहीं की, दल की ओर से की है।''

आनन्दमयी ने कहा, ''धर्म के प्रति जब सच्चा आकर्षण नहीं रहता, तो ऐसा ही होता है। तब धर्म भी वंश, मान, धन-संपत्ति की भाँति ही अहंकार का साधन बन जाता है।''

विनय–हाँ, तब यह नहीं सोचते कि यह धर्म है, मन में यह बात लेकर लड़ाई करते घूमते हैं कि यह हम लोगों का धर्म है। मैंने भी इतने समय तक यही किया है। फिर भी ऐसा नहीं कि मैं अपने को संपूर्णतः भुलावे में डाल पाया होऊँ; जहाँ मेरा विश्वास नहीं पहुँचा, वहाँ मैं भक्ति का दिखावा कर रहा हूँ, यह सोच कर मैं निरन्तर अपने सामने स्वयं लज्जित होता रहा।

आनन्दमयी ने कहा, ''वह क्या मैं समझती नहीं! तुम लोग जो साधारण लोगों की अपेक्षा बहुत अधिक दिखावा करते हो, उससे स्पष्ट समझ में आ जाता है कि मन के भीतर फाँक है, उसी को भरने के लिए अधिक मासाला खर्च करना पड़ता है। भक्ति सहज हो, तो उतने की आवश्यकता नहीं पड़ती।''

विनय ने कहा, ''इसीलिए तो मैं तुमसे पूछने आया हूँ कि मैं जिसमें विश्वास नहीं करता, क्या उस पर विश्वास रखने का दिखावा करना अच्छा है?''

आनन्दमयी ने कहा, ''लो सुनो! ऐसी बात भी पूछनी पड़ती है क्या?''

विनय ने कहा, ''माँ, मैं परसों ब्राह्म-समाज में दीक्षा लूँगा।''

आनन्दमयी ने विस्मित होते हुए कहा, ''यह क्या बात विनय? दीक्षा लेने की ऐसी क्या आवश्यकता पड़ गई है?''

विनय ने कहा, ''क्या आवश्यकता पड़ गई है, अब तक वही बात तो समझा रहा था माँ!''

आनन्दमयी ने कहा, ''तेरी जो आस्था है, क्या उसके साथ तू हमारे समाज में नहीं रह सकता?''

विनय ने कहा, ''रहने पर छल करना पड़ेगा।''

आनन्दमयी ने कहा, ''छल के बिना रहने का साहस नहीं? समाज के लोग कष्ट देंगे–वह कष्ट सह कर नहीं रह पाएगा?''

विनय ने कहा, ''माँ, यदि मैं हिन्दू-समाज के मतानुसार न चलूँ, तो–''

आनन्दमयी ने कहा, ''यदि हिन्दू-समाज में तीन-सौ तेंतीस करोड़ मत चल सकते हैं, तो तुम्हारा मत ही क्यों नहीं चलेगा?''

विनय ने कहा, ''लेकिन माँ, अगर हम लोगों का समाज कहे कि तुम हिन्दू नहीं हो, तो क्या मेरे जबरदस्ती कहने से ही हो जाएगा कि मैं हिन्दू हूँ?''

आनन्दमयी ने कहा, ''मुझे तो हमारे समाज के लोग ख्रिस्तान कहते हैं—मैं तो काज-कर्म में उनके साथ इकट्ठे बैठ कर नहीं खाती। फिर भी, उनके द्वारा मुझे ख्रिस्तान बोलने से ही मुझे वह बात मान लेनी पड़ेगी, ऐसा तो मैं नहीं समझती। जिसे उचित समझती हूँ, उसके लिए कहीं भी पलायन करके जा बैठना मैं अनुचित समझती हूँ।''

विनय इसका उत्तर देने जा रहा था। आनन्दमयी ने उसे कुछ न बोलने देकर ही कहा, ''विनय, मैं तुझे बहस नहीं करने दूँगी, यह बहस की बात नहीं है। क्या तू मुझसे कुछ छिपा सकता है? जो मैं देख पा रही हूँ, तू मेरे साथ बहस करने के बहाने अपने को जबरदस्ती भुलावे में रखने की चेष्टा कर रहा है। लेकिन इतने बड़े गंभीर विषय में उस तरह धोखे में रखने की कोशिश मत कर।''

विनय ने सिर झुका कर कहा, ''किन्तु माँ, मैंने तो पत्र लिख कर वचन दे दिया है, मैं कल दीक्षा लूँगा।''

आनन्दमयी ने कहा, ''वह नहीं हो पाएगा। यदि परेश बाबू को समझा कर कहेगा, तो वे कभी भी जोर नहीं देंगे।''

विनय ने कहा, ''परेश बाबू का इस दीक्षा में कोई उत्साह नहीं है—वे इस अनुष्ठान में शामिल नहीं हो रहे हैं।''

आनन्दमयी ने कहा, ''तब तुझे कुछ नहीं सोचना।''

विनय ने कहा, ''नहीं माँ, बात पक्की हो गई है, अब पलटी नहीं जा सकती। किसी तरह भी नहीं।''

आनन्दमयी ने कहा, ''गोरा को बताया?''

विनय ने कहा, ''गोरा से मेरा मिलना नहीं हुआ।''

आनन्दमयी ने पूछा, ''क्यों, गोरा अभी घर में नहीं है?''

विनय ने कहा, ''नहीं, पता चला है, वह सुचरिता के घर गया है।''

आनन्दमयी ने आश्चर्यचकित होकर कहा, ''वहाँ तो वह कल गया था।''

विनय ने कहा, ''आज भी गया है।''

उसी समय आँगन में पालकी ढोने वालों कहारों की आवाज सुनाई पड़ी। आनन्दमयी के कुटुम्ब की किसी स्त्री के आने की कल्पना करके विनय बाहर चला गया।

ललिता ने आकर आनन्दमयी को प्रणाम किया। आज आनन्दमयी ने किसी भी प्रकार ललिता के आने की आशा नहीं की थी। वे विस्मित होकर ललिता के चेहरे की ओर देखते ही समझ गईं, विनय की दीक्षा आदि की घटना के कारण ललिता के लिए भी कहीं संकट पैदा हो गया है, इसीलिए वह उनके पास आई है।

वे बात शुरू करने का अवसर देने के लिए बोलीं, ''बेटी, तुम आ गईं, बड़ी खुशी

हुई। अभी तो विनय यहीं थे—कल वे तुम्हारे समाज में दीक्षा लेंगे, मेरे साथ यही बात हो रही थी।''

ललिता ने कहा, ''वे क्यों दीक्षा लेने जा रहे हैं? क्या उसकी कोई आवश्यकता है?''

आनन्दमयी अचम्भित होकर बोलीं, ''आवश्यकता नहीं है बेटी?''

ललिता ने कहा, ''मैं तो कुछ नहीं समझती।''

आनन्दमयी ललिता का अभिप्राय न समझ पाने के कारण उसके चेहरे की ओर देखती रहीं।

ललिता ने मुँह नीचा करके कहा, ''अचानक इस प्रकार दीक्षा लेने आना उनके लिए अपमानजनक है। वे यह अपमान किसके लिए स्वीकार करने जा रहे हैं?''

''किसके लिए?'' क्या ललिता यह बात नहीं जानती? क्या इसमें ललिता के लिए तनिक भी आनन्द की बात नहीं है?

आनन्दमयी ने कहा, ''कल दीक्षा का दिन है, उसने पक्का वचन दिया है—अब बदल जाने का समय नहीं है, विनय तो इसी तरह बोल रहा था।''

ललिता आनन्दमयी के चेहरे पर अपनी दीप्त-दृष्टि स्थिर करके बोली, ''इस पूरे मामले में पक्की बात का कोई अर्थ नहीं, यदि परिवर्तन आवश्यक है, तो करना ही होगा।''

आनन्दमयी ने कहा, ''बेटी, तुम मुझसे लज्जा मत करो, तुमसे सारी बात खोल कर कहती हूँ। मैं अब तक विनय को समझा रही थी, उसका धर्म-विश्वास जैसा भी हो, उसके लिए समाज का परित्याग करना उचित भी नहीं है, आवश्यक भी नहीं। मुँह से चाहे जो कहे, पर वह भी यह बात नहीं समझता, नहीं कह सकती। लेकिन बेटी, उसके मन की बात तुमसे तो छिपी नहीं है। वह निश्चयपूर्वक जानता है, समाज का परित्याग किए बिना तुम लोगों के साथ नहीं जुड़ सकता। लजाओ मत बेटी, सही-सही बोलो, यह बात क्या सच नहीं है?''

ललिता ने आनन्दमयी के चेहरे की ओर मुँह उठा कर कहा, ''माँ, मैं तुमसे कोई लज्जा नहीं करूँगी—मैं तुमसे कहती हूँ, मैं यह सब नहीं मानती। मैंने बहुत अच्छी तरह सोच कर देखा है, मनुष्य का धर्म, विश्वास, समाज जो भी रहे, उस सबका लोप कर देने से ही मनुष्य का एक-दूसरे के साथ मेल होगा, यह कभी नहीं हो सकता। वैसा होने पर तो हिन्दू-ख्रिस्तान में मित्रता ही नहीं हो सकती। वही है, तो ऊँची-ऊँची दीवारें उठा कर एक-एक संप्रदाय को एक-एक बाडे में रख देना उचित है।''

आनन्दमयी ने चेहरे पर चमक लाते हुए कहा, ''आहा, तुम्हारी बात सुन कर बड़ा आनन्द हुआ। मैं भी तो यही बात कहती हूँ। एक व्यक्ति के साथ दूसरे व्यक्ति का रूप, गुण, स्वभाव कुछ भी मेल नहीं खाता, तब भी तो उसके कारण दो व्यक्तियों के मिलन में बाधा नहीं आती—फिर मत-विश्वास लेकर ही बाधा क्यों पड़ेगी? बेटी, तुमने

मुझे बचा लिया, मैं विनय के लिए बड़ी चिन्ता कर रही थी। मैं जानती हूँ, उसने अपना सारा मन तुम लोगों को सौंप दिया है–तुम लोगों के सम्बन्ध के कारण यदि उसे कहीं भी कुछ चोट पहुँचती है, तो विनय उसे किसी भी प्रकार सह नहीं पाएगा। उसी कारण, उसे रोकने में मेरे मन को कैसा कष्ट हो रहा था, यह अन्तर्यामी ही जानते हैं। किन्तु उसका कैसा सौभाग्य है! उसका ऐसा संकट इतनी सहजता से काट दिया, यह क्या छोटी बात है! एक बात पूछती हूँ, यह बात क्या परेश बाबू के साथ कुछ हुई है?''

ललिता ने लज्जा को दबा कर कहा, ''ना, नहीं हुई। किन्तु मैं जानती हूँ, वे हर बात अच्छी तरह समझ जाएँगे।''

आनन्दमयी ने कहा, ''यदि वह सब नहीं समझेंगे, तो ऐसी बुद्धि, ऐसा मनोबल तुमने पाया कहाँ से? बेटी, मैं विनय को बुला लाती हूँ, तुम्हारा उसके साथ अपने मुँह से समझ-बूझ लेना उचित है। बेटी, मैं तुमसे इस समय एक बात कर लेती हूँ! विनय को मैं छुटपन से देखती आ रही हूँ–वह लड़का, ऐसा लड़का है कि उसके लिए तुम जितना दुख उठाओगे, उस सारे दुख को वह सार्थक कर देगा, यह मैं बलपूर्वक कहती हूँ। मैंने कितने दिन सोचा है, ऐसी भाग्यवती कौन है, जो विनय को प्राप्त करेगी! बीच-बीच में रिश्ते आए, मुझे कोई पसंद नहीं आया। आज देखने को मिला, उसका भाग्य भी छोटा-मोटा नहीं है।''

यह कह कर आनन्दमयी ने ललिता की चिबुक का चुम्बन ले लिया और विनय को बुला लाईं। चालाकी से लछमिया को कमरे में बैठा कर वे ललिता के लिए भोजन की तैयारी का बहाना करके अन्यत्र चली गईं।

आज ललिता और विनय के बीच संकोच के लिए अवकाश नहीं था। उन दोनों के जीवन में जो एक कठिन संकट उत्पन्न हो गया है, उसी के आह्वान पर उन्होंने पारस्परिक सम्बन्ध को सहज और वृहत् रूप में देखा था–उनके मध्य किसी आवेश की धुंध ने आकर रंगीन आवरण नहीं फैला दिया था। उन दोनों लोगों के हृदय मिल गए हैं और उन दोनों की जीवन-धारा गंगा-यमुना की भाँति एक पुण्य तीर्थ पर एक होने के निकट आ गई हैं, इस सम्बन्ध में कोई चर्चा तक किए बिना उन्होंने इस बात को चुपचाप विनीत-गंभीर भाव से अकुण्ठ-हृदय से मान लिया। समाज ने उन दोनों को बुलाया नहीं, किसी धर्म-सिद्धान्त ने उन दोनों को मिलाया नहीं, उनका बन्धन कोई कृत्रिम बन्धन नहीं, यह बात याद करके उन्होंने अपने मिलन को एक ऐसे धर्म के मिलन के रूप में अनुभव किया, जो धर्म अत्यन्त वृहत् भाव में सरल है, जो किसी क्षुद्र विषय पर विवाद नहीं करता, जिसके समक्ष किसी पंचायत का पण्डित बाधा खड़ी नहीं कर सकता। ललित ने अपने चेहरे पर और नेत्रों में तेजस्विता लाते हुए कहा, ''आप झुक कर, अपने को क्षुद्र बना कर मुझे ग्रहण करने आएँ, यह अपमान मैं सहन नहीं कर सकूँगी। मैं चाहती हूँ, आप जहाँ हैं, वहीं

अविचलित होकर रहें।"

विनय ने कहा, "जहाँ आपकी प्रतिष्ठा है, आप भी वहीं दृढ़ होकर रहें, आपको तनिक-सा भी नहीं हिलना पड़ेगा। प्रेम यदि प्रभेदों को स्वीकार नहीं कर सकता, तो संसार में कहीं भी कोई प्रभेद है ही क्यों?"

दोनों ने प्रायः बीस मिनट तक जो बातचीत की थी, उसका यही सार-मर्म निकलता है। वे यह बात भूल गए कि वे हिन्दू हैं या ब्राह्म, वे दो मानव-आत्माएँ हैं, बस यही बात उनके मध्य निष्कम्प दीप-शिखा की भाँति जलने लगी।

59

परेश बाबू उपासना के बाद अपने कमरे के सामने वाले बरामदे में चुपचाप बैठे थे। सूर्य अभी ही अस्त हुआ है।

उसी समय विनय ललिता को साथ लिए वहाँ आया और दंडवत् प्रणाम करके परेश बाबू की चरण-धूलि ली।

परेश बाबू दोनों को इस रूप में वहाँ प्रवेश करते देख थोड़े विस्मय में पड़ गए। बैठाने के लिए पास में कुर्सी नहीं थी, इसीलिए बोले, "चलो, कमरे में चलो।"

विनय ने कहा, "नहीं, आप मत उठिए।"

कहते हुए वहीं जमीन पर ही बैठ गया। ललिता भी थोड़ा-सा हट कर परेश के पैरों के पास बैठ गई। विनय ने कहा, "हम दोनों एक साथ आपका आशीर्वाद लेने आए हैं। वही हमारे जीवन की वास्तविक दीक्षा होगी।"

परेश बाबू आश्चर्यचकित होकर उनके मुँह की ओर देखते रहे।

विनय ने कहा, "मैं बँधे-बँधाए नियमों में, बँधी-बँधाई बातों वाले समाज में प्रतिज्ञा ग्रहण नहीं करूँगा। जिस दीक्षा से हम दोनों लोगों का जीवन नत होकर सत्य के बंधन में बँधेगा, वह दीक्षा आपका आशीर्वाद है। हम दोनों लोगों का हृदय भक्तिपूर्वक आपके ही चरणों में झुका है—हमारा जो मंगल है, उसे ईश्वर आपके हाथों ही प्रदान करेंगे।"

परेश बाबू कुछ देर बिना कोई बात कहे मौन रहे। इसके बाद कहा, "विनय, तो तुम ब्राह्म नहीं बनोगे?"

विनय ने कहा, "नहीं।"

परेश बाबू ने जिज्ञासा की, "तुम हिन्दू-समाज में ही बने रहना चाहते हो?"

विनय बोला, "हाँ।"

परेश बाबू ने ललिता के चेहरे की ओर देखा। ललिता ने उनके मन का भाव समझ कर कहा, "पिताजी, मेरा जो धर्म है, वह मेरा है और बराबर रहेगा। मुझे

असुविधा हो सकती है, कष्ट भी हो सकता है; किन्तु जिनके साथ मेरे मत का, यहाँ तक कि मेरे आचरण का भी मेल नहीं, उन्हें पराया मान कर दूर हटाए बिना मेरे धर्म में व्याघात पड़ जाएगा, मैं यह बात किसी भी तरह नहीं मान पाती।''

परेश बाबू चुप रहे। ललिता ने कहा, ''पहले मुझे लगता था कि मानो, ब्राह्म-समाज ही एकमात्र संसार है, जैसे इसके बाहर सब छाया है। ब्राह्म-समाज से विच्छेद मानो, संपूर्ण सत्य से विच्छेद है। लेकिन इन कुछ दिनों में मेरा वह भाव पूरी तरह चला गया है।''

परेश बाबू किंचित् म्लान-भाव से हँसे।

ललिता ने कहा, ''पिताजी, मैं आपको नहीं बता सकती, मुझमें कितना बड़ा परिवर्तन हो गया है! ब्राह्म-समाज में मैं जिन सब लोगों को देख रही हूँ, उनमें से अनेक के साथ मेरा धर्म-मत मिलने पर भी, उनके साथ मैं किसी भी तरह एक नहीं हूँ—फिर भी ब्राह्म-समाज के रूप में एक नाम का आश्रय लेकर मैं उन्हीं को विशेष रूप से अपना कहूँ, और पृथिवी के अन्य सभी लोगों को दूर कर दूँ, आजकल मैं इसका कोई अर्थ नहीं समझ पाती।''

परेश बाबू ने अपनी विद्रोहिणी कन्या की पीठ पर धीरे-धीरे हाथ फिराते हुए ब्कहा, ''मन जब व्यक्तिगत कारण से उत्तेजित रहता है, तब क्या विवेचना ठीक होती है? पूर्वजों से लेकर सन्तान-सन्तति तक मनुष्यों की जो एक पूर्वापरता है, उसके मंगल को देखते हुए समाज की आवश्यकता पड़ती है—वह आवश्यकता तो कृत्रिम आवश्यकता नहीं है। तुम लोगों के भावी वंश में जो दूरव्यापी भविष्यत् विद्यमान है, उसका दायित्व जिस पर है, वही तुम्हारा समाज है—क्या उसकी बात नहीं सोचोगी?''

विनय ने कहा, ''हिन्दू-समाज तो है।''

परेश बाबू ने कहा, ''अगर हिन्दू-समाज तुम लोगों की जिम्मेदारी न ले, यदि स्वीकार न करे?''

विनय आनन्दमयी की बात याद करके बोला, ''उसे स्वीकार करवाने का भार हमें लेना होगा। हिन्दू-समाज ने तो निरन्तर नए-नए संप्रदायों को आश्रय दिया है, हिन्दू-समाज समस्त धर्म-संप्रदायों का समाज हो सकता है।''

परेश बाबू ने कहा, ''जबान से तर्क करके एक वस्तु को एक तरह से दिखाया जा सकता है, किन्तु व्यवहार में वैसा नहीं पाया जाता। अन्यथा क्या कोई इच्छापूर्वक अपने पुरातन समाज को छोड़ सकता है? जो समाज मनुष्य के धर्म-बोध को बाह्य-आचरण की बेड़ियाँ पहना कर एक स्थान पर बन्दी बना कर बैठा देना चाहता है, उसे मानने पर अपने को हमेशा के लिए कठपुतली बना कर रख देना पड़ता है।''

विनय ने कहा, ''यदि हिन्दू-समाज की वैसी ही संकीर्ण अवस्था हो जाए, तो उससे मुक्ति दिलाने का भार हम लोगों को लेना होगा; जहाँ कमरे के खिड़की-दरवाजे बड़े कर देने से ही कमरे में हवा-रौशनी आती हो, वहाँ कोई नाराज होकर पक्के घर को मिट्टी में मिलाना नहीं चाहता।''

ललिता बोल पड़ी, "पिताजी, मैं ये सारी बातें नहीं समझ पाती। किसी समाज की उन्नति का दायित्व लेने का मेरा कोई संकल्प नहीं है। किन्तु एक ऐसा अन्याय मुझे चारों ओर से धकेल रहा है कि मेरे प्राणों पर बन आई है। किसी भी कारण इस सबको सहन करते हुए सिर झुकाए रहना मेरे लिए उचित नहीं है। उचित-अनुचित भी मैं अच्छी तरह नहीं समझती–किन्तु पिताजी, मैं नहीं सह सकती।"

परेश बाबू ने कोमल स्वर में कहा, "कुछ और समय लेना अच्छा नहीं रहता? अभी तुम्हारा मन अस्थिर है।"

ललिता बोली, "समय लेने में मुझे कोई आपत्ति नहीं। किन्तु मैं निश्चयपूर्वक जानती हूँ, झूठी बातें और अन्याय-अत्याचार बढ़ते ही रहेंगे। इसीलिए मुझे बहुत डर लगता है, अगर असह्य होकर हठात् ऐसा कुछ कर डालूँ, जिससे आप भी कष्ट पाएँ! आप यह बात मत समझिए पिताजी कि मैंने कुछ भी नहीं सोचा है। मैंने बहुत अधिक सोच कर देखा है कि मेरा जैसा संस्कार और शिक्षा है, उसके चलते ब्राह्म-समाज के बाहर शायद मुझे बहुत संकोच और कष्ट स्वीकार करना होगा; पर मेरा मन जरा भी कुण्ठित नहीं हो रहा है, बल्कि मन के भीतर एक शक्ति उभर रही है, एक आनन्द हो रहा है। मेरी एकमात्र चिन्ता है, पिताजी, कहीं मेरा कोई भी काम आपको रंचमात्र कष्ट न दे।"

यह कह कर ललिता आहिस्ता-आहिस्ता परेश बाबू के पैरों पर हाथ फिराने लगी।

परेश बाबू ने थोड़ा हँसते हुए कहा, "बेटी, यदि मैं एकमात्र अपनी बुद्धि पर ही निर्भर करता, तो कोई काम अपनी इच्छा और मत के विरुद्ध होने पर दुख पाता। मैं बलपूर्वक नहीं कह सकता कि तुम लोगों के मन में जो आवेग उपस्थित हो गया है, वह पूरी तरह अमांगलिक है। मैं भी एक दिन विद्रोह करके घर छोड़ कर चला आया था, किसी सुविधा-असुविधा की बात सोची ही नहीं। आजकल समाज पर लगातार जो घात-प्रतिघात चल रहा है, इसमें समझ में आ रहा है कि उन्हीं की शक्ति काम कर रही है। वे नाना ओर से तोड-बना कर, शोधन करके किस वस्तु को किस रूप में खड़ा करेंगे, मैं उसके बारे में क्या जानूँ! ब्राह्म-समाज ही क्या और हिन्दू समाज ही क्या, वे तो देख रहे हैं मनुष्य को।"

इतना कह, परेश बाबू ने क्षण भर को आँखें बन्द करके मानो, अपने अन्तःकरण के एकान्त में अपने को आश्वस्त कर लिया।

कुछ देर चुप रह कर परेश बाबू बोले, "देखो विनय, हमारे देश में समाज धर्म-मत के साथ संपूर्णतः जुड़ा हुआ है, इसीलिए हम लोगों के समस्त सामाजिक क्रिया-कर्म में धर्मानुष्ठान का योग है। धर्म-मत के वृत्त के बाहर के व्यक्ति को किसी भी तरह समाज के वृत्त में न लिए जाने के कारण ही उसका मार्ग नहीं रखा गया है, मैं तो सोच नहीं पा रहा कि तुम लोग किस प्रकार उसे अतिक्रमित करोगे!"

ललिता बात को अच्छी तरह नहीं समझ पाई, कारण, दूसरे समाज की प्रथाओं

के साथ अपने समाज के भेद का उसने कभी सामना नहीं किया। उसकी धारणा थी कि मोटे रूप से आपस में आचार-अनुष्ठान में बहुत अधिक पार्थक्य नहीं है। जैसे विनय के साथ उन लोगों का भेद अनुभवगोचर नहीं, समाज समाज में भी मानो, वही रूप है। वस्तुतः वह जानती ही नहीं थी कि हिन्दू-विवाह-अनुष्ठान में उसके लिए कोई विशेष बाधा है।

विनय ने कहा, "हमारा विवाह शालग्राम रख कर होता है, आप वही बात कह रहे हैं?"

परेश बाबू ने एक बार ललिता की ओर ताक कर कहा, "हाँ, क्या ललिता उसे स्वीकार कर पाएगी?"

विनय ने ललिता के चेहरे की ओर ताक कर देखा। समझ गया, ललिता का सारा अन्तःकरण संकुचित हो उठा है।

ललिता हृदय के आवेग में एक ऐसे स्थान पर आ पड़ी है, जहाँ उसके लिए सबकुछ अपरिचित और संकटमय है। इससे विनय के मन में अत्यधिक करुणा उत्पन्न हुई। समस्त आघात अपने ऊपर लेकर इसे बचाना होगा। इतना विराट तेज पराभूत होकर लौट जाए, जैसा वह असह्य है, जयी होने के दुर्गम उत्साह में यह जो मृत्यु-बाण छाती पर झेलेगा, वह भी वैसा ही निदारुण है। इसे जय भी करना होगा, इसकी रक्षा भी करनी होगी।

ललिता कुछ देर सिर झुकाए बैठी रही। उसके पश्चात चेहरा उठा कर करुण नेत्रों से विनय की ओर देख कर कहा, "क्या आप सच-सच मन से शालग्राम को मानते हैं?"

विनय तत्क्षण बोला, "नहीं, नहीं मानता। मेरे लिए शालग्राम देवता नहीं है, मेरे लिए वह एक सामाजिक-चिह्न मात्र है।"

ललिता ने कहा, "जिसे मन-ही-मन चिह्न के रूप में जानते हैं, उसे बाहर देवता के रूप में स्वीकार करना पड़ता है?"

विनय ने परेश की ओर देख कर कहा, "मैं शालग्राम नहीं रखूँगा।"

परेश ने कुर्सी छोड़ कर उठते हुए कहा, "विनय, तुम लोग सारी बात साफ-साफ सोच कर नहीं देख रहे हो। तुम्हारे अकेले के या और किसी के मतामत को लेकर बात नहीं हो रही है। विवाह तो केवल व्यक्तिगत नहीं, वह एक सामाजिक कार्य है, यह बात भूलने से कैसे चलेगा? तुम लोग कुछ दिन समय लेकर सोच कर देखो, अभी ही राय पक्की मत कर डालो।"

यह कह कर परेश कमरा छोड़ कर बाहर बगीचे में चले गए और वहाँ अकेले चहलकदमी करने लगे।

ललिता भी कमरे से बाहर जाने का उपक्रम करते हुए थोड़ा रुकी तथा विनय की ओर पीठ करके बोली, "हमारी इच्छा यदि अन्यायपूर्ण इच्छा नहीं है और यदि उस

इच्छा के किसी एक समाज के विधान के साथ पूरी तरह मेल न खाने के कारण ही हम लोगों को सिर नीचा करके लौट जाना पड़ेगा, यह किसी भी तरह मेरी समझ में नहीं आता। समाज में मिथ्या व्यवहार के लिए स्थान है, और स्थान नहीं है, तो न्याय संगत आचरण के लिए?"

विनय ने धीरे-धीरे ललिता के निकट आ खड़े होकर कहा, "मैं किसी भी समाज से नहीं डरता, हम दोनों जने मिल कर यदि सत्य का आश्रय लें, तो हमारे समाज के समान इतना विशाल समाज और कहाँ मिलेगा?"

वरदासुन्दरी ने तूफान की तरह उन दोनों लोगों के सामने आकर कहा, "विनय, सुना है कि तुम दीक्षा नहीं लोगे?"

विनय बोला, "दीक्षा मैं उपयुक्त गुरु से लूँगा, किसी समाज से नहीं लूँगा।"

वरदासुन्दरी ने अत्यन्त क्रुद्ध होकर कहा, "तुम्हारे इस सारे षड्यन्त्र का, इस सारी प्रवंचना का अर्थ क्या है? 'दीक्षा लूँगा' कह कर इन दो दिन मुझे और ब्राह्म-समाज के सब लोगों को भुलावे में रख कर क्या काण्ड कर डाला, बताओ तो! तुम ललिता का क्या सर्वनाश कर बैठे हो, यह बात तनिक भी सोच कर नहीं देखी!"

ललिता ने कहा, "विनय बाबू की दीक्षा में तुम लोगों के ब्राह्म-समाज के सभी की तो सहमति नहीं है। समाचारपत्र में पढ़ कर तो देखा है। ऐसी दीक्षा लेने की आवश्यकता क्या है?"

वरदासुन्दरी ने कहा, "दीक्षा न लेने पर विवाह कैसे होगा?"

ललिता ने कहा, "होगा क्यों नहीं?"

वरदासुन्दरी ने कहा, "हिन्दू-विधान से होगा क्या?"

विनय ने कहा, "वह हो सकता है। जितनी बाधा है, वह मैं दूर कर दूँगा।"

कुछ देर वरदासुन्दरी के मुँह से बात बाहर नहीं निकली। उसके बाद रुद्ध-कंठ से बोलीं, "विनय, जाओ, तुम चले जाओ! तुम इस घर में मत आना।"

60

सुचरिता निश्चयपूर्वक जानती थी, आज गोरा आएगा। भोर से ही उसका हृदय भीतर से काँप रहा था। सुचरिता के मन में गोरा के आगमन की प्रत्याशा के आनन्द के साथ मानो, एक भय जुड़ा हुआ था। कारण, गोरा उसे जिस दिशा में खींच रहा था तथा उसका जीवन आशैशव अपनी जडें और शाखा-प्रशाखाएँ लिए जिस दिशा में बढ़ आया है, उन दोनों के मध्य पग-पग पर छिड़ा संग्राम उसे अस्थिर कर रहा था।

उसी कारण, जब कल गोरा ने मौसी के कमरे में ठाकुर को प्रणाम किया, तो जैसे

सुचरिता के मन में छुरी बिंध गई। गोरा ने प्रणाम ही कर लिया, तो क्या हो गया; गोरा का यही विश्वास है, तो इसमें क्या—यह बात कह कर वह अपने मन को किसी भी तरह शान्त नहीं कर पाई।

वह जब भी गोरा के आचरण में ऐसा कुछ देखती है, जिसके साथ उसके धर्म-विश्वास का मूलगत विरोध है, तो सुचरिता का मन भय से काँपने लगता है। ईश्वर उसे यह कैसी लड़ाई में धकेल रहे हैं!

हरिमोहिनी नव्यमताभिमानिनी सुचरिता के सामने सुदृष्टांत प्रस्तुत करने के लिए गोरा को आज भी अपने ठाकुर-घर में लिवा ले गईं तथा आज भी गोरा ने ठाकुर को प्रणाम किया।

गोरा के सुचरिता की बैठक में प्रवेश करते ही सुचरिता ने उससे पूछा, "आप क्या ठाकुर की भक्ति करते हैं?"

गोरा ने जैसे एक अस्वाभाविक जोर देते हुए कहा, "हाँ, भक्ति तो करता ही हूँ।"

सुन कर सुचरिता सिर झुकाए चुप बैठी रही। सुचरिता की इस नम्र-नीरव वेदना से गोरा के मन के भीतर चोट लगी। वह तुरन्त बोला, "देखो, मैं तुमसे सच कहूँगा। मैं ठीक से नहीं कह सकता कि ठाकुर की भक्ति करता हूँ या नहीं, लेकिन मैं अपने देश की भक्ति की भक्ति करता हूँ। इतने कालों से संपूर्ण देश की पूजा जहाँ पहुँच गई है, वह मेरे लिए पूजनीय है। मैं किसी भी प्रकार वहाँ, ख्रिस्तान-मिशनरियों की भाँति विषाक्त दृष्टि नहीं डाल सकता।"

सुचरिता मन-ही-मन न जाने क्या सोचते-सोचते गोरा के चेहरे की ओर देखती रही। गोरा ने कहा, "मेरी बात समझना तुम्हारे लिए बहुत कठिन है, यह मैं जानता हूँ। कारण, संप्रदाय के भीतर का व्यक्ति हो जाने से तुम लोगों की इन सब बातों की ओर सहज दृष्टि डालने की शक्ति चली गई है। जब तुम अपनी मौसी के पूजा-घर में ठाकुर को देखती हो, तो केवल पत्थर को ही देखती हो, मैं तुम्हारी मौसी के भक्तिपूर्ण करुण हृदय को देखता हूँ। वह देख कर क्या मैं और गुस्सा कर सकता हूँ, अवज्ञा कर सकता हूँ! क्या तुम समझती हो कि हृदय के ये देवता, पत्थर के देवता हैं!"

सुचरिता ने कहा, "भक्ति क्या करने से ही हो जाती है? तनिक भी नहीं सोचना होगा कि किसकी भक्ति कर रही हूँ?"

गोरा ने मन में थोड़ा उत्तेजित होते हुए कहा, "अर्थात्, तुम समझ रही हो कि एक सीमा-बद्ध पदार्थ को ईश्वर मान कर पूजा करना भ्रम है! लेकिन क्या केवल देश-काल की दृष्टि से ही सीमा का निर्णय करना होगा? मान लो, ईश्वर के सम्बन्ध में किसी शास्त्र के वाक्य का स्मरण करने से तुममें भारी भक्ति जग जाए; तो क्या, वह वाक्य जिस पृष्ठ पर लिखा है, उसी पृष्ठ को माप कर, उसके थोड़े-से अक्षर गिन कर ही तुम उस वाक्य का महत्त्व निश्चित करोगी? भाव की असीमता विस्तृत की

असीमता की अपेक्षा बहुत बड़ी वस्तु है। चन्द्र-सूर्य-तारा-खचित अनन्त आकाश की अपेक्षा ये इतने-से ठाकुर तुम्हारी मौसी के लिए वास्तविक असीम हैं। तुम परिमाणगत असीम को ही असीम कहती हो, उसी कारण तुम्हें आँखें मूँद कर असीम के विषय में सोचना पड़ता है, पता नहीं, उसमें कोई फल पाती हो कि नहीं! किन्तु हृदय के असीम को आँखें खोल कर इतने-से पदार्थ में भी पाया जा सकता है। यदि वह नहीं पाया जाता, तो जब तुम्हारी मौसी के सभी सांसारिक सुख नष्ट हो गए थे, तब भी क्या वे इस ठाकुर को इस प्रकार जकड़ कर रख पातीं? हृदय के इतने विशाल शून्य को क्या खेल के बहाने पत्थर के एक टुकड़े से भरा जाता है? भाव की असीमता न हो, तो मनुष्य के हृदय की दरार नहीं भरती।''

इस प्रकार के सभी सूक्ष्म तर्कों का उत्तर देना सुचरिता के लिए असाध्य है, परन्तु इसे सत्य मान लेना भी उसके लिए नितान्त असंभव है। इसीलिए उसके मन को केवल भाषाहीन, प्रतिकारहीन वेदना कचोटती रहती है।

विरोधी पक्ष के साथ बहस करते समय गोरा के मन में कभी तनिक-सी भी दया का संचार नहीं होता। बल्कि इस सम्बन्ध में उसके मन में शिकारी-जन्तु के समान एक कठोर हिंस्रता थी। किन्तु आज सुचरिता के निरुत्तर पराभव में उसका मन किस तरह व्यवथित होने लगा। वह कंठ-स्वर को कोमल बनाते हुए बोला, ''मैं तुम लोगों के धर्म-मत के विरुद्ध कोई बात नहीं कहना चाहता। मेरा केवल इतना-सा कहना है कि जिसकी तुम ठाकुर कह कर निन्दा कर रही हो, वह ठाकुर क्या है, इसे मात्र आँखों से देख कर जाना ही नहीं जा सकता; उसमें जिसका चित्त स्थिर हो गया है, हृदय तृप्त हो गया है, जिसके स्वभाव ने आश्रय पा लिया है, वही जानता है कि ठाकुर मृण्मय है कि चिन्मय, ससीम है कि असीम! मैं तुमसे कहता हूँ, हमारे देश में कोई भी भक्त ससीम की पूजा नहीं करता—सीमा में सीमा को खो देना, यही तो उनकी भक्ति का आनन्द है।''

सुचरिता ने कहा, ''किन्तु सभी तो भक्त नहीं हैं।''

गोरा बोला, ''जो भक्त नहीं, वह किसकी पूजा करता है, इसमें किसी का क्या आता-जाता है? ब्राह्म-समाज में जो व्यक्ति भक्तिहीन है, वह क्या करता है? उसकी संपूर्ण पूजा अतलस्पर्शी शून्यता में जा गिरती है। नहीं, शून्यता से भी अधिक भयानक—दलबन्दी ही उसका देवता है, अहंकार ही उसका पुरोहित है। इस रक्त-पिपासु देवता की पूजा क्या अपने समाज में कभी नहीं देखतीं?''

इस बात का कोई उत्तर न देकर सुचरिता ने गोरा से पूछा, ''आप धर्म के सम्बन्ध में यह जो सब कह रहे हैं, क्या आप यह अपनी जानकारी के आधार पर कह रहे हैं?''

गोरा ने थोड़ा हँस कर कहा, ''अर्थात्, तुम जानना चाहती हो कि मैंने कभी ईश्वर को चाहा है या नहीं! नहीं, मेरा मन उस ओर ही नहीं जाता।''

सुचरिता के लिए यह बात खुश होने की नहीं है, फिर भी उसके मन ने जैसे राहत

की साँस ली। इस विषय में गोरा को बलपूर्वक कोई बात कहने का अधिकार नहीं है, इससे एक तरह से वह निश्चिन्त हुई।

गोरा ने कहा, "मेरा ऐसा दावा नहीं कि किसी को धर्म की शिक्षा दे सकता हूँ। लेकिन हमारे देश के लोगों की भक्ति का तुम लोग उपहास करो, यह भी मैं कभी सहन नहीं कर सकता। तुम अपने देश के लोगों को पुकार कर कहते हो--तुम लोग मूढ़ हो, तुम लोग मूर्तिपूजक हो। मैं उन सभी का आह्वान करके जना देना चाहता हूँ--नहीं, तुम लोग मूढ़ नहीं हो, तुम लोग मूर्तिपूजक नहीं हो, तुम लोग ज्ञानी हो, तुम लोग भक्त हो। हमारे धर्म-तत्व में जो महत्ता है, भक्ति-तत्व में जो गंभीरता है, श्रद्धा प्रकट करके मैं अपने देश के हृदय को उसी के प्रति जाग्रत करना चाहता हूँ। जहाँ उसकी संपदा है, उसके अभिमान को मैं वहीं उठा कर खड़ा करना चाहता हूँ। मैं उसका सिर झुकने नहीं दूँगा; अपने प्रति उसमें धिक्कार उत्पन्न होने देकर उसे अपने सत्य के प्रति अंधा बना कर खड़ा नहीं करूँगा, यही मेरा प्रण है। तुम्हारे पास भी मैं आज इसीलिए आया हूँ। तुम्हें देखने के बाद से एक नवीन बात रात-दिन मेरे मस्तिष्क में घूम रही है। अब तक मैंने इस बात पर विचार नहीं किया था। मुझे प्रतीत हो रहा है--केवल पुरुषों की दृष्टि से भारतवर्ष संपूर्णतः प्रत्यक्ष नहीं होगा। जिस दिन हमारी नारियों की आँखों के समक्ष आविर्भूत होगा, उसी दिन उसका प्रकटीकरण पूर्ण होगा। तुम्हारे संग, एक साथ एक दृष्टि से मैं अपने देश को अपने सम्मुख देखूँगा, यही एक आकांक्षा जैसे मुझे दग्ध कर रही है। अपने भारतवर्ष के लिए मैं पुरुष तो केवल परिश्रम करके मर सकता हूँ--किन्तु तुम्हारे न होने पर, दीपक जला कर उसकी अगवानी कौन करेगा? यदि तुम उससे दूर रहीं, तो भारतवर्ष की सेवा सुन्दर नहीं हो सकेगी।"

हाय, कहाँ था भारतवर्ष! कितनी दूर थी सुचरिता! कहाँ से आ गया भारतवर्ष का यह साधक, इस भाव में--भोला तपस्वी! सबको ठेल कर क्यों वह उसी के निकट आ खड़ा हुआ! सबको छोड़ कर क्यों उसने उसी का आह्वान किया! कोई संशय नहीं किया, बाधा नहीं मानी। बोला--'तुम्हारे बिना नहीं चलेगा, तुम्हें लेने के लिए आया हूँ, तुम्हारे निर्वासित होकर रहने से यज्ञ संपूर्ण नहीं होगा।' सुचरिता की दोनों आँखों से झर-झर आँसू झरने लगे, वह समझ नहीं पाई, क्यों!

गोरा ने सुचरिता के चेहरे की ओर देखा। उस दृष्टि के सामने सुचरिता ने अपने अश्रु-विगलित नेत्र झुकाए नहीं। वे चिन्ता-विहीन ओस-मण्डित पुष्प के समान नितान्त आत्म-विस्मृत भाव में गोरा के मुख की ओर खिलते रहे।

सुचरिता के उन संकोच-विहीन, संशय-विहीन, अश्रु-धारा-प्लावित दोनों नेत्रों के सम्मुख गोरा की संपूर्ण प्रकृति उसी प्रकार टलमल करने लगी, जैसे भूकंप में पत्थर का राज-प्रासाद। गोरा ने अपने को प्राणपण से संवरित करने के लिए मुँह घुमा कर खिड़की से बाहर की ओर देखा। संध्या घिर आई थी। गली की रेखा सिकुड कर जहाँ

बड़े रास्ते में मिलती है, वहाँ खुले आकाश में काले पत्थर के समान अंधकार के ऊपर तारे दिखाई पड़ रहे थे। वही आकाश-खण्ड, वे ही कुछ तारे गोरा के मन को आज कहाँ ढोकर ले गए—संसार के समस्त अधिकार से, इस अभ्यस्त पृथिवी की प्रतिदिन की सुनिर्दिष्ट कर्म-पद्धति से कितनी दूर! राज्यों-साम्राज्यों के कितने उत्थान-पतन, युग-युगान्तर के कितने प्रयासों और प्रार्थनाओं को बहुत दूर अतिक्रमित करके, इतना-सा आकाश और ये कुछ तारे संपूर्णतः निर्लिप्त होकर प्रतीक्षा कर रहे हैं; परन्तु जब एक हृदय अतल-स्पर्शी गहराई के भीतर से एक और हृदय का आह्वान करता है, तब निभृत जगत की भाषाहीन व्याकुलता जैसे इस सुदूर आकाश और सुदूर तारों को स्पन्दित कर देती है। कर्मरत कोलकाता की सड़क पर गाड़ी-घोड़ों और पथिकों का आवागमन गोरा की आँखों में इस क्षण चल-चित्र के समान वास्तवहीन हो गया—नगर का कोलाहल और तनिक भी उसके निकट नहीं पहुँचा। अपने हृदय की ओर ध्यान से देखा—वह भी इस आकाश के समान निस्तब्ध, निभृत, अँधेरा और वहाँ, दो सजल सरल सकरुण नेत्र जैसे काल-बोध खोकर अनादि-काल से अनन्त-काल की ओर ताक रहे हैं।

हरिमोहिनी का कंठ-स्वर सुन चौंक कर गोरा ने मुँह घुमाया।

"बेटा, थोड़ा मुँह मीठा कर जाओ।"

गोरा जल्दी से बोल पड़ा, "आज नहीं। आज मुझे क्षमा कीजिए—मैं अभी ही जा रहा हूँ।"

कह कर, गोरा और किसी बात की प्रतीक्षा न करके तेजी से बाहर निकल कर चला गया।

हरिमोहिनी ने अचंभित होकर सुचरिता के चेहरे की ओर देखा। सुचरिता कमरे से बाहर निकल गई। हरिमोहिनी सिर हिला कर सोचने लगीं—यह फिर क्या मामला है!

थोड़ी देर बाद ही परेश बाबू आ पहुँचे। सुचरिता के कमरे में सुचरिता को न देख हरिमोहिनी के पास जाकर पूछा, "राधारानी कहाँ है?"

हरिमोहिनी ने खीझे स्वर में कहा, "क्या पता, अब तक तो बैठक में गौरमोहन के साथ बातें चल रही थीं, उसके बाद लगता है, छत पर अकेले चहलकदमी हो रही है।"

परेश ने आश्चर्य में भर कर पूछा, "इस ठण्ड में इतनी रात को छत पर?"

हरिमोहिनी ने कहा, "थोड़ा ठण्डी हो जाए। आजकल की लड़कियों का ठण्ड से नुकसान नहीं होगा।"

आज हरिमोहिनी का मन दुखी हो गया था, इसी कारण उन्होंने गुस्से में सुचरिता को खाने पर नहीं बुलाया। सुचरिता को भी आज समय का ज्ञान नहीं था।

हठात् परेश बाबू को स्वयं छत पर आते देख सुचरिता अत्यधिक लज्जित हो

उठी। बोली, "पिताजी, चलो, नीचे चलो, आपको ठण्ड लग जाएगी।"

कमरे में आकर दीपक के प्रकाश में परेश का उद्विग्न चेहरा देख सुचरिता के मन पर बहुत बड़ा घाव लगा। जो अब तक पितृहीना के पिता और गुरु थे, उनके पास से, शैशव तक के सारे बन्धन तोड़ कर आज कौन सुचरिता को दूर खींचे लिए जा रहा है? सुचरिता किसी भी तरह मानो, अपने को क्षमा नहीं कर पाई। परेश क्लान्त-भाव से कुर्सी पर बैठ गए और सुचरिता दुर्निवार आँसुओं को छुपाने के लिए उनकी कुर्सी के पीछे खड़ी होकर धीरे-धीरे उनके पके केशों में अँगुलियाँ फिराने लगी।

परेश ने कहा, "विनय दीक्षा ग्रहण करने से असहमत हो गए हैं।"

सुचरिता ने कोई उत्तर नहीं दिया। परेश बोले, "विनय के दीक्षा-ग्रहण करने के प्रस्ताव के प्रति मेरे मन में यथेष्ठ संशय था, इसी कारण मैं इससे विशेष दुखी नहीं हुआ–किन्तु ललिता की बातों के भाव से समझ गया कि दीक्षा न होने पर भी वह विनय के साथ विवाह में कोई बाधा अनुभव नहीं कर रही है।"

सुचरिता हठात् बहुत जोर से बोल पड़ी, "नहीं पिताजी, वह कभी नहीं हो सकेगा। किसी तरह भी नहीं।"

सुचरिता प्रायः ऐसी अनावश्यक व्यग्रता प्रकट करके बात नहीं कहती, इसीलिए उसके कंठ-स्वर में इस आकस्मिक आवेग की प्रबलता से परेश को मन-ही-मन थोड़ा आश्चर्य हुआ और उन्होंने पूछा, "क्या नहीं हो सकेगा?"

सुचरिता ने कहा, "विनय के ब्राह्म न होने पर कौन-सी पद्धति से विवाह होगा?"

परेश बोले, "हिन्दू पद्धति से।"

सुचरिता ने तेजी से गर्दन हिला कर कहा, "ना, ना, आजकल यह सब क्या हो रहा है? मन में भी ऐसी बात लाना उचित नहीं। अन्ततः ठाकुर-पूजा करके ललिता का विवाह होगा! यह किसी भी तरह नहीं होने दे पाऊँगी।"

शायद गोरा ने सुचरिता के मन को खींच लिया है, उसी कारण वह आज हिन्दू पद्धति से विवाह की बात पर ऐसा अस्वाभाविक क्षोभ प्रकट कर रही है। इस क्षोभ के भीतर की वास्तविक बात यह है कि सुचरिता परेश को एक जगह मजबूती से पकड़ कर कह रही है–'तुम्हें नहीं छोडूँगी, मैं अभी भी तुम्हारे समाज की, तुम्हारे मत की हूँ, तुम्हारी शिक्षा का बन्धन किसी भी तरह टूटने नहीं दूँगी।'

परेश ने कहा, "विवाह-अनुष्ठान में शालग्राम का शामिल करना छोड़ने के लिए विनय राजी हो गया है।"

सुचरिता कुर्सी के पीछे से आकर परेश के सामने कुर्सी लेकर बैठ गई। परेश ने उससे पूछा, "इसमें तुम क्या कहती हो?"

सुचरिता ने थोड़ा चुप रह कर कहा, "तब ललिता को हमारे समाज से निकल जाना पड़ेगा।"

परेश ने कहा, "यह बात लेकर मुझे बहुत सोचना पड़ा है। जब किसी मनुष्य के साथ समाज का विरोध बँध जाए, तो दो बातें सोच कर देखने की होती हैं, दोनों पक्षों में न्याय किस ओर है तथा प्रबल कौन है। इसमें संदेह नहीं कि समाज प्रबल है, अतएव विद्रोही को दुख भोगना होगा। ललिता मुझे बारंबार कह रही है कि ऐसा नहीं कि वह दुख स्वीकार करने के लिए केवल प्रस्तुत है, बल्कि इसमें वह आनन्द अनुभव कर रही है। यदि यह बात सच हो, तो अन्याय न देखने पर मैं उसे रोकूँगा कैसे?"

सुचरिता ने कहा, "किन्तु पिताजी, यह किस तरह होगा!"

परेश ने कहा, "जानता हूँ, इसमें एक संकट उपस्थित हो जाएगा। किन्तु जब ललिता के साथ विनय के विवाह में कुछ दोष नहीं, इतना कि, वह उचित है, तो समाज यदि बाधा भी खड़ी करे, तो मेरा मन कहता है, उस बाधा को मानना कर्तव्य नहीं है। मनुष्य को समाज के लिए संकुचित होकर रहना पड़े, यह बात कभी भी ठीक नहीं है–समाज को ही मनुष्य के लिए स्वयं को प्रशस्त करते रहना होगा। उसी कारण जो दुख स्वीकार करने को राजी हैं, मैं तो उनकी निन्दा नहीं कर पाऊँगा।"

सुचरिता ने कहा, "पिताजी, इसमें आपको ही सबसे अधिक दुख भोगना पड़ेगा।"

परेश ने कहा, "यह बात ही सोचने वाली बात नहीं है।"

सुचरिता ने पूछा, "पिताजी, क्या आपने सहमति दे दी है?"

परेश ने कहा, "ना, अभी नहीं दी। किन्तु देनी ही पड़ेगी। ललिता जिस मार्ग पर जा रही है, उस मार्ग पर मेरे अलावा उसे कौन आशीर्वाद देगा तथा ईश्वर के अतिरिक्त और कौन उसका सहायक है?"

जब परेश बाबू चले गए, तब सुचरिता स्तंभित हुई बैठी रही। वह जानती थी, परेश मन-ही-मन ललिता को कितना चाहते हैं, वही ललिता बँधा पथ छोड़ कर एक इतने विशाल अनिर्देश्य में प्रवेश करने जा रही है, इससे उनका मन कितना उद्विग्न है, उसके लिए यह समझना शेष नहीं था–इतना होने पर भी वे इस आयु में ऐसे विप्लव में सहायता करने जा रहे हैं, फिर भी इसमें विक्षोभ कितना कम है! वे कहीं भी अपना बल तनिक भी प्रकट नहीं करते, किन्तु उनमें अनायास ही कितना भारी बल अपने को छिपाए हुए है!

पहले होता, तो परेश की प्रकृति का यह परिचय उसे विचित्र के रूप में नहीं ठगता, कारण, वह शैशव-काल से ही तो परेश को देखती आ रही है। लेकिन आज ही, कुछ देर पहले ही तो सुचरिता के अन्तःकरण ने गोरा का भारी आघात सहा है, इसीलिए इन दो श्रेणियों के स्वभाव के संपूर्ण पार्थक्य को वह मन-ही-मन स्पष्ट रूप से अनुभव किए बिना नहीं रह सकी। गोरा के लिए उसकी निजी इच्छा कैसी प्रचण्ड है! और उस इच्छा को द्रुत-गति के साथ प्रयोग करके वह दूसरे को किस प्रकार अभिभूत कर डालता है! गोरा के साथ जो कोई, जो कुछ सम्बन्ध स्वीकार करेगा, गोरा

की इच्छा के समक्ष उसे झुकना ही पड़ेगा। सुचरिता आज झुकी है और झुक कर आनन्द भी पाया है, स्वयं को विसर्जित करके एक बड़ा तत्व पा लेने का अनुभव किया है, किन्तु तब भी, आज जब परेश उसके कमरे के दीपालोक में से धीमे कदमों से चिन्तानत मस्तक लिए बाहर के अंधकार में चले गए, तब यौवन-तेज से दीप्त गोरा के साथ विशेष रूप से तुलना करके सुचरिता ने अन्तर की भक्ति-पुष्पांजलि विशेष भाव से परेश के चरणों में समर्पित की तथा गोद पर दोनों हथेलियाँ जोड़ कर बहुत देर तक शान्त होकर चित्रार्पित-सी बैठी रही।

61

गोरा के कमरे में आज सुबह से ही बड़ी हलचल मची है। पहले महिम ने अपने हुक्के पर कश खींचते-खींचते आकर गोरा से पूछा, "तो, लगता है, इतने दिन बाद विनय ने जंजीर काट ही दी?"

गोरा बात नहीं समझ पाया, महिम के चेहरे की ओर देखता रहा। महिम बोले, "हमारे साथ और परिहास करके क्या होगा, बताओ? तुम्हारे मित्र का समाचार और तो दबा रह नहीं पाया--ढाक बजने लगे हैं। यह देखो ना!"

कह, महिम ने एक बाङ्ला समाचारपत्र गोरा के हाथ में थमा दिया। आज, रविवार को विनय के ब्राह्म-समाज में दीक्षा ग्रहण करने के समाचार को माध्यम बना कर उसमें एक तीखा लेख प्रकाशित हुआ है। जब गोरा जेल में था, उसी समय ब्राह्म-समाज के किसी कन्यादायग्रस्त व्यक्ति द्वारा इस विशिष्ट सभ्य दुर्बल-चित्त युवक को गुप्त प्रलोभन से वश में करके सनातन हिन्दू समाज से तोड़ लेने के विषय में लेखक ने अपने लेख में बड़ी कटु भाषा में विस्तारपूर्वक लिखा है।

जब गोरा ने कहा कि उसे यह समाचार पता नहीं, तो पहले महिम ने विश्वास नहीं किया, उसके बाद विनय के इस गंभीर छद्म-व्यवहार पर बार-बार विस्मय प्रकट करने लगे। बोल गए, शशिमुखी के साथ ब्याह की स्पष्ट रूप से सहमति देने के बाद भी जब विनय बातों में इधर-उधर करने लगा, हम लोगों को तभी समझ लेना उचित था कि उसके सर्वनाश का सूत्रपात हो चुका है।

अविनाश हाँफते-हाँफते आकर बोला, "गौरमोहन बाबू, यह क्या मामला है! यह तो हमारे लिए स्वप्नातीत है! अन्ततः विनय बाबू--"

अविनाश बात ही पूरी नहीं कर पाया। विनय की इस लांछना से उसके मन में इतना आनन्द अनुभव हो रहा था कि उसके लिए दुश्चिन्ता का अनुभव करना दुरूह हो उठा था।

देखते-देखते गोरा के दल के मुख्य-मुख्य सभी लोग आ जुटे। उनके मध्य विनय

को लेकर एक भारी उत्तेजनापूर्ण चर्चा चलने लगी। अधिकांश लोगों ने एक बात ही कही—वर्तमान घटना में विस्मय की कोई बात नहीं है, कारण, विनय के व्यवहार में वे निरन्तर एक दुविधा और दुर्बलता के लक्षण देखते आ रहे हैं, वस्तुतः विनय ने मन-वचन-शरीर से कभी भी उनके दल के प्रति अपने को समर्पित नहीं किया। अनेक बोले—विनय प्रारम्भ से ही अपने को किसी प्रकार गौरमोहन के समकक्ष स्थापित करने की चेष्टा करता था, यह उन्हें असहनीय लगता था। जहाँ अन्य सभी भक्ति के संकोच में गौरमोहन के साथ यथोचित दूरत्व बना कर चलते थे, वहीं विनय गोरा के साथ जबरदस्ती इस प्रकार घुलता-मिलता था कि जैसे वह अन्य सभी से अलग है तथा ठीक गोरा की बराबरी का व्यक्ति है, गोरा उसे स्नेह करता था, इसी कारण उसकी इस अद्‌भुत स्पर्धा को सभी सहन किए जाते थे—उस तरह के अबाध अहंकार का ऐसा ही शोचनीय परिणाम होता है।

उन्होंने कहा—'हम विनय बाबू के जैसे विद्वान नहीं हैं, हमारी उतनी बहुत अधिक बुद्धि भी नहीं है, लेकिन भाई, जो भी हो, हम लोग, निरन्तर एक प्रिन्सिपल लेकर चल रहे हैं, हमारे मन में एक, मुँह पर और नहीं; हमारे लिए आज एक तरह, कल दूसरी तरह असंभव है—इसमें हमें मूर्ख ही बोलो, अज्ञानी ही बोलो, और जो भी बोलो।'

गोरा ने इन सारी बातों में एक बात का भी योग नहीं दिया, चुपचाप बैठा रहा।

अबेर हो जाने पर जब एक-एक कर सारे चले गए, तो गोरा ने देखा, विनय उसके कमरे में न आकर पास की सीढ़ियों से ऊपर चला जा रहा है। गोरा जल्दी से कमरे से बाहर निकल आया; पुकारा, "विनय!"

विनय के सीढ़ियों से उतर कर गोरा के कमरे में प्रवेश करते ही गोरा बोला, "विनय, मैंने क्या अनजाने में तुम्हारे प्रति कोई अपराध कर दिया है, लग रहा है, तुमने जैसे मुझे छोड़ दिया है।"

आज गोरा के साथ झगड़ा होगा, विनय पहले से ही यह तय करके मन को कठोर बना कर आया था। ऐसे में जब विनय ने आते ही गोरा का असन्तुष्ट चेहरा देखा और उसके कंठ-स्वर में जब स्नेह की वेदना अनुभव की, तो वह मन को जो बलपूर्वक बाँध कर आया था, वह एक क्षण में ही छिन्न-विच्छिन्न हो गया।

वह बोल पड़ा, "भाई गोरा, मुझे गलत मत समझो। जीवन में अनेक परिवर्तन घटते हैं, अनेक वस्तुओं का त्याग करना पड़ता है, किन्तु उसी के चलते बन्धुत्व को क्यों छोड़ दूँगा!"

गोरा ने कुछ देर चुप रह कर कहा, "विनय, क्या तुमने ब्राह्म-समाज में दीक्षा ग्रहण कर ली है?"

विनय ने कहा, "नहीं गोरा, की नहीं है, और करूँगा भी नहीं। लेकिन मैं उस पर कोई जोर नहीं देना चाहता।"

गोरा बोला, "इसका क्या अर्थ है?"

विनय ने कहा, ''इसका अर्थ यही है कि मैंने ब्राह्म-धर्म में दीक्षा ले ली है या नहीं ली है, इस बात को बहुत अधिक तूल देने जैसा मन का भाव मेरा अब और नहीं है।''

गोरा ने जिज्ञासा की, ''पूछता हूँ, पहले ही मन का भाव कैसा था और अब कैसा हो गया है!''

गोरा की बात के सुर से विनय का मन एक बार फिर युद्ध के लिए कमर कस कर बैठ गया। वह बोला, ''पहले जब सुनता था कि कोई ब्राह्म होने जा रहा है, तो मन में बहुत क्रोध आता था, मेरी इच्छा होती थी कि उसे विशेष दंड मिले। लेकिन अब मुझे ऐसा नहीं लगता। मुझे लगता है, मत को मत से, तर्क को तर्क से रोका जा सकता है, किन्तु बुद्धि के विषय को क्रोध करके दंड देना बर्बरता है।''

गोरा ने कहा, ''हिन्दू ब्राह्म बन रहा है, देख कर अब और क्रोध नहीं आएगा, किन्तु ब्राह्म प्रायश्चित करके हिन्दू होने जा रहा है, देखने पर क्रोध में तुम्हारी देह जलने लगेगी, पहले से तुममें यही अन्तर आ गया है।''

विनय ने कहा, ''तुम यह मुझ पर गुस्सा होकर बोल रहे हो, सोच कर नहीं बोल रहे हो।''

गोरा ने कहा, ''मैं तुम पर श्रद्धा रखते हुए ही बोल रहा हूँ, ऐसा होना ही उचित था—मैं भी होता तो ऐसा ही घटता। जैसे गिरगिट रंग बदलता है, धर्म-मत का ग्रहण और त्याग यदि उसी प्रकार हमारी चमड़ी के ऊपर की वस्तु होता, तो कोई बात ही नहीं थी, किन्तु वह मर्म की वस्तु है, इस कारण उसे हल्के में नहीं ले सकता। यदि किसी प्रकार की बाधा न रहे, यदि दंड न भरना पड़े, तो महत्तर विषय में एक मत ग्रहण करने अथवा परिवर्तन के समय मनुष्य अपनी संपूर्ण बुद्धि को क्यों जगाए? सत्य को यथार्थ सत्य के रूप में ग्रहण कर रहा हूँ या नहीं, मनुष्य को इसकी परीक्षा देनी आवश्यक है। दंड स्वीकार करना ही होगा। मूल्य से बच कर रत्न मिल जाए, सत्य का कारोबार ऐसा शौकीनी कारोबार नहीं है।''

बहस के मुँह में और कोई लगाम नहीं रही। बाण पर बाण के समान, बात पर बात आ गिरने से आपस में टकरा कर अग्नि-स्फुल्लिंगों का वर्षण करने लगीं।

अन्त में, बहुत देर तक वाक्-युद्ध के बाद विनय ने उठ खड़े होकर कहा, ''गोरा, मेरी और तुम्हारी प्रकृति में एक मूलगत भेद है। वह अब तक किसी प्रकार दबा हुआ था—जब भी सिर उठाना चाहा, मैंने ही उसे दबा दिया, कारण, तुम जहाँ कोई पार्थक्य देखते हो, वहाँ तुम सन्धि करना नहीं जानते, एकदम तलवार हाथ में लेकर दौड़ पड़ते हो। इसीलिए तुम्हारे बन्धुत्व की रक्षा करते हुए, मैं हमेशा से अपने स्वभाव को कुचलता आ रहा हूँ। आज समझ पाया कि इसमें भला नहीं हुआ, और भला हो भी नहीं सकता।''

गोरा ने कहा, ''अब तुम्हारा क्या अभिप्राय है, मुझसे खुल कर बताओ।''

विनय ने कहा, ''आज मैं अकेला खड़ा हूँ। समाज नामक राक्षस को प्रतिदिन

मनुष्य-बलि चढ़ा कर किसी तरह शान्त रखना होगा और जो भी करना पड़े, उसी के शासन का फंदा गले में डाल कर घूमना पड़ेगा, उसमें प्राण चाहे जाएँ या रहें, यह मैं किसी तरह स्वीकार नहीं कर पाऊँगा।"

गोरा ने कहा, "महाभारत के उसी ब्राह्मण-शिशु की भाँति तिनका लेकर बकासुर का वध करने निकलोगे ना?"

विनय ने कहा, "नहीं जानता कि मेरे तिनके से बकासुर मरेगा या नहीं, किन्तु उसको मुझे चबा कर खा डालने का अधिकार है, यह मैं किसी प्रकार नहीं मानूँगा–जब वह चबा कर खा रहा हो, तब भी नहीं।"

गोरा ने कहा, "यह तुम रूपक के सहारे सारी बात कह रहे हो, समझना कठिन हो गया है।"

विनय बोला, "समझना तुम्हारे लिए कठिन नहीं है, तुम्हारे लिए मानना कठिन है। मनुष्य जहाँ स्वभावतः स्वाधीन है, धर्मतः स्वाधीन है, वहाँ हमारे समाज ने उसके खाने-सोने-बैठने को भी अर्थहीन बन्धनों में जकड़ दिया है, ऐसा नहीं कि यह बात तुम मुझसे कम जानते हो; किन्तु इस जबर्दस्ती को तुम जबर्दस्ती के द्वारा ही मानना चाहते हो। मैं आज कह रहा हूँ, यहाँ मैं किसी का जोर नहीं मानूँगा। समाज के दावे को मैं तभी तक स्वीकार करूँगा, जब तक वह मेरे उचित अधिकारों की रक्षा करेगा। वह यदि मुझे मनुष्य नहीं समझता, मुझे चाबी की पुतली बनाना चाहता है, तो मैं भी फूल-चन्दन चढ़ा कर उसकी पूजा नहीं करूँगा–लोहे की मशीन ही मानूँगा।"

गोरा ने कहा, "अर्थात्, संक्षेप में, तुम ब्राह्म हो जाओगे?"

विनय बोला, "नहीं।"

गोरा ने कहा, "तुम ललिता से विवाह करोगे?"

विनय ने कहा, "हाँ।"

गोरा ने पूछा, "हिन्दू विवाह?"

विनय ने कहा, "हाँ।"

गोरा–"उसमें परेश बाबू सहमत हैं?"

विनय–"यह रही उनकी चिट्ठी।"

गोरा ने परेश की चिट्ठी दो बार पढ़ी। उसके अन्तिम अंश में था–

> 'अपने को भली-बुरी लगने वाली कोई बात नहीं उठाऊँगा, तुम लोगों की सुविधा-असुविधा की कोई बात भी उठाना नहीं चाहता। मेरा मत-विश्वास क्या है, मेरा समाज क्या है, यह तुम लोग जानते हो, ललिता ने बचपन से कैसी शिक्षा पाई है और कैसे संस्कारों में बड़ी हुई है, वह भी तुम्हें अविदित नहीं है। यह सब जान-सुन कर तुम लोगों ने अपना पथ चुन लिया है। मेरे पास और कुछ कहने को नहीं है। मत समझना कि मैंने कुछ न सोच कर अथवा सोच न पाकर चप्पू छोड़ दिया है। मेरी जितनी शक्ति है, मैंने विचार

किया है। यह समझ गया हूँ कि तुम लोगों के मिलन में बाधा देने का कोई धर्मसंगत कारण नहीं है, क्योंकि तुम्हारे प्रति मेरे मन में पूरा सम्मान है। इस स्थल पर यदि समाज में कोई बाधा हो, तो तुम लोग उसे मानने को बाध्य नहीं हो। मेरा केवल इतना-सा कहना है, यदि तुम लोग समाज का उल्लंघन करना चाहते हो, तो तुम्हें समाज से बड़ा होना पड़ेगा। तुम लोगों का प्रेम, तुम लोगों का सम्मिल्लित जीवन मात्र प्रलय-शक्ति की सूचना न दे, उसमें सृष्टि और स्थिति के तत्व भी रहें। केवल इसी एक काम में हठात् दुस्साहसिकता दिखा देने से नहीं चलेगा, इसके बाद तुम लोगों को जीवन के समस्त कार्यों को वीरत्व के सूत्र में गूँथ कर खड़ा करना होगा—अन्यथा तुम लोग बहुत नीचे गिर जाओगे। कारण, अब समाज तुम लोगों को सर्व-साधारण की समान-भूमि पर बाहर से अपनाए नहीं रखेगा, तुम अपनी शक्ति से इस साधारण से यदि बड़े नहीं बने, तो तुम लोगों को साधारण की अपेक्षा नीचे गिर जाना पड़ेगा। तुम लोगों के भविष्य के शुभाशुभ के लिए मेरे मन में पर्याप्त आशंका रही है। किन्तु उसी आशंका के आधार पर तुम्हारे सामने बाधा खड़ी करने का कोई अधिकार मुझे नहीं है—कारण, संसार में जो लोग साहसपूर्वक अपने जीवन के द्वारा नई-नई समस्याओं का समाधान खोजने को तैयार होते हैं, वे ही समाज को महान बनाते हैं। जो केवल नियम मान कर चलते हैं, वे समाज को मात्र ढोते हैं, उसे आगे नहीं बढ़ाते। अतएव अपनी भीरुता, अपनी दुश्चिन्ता लेकर मैं तुम लोगों का मार्ग नहीं रोकूँगा। तुमने जिसे अच्छा समझा है, समस्त प्रतिकूलता के विरुद्ध उसका पालन करो, ईश्वर तुम्हारे सहायक हों। ईश्वर अपनी सृष्टि को किसी एक अवस्था में जंजीर से बाँध कर नहीं रखते, उसे नव-नव परिणतियों के बीच नवीन बना कर जगाए रखते हैं; तुम लोग उनके उसी उद्‌बोधन के दूत के रूप में अपने जीवन को मशाल की भाँति प्रज्ज्वलित करके दुर्गम पथ पर बढ़ने चले हो, जो विश्व के पथ-दर्शक हैं, वे ही तुम लोगों को मार्ग दिखाएँ—तुम्हें हमेशा मेरे रास्ते पर ही चलना होगा, मैं ऐसे अनुशासन का प्रयोग नहीं कर पाऊँगा। एक दिन तुम्हारी उम्र में हम लोगों ने भी घाट से लंगर खोल कर नौका को झंझा के मुँह में बहा दिया था, किसी का निषेध नहीं सुना। आज भी उसके लिए अनुताप नहीं करता। अगर अनुताप करने का कारण भी घटता, तो भी क्या? मनुष्य भूल करेगा, असफल होगा, दुख भी उठाएगा, किन्तु बैठा नहीं रहेगा; जिसे उचित समझेगा, उसके लिए आत्म-समर्पण करेगा; इसी प्रकार पवित्र-सलिला संसार-नदी की धारा सदैव प्रवहमान बन कर विशुद्ध रहेगी। इसमें बीच-बीच में क्षण भर के लिए किनारा टूट कर हानि भी पहुँचा सकता है, इस आशंका से हमेशा के लिए धारा को बाँध देना, महामारी को बुलावा देना होगा—यह मैं

निश्चयपूर्वक जानता हूँ। अतएव, जो शक्ति तुम लोगों को दुर्निवार वेग से सुख, स्वच्छन्दता और समाज-विधि से बाहर खींचे लिए चल रही है, उन्हीं को भक्ति सहित प्रणाम करके तुम दोनों जनों को उन्हीं के हाथों में समर्पित किया, वे ही तुम्हारे जीवन की समस्त निन्दा-ग्लानि और आत्मीयों से विच्छेद को सार्थक करें। उन्होंने ही तुम लोगों का दुर्गम-मार्ग पर आह्वान किया है, वे ही तुम्हें लक्ष्य तक ले जाएँगे।'

यह चिट्ठी पढ़ कर, गोरा के कुछ देर चुप रहने के बाद विनय बोला, ''जैसे परेश बाबू ने अपनी ओर से सहमति दे दी है, उसी तरह गोरा, तुम्हें भी अपनी सहमति देनी होगी।''

गोरा ने कहा, ''परेश बाबू सहमति दे सकते हैं, क्योंकि नदी की जो धारा किनारा तोड़ रही है, वह धारा ही उनकी है। मैं सहमति नहीं दे सकता, क्योंकि हम लोगों की धारा कूल की रक्षा करती है। हमारे इस कूल पर शत-सहस्र वर्षों की अभ्र-भेदी कीर्ति विद्यमान है, हम किसी भी तरह नहीं बोल सकते, यहा प्रकृति के नियम को ही काम करने दो। अपने कूल को हम पत्थर से ही बाँध कर रखेंगे, इसमें हमारी निन्दा करो या और कुछ। यह हमारी पवित्र प्राचीन पुरी है–इसके ऊपर बरस के बरस नई मिट्टी चढ़े और किसानों के दल हल चला कर खेती करें, यह हमारा अभिप्रेत नहीं, इसमें हमारा जो भी नुकसान हो, हो जाए। यह हमारी निवास-भूमि है, कृषि-भूमि नहीं। अतएव, जब तुम्हारा कृषि-विभाग कठोर कह कर हमारे इन पत्थरों की निन्दा करता है, तो उसमें हम मर्मान्तिक लज्जा अनुभव नहीं करते।''

विनय ने कहा, ''अर्थात्, संक्षेप में, तुम हमारे इस विवाह को स्वीकार नहीं करोगे।''

गोरा ने कहा, ''निश्चय ही, नहीं करूँगा।''

विनय ने कहा, ''एवं–''

गोरा ने कहा, ''एवं, तुम लोगों का त्याग कर दूँगा।''

विनय ने कहा, ''अगर मैं तुम्हारा मुसलमान मित्र होता?''

गोरा ने कहा, ''तब दूसरी बात होती। वृक्ष की अपनी डाल अगर टूट कर पराई हो जाए, तो वृक्ष किसी भी प्रकार उसे पहले की तरह अपना कर लौटा नहीं सकता, किन्तु बाहर से जो लता बढ़ आती है, वह उसे आश्रय दे सकता है, यहाँ तक कि तूफान में टूट गिरने पर उसे फिर से उठा लेने में भी कोई बाधा नहीं रहती। अपना जब पराया हो जाता है, तो उसका पूरी तरह त्याग कर देने के अतिरिक्त कोई गति नहीं। उसी कारण तो इतने विधि-निषेध हैं, जान की बाजी लगा कर इतनी खींचतान है।''

विनय ने कहा, ''इसीलिए तो त्याग का कारण इतना हल्का और त्याग का विधान इतना सुलभ होना उचित नहीं था। ठीक है, हाथ टूट जाने पर और नहीं

जुड़ता, पर उसी कारण हाथ बात-बात में टूटता भी नहीं है। उसकी हड्डी बहुत मजबूत होती है। जिस समाज में सामान्य घाव लगने से ही विच्छेद हो जाता है और वह विच्छेद चिर-विच्छेद बन कर खड़ा हो जाता है, उस समाज में मनुष्य को स्वच्छन्द होकर चलने-फिरने—काम-काज करने में कितनी बाधा आती है, क्या यह बात सोच कर नहीं देखोगे?''

गोरा ने कहा, ''उस चिन्ता का दायित्व मुझ पर नहीं है। समाज इतने समग्र भाव में, इतने विशद रूप में चिन्ता कर रहा है कि मुझे पता ही नहीं चल पाता कि वह सोच रहा है। हजार-हजार साल से उसने सोचा भी है और अपने आप की रक्षा भी करता आ रहा है, यही मेरा विश्वास है। पृथिवी सूर्य के चारों ओर टेढ़ी घूम रही है या सीधी घूम रही है, भूल कर रही है या नहीं कर रही, जैसे मैं यह नहीं सोचता और न सोच कर आज तक ठगा नहीं गया—अपने समाज के सम्बन्ध में भी मेरा यही भाव है।''

विनय ने हँसते हुए कहा, ''भाई गोरा, इतने दिन तक ठीक यही सब बातें मैं भी इसी रूप में कहता आया हूँ, कौन जानता था कि आज मुझे भी वही बात सुननी पड़ेगी! आज मुझे बात बना कर कहने का दंड भोगना होगा, यह मैं अच्छी तरह समझ गया हूँ। लेकिन बहस करने से कोई लाभ नहीं। क्योंकि आज मैं एक बात बहुत निकट से देख पाया हूँ, वह पहले नहीं देखी थी—आज समझा कि मनुष्य के जीवन की गति महा नदी के समान होती है, वह अपने वेग से अभावनीय रूप में ऐसी नई-नई दिशाओं में मार्ग बना लेती है, जिन दिशाओं में पहले उसका प्रवाह नहीं था। यही उसकी गति का वैचित्र्य है—उसकी अभावनीय परिणति ही विधाता का अभिप्रेत है; वह खोदा हुआ पोखर नहीं है, उसे बाँध कर नहीं रखा जा सकता। जब यह बात अपने भीतर पूरी तरह प्रत्यक्ष हो गई है, तब कोई कभी बनावटी बातों से मुझे और भुलावे में नहीं डाल सकता।''

गोरा बोला, ''जब पतंग आग के मुँह में गिरने जाता है, तब वह भी ठीक इसी प्रकार तुम्हारे समान बहस करता है, अतएव आज मैं भी तुम्हें समझाने की कोई वृथा चेष्टा नहीं करूँगा।''

विनय ने कुर्सी से उठ कर कहा, ''वही ठीक है, तब चलूँ, तनिक माँ से मिल आऊँ।''

विनय चला गया, महिम ने धीरे-धीरे कमरे में प्रवेश किया। पान चबाते-चबाते पूछा, ''लगता है, सुभीता नहीं हुआ? होगा भी नहीं। कितने दिन से कहता आ रहा हूँ, सावधान हो जाओ, बिगड़ने के लक्षण दिखाई दे रहे हैं—कान में बात ही नहीं पड़ने दी। उसी समय किसी तरह जोर-जबरदस्ती करके शशिमुखी के साथ उसका ब्याह कर देने पर कोई बात ही नहीं होती। किन्तु का कस्य परिवेदना! कहूँ भी किससे! जिसे स्वयं न समझे, वह तो सिर फोड़ कर भी नहीं समझाया जा सकता। अब विनय जैसा लड़का तुम्हारे दल से टूट गया, यह क्या कम अफसोस की बात है!''

गोरा ने कोई उत्तर नहीं दिया। महिम ने कहा, "तो विनय को लौटा नहीं सके? जाने दो, किन्तु शशिमुखी के साथ उसके ब्याह की बात को लेकर कुछ अधिक ही गोलमाल हो गया है। अब शशि के ब्याह में और देरी करने से नहीं चलेगा–जानते ही तो हो, हमारे समाज की दशा, अगर एक आदमी पकड़ में आ जाए, तो उसकी हालत खराब कर डालता है। इसीलिए एक वर–ना, तुम डरो मत, तुम्हें बिचौलिए का काम नहीं करना होगा; वह मैंने अपने आप ही ठीकठाक कर लिया है।"

गोरा ने पूछा, "वर कौन है?"

महिम बोले, "तुम लोगों का अविनाश।"

गोरा ने कहा, "वह राजी हो गया है?"

महिम ने कहा, "राजी नहीं होगा! उसे क्या अपना विनय समझा है! ना, जो कहो, दिखाई दिया कि तुम्हारे दल में यह लड़का, अविनाश तुम्हारा भक्त ही है। तुम्हारे परिवार के साथ उसका रिश्ता जुड़ेगा, यह बात सुन कर वह तो खुशी से झूम उठा। बोला, यह मेरा भाग्य है, यह मेरा गौरव है। रुपए-पैसे की बात पूछी, वह एकदम से कानों पर हाथ रख कर बोला, माफ कीजिए, ये सारी बातें मुझसे जरा भी मत कहिए। मैं बोला, अच्छा, ये सारी बातें तुम्हारे पिताजी के साथ होंगी। उसके बाप के पास भी गया था। बाप-बेटे में बहुत अन्तर दिखाई दिया। पैसे की बात पर बाप ने बिल्कुल भी हाथ कानों पर नहीं रखे, बल्कि इस तरह शुरुआत की, कि मेरी ही कानों पर हाथ रखने की नौबत आ गई। देखा, बेटा भी इस सारे विषय में अत्यन्त पितृ-भक्त है, पूरी तरह, पिता हि परमं तपः–उसे मध्यस्थ बनाने का कोई फल नहीं होगा। इस बार कम्पनी का कागज भुनाए बिना काम नहीं निबटेगा। वो, जो भी हो, तुम भी अविनाश से एक-दो बातें कह देना। तुमसे उत्साह पाकर–"

गोरा ने कहा, "उससे पैसे का अंक कुछ भी कम नहीं होगा।"

महिम ने कहा, "वह जानता हूँ, जब पितृ-भक्ति काम में आने लायक हो, तो सँभालना कठिन होता है।"

गोरा ने पूछा, "बात पक्की हो गई है?"

महिम ने कहा, "हाँ।"

गोरा–"दिन-मुहूर्त एकदम निश्चित?"

महिम–"निश्चित ही है, माघ की पूर्णिमा को। उसमें और अधिक देरी नहीं है। बाप का कहना है, हीरे-माणिक का काम नहीं, किन्तु खूब भारी सोने का गहना चाहिए। अब क्या करके, सोने का दाम बढ़ाए बिना सोने का भार बढ़ा सकता हूँ, कुछ दिन सुनार के साथ यही परामर्श करना होगा।"

गोरा ने कहा, "लेकिन इतनी अधिक जल्दी करने की क्या आवश्यकता है? अविनाश थोड़े ही दिनों में ब्राह्म-समाज में चला जाएगा, ऐसी तो आशंका नहीं है।"

महिम ने कहा, "ठीक है, वह नहीं है, किन्तु पिताजी का स्वास्थ्य अब बहुत गिर

गया है, तुम लोग इसे ध्यान से नहीं देख रहे हो। डाक्टर जितनी ही आपत्ति कर रहे हैं, वे नियमों की मात्रा और उतनी ही बढ़ाते जा रहे हैं। आजकल उनके साथ जो संन्यासी जुटा है, वह उन्हें तीन बार नहलाता है, उसके ऊपर ऐसे हठयोग में लग गए हैं कि आँखों की पुतलियाँ, भौंहें, श्वास-प्रश्वास, नाड़ी-नब्ज सबके पूरी तरह उल्टा-पुल्टा होने की नौबत आ गई है। पिताजी के बचे रहते-रहते शशि का ब्याह हो जाने में ही सुभीता है—उनकी पेंशन की जमा-जोखड़ी ओंकारानन्द स्वामी के हाथ पड़ने के पहले ही काज निबट जाए, तो मुझे अधिक सोचना न पड़े। कल पिताजी के सामने बात उठाई थी, देखा, मामला बड़ा सहज नहीं है। सोचा है, इस बेटा संन्यासी को कुछ दिन खूब कस कर गाँजा पिला कर वश में करके, उसी के द्वारा काम साधना होगा। जो गृहस्थ हैं, जिन्हें पैसे की जरूरत सबसे अधिक है, पिताजी का पैसा उनके काम नहीं आएगा, यह तुम पक्के तौर पर जान लो। मेरी मुश्किल हो गई है यही, कि दूसरे का बाप कस कर पैसा तलब करता है और अपना बाप पैसा देने की बात सुनते ही प्राणायाम करने बैठ जाता है। अब मैं इस ग्यारह बरस की लड़की को गले में बाँध कर क्या पानी में डूब मरूँ?"

62

हरिमोहिनी ने पूछा, "राधारानी, कल रात तुमने कुछ खाया क्यों नहीं?"

सुचरिता ने विस्मित होकर कहा, "क्यों, खाया तो था!"

हरिमोहिनी ने उसके लिए ढका खाना दिखा कर कहा, "खाया कहाँ? यह जो रखा हुआ है!"

तब सुचरिता समझी, कल खाने की बात उसके मन में ही नहीं थी।

हरिमोहिनी ने रूखी आवाज में कहा, "यह सब तो अच्छी बात नहीं है। मैं तुम लोगों के परेश बाबू को जहाँ तक जानती हूँ, मुझे नहीं लगता कि वे इतनी दूर तक आगे बढ़ना पसंद करेंगे—उन्हें देखने से मनुष्य का मन शान्ति पाता है। यदि वे तुम्हारी आजकल की सारी भाव-गति को जान जाएँ, तो बताओ भला, क्या कहेंगे!"

हरिमोहिनी की बात का लक्ष्य क्या है, इसे समझना सुचरिता को बाकी नहीं रहा। पहले क्षण भर के लिए उसके मन में संकोच आया था। गोरा के साथ उसके सम्बन्ध को नितान्त साधारण स्त्री-पुरुष सम्बन्ध के समान मान कर इस प्रकार का आक्षेप-कटाक्ष उन लोगों पर किया जा सकता है, यह बात उसने कभी सोची ही नहीं थी। इसीलिए हरिमोहिनी की प्रच्छन्न निन्दा से वह कुण्ठित हो आई। किन्तु दूसरे ही क्षण वह हाथ का काम छोड़ कर सीधी बैठ गई और आँखें उठा कर हरिमोहिनी के चेहरे की ओर देखा।

इस एक क्षण में उसने तय कर लिया कि वह गोरा की बात को लेकर किसी के सामने कोई लज्जा नहीं करेगी, बोली, "मौसी, तुम तो जानती हो, कल गौरमोहन बाबू आए थे। उनके साथ हुई बातचीत का विषय मेरे मन पर खूब अधिकार जमाए बैठा था, इसीलिए मैं खाने की बात भूल ही गई थी। तुम रहतीं, तो कल बहुत बातें सुन पातीं।"

हरिमोहिनी जैसी बातें सुनना चाहती हैं, गोरा की बातें ठीक वैसी नहीं हैं। उनकी आकांक्षा भक्ति की बातें सुनने की है; गोरा के मुँह से भक्ति की बातें वैसे सरल और सरस ढंग से नहीं निकलतीं। गोरा के सामने हमेशा एक व्यक्ति-प्रतिपक्ष रहता है; गोरा उसके विरुद्ध केवल लड़ाई करता रहा है। जो मानते नहीं, वह उन्हें मनवाना चाहता है, किन्तु जो मान लेता हैं, वह उसे क्या कहेगा! जो विषय लेकर गोरा को उत्तेजना होती है, हरिमोहिनी उसके प्रति पूर्णतः उदासीन हैं। ब्राह्म-समाज का व्यक्ति यदि हिन्दू समाज के साथ न मिल कर अपने मत के साथ रहे, तो उसमें उन्हें कोई आन्तरिक क्षोभ नहीं होता, उनके अपने प्रियजनों के साथ उनके विच्छेद का कोई कारण पैदा न होने से ही वे निश्चिन्त रहती हैं। इसी कारण गोरा के साथ बातचीत करके उनके हृदय को लेशमात्र रस नहीं मिलता। इसके बाद जब हरिमोहिनी ने अनुभव कर लिया कि गोरा सुचरिता के मन पर अधिकार कर रहा है, तो उन्हें गोरा की बातचीत और अधिक अरुचिकर लगने लगीं। सुचरिता आर्थिक मामले में पूरी तरह स्वाधीन है और मत, विश्वास, आचरण में संपूर्ण स्वतन्त्र है, इस कारण हरिमोहिनी किसी भी ओर से सुचरिता को सर्वतोभावे अपने अधिकार में नहीं कर सकीं, परन्तु वृद्धावस्था में सुचरिता ही हरिमोहिनी की एकमात्र अवलम्बन है–इसलिए ही परेश बाबू को छोड़ कर सुचरिता पर और किसी का किसी प्रकार का अधिकार हरिमोहिनी को नितान्त विक्षुब्ध कर डालता है। हरिमोहिनी को बराबर यही लगने लगा कि गोरा का शुरू से आखीर तक सबकुछ बनावटी है, उसके मन का वास्तविक उद्देश्य किसी प्रकार छल से सुचरिता के मन को आकर्षित करना है। यहाँ तक कि, हरिमोहिनी कल्पना करने लगीं कि सुचरिता की जो निजी धन-सम्पत्ति है, गोरा को खासकर उसका भी लोभ है। हरिमोहिनी गोरा को ही अपना प्रधान शत्रु निर्धारित करके उसे रोकने के लिए मन-ही-मन कमर कस कर खड़ी हो गईं।

आज गोरा की सुचरिता के घर आने की कोई बात नहीं थी, कोई कारण भी नहीं था। लेकिन गोरा के स्वभाव में दुविधा-तत्व बहुत कम है। वह जब किसी बात में लग जाता है, तो उस सम्बन्ध में वह सोच-विचार ही नहीं करता। एकदम तीर की भाँति सीधा चलता चला जाता है।

आज प्रातःकाल जब गोरा सुचरिता के घर पहुँचा, तब हरिमोहिनी पूजा में लगी थीं। सुचरिता अपनी बैठक में टेबिल पर कॉपी-किताबें-कागज आदि व्यवस्थित रूप में सँभाल कर रख रही थी, उस समय जब सतीश ने आकर खबर दी कि गौरमोहन बाबू

आए हैं, तो सुचरिता को विशेष आश्चर्य नहीं हुआ। उसने जैसे समझ लिया था, आज गोरा आएगा ही।

गोरा ने कुर्सी पर बैठते हुए कहा, "अन्ततः विनय ने हमें छोड़ दिया?"

सुचरिता ने कहा, "क्यों, छोड़ेंगे क्यों, वे तो ब्राह्म-समाज में शामिल हुए नहीं।"

गोरा ने कहा, "ब्राह्म-समाज में जाकर वे हमारे इससे अधिक निकट रहते। वे हिन्दू-समाज को जकड़ कर पकड़े रखने के चलते सबसे अधिक पीड़ा पहुँचा रहे हैं। इससे तो, हमारे समाज को पूरी तरह निष्कृति देकर ही वे अच्छा करते।"

सुचरिता ने मन में एक कठोर वेदना अनुभव करके कहा, "आप समाज को इस प्रकार अतिशय अलग करके क्यों देखते हैं? आपने समाज के ऊपर जो इतना अधिक विश्वास स्थापित कर लिया है, यह क्या आपके लिए स्वाभाविक है? अथवा अपने ऊपर बहुत जबरदस्ती करते हैं?"

गोरा ने कहा, "वर्तमान स्थिति में यह जबर्दस्ती ही स्वाभाविक है। जब पैरों के नीचे धरती टलमल करती है, तब प्रत्येक कदम पर ही पैरों पर अधिक जोर डालना पड़ता है। इस समय चारों ओर से जो विरोधिता है, उसकी वजह से हमारी वाणी और व्यवहार में एक अतिरंजना प्रकट होती है। वह अस्वाभाविक नहीं है।"

सुचरिता ने कहा, "चारों ओर से जो विरोधिता देख रहे हैं, उसे आप प्रारंभ से अन्त तक ही अन्यायपूर्ण और अनावश्यक क्यों समझ रहे हैं? यदि समाज काल की गति में बाधा देगा, तो उसे आघात सहना ही पड़ेगा।"

गोरा ने कहा, "काल की गति पानी की लहरों के समान होती है, उसमें किनारे टूटते रहते हैं, लेकिन मैं तो नहीं समझता कि उस टूटन को स्वीकार कर लेना ही किनारों का कर्तव्य है। तुम मत समझो कि मैं समाज के भले-बुरे का कोई विचार नहीं करता। वैसा विचार करना इतना आसान है, कि आजकल के सोलह बरस के बालक भी विचारक बन बैठे हैं। किन्तु कठिन हो रहा है, समग्र वस्तु को श्रद्धा की दृष्टि से समग्र भाव में देख पाना।"

सुचरिता ने कहा, "क्या श्रद्धा के द्वारा हम केवल सत्य को ही प्राप्त करते हैं? अविचार के चलते उससे हम मिथ्या को भी तो ग्रहण करते हैं। मैं आपसे एक बात पूछती हूँ, क्या हम मूर्तिपूजा में भी श्रद्धा रख सकते हैं? क्या आप इस सबको सत्य मान कर विश्वास करते हैं?"

गोरा थोड़ा चुप रहने के बाद बोला, "मैं तुमसे ठीक सच बात कहने की चेष्टा करूँगा। मैंने इस सबको प्रारम्भ से ही सत्य के रूप में मान लिया है। यूरोपीय संस्कारों के साथ इनका विरोध होने के कारण ही और इनके विरुद्ध थोड़े-बहुत सस्ते तर्क प्रयोग किए जाने के कारण ही मैं जल्दबाजी में इनका जवाब नहीं दे बैठता। धर्म के सम्बन्ध में मेरी अपनी कोई विशेष साधना नहीं है, किन्तु साकार-पूजा और मूर्तिपूजा एक ही हैं, मूर्तिपूजा में ही भक्ति-तत्व की चरम परिणति नहीं है, यह बात

मैं नितान अभ्यास में आए हुए वचन की तरह आँखें मूँद कर नहीं दोहरा पाऊँगा। शिल्प में, साहित्य में, यहाँ तक कि विज्ञान और इतिहास में भी मनुष्य की कल्पना-वृत्ति का स्थान है, एकमात्र धर्म में ही उसका कोई काम नहीं, यह बात मैं स्वीकार नहीं करूँगा। धर्म में ही मनुष्य की समस्त वृत्तियों का चरम प्रकाश होता है। हमारे देश की मूर्तिपूजा में ज्ञान और भक्ति के साथ कल्पना के सम्मिलन की जो चेष्टा हुई, उसमें हमारे देश का धर्म क्या मनुष्य के लिए अन्य देशों की अपेक्षा संपूर्णतर सत्य नहीं बन गया है?''

सुचरिता ने कहा, ''ग्रीस और रोम में भी तो मूर्तिपूजा थी।''

गोरा बोला, ''वहाँ की मूर्तियों में मनुष्य की कल्पना ने सौन्दर्यबोध को जितना आश्रय दिया, उतना ज्ञान-भक्ति को नहीं। हमारे देश में कल्पना ज्ञान और भक्ति के साथ गहरे रूप में जुड़ी है। हमारे राधा-कृष्ण हों, हर-पार्वती हों, केवलमात्र ऐतिहासिक पूजा के विषय नहीं हैं, उनमें मनुष्य के चिरन्तन तत्त्व-ज्ञान का रूप विद्यमान है। उसी कारण रामप्रसाद की, चैतन्यदेव की भक्ति इन सब मूर्तियों के सहारे प्रकट हुई। भक्ति का ऐसा एकान्त-प्रकाश ग्रीस-रोम के इतिहास में कब दिखाई दिया है?''

सुचरिता ने कहा, ''काल के परिवर्तन के साथ धर्म और समाज के किसी परिवर्तन को आप एकदम स्वीकार करना नहीं चाहते?''

गोरा ने कहा, ''चाहूँगा क्यों नहीं? किन्तु परिवर्तन पागलपन होने पर तो नहीं चलेगा। मनुष्य का परिवर्तन मनुष्यत्व के मार्ग पर ही घटता है—बालक धीरे-धीरे बूढ़ा होता है, लेकिन मनुष्य हठात् कुत्ता-बिल्ली तो नहीं हो जाता। भारतवर्ष का परिवर्तन भारतवर्ष के मार्ग पर ही होना उचित है, अचानक अंगरेजी इतिहास का रास्ता पकड़ लेने से प्रारम्भ से अन्त तक सब निष्फल और निरर्थक हो जाएगा। देश की शक्ति, देश का ऐश्वर्य देश में ही संचित है, तुम लोगों को यह बताने के लिए ही मैंने अपने जीवन का उत्सर्ग कर दिया है। मेरी बात समझ पा रही हो?''

सुचरिता ने कहा, ''हाँ, समझ पा रही हूँ। लेकिन मैंने ये सब बातें कभी पहले न सुनीं और न सोचीं। नए स्थान पर जाने से जैसे नितान्त स्पष्ट वस्तु से परिचित होने में भी विलम्ब होता है, मेरे साथ वैसा ही हो रहा है। लगता है, मैं स्त्री होने के कारण अपनी उपलब्धि में जोर नहीं लगा पा रही हूँ।''

गोरा बोल पड़ा, ''कभी नहीं। मैं तो अनेक पुरुषों को जानता हूँ, मैं उनके साथ बहुत दिन से यह सारी चर्चा-परिचर्चा करता आ रहा हूँ, वे असंदिग्ध रूप से तय किए बैठे हैं कि वे खूब समझ गए हैं; लेकिन मैं तुमसे निश्चयपूर्वक कह रहा हूँ, तुम आज अपने मन में जो देख पा रही हो, उनमें से एक व्यक्ति ने भी उसका जरा-सा भी नहीं देखा। तुममें वह गंभीर दृष्टि-शक्ति है, यह मैंने तुम्हें देखते ही अनुभव कर लिया था; उसी कारण मैं अपनी, इतने दिनों की हदय की सारे बातें लेकर तुम्हारे पास आया हूँ, अपना संपूर्ण जीवन तुम्हारे सामने खोल दिया है, तनिक भी संकोच

अनुभव नहीं किया।''

सुचरिता ने कहा, ''जब आप इस तरह बोलते हैं, मुझे मन में भारी व्याकुलता अनुभव होती है। मुझसे आप क्या आशा कर रहे हैं, मैं उसमें से क्या दे सकती हूँ, मुझे क्या काम करना होगा, मेरे भीतर जो एक भावावेग उमड रहा है, उसकी अभिव्यक्ति किस प्रकार की होगी, मैं कुछ भी नहीं समझ पा रही हूँ। मुझे बस, यही डर लगा रहता है कि आपने मुझ पर जो विश्वास रखा है, कहीं एक दिन वह सारा ही आपको भूल न लगे!''

गोरा मेघमन्द्र स्वर में बोला, ''उसमें कहीं भी भूल नहीं है। तुम्हारे भीतर कितनी विशाल शक्ति है, वह मैं तुम्हें दिखा दूँगा। तुम मन में लेशमात्र चिन्ता मत रखो–तुम्हारी जो योग्यता है, उसे प्रकट करके खड़ा करने का भार मुझ पर रहा, तुम मुझ पर विश्वास रखो।''

सुचरिता ने कोई बात नहीं कही, किन्तु विश्वास रखने में उसने कोई कमी नहीं की है, यह बात निःशब्द ही व्यक्त हो गई। गोरा भी चुप रहा, कमरे में बहुत देर तक कोई शब्द ही नहीं रहा। बाहर गली में पुराने बरतन वाला पीतल का बरतन झन् झन् बजा कर दरवाजे के सामने हाँक लगाते-लगाते चला गया।

हरिमोहिनी अपना दैनिक पूजा-पाठ निबटा कर रसोईघर की ओर जा रही थीं। सुचरिता के नीरव कमरे में कोई है, यह उनके ध्यान में भी नहीं था; किन्तु जब अचानक कमरे की ओर देख कर हरिमोहिनी ने देखा कि सुचरिता और गोरा चुप बैठे सोच रहे हैं, दोनों शिष्टाचारवश भी कोई बातचीत नहीं कर रहे हैं, तो जैसे एक ही पल में उनके क्रोध की शिखा विद्‌युत वेग से ब्रह्मरंध्र तक प्रज्ज्वलित हो उठी। उन्होंने आत्मसंवरण करके दरवाजे पर खड़े होकर पुकारा, ''राधारानी!''

सुचरिता के उठ कर उनके निकट आने पर उन्होंने कोमल स्वर में कहा, ''आज एकादशी है, मेरी तबीयत ठीक नहीं, जाओ, तुम रसोईघर में जाकर चूल्हा जलाओ... मैं जरा तब तक गौर बाबू के पास बैठूँ।''

सुचरिता मौसी के चेहरे का भाव देख, उद्विग्न होकर रसोईघर में चली गई। हरिमोहिनी के कमरे में प्रवेश करते ही गोरा ने उन्हें प्रणाम किया। वे बिना कोई बात किए कुर्सी पर बैठ गईं। थोड़ी देर होंठ दबा कर चुप रहने के बाद बोलीं, ''तुम तो बेटा, ब्राह्म नहीं हो?''

गोरा ने कहा, ''नहीं।''

हरिमोहिनी ने कहा, ''तुम तो हमारे हिन्दू-समाज को मानते हो?''

गोरा ने कहा, ''मानता ही हूँ।''

हरिमोहिनी बोलीं, ''तब तुम्हारा यह कैसा व्यवहार है?''

गोरा हरिमोहिनी के आक्षेप को तनिक भी न समझ पाने के कारण चुपचाप उनके मुँह की ओर देखता रहा।

हरिमोहिनी ने कहा, "राधारानी बड़ी हो गई है, तुम लोग तो उसके स्वजन नहीं हो—उसके साथ तुम लोगों की इतनी क्या बात है! वह लड़की है, घर का कामकाज करेगी, उसकी इन सारी बातों में रहने की क्या आवश्यकता है? ये बातें उसका मन दूसरी दिशा में ले जाती हैं। तुम तो ज्ञानी आदमी हो, सारा देश ही तुम्हारी प्रशंसा करता है, लेकिन यह सब हमारे देश में कब था, अथवा कौन-से शास्त्र में लिखा है!"

गोरा को हठात् एक भारी धक्का लगा। उसने सोचा भी नहीं था कि सुचरिता के सम्बन्ध में इस प्रकार की बात किसी भी पक्ष से उठ सकती है। उसने थोड़ा-सा चुप रह कर कहा, "वे ब्राह्म-समाज में हैं, उन्हें हमेशा इसी तरह सभी के साथ मिलते देखा है, इसीलिए मुझे कुछ नहीं लगा।"

हरिमोहिनी ने कहा, "अच्छा, भले ही वह ब्राह्म-समाज में हो, किन्तु तुम तो इस सबको कभी अच्छा नहीं कहते। तुम्हारी बातें सुन कर आजकल के कितने लोग जाग रहे हैं, और तुम्हारा व्यवहार ही ऐसा होने पर लोग तुम्हें क्यों मानेंगे? यही जो, तुम कल रात तक उसके साथ बातें करके गए, उसमें भी तुम्हारी बातें पूरी नहीं हुईं—फिर आज सवेरे ही आ गए! वह आज सुबह से न भण्डारघर में गई, न रसोईघर में, आज एकादशी के दिन वह मेरी थोड़ी-सी सहायता कर दे, वह भी उसे नहीं सूझा—यह उसकी कैसी शिक्षा हो रही है! तुम लोगों के अपने घरों में भी तो लड़कियाँ हैं, क्या तुम उन्हें भी सारा कामकाज बन्द करके इसी तरह की शिक्षा दे रहे हो—ना, और कोई दे, तो तुम्हें अच्छा लगेगा?"

गोरा के पास इन सब बातों का कोई उत्तर नहीं था। वह केवल बोला, "ये इसी प्रकार की शिक्षा से बड़ी हुई हैं, इसी कारण मैंने इनके सम्बन्ध में कुछ सोच-विचार नहीं किया।"

हरिमोहिनी ने कहा, "उसे जो भी शिक्षा मिली हो, जब तक मेरे पास है और मैं जिन्दा हूँ, यह सब नहीं चलेगा। मैंने उसमें काफी बदलाव ला दिया है। वह जब परेश बाबू के घर थी, तभी आवाज उठी थी कि मेरे साथ रह कर वह हिन्दू हो गई है। उसके बाद इस घर में आकर तुम लोगों के विनय के साथ क्या पता, क्या सब बातचीत होने लगी, फिर सब उलट गया। वे तो आज ब्राह्म-घर में ब्याह करने जा रहे हैं। छोड़ो, बड़े कष्ट से विनय को तो विदा किया। उसके बाद हारान बाबू नाम का एक आदमी आता था; उसके आते ही मैं राधारानी को लेकर अपने ऊपर वाले कमरे में बैठ जाती, उसे और बढ़ावा नहीं मिला। इस तरह बड़े कष्ट से, लग रहा है, आजकल उसकी मति फिर से थोड़ी रास्ते पर आई है। इस घर में आकर उसने फिर सबका छुआ खाना शुरू कर दिया था, कल देखा, वह बन्द कर दिया। कल रसोईघर से अपना खाना अपने आप ले गई, नौकर को पानी लाने के लिए मना कर दिया। अब बेटा, तुम्हारे सामने हाथ जोड़ कर मेरी यही विनती है, तुम लोग उसे और मत बिगाडो। संसार में मेरे जो

कोई थे, सब मर-झर कर यही एक रह गई है, उसका भी सही मायने में अपना, मुझे छोड़ और कोई नहीं। उसे तुम लोग छोड़ दो। उन लोगों के घर में और भी तो ढेर बड़ी-बड़ी लड़कियाँ हैं—यही, लावण्य है, लीला है, वे भी बुद्धिमती हैं, पढ़ी-लिखी हैं; अगर तुम्हें कुछ कहना हो, तो उनके पास जाकर कहो बेटा, कोई तुम्हें मना नहीं करेगा।''

गोरा एकदम स्तम्भित होकर बैठा रहा। हरिमोहिनी कुछ देर चुप रह कर फिर बोलीं, ''सोच देखो, उसे तो ब्याह करना होगा, उम्र तो काफी हो गई है। तुम क्या कहते हो, वह हमेशा अन-ब्याही ही रहेगी? गृहस्थ-धर्म निभाना तो स्त्रियों के लिए आवश्यक है।''

साधारण रूप से गोरा को इस सम्बन्ध में कोई संशय नहीं था—उसका भी यही विचार था ही। किन्तु सुचरिता के विषय में अपने विचार को उसने कभी मन-मन भी लागू करके नहीं देखा था। सुचरिता गृहिणी बन कर किसी एक गृहस्थ-घर के अन्तःपुर में घरेलू कामकाज में जुटी है, उसके मन में भी यह कल्पना नहीं आई। मानो, सुचरिता जैसी आज है, ठीक वैसी ही सदा रहेगी।

गोरा ने पूछा, ''अपनी भानजी के ब्याह की कुछ बात सोची है क्या?''

हरिमोहिनी ने कहा, ''सोचनी तो पड़ती ही है, मेरे बिना और कौन सोचेगा?''

गोरा ने प्रश्न किया, ''उनका ब्याह क्या हिन्दू-समाज में हो पाएगा?''

हरिमोहिनी ने कहा, ''वह कोशिश तो करनी पड़ेगी। अगर वह और गोलमाल न करे, बहुत ठीक से चले, तो उसे रास्ता पकड़ा सकूँगी। वह सब मैंने मन-ही-मन तय कर रखा है, इतने दिन उसकी जो हालत थी, उसमें हिम्मत करके कुछ करने को आगे नहीं बढ़ पाई। अब फिर दो दिन से देख रही हूँ, उसका मन नरम हो आया है, उसी से भरोसा हो रहा है।''

गोरा ने सोचा, इस सम्बन्ध में और अधिक कुछ पूछना उचित नहीं, लेकिन किसी भी तरह रुक नहीं पाया; प्रश्न किया, ''क्या किसी वर को मन-ही-मन तय कर लिया है?''

हरिमोहिनी ने कहा, ''हाँ, वह कर लिया है। वर बहुत अच्छा ही है—कैलास, मेरा छोटा देवर। कुछ दिन हुए, उसकी पत्नी मर गई, मनोनुकूल सयानी लड़की न मिलने से अब तक बैठा है, नहीं तो, ऐसा लड़का क्या पड़ा रहता है? राधारानी के साथ ठीक जँचेगा।''

गोरा के मन में जितनी ही सुइयाँ चुभने लगीं, उतना ही वह कैलास के सम्बन्ध में सवाल करने लगा।

हरिमोहिनी के देवरों में अपनी विशेष कोशिश से कैलास ने ही कुछ दूर तक पढ़ाई-लिखाई की थी—कितनी दूर तक, वह हरिमोहिनी नहीं बता पाईं। परिवार में विद्वान के रूप में उसकी ही ख्याति है। गाँव के पोस्ट-मास्टर के विरुद्ध सदर में

दरखास्त भेजते समय कैलास ने ऐसी आश्चर्यजनक अंगरेजी भाषा में सबकुछ लिख दिया था, कि पोस्ट-ऑफिस का कोई एक बड़ा बाबू स्वयं आकर तहकीकात कर गया था। इससे सभी ग्रामवासी कैलास की क्षमता से विस्मित में पड़ गए। इतनी शिक्षा होते हुए भी आचार में, धर्म में कैलास की निष्ठा जरा भी कम नहीं हुई।

कैलास का समस्त इतिवृत्त बोलना हो जाने पर गोरा उठ कर खड़ा हो गया, हरिमोहिनी को प्रणाम किया और कोई बात किए बिना कमरे से बाहर हो गया।

जब गोरा आँगन की ओर से सीढ़ियों से उतर कर आ रहा था, तब आँगन के दूसरे किनारे पर सुचरिता रसोई में काम में डूबी थी। गोरा की पद-चाप सुन कर वह दरवाजे के पास आकर खड़ी हो गई। गोरा किसी ओर दृष्टिपात तक किए बिना बाहर चला गया। सुचरिता एक दीर्घ निश्वास छोड़ कर फिर से आकर रसोई के काम में लग गई।

गोरा के गली के मोड़ के पास आते ही उसकी भेंट हारान बाबू के साथ हुई। हारान बाबू ने थोड़ा हँसते हुए कहा, ''आज तो सुबह ही!''

गोरा ने इसका कोई उत्तर नहीं दिया। हारान बाबू ने पुनः थोड़ा हँस कर पूछा, ''लगता है, वहाँ गए थे? सुचरिता घर में है तो?''

गोरा ने कहा, ''हाँ।'' कहते ही जल्दी-जल्दी चला गया।

हारान बाबू ने सीधे सुचरिता के घर में घुस कर रसोईघर के खुले दरवाजे से उसे देख लिया; सुचरिता के सामने भागने का उपाय नहीं था, मौसी भी पास नहीं थीं।

हारान बाबू ने पूछा, ''गौरमोहन बाबू के साथ अभी ही भेंट हुई। लगता है, वे अभी तक यहीं थे?''

सुचरिता उनका कोई उत्तर न देकर अचानक हाँडी लेकर अत्यन्त व्यस्त हो उठी, ऐसा भाव दर्शाया कि मानो, उसे साँस लेने का भी अवकाश नहीं है, किन्तु उससे हारान बाबू ने हथियार नहीं डाले। उन्होंने कमरे के बाहर उसी प्रांगण में खड़े होकर बातचीत आरम्भ कर दी। हरिमोहिनी सीढ़ियों के पास आकर दो-तीन बार खाँसीं, उसका भी कोई फल नहीं निकला। हरिमोहिनी हारान बाबू के सामने आ सकती थीं, पर वे अच्छी तरह समझ गई थीं कि वे अगर एक बार हारान बाबू के सामने निकलीं, तो इस घर में इस उद्यमशील युवक के उत्साह से वे और सुचरिता कहीं भी अपने को बचा नहीं पाएँगी। इसी कारण हारान बाबू की छाया देखने पर भी वे इतना लम्बा घूँघट काढ़ लेती हैं, जो उनके लिए उनकी वधू-अवस्था में भी अतिरिक्त माना जा सकता था।

हारान बाबू ने कहा, ''सुचरिता, बताओ तो तुम लोग कौन-सी दिशा में जा रही हो! कहाँ जाकर पहुँचोगी? लगता है, सुन लिया है कि ललिता के साथ विनय का विवाह हिन्दू-पद्धति से होगा? तुम्हें पता है, इसके लिए कौन उत्तरदायी है?''

सुचरिता की ओर से कोई उत्तर न पाकर हारान बाबू ने स्वर धीमा करके गंभीर

भाव से कहा, ''उत्तरदायी तुम हो।''

हारान बाबू ने सोचा था, इतने भारी सांघातिक अभियोग की चोट सुचरिता सह नहीं पाएगी। लेकिन उसे बिना बातें खर्च किए काम में लगे देख उन्होंने स्वर को और गंभीर बना कर सुचरिता की ओर अपनी तर्जनी उठा कर हिलाते हुए कहा, ''सुचरिता, मैं फिर से कह रहा हूँ, उत्तरदायी तुम हो। क्या छाती पर दायाँ हाथ रख कर बोल सकती हो, कि तुम्हें इसके लिए ब्राह्म-समाज के सामने अपराधी नहीं बनना होगा?''

सुचरिता ने चुपचाप चूल्हे पर तेल की कड़ाही चढ़ा दी और तेल चड़-चड़ आवाज करने लगा।

हारान बोलने लगे, ''तुम्हीं विनय बाबू को और गौरमोहन बाबू को अपने घर लाईं और उन्हें इतनी दूर तक बढ़ावा दिया कि आज ब्राह्म-समाज के समस्त मान्य बन्धुओं की अपेक्षा तुम्हारे लिए ये दोनों लोग ही बड़े हो गए हैं। उसका फल क्या हुआ, देख पा रही हो? मैंने क्या पहले से ही बार-बार सावधान नहीं कर दिया था? आज क्या हुआ? आज ललिता को कौन रोकेगा? तुम सोचती हो, ललिता के ऊपर से होकर ही विपदा मिट गई! वैसा नहीं है। मैं आज तुम्हें सावधान करने आया हूँ। अब तुम्हारी बारी है। आज ललिता की दुर्घटना पर तुम निश्चय ही मन-मन पश्चात्ताप कर रही हो, किन्तु वह दिन निकट आ गया है, जब तुम अपने अधःपतन पर पश्चात्ताप तक नहीं करोगी। लेकिन सुचरिता, अभी भी लौट आने का समय है, एक बार सोच कर देखो, एक दिन कितनी बड़ी, महान आशा के बीच हम दोनों लोग मिले थे–हम लोगों के सामने जीवन का उद्देश्य कैसा उज्ज्वल था, ब्राह्म-समाज का भविष्य कैसे उदार भाव से विस्तार पा रहा था–हमारे कितने संकल्प थे और हमने प्रतिदिन कितना पाथेय संग्रहीत किया था! समझती हो कि वह सारा ही नष्ट हो गया? कभी नहीं। हमारी उस आशा का क्षेत्र आज भी उसी रूप में प्रस्तुत है। केवल एक बार मुँह घुमा कर देखो। एक बार लौट आओ।''

उस समय खौलते तेल में बहुत सारी साग-सब्जी छौंक छौंक कर रही थी और सुचरिता उसे पल्टे से विधिवत चला रही थी; जब हारान बाबू अपने आह्वान का परिणाम जानने के लिए चुप हुए, तो सुचरिता ने आग से कड़ाई नीचे उतार कर मुँह घुमाया और दृढ़ स्वर में बोली, ''मैं हिन्दू हूँ।''

हारान बाबू ने एकदम हतबुद्धि होकर कहा, ''तुम हिन्दू हो!''

सुचरिता ने कहा, ''हाँ, मैं हिन्दू हूँ।''

कह कर, कड़ाई फिर से चूल्हे पर चढ़ा कर तेजी से पल्टा चलाने में लग गई। हारान बाबू ने क्षण भर धक्का सँभाल कर तेज आवाज में कहा, ''इसीलिए गौरमोहन बाबू, न सुबह का ध्यान, न शाम का ध्यान, तुम्हें दीक्षा दे रहे थे?''

सुचरिता बिना मुँह घुमाए ही बोली, ''हाँ, मैंने उन्हीं से दीक्षा ली है, वही मेरे गुरु हैं।''

एक समय हारान बाबू अपने को ही सुचरिता के गुरु के रूप में जानते थे। आज

यदि वे सुचरिता से सुनते कि वह गोरा को प्यार करती है, तो उन्हें उतना कष्ट नहीं होता, लेकिन उनका गुरु का अधिकार गोरा ने छीन लिया है, सुचरिता के मुँह की इस बात ने उन्हें भाले की भाँति बींध दिया।

वे बोले, "तुम्हारे गुरु कितने भी बड़े व्यक्ति क्यों न हों, क्या तुम समझती हो कि हिन्दू-समाज तुम्हें ग्रहण करेगा?"

सुचरिता ने कहा, "यह बात मैं नहीं समझती, मैं समाज को भी नहीं जानती, मैं जानती हूँ, मैं हिन्दू हूँ।"

हारान बाबू ने कहा, "तुम जानती हो, तुम इतने दिन अविवाहित रही हो, केवल इससे ही हिन्दू-समाज में तुम्हारी जात चली गई है?"

सुचरिता ने कहा, "उस बात के लिए आप व्यर्थ चिन्ता मत कीजिए, लेकिन मैं आपसे कह रही हूँ, मैं हिन्दू हूँ।"

हारान बाबू ने कहा, "परेश बाबू से जो धर्म-शिक्षा पाई थी, वह भी अपने नए गुरु के चरणों में विसर्जित कर दी!"

सुचरिता ने कहा, "मेरा धर्म, मेरे अन्तर्यामी जानते हैं, उसे लेकर मैं किसी के साथ चर्चा करना नहीं चाहती। लेकिन आप जान लीजिए, मैं हिन्दू हूँ।"

तब हारान बाबू अत्यन्त क्रोधित होकर बोल पड़े, "तुम चाहे जितनी बड़ी हिन्दू क्यों न हो जाओ—उससे कोई फल नहीं मिलेगा, यह भी मैं तुम्हें कहे जा रहा हूँ। तुम्हारे गौरमोहन बाबू, विनय बाबू नहीं निकलेंगे। तुम्हारे द्वारा अपने को हिन्दू-हिन्दू कह कर गला फाड़ मरने पर भी गौरमोहन बाबू तुम्हें ग्रहण कर लेंगे, यह आशा भी मत रखो। शिष्य को लेकर गुरुगीरी करना आसान है, लेकिन उसी कारण तुम्हें घर ले जा कर गृहस्थी बसाएँगे, यह बात स्वप्न में भी मत सोचो।"

सुचरिता राँधना-पकाना सब भूल कर बिजली की गति से घूम कर खड़ी हो गई, बोली, "यह सब आप क्या कह रहे हैं!"

हारान बाबू ने कहा, "मैं कह रहा हूँ, गौरमोहन बाबू तुमसे कभी विवाह नहीं करेंगे।"

सुचरिता ने दोनों आँखें लाल करते हुए कहा, "विवाह? मैंने क्या आपसे कहा नहीं, वे मेरे गुरु हैं?"

हारान बाबू ने कहा, "वह तो कहा है। लेकिन जो बात नहीं कही, वह भी तो हम समझ सकते हैं।"

सुचरिता बोली, "आप यहाँ से चले जाइए। मेरा अपमान मत कीजिए। आज मैं आपसे कहे देती हूँ—मैं आपके सामने आज से और बाहर नहीं निकलूँगी।"

हारान बाबू ने कहा, "बाहर निकलोगी कैसे! अब तो तुम पर्दानशीं हो! हिन्दू रमणी! असूर्यपश्यारूपा! परेश बाबू के पाप की नाव अब भर गई है। इस बुढ़ापे में अपने किए का फल भोगते रहें, हमने तो विदा ली।"

सुचरिता धडाम से रसोई का दरवाजा बन्द करके फर्श पर बैठ गई और फूट आए क्रन्दन के स्वर को मुँह में आँचल ठूँस कर प्राणपण से रोका। हारान बाबू चेहरे पर स्याही पोत कर बाहर निकल गए।

हरिमोहिनी दोनों के सारे कथोपकथन सुन रही थीं। आज उन्होंने सुचरिता के मुँह से जो सुना, वह उनके लिए आशातीत था। उनकी छाती फूल उठी, बोलीं, "होगा नहीं? मैं जो पूरे मन से अपने गोपीवल्लभ की पूजा करती आ रही हूँ, वह क्या पूरी बेकार चली जाएगी!"

हरिमोहिनी ने उसी समय अपने पूजाघर में जाकर फर्श पर साष्टांग लेट कर अपने ठाकुर को प्रणाम किया और वचनबद्ध हुईं कि भोग आज से और बढ़ा देंगी। अब तक उनकी पूजा दुख से सान्त्वना के लिए शान्त भाव की थी, आज वह स्वार्थ-साधन का रूप लेते ही अत्यन्त उग्र, उत्तप्त तथा क्षुधातुर हो उठी।

63

गोरा ने जिस प्रकार सुचरिता के सामने बातें कीं, वैसे और किसी के सामने नहीं करता। अब तक वह अपने श्रोताओं के सम्मुख अपने भीतर से वचन, मत और उपदेश को प्रस्तुत करता आया है–आज सुचरिता के सम्मुख उसने अपने भीतर से अपने को ही प्रकट किया। इस आत्म-प्रकाश के आनन्द में, केवल शक्ति में नहीं, एक रस में उसका संपूर्ण मत और संकल्प परिपूर्ण हो उठा। एक सौन्दर्यश्री ने उसके जीवन को वेष्टित कर लिया। मानो, उसकी तपस्या पर सहसा देवताओं ने अमृत-वर्षा कर दी।

इस आनन्द के आवेग में ही थोड़े दिन तक गोरा रोजाना ही सुचरिता के पास आता रहा, किन्तु आज हरिमोहिनी की बात सुन कर उसे हठात् ध्यान आ गया कि इसी के समान मुग्धता पर एक दिन उसने विनय का काफी तिरस्कार और परिहास किया था। आज जैसे अपने अनजाने में अपने को उसी अवस्था में खड़ा देख वह चौंक उठा। अनुपयुक्त स्थान पर अस्त-व्यस्त कपड़ों में सोया व्यक्ति जैसे धक्का खाकर धड़-फड़ करके उठ खड़ा होता है, उसी भाँति गोरा ने अपनी समस्त शक्ति में अपने को सचेत कर लिया। गोरा हमेशा इसी बात का प्रचार करता आया है कि, पृथिवी पर अनेक शक्तिशाली जातियों का पूरी तरह ध्वंस हो गया; भारत केवलमात्र संयम से, केवल दृढ़तापूर्वक नियम-पालन करके, इतनी शताब्दियों के प्रतिकूल संघात में भी आज तक अपने को बचाता आ रहा है। गोरा उस नियम में कुत्रापि शैथिल्य स्वीकार करना नहीं चाहता। गोरा कहता है, भारतवर्ष का और सभी कुछ लूटा जा रहा है, लेकिन उसने अपने जिस प्राण-पुरुष को इस सारे कठिन नियम-संयम द्वारा

छिपा रखा है, उसके शरीर को हाथ लगाना किसी अत्याचारी राजपुरुष के सामर्थ्य में ही नहीं है। जब तक हम पराई-जाति के अधीन बने हुए हैं, तब तक अपने नियमों को दृढ़तापूर्वक मानना होगा। अभी अच्छे-बुरे के विचार का समय नहीं है। जो व्यक्ति धारा के बहाव में पड़ कर मृत्यु के मुँह में घुसता जा रहा है, वह जिसके द्वारा भी अपने को बचा सके, उसी को जकड़े रहता है, नहीं विचारता कि वह वस्तु सुन्दर है या भद्दी। गोरा हमेशा से यही बात कहता आ रहा है, आज भी उसका कहना यही है। हरिमोहिनी ने जब उसी गोरा के आचरण की निन्दा की, तो गजराज को अंकुश से बींध दिया।

गोरा जब घर पहुँचा, तो महिम दरवाजे के सामने रास्ते में बेंच डाले खुले बदन तम्बाकू पी रहे थे। आज उनके ऑफिस की छुट्टी थी। गोरा को भीतर जाते देख वे भी उसके पीछे जाकर उसे पुकार कर बोले, "गोरा, सुनते जाओ, एक बात है।"

गोरा को अपने कमरे में लिवा ले जाकर महिम ने कहा, "गुस्सा मत करना, भाई, पहले ही पूछ लेता हूँ, तुमको भी विनय की छूत तो नहीं लग गई? उस इलाके में बड़ी जल्दी-जल्दी आना-जाना चल रहा है!"

गोरा का चेहरा लाल हो उठा। वह बोला, "कोई डर नहीं।"

महिम ने कहा, "जैसी हालत देख रहा हूँ, उसमें कुछ भी तो नहीं कहा जा सकता। तुम सोचते हो, वह एक खाद्य-पदार्थ है, सहजता से निगल कर उसके बाद फिर घर लौट आओगे। किन्तु बंसी भीतर है, वह अपने मित्र की दशा देख कर ही समझ सकते हो। अरे, जा कहाँ रहे हो! असली बात तो अभी हुई ही नहीं। सुन रहा हूँ, उधर ब्राह्म लड़की के साथ विनय का ब्याह तो पूरी तरह पक्का हो गया है। लेकिन उसके बाद हम लोगों का उसके साथ किसी प्रकार का व्यवहार नहीं चल सकता, यह मैं तुम्हें पहले से ही कहे रखता हूँ।"

गोरा ने कहा, "वह तो चलेगा ही नहीं।"

महिम ने कहा, "लेकिन माँ यदि गड़बड़ करेंगी, तो अच्छा नहीं होगा। हम गृहस्थ लोग हैं, ऐसे ही बेटे-बेटियों को ब्याहने में जीभ बाहर निकल आती है, उस पर अगर ब्राह्म-समाज को घर में बैठा लोगे, तो मुझे यहाँ से बोरिया-बिस्तर उठा लेना होगा।"

गोरा ने कहा, "नहीं, वह कुछ भी नहीं होगा।"

महिम ने कहा, "शशि के विवाह का प्रसंग निकट आ रहा है। हमारे समधी जितने परिमाण की लड़की घर ले जाएँगे, सोना उससे अधिक लिए बिना नहीं छोड़ेंगे; कारण, वे जानते हैं, मनुष्य नश्वर पदार्थ है, सोना उससे अधिक दिन टिकता है। ओषधि से अनुपान की ओर ही उनका अधिक झुकाव है। समधी बोलना तो उनकी हेठी करना हुआ, पूरे बेहया हैं। खर्च तो अवश्य होगा, लेकिन इस आदमी से मुझे बहुत सीख मिल गई, लड़के के ब्याह के समय काम आएगी। भारी लोभ हो रहा था कि इस

युग में और एक बार जन्म लेकर पिताजी को मध्यस्थ रख कर विधिपूर्वक अपना विवाह पक्का करूँ–जो पुरुष-जन्म ग्रहण किया है, उसे एक बार सोलह-आना सार्थक कर लूँ। इसी को तो कहते हैं पौरुष! लड़की के बाप को पूरी तरह धराशायी कर डालना! छोटी बात है! जो भी कहो भाई, तुम्हारे साथ शामिल होकर रात-दिन हिन्दू-समाज की जय बोलूँ, किसी भी तरह उसकी हिम्मत नहीं जुटती, गला उठना ही नहीं चाहता, एकदम काहिल बना डाला है। मेरे तीनकोड़े की उम्र अभी मात्र चौदह महीने है–शुरू में कन्या को जन्म देने के बाद अपनी भूल का संशोधन करने में सहधर्मिणी ने लम्बा समय लिया। जो हो, उसके ब्याह के समय तक, गोरा, तुम सब मिल कर हिन्दू समाज को ताजा रखो–उसके बाद देश के लोग मुसलमान हो जाएँ, ख्रिस्तान हो जाएँ, मैं कुछ नहीं कहूँगा।''

गोरा के उठ कर खड़े होने पर महिम ने कहा, ''भाई, मैं कह रहा था, शशि के विवाह के आयोजन में तुम लोगों के विनय को निमन्त्रण देना संभव नहीं होगा। तुम माँ को अभी से सावधान कर रखना।''

गोरा ने माँ के कमरे में आकर देखा, आनन्दमयी फर्श पर बैठी आँखों पर चश्मा चढ़ाए एक खाता लिए कोई सूची बना रही हैं। गोरा को देख कर उन्होंने चश्मा उतार कर खाता बन्द करके कहा, ''बैठ।''

गोरा के बैठने पर आनन्दमयी ने कहा, ''मुझे तुमसे एक सलाह करनी है। विनय के ब्याह की खबर तो मिल गई है?''

गोरा चुप रहा। आनन्दमयी बोलीं, ''विनय के चाचा नाराज हो गए हैं, उनमें से कोई नहीं आएगा। फिर इसमें भी सन्देह है कि परेश बाबू के घर से भी यह विवाह होगा या नहीं! विनय को ही सारा प्रबन्ध करना होगा। इसीलिए मैं कह रही थी, हमारे घर के उत्तरी हिस्से की पहली मंजिल तो किराए पर चढ़ गई है–उसकी दूसरी मंजिल का किरायेदार चला गया है, अगर इस दूसरी मंजिल में ही विनय के विवाह का प्रबन्ध किया जा सके, तो आसानी होगी।''

गोरा ने पूछा, ''क्या आसानी होगी?''

आनन्दमयी ने कहा, ''मेरे न रहने पर उसके विवाह में सार-सँभाल कौन करेगा? वह तो महा-विपत्ति में पड़ जाएगा। अगर वहाँ विवाह तय हो जाए, तो मैं इस घर से ही सारा जुगाड़-जन्त्र कर सकती हूँ, कोई मुश्किल नहीं उठानी पड़ेगी।''

गोरा ने कहा, ''माँ, वह नहीं होगा!''

आनन्दमयी न कहा, ''क्यों नहीं होगा? मैंने घर के मालिक को मना लिया है।''

गोरा बोला, ''नहीं माँ, यह विवाह यहाँ नहीं हो सकता–मैं कह रहा हूँ, मेरी बात सुनो।''

आनन्दमयी ने कहा, ''क्यों, विनय तो उनकी पद्धति से ब्याह कर नहीं रहा!''

गोरा ने कहा, ''वह सब बहस की बात है। समाज के साथ वकालत नहीं चलेगी।

विनय जो खुशी, करे, हम इस विवाह को नहीं मान सकते। कोलकाता शहर में मकानों का अभाव नहीं है। उसका खुद का ही तो मकान है!"

आनन्दमयी जानती थीं, अनेक घर मिल जाएँगे, किन्तु विनय समस्त स्वजनों-मित्रों से परित्यक्त होकर नितान्त अभागे की भाँति किसी किराए के मकान में बैठ कर विवाह-कर्म निबटाएगा, यह उनके मन को पीड़ित कर रहा था। उसी कारण उन्होंने, उनके घर का जो हिस्सा किराए पर चढ़ाने के लिए खाली पड़ा है, मन-ही-मन उसी में विनय का विवाह करने की बात तय कर ली थी। इसमें समाज के साथ कोई विवाद खड़ा किए बिना, उनके अपने घर में शुभ-कर्म का अनुष्ठान संपन्न करके, वे तृप्ति-लाभ कर पातीं। गोरा की दृढ़ आपत्ति देख कर दीर्घ निश्वास छोड़ते हुए बोलीं, "यदि इसमें तुम लोगों की इतनी ही असहमति है, तो दूसरी जगह ही मकान किराए पर लेना पड़ेगा। किन्तु उसमें मुझ पर भारी झंझट आ पड़ेगी। वह पड़ने दो, जब यह हो ही नहीं सकता, तो इसे लेकर और सोचने से क्या होगा!"

गोरा बोला, "माँ, इस विवाह में तुम्हारा शामिल होना संभव नहीं है।"

आनन्दमयी ने कहा, "यह क्या बात हुई गोरा, तू बोल क्या रहा है! हमारे विनय के ब्याह में, मैं शामिल नहीं होऊँगी, तो कौन होगा!"

गोरा बोला, "वह किसी भी तरह नहीं हो सकेगा माँ!"

आनन्दमयी ने कहा, "गोरा, विनय के साथ तेरे मत का मेल नहीं हो सकता, क्या उसी कारण उसके साथ शत्रुता निभानी होगी?"

गोरा थोड़ा उत्तेजित हो उठा, बोला, "माँ, यह तुम अनुचित बात कह रही हो। आज जो मैं विनय के विवाह में खुश होकर शामिल नहीं हो पा रहा हूँ, यह बात मेरे लिए सुख की बात नहीं है। मैं विनय को कितना प्यार करता हूँ, यह और कोई न जाने, तुम तो जानती हो। लेकिन माँ, यह प्रेम की बात नहीं है, इसमें तनिक भी शत्रुता-मित्रता नहीं है। विनय समस्त फलाफल जान-सुन कर ही इस काम में प्रवृत्त हुआ है। हमने उसका परित्याग नहीं किया, उसी ने हमारा परित्याग किया है। परिणामस्वरूप, अब जो विच्छेद हो रहा है, उसमें उसे ऐसा कोई आघात नहीं पहुँचेगा, जो उसके लिए आशातीत हो।"

आनन्दमयी ने कहा, "गोरा, यह बात ठीक है कि विनय जानता है, इस विवाह में तुम्हारे साथ उसका किसी प्रकार का संपर्क नहीं रहेगा। किन्तु वह निश्चयपूर्वक यह भी जानता है कि शुभ-कर्म में मैं उसका किसी भी तरह परित्याग नहीं कर सकूँगी। अगर विनय समझता कि मैं उसकी बहू को आशार्वाद देकर ग्रहण नहीं करूँगी, तो मैं बता रही हूँ, वह जान चली जाने पर भी यह ब्याह नहीं करता। मैं क्या विनय के मन को जानती नहीं!"

कह कर आनन्दमयी ने आँखों की कोरों से एक बूँद आँसू पोंछ लिए। गोरा के मन में विनय के लिए जो गहरी वेदना थी, वह आलोडित हो उठी। तब भी वह

बोला, ''माँ, तुम समाज में हो और तुम समाज की ऋणी हो, यह बात तुम्हें समझनी पड़ेगी।''

आनन्दमयी ने कहा, ''गोरा, मैंने तो तुमसे बार-बार कहा है, समाज के साथ मेरा सम्बन्ध बहुत दिन से कट गया है। उसी कारण समाज मुझे घृणा करता है, मैं भी उससे दूर रहती हूँ।''

गोरा ने कहा, ''माँ, तुम्हारी यही बात मुझे सबसे अधिक चोट पहुँचाती है।''

आनन्दमयी अपनी अश्रु-छलछल स्निग्ध-दृष्टि से मानो, गोरा के सर्वांग को स्पर्श करते हुए बोलीं, ''बेटा, ईश्वर जानते हैं, तुझे इस आघात से बचाने का सामर्थ्य मुझमें नहीं है।''

गोरा ने उठ खड़े होकर कहा, ''तो तुम्हें बताऊँ, मुझे क्या करना पड़ेगा! मैं विनय के पास चला–उससे मैं कहूँगा, तुम्हें अपने विवाह के मामले से जोड़ कर, समाज के साथ तुम्हारे विच्छेद को वह और न बढ़ाए, क्योंकि, यह उसके लिए अत्यन्त अन्यायपूर्ण और स्वार्थपरता का काम होगा।''

आनन्दमयी हँस कर बोलीं, ''अच्छा, तू जो कर सकता है, कर; जा, उसे बोल... उसके बाद अब मैं देखूँगी।''

गोरा के चले जाने पर आनन्दमयी बहुत देर तक बैठी सोचती रहीं। उसके बाद उठ कर धीरे-धीरे अपने पति के कमरे में चली गईं।

आज एकादशी है, परिणामतः आज कृष्णदयाल के स्वपाक की कोई तैयारी नहीं है। उन्हें घेरण्ड संहिता का एक नया बाङ्ला-अनुवाद मिल गया था; उसी को हाथ में लिए एक मृगछाला पर बैठे पाठ कर रहे थे।

आनन्दमयी को देख वे उलझन में पड़ गए। आनन्दमयी ने उनसे पर्याप्त दूरी रखते हुए कमरे की चौखट पर बैठ कर कहा, ''देखो, बड़ा अनुचित हो रहा है।''

कृष्णदयाल सांसारिक न्याय-अन्याय से बाहर निकल आए थे; इसीलिए उदासीन भाव से पूछा, ''क्या अन्याय?''

आनन्दमयी ने कहा, ''गोरा को और एक दिन भी भुलावे में रखना उचित नहीं हो रहा है, धीरे-धीरे मामला बढ़ता जा रहा है।''

जिस दिन गोरा ने प्रायश्चित की बात उठाई थी, उस दिन कृष्णदयाल के मन में यह बात उठी थी; उसके बाद योग-साधना की नाना प्रकार की प्रक्रियाओं में उलझ कर इस बात पर सोचने का अवकाश नहीं मिला।

आनन्दमयी ने कहा, ''शशिमुखी के ब्याह की बात चल रही है; लगता है, इस फाल्गुन माह में ही हो जाएगा। इसके पहले घर में जितनी बार सामाजिक काम-काज हुआ, मैं किसी-न-किसी बहाने गोरा को साथ लेकर दूसरी जगह चली गई। उतना बड़ा कोई काज भी तो इस बीच नहीं हुआ। लेकिन बताओ, इस बार शशि के ब्याह में उसे लेकर क्या करोगे! अन्याय रोज ही बढ़ रहा है–मैं दोनों बेला भगवान के सामने हाथ

जोड़ कर क्षमायाचना करती हूँ, वे जो दंड देना चाहें, सारा मुझे ही दें। लेकिन मुझे बस डर लग रहा है, लगता है, और दबा कर नहीं रखा जा सकेगा, गोरा को लेकर विपदा खड़ी हो जाएगी। इस बार मुझे अनुमति दो, मेरे भाग्य में जो बदा हो, मैं उसे सारी बात खोल कर कह दूँ।"

कृष्णदयाल की तपस्या भंग करने के लिए इन्द्र ने यह क्या विघ्न भेज दिया! वर्तमान में तपस्या भी खूब गहनतर हो उठी है; साँस लेना असाध्य-साधन होता जा रहा है, आहार की मात्रा भी धीरे-धीरे इतनी कम हो गई है कि पेट से पीठ को मिला कर एक करने के प्रण की पूर्ति में और अधिक विलम्ब नहीं है। ऐसे समय यह क्या उत्पात!

कृष्णदयाल बोले, "तुम क्या पागल हो गई हो! आज यह बात सामने आने पर मुझे जो भयंकर जवाबदेही में पड़ना होगा। पेन्शन तो बन्द हो ही जाएगी, शायद पुलिस भी खींचातान करेगी। जो हो गया, वो हो गया; जितना सँभल कर चल सको, चलो, न सको, तो उसमें भी विशेष कोई दोष नहीं होगा।"

कृष्णदयाल ने तय कर रखा था कि उनकी मृत्यु के बाद जो होगा, होने दो–इस बीच वे स्वयं मुक्त होकर रहेंगे। उसके बाद, अनजाने में दूसरों के साथ क्या हो रहा है, उसकी ओर एक प्रकार से दृष्टिपात न करके ही चला जाएगा।

क्या करना कर्तव्य है, कुछ भी तय न कर पाकर आनन्दमयी दुखी चेहरा लिए उठ गईं। क्षण भर खड़े होकर कहा, "देख नहीं रहे हो, तुम्हारा शरीर कैसा होता जा रहा है?"

कृष्णदयाल आनन्दमयी की इस मूढ़ता पर बहुत जोर से थोड़ा हँसे और बोले, "शरीर!"

इस सम्बन्ध में चर्चा किसी सन्तोषजनक निष्कर्ष पर नहीं पहुँची, और कृष्णदयाल फिर से घेरण्ड संहिता में डूब गए। इधर महिम उस समय उनके संन्यासी को लिए बाहर वाले कमरे में बैठे अयन्त उच्च-अंग के परमार्थ तत्व की चर्चा में जुटे थे। गृहस्थों की मुक्ति होती है या नहीं, अतिशय विनीत व्याकुल स्वर में यह प्रश्न उठा कर वे हाथ जोड़ कर मनोयोगपूर्वक ऐसी एकान्त भक्ति और आग्रह-भाव से उसका उत्तर सुनते हुए बैठे थे कि उनका जो कुछ है, मुक्ति पाने के लिए उस समस्त को ही वे अन्तिम रूप से दाँव पर लगाए बैठे हैं। गृहस्थों के लिए मुक्ति नहीं, किन्तु स्वर्ग है, संन्यासी यह बता कर महिम को किसी प्रकार शान्त करने की चेष्टा कर रहे हैं, पर महिम को किसी तरह सान्त्वना नहीं मिल रही है। उन्हें केवल मुक्ति चाहिए, स्वर्ग से उन्हें कोई प्रयोजन नहीं है। किसी तरह कन्या का ब्याह करते ही वे संन्यासी की चरण-सेवा करते हुए पूरी तरह मुक्ति की साधना में लग जाएँगे; किसके सामर्थ्य में है, जो उन्हें इससे रोक सके! किन्तु कन्या का ब्याह तो सहज मामला नहीं है–एक, अगर पिताजी दया करें!

64

बीच में उसकी थोड़ी आत्म-विस्मृति हो गई थी, यह बात याद करके गोरा पहले से और अधिक कठोर हो उठा। वह जो समाज को भूल कर एक प्रबल मोह से अभिभूत हुआ था, उसके कारण के रूप में उसने नियम-पालन के शैथिल्य को ही निर्धारित किया था।

प्रातःकाल दैनिक पूजा-पाठ निबटा कर कमरे में आते ही गोरा ने देखा, परेश बाबू बैठे हैं। उसकी छाती में जैसे बिजली कौंध गई; परेश के साथ किसी सूत्र में उसके जीवन का एक निगूढ़ आत्मीय-भाव जुड़ा है, इसे गोरा शिराओं-स्नायुओं तक माने बिना नहीं रह पाया। गोरा परेश को प्रणाम करके बैठ गया।

परेश ने कहा, "विनय के विवाह की बात तुमने अवश्य ही सुन ली है?"

गोरा ने कहा, "हाँ।"

परेश ने कहा, "वह ब्राह्म-मत के अनुसार विवाह को तैयार नहीं है।"

गोरा ने कहा, "तब तो, उसका यह विवाह करना ही उचित नहीं है।"

परेश तनिक हँसे, यह बात लेकर किसी बहस में नहीं पड़े। वे बोले, "हमारे समाज से इस विवाह में कोई शामिल नहीं होगा; सुन रहा हूँ, विनय के परिवारी जनों में से भी कोई नहीं आएगा। हमारे यहाँ कन्या की ओर से एकमात्र केवल मैं हूँ, विनय की ओर से, लगता है तुम्हें छोड़ और कोई नहीं, इसलिए इस सम्बन्ध में तुमसे परामर्श करने आया हूँ।"

गोरा ने सिर हिला कर कहा, "इस सम्बन्ध में मेरे साथ कैसे परामर्श हो सकता है! मैं तो इसमें हूँ नहीं।"

परेश ने विस्मित होकर क्षण भर को गोरा के चेहरे पर दृष्टि जमा कर कहा, "तुम नहीं हो!"

परेश के इस विस्मय पर गोरा ने पल भर के लिए असमंजस अनुभव किया। असमंजस अनुभव करने के कारण ही दूसरे क्षण दुगनी दृढ़ता के साथ कहा, "मैं इसमें कैसे रहूँगा!"

परेश बाबू ने कहा, "मैं जानता हूँ, तुम उसके मित्र हो; मित्र की आवश्यकता क्या इसी समय सबसे अधिक नहीं है?"

गोरा ने कहा, "मैं उसका मित्र हूँ, किन्तु वही तो संसार में मेरा एकमात्र बन्धन और सबसे बड़ा बन्धन नहीं है।"

परेश बाबू ने पूछा, "गौर, तुम क्या समझते हो, विनय के आचरण में कोई अन्याय, अधर्म प्रकट हो रहा है?"

गोरा ने कहा, "धर्म के दो पक्ष होते हैं। एक नित्य पक्ष, और एक लौकिक पक्ष। धर्म जहाँ समाज के नियम में प्रकट हो रहा है, वहाँ भी उसकी अवहेलना नहीं की जा

सकती, वैसा करने पर संसार राख हो जाएगा।"

परेश बाबू ने कहा, "नियम तो असंख्य हैं, किन्तु क्या निश्चित रूप से मान लेना होगा कि सभी नियमों में धर्म प्रकट हो रहा है!"

परेश बाबू ने गोरा को एक ऐसे स्थान पर घाव दिया, जहाँ उसके मन में स्वयं ही मंथन चल रहा था तथा उस मंथन से उसने एक सिद्धान्त भी प्राप्त किया था, इसलिए अपने अन्तर में संचित बातों के वेग में परेश बाबू के समक्ष भी उसमें कोई कुण्ठा नहीं रही। सार रूप में उसकी बात यही थी कि यदि हम लोग अपने को नियमों के द्वारा समाज के साथ पूरी तरह नहीं बाँधते, तो समाज के भीतर के गंभीरतम उद्देश्य में रुकावट डालते हैं; कारण, वह उद्देश्य निगूढ़ है, उसे स्पष्ट रूप से देखने का सामर्थ्य प्रत्येक में नहीं होता। इसीलिए हममें, विचार न करके भी समाज को मानते चलने की शक्ति होनी चाहिए।

परेश बाबू ने गोरा की सारी बात अन्त तक स्थिर होकर सुनी; जब उसने रुक कर अपनी प्रगल्भता पर किंचित् लज्जा अनुभव की, तो परेश ने कहा, "तुम्हारी पहली बात मैं मानता हूँ; यह बात सत्य है कि प्रत्येक समाज में ही विधाता का एक विशेष अभिप्राय है। ऐसा भी नहीं कि, वह अभिप्राय सभी के सामने सुस्पष्ट होता है। किन्तु उसे ही स्पष्ट रूप से देखने की चेष्टा करना मनुष्य का काम है, पेड-पौधों की भाँति अचेतन-भाव से नियम को मानते चलना उसकी सार्थकता नहीं है।"

गोरा ने कहा, "मेरी बात यह है कि, पहले समाज को सब ओर से संपूर्णतः मान कर चलें, तभी समाज के यथार्थ उद्देश्य के सम्बन्ध में हमारी चेतना निर्मल हो सकती है। उसके साथ विरोध बाँध कर केवल उसे बाधा पहुँचाते हैं, वही नहीं, बल्कि उसे गलत समझते हैं।"

परेश बाबू ने कहा, "विरोध और बाधा के बिना सत्य की परीक्षा हो ही नहीं सकती। सत्य की परीक्षा किसी एक प्राचीन काल में मनीषियों के एक दल के समक्ष एक बार होकर सदा के लिए निर्मूल हो जाती है, ऐसा नहीं है, सत्य को प्रत्येक काल के व्यक्ति के समक्ष बाधाओं के भीतर से, आघातों के भीतर से नवीन रूप में आविष्कृत होना होगा। जो हो, मैं इस सब बात को लेकर बहस नहीं करना चाहता, मैं मनुष्य की व्यक्तिगत स्वाधीनता को मानता हूँ। व्यक्ति की उसी स्वाधीनता के आघात से हम ठीक-से जान सकते हैं कि कौन-सा नित्य सत्य है और कौन-सा नश्वर कल्पना; उसी जानने और जानने की कोशिश पर ही समाज का हित निर्भर करता है।"

इतना कह कर परेश उठ गए, गोरा भी कुर्सी छोड़ कर उठ गया। परेश बोले, "मैंने सोचा था, ब्राह्म-समाज के अनुरोध पर मुझे शायद इस विवाह से थोड़ा हट कर रहना होगा, तुम विनय के मित्र होने से सारा काज अच्छी तरह संपन्न कर दोगे। यहीं स्वजनों की अपेक्षा मित्र को थोड़ी सुविधा है, उसे समाज का आघात

नहीं सहना पड़ता। लेकिन जब तुम भी विनय का परित्याग करना ही कर्तव्य समझ रहे हो, तो सारा भार मुझ पर ही आ पड़ा है, यह काज मुझी को अकेले निभाना होगा।''

अकेला कहने में परेश बाबू कितने अकेले थे, उस समय गोरा यह नहीं जानता था। वरदासुन्दरी उनके विरुद्ध खड़ी थीं, घर की लड़कियाँ भी प्रसन्न नहीं थीं, हरिमोहिनी की आपत्ति की आशंका से परेश ने इस विवाह के सलाह-मशविरे में सुचरिता को बुलाया तक नहीं—उधर ब्राह्म-समाज के सभी उनके विरुद्ध खड्गहस्त होकर खड़े हो गए थे और विनय के चाचा-पक्ष से उन्हें जो एक-दो पत्र मिले थे, उनमें उन्हें कुटिल, कुचक्री, लड़का फँसाने वाला कह कर गालियाँ दी गई थीं।

परेश के बाहर निकलते ही अविनाश और गोरा के दल के एक-दो लोगों ने कमरे में आकर परेश बाबू को लक्ष्य करके हास-परिहास करने का उपक्रम किया। गोरा बोल पड़ा, ''वे श्रद्धा के पात्र हैं, यदि उन्हें श्रद्धा करने की क्षमता न हो, तो कम-से-कम उनका उपहास करने की क्षुद्रता से अपने को बचाओ।''

गोरा को फिर से अपने दल के लोगों के बीच आकर अपने पूर्वभ्यस्त कामों में लग जाना पड़ा। किन्तु बे-स्वाद, समस्त ही बे-स्वाद! यह कुछ भी नहीं! इसे कोई काम ही नहीं कहा जा सकता। इसमें कहीं भी प्राण नहीं हैं! इस तरह केवल पढ़-लिख कर, बातें करके, दल बना कर कोई काम ही नहीं हो रहा है, बल्कि बहुत बेकार-काम इकट्ठा होता जा रहा है, इस बात ने इसके पूर्व कभी इस प्रकार गोरा के मन पर आघात नहीं किया था। नवोपलब्ध शक्ति से विस्फारित उसका जीवन अपने को पूर्ण-भाव में प्रवाहित करने के लिए एक आत्यन्तिक सत्य-पथ चाह रहा है—यह सारा कुछ भी उसे अच्छा नहीं लग रहा है।

इधर प्रायश्चित-भार का आयोजन चल रहा है। इस आयोजन में गोरा ने कुछ विशेष उत्साह का अनुभव किया। यह प्रायश्चित केवल जेलखाने की अशुचिता का प्रायश्चित नहीं है, इस प्रायश्चित के द्वारा सब ओर से संपूर्णतः निर्मल होकर, एक बार फिर जैसे नई देह धारण करके वह अपने कर्म-क्षेत्र में नव-जन्म पाना चाहता है। प्रायश्चित का विधान लेना हो गया है, दिन तय हो गया है, पूर्व और पश्चिम बंगाल के विख्यात अध्यापकों-पण्डितों को निमन्त्रण-पत्र भेजने का कार्य चल रहा है। गोरा के दल में जो धनी थे, उन्होंने धन का संग्रह भी कर लिया है, दल के सभी लोग सोच रहे हैं कि देश में अनेक दिन बाद काज की तरह का एक काज हो रहा है। अविनाश ने गुप्त रूप से अपने सम्प्रदाय के सभी के साथ मन्त्रणा की है, उस दिन सभा में सभी पण्डितों के द्वारा धान्य-दूर्वा, फूल-चन्दन आदि विविध पूजा-सामग्री के साथ गोरा को ''हिन्दूधर्म प्रदीप'' उपाधि प्रदान की जाएगी। इस सम्बन्ध में संस्कृत के कुछ श्लोक लिख कर, उनके नीचे समस्त ब्राह्मण-पण्डितों के हस्ताक्षर करवा कर, स्वर्ण-जल की मसि से छपवा कर, चन्दन की लकड़ी के बक्से में रख कर उसे उपहार में दिया

जाएगा। उसी के साथ मैक्समूलर द्वारा प्रकाशित ऋग्वेद ग्रन्थ का एक खण्ड बहुमूल्य मोरक्को चमड़े की जिल्द में सबसे वरिष्ठ और मान्य अध्यापक के हाथों भारतवर्ष के आशीर्वाद स्वरूप उन्हें प्रदान किया जाएगा–इसमें यह भाव अत्यन्त सुन्दर रूप में प्रकट होगा कि आधुनिक धर्म-भ्रष्टता के दिनों में सनातन वेद विहित धर्म का वास्तविक रक्षक गोरा ही है।

इस तरह, उस दिन के कार्यक्रम को अत्यन्त हृदयग्राही एवं फलप्रद बनाने के लिए, उसके दल के लोगों में प्रतिदिन गोरा से छिप कर मन्त्रणा चलने लगी।

65

हरिमोहिनी को अपने देवर कैलास का एक पत्र मिला। उसने लिखा, 'श्रीचरणाशीर्वाद अत्रस्थ मंगल, अपने कुशल समाचार से हम लोगों की चिन्ता दूर करें।'

कहना अत्युक्ति नहीं कि हरिमोहिनी के उन लोगों का घर छोड़ कर आने के बाद से ही वे इस चिन्ता को ढोते आ रहे थे, तथापि कुशल-समाचार के अभाव को दूर करने के लिए उन्होंने किसी प्रकार की चेष्टा नहीं की। खुदी, पटल, भजहरि आदि सभी के समाचार समाप्त करके, कैलास उपसंहार में लिख रहे हैं–

'आपने जिस कन्या की बात लिखी है, उसके समस्त समाचार अच्छी तरह दीजिए। आपने बताया है, उसकी आयु बारह-तेरह की है, किन्तु आयु के अनुपात में भारी शरीर है, देखने में कुछ बड़ी दिखती है, उसमें कोई विशेष नुकसान नहीं। उसकी जिस सम्पत्ति की बात लिखी है, उस पर उसका जीवन भर के लिए अधिकार है अथवा चिरस्थायी अधिकार, इसे अच्छी तरह पता करके लिखने से बड़े भाइयों को बता कर उनकी राय ले लूँगा। अनुमान है, वे असहमत नहीं होंगे। कन्या की हिन्दू धर्म में निष्ठा है, सुन कर निश्चिन्त हुआ, लेकिन वह इतने दिन ब्राह्म-घर में पली-बढ़ी है, ऐसी कोशिश करनी होगी, जिससे यह बात खुल न जाए–अतएव यह बात और किसी को भी मत बताइए। आगामी पूर्णिमा को चन्द्रग्रहण में गंगा-स्नान का योग है, अगर सुयोग हुआ, तो उसी समय जाकर कन्या को देख आऊँगा।'

अब तक किसी तरह कोलकाता में काट रही थीं, लेकिन ससुराल में लौटने की आशा जैसे ही तनिक अंकुरित हुई, वैसे ही हरिमोहिनी के मन ने और धैर्य धारण करना नहीं चाहा। उन्हें निर्वासन का प्रत्येक दिन असह्य लगने लगा। उनकी इच्छा होने लगी कि अभी ही सुचरिता से कह कर दिन निश्चित करके काज निबटा डालें। फिर भी उनका जल्दी करने का साहस नहीं हुआ। सुचरिता को उन्होंने जितना ही निकट से देखा है, उतना ही समझा है कि वे उसे समझ नहीं पाई हैं।

हरिमोहिनी अवसर की प्रतीक्षा करने लगीं और सुचरिता के प्रति पहले की अपेक्षा

अधिक सावधानी बरतने लगीं। पहले पूजा-पाठ में उनका जितना समय लगता था, अब उसमें कमी आने की तैयारी होने लगी; वे सुचरिता को आँखों से और ओझल करना नहीं चाहतीं।

सुचरिता ने देखा, गोरा का आना हठात् बन्द हो गया। उसने समझ लिया, हरिमोहिनी ने उसे कुछ बोला है। उसने कहा, अच्छा, ठीक है, वे न आएँ, किन्तु वे ही मेरे गुरु हैं, मेरे गुरु!

जो गुरु समक्ष रहते हैं, उनकी अपेक्षा अप्रत्यक्ष गुरु की शक्ति बहुत अधिक होती है। क्योंकि, तब मन गुरु की विद्यमानता का अभाव अपने भीतर से पूर्ण कर लेता है। गोरा के सामने रहने पर जहाँ सुचरिता तर्क करती, अब वहाँ गोरा की रचनाएँ पढ़ कर उसकी बातें प्रतिवाद के बिना ग्रहण कर लेती है। न समझने पर कहती है, वे होते, तो निश्चय ही समझा देते।

किन्तु गोरा की उसी तेजस्वी मूर्ति को देखने एवं उसकी उसी वज्रगर्भी मेघ-गर्जन के समान वाणी को सुनने की क्षुधा क्या किसी भी तरह शान्त होना चाहती है! यह उसका निवृत्तिहीन आन्तरिक औत्सुक्य हमेशा पूरी तरह बना रह कर मानो, उसके शरीर का क्षय करने लगा। सुचरिता रह-रह कर अत्यन्त व्यथापूर्वक सोचती है, कितने लोग अति-अनायास दिन-रात गोरा के दर्शन प्राप्त करते हैं, किन्तु गोरा के दर्शनों का कोई मूल्य वे नहीं जानते।

एक दिन अपराह्न, ललिता आते ही सुचरिता के गले को बाँहों में लपेट कर बोली, ''भाई सुचि दीदी!''

सुचरिता ने कहा, ''क्या है, भाई ललिता!''

ललिता ने कहा, ''सब ठीक हो गया है।''

सुचरिता ने पूछा, ''कबका दिन तय हुआ?''

ललिता ने कहा, ''सोमवार।''

सुचरिता ने प्रश्न किया, ''कहाँ?''

ललिता ने सिर हिला कर कहा, ''वह सब मैं नहीं जानती, पिताजी को पता है।''

सुचरिता ललिता की कटि को बाँहों में लपेटते हुए बोली, ''खुश हो रही है भाई?''

ललिता ने कहा, ''खुश क्यों नहीं होऊँगी!''

सुचरिता ने कहा, ''जो चाहा था, वही मिल गया, अब किसी के साथ झगड़ा करने का कुछ भी नहीं रहा, इसीलिए मन में डर लगता है, कहीं तेरा उत्साह कम न हो जाए!''

ललिता ने हँस कर कहा, ''क्यों, झगड़ा करने को लोगों की कमी क्यों पड़ेगी? अब तो और बाहर नहीं खोजना होगा।''

सुचरिता ने ललिता के कपोल पर तर्जनी से आघात करते हुए कहा, ''ऐसा है! लगता है, अभी से इस सारे मतलब की योजना बनाई जा रही है। मैं विनय को कह दूँगी, अभी भी समय है, बेचारा सावधान हो सकता है।''

ललिता ने कहा, ''तुम्हारे बेचारे के पास और सावधान होने का समय नहीं है, री! उसका और बचाव नहीं। जन्मपत्री में जो विपत्ति-योग था, वह फल गया है, अब माथा पीटना और रोना।''

सुचरिता ने गंभीर होकर कहा, ''मुझे जो कितनी खुशी हो रही है, वह और क्या बताऊँ ललिता! मैं यही प्रार्थना करती हूँ, तू विनय जैसे पति के योग्य बन पाए।''

ललिता ने कहा, ''इश्श! ऐसा ही है! और, लगता है, किसी को मेरे योग्य नहीं बनना पड़ेगा! इस सम्बन्ध में एक बार उन्हीं के साथ बात कर देखो ना! एक बार उनका मत भी सुन लो–तब तुम्हें भी मन में अनुताप होगा कि, इतने बड़े विस्मयकारी व्यक्ति का महत्त्व हमने अब तक तनिक भी नहीं समझा, कैसे अन्धे हो गए थे!''

सुचरिता ने कहा, ''जो हो, इतने दिन में एक जौहरी मिला है। जो दाम देना चाहता है, उसमें और दुख करने लायक कुछ नहीं है, अब हमारे जैसे अनाड़ियों से प्यार माँगने की आवश्यकता ही नहीं पड़ेगी।''

ललिता ने कहा, ''पड़ेगी ही नहीं ना! खूब पड़ेगी।''

कह कर बड़े जोर से सुचरिता के गाल में चिकोटी काट ली, वह ''उहः'' कर उठी।

''तुम्हारा प्यार मुझे हमेशा चाहिए–उसे धोखा देकर और किसी को देने से नहीं चलेगा।''

सुचरिता ने ललिता के कपोल से कपोल सटा कर कहा, ''किसी को नहीं दूँगी, किसी को नहीं दूँगी।''

ललिता ने कहा, ''किसी को नहीं? एकदम किसी को भी नहीं?''

सुचरिता ने केवल सिर हिला दिया। तब ललिता थोड़ा हट कर बैठते हुए बोली, ''देखो भाई सुचि दीदी, तुम्हें तो भाई पता ही है, तुम्हारा और किसी को प्यार करना मैं कभी नहीं सह पाती थी। इतने दिन मैंने तुमसे नहीं कहा, आज कह रही हूँ–जब गौरमोहन बाबू हमारे घर आते थे–ना दीदी, ऐसा करने से नहीं चलेगा, जो मुझे कहना है, आज तो मैं कहूँगी ही–मैंने तुमसे कभी कुछ नहीं छिपाया, लेकिन पता नहीं क्यों, यह बात मैं किसी तरह नहीं बोल पाई, मैंने इससे हमेशा कष्ट पाया। वह बात कहे बिना मैं तुमसे विदा लेकर नहीं जा पाऊँगी। जब गौरमोहन बाबू हमारे घर आते थे, मैं बहुत गुस्सा हो जाती थी–क्यों गुस्सा हो जाती थी? तुम सोचती थीं, मैं कुछ नहीं समझ पाती? मैंने देखा था, तुम मेरे सामने उनका नाम भी नहीं लेती थीं, उससे मुझे मन में और भी गुस्सा आता था। तुम उन्हें मुझसे अधिक प्यार करोगी, यह मुझे असह्य लगता था–ना भाई दीदी, मुझे कहने देना होगा–उस वजह से मुझे कितना

कष्ट हुआ, वह मैं तुम्हें और क्या बताऊँ! मैं जानती हूँ, तुम आज भी मेरे सामने वह बात तनिक भी नहीं करोगी–उसे न कहने पर–मुझे और गुस्सा नहीं–मैं कितनी खुश हो जाऊँगी भाई, यदि तुम्हारा–''

सुचरिता ने जल्दी से ललिता का मुँह हाथ से दबाते हुए कहा, ''ललिता, तेरे पैर पड़ती हूँ भाई, वह बात मुँह पर मत ला! वह बात सुन कर मेरा धरती में समा जाने का मन करता है।''

ललिता ने कहा, ''क्यों भाई, वे क्या–''

सुचरिता व्याकुल होकर बोल पड़ी, ''ना ना ना! पागल के समान बात मत कर ललिता! जो बात सोची नहीं जा सकती, उसे मुँह पर नहीं लाते।''

ललिता ने सुचरिता के इस संकोच से असन्तुष्ट होकर कहा, ''यह किन्तु, भाई, तुम्हारी ज्यादती है। मैंने खूब लक्ष्य करके देखा है और मैं तुमसे निश्चयपूर्वक कह सकती हूँ–''

सुचरिता ललिता से हाथ छुड़ा कर कमरे से बाहर चली गई। ललिता उसके पीछे-पीछे दौड़ कर उसे पकड़ लाकर बोली, ''अच्छा, अच्छा, मैं और नहीं कहूँगी।''

सुचरिता ने कहा, ''कभी नहीं!''

ललिता ने कहा, ''इतनी भारी प्रतिज्ञा नहीं कर पाऊँगी। अगर मेरा दिन आया, तो कहूँगी, नहीं, तो नहीं, इतना ही वचन देती हूँ।''

इन कुछ दिनों से हरिमोहिनी सुचरिता पर नजर रख रही थीं और उसके आस-पास घूम रही थीं, सुचरिता इसे समझ गई थी तथा हरिमोहिनी की इस संदेहपूर्ण सतर्कता ने उसके मन को एक बोझ के समान दबा लिया था। वह इससे भीतर-भीतर छटपटा रही थी, परन्तु कुछ कह नहीं पा रही थी। आज ललिता के चले जाने पर सुचरिता अत्यन्त दुखी मन लिए टेबिल पर दोनों हाथों के बीच सिर रखे रो रही थी। नौकर कमरे में रौशनी करने आया था, उसे मना कर दिया। तब हरिमोहिनी का संध्याकालीन पूजा-पाठ का समय था। वे उपर से ललिता को चले जाते देख असमय नीचे उतर आईं और सुचरिता के कमरे में आकर पुकारा, ''राधारानी!''

सुचरिता छिपा कर आँखें पोंछ कर जल्दी से उठ खड़ी हुई।

हरिमोहिनी ने कहा, ''क्या हो रहा है?''

सुचरिता ने इसका कोई उत्तर नहीं दिया। हरिमोहिनी ने कठोर स्वर में कहा, ''यह सब क्या हो रहा है, मैं तो कुछ समझ नहीं पा रही हूँ।''

सुचरिता ने कहा, ''मौसी, तुम इस तरह दिन-रात मुझ पर क्यों नजर रखे हुए हो?''

हरिमोहिनी ने कहा, ''क्यों रखे हुए हूँ, वह क्या समझ नहीं पातीं? यही जो खाना-पीना नहीं, रोना-धोना चल रहा है, ये सब किसके लक्षण हैं? मैं बच्ची तो नहीं

हूँ, मैं क्या इतना भी नहीं समझ सकती?"

सुचरिता ने कहा, "मौसी, मैं तुम्हें बता रही हूँ, तुम कुछ भी नहीं समझतीं। तुम इतना भयानक, अन्यायपूर्ण और गलत समझती हो कि वह मेरे लिए पल-पल असहनीय होता जा रहा है।"

हरिमोहिनी ने कहा, "ठीक ही तो, अगर गलत समझती हूँ, तो तुम अच्छी तरह समझा कर बताओ-ना।"

सुचरिता ने दृढ़ता और शक्ति के साथ सारा संकोच एक ओर फेंक कर कहा, "अच्छा, तो बताती हूँ। मैंने अपने गुरु से एक ऐसी बात पाई है, जो मेरे लिए नवीन है, उसे संपूर्णतः ग्रहण करने के लिए बहुत शक्ति आवश्यक है, मैं उसी का अभाव अनुभव कर रही हूँ—आपके साथ केवल झगड़ा करके पार नहीं पा रही हूँ। किन्तु मौसी, तुमने हमारे सम्बन्धों को विकृत करके देखा है, तुमने उन्हें अपमानित करके निकाल दिया है, तुमने उन्हें जो कहा है, सारा गलत है, तुम मुझे जो समझ रही हो, सब मिथ्या है—तुम अन्याय कर रही हो। तुम्हारा इतना सामर्थ्य नहीं कि उन जैसे व्यक्ति को नीचा दिखा पाओ, किन्तु तुमने मेरे ऊपर इतना अत्याचार क्यों किया, मैंने तुम्हारा क्या बिगाड़ा है?"

बोलते-बोलते सुचरिता का गला रुँध आया, वह दूसरे कमरे में चली गई।

हरिमोहिनी हत्‌बुद्धि हो गईं। उन्होंने मन-ही-मन कहा, "बाप रे, ऐसी सब बातें मैंने सात जन्मों में भी नहीं सुनीं।"

सुचरिता को शान्त होने के लिए थोड़ा समय देकर कुछ देर बाद उसे भोजन के लिए बुला ले गईं। उसके खाने बैठने पर उससे बोलीं, "देखो राधारानी, मेरी उम्र तो बहुत कम नहीं हुई। हिन्दू धर्म में जो कहा गया है, उसे बचपन से निभाती आ रही हूँ, और सुना भी बहुत है। तुम यह सब कुछ नहीं जानतीं, इसी से गौरमोहन तुम्हारा गुरु बन कर तुम्हें केवल बहका रहा है। मैंने तो उसकी बातें कुछ-कुछ सुनी हैं—उसमें यथार्थ बात कुछ नहीं है, वह शास्त्र उसका अपना गढ़ा हुआ है, यह सब हम लोगों की पकड़ में आ जाता है, हमने गुरु से उपदेश ग्रहण किया है। मैं तुमसे कह रही हूँ राधारानी, तुम्हें यह सब कुछ भी नहीं करना पड़ेगा, जब समय आएगा, मेरे जो गुरु हैं—वे तो ऐसे धोखेबाज नहीं हैं—वे ही तुम्हें मन्त्र देंगे। तुम्हें कोई डर नहीं, मैं तुम्हें हिन्दू-समाज में शामिल करा दूँगी। ब्राह्म घर में थीं या नहीं थीं, कौन यह जानेगा! ठीक है, तुम्हारी आयु कुछ अधिक हो गई है, पर ऐसी बढ़ती उम्र की ढेरों लड़कियाँ हैं। या कौन तुम्हारी जन्मपत्री देख रहा है! और जब पैसा है, तो किसी भी तरह कोई मुश्किल नहीं होगी, सब हो जाएगा। केवट का लड़का कायस्थ मान लिया गया, यह तो मैंने अपनी आँखों से देखा है। मैं हिन्दू-समाज के ऐसे सद्‌ब्राह्मण के घर तुम्हें पहुँचा दूँगी, कि किसी की कोई बात कहने की सामर्थ्य नहीं रहेगी—वे ही तो समाज के मुखिया हैं। इसलिए तुम्हें गुरु की इतनी साध्य-साधना, इतना रोना-धोना करके मरना

नहीं पड़ेगा।''

हरिमोहिनी जब ये सारी बातें विस्तारपूर्वक बढ़ा-चढ़ा कर कह रही थीं, तब सुचरिता की भोजन की रुचि चली गई थी, उसके गले से ग्रास जैसे निगला नहीं जा रहा था। लेकिन उसने चुपचाप बहुत जबर्दस्ती करके खाया; कारण, वह जानती थी कि उसके कम खाने को लेकर ही ऐसी आलोचना की सृष्टि होगी, जो उसके लिए तनिक भी उपादेय नहीं रहेगी।

हरिमोहिनी को जब सुचरिता की ओर से कोई विशेष प्रतिक्रिया नहीं मिली, तो उन्होंने मन-ही-मन कहा, 'दंडवत् करती हूँ, इन लोगों को दंडवत् करती हूँ।' इधर हिन्दू-हिन्दू करके रो-धोकर बेहाल है, उधर इतने बड़े सुयोग की बात पर कान नहीं दे रही। प्रायश्चित भी नहीं करना पड़ेगा, कोई स्पष्टीकरण भी नहीं देना होगा, केवल इधर-उधर थोड़ा-मोड़ा कुछ पैसा खर्च करके अनायास ही समाज में सम्मिलित हो जाएगी–इसमें भी जिसे उत्साह नहीं, वह अपने को कहती है, कि हिन्दू हूँ! गोरा कितना बड़ा धोखा है, हरिमोहिनी को यह समझना शेष नहीं रहा। परन्तु इतनी बड़ी वंचना का उद्देश्य क्या हो सकता है, उसके विषय में सोच कर सुचरिता की धन-सम्पत्ति ही इस समस्त अनर्थ के मूल में उनके मन में आई, एवं सुचरिता का रूप-यौवन। जितनी जल्दी कम्पनी के कागज आदि के साथ कन्या का उद्धार करके अपनी ससुराल के दुर्ग में बन्द कर पाएँ, उतना ही मंगल है। किन्तु मन और थोड़ा नरम हुए बिना नहीं चलेगा। वे उसी के नरम होने की प्रत्याशा में सुचरिता के सामने दिन-रात अपनी ससुराल का बखान करने लगीं। उन लोगों की कितनी असाधारण शक्ति है, समाज में वे किस प्रकार असाध्य को साध्य कर सकते हैं, नाना दृष्टान्तों के साथ उसका वर्णन करने लगीं। उनके विरुद्ध जाकर कितने निष्कलंक लोगों ने समाज में अपमान भोगा एवं उन लोगों का शरणापन्न होकर कितने लोग मुसलमान के हाथ की पकाई मुर्गी खाकर भी हिन्दू-समाज का अति दुर्गम पथ चेहरे पर हँसी लिए पार हो गए, उन्होंने उन सब घटनाओं को नाम-धाम के विवरण द्वारा विश्वास योग्य बना डाला।

वरदासुन्दरी की यह इच्छा छिपी हुई नहीं थी कि सुचरिता उनके घर आना-जाना न करे; कारण, अपने स्पष्ट व्यवहार के सम्बन्ध में उन्हें एक अभिमान था। दूसरों के साथ निस्संकोच कठोर आचरण करते समय वे अपने इस गुण की प्रायः घोषणा करती थीं। अतएव वरदासुन्दरी के घर में सुचरिता किसी प्रकार सम्मान की प्रत्याशा नहीं कर सकती, यह उनके द्वारा सहज-बोध्य भाषा में प्रकट हो गया। सुचरिता यह भी जानती थी कि उनके घर आवाजाही करने से परेश को घर में बहुत अशान्ति भोगनी पड़ेगी। इस कारण वह एकदम आवश्यक न होने पर उस घर में नहीं जाती थी और उसी के चलते परेश स्वयं प्रतिदिन एक-दो बार सुचरिता के घर आकर उससे मिल जाते थे।

परेश बाबू नाना चिन्ताओं और काम की जल्दी में कई दिन से सुचरिता के यहाँ नहीं आ पाए। इन्हीं कई दिन सुचरिता रोजाना व्यग्रतापूर्वक परेश के आने की आशा भी करती रही, तथापि उसके मन में एक संकोच तथा कष्ट भी होता रहा। वह निश्चयपूर्वक जानती है, परेश के साथ उसका गहनतर मांगलिक-सम्बन्ध कभी भी छिन्न नहीं हो सकता, किन्तु बाहर के एक-दो बड़े-बड़े सूत्रों में जो खिंचाव आ गया है, उसकी वेदना भी उसे चैन नहीं लेने दे रही है। इधर हरिमोहिनी ने उसके जीवन को दिन-रात असह्य बना रखा है। इस कारण आज सुचरिता वरदासुन्दरी की अप्रसन्नता को स्वीकार करके भी परेश के घर आ पहुँची। अपराह्न ढले के सूरज ने पड़ोस के पश्चिमी तिमंजिले की आड़ में जाकर सुदीर्घ छाया फैला दी थी; और उसी छाया में परेश सिर झुकाए अकेले अपने बगीचे के मार्ग में धीरे-धीरे चहलकदमी कर रहे थे।

सुचरिता उनके निकट आकर साथ हो गई, बोली, "पिताजी, आप कैसे हैं?"

परेश बाबू ने हठात् अपनी चिन्तना में बाधा पाकर कुछ देर निश्चल खड़े हो राधारानी के चेहरे की ओर देखा और कहा, "अच्छा हूँ राधे!"

दोनों जने घूमने लगे। परेश बाबू ने कहा, "सोमवार को ललिता का विवाह है।"

सुचरिता सोच रही थी, वह पूछेगी कि इस विवाह में किसी परामर्श अथवा सहायता के लिए उसे क्यों नहीं बुलाया गया! लेकिन कुण्ठित हो गई थी, क्योंकि उसकी ओर भी इस बार एक स्थान पर कोई एक बाधा आ पड़ी थी। पहले होने पर तो वह बुलावे की अपेक्षा भी नहीं रखती।

सुचरिता के मन में यह जो एक सोच चल रहा था, ठीक वही बात परेश ने अपने आप उठाई; बोले, "तुम्हें इस बार बुला नहीं पाया राधे!"

सुचरिता ने पूछा, "क्यों पिताजी?"

सुचरिता के इस प्रश्न का कोई उत्तर न देकर परेश उसके चेहरे का निरीक्षण करते रहे। सुचरिता और नहीं रह पाई। वह चेहरा थोड़ा झुका कर बोली, "आपने सोचा था, मेरे मन में बदलाव आ गया है!"

परेश ने कहा, "हाँ, वही सोचा था, मैं किसी तरह का अनुरोध करके तुम्हें संकोच में नहीं डालूँगा।"

सुचरिता ने कहा, "पिताजी, मैंने मन में सोचा था, आपसे सारी बातें बताऊँगी, लेकिन आपसे मिल ही नहीं पाई। मैं आज उसी कारण आई हूँ। मैं आपसे बहुत अच्छी तरह से अपने मन के भाव कह पाऊँ, ऐसी मेरी क्षमता नहीं है। मुझे डर लगता है, कहीं आपके सामने ठीक-ठीक बोल न सकूँ!"

परेश ने कहा, "मैं जानता हूँ, ये सब बातें स्पष्ट रूप में बोलना सहज नहीं होता। तुमने अपने मन में एक तत्व केवल भाव में पाया है, उसे अनुभव किया है, लेकिन

उसके आकार-प्रकार से तुम परिचित नहीं हुई हो।''

सुचरिता को चैन मिला, बोली, ''हाँ, ठीक वही। पर, मेरा अनुभव ऐसा शक्तिशाली है कि आपसे मैं क्या बताऊँ! मैंने जैसे ठीक एक नया जीवन पाया है, वह नवीन चेतना है। मैंने ऐसी दिशा से ऐसे ढंग से अपने को कभी नहीं देखा। अब तक मेरे साथ मेरे देश के अतीत और भविष्य का कोई सम्बन्ध ही नहीं था; किन्तु वही प्रचण्ड-विशाल सम्बन्ध कितना महान सत्य-तत्व है, आज अपने हृदय में उसी की उपलब्धि ऐसे आश्चर्यजनक रूप में हुई है कि उसे किसी भी तरह भूल नहीं पा रही हूँ। देखिए पिताजी, मैं आपसे सच कहती हूँ, 'मैं हिन्दू हूँ' यह बात पहले किसी भी रूप में मेरे मुँह से बाहर नहीं निकल पाती। लेकिन अब मेरा मन बिन संकोच के बहुत बलपूर्वक कह रहा है, मैं हिन्दू हूँ। मैं इसमें एक बड़ा भारी आनन्द अनुभव कर रही हूँ।''

परेश बाबू ने कहा, ''क्या इस बात का अंग-प्रत्यंग, अंश-प्रत्यंश, सभी सोच कर देख लिया है?''

सुचरिता ने कहा, ''सब सोच कर देखने की शक्ति क्या मेरी अपनी है? लेकिन इस विषय पर मैंने पढ़ा बहुत है, बहुत विचार-विमर्श भी किया है। इस तत्व को जब मैंने इतने बड़े रूप में देखना नहीं सीखा था, तब हिन्दू कह कर जो समझा जाता है, केवल उसी की समस्त छोटी-मोटी महत्त्वहीन बातों को ही बड़ा बना कर देखती थी–उसमें संपूर्ण के प्रति ही मेरे मन में एक भारी घृणा अनुभव होती थी।''

परेश बाबू ने उसकी बात सुन कर विस्मय अनुभव किया, वे स्पष्ट समझ गए कि सुचरिता के मन में एक अनुभव का संचार हुआ है, वह कोई एक सत्य-तत्व उपलब्ध करने के कारण ही संशयमुक्त अनुभव कर रही है–ऐसा नहीं कि वह पागल की भाँति कुछ न समझ कर केवल एक धुँधले बहाव में बही जा रही है।

सुचरिता ने कहा, ''पिताजी, मैं ऐसी बात क्यों कहूँगी कि, मैं अपने देश से, अपनी जाति से अलग एक क्षुद्र मनुष्य हूँ? मैं क्यों नहीं कह सकूँगी कि मैं हिन्दू हूँ?''

परेश ने हँस कर कहा, ''अर्थात्, बेटी, तुम मुझसे पूछ रही हो कि मैं अपने को हिन्दू क्यों नहीं कहता? सोचने पर, ऐसा नहीं कि उसका कोई बड़ा गुरुतर कारण है। एक कारण है, हिन्दू लोग मुझे हिन्दू के रूप में स्वीकार नहीं करते। और एक कारण, जिनके साथ मेरा धर्म-मत मेल खाता है, वे अपना परिचय हिन्दू के रूप में नहीं देते।''

सुचरिता चुप होकर सोचने लगी। परेश बोले, ''मैंने तो तुम्हें कहा ही है कि ये सब गुरुतर कारण नहीं हैं, ये सब बाह्य कारण मात्र हैं। इन बाधाओं को न मानने पर भी चलता है। लेकिन भीतर एक गहरा कारण है। हिन्दू-समाज में प्रवेश का कोई मार्ग नहीं है। कम-से-कम मुख्य रास्ता नहीं है, पिछवाडे का दरवाजा हो भी सकता है। यह समाज, सभी लोगों का समाज नहीं है–दैववश, जो हिन्दू होकर जन्मेंगे, यह समाज

केवल उनका है।"

सुचरिता ने कहा, "सभी समाज तो ऐसे हैं।"

परेश ने कहा, "ना, कोई भी महान समाज ऐसा नहीं है। मुसलमान समाज का सिंह-द्वार सभी मनुष्यों के लिए खुला है, ख्रिस्तान समाज भी सभी का आह्वान कर रहा है। जो समाज ख्रिस्तान-समाज के अंग हैं, उन सबमें भी यही विधान है। मैं अगर अंगरेज होना चाहूँ, तो वह बिल्कुल असंभव नहीं है; इंग्लैण्ड में रहते हुए मैं नियम-पालन करके अंगरेज-समाज में खप सकता हूँ, यहाँ तक कि मुझे उसके लिए ख्रिस्तान होना भी आवश्यक नहीं है। अभिमन्यु व्यूह में प्रवेश करना जानता था, निकलना नहीं जानता था; हिन्दू इसके ठीक उलट है। उसके समाज में प्रवेश का मार्ग एकदम बन्द है, निकलने के मार्ग सैकड़ों-हजारों हैं।

सुचरिता ने कहा, "तब भी तो, पिताजी, अब तक भी हिन्दू का क्षय नहीं हुआ, वह तो टिका हुआ है।"

परेश ने कहा, "समाज का क्षय समझने में समय लगता है। इसके पहले हिन्दू-समाज के खिड़की-दरवाजे खुले थे। तब इस देश की अनार्य-जातियाँ हिन्दू-समाज में प्रवेश करके गौरव का अनुभव करती थीं। इधर मुसलमानों के शासन में देश में प्रायः सभी जगह हिन्दू राजाओं और जमींदारों का पर्याप्त प्रभाव था, इसी कारण सहजतापूर्वक किसी के समाज से निकल जाने के विरुद्ध अनुशासन और बन्धनों की सीमा नहीं थी। आजकल अंगरेज-शासन में कानून के द्वारा सभी की रक्षा हो रही है, उस प्रकार के कृत्रिम उपायों से समाज के द्वार की रखवाली करने का साधन अब और वैसा नहीं है। उसी कारण कुछ समय से केवल यही दिखाई दे रहा है कि भारतवर्ष में हिन्दू कम हो रहे हैं और मुसलमान बढ़ रहे हैं। इस तरह चला, तो यह देश धीरे-धीरे मुसलमान-प्रधान हो जाएगा, तब इसे हिन्दुस्तान कहना ही अनुचित हो जाएगा।"

सुचरिता व्यथित होकर बोली, "पिताजी, क्या इस सबका निवारण करना ही हम सबके लिए उचित नहीं होगा? क्या हम भी हिन्दू का परित्याग करके उसका क्षरण बढ़ाएँ? अभी ही तो उसे प्राण-पण से बलपूर्वक जकड़े रहने का समय है।"

परेश बाबू ने स्नेहपूर्वक सुचरिता की पीठ पर हाथ फिराते हुए कहा, "हम क्या केवल चाहने से ही किसी को जकड़े रख कर बचा सकते हैं? रक्षा पाने का एक जागतिक नियम है—जो उस स्वाभाविक नियम का परित्याग करता है, सभी उसका स्वभावतः परित्याग कर देते हैं। हिन्दू-समाज मनुष्य का अपमान करता है, वर्जन करता है, इसी कारण उसके लिए वर्तमान समय में आत्म-रक्षा करना प्रतिदिन कठिन हो उठा है। क्योंकि अब तो वह और आड़ में बैठा नहीं रह सकेगा—अब संसार में चारों ओर के रास्ते खुल गए हैं, लोग चारों ओर से उस पर चढ़े आ रहे हैं, अब शास्त्र-संहिता से बाँध बना कर, दीवार खड़ी करके वह अपने को सभी के संपर्क से

किसी तरह अलग नहीं रख सकता। यदि अब भी हिन्दू समाज अपने में संग्रह करने की शक्ति नहीं जगाता, क्षय-रोग को ही बढ़ावा देता है, तो बाहर के लोगों का यह अबाध संपर्क उसके समक्ष एक सांघातिक आघात बन कर खड़ा हो जाएगा।''

सुचरिता ने वेदना के साथ कहा, ''मैं यह सब कुछ नहीं समझती, लेकिन यदि यही सच है कि आज सभी इसे छोड़ने को बैठे हैं, तो ऐसे समय मैं तो इसे नहीं छोड़ बैठूँगी। हम इसकी दुर्दिन की सन्तान हैं, तो हमें आज इसके सिरहाने खड़े रहना होगा।''

परेश बाबू ने कहा, ''बेटी, तुम्हारे मन में जो भाव जाग उठा है, मैं उसके विरुद्ध कोई बात नहीं उठाऊँगा। तुम उपासना करके, मन स्थिर करके, तुममें जो सत्य है, जो श्रेय का आदर्श है, उसी के साथ मिल कर सारी बात विचार कर देखो–धीरे-धीरे तुम्हारे सामने सब स्पष्ट हो जाएगा। जो सबकी अपेक्षा बड़े हैं, उन्हें देश के सामने अथवा किसी मनुष्य के सामने छोटा मत करो–उसमें तुम्हारा भी मंगल नहीं है, देश का भी नहीं। मैं यही सोच कर एकान्त-चित्त से उन्हीं के समक्ष आत्म-समर्पण करना चाहता हूँ; वैसा होने पर देश के एवं प्रत्येक मनुष्य के सम्बन्ध में ही मैं सहज में ही सत्य हो सकूँगा।''

इसी समय एक आदमी ने परेश बाबू के हाथ में एक चिट्ठी लाकर दी। परेश बाबू ने कहा, ''चश्मा नहीं है, प्रकाश भी कम हो गया है–जरा चिट्ठी पढ़ कर देखो।''

सुचरिता ने उन्हें चिट्ठी पढ़ कर सुनाई। ब्राह्म-समाज की एक कमिटि से उनके पास पत्र आया है, नीचे अनेक ब्राह्मों के हस्ताक्षर हैं। पत्र का सार यह है कि, परेश ने अब्राह्म-मत में अपनी कन्या के विवाह की सहमति दी है और उस विवाह में स्वयं भी शामिल होने को तैयार हो गए हैं। इस दशा में ब्राह्म-समाज किसी भी तरह उन्हें सदस्य-वर्ग में नहीं रख सकता। यदि उन्हें अपने पक्ष में कुछ कहना हो, तो उस सम्बन्ध में आगामी रविवार के पहले कमिटि के पास उनका पत्र पहुँच जाना चाहिए–उसी दिन विचार-विमर्श करके बहुमत से अन्तिम निर्णय होगा।

परेश ने चिट्ठी लेकर पॉकेट में रख ली। सुचरिता अपने कोमल हाथ में उनका दायाँ हाथ लेकर चुपचाप उनके साथ-साथ घूमने लगी। धीरे-धीरे संध्या का अन्धकार घनीभूत हो आया, बगीचे के दक्खिन की ओर गली में रास्ते की एक बत्ती जल गई। सुचरिता ने कोमल स्वर में कहा, ''पिताजी, आपकी उपासना का समय हो गया है, आज मैं आपके साथ उपासना करूँगी।'' यह कह कर सुचरिता हाथ पकड़ कर उन्हें उनकी उपासना के एकान्त कमरे में ले गई–वहाँ यथा-विधि आसन बिछा था और एक मोमबत्ती जल रही थी। परेश ने आज बहुत देर तक नीरव उपासना की। अन्त में वे एक छोटी प्रार्थना करके उठ आए। बाहर आते ही देखा, उपासना-घर के द्वार के सामने ललिता और विनय चुप बैठे हैं। उन्हें देखते ही दोनों जनों ने प्रणाम करके उनकी चरण-धूलि ली। उन्होंने उन लोगों के सिर पर हाथ रख कर मन-ही-मन

आशीर्वाद दिया। सुचरिता से कहा, ''बेटी, मैं कल तुम्हारे घर आऊँगा, आज अपना काम निबटा आऊँ।''

बोल कर अपने कमरे में चले गए।

उस समय सुचरिता की आँखों से आँसू बह रहे थे। वह निस्तब्ध प्रतिमा के समान चुपचाप बरामदे में अँधेरे में खड़े रही। ललिता और विनय भी बहुत देर तक कुछ नहीं बोले।

जब सुचरिता चली जाने को हुई, तब विनय ने उसके सामने आकर कोमल-स्वर में कहा, ''दीदी, तुम हम लोगों को आशीर्वाद नहीं दोगी?''

यह कह कर ललिता के साथ सुचरिता को प्रणाम किया; सुचरिता ने अश्रु-रुद्ध कंठ से जो कहा, वह उसके अन्तर्यामी ही सुन पाए।

परेश बाबू ने अपने कमरे में आकर ब्राह्म-समाज कमिटि को पत्र लिखा; उसमें लिखा–

> 'ललिता का विवाह मुझे ही सम्पन्न करना होगा। इसके लिए यदि मेरा त्याग करें, तो वह आप लोगों का अन्यायपूर्ण निर्णय नहीं होगा। इस समय ईश्वर से मेरी एकमात्र यही प्रार्थना है कि वे मुझे समस्त समाजों के आश्रय से बाहर निकाल कर अपने ही चरण-प्रान्त में स्थान प्रदान करें।'

66

सुचरिता ने परेश से जो थोड़ी-सी बातें सुनी थीं, उन्हें गोरा से बताने के लिए उसका मन अत्यन्त व्याकुल हो उठा। गोरा ने जिस भारतवर्ष की ओर उसकी दृष्टि का विस्तार किया और चित्त को प्रबल प्रेम से आकृष्ट किया, इतने दिन बाद वही भारतवर्ष काल के हाथों में पड़ गया है, वही भारतवर्ष क्षय के मुख में चला जा रहा है, क्या गोरा इस विषय में नहीं सोचते? भारतवर्ष ने इतने दिन अपनी आभ्यन्तरिक व्यवस्था के बल पर अपने को बचाए रखा; उसके लिए भारतवासियों को सतर्क होने की चेष्टा नहीं करनी पड़ी। क्या उस प्रकार निश्चिन्त होकर बचने का और समय है? आज क्या पहले की भाँति पुरातन व्यवस्था का सहारा लेकर घर में बैठे रह सकते हैं?

सुचरिता सोचने लगी, 'इसमें मेरा भी तो एक कार्य है—वह क्या कार्य है?' इस समय गोरा के लिए उचित था, उसके सामने आकर उसे आदेश देना, उसका मार्ग-दर्शन करना। सुचरिता ने मन-ही-मन कहा, 'यदि वे मेरी सारी बाधाओं और अज्ञान से मेरा उद्धार करके मुझे सही स्थान पर खड़ा कर पाते, तो क्या समस्त क्षुद्र लोक-लज्जा और निन्दा-अपवाद को पीछे छोड़ कर उसका मूल्य नहीं उभर आता?

सुचरिता का मन आत्म-गौरव से भर कर खड़ा हो गया। वह बोली—गोरा ने उसकी परीक्षा क्यों नहीं की, क्यों उसे असाध्य को साध्य बनाने को नहीं बोले—गोरा के दल के सभी पुरुषों में ऐसा कौन व्यक्ति है, जो सुचरिता की भाँति अनायास, अपना जो कुछ है, सब उत्सर्ग कर सके? ऐसे आत्म-त्याग की आकांक्षा और शक्ति की कोई आवश्यकता गोरा ने नहीं देखी? इसे लोक-लाज की बाड से घिरी कर्महीनता के बीच फेंक देने में देश की थोड़ी-सी भी क्षति नहीं है? सुचरिता ने इस अवज्ञा को पूरी तरह अस्वीकार करके दूर हटा दिया। उसने कहा, 'मुझे इस प्रकार त्याग देंगे, यह कभी नहीं हो सकता। उन्हें मेरे पास आना ही होगा, उन्हें मुझको खोजना ही होगा, उन्हें सारे लज्जा-संकोच का परित्याग करना ही होगा—वे चाहे जितने बड़े शक्तिमान पुरुष हों, पर मेरी उन्हें आवश्यकता है, यह बात उन्होंने एक दिन अपने मुँह से मुझसे कही थी। आज अति तुच्छ बकवाद में यह बात कैसे भूल गए!'

सतीश ने दौड़ते हुए आकर सुचरिता की गोद के निकट खड़े होकर कहा, ''दीदी!''

सुचरिता उसे गले से लपेटते हुए बोली, ''क्या है, भाई बख्तियार!''

सतीश ने कहा, ''सोमवार को ललिता दीदी का विवाह है—इन कई दिनों, मैं विनय बाबू के घर जाकर रहूँगा। उन्होंने मुझे बुलाया है।''

सुचरिता ने कहा, ''मौसी को बताया है?''

सतीश बोला, ''मौसी से बताया था, वे गुस्सा होकर बोलीं, मैं वह सब कुछ नहीं जानती, अपनी दीदी से कहो, वे जो अच्छा समझेंगी, वही होगा। दीदी, तुम मना मत करना। वहाँ मेरी पढ़ाई-लिखाई का कोई हर्जा नहीं होगा, मैं रोज पढ़ूँगा, विनय बाबू मेरी पढ़ाई करा देंगे।''

सुचरिता ने कहा, ''काज-कर्म के घर में जाकर तू सबको परेशान कर देगा।''

सतीश ने व्यग्र होकर कहा, ''ना दीदी, मैं कोई परेशान नहीं करूँगा।''

सुचरिता ने कहा, ''अपने कुत्ते, खुदे को वहाँ ले जाएगा क्या?''

सतीश ने कहा, ''हाँ, उसे लेकर जाना होगा, विनय बाबू ने विशेष रूप से कह दिया है। उसके नाम लाल कागज पर छपा एक निमन्त्रण-पत्र अलग से आया है—उसमें लिखा है, उसे सपरिवार जाकर जलपान करके आना होगा।''

सुचरिता ने कहा, ''परिजन कौन?''

सतीश ने जल्दी से कहा, ''क्यों, विनय बाबू ने कहा है, मैं। दीदी, उन्होंने हमारे उस ऑर्गन को भी लाने को कहा है, मुझे दे देना—मैं तोडूँगा नहीं।''

सुचरिता ने कहा, ''तोड दे, तो मुझे चैन मिले। तो इतनी देर में समझ में आ गया—लगता है, अपने विवाह में ऑर्गन बजाने को ही तेरे मित्र ने तुझे बुलाया है? शायद शहनाई वालों को एकदम धोखा देने का षड्यन्त्र है?''

सतीश बहुत उत्तेजित होकर बोला, ''नहीं, कभी नहीं। विनय बाबू ने कहा है,

मुझे अपना मितवर[1] बनाएँगे। मितवर को क्या करना पड़ता है दीदी?''

सुचरिता ने कहा, ''सारा दिन उपवास करके रहना पड़ता है।''

सतीश ने इस बात पर पूरी तरह अविश्वास किया। इसके बाद सुचरिता ने सतीश को कस कर गोद में खींचते हुए कहा–''अच्छा, भाई बखतियार, बता तो, तू बड़ा होकर क्या बनेगा!''

इसका उत्तर सतीश के मन में तैयार था। उसके कक्षा-अध्यापक ही उसके लिए अप्रतिहत-क्षमता और असाधारण पाण्डित्य के आदर्श-पात्र थे–उसने पहले से ही मन-ही-मन तय करके रख लिया था कि वह बड़ा होकर मास्टर मोशाय बनेगा।

सुचरिता ने उससे कहा, ''बड़ा काम करने को है भाई। अपना, दोनों भाई-बहन का काम हम दोनों जने मिल कर करेंगे। क्या कहता है सतीश? अपने देश को प्राण देकर महान बनाना होगा। महान बनाना क्या? हमारे देश के समान महान और कौन है! अपने प्राणों को ही महान बनाना होगा। जानता है? समझ पाया?''

नहीं समझ पाया, सतीश यह बात सहजता से स्वीकार करने वाला पात्र नहीं है। वह जोर के साथ बोला, ''हाँ।''

सुचरिता ने कहा, ''हमारा जो देश है, हमारी जो जाति है, वह कितनी महान है, यह जानता है! यह मैं तुझे समझाऊँ कैसे! यह एक आश्चर्यजनक देश है। इस देश को पृथिवी के सर्वोच्च शिखर पर बैठाने के लिए कितने हजार-हजार वर्षों से विधाता का आयोजन हुआ है, देश-विदेश से कितने लोगों ने आकर इस आयोजन में योग किया है, इस देश में कितने महापुरुष जन्मे हैं, कितने महा-युद्ध हुए हैं, कितनी महा-वाणियाँ यहाँ से उद्‌घोषित हुई हैं, कितनी महा-तपस्याएँ यहाँ संपन्न की गई हैं, धर्म को इस देश ने कितनी दिशाओं से देखा है और जीवन की समस्याओं की कितने प्रकार की मीमांसा इस देश में हुई हैं! वही हमारा यह भारतवर्ष है! इसे बहुत महान के रूप में जान भाई–किसी दिन भूल से भी इसकी अवज्ञा मत करना। मैं आज जो कह रही हूँ, एक दिन तुझे वह बात समझनी ही होगी–आज भी तू कुछ नहीं समझता, मैं नहीं मानती। यह बात तुझे याद रखनी होगी कि तू एक अति महान देश में जन्मा है, संपूर्ण हृदय से इस महान देश की भक्ति करेगा, और संपूर्ण जीवन देकर इस महान देश का काम करेगा।''

सतीश ने थोड़ा चुप रह कर कहा, ''दीदी, तुम क्या करोगी?''

सुचरिता ने कहा, ''मैं भी यही काम करूँगी। तू मेरी सहायता तो करेगा?''

सतीश ने तत्काल गर्व से कहा, ''हाँ, करूँगा।''

सुचरिता के हृदय को पूरी तरह भर कर जो बात घनीभूत हो गई थी, उसे

1. मितवर : वह बालक, जो विवाह के अवसर पर वर के समान सज-धज कर उसके साथ रहता है। उत्तर-भारत में यह घुडचढ़ी और बारात की चढ़त में वर के साथ-साथ घोड़े पर या बग्घी में बैठता है। मितवर बनने का अधिकार प्रायः वर के भानजे या भतीजे को मिलता है।

सुनने वाला घर में कोई नहीं था। उसी-से अपने इस छोटे भाई को सामने पाकर उसका समस्त आवेग उच्छ्वसित हो उठा। उसने जिस भाषा में जो बोला, बह बालक के सामने कहे जाने वाला नहीं है, किन्तु सुचरिता को उसमें हिचकिचाहट नहीं हुई। अपने मन की इस प्रकार की उत्साहित अवस्था में उसने यह अनुभव कर लिया था कि जो उसने स्वयं समझ लिया है, उसे पूर्ण रूप से बोलने पर बाल-वृद्ध सभी अपनी-अपनी शक्ति के अनुरूप एक तरह से समझ सकते हैं, उसे दूसरे की बुद्धि के उपयुक्त बना कर, कुछ हाथ में रख कर समझाते ही सत्य स्वयं विकृत हो जाता है।

सतीश की कल्पना-वृत्ति उत्तेजित हो उठी; वह बोला, ''बड़ा होकर जब मेरे पास बहुत-बहुत रुपए हो जाएँगे, तब–''

सुचरिता ने कहा, ''ना ना ना–रुपए की बात मुँह पर मत ला, हम दोनों को ही रुपयों की आवश्यकता नहीं है बखतियार! हम जो काम करेंगे, उसमें भक्ति चाहिए, प्राण चाहिए।''

उसी समय आनन्दमयी ने कमरे में प्रवेश किया। सुचरिता की छाती में रक्त नाच उठा–उसने आनन्दमयी को प्रणाम किया। सतीश को अच्छी तरह प्रणाम करना आता नहीं, उसने किसी तरह लज्जा-भाव से काम निबटा लिया।

आनन्दमयी ने सतीश को गोद के पास खींच कर उसका सिर चूम लिया, और सुचरिता से बोलीं, ''बेटी, तुम्हारे साथ कुछ परामर्श करने आई हूँ, तुम्हारे अलावा और तो कोई दिखता नहीं। विनय कह रहा था, 'विवाह उसके घर से ही होगा'। मैंने कहा, वह किसी तरह नहीं हो सकता–''तुम क्या बड़े भारी नवाब हो गए हो, हमारी लड़की यों ही सीधे तुम्हारे घर आकर ब्याह कर लेगी! वह नहीं होगा! मैंने एक मकान तय किया है, वह तुम्हारे इस घर से कोई बहुत दूर नहीं होगा। मैं अभी वहीं से आ रही हूँ। परेश बाबू से कह कर तुम उन्हें राजी कर लेना।''

सुचरिता ने कहा, ''पिताजी राजी हो जाएँगे।''

आनन्दमयी ने कहा, ''उसके बाद, तुम्हें भी बेटी, वहाँ चलना होगा। ब्याह इसी सोमवार को तो है! हम लोगों को तो इन्हीं कुछ दिन वहाँ रह कर सब कुछ ठीक-ठाक कर लेना होगा। समय अधिक नहीं है। मैं अकेली ही सब कर सकती हूँ, किन्तु इसमें तुम्हारे न रहने से विनय को बड़ा दुख पहुँचेगा। वह मुँह खोल कर मुझसे अनुरोध नहीं कर पा रहा है–इतना कि, उसने मेरे सामने तुम्हारा नाम भी नहीं लिया, उसी से मैं समझ पा रही हूँ, उसके हृदय में भारी व्यथा है। लेकिन तुम्हारे अलग रहने से नहीं चलेगा बेटी! ललिता को भी उससे बहुत पीड़ा होगी।''

सुचरिता ने तनिक विस्मित होकर कहा, ''माँ, आप इस विवाह में शामिल हो पाएँगी?''

आनन्दमयी ने कहा, ''क्या कहती हो सुचरिता! शामिल होना क्या कह रही हो!

मैं क्या बाहरी हूँ, जो केवल शामिल होऊँगी! यह विनय का ब्याह है। यह सारा तो मुझे ही करना होगा। मैंने लेकिन विनय से कह रखा है, 'इस ब्याह में मैं तुम्हारी कोई नहीं हूँ, मैं कन्या-पक्ष में हूँ—वह मेरे घर ललिता को ब्याहने आ रहा है।'

माँ रहते हुए भी शुभ-काज में ललिता का उसकी माँ ने परित्याग कर दिया है, उससे आनन्दमयी का हृदय करुणा से पूरा भरा हुआ है। इसी कारण वे पूरे मन से चेष्टा कर रही हैं कि इस विवाह में अनादर-अपमान का लक्षण न रहे। ललिता की माँ के स्थान पर वे अपने हाथों से उसे सजा देंगी, वर के स्वागत की व्यवस्था करेंगी—अगर दो-चार निमन्त्रित जन आएँ, तो उनके आदर-सत्कार में लेशमात्र त्रुटि न रहे, इसका ध्यान रखेंगी, और इस नए किराए के मकान को इस प्रकार सजा देंगी, जिससे ललिता इसे रहने वाले घर के रूप में अनुभव कर सके, यही उनका संकल्प है।

सुचरिता ने कहा, "इसमें आपको लेकर कोई झंझट तो नहीं होगा?"

घर में महिम ने जो उठा-पटक मचा रखी है, उसे याद करके आनन्दमयी बोलीं, "वह हो सकता है, उससे क्या होगा! थोड़ा झंझट तो होता ही रहता है; चुप होकर सह लेने पर कुछ दिन में सब मिट भी जाता है।"

सुचरिता जानती है, इस विवाह में गोरा शामिल नहीं हो रहा है। सुचरिता को यह जानने की उत्सुकता थी कि आनन्दमयी को रोकने की भी गोरा की कोई कोशिश थी या नहीं! यह बात वह स्पष्ट रूप से नहीं उठा पाई और आनन्दमयी ने गोरा का नाम तक नहीं लिया।

हरिमोहिनी को समाचार मिल गया था। वे धीरे-धीरे आराम से हाथ में लिया काम निबटा कर कमरे में आईं और बोलीं, "दीदी, ठीक तो हैं? मिली ही नहीं, खबर भी नहीं ली।"

आनन्दमयी ने इस आक्षेप का उत्तर न देकर कहा, "तुम्हारी भानजी को लेने आई हूँ।"

यह कह कर अपना उद्देश्य खोल कर बता दिया। हरिमोहिनी अप्रसन्न चेहरा लिए कुछ देर चुप रहीं; बाद में बोलीं, "मैं तो इसमें जा नहीं पाऊँगी।"

आनन्दमयी ने कहा, "नहीं बहन, मैंने तुम्हें जाने को नहीं कहा है। सुचरिता के लिए तुम चिन्ता मत करो, मैं तो उसके साथ ही रहूँगी।"

हरिमोहिनी ने कहा, "तब भी बोल रही हूँ। राधारानी तो लोगों के सामने कहती हैं, वे हिन्दू हैं। अब उनकी मति-गति हिन्दुत्व की ओर लौटी है। तो, यदि वे हिन्दू-समाज में जाना चाहें, तो उन्हें सावधान रहना होगा। ऐसे ही तो ढेरों बातें उठेंगी, वह मैं खण्डन कर दूँगी, किन्तु अब से थोड़े दिन उन्हें सँभल कर चलना पड़ेगा। लोग तो पहले ही पूछते हैं, इतनी आयु हो गई, उनका विवाह क्यों नहीं हुआ। वह किसी तरह दाब-ढाँप कर रखा जा सकता है, ऐसा नहीं कि प्रयास करने पर अच्छा वर न मिले, लेकिन वे फिर से यदि अपनी पुरानी चाल पकड़ लेंगी, तो बताओ मैं कितनी जगह

सँभालूँगी! तुम तो हिन्दू घर की स्त्री हो, तुम तो सब समझती हो, तुम ही किस मुँह से ऐसी बात कह रही हो? अगर तुम्हारी अपनी लड़की होती, तो क्या उसे इस ब्याह में भेज पातीं? तुम्हें तो सोचना पड़ता, लड़की का ब्याह कैसे करूँगी!''

आनन्दमयी ने आश्चर्य में पड़ कर सुचरिता के चेहरे की ओर देखा; उसका चेहरा लाल होकर तेजी से तमतमाने लगा। आनन्दमयी ने कहा, ''मैं कोई जोर डालना नहीं चाहती। सुचरिता को यदि आपत्ति हो तो–''

हरिमोहिनी बोल पड़ीं, ''मैं तो तुम लोगों के अभिप्राय तनिक भी नहीं समझ पाती। तुम्हारा लड़का ही तो उन्हें हिन्दू-मत में लाया है, अचानक तुम्हारे आसमान से टपक पड़ने से कैसे चलेगा?''

जो हरिमोहिनी परेश बाबू के घर सदा अपराध-भीरु के समान रहती थीं, जो किसी व्यक्ति को तनिक-सा अनुकूल अनुभव करते ही पूरे आग्रह के साथ अवलम्बन बना कर पकड़ लेती थीं, वे हरिमोहिनी कहाँ हैं? अपने अधिकार की रक्षा के लिए वे आज बाघिन की भाँति खड़ी हैं; उनकी सुचरिता को उनसे तोड़ लेने के लिए चतुर्दिक नाना विरोधी शक्तियाँ काम कर रही हैं, इस संदेह से वे सदा कण्टकित रहती हैं। कौन स्व-पक्ष है, कौन विपक्ष, इसे समझ ही नहीं पा रही हैं, इसीलिए आज उनके मन में स्वाधीन-चेतना नहीं है। पहले सारे संसार को शून्य देख कर व्याकुल चित्त से देवता का जो आश्रय लिया था, आज उसी देव-पूजा में भी उनका मन स्थिर नहीं हो रहा है। एक दिन वे घोर संसारी थीं–जब दारुण शोक से उनका भोग्य-पदार्थों में वैराग्य उत्पन्न हो गया, तब वे सोच भी नहीं पाई थीं कि धन-दौलत, घर-बार, आत्मीय-परिजनों के प्रति फिर किसी दिन उनकी तनिक-सी भी आसक्ति लौट आएगी; किन्तु आज हृदय का घाव थोड़ा-सा ठीक होते ही गार्हस्थ्य-व्यापार ने पुनः उनके सामने आकर उनके मन के साथ खींच-तान करनी आरम्भ कर दी है, सारी आशा-आकांक्षा अपनी बहुत दिन की क्षुधा लिए पुनः पहले की भाँति जाग उठ रही है, जिसे त्याग कर आ गई थीं, पुनर्वार उसी दिशा में लौटने का वेग इतना उग्र हो उठा है कि जब वे संसार में थीं, तब उन्हें इतना चंचल नहीं बना पाया था। थोड़े कुछ दिनों में ही हरिमोहिनी के चेहरे में, आँखों में, भाव-भंगी में, बात-व्यवहार में इस अभावनीय परिवर्तन के लक्षण देख कर आनन्दमयी नितान्त आश्चर्यचकित हो गईं और अपने स्नेह-कोमल हृदय में सुचरिता के लिए अत्यन्त व्यथा अनुभव करने लगीं। ऐसा एक संकट छिपा हुआ है, यह जानतीं, तो वे कभी भी सुचरिता को बुलाने नहीं आतीं। अब किस प्रकार सुचरिता को कोप से बचा पाएँगी, यह उनके लिए एक समस्या का विषय हो गया।

जब हरिमोहिनी ने गोरा को लक्ष्य बना कर बात कही, तो सुचरिता मुँह नीचा किए चुपचाप उठ कर कमरे से चली गई।

आनन्दमयी ने कहा, ''बहन, तुम्हें डरने की आवश्यकता नहीं है। मैं तो पहले

जानती नहीं थी। उससे और आग्रह नहीं करूँगी। तुम भी उससे और कुछ मत कहना। पहले वह इसी तरह बड़ी हुई है, यदि अचानक उस पर अधिक दबाव डालोगी, तो सह नहीं पाएगी।''

हरिमोहिनी ने कहा, ''मैं क्या यह समझती नहीं, मेरी इतनी उम्र हो गई है। तुम्हारे मुँह पर ही कहे ना, क्या मैंने कभी उसे कोई कष्ट दिया है! उसकी जो खुशी, वही तो करती है, मैं कभी एक बात भी नहीं कहती—कहती हूँ, भगवान उसे बचाए रखें, यही मेरे लिए बहुत है—मेरा जो भाग्य है, कब क्या हो जाए, इसी डर से नींद नहीं आती।''

आनन्दमयी के जाते समय सुचरिता ने अपने कमरे से निकल कर उन्हें प्रणाम किया। आनन्दमयी ने करुण-स्नेह से उसे स्पर्श करके कहा, ''मैं आऊँगी, बेटी, तुम्हें सब समाचार दे जाऊँगी—कोई विघ्न नहीं पड़ेगी—ईश्वर के आशीर्वाद से शुभ-काज सम्पन्न हो जाएगा।''

सुचरिता ने कुछ नहीं कहा।

दूसरे दिन प्रातः आनन्दमयी ने लछमिया को लेकर जब उस किराए के मकान की बहुत दिनों से जमी धूल साफ करने के लिए एकदम जल प्लावन मचा दिया, उसी समय सुचरिता आ पहुँची। आनन्दमयी ने जल्दी से झाड़ू फेंक कर उसे छाती में खींच लिया।

उसके बाद धोने-पोंछने, सामान हटाने-रखने और सजाने की धूम मच गई। परेश बाबू ने खर्च के लिए सुचरिता को उपयुक्त मात्रा में रुपया दे दिया था; उसी कोश के अनुसार दोनों मिल कर बार-बार सूची बनाने और उसके संशोधन में लग गईं।

थोड़ी देर बाद परेश स्वयं ललिता को लेकर वहाँ पहुँच गए। ललिता के लिए उसका घर असह्य हो गया था। कोई उससे कोई बात करने का साहस नहीं करता था, लेकिन उनकी नीरवता पग-पग पर उसे चोट पहुँचाने लगी। अन्त में जब वरदासुन्दरी के प्रति संवेदना प्रकट करने के लिए उनके बन्धु-बान्धव-गण दल के दल घर आने लगे, तब परेश को उस घर से ललिता को ले जाना ही श्रेष्ठ जान पड़ा। विदा होते समय ललिता वरदासुन्दरी को प्रणाम करने गई; वे मुँह घुमा कर बैठी रहीं और उसके चले जाने पर आँसू बहाने लगीं। ललिता के विवाह-आयोजन में लावण्य और लीला मन-ही-मन यथेष्ठ उत्सुक थीं; यदि उन्हें किसी उपाय से अवसर मिल पाता, तो वे विवाह-समारोह में भाग आने में एक पल विलम्ब न करतीं। किन्तु जब ललिता विदा हुई, तो वे ब्राह्म-परिवार के कठोर कर्तव्य का स्मरण करके अपना चेहरा अत्यन्त गंभीर बनाए रहीं। दरवाजे के पास एक क्षण के लिए सुधीर से ललिता की भेंट हुई; लेकिन सुधीर के पीछे ही उनके समाज के और कई वृद्ध व्यक्ति थे, इस कारण उसके साथ कोई बात हो ही नहीं पाई। गाड़ी में बैठ कर ललिता ने देखा, आसन के एक कोने में कागज में लिपटा कुछ रखा है। खोल कर देखा, जर्मन-सिल्वर की एक

फूलदानी है, उसके पेंदे पर अंगरेजी भाषा में खुदा है, 'आनन्दित दम्पति को ईश्वर आशीर्वाद दें' तथा एक कार्ड पर अंगरेजी में सुधीर के नाम का केवल पहला अक्षर था। ललिता ने आज हृदय को कठोर करके प्रण किया था कि वह आँखों से आँसू नहीं गिराएगी, किन्तु पितृ-गृह से विदा के क्षण अपने बाल्य-बन्धु का यह एकमात्र स्नेहोपहार हाथ में लेकर उसकी दोनों आँखों से झर-झर आँसू बहने लगे। परेश बाबू आँखें बन्द किए निश्चल बैठे रहे।

आनन्दमयी, "आओ आओ, बेटी आओ," कह कर ललिता के दोनों हाथ पकड़ कर उसे कमरे में ले आईं, मानो, वे अभी ही उसकी प्रतीक्षा कर रही थीं।

परेश बाबू ने सुचरिता को बुला कर कहा, "ललिता हमारे घर से पूरी तरह विदा ले आई है।"

परेश का कंठ-स्वर कम्पित हो आया।

सुचरिता ने परेश का हाथ पकड़ कर कहा, "पिताजी! यहाँ उसे स्नेह का कोई अभाव नहीं होगा।"

जब परेश चले जाने को तैयार हो रहे थे, आनन्दमयी ने सिर पर पल्लू खींच कर उनके सम्मुख आकर उन्हें नमस्कार किया। परेश ने हड़बड़ाते हुए प्रतिनमस्कार किया। आनन्दमयी बोलीं, "ललिता के लिए आप कोई चिन्ता मन में मत रखिए। आप उसे जिसके हाथों में सौंप रहे हैं, उसके द्वारा वह कभी कोई दुख नहीं पाएगी—और भगवान ने इतने दिन बाद मेरा एक अभाव दूर कर दिया, मेरी बेटी नहीं थी, मैं बेटी पा गई। विनय की बहू पाकर मेरा कन्या का दुख दूर हो जाएगा, बहुत दिन से इसी आशा-पथ को देखती बैठी थी; जिस तरह ईश्वर ने बहुत देर से मेरी कामना पूरी की, वैसे ही, ऐसी बेटी भी दी और इतने आश्चर्यजनक ढंग से दी कि मैं कभी मन में सोच भी नहीं सकती थी कि मेरा ऐसा भाग्य होगा।"

ललिता के विवाह की उथलपुथल आरम्भ होने के बाद से, यही पहली बार परेश बाबू का मन संसार में एक स्थान पर एक किनारा देख पाया और सच्ची सान्त्वना पाई।

67

कारागार से बाहर आने के बाद से गोरा के पास पूरे दिन इतने लोगों का जमघट लगने लगा कि उनकी स्तुति-प्रशंसा, और चर्चा-आलोचना की दमघोंटू बातों के अथाह ढेर में उसका घर में रह पाना असाध्य हो उठा।

उसी के चलते गोरा ने पहले की भाँति फिर से ग्राम-भ्रमण आरम्भ कर दिया। प्रातःकाल कुछ खाकर घर से निकल जाता, एकदम रात को ही लौट कर आता।

ट्रेन से कोलकाता के आस-पास के किसी स्टेशन पर उतर कर गाँव में चला जाता। वहाँ तेली, कुम्हार, केवट आदि मुहल्लों में आतिथ्य ग्रहण करता। यह गौर वर्ण, भीमकाय ब्राह्मण उनके घरों में क्यों इस प्रकार घूम रहा है, उन लोगों के सुख-दुख के समाचार ले रहा है, यह वे कुछ भी नहीं समझ पाते; यहाँ तक कि उनके मन में अनेक प्रकार के संदेह जन्म लेते। किन्तु गोरा उनके समस्त संकोच-संदेह को ठेल कर उनके बीच विचरण करने लगा। बीच-बीच में उसने अप्रिय बातें भी सुनीं, उससे भी हार नहीं मानी।

इन लोगों के भीतर जितना ही प्रवेश किया, उतनी ही केवल एक बात उसके मन में चक्कर लगाने लगी। उसने देखा, इन सब गाँवों में समाज के बन्धन शिक्षित भद्र-समाज की अपेक्षा बहुत अधिक हैं। प्रत्येक घर के खाने-दाने, सोने-बैठने, काम-काज, सभी पर रात-दिन समाज की निर्निमेष दृष्टि रहती है। लोकाचार के प्रति प्रत्येक व्यक्ति का सहज विश्वास है—उस सम्बन्ध में उनका कोई विचार तक नहीं है। किन्तु समाज के बन्धन, आचार की निष्ठा कर्म-क्षेत्र में इन्हें कोई बल प्रदान नहीं कर रही है। इन लोगों के समान, ऐसे भीत, असहाय, आत्म-हित-विचार में अक्षम जीव संसार में और भी कहीं हैं या नहीं, संदेह है। आचार का पालन करते हुए चलने के अलावा ये लोग और किसी कल्याण को पूरे मन से पहचानते भी नहीं, समझाने पर भी समझते नहीं। दंड के द्वारा, दलबन्दी के द्वारा वे निषेध को ही सबसे बड़ा समझे हुए हैं। क्या नहीं करना है, इस बात ने ही पग-पग पर नाना प्रकार के दंड द्वारा उनकी प्रकृति को मानो, आपादमस्तक जाल में फाँस रखा है। लेकिन यह जाल ऋण का जाल है, यह बन्धन महाजन का बन्धन है—राजा का बन्धन नहीं। इनके मध्य ऐसा कोई बड़ा ऐक्य नहीं, जो सबको सुख-दुख में निकट खड़ा कर सके। गोरा यह देखे बिना नहीं रह सका कि आचार के इस अस्त्र से मनुष्य, मनुष्य का खून चूस कर उसे निष्ठुरतापूर्वक स्वत्वहीन बना रहा है। उसने कितनी बार देखा, समाज में क्रिया-कर्म में कोई भी किसी पर दया नहीं करता। एक आदमी के बाप ने लम्बे समय तक रोग भोगा था, उसी बाप की चिकित्सा, पथ्य आदि में बेचारे का सर्वस्व चला गया, उस सम्बन्ध में उसे किसी से कोई सहायता नहीं मिली—इधर गाँव के लोगों ने पकड़ लिया, उसे पिता की अज्ञात पातकजनित चिर-रुग्णता के लिए प्रायश्चित करना होगा। उस हत्भागे का दारिद्र्य, असामर्थ्य किसी से छिपा नहीं था, किन्तु क्षमा नहीं मिली। सब तरह के क्रिया-कर्मों मे इसी प्रकार होता है। जैसे डकैती की अपेक्षा पुलिस की तफतीस गाँव के लिए अधिक भारी दुर्घटना होती है, उसी प्रकार माँ-बाप की मृत्यु की अपेक्षा माँ-बाप का श्राद्ध सन्तान के लिए भयंकर दुर्भाग्य का कारण बन जाता है। अल्प-आय, अल्प-शक्ति की दुहाई कोई मानेगा ही नहीं, जैसे भी करनी पड़े, सामाजिकता के हृदयहीन दावे की सोलह आना पूर्ति करनी पड़ेगी। विवाह के अवसर पर, जिससे कन्या के पिता का बोझा दुःसह हो जाए, वर-पक्ष द्वारा इसके लिए प्रत्येक

प्रकार के कौशल का सहारा लिया जाता है, हत्भागे के प्रति लेशमात्र करुणा नहीं। गोरा ने देखा, यह समाज आवश्यकता के समय मनुष्य की सहायता नहीं करता, विपदा के समय भरोसा नहीं देता, केवल दंड के द्वारा झुका कर विपन्न बनाता है।

शिक्षित समाज के बीच गोरा यह बात भूल गया था। कारण, उस समाज में साधारण के कल्याण के लिए एक होकर खड़े होने की शक्ति बाहर से काम कर रही है। इस समाज में एक साथ मिलने के नाना प्रकार के उद्‍योग दिखाई दे रहे हैं। यह समस्त सम्मिलित चेष्टा कहीं दूसरे के अनुकरण के रूप में हमें निष्फलता की दिशा में न ले जाए, वहाँ केवल यही सोचने का विषय है।

इधर गाँवों में, जहाँ बाहर का शक्ति-संघात वैसा काम नहीं कर रहा है, वहाँ की निश्चेष्टता में गोरा अपने देश की गहनतर दुर्बलता की मूर्ति को पूरी तरह अनावृत देख पाया। जो धर्म सेवा के रूप में, प्रेम के रूप में, करुणा के रूप में, आत्म-त्याग के रूप में और मनुष्य के प्रति सम्मान के रूप में सभी को शक्ति देता है, प्राण देता है, कल्याण प्रदान करता है, वह कहीं भी दिखाई नहीं देता। जो आचार केवल रेखा खींचता है, बाँट डालता है, कष्ट देता है, जो बुद्धि को कहीं भी महत्त्व देना नहीं चाहता, जो प्रेम को भी दूर भगाए रखता है, वही सबके सामने चलते-फिरते, उठते-बैठते, हर विषय में बाधा खड़ी किए रहता है। गाँवों में इस मूढ़ताजन्य बाध्यता का अनिष्टकर कुफल इतने स्पष्ट रूप में, नाना प्रकार से गोरा की आँखों में पड़ने लगा, वह उसे मनुष्य के स्वास्थ्य पर, ज्ञान पर, धर्म-बुद्धि पर, कर्म पर इतनी दिशाओं से, इतने प्रकार से आक्रमण करता देख पाया कि अपने को भावुकता के इन्द्रजाल में भुलावे में डाले रखना गोरा के लिए असंभव हो गया।

गोरा ने शुरू में ही देखा, गाँव की नीच जातियों में स्त्री-संख्या की कमी के कारण अथवा अन्य जिस किसी भी कारणवश हो, बहुत पैसा देने पर ही विवाह के लिए लड़की मिलती है। अनेक पुरुषों को चिर-जीवन और अनेक को अधिक आयु होने तक अविवाहित रहना पड़ता है। इधर विधवा-विवाह के सम्बन्ध में कठोर निषेध है। इससे घर-घर में सामाजिक-स्वास्थ्य दूषित हो रहा है एवं इसके अनिष्ट तथा कठिनाई को प्रत्येक व्यक्ति अनुभव कर रहा है। सभी इस अमंगल को चिर दिन ढोते चलने को बाध्य हैं, लेकिन इसके प्रतिकार का उपाय कहीं भी, किसी के हाथ में भी नहीं है। जो गोरा शिक्षित समाज में आचार को कहीं भी शिथिल नहीं होने देना चाहता, उसी गोरा ने यहाँ आचार पर आक्रमण किया। उसने इन लोगों के पुरोहितों को तो वश में कर लिया, किन्तु समाज के लोगों की सहमति किसी भी प्रकार नहीं मिली। वे गोरा पर क्रोधित हो उठे; बोले, ठीक है, जब ब्राह्मण लोग विधवा-विवाह करने लगेंगे, तब हम भी करने लगेंगे।

उन लोगों के गुस्सा होने का मुख्य कारण यह था कि उन्होंने समझा कि गोरा उन्हें नीच-जाति का मान कर उनकी अवज्ञा कर रहा है और वह यही प्रचार

करने आया है कि उन जैसे लोगों के लिए हीन-आचार का सहारा लेना ही श्रेष्ठ है।

गाँवों में घूमते हुए गोरा ने यह भी देखा कि मुसलमानों में वह तत्व है, जिसके सहारे उन्हें एक करके खड़ा किया जा सकता है। गोरा ने लक्ष्य किया कि गाँव में कोई आफत-मुसीबत आने पर जिस तरह मुसलमान दृढ़ता के साथ परस्पर निकट आकर इकट्ठे हो जाते हैं, उस तरह हिन्दू नहीं होते। गोरा ने बार-बार सोच कर देखा, इन दो निकटतम पड़ोसी—समाजों में इतना बड़ा भेद क्यों हुआ! जो उत्तर उसके मन में आया, उसकी किसी भी तरह उस उत्तर को मानने की इच्छा नहीं होती। यह बात स्वीकार करके उसका हृदय पूरी तरह व्यथित होने लगा कि मुसलमान धर्म के द्वारा एक हैं, केवल आचार के द्वारा नहीं। एक ओर जैसे आचार का बन्धन उनके समस्त कर्मों को अनर्थक बाँध कर नहीं रखता, वैसे ही दूसरी ओर धर्म का बन्धन उनके बीच नितान्त घनिष्ठ है। उन सबने मिल कर ऐसे एक तत्व को ग्रहण किया है, जो 'नहीं' मात्र नहीं है, जो 'हाँ' है; जो ऋणात्मक नहीं है, जो धनात्मक है; जिसके लिए मनुष्य एक पुकार पर एक क्षण में एक साथ खड़ा होकर अनायास प्राण विसर्जित कर सकता है।

गोरा ने जब शिक्षित समाज में लिखा है, तर्क-वितर्क किया है, भाषण दिया है, तब उसने दूसरे को समझाने के लिए, दूसरे को अपने मार्ग पर ले आने के लिए, स्वभावतः अपनी बातों को कल्पना द्वारा मनोहर रंग से रंजित किया है; जो स्थूल है, उसे सूक्ष्म व्याख्या द्वारा ढका है, जो अनावश्यक भग्नावशेष मात्र है, उसे भी भाव के चन्द्रालोक में मोहमयी छवि के समान बना कर दिखाया है। देश के लोगों के एक दल द्वारा, देश के प्रति विमुख होने से, देश के सब कुछ को बुरा देखने के कारण, गोरा ने स्वदेश के प्रति प्रबल अनुरागवश, देश को इस ममत्वहीन दृष्टिपात के अपमान से बचाने के लिए स्वदेश के सब कुछ को ही अति उज्ज्वल भाव के आवरण से ढके रखने की दिन-रात चेष्टा की है। गोरा का यही अभ्यास हो गया था। सभी अच्छा है, जिसको दोष कहा जा रहा है, वह भी किसी रूप में गुण ही है, इसे गोरा केवल वकील की तरह प्रमाणित करना चाहता हो, ऐसा नहीं, बल्कि पूरे मन से वह इसी पर विश्वास करता था। नितान्त असंभव स्थान पर भी इसी विश्वास को, औद्धत्य के साथ शक्तिशाली मुट्ठियों में जयपताका के समान, सारे परिहास परायण शत्रु-पक्ष के सम्मुख वह अकेला गाड़ कर खड़ा होता रहा है। उसकी केवल एक ही रट थी, वह स्वदेश के प्रति स्वदेशवासियों की श्रद्धा को लौटा कर लाएगा, उसके बाद दूसरा काम।

किन्तु जब वह गाँवों में जाता है, तब उसके सम्मुख कोई श्रोता नहीं रहता, तब तो उसे प्रमाणित करने को कुछ भी नहीं होता, अवज्ञा और विद्वेष को झुका देने के लिए अपनी समस्त विरोध-शक्ति को जगाने का कोई प्रयोजन नहीं रहता—इसीलिए वहाँ सत्य को वह किसी आवरण से ढक कर नहीं देखता। देश के प्रति उसके अनुराग की प्रबलता ही उसकी सत्य-दृष्टि को असाधारण रूप से तीक्ष्ण बना देती है।

देह पर टसर का चायना कोट, कमर में लिपटी चादर, हाथ में कैनवस का एक बैग–स्वयं कैलास ने आकर हरिमोहिनी को प्रणाम किया। उसकी उम्र पैंतीस के आसपास होगी। नाटे कद, गठीले शरीर पर मजबूत-सा चेहरा; बढ़ी हुई दाढ़ी-मूँछ कुछ दिन क्षौर-कर्म में अभाव में कुशा की नोक की भाँति अंकुरित हो आई है।

ससुराल के सम्बन्धी को बहुत दिन के बाद देख हरिमोहिनी आनन्दित होकर बोल पड़ीं, ''अरे, देवर जी हैं! बैठो, बैठो।''

कहते हुए जल्दी से एक चटाई बिछा दी। पूछा, ''हाथ-पैर धोओगे?''

कैलास ने कहा, ''ना, आवश्यक नहीं है। तो, स्वास्थ्य तो काफी अच्छा दिखाई दे रहा है!''

स्वास्थ्य अच्छा होने को एक निन्दा जान कर हरिमोहिनी ने कहा, ''अच्छा कहाँ है!'' कह कर नाना प्रकार की व्याधियों की तालिका प्रस्तुत कर दी, और बोलीं, ''इस दुख-जले शरीर से पिण्ड छूटे, तो चैन मिले, मौत भी तो नहीं आती!''

जीवन की ऐसी उपेक्षा पर कैलास ने आपत्ति प्रकट की और यद्यपि भैया नहीं रहे, तब भी हरिमोहिनी के रहने से उन लोगों को कितनी प्रचण्ड आश्वस्ति है, उसी का प्रमाण प्रस्तुत करते हुए कहा, ''यही क्यों नहीं देखतीं, तुम हो, इसीलिए कोलकाता आना हुआ–खड़े होने की एक जगह मिल गई।''

आत्मीय-स्वजनों और ग्रामवासियों के अब तक के समाचार ब्योरे के साथ सुना कर कैलास ने अचानक चारों ओर देख कर पूछा, ''लगता है, यह घर उसी का है?''

हरिमोहिनी ने कहा, ''हाँ।''

कैलास ने कहा, ''घर तो पक्का दिख रहा है।''

हरिमोहिनी ने उसके उत्साह को उद्दीप्त करते हुए कहा, ''पक्का तो है ही! सारा ही पक्का है।''

घर की कड़ियाँ बड़े मजबूत शाल की हैं, और दरवाजे-खिड़कियाँ आम की लकड़ी की नहीं हैं, यह भी उसने ध्यान से देख लिया। घर की दीवारें डेढ़ ईंट की बनी हैं या दो ईंट की, यह भी उसकी दृष्टि से छिपा नहीं रहा। ऊपर-नीचे सब मिला कर कितने कमरे हैं, यह भी पूछ कर जान लिया। कुल मिला कर उसे चीजें काफी सन्तोषजनक ही प्रतीत हुईं। घर बनाने में कितना खर्च आया होगा, इसका अन्दाजा लगाना उसके लिए कठिन था, कारण, इस सब माल-मसाले की दर की उसे ठीक जानकारी नहीं थी–सोचते हुए, पैर-पर-पैर चढ़ा कर हिलाते-हिलाते मन-ही-मन कहा, कुछ भी न हो, तो दस-पन्द्रह हजार रुपया तो होगा ही। मुँह से थोड़ा कम करके बोला, ''क्या कहती हो भाभी, सात-आठ हजार रुपया हो सकता है!''

हरिमोहिनी ने कैलास के गँवारपन पर आश्चर्य प्रकट करते हुए कहा, ''क्या कहा

देवर जी, सात-आठ हजार रुपया क्या होता है! बीस हजार रुपए से एक पैसा भी कम नहीं होगा।''

कैलास अत्यन्त मनोयोगपूर्वक चारों ओर के सामान का चुपचाप निरीक्षण करने लगा। अभी ही सहमतिसूचक सिर हिलाते ही वह इन शाल की लकड़ी की कड़ियों-सोठों और सागौन की लकड़ी की खिड़की-दरवाजों समेत पक्की इमारत का एकमात्र स्वामी हो सकता है, यह बात सोच कर उसे बड़ी परितृप्ति अनुभव हुई। पूछा, ''सब तो हो गया, किन्तु लड़की?''

हरिमोहिनी ने जल्दी से कहा, ''उसकी बुआ के घर से अचानक उसका बुलावा आ गया, इसीलिए गई है–दो-चार दिन देरी हो सकती है।''

कैलास ने कहा, ''तब देखने का क्या होगा? मेरा जो, फिर एक मुकद्‌दमा है, कल ही जाना होगा।''

हरिमोहिनी ने कहा, ''अपना मुकद्‌दमा अभी रहने दो। यहाँ का काम निबटाए बिना तुम नहीं जा सकते।''

कैलास ने कुछ देर सोचा, अन्त में तय किया, हो सकता है, मुकद्‌दमा एकतरफा डिगरी होकर बेकार जाए। वह होने दो। यहाँ जो उसकी क्षति-पूर्ति का आयोजन है, उस पर और एक बार चारों ओर निरीक्षण करके विचार कर लिया। अचानक आँखों में पड़ा, हरिमोहिनी के पूजाघर के कोने में थोड़ा पानी भरा है। उस कमरे में पानी के निकास के लिए कोई नाली नहीं थी; परन्तु हरिमोहिनी हमेशा ही पानी से इस कमरे का धोना-पोंछना करती हैं; उससे एक कोने में थोड़ा पानी भरा रहता है। कैलास ने परेशान होकर कहा, ''भाभी, यह तो ठीक नहीं हो रहा है।''

हरिमोहिनी ने कहा, ''क्यों, क्या हुआ?''

कैलास ने कहा, ''यह जो वहाँ पानी भरा है, वह तो किसी तरह नहीं चलेगा।''

हरिमोहिनी ने कहा, ''क्या करूँ देवर जी!''

कैलास ने कहा, ''ना ना, वह नहीं हो सकता। छत एकदम नष्ट हो जाएगी। इसीलिए कह रहा हूँ, भाभी, इस कमरे में तुम्हारा लगातार पानी गिराना नहीं चलेगा।''

हरिमोहिनी को चुप हो जाना पड़ा। तब कैलास ने कन्या के रूप के सम्बन्ध में कुतूहल प्रकट किया।

हरिमोहिनी ने कहा, ''वह तो देखने पर ही समझोगे। इतना कह सकती हूँ, तुम लोगों के घर में ऐसी बहू कभी नहीं आई।''

कैलास ने कहा, ''क्या कहती हो! हमारी मँझली बहू–''

हरिमोहिनी बोल पड़ीं, ''किसके साथ किसकी! तुम लोगों की मँझली बहू उसके सामने खड़ी हो सकती है भला!''

मँझली बहू को अपने घर के रूप का आदर्श कहने में हरिमोहिनी विशेष सन्तोष अनुभव नहीं करतीं–''भाई, तुममें से जो भी, चाहे जो कहे, किन्तु मँझली बहू से मुझे

कँझली[1] बहू अधिक पसन्द है।"

कैलास ने मँझली बहू और कँझली बहू के सौन्दर्य की तुलना में जरा भी उत्साह अनुभव नहीं किया। वह मन-ही-मन किसी अदृष्टपूर्व मूर्ति में, चिरे परवल से नेत्रों के साथ बाँसुरी-सी नासिका की योजना करके एडी तक झूलती केश-राशि में अपनी कल्पना को भटकाने लगा।

हरिमोहिनी ने देखा, इस पक्ष की अवस्था तो पूरी तरह आशाजनक है। यहाँ तक कि उन्हें लगने लगा, कन्या-पक्ष में जो गुरुतर सामाजिक दोष है, वह भी शायद दुष्परिहार्य विघ्न के रूप में न समझा जाए!

69

विनय जानता था, गोरा आजकल सुबह ही घर से निकल जाता है, इसीलिए सोमवार को वह भोर में अँधेरा रहते ही उसके घर पहुँच गया; सीधा सीढ़ियों से उसके सोनेवाले कमरे में गया। गोरा को वहाँ न देख नौकर से खोज-खबर लेकर पता लगा, वह ठाकुरघर में है। इससे उसके मन में थोड़ा आश्चर्य हुआ। ठाकुरघर के द्वार के पास आकर देखा, गोरा पूजा की मुद्रा में बैठा है; रेशमी धोती पहने, देह पर एक रेशमी चादर, किन्तु उसकी विशाल शुभ्र-देह अधिकांशतः अनावृत। विनय गोरा को पूजा करते देख और आश्चर्यचकित हो गया।

जूतों की आवाज सुनकर गोरा ने पीछे घूमकर देखा; विनय को देख गोरा उठ पड़ा और व्याकुलता के साथ बोला, "इस कमरे में मत आना।"

विनय ने कहा, "डरो मत, मैं नहीं आऊँगा। मैं तुम्हारे पास ही आया था।"

तब गोरा कपड़े बदल कर विनय को तिमंजिले वाले कमरे में लेकर बैठा।

विनय बोला, "भाई गोरा, आज सोमवार है।"

गोरा ने कहा, "निश्चय ही सोमवार है–पंचांग में भूल हो भी सकती है, लेकिन आज के दिन के सम्बन्ध में तुमसे भूल नहीं होगी। अन्ततः आज मंगलवार नहीं है, यह सही है।"

विनय ने कहा, "तुम शायद आओगे नहीं, जानता हूँ–किन्तु आज के दिन तुम्हें बोले बिना, मैं इस काज में प्रवृत्त नहीं हो सकता। इसीलिए आज भोर में उठते ही पहले तुम्हारे पास आया हूँ।"

गोरा कोई बात कहे बिना निश्चल बैठा रहा।

विनय ने कहा, "तो यह बात निश्चित रूप से तय है कि मेरे विवाह-समारोह में नहीं आ पाओगे?"

1. कँझली : परिवार-व्यवस्था में चौथे क्रम पर आने वाली बहू (बड़ी, मँझली, सँझली, कँझली)।

गोरा ने कहा, ''नहीं विनय, मैं नहीं जा पाऊँगा।''

विनय चुप रहा। गोरा हृदय की वेदना को पूरी तरह छिपा कर हँसते हुए बोला, ''मैं नहीं भी गया, तो उससे क्या? तुम्हारी ही तो जीत हुई। तुम्हीं तो माँ को खींच ले गए। इतनी चेष्टा की, उन्हें तो किसी भी तरह रोक कर नहीं रख पाया। अन्ततः अपनी माँ को लेकर भी मुझे तुम्हारे सामने हार माननी पड़ी। विनय, एक-एक कर 'सब लाल हो जाएगा' क्या! अपने मानचित्र पर अकेला केवल मैं ही रह जाऊँगा!''

विनय ने कहा, ''भाई, किन्तु मुझ पर दोष मत लगाओ। मैंने उनसे बहुत बलपूर्वक ही कहा था, 'माँ, मेरे विवाह में तुम किसी भी तरह नहीं जा पाओगी।' माँ बोलीं, 'देख विनु, तेरे ब्याह में जिन्हें नहीं जाना, वे तेरा निमन्त्रण पाकर भी नहीं जाएँगे, और जिन्हें जाना है, वे तेरे मना करने पर भी जाएँगे—इसीलिए तुझसे कह रही हूँ, तू किसी को निमन्त्रण भी मत दे, मना भी मत कर, चुप रह।' गोरा, तुमने क्या मेरे सामने हार मानी है? तुम्हारी माँ के सामने तुम्हारी हार हुई है—हजार बार हार। ऐसी माँ क्या और है!''

यद्यपि गोरा ने आनन्दमयी को रोकने की पूरी कोशिश की थी, तब भी वे उसकी कोई रोक न मान कर, उसके क्रोध और कष्ट को महत्त्व न देकर विनय के विवाह में चली गईं, इससे गोरा ने अपने हृदय की गहराई में दुख अनुभव नहीं किया, बल्कि एक आनन्द ही पाया था। विनय को उसकी माँ के अपरिमित स्नेह का जो अंश मिला था, गोरा से विनय का चाहे जितना बड़ा विच्छेद हो जाए, किन्तु उस गंभीर स्नेह-सुधा के अंश से उसे किसी भी तरह वंचित नहीं कर पाएगा, यह निश्चयपूर्वक जान कर गोरा के मन में मानो, तृप्ति और शान्ति उत्पन्न हुई। और सब ओर से वह विनय से बहुत दूर जा सकता है, किन्तु दोनों चिर-बन्धु इस अक्षय मातृ-स्नेह के बन्धन में सदैव अति निगूढ़ रूप में परस्पर निकटतम बने रहेंगे।

विनय बोला, ''भाई, तब मैं उठूँ! एकदम न आ सको, मत आना, किन्तु मन में नाराजी मत रखो गोरा! इस मिलन से जीवन में मैंने कितनी बड़ी सार्थकता पाई है, यदि मन में अनुभव कर सको, तो हमारे इस विवाह को तुम कभी भी अपने सौहृद्य से निर्वासित नहीं कर सकोगे—यह मैं तुम्हें दावे के साथ कह रहा हूँ।''

यह कह कर विनय आसन से उठ गया। गोरा बोला, ''विनय बैठो। तुम लोगों का लग्न तो वही रात को है—अभी से इतनी जल्दी किस बात की!''

गोरा के इस अप्रत्याशित स्नेहिल-अनुरोध से द्रवीभूत होकर विनय तुरन्त बैठ गया।

इसके बाद इस भोर में दोनों जने बहु दिन पश्चात पहले की तरह आत्मीय-बातचीत में डूब गए। विनय की हृदयवीणा का जो तार आजकल पंचम सुर पर सधा था, गोरा ने उसी तार को छेड़ दिया। विनय की बातों ने समाप्त होना ही नहीं चाहा। कितनी ही नितान्त छोटी-छोटी घटनाएँ, जो अनलंकृत भाषा में लिखी जाने पर कुछ भी नहीं,

यहाँ तक कि हास्यास्पद लगेंगी, उन्हीं का इतिहास विनय के मुँह से मानो, गाने की तान के समान बारंबार नव-नव माधुर्य के साथ उच्छ्वसित होने लगा। आजकल विनय के हृदय-मंच पर जो एक आश्चर्यमयी लीला मंचित हो रही है, विनय संपूर्ण अद्भुत रस-वैचित्र्य के साथ अति सूक्ष्म, किन्तु गहन रूप में हृदयंगम करके अपनी निपुण भाषा में उसी की व्याख्या करने लगा। जीवन का यह कैसा अपूर्व अनुभव है! विनय ने जिस पदार्थ को परिपूर्ण हृदय से पाया है, क्या इसे सब पाते हैं! इसे ग्रहण करने की शक्ति क्या सबमें है? संसार में साधारणतः स्त्री-पुरुष का जो मिलन देखने में आता है, विनय के अनुसार, उसमें यह उच्चतम सुर गूँजता नहीं सुना जाता। विनय ने गोरा से बार-बार कहा, अन्य सबके साथ वह उन लोगों की तुलना न करे। विनय को लग रहा था, ऐसा और कभी घटा है या नहीं, इसमें संदेह है। यदि ऐसा चराचर में घटित हो पाता, तो जिस प्रकार वसन्त की वायु के एक झोंके से सारा वन नव-नव पुष्प-पल्लवों से पुलकित हो उठता है, उसी भाँति संपूर्ण समाज प्राणों की हिल्लोल से चतुर्दिक चंचल हो उठता। तब लोग इस प्रकार खाना-पीना-सोना करके, अत्यधिक चिकने-चुपड़े होकर समय नहीं बिताते। वैसा होने पर, जिसमें जितना सौन्दर्य है, जितनी शक्ति है, स्वाभाविक रूप से नाना वर्णों, नाना आकारों में चारों ओर खिल उठती। यह जो सोने की छड़ी है—इसके स्पर्श की उपेक्षा करके कौन जड़ बन कर पड़ा रह सकता है! यह साधारण व्यक्ति को भी असाधारण बना डालती है। यदि मनुष्य उस असाधारणता का स्वाद जीवन में एक बार भी चख लेता है, तो वह जीवन-सत्य का परिचय पा जाता है।

विनय ने कहा, "गोरा, मैं तुमसे निश्चयपूर्वक कहता हूँ, मनुष्य की समस्त प्रकृति को एक क्षण में जाग्रत करने का साधन, यह प्रेम है–जिस कारण भी हो, हममें प्रेम का आविर्भाव दुर्बल होता है–उसी कारण हममें-से प्रत्येक ही अपनी संपूर्ण उपलब्धि से वंचित रहता है–हम क्या हैं, यह हम जानते ही नहीं हैं, जो छिपा है, उसे प्रकट नहीं कर पाते, जो संचित है, उसे व्यय करना हमारे लिए असाध्य हो जाता है। उसी के चलते चतुर्दिक ऐसी आनन्दहीनता है, ऐसा निरानन्द! उसी कारण हम लोगों के अपने भीतर जो महात्म्य विद्यमान है, उसे केवल तुम जैसे एक-दो लोग ही समझते हैं, साधारण लोगों के मन में उसकी कोई चेतना नहीं है।"

जब महिम आवाज के साथ जमुहाई लेते हुए बिस्तर से उठ कर मुँह धोने गए, तो उनके पैरों की आहट से विनय के उत्साह की धारा रुक गई, वह गोरा से विदा लेकर चला गया।

गोरा ने छत पर खड़े होकर पूर्व-दिशा के रक्तिम आकाश को देख कर एक दीर्घ निश्वास छोड़ी। बहुत देर छत पर घूमता रहा, आज उसका और गाँव जाना नहीं हुआ।

गोरा आजकल अपने हृदय में जो एक आकांक्षा, जो एक पूर्णता का अभाव अनुभव कर रहा है, वह उसे किसी भी तरह कोई भी काम करके पूर्ण नहीं कर पा रहा है। वह स्वयं ही नहीं, उसके समस्त कार्य भी मानो, ऊपर की ओर हाथ उठा कर कह रहे हैं—एक प्रकाश चाहिए, उज्ज्वल प्रकाश, सुन्दर प्रकाश! मानो, और सभी उपकरण प्रस्तुत हैं, मानो, हीरा-माणिक, सोना-चाँदी दुर्मूल्य नहीं हैं, मानो, असि-वज्र, कवच-ढाल दुर्लभ नहीं हैं—केवल आशा और सान्त्वना में उद्‌भासित स्निग्ध-सुन्दर, अरुण-राग-मण्डित प्रकाश कहाँ है? जो है, उसे बढ़ाने के लिए किसी प्रयास की आवश्यकता नहीं, लेकिन उसे उज्ज्वल बनाने, लावण्यमय करने, प्रकाशित करने की अपेक्षा है।

विनय जब बोला, ''किसी-किसी दिव्य-क्षण में नर-नारी के प्रेम का सहारा लेकर एक अनिर्वचनीय असाधारणता उद्‌भासित हो उठती है'' तो गोरा पहले की भाँति उस कथन को हँसी में उड़ा नहीं पाया। गोरा ने मन-ही-मन स्वीकार किया, वह सामान्य मिलन नहीं, वह परिपूर्णता है, उसके सान्निध्य में सभी वस्तुओं का मूल्य बढ़ जाता है; वह कल्पना को देह प्रदान करता है, और देह को प्राणों से भर देता है; वह प्राणों में प्राणता और मन में मनन को द्विगुणित ही नहीं करता, उन्हें एक नूतन रस से अभिषिक्त कर देता है।

आज, विनय से सामाजिक विच्छेद के दिन, विनय का हृदय गोरा के हृदय में एक अद्‌भुत एकतान संगीत गूँजा गया। विनय चला गया, दिन चढ़ने लगा, किन्तु उस संगीत ने किसी भी तरह विराम नहीं लेना चाहा। समुद्रगामिनी दो नदियाँ मिलने से जैसा हो जाता है, आज उसी प्रकार विनय के प्रेम की धारा गोरा के प्रेम की धारा पर गिर कर तरंगों से तरंगें मुखरित करने लगी। जिसे गोरा किसी प्रकार बाधा देकर, आड़ में करके, क्षीण बना कर अपने से छिपाए रखने की चेष्टा करता आ रहा था, आज उसी ने कगारों से उफन कर अपने को स्पष्ट और शक्तिशाली मूर्ति के रूप में प्रकट कर दिया। उसे अवैध कह कर निन्दा करे, तुच्छ कह कर उसकी अवज्ञा करे, आज गोरा में वह शक्ति नहीं रही।

पूरा दिन इसी तरह कट गया; अन्त में जब अपराह्न संध्या में विलीन होने चला, तो गोरा एक चादर उतार कर कंधे पर डाल बाहर रास्ते में निकल आया। गोरा ने कहा, 'जो मेरा ही है, उसे मैं लूँगा। अन्यथा पृथिवी पर मैं अधूरा हूँ, मैं व्यर्थ हो जाऊँगा।'

सुचरिता सारे संसार में उसी के आह्वान की प्रतीक्षा कर रही है, इसमें गोरा के मन में लेशमात्र संशय नहीं रहा। आज ही, इस संध्या को ही वह यह प्रतीक्षा पूर्ण करेगा।

भीड भरे कोलकाता की सड़क पर गोरा तेजी से चलता गया। जैसे कोई भी, जैसे किसी भी तरह उसे छू नहीं पाया। उसका मन उसके शरीर का अतिक्रमण करके एकाग्र होकर कहीं चला गया है।

गोरा सुचरिता के घर के सामने पहुँच कर मानो, हठात् सचेत हो रुक कर खड़ा

हो गया। इतने दिन से आ रहा है, कभी दरवाजा बन्द नहीं देखा, आज देखा, दरवाजा खुला नहीं है। ठेल कर देखा, भीतर से बन्द। खड़े होकर थोड़ा सोचा; उसके बाद दो-चार बार दरवाजा खटखटाया।

नौकर दरवाजा खोल कर बाहर निकला। उसने संध्या के धुँधलके में गोरा को देखते ही किसी भी प्रश्न की प्रतीक्षा न करके कहा, दीदी जी घर में नहीं हैं।

कहाँ हैं?

वे ललिता दीदी के विवाह की तैयारी में कई दिन से दूसरी जगह काम में लगी हैं।

क्षण भर को गोरा ने सोचा, वह विनय के विवाह-समारोह में ही जाएगा। तभी घर के भीतर से एक अपरिचित बाबू ने बाहर आकर कहा, "क्या है महाशय, क्या चाहते हैं?"

गोरा ने उसका आपादमस्तक निरीक्षण करके कहा, "नहीं, कुछ नहीं चाहता।"

कैलास ने कहा, "आइए ना, थोड़ा बैठिए, तम्बाकू पीजिए।"

संगी के अभाव में कैलास के प्राण निकले जा रहे थे। चाहे जो हो, किसी एक को भी घर में खींच लाकर गपशप जमा सके, तो उसे चैन मिले। दिन के समय हुक्का हाथ में लिए गली के मोड़ के निकट खड़े होकर रास्ते में लोगों की आवाजाही देखते-देखते एक प्रकार से उसका समय कट जाता है, किन्तु संध्या के समय घर में उसका दम घुटने लगता है। हरिमोहिनी के साथ उसे जो बातचीत करनी थी, वह सब पूरी हो गई है। हरिमोहिनी की बातचीत करने की शक्ति भी अत्यन्त कम है। इसी कारण कैलास नीचे की मंजिल में बाहर वाले दरवाजे के पास एक छोटे कमरे में बैठा बीच-बीच में नौकर को बुला कर उसके साथ गपशप करके समय व्यतीत कर रहा है।

गोरा ने कहा, "नहीं, मैं अभी नहीं बैठ सकता।"

कैलास द्वारा फिर से अनुरोध की शुरुआत करते ही, वह पलक झपकने के पहले ही गली के एकदम पार हो गया।

गोरा का एक संस्कार उसके मन में दृढ़ हो गया था, कि उसके जीवन की अधिकांश घटनाएँ आकस्मिक नहीं होतीं अथवा केवलमात्र उसकी व्यक्तिगत इच्छा द्वारा फलित नहीं होतीं। उसने अपने स्वदेश-विधाता के किसी अभिप्राय को सफल करने के लिए ही जन्म लिया है।

इसी कारण, गोरा अपने जीवन की छोटी-छोटी घटनाओं का भी एक विशेष अर्थ समझने की चेष्टा करता था। आज जब उसने अचानक अपने मन की एक इतनी बड़ी और प्रबल आकांक्षा के मुँह में पड़ कर सुचरिता का द्वार बन्द देखा और जब द्वार खुलने पर सुना कि सुचरिता नहीं है, तब इसे उसने एक अभिप्रायपूर्ण घटना के रूप में ही ग्रहण किया। जो उसका संचालन कर रहे हैं, उन्होंने आज गोरा को इस प्रकार निषेध जता दिया। इस जीवन में सुचरिता का द्वार उसके लिए बन्द है, सुचरिता उसके

लिए नहीं है। गोरा जैसे मनुष्य का अपनी इच्छा पर मुग्ध होना नहीं चलेगा, उसका अपना कोई सुख-दुख नहीं है। वह भारतवर्ष का ब्राह्मण है, उसे भारतवर्ष का बन कर देवताओं की आराधना करनी होगी, भारतवर्ष का बन कर तपस्या करना ही उसका काम है। आसक्ति-अनुरक्ति उसके लिए नहीं है। गोरा ने मन-ही-मन कहा, 'विधाता ने मुझे आसक्ति का रूप स्पष्ट करके दिखा दिया है—दिखा दिया है कि वह शुभ्र नहीं है, शान्त नहीं है, वह मोह की भाँति रक्तवर्णी है और मदिरा की भाँति उग्र है, वह बुद्धि को स्थिर नहीं रहने देती, वह एक को दूसरा बना कर दिखाती है; मैं संन्यासी हूँ, मेरी साधना में उसका स्थान नहीं है।

70

बहुत दिन के पीड़न के पश्चात इन कुछ दिन सुचरिता ने आनन्दमयी के पास जो सुख पाया, वह उसे कभी नहीं मिला था। आनन्दमयी ने ऐसी सहजता से उसे अपने निकट खींच लिया कि, सुचरिता सोच भी नहीं पाती कि वे कभी उसकी अपरिचिता अथवा उससे दूर थीं। उन्होंने किस प्रकार एक तरह से सुचरिता के संपूर्ण मन को समझ लिया है और कुछ कहे बिना भी वे सुचरिता को एक गहरी सान्त्वना प्रदान कर रही हैं। सुचरिता ने माँ शब्द को और कभी इस भाँति अपने संपूर्ण हृदय से उच्चरित नहीं किया था। कोई प्रयोजन न होने पर भी आनन्दमयी को केवल माँ पुकारने के लिए, वह नाना बहाने गढ़ कर उन्हें बुलाती थी। जब ललिता के विवाह का सारा कार्य सम्पन्न हो गया, तब थका शरीर लिए बिछोने पर लेट कर उसके मन में केवल यही बात आने लगी—अब आनन्दमयी को छोड़ कर वह किस तरह जाएगी! वह अपने आपमें ही बोलने लगी—माँ, माँ, माँ! बोलते-बोलते उसका हृदय मरोड़ते हुए दोनों आँखों से आँसू झरने लगे। उसी समय अचानक देखा, आनन्दमयी उसकी मसहरी उठा कर बिस्तर पर आ गईं। उन्होंने उसके शरीर पर हाथ फिराते हुए कहा, "मुझे बुला रही थी क्या?"

तब सुचरिता को चेतना हुई, वह 'माँ माँ' कह रही थी। सुचरिता कोई उत्तर नहीं दे पाई, आनन्दमयी की गोद में मुँह छिपा कर रोने लगी। आनन्दमयी बिना कुछ बोले धीरे-धीरे उसके शरीर पर हाथ फिराने लगीं। वे उस रात उसी के पास सोईं।

आनन्दमयी विनय का विवाह होने के तुरन्त बाद ही विदा नहीं ले पाईं। वे बोलीं, 'ये दोनों जने अनाड़ी हैं, इनकी गृहस्थी थोड़ी सँभाले बिना मैं जाऊँ कैसे?'

सुचरिता ने कहा, "माँ, तब इन कुछ दिन मैं भी आपके साथ रहूँगी।"

ललिता ने भी उत्साहित होकर कहा, "हाँ माँ, सुचि दीदी भी कुछ दिन हमारे साथ रहें।"

सतीश इस परामर्श को सुन पाते ही दौड़ कर सुचरिता की गर्दन पकड़ कर उछलते-उछलते बोला, ''हाँ दीदी, मैं भी तुम लोगों के साथ रहूँगा।''

सुचरिता ने कहा, ''तुम्हारी तो पढ़ाई है, बख़्तियार!''

सतीश ने कहा, ''विनय बाबू मुझे पढ़ाएँगे।''

सुचरिता ने कहा, ''विनय बाबू अब तेरी मास्टरी नहीं कर पाएँगे।''

विनय पास के कमरे से बोल पड़ा, ''खूब कर पाऊँगा। यह समझ नहीं पा रहा हूँ कि एक दिन में इतना क्या कमजोर हो गया हूँ। ऐसा तो नहीं लगता कि अनेक रात जाग कर जितनी पढ़ाई-लिखाई की थी, वह एक रात में ही भूल बैठा हूँ।''

आनन्दमयी ने सुचरिता से कहा, ''तुम्हारी मौसी क्या राजी होंगी?''

सुचरिता बोली, ''मैं उन्हें एक चिट्ठी लिख रही हूँ।''

आनन्दमयी ने कहा, ''तुम मत लिखो। मैं ही लिखूँगी।''

आनन्दमयी जानती थीं, अगर सुचरिता रुकने की इच्छा प्रकट करेगी, तो उससे हरिमोहिनी को बुरा लगेगा। लेकिन उनके अनुरोध करने पर यदि वे गुस्सा भी करें, तो उन्हीं पर करेंगी, उसमें हानि नहीं है।

आनन्दमयी ने पत्र से सूचित किया, ललिता की घर-गृहस्थी ठीकठाक कर देने के लिए उन्हें कुछ दिन विनय के घर रहना होगा। यदि इन कुछ दिनों के लिए सुचरिता को भी उनके साथ रहने की अनुमति मिल जाए, तो उनकी बड़ी सहायता हो जाएगी।

आनन्दमयी की चिट्ठी से हरिमोहिनी केवल गुस्सा ही हुई हों, ऐसा नहीं, उनके मन में एक विशेष संदेह भी पैदा हुआ। उन्होंने सोचा, बेटे को उन्होंने घर आने से रोक दिया, अब सुचरिता को फंदे में फँसाने के लिए माँ कौशल का जाल फैला रही है। उन्होंने स्पष्ट देख लिया, इसमें माँ-बेटे की मिलीभगत है। उन्होंने याद किया, आनन्दमयी के हावभाव देख कर उन्हें प्रारम्भ में ही अच्छा नहीं लगा था।

और तनिक भी विलम्ब न करके जितनी जल्दी संभव हो, सुचरिता को एक बार विख्यात राय-खानदान के हवाले करके निरापद कर पाएँ, तो उन्हें चैन पड़े। फिर, कैलास को ही इस तरह कब तक बैठा कर रखा जा सकता है! उस बेचारे ने तो दिन-रात तम्बाकू के कश लगा-लगा कर घर की दीवारें काली कर डालने का बहाना ढूँढ़ लिया है –?

जिस दिन चिट्ठी मिली, उसके दूसरे दिन सवेरे ही नौकर को साथ लेकर हरिमोहिनी स्वयं पालकी से विनय के घर आ धमकीं। उस समय, सुचरिता, ललिता और आनन्दमयी नीचे वाले कमरे में खाना बनाने की तैयारी में बैठ गई थीं। ऊपर के कमरे में वर्तनी के साथ अंगरेजी शब्द और उनके बंगला पर्याय याद करने के बहाने सतीश के गले की आवाज से सारा मुहल्ला अचंभित हो रहा था। घर में उसके गले की आवाज में इतना जोर महसूस नहीं किया जाता, किन्तु यहाँ वह अपनी पढ़ाई-लिखाई

की बिल्कुल अवहेलना नहीं कर रहा है, इसे बिना किसी संशय के प्रमाणित करने के लिए उसे बड़ी कोशिश करके अपने कंठ-स्वर का अनावश्यक प्रयोग करना पड़ रहा है।

आनन्दमयी ने विशेष आदर के साथ हरिमोहिनी की अगवानी की। उस सारे शिष्टाचार की ओर ध्यान न देकर उन्होंने सीधे कहा, ''मैं राधारानी को लेने आई हूँ।''

आनन्दमयी बोलीं, ''वह, ठीक है, ले जाना, थोड़ा बैठो।''

हरिमोहिनी ने कहा, ''ना, मेरी पूजा-अर्चना सब पड़ी है, मेरा दैनिक-पाठ भी नहीं निबटा—मैं अभी यहाँ नहीं बैठ पाऊँगी।''

सुचरिता बिना कुछ कहे लौकी काटने में लगी थी। हरिमोहिनी ने उसे ही संबोधित करके कहा, ''सुन रही हो! दिन चढ़ आया है।''

ललिता और आनन्दमयी चुप बैठी रहीं। सुचरिता अपना काम छोड़ कर उठी और बोली, ''मौसी, चलो।''

हरिमोहिनी के पालकी की ओर जाने को होते ही सुचरिता ने उनका हाथ पकड़ कर कहा, ''आओ, जरा इस कमरे में आओ।''

कमरे में ले जाकर सुचरिता दृढ़ स्वर में बोली, ''जब तुम मुझे लेने आई हो, तो सब लोगों के सामने तुम्हें ऐसे ही वापस नहीं जाने दूँगी, मैं तुम्हारे साथ चल रही हूँ, लेकिन आज दोपहर को ही मैं फिर यहाँ लौट आऊँगी।''

हरिमोहिनी ने कुढ़ कर कहा, ''यह फिर कैसी बात है! तो कहतीं क्यों नहीं, हमेशा यहीं रहोगी।''

सुचरिता ने कहा, ''हमेशा तो नहीं रह पाऊँगी। उसी कारण, जितने दिन उनके साथ रह सकती हूँ, मैं उन्हें नहीं छोड़ूँगी।''

इस बात पर हरिमोहिनी जलभुन उठीं, किन्तु इस समय कोई बात कहना उन्होंने तर्कसंगत नहीं समझा।

सुचरिता ने आनन्दमयी के निकट आकर मुस्कुराते हुए कहा, ''माँ, तो मैं थोड़ा घर हो आऊँ!''

आनन्दमयी ने कोई प्रश्न न करके कहा, ''ठीक है, हो आओ बेटी!''

सुचरिता ने ललिता के कान में कहा, ''मैं आज फिर दोपहर में आ जाऊँगी।''

पालकी के सामने खड़े होकर सुचरिता ने कहा, ''सतीश?''

हरिमोहिनी ने कहा, ''सतीश को रहने दे ना!''

सतीश घर जाकर विघ्न बन सकता है, यह सोच कर उन्होंने सतीश के दूर रहने को ही सुयोग माना।

दोनों के पालकी पर चढ़ने के बाद हरिमोहिनी ने भूमिका बाँधने की चेष्टा की। बोलीं, ''ललिता का ब्याह तो हो गया। ठीक ही हुआ, एक लड़की की ओर से तो परेश बाबू निश्चिन्त हो गए!''

यह कह कर, घर में अविवाहित लड़की कितना भारी दायित्व होती है, अभिभावकों के लिए कैसी दुस्सह व्याकुलता का कारण बनी रहती है, इस पर प्रकाश डाला।

"तुमसे क्या बताऊँ, मेरी कोई और चिन्ता नहीं है। भगवान का नाम जपते-जपते यही चिन्ता मन में आ जाती है। सच कह रही हूँ, ठाकुर-सेवा में मैं पहले की भाँति मन लगा ही नहीं पाती। मैं कहती हूँ, हे गोपीवल्लभ, सब छीन लेने के बाद मुझे फिर से यह किस नए फन्दे में फाँस दिया!"

ऐसा नहीं कि हरिमोहिनी की यह केवल सांसारिक-व्याकुलता है, इससे उनके मुक्ति-मार्ग में भी विघ्न पड़ रही है। तब भी, इतने अधिक भीषण संकट की बात सुन कर भी सुचरिता चुप रही, उसके मन का सही भाव क्या है, इसे हरिमोहिनी समझ नहीं पाईं। मौन को सम्मति का लक्षण मान लेना, जो एक बँधीबँधाई बात है, उन्होंने उसे ही अपने अनुकूल ग्रहण कर लिया। उन्हें लगा, जैसे सुचरिता का मन थोड़ा नरम हो आया है।

उन्होंने ऐसा आभास दिया कि सुचरिता के समान लड़की को हिन्दू-समाज में प्रवेश दिलाने जैसे बड़े दुरूह-कार्य को हरिमोहिनी ने नितान्त सहज कर दिया है। एक ऐसा सुयोग एकदम निकट आ गया है कि बड़े-बड़े कुलीन घरों के निमन्त्रण में एक पंक्ति में भोजन करने पर कोई उसे चूँ तक करने का साहस नहीं करेगा।

भूमिका के यहाँ तक पहुँचते-पहुँचते पालकी घर आ पहुँची। दोनों के द्वार के निकट उतर कर घर में प्रवेश करने पर ऊपर जाते समय सुचरिता ने देख लिया, दरवाजे के पास वाले कमरे में एक अपरिचित व्यक्ति नौकर से हथेलियों की जोरदार थपकियों की आवाज के साथ तेल-मालिश करवा रहा है। उसने उसे देख कर कोई झिझक नहीं दिखाई—उसकी ओर विशेष कुतूहल के साथ देखा।

ऊपर जाकर हरिमोहिनी ने अपने देवर के आने का समाचार सुचरिता को दिया। पहले की भूमिका के साथ जोड़ कर सुचरिता ने इस घटना का अर्थ अच्छी तरह समझ लिया। हरिमोहिनी ने उसे समझाने की चेष्टा की, घर में अतिथि आया है, इस अवस्था में उसे छोड़ कर आज दोपहर में ही चले जाना उसके लिए शिष्टाचार नहीं होगा।

सुचरिता ने बहुत जोर से गर्दन हिला कर कहा, "ना मौसी, मुझे जाना ही होगा।"

हरिमोहिनी बोलीं, "तो ठीक है, आज के बदले तुम कल जाना।"

सुचरिता ने कहा, "मैं अभी नहाते ही पिताजी के यहाँ खाने जाऊँगी, वहाँ से ललिता के घर चली जाऊँगी।"

तब हरिमोहिनी ने स्पष्ट रूप से कहा, "तुम्हें ही तो देखने आया है।"

सुचरिता ने चेहरा लाल करके कहा, "मुझे देखने का क्या लाभ?"

हरिमोहिनी ने कहा, "लो सुनो! आजकल, देखे बिना क्या यह सब काम होने का

उपाय है! बल्कि वह उन दिनों तो चलता था। शुभ-दृष्टि[1] के पूर्व तुम्हारे मौसा ने मुझे नहीं देखा था।''

यह कह कर, इस स्पष्ट-संकेत के ऊपर जल्दी-जल्दी और भी अनेक बातों की तह लगा दी। विवाह-पूर्व कन्या देखने के अवसर पर उनके मायके में सुविख्यात राय-परिवार से उनके वंश का अनाथबन्धु नाम का पुराना कर्मचारी और ठाकुरदासी नाम की बूढ़ी दासी, दोनों जने पगड़ी पहने दंडधारी दरबान को लेकर किस प्रकार कन्या को देखने आए थे और उस दिन उनके अभिभावकों का मन कैसा उद्विग्न हो उठा था तथा राय-वंश के इन सब सेवकों को खान-पान और सम्मान से संतुष्ट करने के लिए उस दिन उनके घर में कैसी हलचल मच गयी थी, उसका बखान करके दीर्घ निश्वास छोड़ी और बोलीं, ''अब तो दिन-पल दूसरी तरह के हो गए हैं।''

हरिमोहिनी ने कहा, ''विशेष कुछ भी झंझट नहीं, केवल पाँच मिनट को देख जाएगा।''

सुचरिता ने कहा, ''नहीं।''

वह 'ना' इतनी प्रबल और स्पष्ट थी कि हरिमोहिनी को चुप होना पड़ा। वे बोलीं, ''अच्छा ठीक है, वह मत करो। देखने की तो कोई आवश्यकता नहीं है, तब भी कैलास आजकल का लड़का है, पढ़ाई-लिखाई की है, तुम्हारी तरह ही वह तो कुछ भी नहीं मानता, कहता है, 'कन्या को अपनी आँखों से देखूँगा'। तो वह, तुम लोग सबके सामने निकलती ही हो, इसी से कह दिया, 'देख लेना, वह क्या बड़ी बात है, एक दिन मिलवा दूँगी'। उसमें तुम्हें लज्जा आ रही है, तो देखना नहीं होगा।''

यह कह कर, कैलास ने कैसी आश्चर्यजनक पढ़ाई-लिखाई की है, उसने अपने गाँव के पोस्ट-मास्टर को अपने कलम की एक नोक से कैसे विपत्ति में डाल दिया था—आसपास चारों ओर के गाँवों में जिस किसी को मामला-मुकद्दमा करना होता है, दरखास्त लिखनी होती है, कैलास के परामर्श के बिना उसके पास एक कदम उठाने का उपाय नहीं है—उन्होंने इसे विस्तार के साथ बताया। और उसके स्वभाव तथा चरित्र की बात लेकर अधिक कुछ कहना ही व्यर्थ है। अपनी पत्नी की मृत्यु के बाद

---

1. शुभ-दृष्टि : बंगाली-समाज में विवाह-संस्कार के अवसर पर संपन्न होने वाली एक रीत। इसमें वर, विवाह-संस्कार-मण्डप में जाने के पूर्व उसी के निकट 'छादनातला' नाभक स्थान पर खड़ा रहता है। विवाहित मामा, चाचा, भाई आदि के द्वारा कन्या को पीढ़े पर बैठा कर लाया जाता है और उसी स्थिति में वर के सात चक्कर कटवाए जाते हैं। कन्या अपना चेहरा पान से ढके रहती है। सातवाँ चक्कर पूरा होने पर एक श्वेत वस्त्र छत की तरह तान कर वर-कन्या को उसके नीचे कर लिया जाता है। तब पीढ़े पर बैठी कन्या अपने चेहरे के सामने से पान हटा कर पहली बार वर को देखती है। वह तीन बार ऐसा करती है। इसी रीत को शुभ-दृष्टि कहा जाता है। पूर्वी बंगाल (वर्तमान बांगलादेश) के बंगाली समाज में कन्या को पीढ़े पर नहीं बैठाया जाता। शेष प्रक्रिया समान ही रहती है।

वह तो किसी भी तरह विवाह करना नहीं चाहता था; संबन्धियों, परिवारी-जनों, सभी के मिल कर जोर डालने पर और केवल बड़ों के आदेश का पालन करने के लिए ही तैयार हुआ है। इस प्रस्ताव पर सहमत करने में ही हरिमोहिनी को क्या कम कष्ट उठाना पड़ा है! वह क्या सुनना चाहता है! उसका बड़ा वंश है। समाज में उन लोगों का भारी मान है।

सुचरिता ने उस मान को हीन बनाने के लिए कुछ भी स्वीकार नहीं किया। किसी प्रकार नहीं। उसने अपने गौरव और स्वार्थ पर दृष्टिपात तक नहीं किया। यहाँ तक कि अगर उसे हिन्दू-समाज में स्थान न भी मिले, तो वह लेशमात्र विचलित नहीं होगी, उसका ऐसा भाव दिखाई दिया। बहुत कोशिश करके कैलास को विवाह के लिए राजी करा लेना सुचरिता के लिए कोई कम सम्मान की बात नहीं है, यह बात उस मूढ़ को किसी भी तरह समझ में नहीं आई, उल्टे वह इसे अपमान का कारण मान बैठी। आधुनिक-काल के इस सारे उल्टे-व्यापार पर हरिमोहिनी पूरी तरह भौंचक रह गईं।

तब वे मन के आक्रोश के कारण बार-बार गोरा की ओर संकेत करके जली-कटी सुनाने लगीं। गोरा अपने को हिन्दू कह कर चाहे जितनी बड़ाई क्यों न करे, समाज में उसका क्या स्थान है! यदि वह लोभ में पड़ कर ब्राह्म-घर की किसी पैसे वाली लड़की से विवाह कर ले, तो समाज के दंड से भी किसके बल पर बच पाएगा! तब दसियों लोगों का मुँह बन्द करने में सारा पैसा फूँक देना पड़ेगा। इत्यादि।

सुचरिता ने कहा, "मौसी, ये सारी बातें तुम क्यों कह रही हो? तुम्हें पता है, इन सब बातों का कोई मूल्य नहीं है।"

तब हरिमोहिनी बोलीं, उनकी जितनी उम्र हो गई है, उस उम्र में किसी के लिए भी उन्हें बातों में भुलाना संभव नहीं है। उनके आँख-कान खुले ही रहते हैं, सभी कुछ देखती हैं, सुनती हैं, समझती हैं, केवल चुपचाप आश्चर्य करती रहती हैं। गोरा जो अपनी माँ की मन्त्रणा से सुचरिता से विवाह करने की चेष्टा कर रहा है, उस विवाह का गूढ़ उद्‌देश्य श्रेष्ठ नहीं है, और यदि राय-कुल के सहयोग से वे सुचरिता की रक्षा नहीं कर पाईं, तो कल जो घटेगा, उस सम्बन्ध में उन्होंने असंदिग्ध विश्वास प्रकट कर दिया।

सुचरिता के लिए सहिष्णु-स्वभाव असह्य हो उठा; उसने कहा, "तुम जिनकी बात कह रही हो, मैं उन्हें श्रद्धा करती हूँ, उनके साथ मेरा जो सम्बन्ध है, जब तुम उसे किसी तरह ठीक रूप में समझोगी ही नहीं, तो मेरे पास और कोई उपाय नहीं, मैं अभी यहाँ से चली—जब तुम शान्त हो जाओगी और घर में तुम्हारे साथ अकेली रह पाऊँगी, तब मैं लौट आऊँगी।"

हरिमोहिनी ने कहा, "यदि तेरा मन गौरमोहन की ओर नहीं है, यदि ऐसी बात है कि उसके साथ तेरा ब्याह होगा ही नहीं, तो इस वर ने ही क्या दोष किया है? तुम अन-ब्याही तो रहोगी नहीं?"

सुचरिता ने कहा, "क्यों नहीं रहूँगी! मैं विवाह नहीं करूँगी।"

हरिमोहिनी आँखें फाड़ कर बोलीं, "बूढ़ी होने तक इसी तरह–"

सुचरिता ने कहा, "हाँ, मृत्युपर्यन्त।"

71

इस आघात से गोरा के मन में एक परिवर्तन आ गया। सुचरिता के द्वारा गोरा का मन जो आक्रान्त हो ऊठा है, उसने उसका कारण विचार कर देखा–वह इन लोगों के साथ मिलता रहा है, उसी में कभी अपने अनजाने इन लोगों से स्वयं को जोड़ लिया। जहाँ निषेध की सीमा खिंची थी, गोरा ने दंभ में भर कर उस सीमा का उल्लंघन कर दिया। यह हमारे देश की पद्धति नहीं है। कोई अपनी सीमा की रक्षा न कर पाकर, जाने या अनजाने केवल अपना ही अनिष्ट कर बैठता हो, ऐसा नहीं, दूसरे का हित करने की उसकी विशुद्ध शक्ति भी चली जाती है। हृदय-वृत्तियाँ संसर्ग द्वारा नाना प्रकार से प्रबल होकर ज्ञान को, निष्ठा को, शक्ति को दूषित करती रहती हैं।

ऐसा नहीं कि ब्राह्म-घर की लड़कियों के साथ मिलने से ही उसने इस सत्य का आविष्कार किया हो। गोरा जो जन-साधारण के साथ मिलने गया था, वहाँ भी मानो, एक भँवर के बीच पड़ कर स्वयं अपने को खोने का उपक्रम किया था। क्योंकि, उसमें पग-पग पर दया जन्म लेती थी; उस दया के वशीभूत वह केवल यही सोचता था, यह बुरा है, यह अन्याय है, इसे मिटा देना उचित है। लेकिन क्या यह दया-वृत्ति ही अच्छे-बुरे के सुविचार की क्षमता को विकृत नहीं कर देती? हम दया करने की झोंक में जितना ही आगे बढ़ते हैं, सत्य को निर्विकार-भाव से देखने की हमारी शक्ति उतनी ही नष्ट हो जाती है–जो नितान्त हल्का है, उसे प्रधूमित करुणा की कालिमा में लपेट कर अत्यन्त गाढ़ा करके देखते हैं।

गोरा बोला–इसीलिए, जिस पर समग्र के हित का भार है, हमारे देश में उसके निर्लिप्त रहने का विधान चला आ रहा है। प्रजा के साथ नितान्त घनिष्ठ रूप से घुलमिल जाने पर ही राजा के लिए प्रजा-पालन संभव होता है, यह बात एकदम निराधार है। राजा को प्रजा के सम्बन्ध में जिस प्रकार की जानकारी की आवश्यकता होती है, संपर्क के द्वारा वह कलुषित हो जाती है। इसी कारण, प्रजा-जनों ने अपने आप ही अपने राजा को दूरत्व से घेर कर रखा है। राजा के उनका सहचर होते ही राजा का प्रयोजन समाप्त हो जाएगा।

ब्राह्मण भी उसी प्रकार सुदूरस्थ है, उसी प्रकार निर्लिप्त है। ब्राह्मण को अनेक का मंगल करना होगा, इसीलिए अनेक के संसर्ग से ब्राह्मण वंचित है।

गोरा ने कहा, 'मैं भारतवर्ष का वही ब्राह्मण हूँ।' दस लोगों से जुड़ कर, व्यवसाय

की कीचड़ में लोट कर, अर्थ के प्रलोभन से लुब्ध होकर, जो ब्राह्मण क्षूद्रत्व का फंदा गले में पहन कर फाँसी के फन्दे पर लटक रहे हैं, गोरा ने उन्हें स्वदेश के सजीव प्राणियों में नहीं माना; उन्हें शूद्र से अधम रूप में देखा, कारण, शूद्र अपने शूद्रत्व के द्वारा ही बचा हुआ है, किन्तु ये लोग ब्राह्मणत्व के अभाव में मृत हैं, फलस्वरूप ये अपवित्र हैं। इन्हीं के कारण भारतवर्ष आज इस प्रकार दीन-भाव में, अपवित्रता में समय व्यतीत कर रहा है।

गोरा ने अपने भीतर उसी ब्राह्मण के संजीवन-मन्त्र की साधना करने के लिए मन को तैयार किया। कहा, 'मुझे निरतिशय पवित्र होना होगा। मैं सभी के संग समान भूमि पर नहीं खड़ा हूँ। बन्धुत्व मेरे लिए प्रयोजनीय सामग्री नहीं है, नारी का संग जिनके लिए एकान्त उपादेय है, मैं उस साधारण श्रेणी का मनुष्य नहीं हूँ, और देश के निम्न-साधारण लोगों से घनिष्ठ संपर्क मेरे लिए पूर्णतः वर्जनीय है। जिस प्रकार पृथिवी वर्षा के लिए सुदूर आकाश की ओर ताकती रहती है, उसी प्रकार ये लोग ब्राह्मण की ओर देखते रहते हैं, मैं निकट आ जाऊँ, तो इनकी रक्षा कौन करेगा?'

इसके पूर्व गोरा कभी देव-पूजा में मन नहीं लगाता था। जब से उसका हृदय क्षुब्ध हुआ है, वह किसी तरह अपने को बाँध कर नहीं रख पा रहा है, काम उसे शून्य अनुभव हो रहा है और जीवन मानो, अधूरा होकर रुदन करके मर रहा है, तभी से गोरा पूजा में मन लगाने की चेष्टा कर रहा है। हर बार स्थिर भाव से प्रतिमा के सामने बैठ कर गोरा उसी मूर्ति में अपने मन को पूर्णतः लगाने की चेष्टा करता है। किन्तु वह किसी भी उपाय से अपने में भक्ति नहीं जगा पाता। वह बुद्धि द्वारा देवता की व्याख्या करता है, उसे रूपक बना कर किसी भी तरह ग्रहण नहीं कर पाता। किन्तु रूपक को हृदय की भक्ति नहीं दी जाती। आध्यात्मिक व्याख्या की पूजा नहीं की जाती। परन्तु मन्दिर में बैठ कर पूजा की चेष्टा न करके, कमरे में बैठ कर अपने मन अथवा किसी के साथ तर्क-वितर्क के बहाने जब मन और वाणी को भाव-धारा में बहा देता था, तब उसके मन में एक आनन्द और भक्ति-रस का संचार होता था। फिर भी गोरा ने छोड़ा नहीं—वह प्रतिदिन यथा-नियम पूजा में बैठने लगा, इसे उसने नियमस्वरूप ही ग्रहण किया। मन को यही कह कर समझाया, जहाँ भाव के सूत्र में सबके साथ मिलने की शक्ति न रहे, वहाँ नियम-सूत्र में ही सर्वत्र-मिलन रक्षा करता है। गोरा जब भी गाँव में गया, वहाँ के देव-मन्दिर में जाकर मन-ही-मन गहन-भाव से ध्यान करके बोला, यहीं मेरा विशेष स्थान है—एक ओर देवता और दूसरी ओर भक्त—उन्हीं के मध्य ब्राह्मण, सेतु स्वरूप दोनों के मिलन की रक्षा कर रहा है। धीरे-धीरे गोरा को लगा, ब्राह्मण को भक्ति की आवश्यकता नहीं है। भक्ति जन-साधारण की ही विशेष सामग्री है। भक्त और भक्ति के मध्य जो सेतु है, वह ज्ञान का ही सेतु है। यह सेतु जैसे दोनों के मिलन की रक्षा करता है, उसी प्रकार दोनों की सीमा की रक्षा भी करता है। भक्त और देवता के मध्य यदि विशुद्ध ज्ञान व्यवधान के समान

न रहे, तो सब कुछ विकृत हो जाए। इसी कारण भक्ति-विह्वलता ब्राह्मण के भोग की सामग्री नहीं है, ब्राह्मण ज्ञान के शिखर पर बैठा इस भक्ति-रस को सर्व-साधारण के भोगार्थ विशुद्ध बनाए रखने के लिए तपस्यारत है। जैसे संसार में ब्राह्मण के लिए आराम का भोग नहीं है, वैसे ही देवार्चना में भी ब्राह्मण के लिए भक्ति का भोग नहीं है। यही ब्राह्मण का गौरव है। संसार में ब्राह्मण के लिए नियम-संयम और धर्म-साधना में ब्राह्मण के लिए ज्ञान।

हृदय गोरा को हार मनवा रहा था, इसी अपराध में गोरा ने हृदय के लिए निर्वासन के दंड का विधान किया। किन्तु निर्वासन में उसे ले कौन जाएगा? वह सेना कहाँ है?

72

गंगा के किनारे बगीचे में प्रायश्चित-सभा की तैयारी होने लगी।

अविनाश को मन में एक क्षोभ अनुभव होने लगा कि अनुष्ठान कोलकाता के बाहर हो रहा है, इससे लोगों की दृष्टि उतनी अधिक आकृष्ट नहीं होगी। अविनाश जानता था, गोरा को अपने लिए प्रायश्चित की कोई आवश्यकता नहीं है, आवश्यकता है, देश के लोगों के लिए। मॉरल इफेक्ट! इसलिए भीड़ में ही यह काम आवश्यक था।

लेकिन गोरा सहमत नहीं हुआ। वह जैसा वृहत् यज्ञ करके, वेद-मन्त्र-पाठ करके यह कार्य करना चाहता है, वैसा कोलकाता शहर के मध्य उपयुक्त नहीं है। इसके लिए तपोवन की आवश्यकता है। स्वाध्याय मुखरित होमाग्निदीप्त निभृत गंगा-तट पर गोरा उसी प्राचीन भारतवर्ष का आह्वान करेगा, जो जगत-गुरु है और स्नान करके पवित्र होकर वह उसी से नव-जीवन की दीक्षा ग्रहण करेगा। गोरा मॉरल इफेक्ट के लिए व्याकुल नहीं है।

तब अविनाश ने कोई उपाय न देख समाचारपत्रों का सहारा लिया। उसने गोरा को बताए बिना ही इस प्रायश्चित का समाचार सब समाचारपत्रों को प्रेषित कर दिया। केवल वही नहीं, उसने संपादकीय-स्तम्भ के लिए बड़े-बड़े लेख लिख दिए—उनमें उसने यही बात विशेष रूप से बताई कि गोरा के समान तेजस्वी पवित्र ब्राह्मण को कोई दोष स्पर्श नहीं कर सकता, फिर भी गोरा वर्तमान पतित भारतवर्ष के सारे पातक अपने कन्धे पर लेकर सम्पूर्ण देश का होकर प्रायश्चित कर रहा है। उसने लिखा—हमारा देश अपने दुष्कर्मों के फलस्वरूप जैसे आज विदेशियों के कारागार में दुख भोग रहा है, वैसे ही गोरा ने भी अपने जीवन में उसी कारागार में रहने का दुख स्वीकार कर लिया है। इस प्रकार, जैसे वह देश का दुख अपने आप ढो रहा है, उसी तरह देश के अनाचार के प्रायश्चित के लिए भी अपने आप ही अनुष्ठान करने को

प्रस्तुत हो गया है, अतएव बंगाली भाइयो, भाई, भारत की पच्चीस करोड़ दुखी सन्तान, तुम लोग–इत्यादि इत्यादि।

गोरा ये सारे लेख पढ़ कर क्रोध के मारे परेशान हो गया। किन्तु अविनाश को रोकने का उपाय नहीं था। गोरा के उसको गाली देने पर भी वह बुरा नहीं मानता, बल्कि खुश होता है। 'मेरे गुरु अति उच्च भाव-लोक में ही विहार करते हैं, ये सब संसार की बातें कुछ भी नहीं समझते। वे बैकुण्ठवासी नारद के समान वीणा बजा कर विष्णु को विगलित करके गंगा की सृष्टि कर रहे हैं, लेकिन उसी गंगा को मर्त्य-लोक में प्रवाहित करके सगर-सन्तान की भस्म-राशि के उद्धार का काम पृथिवी के भगीरथ का है–वह स्वर्ग के लोगों का काम नहीं है। ये दोनों काम पूरी तरह स्वतन्त्र हैं। अतएव जब गोरा अविनाश के उत्पात पर आग-बबूला हो उठता है, तो अविनाश मन-ही-मन हँसता है, गोरा के प्रति उसकी भक्ति बढ़ जाती है। वह मन-ही-मन कहता है, हमारे गुरु का चेहरा जैसे शिव के समान है, उसी प्रकार भाव में भी वे ठीक भोलानाथ हैं। कुछ भी नहीं समझते, समयोचित विषय का कोई ज्ञान नहीं, बात-बात में क्रोध में भड़क जाते हैं, फिर क्रोध शान्त होते भी अधिक देर नहीं लगती।

अविनाश की कोशिश से गोरा के प्रायश्चित की बात को लेकर चारों ओर भारी हलचल मच गई। गोरा को उसके घर आकर देखने के लिए, उसके साथ बातचीत करने के लिए, लोगों की भीड़ और बढ़ गई। उसके पास चारों ओर से प्रतिदिन इतनी चिट्ठियाँ आने लगीं कि उसने चिट्ठी पढ़ना ही बन्द कर दिया। गोरा को लगने लगा, इस देश-व्यापी चर्चा से उसके प्रायश्चित की सात्विकता का क्षय हो गया है, यह एक राजसी-व्यापार हो उठा है। यह काल का ही दोष है।

कृष्णदयाल आजकल समाचारपत्र को छूते तक नहीं, किन्तु जन-श्रुति ने उनके साधनाश्रम में भी प्रवेश कर लिया। उनका सुयोग्य पुत्र, गोरा महा-समारोह में प्रायश्चित करने बैठ गया है और वह अपने पिता के पवित्र चरण-चिह्नों का अनुसरण करके एक समय उन्हीं के समान सिद्ध-पुरुष बन कर खड़ा हो जाएगा, यह समाचार और यह आशा कृष्णदयाल के प्रसादजीवियों ने विशेष गौरव के साथ उनके समक्ष प्रस्तुत की।

ठीक से नहीं बताया जा सकता कि कृष्णदयाल कब से गोरा के कमरे में नहीं आए थे। आज अपने रेशमी वस्त्र उतार, सूती वस्त्र पहन कर सीधे उसके कमरे में आ गए। वहाँ गोरा नहीं मिला।

नौकर से पूछा। नौकर ने बताया, गोरा ठाकुर-घर में है।

अंय! ठाकुर-घर में उसका क्या प्रयोजन है?

वे पूजा करते हैं।

कृष्णदयाल हक्के-बक्के से ठाकुर-घर में पहुँचे, तो देखा, गोरा वास्तव में पूजा में बैठ गया है।

कृष्णदयाल ने बाहर से ही पुकारा, "गोरा!"

गोरा अपने पिता के आने से आश्चर्य में पड़ कर खड़ा हो गया। कृष्णदयाल ने अपने साधनाश्रम में विशेष रूप से अपने इष्ट-देवता की प्रतिष्ठा कर ली है। इन लोगों का परिवार वैष्णव है, लेकिन उन्होंने शक्ति-मन्त्र ले लिया है, गृह-देवता के साथ उनका सीधा-संपर्क बहुत दिन से नहीं है।

उन्होंने गोरा से कहा, "आओ, आओ, बाहर आओ।"

गोरा बाहर निकल आया। कृष्णदयाल बोले, "यह क्या काण्ड है! यहाँ तुम्हारा क्या काम!"

गोरा ने कोई उत्तर नहीं दिया। कृष्णदयाल ने कहा, "पुजारी ब्राह्मण है, वह तो प्रतिदिन पूजा करता है—उसी में घर के सभी की ओर से पूजा हो रही है, तुम क्यों इसमें आ गए!"

गोरा ने कहा, "उसमें कोई दोष नहीं है।"

कृष्णदयाल ने कहा, "दोष नहीं! क्या कह रहे हो! असाधारण दोष है। जिसका जिसमें अधिकार नहीं, उसे उस काम को करने की क्या आवश्यकता है! उसमें अपराध होता है। केवल तुम्हारा नहीं, घर के हम सभी का।"

गोरा ने कहा, "यदि अन्तर की भक्ति की दृष्टि से देखें, तो देवता के समक्ष बैठने का अधिकार बहुत कम लोगों का ही है, किन्तु आप क्या यह कह रहे हैं कि हमारे रामहरि ठाकुर को यहाँ पूजा करने का जो अधिकार है, वह अधिकार भी मुझे नहीं है?"

कृष्णदयाल अचानक नहीं सोच पाए कि गोरा को क्या उत्तर दें। थोड़ा चुप रह कर बोले, "देखो, पूजा करना ही रामहरि का जातीय-व्यवसाय है। व्यवसाय में जो अपराध होता है, देवता उसे नहीं मानते। वहाँ गलती पकड़ने से व्यवसाय बन्द करना पड़ेगा—वह होने पर समाज का काम नहीं चल सकता। लेकिन तुम्हारे लिए तो वह वजह नहीं है। तुम्हें इस कमरे में आने की क्या आवश्यकता है?"

गोरा जैसे आचारनिष्ठ ब्राह्मण के लिए भी ठाकुर-घर में प्रवेश करना अपराध हो सकता है, कृष्णदयाल के समान व्यक्ति के मुँह से यह बात बहुत असंगत नहीं सुनाई पड़ी। इसीलिए गोरा इसे सह गया, कुछ भी नहीं बोला।

तब कृष्णदयाल ने कहा, "एक और बात सुनी है गोरा! तुमने क्या प्रायश्चित करने के लिए सारे पण्डितों को बुलाया है?"

गोरा ने कहा, "हाँ।"

कृष्णदयाल ने अत्यन्त उत्तेजित होते हुए कहा, "अपने जीवित रहते, यह किसी तरह नहीं होने दूँगा।"

गोरा का मन विद्रोही होने को हुआ; वह बोला, "क्यों?"

कृष्णदयाल ने कहा, "क्यों क्या! मैंने तुम्हें और एक दिन बोला था, प्रायश्चित

नहीं हो पाएगा।''

गोरा ने कहा, ''बोला तो था, लेकिन कारण तो कुछ बताया नहीं।''

कृष्णदयाल ने कहा, ''कारण बताने की मैं कोई आवश्यकता नहीं समझता। हम तो तुम्हारे बड़े हैं, माननीय हैं; यह सब शास्त्रीय-कर्म हमारी अनुमति के बिना करने का विधान नहीं है। जानते हो, उसमें पितरों का श्राद्ध करना पड़ेगा?''

गोरा ने विस्मित होकर कहा, ''उसमें क्या बाधा है?''

कृष्णदयाल क्षुब्ध होकर बोले, ''पूरी बाधा है। वह मैं नहीं होने दे सकता।''

गोरा के हृदय को आघात लगा, कहा, ''देखिए, यह मेरा निजी मामला है। मैं अपनी शुचिता के लिए ही यह आयोजन कर रहा हूँ—इस पर वृथा चर्चा करके आप क्यों कष्ट पा रहे हैं?''

कृष्णदयाल ने कहा, ''देखो गोरा, तुम हर बात में केवल बहस मत करो। ये सब बहस के विषय नहीं हैं। ऐसी ढेरों बातें है, जिन्हें समझना तुम्हारे सामर्थ्य में नहीं है। मैं तुम्हें फिर कहे जा रहा हूँ—तुम समझ रहे हो कि तुमने हिन्दू-धर्म में प्रवेश पा लिया है, किन्तु यह तुम्हारी सरासर भूल है। वह तुम्हारा साध्य ही नहीं है—तुम्हारा प्रत्येक रक्त-कण, तुम्हारा सिर से पैर तक उसके प्रतिकूल है। अचानक हिन्दू बनने का कोई उपाय नहीं है, इच्छा करने पर भी उपाय नहीं है। जन्म-जन्मान्तर का पुण्य चाहिए।''

गोरा का चेहरा लाल हो उठा। वह बोला, ''जन्म-जन्मान्तर की बात नहीं जानता, लेकिन जो अधिकार आपके वंश की रक्त-धारा में प्रवाहित होता आ रहा है, क्या मैं उस पर भी दावा नहीं कर सकता?''

कृष्णदयाल ने कहा, ''फिर बहस? तुम्हें मेरे मुँह पर प्रतिवाद करते संकोच नहीं होता? इधर कहते हो, हिन्दू हूँ! विलायती झाँज जाएगी कहाँ! मैं जो कह रहा हूँ, वही सुनो। यह सब बन्द कर दो।''

गोरा सिर झुकाए चुपचाप खड़ा रहा। कुछ देर बाद बोला, ''यदि प्रायश्चित न करूँ, तो मैं शशिमुखी के विवाह में सबके साथ बैठ कर खा भी नहीं पाऊँगा।''

कृष्णदयाल उत्साहित होकर बोल पड़े, ''ठीक ही तो है। उसमें ही क्या दोष है? न हो, तुम्हारे लिए अलग आसन बिछा देंगे।''

गोरा ने कहा, ''तब मुझे समाज से अलग होकर ही रहना पड़ेगा।''

कृष्णदयाल ने कहा, ''वह तो अच्छा ही है।''

गोरा को अपने इस उत्साह पर विस्मित होते देख कर बोले, ''यही देखो-ना, मैं किसी के साथ नहीं खाता, निमन्त्रण होने पर भी नहीं। अथवा, समाज के साथ ही मेरा क्या सम्बन्ध है? तुम जिस प्रकार सात्विक-भाव से जीवन व्यतीत करना चाहते हो, उसके लिए तुम्हें भी तो उसी प्रकार का मार्ग अपनाना श्रेष्ठ है। मैं तो देख रहा हूँ, उसी में तुम्हारा कल्याण है।''

दोपहर में अविनाश को बुला कर कृष्णदयाल ने कहा, ''लगता है, तुम सब लोगों

ने ही मिल कर गोरा को नचाया है!"

अविनाश ने कहा, "क्या कह रहे हैं, आपका गोरा ही तो हम सबको नचाता है। बल्कि, वह स्वयं कम नाचता है।"

कृष्णदयाल ने कहा, "लेकिन बेटा, मैं कह रहा हूँ, तुम लोगों का वह सब प्रायश्चित नहीं हो सकता। मेरी उसमें कोई सहमति नहीं है। सब अभी बन्द कर दो।"

अविनाश ने सोचा, बूढ़े की यह कैसी जिद है! इतिहास में बड़े-बड़े लोगों के बाप अपने बेटों के महत्त्व को नहीं समझ पाए, ऐसे ढेरों दृष्टान्त हैं, कृष्णदयाल भी उसी जात के बाप हैं। दिन-रात कितने ही बकवास संन्यासियों के साथ न रह कर यदि कृष्णदयाल अपने बेटे से शिक्षा ग्रहण कर पाते, तो उनका ढेर उपकार होता।

अविनाश चतुर व्यक्ति है; जहाँ वाद-प्रतिवाद का कोई फल न हो, यहाँ तक कि मॉरल इफेक्ट की संभावना भी कम हो, वहाँ वह बेकार ही शब्दों का व्यय करने वाला आदमी नहीं है। उसने कहा, "महाशय, ठीक ही तो है, यदि आपकी सहमति नहीं है, तो नहीं होगा। तब भी क्या है-ना, तैयारी-वैयारी सब हो गई है, निमन्त्रण भी चले गए हैं—इधर और देर भी नहीं है—तो न हो, तो एक काम किया जाए—गोरा को रहने दें, उस दिन हम लोग ही प्रायश्चित कर लेंगे—देश के लोगों में पाप का अभाव तो है नहीं।"

अविनाश के इस आश्वासन पर कृष्णदयाल निश्चिन्त हो गए।

कृष्णदयाल की किसी बात के प्रति गोरा को कभी विशेष श्रद्धा नहीं थी। आज भी उसने मन में स्वीकार नहीं किया कि उनके आदेश का पालन करेगा। लौकिक-जीवन से बड़ा जो जीवन है, वहाँ गोरा अपने को, माता-पिता के निषेध को मानने को बाध्य नहीं समझता। लेकिन तब भी आज पूरे दिन उसके मन में एक भारी कष्ट अनुभव होता रहा। उसके मन में ऐसी एक धुँधली धारणा उत्पन्न हो गई थी कि कृष्णदयाल की सारी बातों में मानो, कोई-एक सच छिपा हुआ है! मानो, एक आकारहीन दुःस्वप्न उसे पीड़ित कर रहा था, वह उसे किसी भी तरह भगा नहीं पा रहा था। उसे किस तरह ऐसा लगने लगा कि जाने कौन उसे सब ओर से धकेल कर हटाने की चेष्टा कर रहा है। आज उसे अपना एकाकीपन अत्यन्त विशाल कलेवर धारण करके दिखाई दिया। उसके सम्मुख अति विस्तीर्ण कर्म-क्षेत्र है, कार्य भी अति विशाल है, किन्तु कोई भी उसके निकट नहीं खड़ा है।

73

कल प्रायश्चित-सभा बैठेगी, गोरा आज रात से ही बगीचे में जाकर रहेगा, यही निश्चित हुआ है। जब वह जाने की तैयारी कर रहा था, उसी समय हरिमोहिनी आ

पहुँचीं। उन्हें देख कर गोरा को प्रसन्नता नहीं हुई। गोरा ने कहा, ''आप आई हैं–मुझे तो अभी ही निकलना होगा–माँ भी कई दिन से नहीं हैं। यदि उनके साथ काम हो, तो–''

हरिमोहिनी ने कहा, ''नहीं बेटा, मैं तुम्हारे पास ही आई हूँ–तुम्हें थोड़ा बैठना ही पड़ेगा–अधिक देर नहीं।''

गोरा बैठ गया। हरिमोहिनी ने सुचरिता की बात उठाई। बोलीं, गोरा के शिक्षा-गुण से उसका भारी उपकार हुआ है। यहाँ तक कि आजकल वह जिस-तिस के हाथ का छुआ पानी नहीं पीती और सभी ओर से उसमें सुमति उत्पन्न हो गई है–'बेटा, मुझे क्या उसके लिए कम चिन्ता थी! उसे राह पर लाकर तुमने मेरा कितना उपकार किया है, यह मैं तुम्हें एक मुँह से नहीं कह सकती। भगवान तुम्हें राज-राजेश्वर बनाएँ। अच्छे घर से अपने कुल-मान के योग्य एक भाग्यवती लड़की को ब्याह कर लाओ, घर यशस्वी हो, धन-सन्तान की श्रीवृद्धि हो।'

इसके बाद बात उठाई, सुचरिता की उम्र हो गई है, उसका विवाह करने में और एक पल की भी देर करना उचित नहीं है, हिन्दू-घर में रहती, तो अब तक उसकी गोद सन्तान से भर जाती। विवाह में विलम्ब करने से कितना भारी अवैध काम हुआ है, इस सम्बन्ध में गोरा निश्चय ही उनके साथ सहमत होंगे। हरिमोहिनी दीर्घ-काल तक सुचरिता के विवाह की समस्या को लेकर असहनीय व्याकुलता भोग कर अन्त में बहुत साध्य-साधना, अनुनय-विनय द्वारा अपने देवर कैलास को राजी करके कोलकाता लाई हैं। जिस भारी बाधा-विघ्न की आशंका की थी, ईश्वरेच्छा से वह सब दूर हो गई है। सब कुछ तय है, वर-पक्ष दहेज के रूप में एक पैसा तक नहीं लेगा और सुचरिता के पूर्व-इतिहास को लेकर भी कोई आपत्ति नहीं करेगा–हरिमोहिनी ने विशेष चतुराई से सब समाधान कर दिया है–ऐसे समय, लोगों को सुन कर आश्चर्य होगा, सुचरिता एकदम अड कर खड़ी हो गई है। उन्हें नहीं पता, उसके मन में क्या भाव है; किसी ने उसे कुछ समझा दिया है या नहीं, अन्य किसी की ओर उसका मन गया है या नहीं, यह भगवान ही जानते हैं।–

''किन्तु बेटा, मैं तुमसे स्पष्ट कहती हूँ, वह लड़की तुम्हारे योग्य नहीं है। गाँव-देहात में ब्याह होने से उसकी बात कोई जान ही नहीं पाएगा; वह एक तरह चल जाएगा। लेकिन तुम लोग शहर में रहते हो, अगर उससे ब्याह करोगे, तो शहर के लोगों को मुँह नहीं दिखा पाओगे।''

गोरा क्षुब्ध होकर बोला, ''आप यह सब क्या कह रही हैं! आपसे किसने कहा, मैं उनसे विवाह करने के लिए उनके साथ आपसी समझौता करने गया था!''

हरिमोहिनी ने कहा, ''मैं कैसे जानूँगी बेटा! समाचारपत्र में निकल गया है, वही सुन कर तो लज्जा से मर रही हूँ।''

गोरा समझ गया, हारान बाबू अथवा उनके दल के किसी ने इस बात को

लेकर समाचारपत्र में आलोचना की है। गोरा मुट्ठी भींचते हुए बोला, "झूठी बात!"

हरिमोहिनी ने उसकी गर्जना की आवाज से चौंक कर कहा, "मैं भी तो वही जानती हूँ। अब तुम्हें मेरा एक अनुरोध रखना होगा। तुम एक बार राधारानी के पास चलो।"

गोरा ने पूछा, "क्यों?"

हरिमोहिनी ने कहा, "तुम उसे तनिक समझा देना।"

गोरा का मन इस अवसर को निमित्त बना कर तत्काल सुचरिता के पास जाने के लिए उद्यत हो उठा। उसका हृदय बोला, 'आज एक बार अन्तिम बार मिल आऊँ, चलो। कल तुम्हारा प्रायश्चित है—उसके बाद से तो तुम तपस्वी हो। आज केवल इस रात भर का समय है—इसी में बस, अत्यल्प समय के लिए। उसमें कोई अपराध नहीं होगा। यदि हो भी, तो कल सारा भस्म हो जाएगा।'

गोर ने थोड़ा चुप रह कर पूछा, "कहिए, उन्हें क्या समझाना होगा!"

और कुछ नहीं—हिन्दू आदर्श के अनुसार सुचरिता के समान वयप्राप्त कन्या का अविलम्ब विवाह करना कर्तव्य है और हिन्दू-समाज में कैलास के जैसा सत्पात्र मिलना सुचरिता की अवस्था की लड़की का अभावनीय सौभाग्य है।

गोरा की छाती में भाले की तरह बिंधने लगा। उस आदमी को गोरा ने सुचरिता के घर के द्वार के पास देखा था, यह स्मरण करके गोरा बिच्छू के दंश से बिलबिला उठा। वह सुचरिता को पा लेगा, इस बात की कल्पना करना भी गोरा के लिए असहनीय है। उसका मन वज्र-नाद कर उठा, 'नहीं, यह कभी नहीं हो सकता!'

और किसी के भी साथ सुचरिता का मिलन असंभव है; बुद्धि और भाव की गंभीरता से परिपूर्ण सुचरिता का निस्तब्ध गंभीर हृदय पृथिवी पर गोरा के अतिरिक्त दूसरे किसी मनुष्य के सामने इस प्रकार अभिव्यक्त नहीं हुआ है और किसी अन्य के समक्ष कभी इस प्रकार अभिव्यक्त हो भी नहीं सकता। वह कैसी आश्चर्य भरी! वह कैसी सुन्दर! रहस्य-निकेतन के अन्तरतम कक्ष में वह कौन अनिर्वचनीय सत्ता दिखाई दी! मनुष्य को इस रूप में कितनी बार देखा जाता है और कितने लोगों को देखा जाता है! सुचरिता को दैवयोग से ही जिस व्यक्ति ने ऐसे प्रगाढ़ सत्य के रूप में देखा है, अपनी समस्त प्रकृति से उसे अनुभव किया है, उसी ने तो सुचरिता को पाया है। और कोई, और कभी उसे पाएगा कैसे?

हरिमोहिनी ने कहा, "राधारानी क्या सदैव इसी तरह अन-ब्याही रहेगी! क्या कभी ऐसा भी होता है?"

वह तो है ही। गोरा कल प्रायश्चित करने जा रहा है। उसके बाद वह संपूर्ण पवित्र होकर ब्राह्मण हो जाएगा। तब भी सुचरिता क्या हमेशा अविवाहित ही रहेगी? उसके ऊपर यह चिरजीवन व्यापी भार थोपने का अधिकार किसका है! स्त्रियों के

लिए इतना बड़ा भार और क्या हो सकता है!

हरिमोहिनी ने कितना कुछ बकना प्रारम्भ कर दिया। वह गोरा के कानों में नहीं पहुँचा। गोरा सोचने लगा, 'पिताजी मुझे प्रायश्चित करने से इतना अधिक जो रोक रहे हैं, क्या उनके उस निषेध का कोई मूल्य नहीं है? अपने लिए मैंने जिस जीवन की कल्पना की है, वह संभवतः मेरी कल्पना-भर है, वह मेरे लिए स्वाभाविक नहीं है। वह कृत्रिम बोझा ढोने से मैं पंगु हो जाऊँगा। उसी बोझे के निरुपाय भार के चलते मैं जीवन का कोई काम सहजतापूर्वक संपन्न नहीं कर पाऊँगा। यही तो देख रहा हूँ, आकांक्षा ने हृदय को जकड़ कर रख लिया है। इस पत्थर को हटा कर कहाँ रखूँगा! पिताजी ने कैसे जान लिया, मैं हृदय के भीतर ब्राह्मण नहीं हूँ, मैं तपस्वी नहीं हूँ, उसी कारण उन्होंने इतने बलपूर्वक मुझे निषेध किया।'

गोरा ने सोचा, 'उनके पास जाऊँ। मैं आज इसी संध्या-काल में उनसे आग्रह करके पूछूँ, उन्होंने मुझमें क्या देख लिया है! मेरे लिए प्रायश्चित का मार्ग बन्द है, ऐसी बात उन्होंने क्यों कही है? यदि मुझे समझा पाएँ, तो उस ओर से मुक्ति मिल जाए—मुक्ति।'

गोरा ने हरिमोहिनी ने कहा, ''आप तनिक प्रतीक्षा करें, मैं अभी आता हूँ।''

गोरा जल्दी से अपने पिता के आवास की ओर गया। उसे लगा, कृष्णदयाल उसे तुरन्त मुक्ति दे सकते हैं, ऐसी एक बात उनकी जानकारी में है।

साधनाश्रम का द्वार बन्द है। एक-दो बार धक्का दिया, नहीं खुला—किसी ने आवाज भी नहीं दी। भीतर से धूप-अगर की गन्ध आ रही है। आज कृष्णदयाल सारे द्वार बन्द करके संन्यासी के साथ एक अत्यन्त गूढ़ और अत्यन्त दुरूह योग-प्रणाली का अभ्यास कर रहे हैं—आज सारी रात किसी को भी उस ओर जाने का अधिकार नहीं है।

74

गोरा ने कहा—'नहीं। प्रायश्चित कल नहीं। मेरा प्रायश्चित आज ही आरम्भ हो गया है। कल से अधिक अग्नि आज जल रही है। अपने नव-जीवन के प्रारम्भ में ही मुझे बहुत बड़ी आहुति देनी होगी, इसीलिए विधाता ने मेरे मन में एक बड़ी भारी कामना जगा दी है। अन्यथा ऐसी अद्‌भुत घटना घटी क्यों? मैं था किस भूमि पर! इन लोगों के साथ मेरा मिलन कोई लौकिक संभावना नहीं था। और, पृथिवी पर ऐसे विरोधी-भाव का मिलन भी साधारणतः होता नहीं है। फिर, उसी मिलन में मेरे जैसे उदासीन व्यक्ति के मन में भी इतनी विशाल दुर्जेय कामना जग सकती है, कोई इस बात की कल्पना भी नहीं कर पाता। ठीक आज ही मुझे इस कामना की आवश्यकता थी। मैं आज तक

देश को जो देता आया हूँ, वह सहजता से ही दिया है, ऐसा दान कुछ भी नहीं किया गया, जिसमें मुझे कष्ट अनुभव हुआ हो। मैं सोच ही नहीं पाता था, लोग देश के लिए किसी वस्तु का दान करने में थोड़ी-सी भी कृपणता क्यों अनुभव करते हैं! किन्तु विशाल यज्ञ ऐसा सहज दान नहीं चाहता। दुख ही चाहता है। मेरा नव-जीवन धमनियाँ छेद कर ही जन्म ग्रहण करेग। कल प्रातः जन-समाज के समक्ष मेरा लौकिक-प्रायश्चित होगा। ठीक उसकी पहली रात को मेरे जीवन-विधाता ने आकर मेरा द्वार खटखटाया है। हृदय में अपने अन्तरतम का प्रायश्चित हुए बिना कल मैं शुद्धि ग्रहण करूँगा कैसे! जो दान मेरे लिए सर्वाधिक कठिन दान है, उसी दान को अपने देवता को आज संपूर्ण हृदय से उत्सर्ग करके ही मैं पूर्ण पवित्र रूप में निःस्व हो पाऊँगा—तभी मैं ब्राह्मण होऊँगा।'

गोरा के हरिमोहिनी के सम्मुख आते ही वे बोल पड़ीं, "बेटा, तुम एक बार मेरे साथ चलो। तुम्हारे जाने से, अपने मुँह से एक बात कहने से ही सब हो जाएगा।"

गोरा ने कहा, "मैं क्यों जाऊँ! उनके साथ मेरा क्या सम्बन्ध! कुछ भी नहीं।"

हरिमोहिनी बोलीं, "वह जो देवता के समान तुम्हारी भक्ति करती है—तुम्हें गुरु मानती है!"

गोरा के हृदय में एक छोर से दूसरे छोर तक विद्युत-तप्त कठोर सुई बिंध गई। गोरा ने कहा, "मैं अपने जाने की आवश्यकता अनुभव नहीं करता। उनके साथ मेरे मिलने की और कोई संभावना नहीं है।"

हरिमोहिनी प्रसन्न होकर बोलीं, "वह तो ठीक ही है। इतनी बड़ी लड़की के साथ भेंटना-मिलना तो अच्छी बात नहीं है। लेकिन बेटा, आज का मेरा यह काम किए बिना तो तुम्हारा छुटकारा नहीं हो सकता। इसके बाद यदि कभी और तुम्हें बुलाऊँ, तो कहना!"

गोरा ने बार-बार सिर हिलाया। और नहीं, किसी प्रकार नहीं। समाप्त हो गया। अपने विधाता से निवेदन करना हो गया। अपनी शुचिता में वह अब और कोई धब्बा नहीं लगा सकता। वह मिलने नहीं जाएगा।

जब हरिमोहिनी गोरा की मुद्रा से समझ गईं कि उसे डिगाना संभव नहीं, तो वे बोलीं, "अगर एकदम ही न जा पाओ, तो एक काम करो बेटा, उसे एक चिट्ठी लिख दो।"

गोरा ने सिर हिलाया। वह नहीं हो सकता। चिट्ठी-पत्री नहीं।

हरिमोहिनी ने कहा, "अच्छा, तुम मुझे ही दो लाइन लिख दो। तुम्हें समस्त शास्त्रों का ज्ञान है, मैं तुम्हारे पास विधान लेने आई हूँ।"

गोरा ने पूछा, "किसका विधान?"

हरिमोहिनी ने कहा, "हिन्दू-घर की लड़की के लिए उपयुक्त आयु में ब्याह करके गृहस्थ-धर्म का पालन करना सबसे बड़ा धर्म है या नहीं!"

गोरा ने कुछ क्षण चुप रह कर कहा, "देखिए, आप मुझे इस सब काम में लिप्त मत कीजिए। मैं विधान देने वाला पण्डित नहीं हूँ।"

तब हरिमोहिनी ने थोड़े तीखेपन से कहा, "तो अपने मन की भीतरी इच्छा खुल कर बताओ-ना। शुरू में गाँठ डाली तुमने, अब खोलने के समय बोल रहे हो, मुझे लिप्त मत कीजिए। इसका क्या मतलब है? असली बात है, तुम्हारी इच्छा ही नहीं कि उसका मन साफ हो जाए।"

कोई दूसरा समय होता, तो गोरा आग-बबूला हो उठता। इस प्रकार का सच्चा-आक्षेप भी वह सहन नहीं कर पाता। लेकिन आज उसका प्रायश्चित प्रारम्भ हुआ है; उसने क्रोध नहीं किया। उसने मन में जाँच कर देखा, हरिमोहिनी सच ही कह रही हैं। वह सुचरिता के साथ बड़ा बन्धन काट फेंकने को निर्मम हो उठा; किन्तु एक सूक्ष्म सूत्र—मानो देख न पाया हो, ऐसा बहाना करके—वह रखना चाहता है। सुचरिता के साथ सम्बन्ध को वह अभी भी एकदम-से पूरी तरह छोड़ नहीं पाया।

किन्तु कृपणता छोड़नी होगी। एक हाथ से दान करके, दूसरे हाथ से रख लेना नहीं चलेगा।

उसने तत्क्षण काग़ज निकाल कर बहुत जबरदस्ती बड़े-बड़े अक्षरों में लिखा—

> 'विवाह ही नारी के जीवन में साधना-पथ है, गृहस्थ-धर्म ही उसका प्रधान धर्म है। विवाह इच्छा-पूर्ति के लिए नहीं, कल्याण-साधना के लिए है। गृहस्थी सुखी हो या दुखी, उसी गृहस्थी को पूरे मनोयोग से वरण करके, रमणियाँ सती-साध्वी पवित्र रहते हुए घर में धर्म को ही मूर्तिमान किए रखें, यही उनका व्रत है।'

हरिमोहिनी ने कहा, "इसी तरह हमारे कैलास की भी एक-दो बातें लिख देते, तो अच्छा होता, बेटा!"

गोरा ने कहा, "नहीं, मैं उन्हें जानता नहीं। उनकी बात नहीं लिख पाऊँगा।"

हरिमोहिनी कागज को जतन से मोड़ कर आँचल में बाँध घर लौट आईं। उस समय सुचरिता आनन्दमयी के पास ललिता के घर थी। वहाँ बातचीत में सुविधा नहीं रहेगी और ललिता तथा आनन्दमयी निकट होने से प्रतिकूल बात सुन कर उसके मन में दुविधा उत्पन्न हो सकती है, इस आशंका से सुचरिता को कहला भेजा, अगले दिन दोपहर में आकर वह उनके साथ भोजन करे। विशेष आवश्यक बात है, फिर दोपहर बाद ही वह जा सकती है।

सुचरिता मन को कठोर बना कर अगले दिन दोपहर में आई। वह जानती थी, उसकी मौसी उसे इस विवाह की बात ही फिर किसी और ढंग से कहेंगी। आज वह उन्हें अत्यधिक कठोर जवाब देकर बात को पूरी तरह समाप्त कर देगी, यही उसका संकल्प था।

सुचरिता का खाना समाप्त होते ही हरिमोहिनी ने कहा, "कल संध्या समय, मैं तुम्हारे गुरु के यहाँ गई थी।"

सुचरिता अत्यन्त संकोच में पड़ गई। मौसी फिर उसकी कौन-सी बात उठा कर उनका अपमान कर आई!

हरिमोहिनी ने कहा, "डरने की बात नहीं है राधारानी, मैं उनके साथ झगड़ने नहीं गई थी। अकेली थी, सोचा उनके पास चलूँ, दो अच्छी बातें सुन आऊँगी। बात-बात में तुम्हारी बात उठ गई। देखा, उनका भी यही विचार है। लड़कियाँ अधिक दिन अन-ब्याही रहें, इसे उन्होंने अच्छा नहीं माना। उन्होंने बताया, शास्त्रानुसार वह अधर्म है। वह साहबों के घर चलता है, हिन्दुओं के घर में नहीं। अपने कैलास की बात भी मैंने उन्हें साफ-साफ बताई। देखा आदमी तो ज्ञानी हैं।"

सुचरिता लज्जा से, कष्ट से भीतर-ही-भीतर मरने लगी। हरिमोहिनी बोलीं, "तुम तो उन्हें गुरु मानती हो। उनकी बात का पालन तो करना ही होगा।"

सुचरिता चुप रही। हरिमोहिनी ने कहा, "मैं उनसे बोली—बेटा, तुम स्वयं आकर उसे समझा जाओ, वह हमारी बात नहीं मानती। वे बोले, नहीं, मेरा उससे और मिलना उचित नहीं होगा, वह हमारे हिन्दू-समाज में निषिद्ध है। मैंने कहा, तब क्या उपाय है? उन्होंने तुरन्त मुझे अपने हाथ से लिख कर दिया। ये देखो-ना!"

यह कह कर हरिमोहिनी ने आँचल से धीरे-धीर कागज खोल कर, उसकी तह खोल कर सुचरिता के सामने रख दिया।

सुचरिता ने पढ़ा। मानो, उसका साँस रुद्ध हो आया। वह कठपुतली की भाँति जड़वत् बैठी रही।

लिखे हुए में ऐसा कुछ नहीं था, जो नया या असंगत हो। ऐसा भी नहीं कि बातों के साथ सुचरिता के मत का मेल न हो। किन्तु हरिमोहिनी के हाथों विशेष रूप से इस लिखे हुए को भेजने का जो अर्थ था, उसी ने सुचरिता को नाना भाँति कष्ट पहुँचाया। गोरा की ओर से आज यह आदेश क्यों? अवश्य ही सुचरिता का भी समय आएगा, उसे भी एक दिन विवाह करना होगा—उसके लिए गोरा को जल्दी मचाने का क्या कारण उत्पन्न हो गया? उसके सम्बन्ध में गोरा का काम पूरी तरह समाप्त हो गया? क्या उसने गोरा के कर्तव्य को कोई हानि पहुँचाई है, उसके जीवन-मार्ग में कोई बाधा खड़ी की है? गोरा के पास उसे देने के लिए और उससे कोई आशा रखने के लिए और कुछ भी नहीं है। पर वह तो ऐसा नहीं सोचती। वह तो अभी भी राह देख रही थी। सुचरिता अपने भीतर के इस कष्ट के विरुद्ध लडने के लिए प्राणपण से चेष्टा करने लगी, लेकिन उसे मन में रंचमात्र सान्त्वना नहीं मिली।

हरिमोहिनी ने सुचरिता को सोचने का बहुत समय दिया। उन्होंने अपनी नित्य-नियम की थोड़ी-सी नींद भी ले ली। नींद टूटने पर सुचरिता के कमरे में आकर देखा, वह जैसे बैठी थी, वैसी ही चुपचाप बैठी है।

उन्होंने कहा, "राधू, बता तो, इतना सोच क्यों रही है? इसमें इतना सोचने की क्या बात है? क्यों, गौरमोहन बाबू ने कुछ अनुचित लिखा है?"

सुचरिता ने शान्त स्वर में कहा, "नहीं, उन्होंने ठीक ही लिखा है।"

हरिमोहिनी अत्यन्त आश्वस्त होकर बोलीं, "तब और देरी करने से क्या होगा, बेटी?"

सुचरिता ने कहा, "नहीं, देरी नहीं करना चाहती, मैं एक बार पिताजी के यहाँ जाऊँगी।"

हरिमोहिनी ने कहा, "देखो राधू, तुम्हारा हिन्दू-समाज में ब्याह हो, यह तुम्हारे पिताजी कभी नहीं चाहेंगे, किन्तु जो तुम्हारे गुरु हैं, वे–"

सुचरिता ने गुस्सा होते हुए कहा, "मौसी, क्यों तुम बार-बार यही एक बात लिए रहती हो? मैं पिताजी के साथ विवाह के बारे में कोई बात करने नहीं जा रही हूँ। मैं उनके पास ऐसे ही एक बार जाऊँगी।"

परेश का सान्निध्य ही सुचरिता का सान्त्वना-स्थल था।

परेश के घर जाकर सुचरिता ने देखा, वे एक लकड़ी के सन्दूक में कपड़े-लत्ते रखने में लगे थे।

सुचरिता ने पूछा, "पिताजी, यह क्या!"

परेश ने थोड़ा हँस कर कहा, "बेटी, मैं शिमला पहाड़ पर घूमने जा रहा हूँ–कल सवेरे गाड़ी से रवाना हो जाऊँगा।"

परेश की इस तनिक-सी हँसी में एक प्रचण्ड विप्लव का इतिहास छिपा था, यह सुचरिता के लिए अगोचर नहीं रहा। घर में उनकी पत्नी-बेटी और बाहर उनके बन्धु-बान्धव, उन्हें शान्ति पाने का थोड़ा भी अवकाश नहीं दे रहे थे। यदि वे कुछ दिन के लिए भी दूर जाकर समय न बिता आएँ, तो घर में केवल उन्हें केन्द्र बना कर एक भँवर घूमती रहेगी। कल उन्होंने परदेस जाने का संकल्प किया है, परन्तु आज उनके अपने लोगों में से कोई उनके कपड़े लगा देने नहीं आया, उन्हें स्वयं ही यह काम करना पड़ रहा है, यह देख कर सुचरिता के मन को अत्यन्त आघात पहुँचा। उसने परेश बाबू को हटा कर पहले उनका ट्रंक पूरा खाली कर डाला। उसके बाद, बड़े यत्नपूर्वक तह बना कर कुशल हाथों से ट्रंक में फिर से कपड़े लगाने लगी, और उनकी हमेशा पढ़ने वाली पुस्तकें इस प्रकार रखीं कि उन्हें हिलने-डुलने पर भी नुकसान न पहुँचे। इस तरह बक्सा लगाते-लगाते सुचरिता ने आहिस्ता-आहिस्ता पूछा, "पिताजी, आप क्या अकेले ही जाएँगे?"

परेश ने सुचरिता के इस प्रश्न में वेदना का आभास पाकर कहा, "उसमें मुझे तो कोई कष्ट नहीं, राधे!"

सुचरिता ने कहा, "नहीं पिताजी, मैं आपके साथ चलूँगी।"

परेश सुचरिता के चेहरे की ओर देख रहे थे। सुचरिता ने कहा, "पिताजी, मैं आपको थोड़ा भी तंग नहीं करूँगी।"

परेश ने कहा, "ऐसी बात क्यों कह रही हो? मुझे क्या तुमने कभी तंग किया है, बेटी?"

सुचरिता ने कहा, "आपके पास रहे बिना मेरा कल्याण नहीं होगा, पिताजी! मैं बहुत-सी बातें नहीं समझ पाती। आपके समझाए बिना मुझे किनारा नहीं मिलेगा। पिताजी, आप जो मुझे अपनी बुद्धि पर निर्भर होने के लिए कहते हैं—मेरे पास वह बुद्धि नहीं है, मुझे मन में भी वह बल नहीं मिलता। आप मुझे अपने साथ ले चलिए पिताजी!"

यह कह कर वह परेश की ओर पीठ करके एकदम सिर झुकाए ट्रंक के कपड़ों में लग गई। उसकी आँखों से टप् टप् आँसू गिरने लगे।

75

गोरा ने जब लेख्य-विषय लिख कर हरिमोहिनी के हाथ में दिया, तो उसे लगा कि सुचरिता के सम्बन्ध में उसने त्यागपत्र लिख दिया है। लेकिन अधिकारपत्र लिख कर देते ही तो तुरन्त काम समाप्त नहीं हो जाता। उसके हृदय ने उस अधिकारपत्र को पूरी तरह अस्वीकार कर दिया। ठीक है कि उस अधिकारपत्र पर गोरा की इच्छा-शक्ति ने जबरदस्ती के कलम से हस्ताक्षर कर दिए थे, लेकिन उसके हृदय के हस्ताक्षर तो उस पर थे नहीं—इसीलिए हृदय अवज्ञाकारी हो रहा। ऐसी अवज्ञा कि उस रात में ही गोरा को एक बार सुचरिता के घर की ओर दौड़ा ही तो दिया था! किन्तु ठीक उसी समय गिरजाघर की घड़ी में दस बज गए और गोरा को ध्यान आया कि अब किसी के घर जाकर मिलने का समय नहीं है। इसके बाद गिरजाघर के प्रायः सभी घंटे गोरा ने सुने। कारण, बालि[1] के बगीचे में उस रात उसका जाना नहीं हुआ। दूसरे दिन भोर में जाने का समाचार भिजवा दिया था।

भोर में ही बगीचे पहुँच गया। लेकिन जिस प्रकार निर्मल और बलशाली मन के साथ उसने प्रायश्चित करने का निश्चय किया था, उसके मन की वैसी दशा कहाँ है?

अनेक अध्यापक-पण्डित आए हैं। और अनेक के आने की बात है। गोरा सभी के कुशल-समाचार लेकर सभी के साथ मधुर बातचीत कर आया। उन्होंने गोरा की सनातन-धर्म के प्रति अटल निष्ठा की चर्चा करके बार-बार साधुवाद दिया।

धीरे-धीरे बगीचा कोलाहल से भर उठा। गोरा देखभाल करते हुए चारों ओर घूमने

1. बालि : कोलकाता के निकट एक स्थान, जो गंगा के किनारे पर है। वर्तमान में इस नाम से हावड़ा और बेलूर के बाद एक रेलवे-स्टेशन।

लगा। लेकिन सारे कोलाहल और काम की व्यस्तता के बीच गोरा के हृदय के रहस्यमय तल में केवल एक बात गूँज रही थी, मानो कोई बोल रहा था—'अन्याय किया है, अन्याय किया है!' अन्याय कहाँ हुआ है, तब यह स्पष्ट रूप से सोच कर देखने का समय नहीं था, किन्तु वह किसी भी तरह अपने गहन हृदय का मुँह बन्द नहीं कर पाया। प्रायश्चित-अनुष्ठान के विपुल आयोजन के मध्य उसके हृदय में रहने वाला कोई गृह-शत्रु आज उसके विरुद्ध साक्ष्य दे रहा था, कह रहा था—'अन्याय रह गया!' यह अन्याय नियम की त्रुटि नहीं है, मन्त्र की भूल नहीं है, शास्त्र की प्रतिकूलता नहीं है, यह अन्याय प्रकृति के भीतर घटा है; इसीलिए गोरा के संपूर्ण अन्तःकरण ने इस अनुष्ठान के आयोजन से मुँह घुमा लिया था।

समय निकट आ गया, बाहर बाँसों से घेर कर शामियाना तान कर सभा-स्थल तैयार हो गया है। गोरा गंगा में स्नान करके कपड़े बदल रहा है, इसी समय जनता में हलचल अनुभव की गई। जैसे एक उद्विग्नता क्रमशः चारों ओर फैलती जा रही है। अन्त में अविनाश ने दुखी चेहरा लिए कहा, "आपके घर से समाचार आया है। कृष्णदयाल बाबू के मुँह से खून आ रहा है। उन्होंने आपको जल्दी ले आने के लिए गाड़ी से आदमी भेजा है।"

गोरा तुरन्त चला गया। अविनाश उसके साथ जाने को तैयार हुआ। गोरा बोला, "नहीं, तुम सबकी आवभगत के लिए रहो—तुम्हारे जाने से काम नहीं चलेगा।"

गोरा ने कृष्णदयाल के कमरे में आते ही देखा, वे बिछोने पर लेटे हैं और आनन्दमयी उनके पैरों के निकट बैठी धीरे-धीरे उनके पैर सहला रही हैं। गोरा ने उद्विग्न होकर दोनों के चेहरे की ओर देखा। कृष्णदयाल ने संकेत से उसे निकट पड़ी कुर्सी पर बैठने के लिए कहा। गोरा बैठ गया।

गोरा ने माँ से पूछा, "अब कैसे हैं?"

आनन्दमयी ने कहा, "अब थोड़े ठीक ही हैं। अंगरेज-डाक्टर को बुलाने गया है।"

कमरे में शशिमुखी और एक नौकर था। कृष्णदयाल ने हाथ हिला कर उन्हें विदा कर दिया।

जब देखा कि सब चले गए, तब उन्होंने चुपचाप आनन्दमयी के चेहरे की ओर देखा और गोरा से धीमे स्वर में बोले, "मेरा समय आ गया है। अब तक तुमसे जो छिपा था, वह आज तुम्हें बताए बिना मेरी मुक्ति नहीं होगी।"

गोरा विवर्ण मुख हो गया। वह निश्चल बैठा रहा, बहुत देर तक किसी ने कुछ नहीं कहा।

कृष्णदयाल ने कहा, "गोरा, तब मैं कुछ नहीं मानता था—उसी कारण उतनी बड़ी भूल कर दी, उसके बाद गलती सुधारने का कोई रास्ता नहीं था।"

यह कह कर फिर चुप हो गए। गोरा भी कोई प्रश्न किए बिना निश्चल बैठा रहा।

कृष्णदयाल ने कहा, "सोचा था, तुम्हें कभी भी बताने की आवश्यकता नहीं पड़ेगी, जैसे चल रहा है, वैसे ही चलता रहेगा। किन्तु अब देख रहा हूँ, वैसा होने का उपाय नहीं है। मेरी मृत्यु के बाद तुम मेरा श्राद्ध कैसे करोगे!"

इस प्रकार की गलती की संभावना तक से कृष्णदयाल सिहर उठे। असली बात क्या है, यह जानने के लिए गोरा अधीर हो उठा। उसने आनन्दमयी की ओर देख कर कहा, "माँ, तुम बताओ क्या बात है? श्राद्ध करने का अधिकार मुझे नहीं है?"

आनन्दमयी अब तक सिर झुकाए स्तब्ध बैठी थीं; गोरा का प्रश्न सुन कर उन्होंने सिर उठाया और गोरा के चेहरे पर दृष्टि जमा कर बोलीं, "नहीं, बेटा, नहीं है।"

गोरा चकित हो उठा, बोला, "मैं उनका पुत्र नहीं हूँ?"

आनन्दमयी ने कहा, "नहीं।"

ज्वालामुखी के लावे के समान गोरा के मुँह से निकला, "माँ, तुम मेरी माँ नहीं हो?"

आनन्दमयी की छाती फट गई; उन्होंने अश्रुहीन रुदन के स्वर में कहा, "बेटा गोरा, तू ही मुझ पुत्रहीना का पुत्र है, तू गर्भजात लड़के से बहुत बड़ा बेटा है!"

तब गोरा ने कृष्णदयाल के चेहरे की ओर देख कर कहा, "तो आप लोगों ने मुझे पाया कहाँ?"

कृष्णदयाल ने कहा, "तब म्यूटिनी थी। हम लोग इटावा में थे। तुम्हारी माँ ने सिपाहियों के डर से भाग आ कर रात में हमारे घर में आश्रय लिया था। तुम्हारे पिता उसके पहले दिन ही लड़ाई में मारे गए थे। उनका नाम था–"

गोरा गरजते हुए बोल पड़ा, "आवश्यक नहीं उनका नाम! मैं नाम नहीं जानना चाहता।"

कृष्णदयाल गोरा की इस उत्तेजना पर विस्मित होकर रुक गए। इसके बाद बोले, "वे आइरिशमैन थे। तुम्हारी माँ तुम्हें जन्म देकर उसी रात मर गईं। उसके बाद से ही तुम हमारे घर में बड़े हुए।"

गोरा के सामने उसका जीवन एक क्षण में ही अत्यन्त अद्‌भुत स्वप्न की भाँति हो गया। शैशव से लेकर इतने वर्षों में उसके जीवन की जो भित्ति निर्मित हो गई थी, वह पूरी तरह विलीन हो गई। वह क्या है, वह कहाँ है, इसे जैसे समझ ही नहीं पाया। अतीत के रूप में उसके पीछे मानो, कोई तत्व ही नहीं है और उसके सम्मुख उसका इतने समय का, ऐसा एकाग्र लक्ष्यवर्ती सुनिर्दिष्ट भविष्य पूर्णतः विलुप्त हो गया है। वह जैसे, केवल एक क्षण की कमलपत्र पर पड़ी शिशिर-बूँद की भाँति बह रहा है। उसकी माँ नहीं, पिता नहीं, देश नहीं, जाति नहीं, नाम नहीं, गोत्र नहीं, देवता नहीं। उसका सब कुछ केवल एक 'ना' है। वह क्या पकड़ेगा, क्या करेगा, पुनः कहाँ से प्रारम्भ करेगा, पुनः किस दिशा में लक्ष्य निर्धारित करेगा, पुनः दिन-दिन, क्रम-क्रम से

कार्य के उपकरण कहाँ से, किस प्रकार संग्रहीत करेगा! गोरा इस दिक्-चिह्न-हीन, अद्भुत शून्य के बीच निर्वाक् बैठा रहा। उसका चेहरा देख कर किसी ने उसे और दूसरी बात कहने का साहस नहीं किया।

उसी समय पारिवारिक बंगाली डाक्टर के साथ अंगरेज डाक्टर आ पहुँचा। डाक्टर ने जैसे रोगी की ओर देखा, उसी प्रकार गोरा की ओर देखे बिना भी नहीं रह सका। सोचने लगा, यह आदमी कौन है! गोरा के मस्तक पर अभी तक गंगा की मिट्टी का तिलक था और स्नान के पश्चात उसने जो रेशमी वस्त्र पहने थे, उन्हें पहने हुए ही चला आया था। शरीर पर कुर्ता नहीं है, उत्तरीय के अन्तरालों से उसकी विशाल देह दिखाई दे रही है।

पहले होता, तो अंगरेज डाक्टर को देखने मात्र से ही गोरा के मन में अपने आप एक विद्वेष उत्पन्न हो जाता। आज जब डाक्टर रोगी की परीक्षा कर रहा था, तब गोरा ने उसकी ओर एक विशेष औत्सुक्य के साथ दृष्टिपात किया। अपने मन से बार-बार प्रश्न करने लगा, 'यहाँ क्या यही व्यक्ति मेरा सबसे अधिक आत्मीय है?'

डाक्टर ने परीक्षा करके और पूछताछ करके बताया, "कहाँ, विशेष तो कोई बुरे लक्षण नहीं देखता। नाड़ी भी आशंकाजनक नहीं है और शरीर-तन्त्र में भी कोई विकृति नहीं आई है। जो गड़बड़ी हुई है, सावधान रहने से उसकी पुनरावृत्ति नहीं होगी।"

डाक्टर के विदा हो जाने पर गोरा बिना कुछ कहे कुर्सी से उठने को तैयार हो गया।

आनन्दमयी डाक्टर के आने पर पास वाले कमरे में चली गई थीं। उन्होंने तेजी से आकर गोरा का हाथ कस कर पकड़ते हुए कहा, "बेटा, गोरा, तू मुझ पर गुस्सा मत हो—अन्यथा मैं और नहीं बचूँगी!"

गोरा ने कहा, "तुमने मुझे इतने दिन क्यों नहीं बताया? बता देने से तुम्हारी कोई हानि नहीं होती।"

आनन्दमयी ने सारा दोष अपने सिर ले लिया; बोलीं, "बेटा, तुझे कहीं खो न दूँ, इसी भय से मैंने इतना पाप किया है। अन्त में यदि वही हो, तू यदि आज मुझे छोड़ जाए, तो किसी को दोष नहीं दे पाऊँगी, गोरा, किन्तु वह मेरा मृत्यु-दंड होगा बेटा!"

गोरा ने केवल कहा, "माँ!"

गोरा के मुँह से यह संबोधन सुन कर इतनी देर बाद आनन्दमयी के रुँधे आँसू फूट पड़े।

गोरा ने कहा, "माँ, अब मैं थोड़ा परेश बाबू के घर जाऊँ!"

आनन्दमयी की छाती का भार हल्का हो गया। उन्होंने कहा, "जाओ बेटा!"

उनकी जल्दी मरने की आशंका नहीं है, फिर भी गोरा के सामने बात खुल गई है, इससे कृष्णदयाल अत्यन्त त्रस्त हो गए। बोले, "देखो गोरा, किसी के सामने बात

खोलने की आवश्यकता नहीं समझता। केवल, तुम्हारे थोड़ा समझ-बूझ के साथ बच कर चलने से ही, जैसे चल रहा था, वैसे ही चलता रहेगा, कोई जान भी नहीं पाएगा।''

गोरा इसका कोई उत्तर न देकर बाहर निकल गया। कृष्णदयाल के साथ उसका कोई सम्बन्ध नहीं है, यह याद करके उसे सन्तोष हुआ।

महिम के पास ऑफिस से अचानक अनुपस्थित रहने का कोई उपाय नहीं था। वे डाक्टर आदि की सारी व्यवस्था करके, साहब को केवल बता कर छुट्टी लेने गए थे। गोरा जब घर से बाहर निकल रहा था, उसी समय महिम आ पहुँचे; बोले, ''गोरा, जा कहाँ रहे हो?''

गोरा ने कहा, ''अच्छा समाचार है। डाक्टर आया था। कहा है, कोई डर नहीं है।''

महिम को बड़ा चैन मिला, बोले, ''बच गया। परसों का दिन है–मैं उसी दिन शशिमुखी का ब्याह कर दूँगा। गोरा, तुम्हें थोड़ा उद्यमशील होना पड़ेगा। और देखो, विनय को किन्तु पहले से ही सावधान कर देना–वह उस दिन न आ धमके। अविनाश भारी हिन्दू है–उसने विशेष रूप से कह दिया है, उसके विवाह में उस तरह के लोग न आ पाएँ। तुमसे एक और बात कह रखूँ भाई, उस दिन अपने ऑफिस के बड़े साहबों को निमन्त्रण देकर बुलाऊँगा, तुम उन्हें मारने मत दौड़ना। और कुछ नहीं, बस थोड़ी गर्दन हिला कर, 'गुड इवनिंग सर' कह देने से तुम्हारे हिन्दू शास्त्र विफल नहीं हो जाएँगे–बल्कि पण्डितों से विधान ले लेना। समझ रहे हो भाई, वे राजा की जात हैं, वहाँ तुम्हारा अहंकार थोड़ा कम करने में अपमान नहीं होगा।''

गोरा महिम की बात का कोई उत्तर दिए बिना चला गया।

76

सुचरिता जब आँखों के आँसू छिपाने के लिए ट्रंक पर झुकी कपड़े सँभाल कर रखने में व्यस्त थी, उसी समय समाचार मिला, गौरमोहन बाबू आए हैं।

सुचरिता जल्दी से आँखें पोंछ कर अपना काम छोड़ कर उठ गई। और, उसी समय गोरा ने कमरे में प्रवेश किया।

गोरा के मस्तक पर अभी तक तिलक लगा है, उस सम्बन्ध में उसे ध्यान ही नहीं था। उसके शरीर पर रेशमी वस्त्र उसी प्रकार हैं। प्रायः इस वेश में कोई किसी के घर मिलने नहीं आता। वही, पहली बार जिस दिन गोरा से भेंट हुई थी, सुचरिता को उसी दिन का स्मरण हो आया। सुचरिता जानती थी, गोरा उस दिन विशेष रूप से युद्ध के वेश में आया था–आज भी क्या यह युद्ध का ही बाना है!

गोरा ने आते ही एकदम भूमि पर सिर टेक कर परेश को प्रणाम किया और उनकी चरण-धूलि ली। परेश ने हड़बड़ाते हुए उसे उठा कर कहा, ''आओ, आओ

बेटा, बैठो।"

गोरा बोल पड़ा, "परेश बाबू, मुझ पर कोई बन्धन नहीं है।"

परेश ने आश्चर्यचकित होकर कहा, "किसका बन्धन?"

गोरा ने कहा, "मैं हिन्दू नहीं हूँ।"

परेश ने कहा, "हिन्दू नहीं हो!"

गोरा ने कहा, "नहीं, मैं हिन्दू नहीं हूँ। आज पता चला, मैं म्यूटिनी के समय का उठाया हुआ लड़का हूँ, मेरे पिता आइरिशमैन थे। भारतवर्ष के उत्तर से दक्षिण तक के समस्त देव-मन्दिरों के द्वार आज मेरे लिए बन्द हो गए, आज संपूर्ण देश में किसी पंगत में, किसी स्थान पर मेरे खाने का आसन नहीं है।"

परेश और सुचरिता स्तम्भित हुए बैठे रहे। परेश सोच नहीं पाए, उसे क्या कहें!

गोरा बोला, "परेश बाबू, आज मैं मुक्त हूँ! मैं पतित हो जाऊँगा, व्रात्य हो जाऊँगा, मुझे इसका और भय नहीं–मुझे पग-पग पर भूमि की ओर देख कर शुचिता की रक्षा करते हुए नहीं चलना पड़ेगा।"

सुचरिता गोरा के दीप्त चेहरे की ओर एकटक देखती रही।

गोरा ने कहा, "परेश बाबू, मैंने भारतवर्ष को पाने के लिए इतने दिन संपूर्ण मन-प्राण से साधना की है–एक-न-एक जगह बाधा आती रही–उस बाधा के साथ अपनी श्रद्धा का मेल कराने के लिए मैं पूरे जीवन, दिन-रात चेष्टा करता आया हूँ–मैं इस श्रद्धा की भित्ति को एकदम पक्का बनाने की चेष्टा में और कोई काम ही नहीं कर पाया–एकमात्र वही मेरी साधना थी। उसी कारण, वास्तविक भारतवर्ष पर यथार्थ-दृष्टि डाल कर, उसकी सेवा करने से बार-बार डर कर लौट आया–मैंने एक निष्कंटक निर्विकार भाव का भारतवर्ष गढ़ कर, उसी अभेद्य दुर्ग में अपनी भक्ति की संपूर्ण निरापद रूप से रक्षा करने के लिए, इतने दिन तक अपने चारों ओर के साथ क्या लड़ाई नहीं की! आज एक ही क्षण में मेरी कल्पना का वह दुर्ग स्वप्न की भाँति उड़ गया। मैं संपूर्णतः मुक्त होकर हठात् एक विराट सत्य के बीच आ गिरा हूँ। संपूर्ण भारतवर्ष की अच्छाई-बुराई, सुख-दुख, ज्ञान-अज्ञान पूरी तरह मेरे हृदय के निकट आ पहुँचे हैं–मैं आज सचमुच का सेवा का अधिकारी हुआ हूँ–मेरे समक्ष वास्तविक कर्म-क्षेत्र आ गया है–वह मेरे मन के भीतर का क्षेत्र नहीं है–वह इन्हीं, बाहर के पच्चीस करोड़ लोगों का यथार्थ कल्याण-क्षेत्र है।"

गोरा की इस नवोपलब्ध अनुभूति के प्रबल उत्साह का वेग मानो, परेश को भी आन्दोलित करने लगा, वे और बैठे नहीं रह सके–कुर्सी छोड़ कर उठ खड़े हुए।

गोरा ने कहा, "क्या आप मेरी बात ठीक से समझ पा रहे हैं? मैं दिन-रात जो होना चाह रहा था, फिर भी हो नहीं पा रहा था, आज मैं वही हो गया हूँ। मैं आज भारतवर्षीय हूँ। मेरे भीतर हिन्दू, मुसलमान, ख्रिस्तान किसी समाज का कोई विरोध नहीं है। आज इस भारतवर्ष के सभी की जात, मेरी जात है, सभी का अन्न, मेरा अन्न

है। देखिए, मैंने बंगाल के अनेक जिलों में भ्रमण किया है, अति निम्न जाति के गाँवों में भी आतिथ्य ग्रहण किया है—मत सोचिए कि मैंने केवल शहर की सभाओं में ही भाषण दिए हैं—लेकिन किसी भी तरह सब लोगों के निकट जाकर नहीं बैठ पाया—अब तक मैं अपने साथ-साथ एक अदृश्य व्यवधान लिए घूमा हूँ—उसका किसी भी तरह लंघन नहीं कर सका। उसी के चलते मेरे मन के भीतर एक भारी शून्यता थी। नाना उपायों से इस शून्यता को केवल अस्वीकार करने की चेष्टा करता रहा—इस शून्यता पर भाँति-भाँति की शिल्पकारी करके उसे ही विशेष रूप से सुन्दर बनाने की चेष्टा की! क्योंकि भारतवर्ष को मैं प्राणों से भी अधिक प्रेम करता हूँ—मैं उसके जिस अंश को देख पाता था, उस अंश पर कहीं भी थोड़े-से भी आक्षेप का अवकाश सहन नहीं कर पाता था। आज उसी संपूर्ण शिल्पकारी की वृथा चेष्टा से छुटकारा पाकर मैं बच गया हूँ, परेश बाबू!"

परेश ने कहा, "जब सत्य को पाते हैं, तो वह अपने समस्त अभाव-अपूर्णता के साथ भी हमारी आत्मा को तृप्त कर देता है—उसे मिथ्या-उपकरणों से सज्जित करने की इच्छा तक नहीं होती।"

गोरा ने कहा, "देखिए परेश बाबू, कल रात मैंने विधाता से प्रार्थना की थी कि आज प्रातःकाल नव-जीवन प्राप्त करूँ! शैशव से अब तक मुझे जो-कुछ मिथ्या, जो-कुछ अशुचिता ने ढक रखा था, आज उसके संपूर्ण नष्ट हो जाने पर मैं नव-जीवन प्राप्त करूँ। मैंने ठीक जिस कल्पना की सामग्री की प्रार्थना की थी, ईश्वर ने उस प्रार्थना पर कान नहीं दिया—उन्होंने अचानक अपना निज का सत्य पूरी तरह मेरे हाथों में थमा कर मुझे चौंका दिया। वे मेरी अशुचिता को इस प्रकार संपूर्ण नष्ट कर देंगे, वह मैं स्वप्न में भी नहीं जानता था। आज मैं इस प्रकार पवित्र हो गया हूँ कि मुझे चाण्डाल के घर भी अपवित्र हो जाने का भय नहीं रहा। परेश बाबू, आज प्रातः काल मैं संपूर्ण अनावृत हृदय के साथ भारतवर्ष की गोद में बैठ गया हूँ—माँ की गोद किसे कहा जाता है, वह मैं इतने दिन बाद परिपूर्ण भाव में उपलब्ध कर पाया हूँ।"

परेश ने कहा, "गौर, अपनी मातृ-क्रोड़ में तुमने जो अधिकार पाया है, उस अधिकार में तुम हम लोगों को भी पुकार कर सम्मिलित कर लो।"

गोरा ने कहा, "आज मुक्ति-लाभ करके सबसे पहले आपके पास क्यों आया हूँ, जानते हैं?"

परेश ने कहा, "क्यों?

गोरा बोला, "आपके पास ही इस मुक्ति का मन्त्र है—इसी कारण आज आपको किसी भी समाज में स्थान नहीं मिल रहा है। मुझे अपना शिष्य बना लीजिए। आप मुझे आज उसी देवता का मन्त्र दीजिए, जो हिन्दू, मुसलमान, ख्रिस्तान सभी के हैं—जिनके मन्दिर के द्वार किसी जाति के लिए, किसी व्यक्ति के लिए, कभी बन्द नहीं होते—जो केवल हिन्दू-देवता नहीं हैं, जो भारतवर्ष के देवता हैं।"

परेश बाबू के चेहरे पर भक्ति की गंभीर मधुर स्निग्ध छाया तैर गई, वे आँखें झुकाए मौन खड़े रहे।

गोरा इतनी देर बाद सुचरिता की ओर घूमा। सुचरिता अपनी कुर्सी पर स्तब्ध बैठी थी।

गोरा ने हँस कर कहा, ''सुचरिता, मैं अब और तुम्हारा गुरु नहीं हूँ। मैं तुमसे यही प्रार्थना करता हूँ, मेरा हाथ पकड़ कर मुझे अपने इन गुरु के निकट ले चलो।''

यह कह कर, गोरा उसकी ओर दाहिना हाथ फैला कर आगे बढ़ गया। सुचरिता ने कुर्सी से उठ कर अपना हाथ उसके हाथ पर रख दिया। तब गोरा ने सुचरिता के साथ परेश को प्रणाम किया।

परिशिष्ट

गोरा ने संध्या के बाद घर लौट कर देखा—आनन्दमयी अपने कमरे के सामने बरामदे में चुप बैठी हैं।

गोरा ने आते ही उनके दोनों पैर खींच कर, पैरों में सिर रख दिया। आनन्दमयी ने दोनों हाथों से उसका सिर उठा कर चूम लिया।

गोरा ने कहा, ''माँ, तुम ही मेरी माँ हो। जिस माँ को ढूँढ़ता फिर रहा था, वे ही मेरे घर में आकर बैठी थीं। तुम्हारी जात नहीं, विचार नहीं, घृणा नहीं—तुम केवल कल्याण-मूर्ति हो। तुम ही मेरा भारतवर्ष हो।—

''माँ, अब अपनी लछमिया को बुलाओ। उसे कहो, मुझे पानी लाकर दे।''

आनन्दमयी ने अश्रु-व्याकुल कंठ से मृदु-स्वर में गोरा के कान के पास कहा, ''गोरा, अब एक बार विनय को बुला भेजूँ!''

●●●